出生入死

董化平 著

北方联合出版传媒(集团)股份有限公司
万卷出版有限责任公司

ⓒ 董化平 2023

图书在版编目（CIP）数据

出生入死 / 董化平著. — 沈阳：万卷出版有限责任公司，2023.10

ISBN 978-7-5470-6211-1

Ⅰ. ①出… Ⅱ. ①董… Ⅲ. ①长篇小说—中国—当代
Ⅳ.①I247.5

中国国家版本馆CIP数据核字（2023）第035425号

出 品 人：王维良
出版发行：北方联合出版传媒（集团）股份有限公司
　　　　　万卷出版有限责任公司
　　　　　（地址：沈阳市和平区十一纬路29号　邮编：110003）
印 刷 者：辽宁新华印务有限公司
经 销 者：全国新华书店
幅面尺寸：170mm×240mm
字　　数：480千字
印　　张：26.5
出版时间：2023年10月第1版
印刷时间：2023年10月第1次印刷
责任编辑：史　丹
责任校对：张　莹
封面设计：仙　境
版式设计：亓子奇
ISBN 978-7-5470-6211-1
定　　价：78.00元
联系电话：024-23284090
传　　真：024-23284448

常年法律顾问：王　伟　版权所有　侵权必究　举报电话：024-23284090
如有印装质量问题，请与印刷厂联系。联系电话：024-31255233

出生入死。生之徒，十有三；死之徒，十有三；人之生，动之于死地，亦十有三。

夫何故？以其生生之厚。盖闻善摄生者，陆行不遇兕虎，入军不被甲兵；兕无所投其角，虎无所用其爪，兵无所容其刃。夫何故？以其无死地。

——《道德经》第五十章

写在开篇前的四段多余的话：

一、本书写的不是历史。书中的历史事件有真有假，人物有虚有实，很多采用化名，请史学研究者一笑置之。

二、本书写的不是情义。情让人流泪，义让人流血，但是都不是我写此书的目的。

三、本书没有绝对的主人公。书中写的是一个群体，一个血与火的英雄时代，那个时代诞生英雄，也吞没英雄。英雄易逝，或许只有不起眼的人才有机会见证历史。

四、本书写的是生死，只是生死。生为短暂，死为永恒。

目 录
CONTENTS

一、老师的遗物

沈城郊外墓园，2016年深秋最后一场雨。

秋雨如烟，万物一片萧条。秋雨如刀，割不断深藏雨中的寂寞。

我九十五岁的老师叶自语驾鹤西游，漂泊多舛的一生最终归寂于数尺之地，让人不胜唏嘘。老爷子生于民国时期的天津，求学于抗日战争时期，后来参加革命，解放战争中随部队席卷大西南，最后辞去公职，主动要求来沈城大学教书。老人家著作等身，却没有妻小，孑然一身孤独终老，连后事都是学校和弟子们操办的。

我撑一把伞，独自站在送葬人群后面的角落，有一两张面孔看着相熟，却记不起名字，其他的人大都是学校里的，不是两鬓斑白，就是一脸学究气。

我从来就不是品学兼优的学生，从幼儿园开始就没得到过老师的喜欢，和老师这个群体隔着一道天然鸿沟。寒雨袭人，我浑身瑟缩，心里盼着前面讲话的大师兄快点完事，我好溜之乎也，跑回城里泡个热水澡。

大师兄于浩其实才是我真正的授业恩师，他是叶自语的得意门生，毕业后留校任教，学而优则仕，现在又做到学校的宣传部部长。我读研究生时投考于浩门下，适逢叶自语出书，需要一个免费的校对员，于浩就把我当成礼物送给叶自语。我和师爷辈的叶自语没大没小，帮他干了一个月的零工，用我那驴唇不对马嘴的历史知识，和老爷子神侃了一个月的中国历史，把老爷子气得几乎进医院。不过，出人意料的是出书之日，老爷子竟然当众宣布收我为弟子。师爷变成师父，师父变成师兄，一时惊倒一片，当时于浩的脸色比霜打的茄子还难看，这一段师父师兄变形记在我那一班同学里也传为笑谈。好在叶老师一生收的弟子没有一千也有八百，既没有一分钱财，也没有武林秘籍传给我，唯一的好处就是论文答辩时没人为难我，轻松过关。

于浩正在前面慷慨陈词，痛说叶老师革命家史，突然三辆黑色小轿车风一样赶来，下来七八个神情严肃的人，在叶自语墓前肃立两排，每人三个九十度鞠躬。为首的一个五十多岁的胖子，和于浩耳语几句，又率队风一样卷走了。

这群人来去不过几分钟，压根儿没瞅我们一眼。

回城时，大师兄招呼我上了他的车，说："老爷子好像知道自己大限将至，把后事都做了安排，钱财一部分捐给了学校图书馆，一部分捐给了河北农村一户人家，不清楚是什么关系。"

他又从包里掏出一个厚厚的牛皮纸口袋递给我，说："他把自己多年的藏书都分类装好，我们这些学生每人都分了几本，这是给你的。"

我接过袋子，上面用毛笔写着我的名字，是老师颤抖的笔迹。打开一看，是两本旧书，一本《道德经》，一本《周易》。我这个不学无术的弟子，一堂课没听，一篇文章没写，竟然获赠老师读过的书，不由脸上发热，想起刚才在葬礼上我还胡思乱想要逃跑洗澡，心里更加愧疚。

沉默了半晌，我问大师兄："刚才那群陌生人是干什么的？看着怪吓人的。"

于浩脸绷得紧紧的，憋了半天冒出一句话："老师，他年轻的时候还有另一个身份，他们也是来送行的。"

我惊诧地问："什么身份？"

于浩欲言又止："好奇害死猫，不该打听的事别问。"

二、书里的秘密

叶自语嗜饮酒却不善饮，平生最爱喝绍兴女儿红，三四杯即迷糊。这种酒在我们北方人看来，实在太过于娘气。几次众弟子请老师喝酒，他都单点女儿红，一两杯即止。风烛残年的老人，也没人敢灌他酒，我们喝得昏天黑地死去活来，似乎也难以引起他的兴趣。

有一年重阳节，我孝心发现，给他孝敬两坛上好的绍兴女儿红，老爷子乐得眉开眼笑，一个人躲在书房里偷摸喝。等我们发现时，他已经醉得痴狂，抱着一本《周易》又哭又笑，一会儿吟几句唐诗宋词，一会儿唱几句京剧小曲，折腾得满楼不安。后来大师兄带人赶过来，把老爷子送进学校医院，足足躺了一个礼拜。那几天我被大师兄骂得灰头土脸，连走路都躲着他，再也不敢偷摸给老爷子买酒喝了。

从墓园回来，一晃就一个星期了，那两本书一直被我扔在案头忘之脑后。直到有一天深夜失眠，摇摇晃晃起来找书看，才想起老爷子的赠书我还一直没看呢，罪过罪过，希望老师在天之灵原谅我这个懒学生。

老爷子的书很多都是竖排旧版，有的甚至连标点符号都没有，读起来很是吃力，我当年给他打零工时也深受折磨。《道德经》里写满了老爷子的注释，到处是佶屈聱牙、之乎者也的文字，看了头疼，估计是老爷子又想出版一本关于《道德经》的书，可惜计划还没实施就撒手人寰了。莫不是想让我替他完成遗志，整理出版？一想到这，我像捧了一块电烙铁一样，赶紧把书扔远远的。不过一扔之下，书里竟然掉出一张照片来。我捡起来一看，是一张发黄的老照片，照片里有九个年轻人，七男二女并排而立。由于年代久远，照片中人面目和背景都模糊不清，男着长衫女穿棉布旗袍。照片背面用毛笔小楷写着"民国二十八年北平临别留念"，照片上每个人对应的位置上写着各自的名字，字迹模糊，我辨认了半天才看出来，从左至右依次是：叶天笑、季振英、秋国风、曾涉、祝正良、冯云修、李儒鹏，两个女生是冯剑美、萧静怡。

"这应该是叶老师年轻时在北平读书的同学照。"我端详着照片自言自语，因为我知道叶天笑就是叶自语原来的名字，我给他校对书稿时见过这个名字，我当时还夸赞这个名字豪迈霸气，应该是取自谭嗣同就义前的《狱中题壁》诗：

> 望门投止思张俭，
> 忍死须臾待杜根。
> 我自横刀向天笑，
> 去留肝胆两昆仑。

当时老爷子对我的卖弄，虽然没有夸奖，眼神里却有几分赞许。也许他收我为弟子，就是这个缘由。照片里的叶自语也就十六七岁，瘦得像营养不良的猴子，站在最边上和其他人一样绷着脸，没有半点笑容。

那本《周易》就是老爷子醉酒疯狂时抱住不撒手的书，线装本的书几乎被磨烂了，好多字迹都看不清。我耐着性子翻了几页，突然发现两行小字：

> 上六，龙战于野，其血玄黄。高月保、乘兼悦郎。
> 上九，击蒙，不利为寇，利御寇。陶尚铭。

"高月保、乘兼悦郎，这应该是日本名字啊？老师的书里怎么会有日本人的名字？"我心里暗暗嘀咕。

再翻几页，又看见几行字：

> 上六，鸣谦，利用行师征邑国。吉。王竹林。
> 四十三，夬：扬于王庭，孚号，有厉，告自邑，不利即戎，利有攸往。程锡庚。
> 初六，履霜坚冰，阴始凝也。驯致其道，至坚冰也。黑木亲庆、佐藤斋次。
> 六三，甘临，无攸利，既忧之，无咎。吴菊痴。
> 上六，迷复，凶，有灾眚。用行师，终有大败，以其国君，凶。王克敏、阿部几宽、井上真雄。

"王克敏、吴菊痴、王竹林、程锡庚、陶尚铭、黑木亲庆、佐藤斋次、高月保、乘兼悦郎、阿部几宽、井上真雄、曾涉、冯云修……"我反复念叨了几遍，突然脑子一激灵，把书一扔，大叫一声："我知道了！"然后冲到电脑前，一通搜索查询。

一个小时后，我用颤抖的手拨通了大师兄于浩的电话，对他一通喊："我知道了，我知道了老师给我那两本书的真相！"

于浩睡眼蒙眬，明显没有反应过来我在说什么，我又重复一遍："我知道了真相，也弄清楚了老师年轻时的身份。"

于浩在那端骂我："你神经病啊！现在是后半夜两点多！"

我没有理会，继续对他说："那是一份当年刺杀日本鬼子和汉奸走狗的名单！是'抗日杀奸团'的刺杀名单！"

于浩也显然被惊醒了，说："这就是老师书里的真相？"

"真相，"我咬住了嘴唇，沉默了一会儿，说，"真相，只能去猜测了，因为叶老师是他们中最后一个在世的人，现在连他也……"

三、一曲琴声换几条人命？

1938年。北平，前门，陈宅。

真相，也许从这里开始。

暗云低垂下遍布疮痍的前门，巨大颓废的影子挣扎在如血的夕阳之下。大街上数面商家旗帜飘摇得像招魂幡，行人匆匆，神色仓皇，躲瘟神一样避开城门口四个手持三八大盖站岗的日本兵。日本人占领北平后，规定中国百姓遇见日本兵都要行鞠躬礼，不行礼的就要遭到拳打脚踢，所以很多中国人都要远远避开日本兵。

香月青川中佐却很喜欢这种被人躲避如瘟神的感觉，甚至是享受，他觉得这是帝国军人征服异国应有的威严感和自豪感。每当他骑在那匹心爱的白马之上俯视这些被征服的人时，这种感觉就会油然而生。身为日本华北方面军司令部情报课课长，香月青川是一个另类，他时而隐忍低调，时而张扬招摇，既有帝国军人的骄傲和冷酷，也有知识分子的清高和自负。他可以化装成中国的流浪汉潜行千里，孤身一人搜集情报；也可以鲜衣怒马去策反中国的达官贵人，引经据典、口若悬河，晓以利害、威逼利诱。所以他的几任长官，无论是多田骏、土肥原贤二，还是现在的阿部几宽，都对他睁一只眼闭一只眼，听之任之。今天的香月青川骑在高头大马上，带着一名少尉和十名日本兵，从前门一直向南走来，这是香月青川经常招摇过市的巡视方式。

看见这队日本人，路边的小商贩纷纷躲避。黄包车夫陈黑子鼻青脸肿地蹲在城墙根，脖子上缠条毛巾，一脸愁苦相加上满脸的伤痕，比死了亲娘还难看。旁边也蹲着四五个黄包车夫，正众星捧月般簇拥着一个浑身横肉的高大肥胖车夫，听他胡侃三国。这个高大胖子外号"立地太岁"，是前门一带车夫脚力行的一霸，学过几天摔跤，是拳头上跑马的人物。无人敢惹他，他也因此作威作福，一些后入行的车夫脚力都要向他交纳份子钱。刚才陈黑子就是因为没有及时交钱，被他一顿拳打脚踢，打得像乌眼鸡一般，幸好被几个车夫苦苦劝开。"立地太岁"正讲到许褚赤膊战马超，张牙舞爪地比画着手势，每次手势都挑衅地对着蹲在一边的陈黑子,陈黑子瑟缩着,连脑袋都快埋进裤裆里,不敢招架"立地太岁"的手势和目光。"立地太岁"正吹得一嘴唾沫星子,忽然看见香月青川带着一队日本兵过来。这家伙反应很快,二百多斤一堆肥肉弹簧一样蹦起来,拉着车子就跑,其他几个车夫也手忙脚乱拉起车子作鸟兽散。陈黑子还没弄明白众人为什么一哄而散,就站起来不分东南西北地跟着跑,结果跑反了方向,竟奔着香月青川的马头撞过来。一个日本兵举起枪托就砸了过去,陈黑子一声惨叫,脑袋上顿时鲜血横流。香月青川举起马鞭,神情优雅地制止了日本兵。陈黑子被这一枪托砸清醒了,顾不得擦拭血迹,一溜烟钻进小巷子里。香月青川并非反感对被征服的民族施行武力,但是对这些引车卖浆之流诉诸武力,让他感到索然无味。

巡警吴岳看着耀武扬威的一队人马从他面前走过,站在大树下慢慢点着一根烟,刚要凑近嘴边,走在最后的日本兵冲他低吼一声,吴岳立刻把烟扔掉,向日本兵们立正敬一个礼,那个日本兵满意地点一下头,对这个顺从的黑皮警察竖起大拇指。日本兵走远了,吴岳面无表情地低头看着那根还没有熄灭的香烟,伸出脚踩熄了烟,又使劲儿碾了几下。

香月青川在一处大宅子前停了下来,这是京城大药房"仁安堂"陈老板的家,陈老板是京城豪富,除了祖辈传下来的仁安堂大药房,还送儿子儿媳去日本学医,在京城又开了仁安医院,由其子陈寒松打理。香月青川与陈寒松夫妇在日本是同班同学,华北方面军司令部从天津迁址到北平以后,香月青川经常过来造访。

陈家的用人对香月青川都熟识,但是对他的到来又都神色怪异,个个唯恐避之不及。香月青川似乎并不在意,让卫兵在门外等候,一个人径直走进内堂,在一间屋子前站住,恭恭敬敬地整肃衣帽,咳嗽了一声,用流利的汉语说:"萱怡,我来看你了。"

屋子里半天沉默无语,香月青川依然负手站立。

过了一会儿,屋子里传来一个淡淡的女人声音:"既然来了,就请香月课长去佛堂相见吧。"

房门打开,一个年纪不到三十,身穿素色旗袍的女子走了出来,气质优雅,眉目如画,却带着淡淡的忧愁和隐隐的病容。她回身说道:"梁妈,佛堂奉茶。"一个中年妇女应了一声,赶去打开佛堂的门,端杯倒茶。

原来这个女子就是少东家陈寒松的夫人萧萱怡,也与香月青川是同学。在日本学医时，香月青川不顾双方家族反对，视同学陈寒松如无物，苦恋萧萱怡，久追不舍。后来九一八事变爆发，陈寒松和萧萱怡中途辍学归国，萧萱怡嫁入陈家当了少奶奶。香月青川一怒之下弃医从戎，考入日本著名的陆军中野学校，学习谍报特工，后来又考入日本陆军大学，毕业后随军进入中国大陆，屡立战功，成为日军情报界的新宠。

香月青川随着萧萱怡前行，看着她婀娜的身影，神情竟有些痴了。萧萱怡似乎感觉到他在盯着看自己的背影，霍然转身，香月青川瞬间神情恢复自若，脸上没有半点尴尬。

萧萱怡抬手掠了一下耳畔秀发，略带嘲讽地说："今天香月课长前来听琴，不知一曲琴声能换几条人命？"

香月青川朗声一笑："昨天我的部下一共擒获九名可疑分子，其中军统余孽三人，共产党游击队探子一人，这四人罪行确凿，决不姑息。还有五人，都是城内发放反动传单、乱贴标语的学生，在可杀可不杀之间。"

萧萱怡脸色苍白如雪，道："你唇齿翕张之间，数条人命就灰飞烟灭，杀心未免太盛！"

"你我两国战端已启，前线后方都是战场，我不杀人，人便杀我，我只有求生才能求胜，绝非杀人嗜血。"

"你们若不是杀人嗜血，又怎么会有南京屠城？北平每天死在你们刀枪之下的无辜百姓，恐怕也不可计数吧？"

香月青川说："萱怡，我们不要做口舌之争，我身为帝国军人，只知奉命行事，我到北平，自当全力保护你和你的家族安全。"

"你保护得了我的家人，可是北平、南京，全中国呢？有多少人需要保护？"

香月青川神色黯然，说："我知道你潜心向佛，只品茗弹琴，不过问俗事，我的母亲也是信佛之人，与你素来亲近，所以每次我都以听琴为交换，违背命令释放一些可疑分子，其实是为了你。"

萧萱怡转身进了佛堂，说："难道杀人才是你们家族的信佛之心？这样为我，只会让我平添无数罪愆。"

这是一间不大的佛堂，供奉一尊观音大士像，前面有一书案，上置一架古琴，屋子里极简净。萧萱怡净手后，在佛像前焚香鞠躬，然后在古琴前敛衣肃坐。梁妈为香月青川端上一杯茶，又蹑手蹑脚退出去。香月青川脱下军帽，向萧萱怡微微颔首，坐在门前，把军帽端放膝上。

萧萱怡说："我今天弹一曲《嵇氏四弄》中的《长清》，嵇康之遗曲，虽然后世人人可弹，但是无人能夺其志，请香月君明白这弦外之音。"说完，轻拂琴弦弹了起来。

香月青川本听不懂琴曲，只是以此为借口，前来见见萧萱怡。这时见她秀发半垂，纤手轻抚，耳中又闻七弦发声，悠扬辽远，人如空谷幽兰，声如天籁之音，简直是一幅绝世名画。他不由得心想："能让她展颜一笑，放了那几个毛头小子又如何？大不了以后落到我手里时，再施以严惩……"

正思虑间，忽闻铮然一响，琴弦已断。萧萱怡轻叹一声，双手按住琴弦，道："你杀意又起，戾气已经入心难消，不仅折损了这琴，也玷污了佛堂。只希望你以后不要再以人命交换来扰我，何人得救何人被杀，岂能寄托在琴弦之上？只能是增加我的罪孽罢了。"

香月青川慢慢站起，拍了几下手，悠然道："琴声响时，我确实听不懂其中韵味，琴弦断时，我却突然明白这就是'空'的道理，形有易尽，形无则恒。我的老师曾说过，'樱花最美的时刻是她凋落的瞬间，琴声最美的时刻是她最后一响。'也许，死亡才是世间最美丽的。"

他向萧萱怡微鞠一躬，走了出去，在门外他又顿住，却不回头，道："我提出的交换承诺，我必然兑现，今年我听琴五次，先后已放了二十个人。只是不知那些可杀可不杀之人，若是遇见阿部几宽大佐和井上真雄少佐，命运又当如何？你为我抚琴，其实是造福他人，何况，你的宝贝妹妹似乎也身涉其中……"

萧萱怡顿时愣住了，半晌无语。

暮色四合，佛堂里一团漆黑，萧萱怡在黑暗里枯坐半天，那个梁妈不知何时又蹑手蹑脚溜进来，轻声说："少爷听说这日本人又来了，又在医院里发脾气了，摔了水杯、钢笔，还有……"

"你不要说了，"萧萱怡声音低弱，"你出去吧，让我静一静。"等梁妈离开后，萧萱怡慢慢俯下身去伏在琴上，眼中满是泪水。

四、好快的刀！

北平，城西，洪顺堂。

香月青川从陈宅出来，并没有回司令部情报课，而是带着卫兵绕了一大圈，来到城西，停在北平两大帮会堂口之一的洪顺堂门前。那个日本少尉掏出一份拜帖，和守门的几个帮徒叽里呱啦比画半天，为首的一个似乎弄明白了这群日本人是来拜山门，不是挑衅生事，赶紧一溜烟跑进去报告。

香月青川背着手饶有兴趣地看着门口的对联：洪天洪地洪日月，顺风顺水顺人心。横批：满堂忠义。字体苍劲古朴，虽然文理不通，却暗含"洪顺堂"三字，又委婉表明自己是"洪门"派系。

一会儿院子里一阵光亮骚动，几十名黑衣大汉跑出来，个个手持火把站成两排，从门口一直排到大厅，洪顺堂门下首徒高青岩出来迎接，拱手道："堂主双腿旧疾发作，无法远迎，请香月中佐入内一叙。"

香月青川满面含笑，领着卫兵从黑衣大汉中间穿行过来，对火把阵视而不见。到了庭前，香月青川抬一下手，十名卫兵持枪分立两排，他只带着那名目光阴冷的少尉走进大厅，也学着高青岩一样，向众人拱手施礼。

洪顺堂堂主秋老太爷并没起身，把瘦小干枯的身子缩在太师椅里，眯缝着眼睛盯着香月青川，左手一杆长烟袋吞云吐雾，右手两枚闪着寒光的铁胆转个不停。秋老太爷右手边坐一个戴眼镜的老学究，是洪顺堂的军师孟师爷。孟师爷身后站着四个高矮不一的中年人，则是江湖上有名的洪顺堂"高山流水"四大弟子：高青岩、曾远山、刘思过、鲁弱水。秋老太爷身后的屏风边上还站着一个学生模样的身着长衫的年轻人，十八九岁年纪，瘦弱斯文。

香月青川环视一周，向秋老太爷微微鞠躬，说："今夜冒昧拜访，打扰秋堂主及各位休息，还请见谅。"

众人见他汉语流利，神态恭谨，心里略感诧异。秋老太爷吧嗒了一口烟，伸手示座，说："有朋自远方来，自当欢迎，请坐。请恕老朽腿疾发作，不能招呼周全。"

香月青川依然客气，说："敝人此次前来，主要是为了两件事，恳请秋堂主应允。"

秋老太爷翻了一下眼皮，道："不知我这身老骨头，还能做什么事，惊动了香月课长大驾。"

香月青川摆摆手，笑道："秋堂主德高望重，威震北平，这件事非您出面不可。"

秋老太爷没有接声，闷头抽烟。香月青川笑了几声，见无人吭声，有些尴尬。孟师爷在旁边慢悠悠地说："平津一带，你们驻有千军万马，香月阁下一声令下，何事不成？怎会需要我们小小的洪顺堂？"

身后的高青岩接口道："孟师爷莫要长他人志气，我们洪顺堂门下子弟过万，平津两地，谁敢小瞧我们？"

秋老太爷眯缝着的眼睛猛然一睁，扭头看了一眼高青岩，又转向香月青川，道："香月课长有话但请直说，看看我这老朽之人是否能接得下！"

香月青川竖起大拇指，说："秋堂主爽快！我此次前来，是奉上峰命令，请秋堂主出山，出任北平维持会要职……"

"放屁！这不是要我师父出山当汉奸吗？！"四大弟子中的刘思过破口大骂，操起案几上的茶杯，向香月青川劈面掷来。香月青川面不改色，既不躲避也不伸手阻挡，而是慢慢伸手去取身边茶几上的水果。那茶杯去势极快，堪堪砸到香月青川脸上，突然从他身后伸出一只手，稳稳接住茶杯，顺势卸力，茶杯中残余的茶点滴未溢。众人吃了一惊，原来是香月青川带来的那名少尉，貌不出众，目光阴冷，众人都以为是一个普通的军官，并未注意，哪知竟是深藏不露的高手。

香月青川此时才刚从水果盘中摘了一粒葡萄，慢条斯理地放进嘴里品尝，似乎刚才电光石火之间刘思过一掷、少尉一接，他都没有看见。那名少尉将茶杯慢慢放在香月青川身边的茶几上，又恭敬地退到后面。

香月青川叹了一口气，道："好甜的葡萄！我已经离家七年，很久没有尝到京都家中母亲栽种的葡萄的味道了。"

洪顺堂众人本来已剑拔弩张，听他如此一说，反而有些不知所措，僵在当场。秋老太爷道："香月阁下既有远行思家之念，当然也能体会到老朽病残恋家之意，我已是行将就木之人，实在不能为贵国贵军效力了，还请另择他人，恕老朽难以从命。"

香月青川微微一笑，道："'北平洪顺堂，天津海龙帮'，这是平津江湖两大帮会，秋堂主和赵帮主也是江湖两大巨擘，你们若不加入维持会，别人来了又有何益？"

他顿了顿，又道："两日前，天津海龙帮赵帮主已经亲口答允，即将出任天津维持会副会长，率海龙帮数千弟子为日中亲善共荣效力，所以还请秋堂主三思。"

那边刘思过又嚷道："海龙帮一群贪生怕死之徒，怎么能和我们洪顺堂相比？什么狗屁海龙，忘了祖宗，投靠你们日本人，还不如一条海蚯蚓！"

"海蚯蚓？哈哈，有趣！"香月青川大笑站起，说，"海龙帮共有帮众五千三百余人，已控制天津大半海运，势力遍及平津唐。你们洪顺堂号称弟子过万，但是据我所知，在册弟子不过两千余人，即便算上妇孺家眷也不到万人，近年来你们的势力只是局限于北平城，经营的行业也不过是酒馆、茶馆、妓院、车行，原来的海运生意，早被海龙帮抢去了。不知道海龙帮这条海蚯蚓，是你们吞了它，还是它吞了你们？"

秋老太爷和孟师爷两人脸色微变，心下都想："看来这日本人已经把洪顺堂的底细摸得一清二楚，来者不善。"

刘思过跳了出来，向香月青川叫道："你难道要挑唆洪顺堂和海龙帮火并不成？！"

鲁弱水也跨前一步，道："海龙帮愿意攀龙附凤，我们洪顺堂却不肯卖身求荣！"

秋老太爷咳嗽一声，说："休得无礼，你们且退下。"刘思过和鲁弱水不敢违拗师父，退到后面。秋老太爷接着道："香月课长来时说有两件事，却不知第二件又是何事？"

香月青川道："其实如果秋堂主答允了第一件事，这第二件事就可以一笑而过。但如果秋堂主执意不允，这第二件事我就不得不说了。"

众人被他的话吸引，都静下来听他说。香月青川故意沉吟一下，说："昨日，我的部下擒获三名重庆方面特工人员，经过审讯后，他们交代已经潜伏进北平半年多，目的是执行暗杀行动。但是不幸的是，他们的潜伏身份都是你们洪顺堂弟子。"

性如烈火的刘思过又跳起来："你这是栽赃陷害，血口喷人！"

孟师爷冷笑一声，说："香月课长的意思是说，如果秋堂主不答应出山，我们洪顺堂门下弟子都可能是重庆特工，只怕你们'大日本皇军'会以此为借口出兵剿灭我们吧？"

香月青川哈哈一笑，道："孟师爷言重了，北平已经是我们华北方面军的核心重镇，洪顺堂也是我们倚重的重要力量，又怎么会在千年古城刀兵相见？至于你们门下弟子是不是重庆方面特工，秋堂主一问便知。"

秋老太爷转头问高青岩和曾远山二人："堂中日常事务都是你二人负责，可知此事？"

高青岩躬身道："昨日确实有三名弟子失踪，弟子与曾师弟正安排人手寻找。"

曾远山也躬身道："弟子已经查过这失踪三人的底细，确实是半年前一起加入我们洪顺堂的，至于是不是重庆特工，弟子真的不知。"

四大弟子中曾远山身材矮小、貌不出众，但为人公正仗义、从不说谎，他如此一说，洪顺堂众人心中都明白了一二，只怕香月青川说的很可能是真的。

香月青川又伸手到水果盘里，摘了两粒葡萄，却并不放进嘴里，只在鼻端嗅了一下，然后一手捏一粒，说："暗杀虽然失败，但是已经惊动了多田骏司令长官，责令我务必严查。尝闻贵国有一句名言'鹬蚌相争，渔翁得利'，却不知我们、你们和重庆方面，此事如何收场，谁会最后得利？"

洪顺堂众人一时全都沉默无语，不知如何应对。

香月青川又道："贵国还有一句古话，'投我以木桃，报之以琼瑶。'我今日对洪顺堂以礼相待，希望他日你们也能以琼瑶报我。"

秋老太爷面色铁青，对香月青川道："老朽体弱多病，腿脚不便，恐实难胜任维持会要职，辜负了香月阁下美意，还请海涵。我堂中弟子，疏于管教，难免鱼龙混杂，良莠不齐，我今后定当严加管理。洪顺堂上下人等只求温饱度日，有我一日便不会卷入政治纷争。"

秋老太爷叹了一口气，继续说道："至于你们擒获的重庆特工，无论是否与我帮众有关系，但请香月课长处置，洪顺堂无意过问。"

说完，向香月青川一拱手，道："夜已深了，老朽精力不济，不能相陪。青岩，代我送香月阁下一程。"

听到秋老太爷下了逐客令，香月青川也不以为忤，说："今日打扰了，我改日再来拜访。"说罢，将手中两粒葡萄往天上一抛，起身便走。众人正诧异他为何将葡萄抛向空中，只见那名神情木然的少尉，右手一挥，两点黑星一闪，那两粒葡萄竟被两枚黑黝黝的十字镖钉在大厅横梁之上。

那名少尉刚才接住茶杯时，已经露了一手功夫，但却远远不及这手暗器功夫惊人，洪顺堂众人也都大吃一惊，这暗器功夫四大弟子显然不及。香月青川头也不回和那名少尉昂然走出大厅，外面的十名日本兵立刻转身列队踏步，踩得尘土飞扬，向外走去。

突然，身后传来一个清朗的声音："且慢！"

香月青川和少尉霍然转身，只见刚才大厅中那名一直没有言语的身着长衫的年轻人，剑一样站在台阶上，双目如电，盯着那名少尉。

少尉原本木然的眼睛，也瞬间精光暴射，盯向那青年。

那青年拱手，慢慢道："秋国风，并非洪顺堂门人。请赐教！"

少尉瞳孔收缩，也用汉语说道："芥川左兵卫，大日本伊贺武士。"

两人的眼神仿佛刀剑相交，火花铿锵。

芥川左兵卫突然左手一抖，两点黑星射向秋国风，秋国风侧身一闪，两枚十字镖掠过。芥川左兵卫右手扬起，又是两枚十字镖，秋国风再闪。射空的四枚十字镖，有两枚竟然在台阶上一撞，从身后向秋国风弹射过来，另两枚在空中回旋，反切秋国风左肋，正面的芥川左兵卫左右手齐挥，又射出四点黑星，前后八枚十字镖围射秋国风，秋国风已无处可逃，但他临危不乱，突然向右侧笔直倒下，双脚一蹬台阶，身子贴地滑出两丈，那八枚十字镖在空中叮当相撞，全部落地。

贴地滑行的秋国风大喝一声："着！"突然出手反击，一道白光暴射而出，势若奔雷，一闪之后又没入秋国风右手袖间。

芥川左兵卫面如死灰，喃喃道："好快的刀！"他头上军帽随风飘飞一块巴掌大的布片，手中握着的四枚十字镖还没来得及发出。

原来秋国风袖中的白光，竟然是一柄银色的链子刀，刀长一尺有余，链长三丈，平时藏于袖中，无人能觉。刚才闪电一击，除了芥川左兵卫，竟没有人看出他所用兵器。

秋国风慢慢站起，掸了掸衣衫上的土，向芥川左兵卫拱一拱手，道："承让了。"转身走进后堂，并不看香月青川一眼。

香月青川拍拍手，笑道："精彩，精彩！果然是名师出高徒，英雄出少年！"

高青岩将香月青川等人送出大门，为他牵过白马，轻声说："家师和师弟们脾气火暴，还请香月课长见谅，我会择机劝说他们。香月课长今日只是品尝了葡萄的滋味，来日当有美酒相陪。"

香月青川目光炯炯，盯着高青岩，哈哈大笑道："刘皇叔求诸葛武侯，尚且三顾茅庐，适当时机我自当前来品尝美酒。洪顺堂总算有识大体顾大局的人，不虚此行！"

说完，扬长而去。

五、邪恶盛行，是因为善良者太沉默

北平，炮局胡同警察所。

昨天，燕京大学预科一年级学生尹河野带着冯剑美和萧静怡两个学妹，还有叶天笑等三个高中生，在北平电影院门口发放抗日传单，六个人分成两组发传单，有些行人看了一眼默默揣了起来，有些人却是惶恐着不敢接，躲开避让。突然警笛长鸣，一群黑衣警察和便衣特工从四面围了过来，六个人慌不择路、分头撤退，叶天笑腿脚最快，撒腿钻进后面一个小胡同。却不料胡同那头早被一个手执警棍的巡警堵住，叶天笑急得汗都下来了，那个警察大喝一声："老子在这里，哪里逃？"一棍打来，叶天笑无从躲避，下意识地伸手抱住脑袋，准备硬挨一棍，谁知这气势惊人的一棍竟然打在头顶树杈上，震得树叶哗哗作响，逃过一劫的叶天笑趁机从警察腋下钻了过去，警察转身欲追，却不料脚下绊蒜，"扑通"一声摔在泥地里，连帽子都摔飞了。叶天笑转头看了一眼这个笨蛋警察，心中暗呼侥幸，一猫腰跑得比兔子还快。

从电影院门口追过来两个警察，扶起那个在泥土里打滚的笨警察，替他拍拍身上的泥土，说："吴警长，你也太卖力了！别只顾抓反日分子，忘了自己的安危啊。"

那个摔得七荤八素的警察正是吴岳，他咧着嘴捂住自己的胯骨，骂道："这小兔崽子真灵巧啊，摔死老子了！"

尹河野等五人被特工和警察抓了进去，关在炮局胡同的警察所。他们三男二女心惊胆战，暗中做好了被宪兵和警察严刑拷打的准备，互相鼓励，即使血肉模糊，甚至牺牲也决不出卖他人。五个人被关在黑黑的小屋子里一天一宿，滴水粒米未进，又冷又饿又怕，尤其走廊尽头传来的拷打犯人时那惨绝人寰的号叫声，让冯剑美和萧静怡两个女生不由自主地捂住耳朵。

冯剑美出身军人世家，伯父是西北军名将，现在是国民政府某集团军副总司令。她受家境熏陶，从小就胆大泼辣，喜欢骑马打枪。家里人怕她被日本人盯上，给她改了名字，又要送她去后方，她拗起性子死活不去。与冯剑美比起来，萧静怡就人如其名，文静多了，她俩一个泼辣大胆，一个娴静温柔。萧静怡是天津绸缎富商萧今让的二女儿，姐姐就是北平"仁安堂"的少奶奶萧萱怡，萧今让避乱去了南洋，把萧静怡托付给姐姐萧萱怡照看。萧静怡和冯剑美是无话不谈的闺密，在学校时被冯剑美拉着参加反日活动，虽然胆小却义无反顾，每次活动都不落后。

五个人在黑屋子里忐忑不安，正惶惑间，一行沉重的脚步声由远而近，萧静怡一把抓住冯剑美的胳膊，手心里全是汗水，冯剑美的呼吸也粗重了。"哗啦"一声铁门打开，几缕阳光刺了进来，一个叼着烟卷的黑衣警察随着阳光挤了进来，正是那个吴岳。吴岳看了他们一圈，像没睡醒似的靠在门边，阴阳怪气地说："各位公子小姐，请了，你们可以离开了！"

五个人没有听懂，面面相觑不敢动。

吴岳又说了一句："怎么？不想走？难道还要留下来，让老子管你们的饭？"

后面的一个男同学小声嘀咕道："这是圈套吧？会不会是日本人骗我们出去枪毙？"声音带些哭腔。

带头的尹河野暗暗踢了他一下，挺身到前面问吴岳："真的放我们出去？不是骗我们？"

吴岳把烟头扔到地上，有些不耐烦，喝道："走不走？情报课的命令，老子也不知道缘由。不走，老子可要锁门了啊！"说完，作势要拉门。

五个人赶紧手拉手从他身边挤出去，冯剑美回头看了一眼吴岳，见他年纪二十四五岁，虽然痞气十足，倒也不是面目可憎。冯剑美往地上啐了一口，道："年纪轻轻给谁装老子？好好的人不做，却要当狗！"

萧静怡和尹河野赶紧拉着她快走，吴岳好像并没生气，在后边把铁门"咣当"关上，拖着长音懒洋洋地喊："公子小姐们都是千金万金之躯，慢走不送，你们来一次我们白得五千大洋，我们这些穷警察在这里烧香磕头盼你们再来啊！"

五个人这才知道，肯定是警察所敲了他们各自家里的竹杠，才发善心放了他们。出了警察所大门，尹河野低声说："提防有诈，别被盯梢，我们赶紧分头离开，近期不要轻易出来。"

冯家司机阿文开车在街对面等着，看见冯剑美出来，扬手对她喊："大小姐，老爷派我来接你。"冯剑美拉着萧静怡跑上车，三个男生也分头走了。

冯剑美和萧静怡的家都在天津，受了这番惊吓，二人都想回家躲躲。两个女孩子饿得急了，急急忙忙跑去找了一家饭店饱餐一顿，然后让阿文开车往天津而去。还没出北平市区，突然听见两声枪响，两人一惊，扒着车窗向外看去。

萧静怡问："是不是鬼子后悔了，来追我们？"

冯剑美自小对枪械熟悉，左右瞅瞅，说："是手枪的声音，枪声隔着一条街，不是一个方向，看起来不像是追我们的。"

满街警笛响起，一队队黄衣的日本兵和黑衣的警察四下出动，封锁路口，盘查行人。冯剑美赶紧让阿文拐进小胡同，抄小路出城。

刚拐过两个小巷，一个浑身是血的年轻人踉踉跄跄从路边跑出来，一个趔趄摔在街上，阿文一脚刹车，汽车尖叫着贴着那个年轻人的腿停下。冯剑美和萧静怡对望一眼，急忙开门下来，将那个年轻人扶上汽车。冯剑美对吓得面色苍白的阿文说："快离开这里。"阿文如梦初醒，驾驶小汽车拐个弯，一溜烟冲出去了。

两个女孩子面对这样一个血人，有些手足无措。萧静怡咬咬牙，掏出手绢，捂住那人右肩胛骨处冒血的伤口。冯剑美问那人："日本兵抓的是你？"

那个年轻人虽失血过多面色苍白，却并不慌张，对冯剑美点点头，说："谢谢你们救我，在前边就把我放下，不要为我犯险，连累了你们。"

冯剑美"嗤"的一笑："装什么英雄好汉？你这么浑身是血，出去几步就会被抓住。"

那年轻人神情坚定，说："枪声一响，日本人的警戒五分钟就能布满全城，所有的车辆和行人都会被严查，我们这样是出不去的。"

旁边的萧静怡突然说道："前边就是仁安医院的后门，我姐夫陈寒松就在那里。"

北平，仁安医院。

陈寒松一身白大褂，戴着眼镜，留着短短的头发，由于长年在日本留学，举止做派有几分像日本人。萧静怡私下里给他起个外号"鬼子太君"。他见到小姨子萧静怡从后门偷偷溜进来，吃了一惊，问："刚给你交了一千块大洋保释金，你不乖乖回家，跑这里来干什么？"

萧静怡看看周围没人，在他耳边耳语几句，把陈寒松唬得跳起来，说：

"小姑奶奶，你这是惹祸上身，你想让日本人把我这医院给平了啊？"

萧静怡也不说话，只是大眼睛定定地瞅着陈寒松。陈寒松站起、坐下，又站起，叹了无数口气，道："罢！罢！就这一次，就这一次！我得赶紧把他藏起来，一会儿日本兵就会上门搜查。"萧静怡听他这么说，才展颜微笑。

陈寒松不敢惊动别人，自己跑到后门，和阿文把那年轻人扶到后院的一间仓库里，又拎了一包手术器具和药水过来，亲自给那年轻人做伤口处置。

不出陈寒松所料，冯剑美和萧静怡刚离开仓库，还没来得及上车，日本兵和警察已经到前楼搜查来了。一个日本军曹领了四个日本兵和两个警察闯进医院，一通吆喝叱骂翻箱倒柜搜查。陈寒松换了件白大褂，一阵风似的迎上去，用日语叽里呱啦和那军曹说了半天，那军曹态度突然客气起来，对两名警察喝道："你们的，继续！我们的，前面检查！"两个警察"嗨"一声，弯下身去。没等他们起身，军曹已领着四名日本兵扬长而去。

冯剑美偷偷问萧静怡："你姐夫和鬼子兵说的什么？怎么突然就走了？"

"我也不知道，但是我听说'鬼子太君'认识他们的头儿，一个叫香月什么的中佐课长，那个鬼子头儿让人照顾这医院，"萧静怡脸上有些不屑，"不过还挺管用，假鬼子唬走了真鬼子。"

冯剑美知道"鬼子太君"是陈寒松的绰号，不由哑然失笑。

两人站在仓库前面小声嘀咕时，留下的两名警察中的一个，突然转身向她们走来。冯剑美定睛一看，不由得捏了一下萧静怡的胳膊，小声说："坏了！冤家路窄，是那条狗！"

原来这警察竟是刚才在炮局胡同警察所放她们离开的吴岳，他笑嘻嘻地凑到二人面前，摸出一根烟点上，说："二位千金大小姐，从警局放出来不回家，跑到医院干什么啊？"

二人一时语塞，不知如何回答，身后就是仓库的门，只要吴岳推门进去，就能发现里面藏匿的人，旁边的陈寒松也紧张起来。

冯剑美反应较快，镇定下来，一甩短发，故意气哼哼地反问："来医院当然是验伤看病啊。我们被关了一天一宿，受尽折磨，自然要来医院检查检查身体，把我们受的伤病记录在案，准备将来和你对簿公堂！"

吴岳并不生气，嘿嘿一笑，说："外面这么乱，世道不太平，二位千金大小姐，还是老老实实回家，吃吃饭，洗洗澡，换换衣服……"说到这里，他突然语气一顿，眼神直勾勾地盯在萧静怡的胸前，萧静怡见他眼神有异，不由得满面飞红，低下头将双手掩在胸前。

冯剑美一把将萧静怡拉到身后，对那警察脸上呸了一口，低声骂道："狗！流氓！邪恶！"

吴岳怔了怔，慢慢抬手抹去脸上的唾沫，瞟了一眼仓库，转身向远处另一名警察喊道："兄弟，这边我看完了，走吧！"说完，整整帽子，转身而去。陈寒松长出一口气，像送瘟神一样紧跟着两人出去了。

萧静怡松了口气，冯剑美还想骂两句，被萧静怡拉住胳膊，她偷偷指了指自己的胸口，冯剑美仔细一看，立刻捂住了嘴，几乎惊得叫出来。原来，萧静怡刚才帮那年轻人捂伤口，虽然把手上沾染的血擦洗掉了，却没有注意到胸口也有一块铜钱大的血迹！

萧静怡找到一件白大褂套在外面，和冯剑美追了出去，远远看见吴岳和那名警察在一家店铺里，和几个日本兵混在一起，作威作福地搜查。两人不敢吭声，怏怏而归。

当天夜里，仓库里那名受伤的年轻人也突然消失了。冯剑美和萧静怡准备烧毁他扔下的血衣时，发现衣服上写了一行字：

邪恶盛行，是因为善良者太沉默！

一行用血写的字！

六、抗日杀奸团

天津，英租界。冯宅。

大小姐冯剑美已经发了好几天脾气了，闺房里的东西被她扔了个遍，家里的用人都躲得远远的，但是宅院的前门后门都被锁死，冯剑美像金丝雀一样被关得死死的。冯剑美和父亲怄气，故意在家里闹得天翻地覆，她父亲干脆躲着不见她。

被父母关得火冒三丈的冯剑美大小姐脾气发作，在屋子里骂人扔东西，以绝食抗议，闹得不可开交。这天，她正噘着嘴拿剪子剪书，准备把老爸一套心爱的《三国志》给剪成小猫小狗，突然听见外面传来一阵自行车铃声，她仔细听了一会儿，声音三长三短。"没错！瘦猴儿来了！"她暗叫一声，跳起来顾不得穿鞋就向后院跑去，门口的女佣作势要拦她，她扬起剪刀一晃，把那女佣吓得忙不迭后退。

她风一样跑到后门，后门却被锁上了，是家人防止她外出。她只好隔着铁栅栏门喊："叶天笑，瘦猴儿，是你吗？"

门外一棵大柳树后面转出一个瘦猴儿一样的青年，正是前几天从吴岳警棍底下逃脱的叶天笑，推着一辆破自行车，脸上一副故意装出来的老成模样，他看着霹雳火一样的冯剑美，摇了摇头，说："你喊得惊天动地，要把阿三巡警招过来啊？"

冯剑美从栅栏里伸出一只手向他招手，说："快过来，给姐说说最近都有什么事？这一个多礼拜，我都闷死了！"

叶天笑慢慢凑过去，在冯剑美耳边低语道："明晚七点，民园小剧场。全员参加，不得缺席。"

冯剑美的神色立刻严肃起来，低声问："什么事这么重要？！你知道是什么内容吗？"

叶天笑一本正经地摇了摇头，说："你这是违反纪律，我知道也不会告诉你的。"

冯剑美瞪大了眼睛，瞪着叶天笑，叶天笑讪讪笑着，转身推车要走。冯剑美对他招招手，神秘兮兮地对他说："你过来，姐有件要紧的事告诉你。"

叶天笑迟疑着，拿不定主意是否过去，冯剑美又使劲招手，他四下瞅瞅，整个一条街只有远处的街口有一个捡破烂儿的佝偻老人，没有什么可疑的人。他侧着耳朵凑过去，冯剑美顺势一把揪住他的耳朵，几乎把他拎起来，骂他："瘦猴儿，几天不见长脾气了，你敢和你姐拿腔拿调是吧？！"

叶天笑疼得直咧嘴，连连告饶："我真的不知道，是总干事让通知的。"

听到"总干事"三个字，冯剑美也不敢胡闹了，仿佛这三个字是紧箍咒，有魔力一样。她松开叶天笑的耳朵，哼了一声，扭身跑回去了。叶天笑前后看看，揉着耳朵咧着嘴，骑上车子晃晃悠悠走了。

二人走远了，街口那个捡破烂儿的佝偻老人突然挺直了腰杆，向叶天笑的方向跟踪而去。

等捡破烂儿的老人消失了，对面楼门口的楼道里，又闪出一个身着青色衣衫的人，头戴一顶礼帽遮住了面孔，远远地跟了过去。

而远处楼顶上，也露出一个人影，盯着三个人先后消失的方向，陷入沉思。

民园剧院小剧场。晚上七点。

夜幕沉沉。远处大街上灯红酒绿，人来人往，小剧场周围却是寂静一片，剧场建筑破旧不堪，已是半荒废，只偶尔用来做排练场，一个月也难得开一次门。几盏路灯昏黄不明，剧场周围树的影子在路上扭来扭去，有些狰狞。

冯剑美刚才从家里翻墙逃出来时崴了脚，一瘸一拐咬着牙赶过来，生怕迟到。她见小剧场黑漆漆静悄悄的，心里嘀咕："难道换地方开会没通知我？还是我来早了？"

叶天笑从树后阴影里闪了出来，把冯剑美吓一跳，看清了是他，骂道："瘦猴儿，破猴儿，扮僵尸吗？你就知道躲在树后吓人！"

叶天笑伸出食指，在嘴唇上做个噤声的手势："别嚷嚷，就等你了，快点进去吧。"

冯剑美推开门，一声惊呼，要不是后边的叶天笑扶住她，几乎一跤坐地上。黑漆漆的屋子里竟然坐了三四十人，一齐扭头看她的窘状。有人在黑暗里冲她招呼一声，原来是萧静怡坐在角落里，冯剑美赶紧磕磕绊绊地走过去坐在她身边。

有人点起蜡烛，有人七手八脚地拉上窗帘。借着这工夫，冯剑美环视一圈，除了萧静怡和叶天笑之外，还有几个人因为家族渊源她自小就认识，西北军宋将军的女儿宋景先，孙将军的儿子孙湘、女儿孙惠，前些日子传言被毒死的伪满洲国总理大臣郑孝胥的两个孙子，京中袁家的侄孙袁勋和袁俊，投靠日本人当了伪军务大臣的齐燮元的外甥冯云修。这些相识的人，和她年纪相仿，都在天津各个中学读过书，看见她都和她微微点头，用眼神传递问候。其他的人，坐得比较远，烛光昏暗，连人都看不清楚。

人群寂静而坐，似乎在等什么人。有个男生站起来提议："我们唱首歌吧，这样就算租界的工部局警察来查，我们也可以说在彩排，他们不会疑心的。"

大家都夸这个主意好，那个男生当仁不让走到前面，说："我来指挥，我们唱一首岳武穆的《满江红》！"

冯剑美这时才看清，那个男生原来就是前几天和她一起发传单被抓起来的尹河野。

尹河野在前面指挥，众人一起低声唱：

> 怒发冲冠，凭栏处，潇潇雨歇。抬望眼，仰天长啸，壮怀激烈。三十功名尘与土，八千里路云和月。莫等闲，白了少年头，空悲切。
>
> 靖康耻，犹未雪；臣子恨，何时灭。驾长车，踏破贺兰山缺。壮志饥餐胡虏肉，笑谈渴饮匈奴血。待从头，收拾旧山河，朝天阙！

一曲终了，众人都觉热血澎湃，心头发热。尹河野在前面又说："岳武穆的《满江红》慷慨激烈，我辈男儿当以此为激励，驱除日寇，血洒阵前！"

有一个叫林慧的女同学站起来打断他的话："凭什么《满江红》就激励男生？难道我们女生就不能驱除日寇，血洒阵前？！"

尹河野笑道："学妹你误会了，其实我不是这个意思，今天来了不少女同学，让我想起一首更适合你们的《满江红》，就是鉴湖女侠秋瑾所写的《满江红·小住京华》，如果你们愿意，我就朗诵给大家听。"

女生们都拍起巴掌，催促他快点朗诵。

尹河野站到明亮处，朗诵道：

　　小住京华，早又是，中秋佳节。为篱下，黄花开遍，秋容如拭。四面歌残终破楚，八年风味徒思浙。苦将侬，强派作蛾眉，殊未屑！

　　身不得，男儿列；心却比，男儿烈！算平生肝胆，因人常热。俗子胸襟谁识我？英雄末路当磨折。莽红尘，何处觅知音？青衫湿！

　　话音未落，台下一片掌声，尤其几个女同学，反复咀嚼"身不得，男儿列；心却比，男儿烈"几句，不由感慨万千。有的看尹河野学识渊博，为人又洒脱倜傥，不觉增加了几分好感。

　　林慧受他感染，也站起来，款步走到台上，说："我为大家背诵一段碑文，这是五年前北京大学文学院院长胡适先生，应第七军团总指挥傅作义将军所请，为其麾下第五十九军在长城抗战中阵亡的将士纪念碑撰写的碑文，这也是胡适先生第一次用白话文撰写的碑文——

　　　　这里长眠的是二百零三个中国好男子！
　　　　他们把他们的生命献给了他们的祖国。
　　　　我们和我们的子孙来这里凭吊敬礼的，
　　　　要想想我们应该用什么报答他们的血。

　　台下一片沉默，人人都在静思默想……

　　激动的叶天笑按捺不住，也跳起来，说："我也给师哥师姐们朗诵一首辛稼轩的词，为我们壮行色！"

　　冯剑美在后边笑骂："瘦猴儿，你磕磕巴巴的，连小九九都背不下来，还能朗诵词？"

　　叶天笑涨红了脸，不去理她，说："我朗诵一首辛弃疾的《贺新郎》。"众人静下来聆听，谁知叶天笑吭哧了半天，支吾道："前半阕，前半阕我忘了，只记得后半阕……"

　　众人一阵哄笑，林慧和宋景先鼓励他继续朗诵，叶天笑挺直了腰杆，清了清嗓子，道：

　　　　将军百战身名裂。向河梁、回头万里，故人长绝。易水萧萧西风冷，满座衣冠似雪。正壮士、悲歌未彻。啼鸟还知如许恨，料不啼清泪长啼血。谁共我，醉明月。

众人本来还想调侃嘲笑他几句，但听他略显稚嫩的声音竟然朗诵如此悲壮的词，联想到此情此景，人人都沉闷下来。有人在后边暗影里扔出一句："'故人长绝……满座衣冠似雪……料不啼清泪长啼血'，太过于悲壮凄凉了，对我们来说是凶兆，不吉利。"

叶天笑急红了脸，辩解道："谁说是凶兆，不吉利？我今天来之前还卜了一卦，爻辞是'飞龙在天，利见大人'，上上大吉！"

众人见他年纪轻轻，竟然还会易经卜卦，不由得又哄笑他一番。林慧笑他："莫不是你在无量观门口摆过地摊算命，宋词记不全，爻辞却背得滚瓜烂熟。"

叶天笑面红耳赤，低头钻进人堆里。

正说笑着，门口又进来几个人。有人又点起几支蜡烛，屋里明亮了许多。新来的一个人站了出来，说："同学们，战友们！今天冒着风险把大家从平津两地召集起来，是因为有一件重大的事情向大家宣布！"

说话的人叫李儒鹏，冯剑美见过他两次，身边熟识的人都叫李儒鹏"五哥"，传说是因为他有一个"结义十兄弟"，老大王天牧，老二曾涉，李儒鹏排行老五。李儒鹏比冯剑美她们大几岁，二十三四岁年纪，曾是南开中学的学生，平时大都是他策划组织并带领大家开展抗日活动。

李儒鹏有些兴奋，似乎觉得站在原地宣布这件事不过瘾，他跳上了前面的小舞台，一字一句地说："我们期盼已久的、我们为之奋斗的——'抗日杀奸团'，今天正式成立了！"

一阵兴奋的风浪席卷了这群年轻人，大家不约而同站了起来，一些人要鼓掌，甚至欢呼，几个年纪大点的赶紧做手势制止住。这一年多来，男女学生们发传单、搜情报、偷摸练射击，今天他们的组织终于正式成立了。冯剑美和萧静怡拉着手站在黑暗中，互相能感觉到对方兴奋得心跳加速，两人另一只手都捂住了自己的嘴，抑制住自己喊叫的声音，又掩住流下的激动的泪水。

李儒鹏双手下压，平抑大家激动的情绪，说："曾涉总干事虽在外地执行公务，但是对'抗团'成立极为重视！特委托军统行动组长王文前来致辞！"

一个三十岁左右的精悍男子走上来，向台下鞠躬致意，声音铿锵有力："在下受曾涉总干事委托，对'抗日杀奸团'的成立表示祝贺！"

台下一片掌声，尹河野站到前排，说："我们很想见曾涉总干事，是不是，同学们？"

男女同学们一片响应，纷纷喊："我们要见曾涉！"

曾涉是一个谜一样的人，有人说他年纪轻轻，热情浪漫，不到三十就身居高位。有人说他胆大心细，冷酷无情，是年近五十的老牌特工，手使双枪，杀人如麻。

如果说曾涉像谜，当时华北地区另一个资历更深的老牌特工王天牧，则更是神龙见首不见尾的人物。

王文看了尹河野一眼，并未理会他的要求，继续说："受曾总干事嘱咐，有三点意见转达与大家，请大家高度重视！"

众人安静下来，静听他说：

"第一，务必改变我们的联络方式和潜伏方式，这是保全自己打击敌人的必要条件。"他停了一下，口气严厉地说道，"我昨天暗中观察了一下你们的联络方式，只有孙大成那一组表现尚可，能够注意化装隐蔽通知，其他的几组简直如同儿戏，尤其以叶天笑、祝正良两组为甚，身为联络员，却不知自己被敌人跟踪，我若是日本特高课，今天在座的战友们将有一多半被捕，甚至全军覆没！"

下面一阵骚动，叶天笑和那个叫祝正良的男生满面通红，深深低下头去。

王文没有理会他俩，继续说道："第二，坚决改变我们的斗争手段，用血的手段杀日寇杀汉奸，殄灭丑类，警告敌人，警醒世人！革命斗争不是演戏，我们要对前期搜集的日寇汉奸名单进行整理，对罪行深重、影响极坏的人予以无情击杀！为此，我们要秘密开展专门训练。"

下面一片肃然，空气里没有了刚才的兴奋激动，每个人心里陡然沉重起来。

"第三，曾总干事亲自拟定了'抗日杀奸团'的团训，"王文一字一句地说道，"抗日杀奸，复仇雪耻，同心一德，克敌治国！"

"抗日杀奸，复仇雪耻，同心一德，克敌治国！"

所有的人都神色凝重，一起低声默念。

突然，"咣当"一声，大门被撞开，外面放哨的人踉跄着扑进来，嘶喊道：

"快跑，鬼子来了！"

"鬼子来了！"

众人轰然起身，想四下逃散，但是为时已晚，一阵玻璃碎响，前后大门和两侧窗户伸进二十多支黑洞洞的长枪短枪，几支强光手电把大家牢牢照住。大门被一脚踹开，拥进来十多名鬼子兵。为首一个鬼子军官满脸络腮胡子，狰狞如恶鬼，挎一把军刀，拎一支南部十四手枪，嘴里叽里呱啦地吼着。王文躲在幕布边掏枪射击，结果刚刚举枪就被一枪打倒。李儒鹏红了眼睛，虽然没有武器也嘶吼着向鬼子军官扑来，被这恶鬼般的军官一脚踢倒，又补上一枪。

一群学生被吓得呆住，有些胆小的更是被吓得连尖叫都忘了。几个女生抱在一起，瑟缩发抖，欲哭无泪。孙大成、叶天笑和一个叫季振英的男生扑向日本兵欲夺枪，却被四五个鬼子用枪托砸得满脸流血，昏了过去。

那恶鬼军官声嘶力竭地吼了一通，旁边冒出来一个黑衣服的翻译，摇头晃脑地向众人说："皇军早就知道你们这些叛乱分子在此聚会，今天是特高课与英租界工部局联合行动，将你们这些叛乱分子缉拿归案！"

恶鬼军官又一通吼，翻译指着学生们叫道："把他们都捆起来，押上车，带走！"

一群黄衣服日本兵和黑衣服特高课特工冲进来，把这些学生们捆起来，用绳子绑成一串，脑袋上套上黑布袋，抓小鸡一样赶上三辆蒙着黑苫布的卡车。

恶鬼军官又挥挥手，日本兵和特工们也跳上车，三辆车迅速消失在夜色里。

七、汉贼不两立

秋老太爷这些天陷入了深深的焦虑之中。

前几天，香月青川再度来访，他以腿疾为借口，避而不见，只让高青岩出面接待，香月青川悻悻而归。

秋老太爷和孟师爷关起门来密谈了很久，愈发感觉日本人不会善罢甘休，肯定会有更厉害的后招儿，逼迫他就范。

"非我族类，其心必异啊！"秋老太爷长叹一声说道，"让我去做万夫所指的汉奸，我这张快七十岁的老脸怎么见天下人？"

"礼一失则为夷狄，再失则为禽兽。"孟师爷也赞同，捋着山羊胡子陷入沉思。

"莫不如这样，"孟师爷慢慢说道，"堂主以会友为名，出去躲一段清净，让那香月青川无法再来逼你。"

秋老太爷眯起眼睛沉思良久，点头道："也只能如此，人为刀俎，我为鱼肉，硬碰不起，只好躲一阵子了。"

"潭柘寺的觉因大师前些日子来信说，有一位居士赠他一幅家传的仇英《松溪论画图》，邀我过去赏鉴。我正好也多日没有吃潭柘寺的斋菜了。"秋老太爷本是清末举人，虽身入江湖，但是不改文人名士做派，诗歌画作、美酒美食一直是他的嗜好。

他让四大弟子中的曾远山和鲁弱水分头下去，严加管束各个分堂子弟不得参与政治纷争，打点城内外各个商铺生意，叮嘱万万不可惹是生非。秋国风虽非洪顺堂门人，却是他侄子，秋老太爷不放心老家，让他星夜赶回河北老家安顿好家眷。然后，他让孟师爷和高青岩看家，只带着刘思过，一身便装，叫了两辆黄包车，悄悄向北平城西门头沟的潭柘寺而去。

香月青川在情报课接到线报，说秋老太爷两人两车，出城而去，不由得冷笑一声："这老狐狸想做缩头乌龟啊，那我就把你的乌龟壳给翻过来，看看你能否还有翻身的机会！"

他叫过芥川左兵卫，低语几句，芥川左兵卫连连点头，领命而去。

香月青川看着芥川左兵卫离开的背影，用马鞭轻轻敲了敲桌子，自语道："既然不能为我所用，那就怪不得我帮你改朝换代……"

潭柘寺始建于西晋永嘉元年，即公元307年，寺院初名"嘉福寺"，清朝康熙亲自赐名为"岫云寺"。由于寺后有龙潭，山上有柘树，故民间一直称此寺为"潭柘寺"。老北平人一直流传有"先有潭柘寺，后有幽州城"的民谚。据说明朝初期修建的紫禁城，就是仿照潭柘寺的格局而建的，北京城的故宫有房9999间半，潭柘寺在鼎盛时期的清代有房999间半，俨然是一座"小故宫"。当时潭柘寺与日本人的关系也相当密切，纯悦方丈与日本裕仁天皇的大女婿大谷光瑞是挚友，大谷光瑞是一个虔诚的佛教徒，经常到潭柘寺小住，向纯悦方丈学习佛法。因为有这种关系，故而在日本侵占北平期间，唯独潭柘寺没有受到骚扰。

觉因大师是潭柘寺纯悦方丈的师弟，是秋老太爷的方外好友，听了秋老太爷的境遇，也只能连连叹息。觉因大师施展本事，亲手做了一桌子精致的斋菜，一边跟秋老太爷品评《松溪论画图》，一边以茶代酒，陪秋老太爷解闷儿，劝他在寺中多盘桓几日，躲避是非。

到第二日中午，刘思过正闷得难受，在寺中闲逛，突然见一个洪顺堂弟子连滚带爬地跑进山门，仔细一看，是堂中负责警卫的丁四。刘思过一把揪住他，骂道："跑丢魂了的东西，家里出事了？！"

丁四气喘吁吁："快报老太爷，大事不好了！"

见到秋老太爷，丁四已经累得委顿在地上，喘了两口气道："报堂主，大事不好！今天早上，天津海龙帮赵帮主带着二十多名帮中高手打上门来，说是他们的一批货物被我们抢走了。"

"岂有此理！这个赵大同欺人太甚！"秋老太爷两枚铁胆磨得铿锵作响，"分明是受了日本人唆使，前来寻衅滋事！"

刘思过怒火上升，喊道："师父，让我回去和这群海蚯蚓打一场！"

秋老太爷慢慢冷静下来，问丁四："孟师爷和高青岩如何应对的？"

丁四带着哭腔说："高师叔与他们言语冲撞，被打断一腿一手。孟师爷被捆起来，头发胡子都被烧光了！"

秋老太爷拍案而起："辱我太甚！思过，备车，我们回去！"想了一想，他又道，"发出红花号令，召集各处管事弟子紧急到堂中集合。"

刘思过气得咬碎钢牙，领命而去。红花号令是洪顺堂最紧急的飞鸽召集号令，只有堂主才有权发出。

觉因大师听说秋老太爷要回城，急忙来送行，对秋老太爷双手合十道："你们帮派之事，老衲不敢过问。但是与日本人纷争，老衲却有一言送与秋施主。"

招一招手，身后小沙弥双手奉上一张宣纸，觉因道："昨晚老衲思忖良久，写下这句话送与秋堂主。"

小沙弥展开宣纸，上面写着一行泼墨劲草：

汉贼不两立，自古有明训；
华夷须严辨，春秋存大义。

秋老太爷胡须抖动，接过宣纸，仰天长笑一声，道："好字！好词！汉贼不两立，春秋存大义，老夫这一身病骨头就交给这个'义'字了！"

说完，大笑两声，带着刘思过和丁四出寺而去。

潭柘寺山下，芦潭古道。

芦潭古道是北平城通往潭柘寺的一条主要道路，是过去到清西陵"京易御道"的一条支线。清康熙二十五年，康熙皇帝玄烨去潭柘寺进香时，走的就是这条芦潭古道。

林荫路窄，树木幽深，微风徐来。

一行人急匆匆回城，车夫跑得浑身大汗，秋老太爷突然一拍车子："停！"刘思过警觉地跳下车，四处打量。

一阵清风掠过，树叶哗哗作响，秋老太爷原本眯缝的双眼慢慢闭上，凝神聆听，突然冷笑一声："何方朋友？请出来吧！"

话音未落，十几件暗器疾风暴雨般向秋老太爷几人袭来，两个车夫颈间冒血应声倒下，丁四一个鱼跃钻到黄包车下面，刘思过身形晃动躲开暗器，秋老太爷在车上稳如泰山，双手指间各夹住两支黄澄澄的龙形飞镖。

　　"这飞龙镖虽然是海龙帮的独门暗器，但这手法却绝不是海龙帮的人，你到底是什么人？！"秋老太爷说完，腕间发力，将四支飞龙镖射出，在前面数丈远一棵大树上钉成一排。

　　树后慢慢转出一个黑衣人，一身夜行衣装扮，竟然是没穿军服的芥川左兵卫。

　　芥川左兵卫表情依然呆板，看不出喜怒，语音生硬地说："今天，你，必须死！"

　　芥川左兵卫双手一翻，指间已多了数枚飞龙镖，作势欲发。秋老太爷眼睛又眯起来，盯着芥川左兵卫的手，手中的铁胆转得飞快。

　　突然，一道凄厉的刀光自树上一闪而下，直劈秋老太爷面门，这一刀势若奔雷，快如闪电。原来芥川左兵卫的飞镖只是幌子，引开秋老太爷的注意力，这一刀才是杀着儿！

　　秋老太爷对这闪电一刀并不惊诧，两枚铁胆脱手飞出，画出两条弧线，一前一后击向芥川左兵卫，双手一拍，将头顶闪电般的刀光夹住，那道炫目的刀光霍然消散。原来偷袭的也是一个黑衣人，打扮和芥川左兵卫如出一辙，只是罩着黑布面罩，看不清面目。

　　刀光戛然而止，使刀的黑衣人悬在半空，芥川左兵卫似乎对那两枚画弧线飞来的铁胆很是忌惮，连发四支飞龙镖击落一枚铁胆，另一枚铁胆已击到面前，只能一俯身缩到树后，那枚铁胆嗖地一下嵌入树干。

　　这几下兔起鹘落，电光石火，几乎同时发生，秋老太爷逼退芥川左兵卫，夹住头顶刀光，竟然将对方的偷袭破解。

　　但是，秋老太爷却没想到，还有第三个偷袭的人！

　　一把无声无息的短刀从黄包车下面疾刺向秋老太爷左腰，秋老太爷发觉时，刀已划破衣衫，刀尖入肉。这个人竟然是丁四！

　　秋老太爷身体急转，这无声无息的一刀划过左腰，带出一串血珠，却未能刺入身体。秋老太爷向前跃出，大喝一声："叛徒，逆贼！"反手将头顶悬空的黑衣人连人带刀抢起，砸向车底的丁四，轰然一声巨响，黑衣人将黄包车砸得散架，又将车底的丁四砸倒。

　　后面的刘思过大喝道："让我来！"吐气开声，一拳击出！刘思过是四大弟子中最精拳脚功夫的，硬桥硬马，天生神力，一套少林五祖拳已得了师父秋老太爷的十分真传。

但是，刘思过这一拳并不是打向黑衣人，也不是打向丁四，而是——秋老太爷！

这一拳就将秋老太爷击得飞了出去！秋老太爷口中鲜血狂喷，瘦小的身躯在空中几乎折成两截，洒出一道血线，滚落出两丈多远。

芥川左兵卫从树后慢慢走出，那个使刀的黑衣人和丁四也从破烂的黄包车里爬出来，一起看着翻滚呕血的秋老太爷。秋老太爷想挣扎爬起，却无力撑起身体，大口鲜血涌出染红了衣襟。他哆哆嗦嗦地指着刘思过："好，好，好徒弟！没想到你、你竟然是一个人面兽心的东西！"

刘思过呆呆看着自己的拳头，似乎人已经痴傻，听不见秋老太爷说话。

沉默了一会儿，刘思过泪如雨下，"扑通"跪在泥地里，磕头如捣蒜："师父，对不起！我的父母妻子已经被他们关起来，你若不死，我全家都要死！弟子实在没有办法啊！"他跪下之处，还和秋老太爷保持一丈多远的距离，全身暗中戒备，提防秋老太爷临死一击。

秋老太爷确实有暗中蓄力濒死一拼的打算，但见到刘思过如此警惕，长叹一声，放弃了挣扎，躺在泥地上，边咯血边叹息道："想不到，想不到我纵横江湖一生，竟然，竟然死在自己徒儿之手。平日里，你貌似脾气暴躁……直爽仗义，想不到却是一个暗藏心机的卑鄙禽兽！……是我瞎了眼！"

树林深处传来一阵笑声，一匹白马慢慢踱出来，上面赫然坐着香月青川。香月青川笑容满面，轻拍戴着白手套的手，说："如此精彩的伏击，只有中国过去的剑侠小说里才有，或者在我们大日本幕府时代武士忍者决斗时才能见到。"

"多好的武功，也斗不过智谋；多老的武士，也逃不出江湖！哈哈！"

他骑在白马上，俯视着奄奄一息的秋老太爷，叹息着摇头，说："如果你能和海龙帮赵大同一样明智，与我们愉快合作，又怎么会有今天这般下场？"

秋老太爷将伸出去的手努力缩回，慢慢从胸前掏出一张宣纸，上面沾满了血迹，秋老太爷似乎想打开宣纸，却已耗尽了最后一丝力气，双目一翻，就此气绝。

一阵风吹来，展开了半张宣纸，遮住了秋老太爷的脸，上面一行大字：

汉贼不两立……

香月青川脸色变了变，回头对芥川左兵卫道："这次精彩的伏击，海龙帮厥功至伟，我们不能抹杀了海龙帮的功劳。"

芥川左兵卫鞠躬"嗨"一声，双手齐扬，五支飞龙镖飞出，在秋老太爷胸前钉成一朵梅花形状，将那张宣纸牢牢钉在秋老太爷胸口，"汉贼不两立"几个字如一面小小的经幡，在风中飞扬……

孟师爷和高青岩在洪顺堂中，接到秋老太爷发出的红花号令，感到十分惊诧，却不知究竟发生了什么事。正疑惑间，曾远山和鲁弱水带着堂中各处管事的弟子二三十人，也急三火四地赶了回来，说是接到了堂主飞鸽传书发出的红花号令，前来堂中集合。

正议论纷纷时，门外踉踉跄跄撞进一个血人，正是丁四。丁四浑身血污，后背上还插着一支飞龙镖，脚步踉跄，直接摔倒在庭前，喊道："快去救老堂主和三师叔！"

众人七手八脚把丁四抬进厅中，丁四喘息着断断续续说："堂主老人家和三师叔，在潭柘寺山下遭到天津海龙帮埋伏袭击，寡不敌众，让我回来搬救兵！"

洪顺堂弟子轰然一声炸了锅，纷纷怒骂海龙帮卑鄙无耻。鲁弱水是沾火就着的火暴脾气，带头取来兵刃，跳到门口，就要带领堂中弟子去救师父。

"四师弟且慢，"曾远山为人沉稳持重，他回头问丁四，"既然师父老人家与三师弟是秘密前去潭柘寺，你又是如何随行的？"

还没等丁四回答，高青岩挤过来说道："是我让他去的。师父去潭柘寺会友，身边没有使唤人照顾，三师弟又是粗人，所以我让丁四带着一些日用物什随后赶过去的。"

曾远山沉默一会儿，又问丁四："师父既然在潭柘寺里会友，为何又在山下遇袭？埋伏的人有多少？"

丁四喘息稍定，道："回二师叔，是这样的，堂主在寺中只住一日，接到消息说海龙帮要来寻衅滋事，堂主担心我们没有防备吃亏，一边令三师叔发出红花号令，一边带我们赶回来，结果下山不久，就遇见海龙帮的埋伏，对方足足有三十人。"

鲁弱水带领一群人在门口急得跳脚："别再磨蹭了，去晚了师父如果遭遇不测怎么办？！"

高青岩也操起兵刃，鼓噪着带人去救师父。曾远山左右为难，又问丁四："你确认是海龙帮的人？师父有没有受伤？遭遇埋伏，你又怎能舍弃师父和师叔独自逃回来？"

丁四"扑通"一声跪倒在曾远山面前："二师叔难道怀疑我？埋伏袭击师父的人确实是海龙帮人马，赵大同亲自出马，我认得他，还有那天来拜山门的日本高手也参与其中。堂主掩护我回来搬救兵，赵大同发飞镖截击我！"他指了指后背插的飞龙镖，又道："我冲出来时，堂主已经胸前中镖，三师叔也浑身是血，不知道伤在哪里。"

鲁弱水怒吼一声："再不去，等着给师父收尸吗？！"拉起丁四，话里有话骂道："你这废材，胆子小得只知道逃命，快给我们带路！"说罢一脚踹开大门，和高青岩领着人呼啸杀去。

曾远山无法制止，跟到门口，又折回到庭前，对孟师爷说："我总觉得事出蹊跷，难以预料，如果不去，又被耻笑成胆小怕死的无耻之徒。还请孟师爷坐镇堂中，周旋大局。"说罢，深施一礼，匆匆追了出去。

孟师爷沉吟一会儿，悄悄唤过一名叫赵小山的亲信弟子，让他远远盯着，看看有何变化。

八、多硬的骨头，也敌不过子弹

潭柘寺，芦潭古道。

芦潭古道那片树林，寂静依然。刚才的打斗痕迹都被抹去，两具车夫的尸身也不见了踪影。

洪顺堂一行人旋风般赶到树林，只见秋老太爷满身鲜血静静躺在那里，胸口飞扬着一张宣纸，旁边几丈外刘思过脸朝下伏在泥地里，浑身血污，一动不动。

鲁弱水大放悲声，喊了一声："师父！我来晚了！"就要冲过去抱秋老太爷。曾远山一把拉住他，对他摇摇手，也止住了其他围上来的弟子。然后，曾远山一个人慢慢走近秋老太爷的尸身，跪下来仔细查看伤势。

高青岩虽是大师兄，但是遇事不如曾远山冷静果敢，看到师父遇害，哭得涕泪满面，见曾远山查看伤势，也走过来，道："这分明是海龙帮的飞龙镖，用飞镖打出'五龙一梅花'图案就是赵大同那厮的拿手本领，海龙帮暗算师父，我们要把海龙帮杀个鸡犬不留，为师父报仇！"

前来的三十多名洪顺堂弟子群情愤怒，看到堂主如此惨状，不由一齐高喊："杀尽海龙帮，为堂主报仇！"

曾远山面沉似水，慢慢扶起秋老太爷的尸身，一字一句道："只怕未必是海龙帮做的。"

众人都是一惊，曾远山继续道："这五支镖虽然打出梅花图案，但是入镖方位却是斜射入胸，而且隔着宣纸，分明是师父倒地以后才射出的飞镖……"

他伸手到秋老太爷后背一摸，触手皆软，骨骼尽碎，不由大吃一惊，跳了起来，大喝一声："有诈！四师弟小心！"

那边鲁弱水因为曾远山不让他抱师父尸身，就去搬动刘思过的身体，猛然听到曾远山的喝声，吃了一惊，扭头看去，这时他怀中软绵绵的刘思过突然睁开眼睛，一拳打在鲁弱水的喉结上！

鲁弱水瞬间就失去了力量，全身瘫软，双膝跪地，晃了几下，扑地不起，一双怒目死死地盯着那个和他从小一起长大、一起拜师学艺的刘思过，却连喊都喊不出来了。

刘思过一拳击杀鲁弱水，大笑一声，一个旋身滚出两丈远。那边洪顺堂弟子大都惊呆了，不敢相信眼前的变故。曾远山双目尽赤，嘶吼一声，指着刘思过："就是他！是他的少林五祖拳杀了师父和四师弟！"

一众弟子轰然将刀枪兵刃对准刘思过，刘思过大笑不绝，似乎并不惧怕。

曾远山从腰间抽出一柄精钢软刀，迎风抖得笔直，慢慢说道："我已十年未用此刀杀人，今日就让这把刀再饮叛徒逆贼之血，为师父师弟报仇！"

丁四攥紧短刀，在曾远山背后蹑手蹑脚地靠了过来。不料，曾远山猛然转身，一刀挥出，在空中画出一道绚烂的彩虹，彩虹尽处，血雨喷飞，一颗人头飞上半空！待人头落下，众人才看清，原来曾远山一刀将丁四斩了！

曾远山站在血雾之中，虽然身材矮小，却如同一尊杀神，凛然生威。他以刀指着丁四的无头尸身道："丁四出卖堂主，以谎言将我们骗来，无论如何，我都不能让他活过今日！"

高青岩大喊一声："杀得好！弑师之徒，人人得而诛之！二师弟，今日我与你并肩作战，共诛逆贼！"说罢，跨前一步，与曾远山并肩而立。

两个人身形刚一接触又触电般分开，曾远山一声闷哼，高青岩一声怪叫。原来高青岩竟然一匕首扎进曾远山腹部，曾远山临危一刀砍出，在高青岩后背斫出长长一道血口，高青岩在地上打了几个滚，一直滚到刘思过面前，才咬着牙挣扎着站起。

曾远山重伤之下，单膝跪地，右手拄刀，左手捂住伤口，道："我明白了，原来是你二人暗中合谋，先害师父，再将我们骗来此地！"

曾远山腹间一片赤红，伤得极重，他咬牙站起，口衔软刀，将上衣撕碎在腹部打一个结，喝道："众弟子，听我命令，依照帮规第一条，将这两个弑师恶贼乱刃分尸！"

高青岩暗袭不成，反而挨了一刀，浑身浴血，狼狈不堪，咬着牙喊道："师父这个老顽固，冥顽不灵，铁了心和日本人作对。我和三师弟已经商量多次了，为了我们堂中两千多弟子的身家性命考虑，才不得已出此下策。"

刘思过也叫道："你们不想活了没什么，可是你们人人都有父母妻小，难道也要他们深受连累，被日本人关进监狱？！"

几个洪顺堂弟子面露犹疑，不知道听谁的，曾远山一把抓过秋老太爷身上的宣纸，双手高举展开，喝道："师父遗训在此，'汉贼不两立，春秋存大义！'你们若做了欺师灭祖、人神共愤之徒，当如何在天地间立足？！"

一群洪顺堂弟子都愣在当场，有几个忠心胆大的弟子喊道："听二师叔的，砍了这两个叛徒，为堂主和四师叔报仇！"其他弟子如梦方醒，举起刀枪围了过来。

忽然，树林里传来一阵枪声，几个外面的洪顺堂弟子应声倒地，一群荷枪实弹的日本兵从树林里围了上来，竟有近百人之多，还有几挺机枪，黑洞洞的枪口对准了洪顺堂弟子们。

香月青川骑着白马，带着芥川左兵卫和那个使刀的黑衣人，慢悠悠穿过队列，走到高青岩和刘思过面前，笑呵呵地说："我刚到北平时就听闻洪顺堂门下四大弟子，各有特点：高青岩圆滑伶俐，长于交际；曾远山冷静沉着，坚毅果断；刘思过外表暴躁，工于心计；鲁弱水豪爽重情，有勇无谋。今日一见，感觉果然如此，江湖传言不虚啊。"

他又转头向曾远山，道："本来四大弟子中我最欣赏你，想让你在秋堂主之后执掌洪顺堂，为我扫平平津江湖帮会，但是你既然识破了我的计划，看来我们是不能愉快合作了。"

曾远山"呸"了一声，道："魑魅魍魉之徒，使出这般毒计，也配和你曾爷爷合作？！"他向高、刘二人怒骂道："你们竟然与日本人勾结，出卖堂主，出卖同门兄弟，不怕以后江湖同道人人得而诛之吗？"

高、刘二人面有报色，不敢接话。香月青川接口道："与我们大日本皇军合作有何不妥？我已经答允他们，洪顺堂所有的生意我们皇军都不染指，反而要鼎力扶持，使洪顺堂成为我们的得力助手，一年之内你们就可以称霸平津地区。"他对洪顺堂弟子道："你们的高、刘二位师叔，我已安排他们出任要职，荣华富贵，全家平安，你们为什么不效仿他们二人？"

"你做梦！"曾远山一声断喝，将手中软刀向香月青川奋力掷出，刀声呼啸尖厉，在空中画出一道彩虹，瞬间就要刺到香月青川胸口。香月青川猝不及防，面色惨变，眼看就要毙命于这一刀之下，这时香月青川身后那个使刀的黑衣人突然跃出，双手持刀，一刀劈下，火花铿然，竟将曾远山奋力掷出的软刀斩落。

在鬼门关门口打个转的香月青川恼羞成怒，说："坏我计划者，杀！负隅顽抗者，杀！"

他用戴白手套的手做了个"斩"的手势，后面的日本兵立即开枪射击，几挺机枪也吼叫起来，一众洪顺堂的弟子们在弹雨中抽搐、喊叫、摔倒，有几个想趁乱冲出，只跑出几步，就被机枪火舌追上扫倒。杀神一样的曾远山怒吼着向香月青川冲来，只跨出两步，胸口就炸开几个血洞，他挣扎着向前冲去，终于无力倒下……

高青岩和刘思过面色灰白，汗如雨下，站在那里一动不敢动。高青岩一脸扭曲，连眼睛都闭上了。

香月青川面色慢慢恢复正常，又堆上惯有的笑容，说："狙杀秋老太爷时，我曾说'多好的武功，也斗不过智谋；多老的武士，也逃不出江湖'，是吧？"

芥川左兵卫和那个黑衣人在后面"嗨"了一声，说："没错，中佐您是这么说的！"

香月青川看着曾远山的尸体，目光竟有些萧索之意，慢慢道："我还想加一句——'多硬的骨头，也敌不过子弹！'"

刘思过附和道："香月课长高见，我们中国武术界有一句话叫'拳不打力，力不打功，功不打计'，说的也是这般意思。"香月青川意味深长地看了他一眼，没有言语。

远处西天落霞，林鸟倦归，一片暮烟随风飘来，漫天的萧瑟落寞。

香月青川看了半晌才将眼神收回，说："威震北平的洪顺堂，一日之间就天翻地覆，堂主易位，这是江湖间的头等大事，传令下去，就说是天津海龙帮配合皇军，一举击杀顽固不化的秋堂主，以及与重庆方面暗中合作的诸多弟子！"

他用马鞭拍了拍腿，看着高青岩和刘思过，似乎是自言自语地说："有一个问题，洪顺堂该由你俩谁来执掌呢？"

高青岩和刘思过也对望了一眼。

九、北平的雨夜

北平，樱花酒店。夜，细雨。

樱花酒店是一家日本军官私下聚会的日式料理店，只接待少佐以上的军官。

在最里面的房间里，香月青川向他的顶头上司阿部几宽大佐汇报了拉拢海龙帮和瓦解洪顺堂的情况。阿部几宽一身便装，显得悠然自得，他是大名鼎鼎的日本情报界元老，与土肥原贤二、晴气庆胤等人资历相当，日本在平津两地的情报体系都由他一手掌控。他的副官井上真雄少佐是一个冷酷凶狠的年轻军官，在华北方面军司令部情报课和天津特高课都兼任副课长，是一个炙手可热的红人，但是他在阿部几宽面前，却像弟子一般恭顺，恭恭敬敬跪坐在他旁边。

香月青川在短时间内就将平津一带最负盛名的两大帮会收归己用，成为日军的得力帮手，让阿部几宽喜出望外，他端起一杯清酒向香月青川道：

"香月君，祝贺你的一箭双雕之计，既让我们少了肘腋之患，也让他们内斗不休不止，来，请满饮此杯！"

香月青川恭谨地一饮而尽，他视阿部几宽为半师半友，由于他行事任性妄为，在情报界得罪了不少人，很多人都把他视为另类，暗中图谋他，就连旁边这个恭恭敬敬的井上真雄也是欲取而代之。但是阿部几宽力排众议，坚持重用香月青川，据说还曾因为他和另一个情报巨擘山本荣治掀翻了桌子，闹到华北方面军司令官多田骏那里。

在日本军官内部，由于政见分歧，分为"皇道派"和"统制派"，震惊日本的"二二六"兵变以后，"皇道派"不断受到打压排挤，日趋衰微。香月青川就是"皇道派"的少壮军官之一，而阿部几宽和井上真雄则是"统制派"的骨干。

井上真雄也敬了香月青川一杯酒，香月青川看这个潜在的危险对手做出客气恭谨的神态，也回以礼貌的微笑，心里却想道："凶残的人，即便戴上了恭敬的面具，也掩盖不住他凶残的本性。"

井上真雄小心翼翼地问香月青川："香月君，我有一事不明，不知是否当问？"香月青川颔首为礼，说："井上君，请不要客气，但问无妨。"

井上真雄看了阿部几宽一眼，说："我只是不明白，天津海龙帮既然已经归顺我们，你为何还要将狙杀洪顺堂秋堂主一事嫁祸于他们？不怕因此刺激他们起了反叛之心吗？"

香月青川愣了一下，似乎没想到井上真雄会问这个问题，他笑了两声，端起一杯酒慢慢饮下，道："这就是阿部大佐刚才说的'一箭双雕'之计。井上君，请你想象一下，一只主动归顺的宠物犬，和一只走投无路人人喊打的丧家犬，哪只更有战斗力？"

井上真雄还在咀嚼这句话的含义，阿部几宽却哈哈大笑道："香月君，你的比喻太形象了！哈哈，宠物犬和丧家犬，我们为这个精彩的比喻干一杯！"

香月青川和井上真雄一起举杯，两个人的眼神暗中对视了一下，旋即分开。

临别时，外面细雨更密，雨夜里的北平显得沉闷锈蚀，了无生气。三个人不约而同地在雨幕里长吁了一口气，香月青川想起了当年告别京都时，在家里度过的最后一个夜晚也是这样的雨夜，他心念又转，想到同一片雨夜里的萧萱怡不知道此时在做什么。

井上真雄为阿部几宽撑起一把伞，护送他登车，阿部几宽上车前突然拍着香月青川的肩膀说："香月君，我的内线报告说，平津地区有一群出身富家贵族的公子小姐，还有一些学生们，正在秘密组织社团，要对付我们大日本皇军和帮助我们的支那友人，你要多加注意啊。"

北平，赵记杂货铺。同一片雨夜。

刀子像刀子一样站在雨里，他在警戒，也在等人。不远处是一家中等规模的妓院，灯红酒绿，人来人往，"春风楼"的招牌在雨幕里分外闪亮。刀子咬了咬牙，他不能忍受把联络站设在妓院旁边，但是这不是他能做主的，他的任务就是保证联络站和他的上级绝对安全，所以他只有服从，只有忍耐，为了这个任务他可以随时把自己变成一把真的刀子，甚至去拼命。

刀子这种刀子一样站立的姿态，和刀锋一样的眼神，引起了几个为妓院看家护院的混混们的注意，四个人低语几句，慢慢凑了过来。刀子冷冷地看了他们一眼，动也不动。一个混混故意向他身上撞过来，却立刻飞了出去。另三个混混立刻出拳出腿，乱七八糟地向刀子打来。刀子双手静静地垂在身侧，身子却动了，他用自己的身体主动迎向混混们的拳头和腿脚，那些乱七八糟的拳头和腿脚无一落空，都打在刀子的身上，却立刻换来几声疼痛的呼叫，他们像是在主动攻击一块活着的花岗岩，或者说是一块活着的花岗岩在攻击他们，疼痛迫使几个混混在雨水里翻滚。一个凶悍的混混掏出一把日式短刀，向刀子后背扎去，刀子一个转身，那把日式短刀就到了刀子的手里。刀子掂了掂短刀，咬着牙说："我最恨背后用刀的人，尤其是鬼子的刀！"他抬手把短刀扎在旁边的墙上，然后一拳击出，那把刀应声断成两截。混混们立刻飞一般散去，就像根本没来过一样。

赵凡领了一个人，打着伞匆匆走进巷子，见到戳在巷子口的刀子，立刻明白刚才发生了什么。打扮得像一个商人的赵凡立刻有了几分恼怒："刀子，这条巷子又不是你家的，你不能不让人走。"

他看看刀子浑身雨水，又说："你这样雨天不打伞站在这里，太引人注目了。"

刀子默然不语。赵凡看着后面那人，对刀子说："自己人。"

刀子立刻转身贴墙而立，站得还像一把刀子，"自己人"三个字，让他的眼神瞬间变得柔和多了。

后面那个人经过刀子身前时，停住了，在伞下露出一双年轻明亮的眼睛，看着刀子，说："我听说过你，太行山来的刀子，好一把锋利的刀子！"

夸奖的话对刀子来说就和雨水一样，他无动于衷，依然挺立如刀。赵凡领着那人收伞进到一家杂货铺的院子里，回头对刀子说："放松点儿，这里是北平，不是太行山。"

刀子的放松就是松开攥紧的拳头，慢慢隐到门口的黑暗处，这是他的职责。

屋子里灯光幽暗，有一个四十多岁的像教书先生的人坐在那里，手里把玩着一个小巧的官窑青瓷茶杯。赵凡拎起茶壶，为他领来的年轻人倒了一杯茶水，那个年轻人坐在远离灯光又靠近窗户的地方，接过茶杯，却并不喝，他在等那个中年教书先生说话。

那个教书先生看着警惕的年轻人，点点头，微笑着说："'七号'同志，这几年你的警惕性一点儿也没改变，和自己人坐在一起也满是戒备啊。"

那个被称为"七号"的年轻人表情肃然，把茶杯慢慢放在桌子上，说："我们牺牲了太多的同志，是他们的血时刻提醒我保持警惕，即使是面对自己人。"

教书先生和赵凡都有些不自然，赵凡清了清嗓子，说："现在我传达上级的决定，由于原来的联络站被鬼子的特工发现了，给我们造成两名同志牺牲的惨剧，我已经向上级做了深刻的检讨。我们这次搬到妓院旁边，开了这家赵记杂货铺，以此作为今后工作的联络地点。组织上安排了刀子同志负责安全警卫，刚才你们已经见过了，还从上级抽调了齐明珍同志，也是我的妻子，前来协助我们开展工作，负责电台联系。"

里屋的门帘掀开，一个三十岁左右的年轻女子走了出来，一身朴素的布质旗袍，齐耳短发，面容清淡，向"七号"微微一笑，拿起茶壶出去续水。

赵凡继续说道："根据组织决定，由钟子奇同志负责领导我们这一组工作，我具体负责联络站工作，我们与其他组的同志不发生横向联系。"

教书先生就是钟子奇，是一所大学的老师，他对赵凡和"七号"点点头，说："我们的联络方式做一下调整，每月初在城东茶馆碰头一次，如有特殊情况可以在前门大街的告示栏里贴上暗语联系，特别紧急的情况才可以直接到赵记杂货铺会面。"

那个被称为"七号"的年轻人沉默了一会儿，说："组织上的安排我都同意，但是由于我身份特殊，我建议我只和赵凡同志单线联系，别人不要联系我。我的身份也请赵凡同志暂时保密，目前先不要公开。"

钟子奇面色有些尴尬，却没有反驳。

"七号"说："最近军统方面又暗中成立了一个秘密组织，成员多是平津一带的学生和富家公子小姐，主要针对日本人和亲日汉奸进行工作，相信他们很快就会采取行动。请上级关注这个组织。"

钟子奇和赵凡点点头，"七号"立刻起身告辞。

到了门口，"七号"略微沉吟一下，对在门口护送的赵凡和刀子说："这个联络站设在妓院旁边，虽然是个不错的掩护，但是我刚才观察了一下，只有前门和后门，还缺少关键时刻的逃生通道，请你们重视起来，赶快改进一下。"

说完，他就消失在了无边的雨幕里。

同一个雨夜，大街上一辆飞奔的黄包车。

车夫戴着斗笠，披着雨衣，在已经积水的街上向前飞跑。后面车上的人打着一把伞，遮挡着迎面飞来的雨珠，一张衰老的脸写满了紧张，不时逡巡着前后左右的暗夜，仿佛担心路边的黑暗里能跳出一头猛兽吞了他，或者是一颗不知道哪儿飞来的子弹钻进他的额头。想到这里，他不由自主用手摸了摸脑袋。

一片灯光闪过，那张紧张的脸竟然是洪顺堂的孟师爷。眼镜片上沾满了雨水，他摘下来用手擦抹，却越擦越花，戴上去几乎连前面的车夫都看不清楚了。

孟师爷白天派出去盯梢的赵小山疯了一样跑回来，向他报告了潭柘寺山下发生的一切。"洪顺堂完了！"这是孟师爷的第一反应，无论是高青岩还是刘思过，抑或是日本人，不管是谁接手洪顺堂，他都是必死无疑的人，没有人会怜惜这个知道太多秘密的老头子，他肯定会像一缕烟一样凭空消失。所以，他立刻就决定了：跑！

路越来越黑，几乎连半点灯光都没有。孟师爷用昏花的眼使劲儿辨认着周围的景物，他忽然恐惧地发现，这条路并不是他想逃出城的路线。他惊叫着，手脚并用地想跳下车。

"你这个胆小鬼，你忘记自己是中统的人了吗？"一个冷冰冰的声音传来。

孟师爷像是被点了穴道一样，立刻僵在那里，恐惧地四处看看，并没有人影。车子还在飞快地奔跑，说话的人只能是那个戴斗笠的车夫。

"是青龙站长让我来接你的，如果他看见你刚才逃命的狼狈相，肯定会让人一枪崩了你！"车夫并不回头，声音却充满威严。

孟师爷停止了挣扎，知道对方也是中统的人，便安静了下来。那个声音继续说道："你在洪顺堂潜伏多年，竟然让日本人朝夕之间把洪顺堂夺走，你却毫无办法，只想逃命，青龙站长很生气。"

孟师爷小心翼翼地为自己申辩："我和秋堂主都没有料到高青岩和刘思过暗中被日本人收买了，这不，秋堂主连老命都搭上了。"声音里带了几分唏嘘。

"这不能掩盖你的老眼昏花，老糊涂！"那个声音更加严厉，"如果不是青龙站长念及你年老体弱，尚无其他过错，给你一次戴罪立功的机会，今晚玄武组长就会把你扔进护城河喂王八！"

孟师爷噤若寒蝉，似乎是知道玄武组长的冷酷无情，不敢吭声。

车子继续在雨中飞奔，将路上的雨水犁开两道长长的波纹，孟师爷在后面车上如坐针毡，既不敢说话询问，又不敢不让这个不肯回头的同事拉着他奔跑。好在车子很快停下了，停在一家小小的饭铺门口，饭铺已经关门打烊，外面的幌子上依稀写着"老味道"三个字。

车夫依然没有回头，声音冰冷地说："从今天起，你就是这家饭铺的厨师，听从朱雀组长的领导，负责搜集有关军统曾涉、王天牧的一切信息，他们最近组建了一个秘密组织，成员多是学生和一些公子哥富小姐，你要密切关注他们的举动，朱雀组长会安排人和你联系。"

孟师爷似乎还有些发蒙，没有回答他，那人厉声问他："你明白了吗？！"说完，一掀车身，把孟师爷翻扣在雨水里。孟师爷被摔得七荤八素，在雨水里滚了四五下才挣扎着站起来，浑身被雨水一激，脑子终于清醒过来，结结巴巴地说："感谢站长、副站长不杀之恩，我一定努力工作，报效组织。可是，可是让我当厨师，我实在是不会做菜啊。"孟师爷一脸哭相。

那车夫冷笑一声："你是不会做菜，可是你会死，而且会死得很快！"

说完，车夫就消失在黑夜里，只留下张着大嘴的孟师爷和两串溅起的水花……

十、谁是曾涉？

天津郊外，山中。

冯剑美在颠簸的车上努力辨认着方向，套着黑布袋的脑袋晃了几圈，凭感觉她知道萧静怡就靠在她身边，她不敢说话，摸索着用脚去碰萧静怡，萧静怡也用脚回应着她，知道了对方的存在，两个人紧紧靠在一起，心怦怦地跳。

车子飞一般行驶着，只隐约听到外面似乎下雨了，细细的雨珠打在车顶的黑苫布上。

"这是要把我们拉到哪里啊？"冯剑美听出这是尹河野的声音，回应他的是一阵耳光和脚踢，还有日本兵咒骂的声音。想到带头的那个恶鬼般的日本军官，冯剑美不由得浑身发冷，她感到萧静怡的身子一阵微微发抖，不禁想到萧静怡胆子小，如果不是头上蒙着黑布，一定能看到她哭得泪流满面。正想着，不知道是哪个女生因为恐惧，嘤嘤哭了起来，立刻又换来一阵拳打脚踢。

不知道过了多久，车子终于停了下来。一群人又像麻袋一般被日本人连踢带打地丢下车来，用绳子牵着向前蹒跚挪动，然后一个挨着一个排列站好。透过黑布，他们看到似乎有人点起了火把，还打开了手电，其余什么也看不清楚。

冯剑美努力聆听着，听到了身后溪水的声音和远处松涛的声音，"原来把我们押到了山里的溪水边，难道是要处决我们？！"想到这里，她的心猛然抽紧了。别的人似乎也想到了这点，人群中发出了一阵骚动和哭泣声。

前边传来那个恶鬼军官的吼声和翻译尖细的声音："你们这些支那学生，秘密集会，与重庆政府暗中勾结，阴谋抵抗大日本皇军，破坏大东亚共荣伟业，证据确凿，罪不可赦！真是一群不可救药的支那猪！"

有人对着这翻译"呸"了一声，喊道："你们才是猪！是狗！你这个汉奸更是猪狗不如的东西！"又是尹河野的声音，一群男生虽感觉到了危险，但受到尹河野奋不顾身的鼓励，热血上涌，纷纷喊起来："日本人是猪！是狗！日本鬼子滚出中国去！"回应他们的又是一阵拳打脚踢和枪托砸人。

那个恶鬼军官又吼了一阵，翻译尖着嗓子喊道："经天津特高课请示华北方面军多田骏司令官，决定对你们，执行死刑，立即执行！"

仿佛一颗炸弹扔进学生们中间，一阵轰然，很多人破口大骂，也有人泣不成声。冯剑美感到一阵晕眩，靠着萧静怡，两个人都浑身发抖。冯剑美声音颤抖，问萧静怡："你怕死吗？"萧静怡哭泣着，似乎是咬着嘴唇低声回答："我怕，我不想就这样死去……"

由濒死的恐惧引发的骚动和反抗，很快被更无情的拳脚和枪托制止，所有人又被排成一排站在溪水边。那个翻译喊道："听我口令，预备！"一阵稀里哗啦的拉动枪栓的声音。

突然，一个男生从队列里挣扎着向前扑出，喊道："误会！误会！千万别开枪，我是自己人！"他拼命前扑，带着旁边的人也脚步踉跄着向前。

那个男生向前冲了两步，扑在地上，试图用地上的土石去蹭头上的黑布袋，嘴里嘶喊着："我是大日本皇军的情报人员，是特高课的特工，我叫顾长武，受华北方面军司令部情报课副课长、天津特高课副课长井上真雄领导，今天他们的集会情报就是我送出去的！"

人群一阵寂静，包括准备行刑的日本兵，似乎也被他的这番话惊呆了，不知所措。

过了许久，一个声音传来："你说的是真的？"

顾长武犹如一头濒死的野兽，在地上挣扎着，喊道："是真的，千真万确！我只受井上真雄少佐领导，是他让我以学生身份潜伏进来，只和他保持单线联系。"

头套外面的世界一片沉默，顾长武的脑袋不安地转动着。

"不信，你们可以给井上少佐打个电话。"顾长武感觉到了生存的希望，继续喊道，"他的办公室电话我可以马上告诉你们。"

"不用了，"稍一沉吟，那个声音冷冰冰地说道，"他的电话我们知道，我们相信你！"

顾长武从鬼门关前缩回了脚，立刻变得精神抖擞，从泥地上弹了起来，辨不清方位却努力地向那声音的方向献媚："他们刚成立了'抗日杀奸团'，大部分成员的情况我都已掌握，请放开我，我为太君一一指认！"

那个声音冷冷地道："他们马上就是死人了，死人的情况我没有兴趣听。"他继续喊道："听我口令，预备！射击！"

一排枪响，硝烟弥漫。

冯剑美感觉身子一轻，顿时软软地向后倒去，萧静怡在她身边，也软绵绵地倒下去。其他人也都摔成一团，有的人还发出凄厉的惨呼。

寂静了半晌，冯剑美似乎觉得身上并没有受到枪击，没有伤口，没有流血，也没有疼痛，"难道刚才鬼子的子弹没有打中我？"

正疑惑间，突然传来一阵笑声，声音十分熟悉，"把他们放开吧，他们表现得很好！委屈大家了。"这是先前给他们致辞的王文的声音，他不是被日本兵打死了吗？

手上的绑绳被松开了，跟着头上的黑布袋也被揭去，首先映入眼帘的竟然是笑呵呵的李儒鹏，还有王文，他俩竟然死而复生，而杀死他们的那个恶鬼般的鬼子军官和翻译官，竟然也在旁边笑嘻嘻地看着大家。地上躺着一具尸体，浑身弹孔，鲜血横流，赫然是刚才那个要给日本人指认大家的顾长武。

所有的人都愣住了，不知道究竟发生了什么。李儒鹏走到前面，对大家说："同学们，战友们，你们受惊了，也委屈你们了，这其实是一堂考察课，考察的是我们的胆量、勇气，还有忠诚。"他踢了一脚顾长武的尸体，说："当然了，还可以借机清除打入我们内部的日本特务。"

李儒鹏继续打着哈哈，说："对不起大家的是，为了逼真，我们下手打人可绝对没有手下留情，请大家原谅。"说完，深鞠一躬。

大家这才明白过来，刚才有的吓得哭泣，有的晕了过去，有的连裤子都尿湿了，原来只是一出精彩逼真的戏。再互相瞅瞅，叶天笑和季振英等人被打得鼻青脸肿，头上还流着血。大家毕竟是年轻人，经历过生死关头，不由得哑然失笑。

几个女生对那个恶鬼般的鬼子军官心有余悸，几乎不敢看他，聚在一起偷偷嘀咕着。那个大胡子军官似乎猜到她们想的什么，故意板起脸对她们一瞪眼，把萧静怡吓得低呼一声，连连后退。

刚才"死"在他手下的李儒鹏拍拍他肩膀，很是亲热，笑道："老麻，别再吓唬她们了。这些都是名副其实的千金小姐，吓坏了她们，你可赔不起。"

那个老麻走上前来，站得笔直，说："对不起各位公子小姐，俺老麻是个粗人，吓着了各位，对不起！"众人都以为他要鞠躬赔礼，谁知老麻抬手一将，一副络腮大胡子就掉了下来，再伸手一抹，瞬间恶鬼军官就变成了一个憨厚朴实的人，相貌普通，带着几分和气。

众人不约而同地拍手叫好，佩服这个老麻竟然是个易容高手和演戏行家，把一个人见人怕的鬼子军官演得惟妙惟肖。

王文道："老麻不仅会易容，还是百步穿杨的神枪手，死在他手里的鬼子，没有一百也有八十，大家以后有机会多向他学习。"大家又拍手叫好，老麻神色平淡地退了下去。

众人惊魂稍定，才看出来原来立足之地是山里的一处溪流边上，估计离城至少十几公里远了。细雨刚停，山间溪流淙淙，松风阵阵，几点星光和半轮残月在云层间明暗不定，似乎快要天亮了。想想刚才生死关头的惊惧，人人都觉得有一种死而后生的愉悦。

在王文的指挥下，那些背枪的人有的给流血受伤的同学处置伤口，有的烧水热饭，忙碌起来。大家又惊又怕，饿了大半夜，这时看见吃的，顿时忘记了世家子弟的礼仪，也顾不得大家闺秀的矜持，大口大口地吃起来。

等这群人吃得差不多了，王文笑吟吟地道："刚才在剧院里，你们喊着要见曾涉，现在吃饱了喝足了，还想不想见啊？"

一群人都跳了起来，七嘴八舌乱纷纷地喊道："我们要见曾涉！"

尹河野问王文："曾涉在这里吗？哪一个是曾涉？他是我们的榜样，我们当然想见他！"

王文没有说话，拿起手电，向对面的树林晃了几下，那边亮起一支火把，隐隐约约有一个人影向这边走来。

冯剑美兴奋地攥住萧静怡的手，挤到人群前面，她俩私下里曾多次谈论过曾涉，猜测过他的年纪和样貌。曾涉一直是在这群年轻人中口耳相传的一个神秘的名字，今天这个谜底就要揭晓了，她俩兴奋得如同小孩子。后面的男女同学也兴奋得叽叽喳喳，热烈讨论着谜一样的曾涉，有的甚至为曾涉的年龄打起了赌。

那支火把越来越近，越来越亮，一点跳动的光芒慢慢压住了这群人身边的十多支火把和手电，也吸引了所有人的目光。这光芒如同一团炽烈的火球，带着逼人的热度，炙烤着所有人的心胸；也如同一颗冷静的星辰，划破黎明的天际，驱赶开这山林里的黑暗。

那支穿过黑暗的火把慢慢走近了，慢慢停在冯剑美和萧静怡的身前。她俩终于看清了传说中的谜一样的曾涉，却不约而同地惊呼一声：

"是你！"

十一、我死国活，我活国死！

天津郊外，山中。

一个人举着火把，踏着山间晨露，穿过黑暗的树林，慢慢走到她俩身前。火把的亮光遮不住那双眼睛的冷静深邃，带着一点儿决绝，又似乎有一点儿冷酷，他只是一个比她们大四五岁的年轻人，半旧的长衫被露水打湿了，犹如在学校操场遇见的高年级学长。他微笑着，向冯剑美和萧静怡说："邪恶盛行，是因为善良者太沉默！"

别人不明所以，冯剑美和萧静怡却兴奋得跳起来："没错，真的是你！"

曾涉就是那个在北平街头受枪伤被她俩救治的年轻人，临别时在衣服上留下一行血写的字——"邪恶盛行，是因为善良者太沉默！"

一群人把曾涉团团围住，要看清他什么模样、到底多大年纪，还有人揣摩他的双枪放在哪里。

曾涉微笑着，像看一群弟弟妹妹一样，任由他们胡闹。等他们闹够了，才说："我想请教你们一个问题，希望你们告诉我答案。"

大家见曾涉如此客气，都静下来，听听他的问题是什么。

"你们都是家境优越的年轻人，衣食无忧，前途无量，为什么不去安心读书，继承家业，却甘愿冒杀头的危险，加入'抗日杀奸团'？"

人群里寂静了一会儿，一个微弱的女声回答道："我们也想读书学习，可是华北之大，却安放不得一张平静的书桌！"这是萧静怡的声音。萧静怡生性腼腆，不擅于在人前讲话，说完这句，脸都涨红了。

"好，说得好！"曾涉赞许地看着萧静怡，"这是三年前清华大学蒋南翔参加'一二·九'示威游行时说的话，振聋发聩，言犹在耳。

"何止是华北，今日之中国，哪里才能安放下一张平静的书桌？

"不以我血荐轩辕，怎能驱除日寇，还我河山？！

"男儿本自重横行，岂能坐视大好河山落入日本人之手？！"

叶天笑挤到前边道："'琉台不守，三韩为墟。辽海燕冀，汉奸何多！以地事敌，敌欲岂足？人执答绳，我为奴辱。'日本人占了半个中国，刺刀已经戳到我们胸口，我们的卖国汉奸还在层出不穷，每一个有良知的中国人都不能再沉默下去！"

曾涉扫了叶天笑一眼，淡淡地说："我要是没记错，这几句话应该是延安的毛先生和朱将军祭祀黄帝陵的祭文，看来你倒是爱好广泛啊！你能记得毛先生的抗日祭文，却不知道蒋委员长的讲话能记得几句？"叶天笑满脸通红，吐吐舌头退了回去。

一个叫孙大成的学生说道："蒋委员长的讲话我记得几句——'最后关头一到，我们只有牺牲到底，抗战到底，唯有牺牲到底的决心，才能博得最后的胜利。若是彷徨不定，妄想苟安，便会陷民族于万劫不复之地！'"

曾涉赞许地看着孙大成，孙大成个子不高，却十分精干，和叶天笑、祝正良自小相熟，来自同一所学校。

"北平沦陷，南京屠杀，我们不愿意做亡国奴，当缩头乌龟，不能坐等着日本人来杀我们！"刚才被打得面目青肿的季振英挺身说道，他年纪略长，声音沉稳有力。

后面的人一片喧哗，群情沸腾，纷纷响应季振英的话。

曾涉含笑制止了大家的喧哗，说："很好，大家的回答我很满意。有此志气，不惧日寇不败，不愁河山不复。"

他环视众人，口气严肃起来："可是与日本人做殊死的斗争，不能靠喊口号驱敌，不能像刚才演戏那样骗人，需要我们去流血、去牺牲，甚至需要我们去残忍杀戮，你们能做到吗？"

人群沉默下来，过了一会儿，后面有一个声音传过来："我们能做到，我们有必死的决心！我死国活，我活国死！"

曾涉目光闪动，问："是谁在说话？"

一个瘦小文弱的身影，从黑暗边缘走到前面，是平时沉默寡言的冯云修。他淡淡地道："是我在说话，但是这话却不是我说的，是去年在忻口战役中为国捐躯的郝梦龄将军的遗言。"

曾涉盯着他："你就是那个号称'冯神枪'的冯云修？"

冯云修有些赧然，说："这是打靶场上的玩笑，当不得真，我还从来没真的打过人。"

曾涉抬头望向大家，激动的神色难以抑制，道："冯云修说得很好，'我死国活，我活国死'，确是郝梦龄将军的遗言，上战场前他在给妻子的诀别信中写道：'余已抱定牺牲之决心，不能成功即成仁，为争取最后胜利，使中华民族永存世界上，故成功不必在我，我先牺牲！'"

曾涉神情似乎已融入炮火连天、硝烟弥漫的忻口战场，他慷慨激昂道："郝梦龄将军在阵前喊出'将无贪生之意，士有必死之心！'并与部下在战壕里立下死誓——打不败日军绝不生还，现在我同你们一起坚守阵地，我若先退，你们不管是谁，都可以枪毙我！你们不管是谁，只要后退一步，我立即枪毙他！"

所有人都被曾涉的热情感染，一时分不清面前站的是浴血沙场的郝梦龄将军，还是慷慨陈词的曾涉。看着火把照耀下那肃穆的面孔，不少人的眼里闪着激动悲壮的泪光。

曾涉神色冷峻庄严，道："今日我也仿效郝梦龄将军，与大家在此立誓——杀敌除奸，我若先退，你们不管是谁，都可以枪毙我！你们不管是谁，只要后退一步，我立即枪毙他！"

众人受他激励，都热血澎湃，有人带头喊道："抗日杀奸，复仇雪耻，同心一德，克敌治国！"

声音高亢激越，惊飞了林鸟，远处天色欲曙，竟是一个不眠之夜。

曾涉冷静下来，逐个环视众人，慢慢道："我今日前来，其实还有一件重要的事要做，一件迫不得已的事。"眼神间闪过几丝严厉冷酷。

大家一惊，不知道他说的重要的、迫不得已的事是什么。

有人接过曾涉手中的火把，曾涉背负双手，冷冷地道："怎么？还要我逐个揭破你们的底细吗？"

大家面面相觑，不知道曾涉说的话是何用意。

曾涉背着手，慢慢踱步，说："我们的'抗日杀奸团'里混进来不少各路豪杰，不过却不是我们欢迎的人。"他走近人群，挨个人打量，身后的王文、李儒鹏、老麻等人都暗中凝神戒备，提防有人突然出手。

没有人应声，曾涉踱了一圈，又回到原地，说："刚才那出戏，虽然很精彩，但是也只能骗骗你们这些学生，还有顾长武那种贪生怕死之徒。对于经验老到的潜伏者，或者视死如归的信仰者，这出戏简直就是小孩子的过家家游戏。是不是？李一程同志！"

他猛然转身盯着一个二十二三岁的男子，那个男子虽然一身学生装束，却显得老成持重，沉默寡言，从参加集会到现在，几乎都没开口说过话。

那个叫李一程的人脸色微变，沉默了一会儿，主动走了出来，站到曾涉面前，双目直视曾涉，不卑不亢，说："不知道曾书记是怎么看破我的？"

看他主动出来，曾涉反而笑了笑，不再咄咄逼人，说："平心而论，你自参加这个组织以来，处事谨慎，不露锋芒，虽然沉默寡言，谨言慎行，但是这些都不是我怀疑你的理由。你引起我怀疑的理由只有一个……"他看了看李一程，一字一顿地说："这个理由就是，你从不犯错！"

李一程面沉如水，听曾涉继续说道："你们都是年轻人，年轻热情，冲动犯错才是正常，而你太过于沉稳，若不是天性如此，就是身负使命。所以我暗中让人调查你，他证实了你的来历简直完美无缺，但是很不幸，我不是一个相信完美的人，越完美越可疑，所以我直接就断定你是那边来的。"曾涉伸手比了一个"八"字，慢慢举在李一程眼前。

李一程似乎并不惧怕，他看着微笑的曾涉，脸上竟也慢慢露出笑容，说："曾书记说得没错，我本性不是如此沉闷，我若不是有任务在身，也会和他们一样嬉笑怒骂。我还是太过于紧张拘谨了，以后一定会铭记这个教训。"说完，竟向曾涉鞠了一躬。

曾涉煞住笑容，语气冷酷，道："以后？你还能有以后吗？我现在就可以让你葬身这荒山野岭！"

"不错，你有杀我的机会，却没有杀我的意义。"李一程神色自若，微笑着说，"我有三个理由，能断定曾书记不会做这种无意义的事。"

曾涉抬头望天，冷冷地道："说来听听。"

"第一，现在是国共合作期间，你不会做这种破坏抗日团结的事；第二，你杀了我，只会让日本人暗中高兴，这种亲者痛、仇者快的事你不会做的；第三，我相信曾书记不是这样的人！"李一程丝毫不惧，言谈自若。

王文使一个眼色，两个特工一左一右架住李一程，用匣子枪抵住李一程的太阳穴，其中一个特工是个头目，骂道："死在爷爷们手里的共党分子就快凑一个排了，崩了你，就和碾死一只蚂蚁一样，埋在这深山老林里神不知鬼不觉，让你喂了蛆虫，你还敢在这里胡说八道？"

李一程眼也不眨，直盯着曾涉，曾涉也饶有兴致地盯着他。过了半盏茶的工夫，曾涉挥挥手，让那两个特工退下去："胆色不错，是个人才，若不是你我阵营不同，值得交你这么一个朋友。道不同不相为谋，你可以走了。"

李一程见曾涉如此痛快地放他走，反而有些踯躅。曾涉说："剩下的都是我们的家事，李同志还是回避吧。今日你我有共同的敌人，明日你我却可能是各自的敌人，若有来日，我们还是在战场上见吧。"

李一程也不再说话，转身昂然而去。曾涉看着他的背影，沉默不语，王文凑过来说："放走他，如果让上峰知道，只怕……"

那个特工头目举枪瞄准李一程的背影，曾涉伸手慢慢按下他的枪，摇摇头。

已经走出十几丈远的李一程，突然停住，又转身慢慢走了回来。那个特工头目迎上去，用枪顶住他的额头，骂道："小子，活得不耐烦了？爷爷饶了你，你还回来寻死吗？"

李一程没有理他，拨开手枪，径直向曾涉走来。曾涉皱皱眉头，道："你不会是回来感谢我的吧？我这人最听不得客套话。"

李一程微笑道："我这个人有个毛病，如果欠了人情，就会寝食难安，天天睡不着觉。你放我一马，我赠你一言，这样才两不相欠，我睡觉时也能心安。"

曾涉大笑，问他："什么言，比得上你的命？"

"不是我的命，是你的命。"李一程注视着他，凑近曾涉轻声道，"你已经上了日本'一夕会'的暗杀名单，我参加你们这个组织就是为了追踪调查'一夕会'的杀手，这个人就在这里，请你务必时刻提防！"

说完，向曾涉深鞠一躬，下山而去。

曾涉目送着李一程远去，沉默了一会儿，像是自言自语又像是说给众人听："既然共党分子我都放走了，中统的朱雀组长，你也请便吧。"

众人犹如丈二和尚摸不着头脑，不知道谁是朱雀组长。情报界的人知道中统在平津地区有四大干将：青龙站长神龙见首不见尾，世人不识；白虎副站长执掌日常工作，决断杀伐；朱雀组长是中统苦心培训出来的情报后起之秀，神秘莫测；玄武组长负责外围行动，雷霆万钧。这些学生却压根儿不知道朱雀是何许人也。

曾涉道："不曾想到今天在这里与朱雀组长会面，招待不周，还请海涵。"

人群中依然没有反应，曾涉似乎等得不耐烦，向王文点点头，王文冲进人群，拖出一个女生来，竟然是在剧场里嘲笑叶天笑摆摊算命的林慧。

有几个和林慧熟悉的男女学生，吓得面色大变，谁也没想到，这么一个娇滴滴的女学生竟然是深藏不露的中统朱雀。

王文像抓小鸡一样，把林慧往曾涉面前一摔，摔得她花容失色。老麻调侃王文："这么娇滴滴的金丝雀，你老王太不知道金贵了，几乎给摔成土鸡了。"王文和几个特工都哈哈大笑。

王文指着林慧道："你们中统的人就是没有人家共产党爽快，磨磨叽叽不肯承认。你是组长，我也是组长，你能认识我，我自然也有认识你的办法，否则以后还有脸混吗？"

林慧理理头发，慢慢站起来，神色瞬间沉稳许多，不再像是天真烂漫的学生。她向曾涉微微额首，道："青龙站长委托我，如果见到曾书记，一定要转达他的诚意，他说现在日本人咄咄逼人，希望我们两家精诚团结，共御外寇，不要再做兄弟阋墙的事。"

曾涉笑道："好个冠冕堂皇的说辞，只怕是言不由衷吧。不过也请你转告青龙站长，只要你们诚心抗日，不做缩头乌龟，你我两家定然相安无事。如果你们胆敢节外生枝，我定当全力奉陪，扫了你们平津一带的巢穴！"

他顿了顿，又道："你我两家虽然吃一锅饭，但是筷子还是不要伸到别人的碗里为好。"

"这个请曾书记放心，日本人还应付不过来，我们怎么可能有精力内讧？"林慧回答道。

曾涉转向王文，说："替我送朱雀组长下山吧。"

林慧淡淡一笑，神态落落大方，转身下山。

曾涉暗自叹息一声："也是一个难得的人才。"

十二、杀人，原来是这样

天津郊外，山中。

天色已经微亮，远处山顶几缕霞光穿透云层，太阳就要出来了。山林间鸟鸣啾啾，溪流潺潺，脚下草叶上露珠晶莹，众人身上都被露水打湿，一夜未合眼，又屡遭惊吓，个个疲惫不堪。

曾涉的眼神愈发冷厉，坐在一块大石头上，看着众人沉思不语。大家被他看得心里发毛，不知道他心里想着什么。

曾涉看了半天，叹口气，说："是你自己出来呢，还是我去把你揪出来呢？或是咱俩来一次面对面的拔枪对决？"

大家又是一阵骚动，原来还有深藏不露的"不受欢迎的人"。杀掉了日本奸细顾长武，撵走了共产党李一程、国民党中统朱雀，却不知道还有谁隐藏在其中。

每个人都谨慎地打量着身边的人，几番变故，让这些年轻人都心怀疑惧，不再轻易相信眼见耳闻。祝正良盯着叶天笑上上下下前前后后地看，叶天笑被盯得浑身发毛，跳起来叫道："我身上长花了？你的眼珠子都钻我肉里了！"

祝正良冷笑道："你这猴子贼眉鼠眼，又算命又迷信，我怎么看你都像日本奸细。"

叶天笑跳脚叫起来："那叫易经卜卦，你个没文化的东西，真是夏虫不可语冰。"

祝正良抓住他衣领子，说："你每次都吹嘘会易经卜卦，来来，你现在就卜一卦，看看谁是奸细？你要是能算出来，我当场给你磕头！"

其实，他二人早就相熟，关系甚笃，见大家互相猜忌，就故意插科打诨。

叶天笑被他一激，弯腰在地上拔了几棵长短不一的蒿草，蹲在地上有模有样地算起来。有人低声嘀咕："看不出这瘦猴子还会以草卜卦，不知道是不是唬人的。"

叶天笑装神弄鬼鼓捣半天，得意扬扬站起来道："我卜了一个山泽损卦，

'三人行则损一人，一人行则得其友'。是个吉卦。"

祝正良听不懂，说："你别装神弄鬼，我就知道'三人行，必有我师'，什么损人得友的，听不明白！"

叶天笑仿照老学究的模样，拿腔拿调架子十足，说："没文化，真可怕。这是最简单的少数服从多数的道理，就是说，人们聚在一起只要团结就能成就大事。你们看，他们三个混进来当奸细，结果死了一个人，这就是'三人行则损一人'；曾书记一个人前来，却得到我们大家的拥护，这就是'一人行则得其友'，大事可成！你们说，我卜卦准不准？"

曾涉饶有兴趣地听他白话完，接口道："只怕混进来当奸细的不是三个人，而是四个！"

众人吃了一惊，都安静下来，听曾涉说话。曾涉从石头上站起来，道："一周前，我在北平遭到这个人的暗枪狙击，几乎要了我的命，还好得到朋友们的救护，这才脱离险境。"说到这里，他眼光扫过冯剑美和萧萱怡，充满感激。

"那个人狙击我时，躲在街边的茶馆里，开枪即走，随即躲进街上混乱的人群中。我受伤瞬间只看见他的背影，无法追赶，只能任由他逃走。"

宋景先是女生中的大姐，她关切地问："你受伤了，伤得重吗？"

曾涉没有回答她，只以目光表示谢意，继续说："直到前日，你们分组通知集会时，王文化装成捡破烂儿的老汉跟踪检查你们的联络方式，这个背影又出现了。他化装跟踪王文，一方面是为了摸清我们这个组织的成员，另一方面也是为了找到我。他没有杀掉我，一定还会找机会下手的。

"因此，我断定我们的集会时间、地点，很可能已经暴露，刚才顾长武的话已经证实了。所以，我和王文紧急磋商，决定演一场戏。这么做，就是为了抢在日本人前面下手，把你们劫持出来。昨天晚上，你们被老麻他们劫持离开小剧场，二十分钟以后，日本宪兵和特高课特工就包围了小剧场，这是我们暗中留下的眼线观察到的。"

一群年轻人都长出一口气，原来昨晚险些真的被日本人抓去。叶天笑和几个男生，互相吐吐舌头做鬼脸暗自庆幸。

曾涉继续说道："李一程的话，还有我的判断，可以断定这个人现在已经混了进来。刚才那出枪毙的戏，本来想把他吓出来，没想到顾长武先跳了出来，而顾长武确实是我们意料之外的。既然顾长武的上级是兼任华北方面军司令部情报课和天津特高课副课长的井上真雄，那么说明这第四个人很可能并不属于这两个部门，这就是我刚才一直在想的问题。"

大家有点听糊涂了，只听曾涉继续说道："刚才李一程临别时的一句话点醒了我，'一夕会'要暗杀我！特高课和情报课都要活捉我，因为活着的我价值更大。这个人却是要把我置之死地而后快，所以，这第四个人应该是'一夕会'的成员。"

他背负双手站在大家面前，说："我今天站立的距离比那天要近多了，你如果想试一下，大可以现在掏枪杀了我！"

一群年轻人面面相觑，却不敢乱动，因为周围的王文、老麻和十多个特工都在暗中戒备，无论是谁有一丝可疑之处，肯定招来暴风骤雨般的子弹。

曾涉见没有反应，慢慢退开几步，脸上露出狡黠的笑容。他像占了便宜的孩子一样，神情得意又气人，笑着道："我只见过两次这个人的背影，确实无法断定他是谁，但是我知道这个人身上一定藏着一把手枪。我还知道是勃朗宁M1935式手枪，俗称的'加拿大撸子'，而这把手枪就是上周暗杀我的那把枪，他一定不会轻易丢弃，他时刻都在寻找机会杀了我，所以一定会把手枪带在身上。现在如果我让他们强行搜身，你一定无处遁逃。天黑时你或许还有扔掉手枪的可能，现在你半点机会都没有了！"

天色已经完全亮了，太阳已经爬上山顶，林间一片明亮，无论是谁，哪怕动一下手指头都逃不过大家的眼睛。

老麻在后边嘀咕："早知道这样，不如在车上捆着他们手脚时就给搜出来。"

曾涉摇摇头："当时我还不知道他是否来了，是李一程的话让我确信他就在这里！"

突然，一个女生发出一声尖叫，人群一阵骚动，一个男生勒住宋景先的脖子，一把黑亮的手枪抵在她的太阳穴上，正是一把勃朗宁M1935式手枪。那个男生把头和脸缩在宋景先的身后，只露出半边眼睛，眼神里带着恶毒和悔恨，赫然是尹河野！

王文、老麻和所有特工的枪口，齐刷刷对准了尹河野。一群年轻人都愣了，吓得纷纷后退。尹河野表现积极，文采飞扬，倜傥风流，深得众人好感，没想到竟然是"一夕会"的杀手。

尹河野面容变得狰狞，向曾涉嘶声道："不错，我的目标是你，却没有想到李一程一直暗中追查我，坏了我的大事。更没想到你竟然没杀李一程，还相信了他的话。"

老麻骂道："你这个汉奸走狗，快放了她，老子高兴了兴许留你一条狗命！"

"你住口！"尹河野仿佛受到了侮辱，向老麻喊道，"我不是汉奸，我是河野一郎，大日本'一夕会'的武士！"

所有人都大吃一惊，没想到这个把中国辞赋背得滚瓜烂熟的人，竟然是一个日本武士。

冯剑美、萧静怡想到还曾和他一起发放传单，一起被关在警察所里，不禁一阵后怕，和尹河野一起执行过任务的叶天笑也暗暗吐了下舌头。

曾涉目光冷厉如刀，道："你放了她，我可以让你走！"

河野一郎把头缩得更低，枪口使劲儿顶在宋景先的太阳穴上，慢慢向后退，说："我不会相信你的，你们中国人言而无信！"

河野一郎把宋景先勒得面孔涨红，说不出话来，拖着她向后退去。老麻和王文几个人偷偷瞄准，但是不敢开枪，怕伤了宋景先。

河野一郎恨恨地说道："我后悔刚才一见面时没开枪杀了你，听你啰唆半天。"

曾涉冷笑一声，道："我既然胆敢前来，又怎么能没有防范？上次你偷袭我两枪，今日你我面对面，你可有杀我的把握？"

河野一郎倒也爽快，道："我确实想探听你们更多的情报，所以才贻误战机，给了你活命的机会。"

曾涉双手一翻，手中已闪电般多了两把手枪，笑道："你遇事犹豫不决，只能说明你不是一个称职的杀手，离你们'一夕会'标榜的武士标准更差得远。你如果敢在我面前掏枪，倒下的一定是你！"

河野一郎头缩得更低，勒着宋景先向后退去，他向曾涉喊道："我们可以做个交易，你们放下枪，我到了山下，就会放了她！"

曾涉道："我又凭什么相信你们日本人言而有信？！"

河野一郎大笑起来，笑声疯狂："你可以赌一把，是让我在山下放了她，还是僵持在这里，等着你们被巡逻队发现。这里可是我们的占领区，我们的巡逻队每天都会经过这里。你赌不赌？"

曾涉有些踌躇，河野一郎所说的确实是实情，此处虽是山里，但是距离日本驻军并不远，附近驻扎了一个日本华北方面军骑兵联队，巡逻队每天早晚两次都会经过。

"我赌！"有人大喊一声，一声枪响！

一股血喷上宋景先的右脸，她双腿一软，晕了过去。河野一郎右侧额头冒出一个弹孔，一块头盖骨飞了出去，手里还攥着那把枪，慢慢跪倒。

大家循声望去，人群边上的冯云修手里举着一支小巧的"掌心雷"勃朗宁手枪，枪口还冒着蓝烟。冯云修咬住嘴唇，面色苍白如雪，手却稳如泰山，说："带枪的不止他一个！"

原来河野一郎只顾着提防正面的曾涉、王文和老麻等人，却把自己的右侧暴露给冯云修，他实在没想到这群年轻人中竟然藏着一个将他一枪毙命的人。

曾涉大笑道："好枪法，果然是'冯神枪'！"

冯云修弯下腰干呕不止，鼻涕眼泪都流出来，喃喃道："杀人，原来是这样……"

冯剑美和萧静怡等一群人坐在回城的车里，沉默不语，就连叶天笑和祝正良这一对活宝也神态严肃，没有了斗嘴说笑的兴致。曾涉告别时说的话，如同一面激越的战鼓，在每一个人心里沉重地回响：

"同学们，战友们！今日一别，不知会有多少人再不能相见。再相见时，不知多少人已经化为清风，归于尘土。今日的中国，的确已安放不得一张书桌；今日的中国，无法让人坐下来安静读书。她需要我们翻书的手去扣动扳机，去掷出炸弹，去用我们的鲜血染红山川，惊醒沉睡之人！我死国活，我活国死。从我开始，我们出生入死，向死而生，用我们的死，去换取国人的生。我相信：我们永远不死，我们只是在地狱集合！……"

十三、火烧鸿图书局

北平，聚福阁茶庄。

茶庄里没有客人，只有一个伙计在柜台里支着腮帮子打瞌睡。一个穿西装的中年人慢悠悠晃进茶庄，伙计立刻赔着笑上前招呼。这个中年人看看茶叶，又背着手转圈看看四周墙上挂的字画。伙计为客人倒了一杯茶，客人却不喝，伙计只好跟在他后面转。客人看了半天，指着墙上的一幅画对伙计说："这画上的题诗有一个别字，应该是'春潮带雨晚来急，野渡无人舟自横'，这里却写成'舟已横'。"

伙计一听这话，赶紧放下茶壶，跑到后堂，将茶庄裴掌柜请了出来。裴掌柜是个矮胖的中年人，戴着一副眼镜，听说有人对上了暗语，急忙从后边出来。

客人悠然自得地坐在太师椅里品茶，并不抬头看裴老板。他喝了几口茶，闭上眼睛似在回味余甘，右手不经意间放在茶几上，拇指食指圈起，以余下三指连敲三下。裴老板大吃一惊，脸上变色，赶紧嘱咐伙计关门打烊，他亲自把客人请进后堂一间密室。

密室里坐着一个四十岁左右的灰衣人，与后来的穿西装的客人相互认识，迎上来与他拉拉手。两个人并不说话，一直等到裴老板退出密室，才互相开口问候。

灰衣人道："惊动王区长大驾，我乔某实在惶恐不安啊。"

穿西装的客人摆摆手，客气道："乔专员回重庆向戴老板复命，不日定当高就，我王天牧怎能不来送行。"

原来这个穿西装的客人就是军统"四大金刚"之首的王天牧，那个灰衣人则是军统派来的专员乔家才，也是赫赫有名的军统大特务。

乔家才客气道："事出仓促，很多工作还未完成，只能烦劳王站长和曾涉书记了。"说罢，拿出两张纸递给王天牧。王天牧接过一看，上面密密麻麻写满小字：

　　"一夕会"，日本陆军中的军人秘密团体，主要由"统制派"军人组成，由二叶会和无名会合并改称。1921年10月，有陆军大学十六期"士官三杰"之称的驻瑞士武官永田铁山、驻俄武官小畑敏四郎、参谋本部参谋冈村宁次在德国考察，结成"三杰盟约"，决心改革陆军时弊。他们在德国南部"巴登巴登"温泉旅馆中，拜见了西游欧洲的摄政太子裕仁，即后来的昭和天皇，接受了太子打倒山县有朋一系军阀的密旨。后来，他们在柏林的十七期同学东条英机也赶来参加，相约在归国后，为"改革军制""刷新人事""建立总动员体制"共同奋斗。

　　1923年，四人先后回到日本，加上河本大作、板垣征四郎，六个人经常聚谈，并逐渐联络了陆军大学十五期至十八期同学十九人，形成了一个表面上是联谊性质的小组织，取名"二叶会"。永田铁山为发起人，冈村宁次为首领，建川美次为顾问。

　　在"二叶会"经常聚会期间，有一个士官二十二期的铃木贞一，和永田非常接近，并且先后和土肥原、冈村、板垣在中国共事过。他受永田的示意，逐渐联络到陆军大学二十期到二十五期同学二十三人，于1928年11月，也组成了一个称为"无名会"的小组织。

　　1928年日本关东军炸死张作霖以后，以永田铁山为首的日军中坚干部，为了继续侵略中国，团结起来拥护他们的同僚河本大作，于是就把"二叶会"和"无名会"合并在一起，改称"一夕会"，但形式上两会仍然各自存在。

　　"一夕会"主张陆军人事安排要以陆军大学出身者为主，努力谋取陆军省与参谋本部的要职。对外以武力解决中国东北和内蒙古的问题，取得日本在中国东北乃至全国的权益。"一夕会"首领冈村宁次担任陆军部人事局副局长期间，大肆安插"一夕会"成员，如：任命永田铁山为陆军部军务局军事课课长，东条英机为参谋部总务部编成动员课课长，新田贞固为陆军部军务局马政课课长，等等。经过一系列的运作，以"统制派"为核心的"一夕会"逐渐渗透进入陆军部及参谋部，掌控陆军部的主要职位，成为日本军部侵华的骨干力量。到1938年，这些人都已经成为日本陆军各个重要岗位上的高官重臣，权倾一时。

　　"统制派"核心人物永田铁山后来任陆军省军务局少将局长，于1935

年8月被"皇道派"相泽三郎中佐闯进办公室杀死。

王天牧仔细看完，皱着眉头对乔家才说："这些'一夕会'的资料，大都是敌我共知的，我也有所耳闻，算不得绝密情报，不知乔专员是何意思？"

"不错，这些只是收集来的研究资料，"乔家才道，"我只是注意到这个组织开始侵袭我们的北方情报体系，想提醒你和曾涉注意。"

"据我所知，这个'一夕会'的成员大多是政客、军人，目标是争夺政权、军权，却不知怎么会侵袭我们的情报体系？"王天牧有些疑惑。

乔家才喝了一口茶，慢慢道："在'一夕会'中，有一个身份特殊的人，叫黑木亲庆。他本来是陆军少佐，退役后又加入日本'黑龙会'，近年网罗了一批日本武士和中野学校培训的情报高手，潜入中国，以做生意为掩护，刺探情报实施暗杀。据了解，曾涉前段时期遭遇的暗杀，就是他们所为，希望你们能密切关注这个人。"

王天牧问："怎么？这个黑木亲庆在中国？"

乔家才神色严峻，点点头道："这个神秘人物现在就在北平，我已经安排人盯着他。我走后，希望你能接手此事。"

王天牧眉头皱了起来，陷入沉思，曾涉被河野一郎狙杀这件事他是知道的，"一夕会"既然能将曾涉列入暗杀名单，他王天牧也必然跑不了。

王天牧沉吟了一会儿，对乔家才道："请乔专员放心，黑木亲庆这个人，我会关注的。"他顿了一顿，又接着道，"说到曾涉，我实在是有些担心。他冷静机敏，敢于牺牲，是个干将，但是行事又过于浪漫胡闹，竟组织一些公子小姐和学生成立了一个'抗日杀奸团'。秀才闹事，三年不成，他由此犯了兵家大忌，暴露形迹，只怕早晚要出事。"

乔家才也深有同感，说："曾涉是个年轻有为的领导人物，但却不是一个优秀的特工。取祸之道，只怕就此埋下了伏笔。"

两个人默默喝了一会儿茶，乔家才放下茶杯，一脸神秘地对王天牧说："我听传言，戴老板因为上海站被日本人破坏严重，很是恼火，有意将你这位平津巨擘调往上海，力挽东南危局，不知是否确切？"

王天牧皱了皱眉头，没有说话，却"砰"的一声将茶杯重重放落案几。茶水四溢，反映出他满心的愤懑愁苦。

天津，鸿图书局。

李儒鹏领着叶天笑第二次逛进鸿图书局，两人一身学生装束，装作买书的样子。这是一家专门出售中小学生教科书的书局，背后的老板是一个日本人，全城的中小学教科书都被这家书局垄断了，因而其生意极好。一个姓山口的日本作家正在店里举行读者见面会，估计是有一定知名度，不少日本人和媚日的中国人举着书围着他要签名。天津有名的汉奸报纸《新津报》的副总编白江也赶来采访，白江和山口一问一答，引起现场一片哄笑。白江向山口和书局老板提议，次日下午约一些天津文化名流，在鸿图书局举办一个"中日文化交流联谊活动"，《新津报》将全程采访，并作专版报道。山口和书局老板都双手伸出大拇指，连连叫好。

叶天笑翻开一本小学生的书，只见第一页上印着膏药旗和富士山。他四下瞅瞅，见没人注意他，就偷偷往膏药旗上吐了口痰，然后又给放回书架。李儒鹏装作在翻书看，实际上耳朵一直在听着白江和山口的对话，同时眼睛偷偷观察着书局的工作人员，计算客流量，设计逃跑路线，并注意门外是否有巡逻的宪兵和警察经过。他心里已经设计好了一个计划，决定以此点燃"抗团"的第一把火！

"当年北平有'火烧赵家楼'，今日天津有'火烧鸿图书局'，就这么定了！"他心里设计好了计划，兴奋得把书一扔，就拉着叶天笑跑了出去，撞得一堆书散落在地。书局的日本员工追赶不及，被这两个没有礼貌的中国学生气得跺脚直骂。

"火烧鸿图书局！"当晚，在李儒鹏家里秘密商量时，大家一直称赞这个主意好。祝正良从床下拽出一桶火油，就要连夜赶去放火。李儒鹏拦住他，说："晚上书局关门打烊，烧了它易如反掌，但是却起不到警示效果。明天书局要搞联谊活动，会来很多日本人和汉奸狗腿子，我们这第一把火，一定要烧得光明正大、轰轰烈烈！让整个天津城都大吃一惊，让那些买毒化教材的人寝食难安！"

第二天下午，白江和鸿图书局老板指挥人在门口悬挂横幅，摆放花篮，把鸿图书局布置得如同过节一样。七八个所谓的天津文化名流赶来捧场，有的泼墨作画，有的挥毫题字，来凑热闹的日本人和中国人，足有二三百。李儒鹏带着季振英、叶天笑、祝正良三个人不动声色地混进人群里。

时间刚到，白江就如同打了鸡血一样，走到前面，抻长脖子说："现在，我宣布……"

话未说完，白江身后的几排书架轰然倒塌，书本乱飞，灰尘飞扬，所有人的注意力都被吸引过去。叶天笑和祝正良趁此机会，各自从怀里掏出两瓶火油，一手一瓶，往那些成堆的教科书上倒油。叶天笑见两瓶火油只剩瓶底一点，童心顿起，干脆挤进人群，把剩余的火油全泼在白江和山口的后背上。季振英手执两个点着的燃烧瓶，站在门口大喊一声："快走！"说罢，就把燃烧瓶扔在书堆上，顿时火光冲天而起。店里的人这才反应过来，有人大喊道："是火油！有人放火！"

四个人分工明确，李儒鹏推倒书架吸引注意力，叶天笑和祝正良泼油，季振英放火。四个人得手后立即夺门而出，等店里的人反应过来要追赶时，门口的熊熊大火已经阻住了去路。好在书局四面都是宽大的玻璃窗，被困的人砸碎玻璃，从窗户连滚带爬地逃出来，不少人被玻璃割得鲜血淋漓。最惨的是白江和山口，由于后背被泼上火油，逃命时引火上身，被烧得鬼哭狼嚎，在大街上拼命打滚，才扑灭火焰。白江和山口趴在泥地里，后背全是葡萄般大的晶亮水泡，疼得惨叫不止。山口无处发泄怒火，用日语对着白江一通怒骂，问候他的所有女性亲属。白江一只手按住后腰的水泡，一只手在地上乱摸眼镜，嘴里只会回答道："是，是！山口君您说得对！"

李儒鹏等四个人冲出去，见无人追赶，就躲在远远的一个小巷口偷看。看见鸿图书局冒起的滚滚浓烟，还有白江和山口满地打滚的狼狈相，几个人笑得肚子疼。

这一次行动让天津消防出动了三四辆消防车才扑灭大火，几乎让鸿图书局的教科书付之一炬。天津很多学校取消了鸿图书局的订单，那些所谓文化名流也不敢轻易出来参加交流活动了。

这把火虽然烧得大快人心，但是在日本军队和警察方面并没有引起足够重视。井上真雄接到报告，瞥了一眼就丢给手下一个办事员，让他转给天津市政府。汉奸市长温世珍一向对日本人奉若神明，不敢怠慢，连夜批给警察局，限期一周破案。警察局局长程希贤原来是西北军冯玉祥手下"十三太保"之一，投靠日本人当了汉奸以后只顾专心捞钱，无暇他顾，责令侦缉队长破案抓人。侦缉队长是个老江湖，不慌不忙熬到期限到达之日，抓了两个不交保护费的混混和两个外地流窜来的小偷，以"同行嫉妒，雇凶纵火"为由轻松结案，又以此为借口狠狠敲了几家书店一笔竹杠。

　　井上真雄最近的注意力集中在香月青川身上。虽然他是香月青川的副手，但是他和香月青川政治派系不同，两人面和心不和。井上真雄一直在觊觎香月青川情报课课长的位置，欲寻找机会取而代之。他发现香月青川每半个月左右就去一次北平的"仁安堂"陈家，这让他很是好奇，于是安排人暗中调查此事，私下恫吓陈府的下人，又询问了远在日本的香月青川当年的同学，终于发现了香月青川和萧萱怡的秘密。听完属下的报告，井上真雄沉思起来，没想到这个香月课长竟然是一个情种，这让心中只有争斗杀戮的井上真雄有些理解不了。他一直认为从事谍报特工的人是不能有男女之情和家室之念的，那样既会消磨斗志，也会给敌人可乘之机。不过，只要能发现对手的弱点，他总是很开心，也许某一天，这个弱点就是他取代香月青川的制胜王牌。

十四、来如流水兮逝如风

曾涉对李儒鹏等人火烧鸿图书局表示首肯，但是认为还远远没有达到惩戒汉奸和日本人的目的，"抗日杀奸团"必须采取更激烈、更直接的斗争手段，打击敌人，杀奸除恶，唤醒国民的希望和斗志。

为此，曾涉将"抗日杀奸团"进行改组，由六个核心骨干组成一个干事会，成为"抗团"的最高决策组织，由曾涉任干事长实行总负责，李儒鹏任组织干事，孙大成任行动干事，祝正良任技术干事，袁俊任总务干事，另外还给关押在英工部局监狱的沈栋保留了一个宣传干事的职务。沈栋由于私藏枪支被工部局警察逮捕，但身份尚未暴露，曾涉等人正在想办法积极营救。

干事会下设六个小队，孙大成、季振英、刘友琛、冯云修、祝正良、叶天笑分任小队长。每个小队内有四五个小组，每个小组有四五名成员。干事会明确规定：小队间、小组间不准发生横向联系，只许和小队长单线联系，以保守秘密，避免一处遭受破坏而牵连整个"抗团"。

北平，潭柘寺山下，芦潭古道。

瓢泼大雨，电闪雷鸣，一道闪电划过树林，照亮了树下一个凄冷的身影，挺立如剑，戳在雨幕之中。又一道闪电划过，那身影竟然是满脸悲愤的秋国风。他站在雨中，浑身透湿，满脸雨水混着泪水，呆呆地看着这一排树林。

秋国风从河北老家得悉大伯秋老太爷的噩耗后，星夜赶回北平洪顺堂，但是洪顺堂已经变成日本人的营地，门前一群荷枪实弹站岗的日本兵，他连门都进不去。后来，他在城中寻找洪顺堂的弟子打听消息，原来对他恭谨有礼的洪顺堂弟子见了他全都逃得比老鼠还快。好不容易堵着一个原来堂中的警卫弟子，逼着他询问真相，可那弟子吓得跪在地上大哭，死活不肯说。秋国风急怒之下，亮出链子刀摁在他的脖子上，那个弟子才断断续续说出一个大概，说是高青岩和刘思过勾结日本人和海龙帮，在芦潭古道附近暗害了秋老太爷以及曾远山、鲁弱水。具体的情况只有孟师爷和他派出去的心腹弟子赵小山知道，但是这两个人都失踪了，赵小山据说是逃回了山西老家，孟师爷则踪迹全无。

秋国风听罢，目眦欲裂，眼里沁出血丝，立刻疯了一样，满城寻找孟师爷和赵小山，但是这两人却如石沉大海，踪迹全无。他整整一天水米未进，神思恍惚，在黄昏时分竟不知不觉来到那名弟子说的秋老太爷遇害的芦潭古道树林附近。秋老太爷和门下数十名弟子死难的地方，早被日本人打扫干净，遗体被运到无人知晓的地方掩埋。秋国风从刚开始的疯狂悲愤逐渐冷静下来，他以武人的敏锐发现了这一片树林的异常：很多树干上都留有弹孔，树枝被子弹打断。他知道，这里就是秋老太爷及弟子们遇害的所在。他像一个木头人一样站在那里，从黄昏到天黑，直到大雨倾盆。

又一道闪电划过，前方树干上有什么东西反射出一缕亮光，僵如木头的秋国风立刻动了，像闪电一般迅捷，立刻就到了那棵树下。借着闪电，秋国风看到树干上钉着四支黄澄澄的飞龙镖，再仔细寻找，竟然在树干侧面发现一枚闪着寒光的铁胆，秋老太爷从不离手的铁胆！刚才就是这枚铁胆闪出的寒光引起了秋国风的注意，也许冥冥之中自有天意。秋国风攥着铁胆，热泪迸流，在雨夜里发出一声痛彻心扉的凄厉长啸！

秋国风静默良久，抬头向天，高声吟道："天之道，不争而善胜，不言而善应，不召而自来，繟然而善谋。天网恢恢，疏而不失！我秋国风在此向雷电起誓，若不能报血海深仇，甘受雷电击身！贼子一日不除，我一日不离北平城……"

吟完，他在滂沱大雨中头也不回地向北平城走去。

北平，琉璃厂。

黑木亲庆每隔两三天就会来琉璃厂这上百家古玩店转一转，现在很多古玩店都把他当成人傻钱多的日本大脑袋，一看他又来逛琉璃厂，好几个古玩店的伙计都热情地和他打招呼。

"黑木先生，我们店里新进了一幅徐青藤的《墨葡萄图》，您老来掌掌眼？"一个满脸媚笑的伙计在路边忽悠他。

另一家伙计靠近他，轻轻地碰了他胳膊一下，低声道："黑木先生还是来我们店吧，我们老板刚从陕西古墓里弄了一件汉代青铜提梁卣，绝对的好价钱。"

黑木亲庆一张胖乎乎的圆脸，对谁都是一脸和气，明知道这些伙计是奔他的钱口袋来的，拿他当冤大头来宰，他也丝毫不以为忤，和每个人都热情地打着招呼，脚下的方向却未曾改变，依然晃晃悠悠地溜达着。黑木亲庆着装一向怪异，有时候穿一身笔挺西装，皮鞋锃亮，却拎一架鸟笼子；有时候穿一身中国的马褂，戴一顶瓜皮小帽，却架一副墨镜，挂一根银色的文明棍。琉璃厂的人对他这种中西结合、土洋混搭的装扮司空见惯，都暗自窃笑这个老鬼子仰慕中华风物，却像他拎的鸟笼子里的八哥一样，没调教好，"脏了口"了。

今天的黑木亲庆就是一身长袍马褂加瓜皮小帽，琉璃厂还没逛完，他已经察觉到了危险，在他身后不远处，有一个嗑瓜子的瘦子一直不紧不慢地跟着他，在他前边左侧对面街上，也有一个卖烟的小贩在暗中瞄着他。这两个人从黑木亲庆一出门就跟上了他，中间还换了一次衣服，但是老奸巨猾的黑木亲庆凭感觉就觉察出他们的存在。

黑木亲庆掏出一副墨镜，慢慢戴上，漫不经心地拐进路边一家古玩店，左看右看，和店伙计砍了半天价，又慢悠悠拐进第二家、第三家，如此这般磨蹭到天黑，足足逛了十几家古玩店。等黑木亲庆最后抱着一个花不少钱买来的假宣德炉，兴高采烈地走出琉璃厂时，他笑得如同捡到了稀世宝贝一般，心里却杀气腾腾，手里变戏法般多出了一根银色的文明棍。他已经向隐藏在古玩店里的部下发出了指令，除掉这两个盯梢的家伙！

在一家路边的小饭店里，黑木亲庆点了一碗北平的特色小吃卤煮火烧，坐在窗前慢慢吃起来。他选择坐在窗前，是故意给那两个盯梢的人看的。那两个人果然中计，慢慢凑到外边路口的树下，远远盯着低头大嚼的黑木亲庆。那个瘦子磨蹭到卖烟的小贩跟前，买了包烟，借机和同伙交流，研究下一步的跟踪计划。

那个瘦子抽出一根烟，低头点着，刚要吐出一口烟圈，却突然发现香烟贩子张牙舞爪地向他扑来，不由大吃一惊，猝不及防之下被香烟贩子抱个正着。瘦子只觉得心口一凉，一柄锋利的日本刀穿透香烟贩子的身体又扎进他的胸口，把两个人像羊肉串一样扎个透心凉。一个黑衣人像鬼魅一样从香烟贩子身后冒出来，满脸狰狞，看衣着打扮，竟是那天袭击秋老太爷的黑衣持刀人。黑衣人一刀穿透了两个跟踪的人，余力未消，竟把两人钉在墙上。黑衣人一转身，又鬼魅般消失在暮色里。两个盯梢的人连喊叫的机会都没有就被钉在墙上，远远看去像是两个人搂抱在一起，只露一个刀柄在示威般滴着血。饭店里的黑木亲庆也正好吃完了饭，眉开眼笑扔下饭钱，推开门深呼一口气，连瞅都没瞅一眼两个被钉在墙上的人，慢慢向大街走去。

街边墙角里蹲着打瞌睡的车夫陈黑子，被这一幕吓得麻了腿，想拉着车逃走，却无力站起来，只能像一条濒死的狗蹲在那里呼哧呼哧喘气，胯下慢慢洇出一圈水迹，散发着难闻的尿骚味。黑木亲庆走过他身边时，眼光就像掠过一具倒毙路旁的尸体，甚至一堆腐朽的烂草。他为这难闻的气味皱了皱眉头，松开在衣兜里攥着手枪的手，快步消失在夜色里。

警察所接到老百姓的报警，吴岳带着几个警察匆匆赶来，让这两个被穿成肉串的人吓了一跳，吴岳从尸体衣服里搜出两把手枪，打开弹夹一看都是满的。"这两个家伙，连拔枪的机会都没有。"吴岳暗自嘀咕。他使劲拔出日本刀，凝视着滴血的刀锋，陷入沉思。两个搂抱着的尸体兀自不肯倒下，死死地盯着吴岳，吴岳也看着他们，仿佛在眼前重现出这一刀的凌厉。

一个警察在吴岳耳边悄悄说道："有目击者说，这两个人一直跟着一个买古董的日本人……"

吴岳吃了一惊，赶紧制止那个警察："日本人做的，不去管了，弄不好掉脑袋的。"

北平，琉璃厂，花夕斋。

"花夕斋"是琉璃厂里一家中等规模的古玩店，后面有一个平时密闭的小院子，那是"一夕会"设在琉璃厂里的秘密联络站。密室里，那个黑衣人在案几前跪坐了整整一个小时，如一尊石头雕像一般丝毫不动，一只苍蝇转了两圈，挑衅般落在他的眉毛上，黑衣人仿佛失去了知觉，任由苍蝇在眉毛上爬来爬去。过了良久，门外传来一阵轻而细密的脚步声，一个穿着和服的女子小步进来，为黑衣人端上一杯茶，又躬身退了出去。黑衣人依然不为所动，连眼神都仿佛凝固住了。

一阵笑声从屏风后面传来："都说佐藤斋次君刀如闪电般迅猛快捷，人如磐石般坚不可破，今日一见，果然名不虚传！"换了一身和服的黑木亲庆，从屏风后面转了出来，还是满脸的笑容。

那个叫佐藤斋次的黑衣人，微微颔首为礼，并不回答黑木亲庆的夸奖。

黑木亲庆在他对面大咧咧地坐下来，给自己倒了杯茶，说："佐藤君，河野一郎还没有消息吗？"

佐藤斋次垂首回答道："是，黑木先生，河野自从刺杀曾涉失手以后，只留下讯息说他去继续跟踪曾涉，就和我们失去了联系。"

黑木亲庆眯起眼睛，笑容逐渐消失，道："看来，河野一郎是低估了曾涉啊，恐怕是回不来了。"

"曾涉，曾涉，"他嘀咕了几遍，手指头弹琴般在案几上轻敲着，转头向佐藤斋次道，"以后芥川左兵卫继续配合香月青川，跟踪调查曾涉和王天牧的事，就由你负责吧。"

"嗨！"佐藤斋次再次垂首答道。

"我们失去了河野一郎，但是这次你一举击杀两名重庆特工，很好，既是对他们的警告，也是复仇和挑战！"黑木亲庆看着外面密布乌云的黑漆漆夜空，陷入沉思，像是自言自语地说："乌云碰撞，大地颤鸣，闪电如刀，疾雨如箭，不知谁是最后的赢家？"

沉思一会儿，黑木亲庆旁若无人地吟唱道："来如流水兮逝如风，不知何处来兮何所终……"

他吟唱的曲子哀婉凄凉，似是为河野一郎哀悼。这首曲子是公元8到10世纪，盘踞在叙利亚北部安萨里耶山区的阿萨辛刺客组织中流传的曲子，阿萨辛派在中东地区让各种势力畏之如虎，刺杀无数高官显要，甚至可以公开要挟各国国王，直至公元1256年，为西征过程中的蒙古可汗旭烈兀所灭。

外面一阵电闪雷鸣，豆子般大的雨点浇落在窗户上，黑木亲庆站在窗前欣赏了一会儿雨景，回头对雕塑般的佐藤斋次说道："佐藤君，既然已经开始流血了，那么我们就让伤口再大一些吧！"

"嗨！"佐藤斋次深深垂下头答道。

暴雨中，一个黑影一闪而过。黑木亲庆惊喝一声："谁？"

佐藤斋次人未动，刀已出，一道寒光如闪电般破窗而出，直击那个黑影，那个黑影正在翻墙而出，听到呼啸之声，急忙伏身滚落墙外，那一刀掠过他的肩头飞到黑暗中。等佐藤斋次追出门来，那黑影已经消失在雨夜里。

北平，赵记杂货铺。

赵凡点亮油灯，看着一身黑衣、肩头流血的"七号"，口气严厉："'七号'同志，你这是严重违反纪律！你以身犯险，出了事怎么办？我们这一组怎么办？"

"七号"略带歉意地笑笑，道："一道划伤而已，换来鬼子的秘密联络站地点，值！"

赵凡一边给"七号"包扎伤口，一边批评他："你擅自行动，你我个人生死事小，影响组织工作事大。任性妄为，是我们的大忌！"

"鬼子把联络点设在琉璃厂里，实在是狡猾，出乎我们的意料，这个联络点怎么办？""七号"稍微活动着受伤的肩膀，转头问赵凡。

"这件事，你不要再管了，我会处理的。你最大的任务就是好好履行你自己的职责！"赵凡依然批评他，"如果有下次，我一定将你的违反纪律情况上报组织！"

十五、天网恢恢，疏而不失

北平，城西，洪顺堂。

自从洪顺堂一夕之间瓦解，改旗易帜成为日本人的傀儡之后，高青岩和刘思过的境遇迥异。刘思过胆大心狠，善于算计，很快就成为香月青川的干将。香月青川对刘思过委以重任，把他和一干心腹弟子组成一个侦缉队，协助情报课对重庆方面军统、中统和延安方面的情报人员进行侦缉。大权在握、趾高气扬的刘思过已经准备另起炉灶重立山门。而高青岩却不被香月青川重用，只让他招揽安抚洪顺堂旧属，盘点原来的产业，在原来的份子钱基础上，加倍抽红，定期给情报课输送钱财，成了日本人的管账先生。日本人的狮子大开口，使洪顺堂各个商铺里的旧日弟子们叫苦不迭，高青岩的脊梁骨被这些人暗中戳了几万遍不止。

高青岩心中郁闷，加上惧怕秋老太爷的江湖朋友暗中复仇，一直深居简出，不愿意露面，每天酗酒不止。这天下午，高青岩和五个心腹弟子请两个日本军官喝酒，香月青川安排了一个日军小队驻扎在洪顺堂，带队的是一个少尉小队长和一个军曹，厮混了几天，互相成了酒肉朋友。一堆人喝得酩酊大醉，大汗淋漓，那个小队长醉得躺在条凳上，袒胸露乳，使劲拍着胸口黑乎乎的护心毛直喊热。一个洪顺堂弟子凑上前献媚道："太君，前面街上新开了一家澡堂子，那个水真叫清，搓澡师傅手艺真叫绝，不如我们去洗洗澡？"

小队长听明白了，一骨碌爬起来，喊道："我们的，洗澡，洗澡！"

高青岩本不想去，但是两个鬼子已经歪戴着帽子，拖着皮带踉跄往外走，他只好带着几个弟子跟着出去，簇拥着两个醉鬼来到那家澡堂子。一进门，几个弟子就狐假虎威，大喊大叫连踢带打，把池子里的人都赶跑了，八个人脱成白条猪跳进池子里，不一会儿就鼾声如雷。

高青岩睡眼蒙眬之际，忽然听到一阵刺耳的铁器划过墙砖的声音，仿佛有人用刀子在墙上刻东西。

高青岩一个机灵，从水池中蹦起来，只见门口水雾弥漫，模糊站着一个人影，正手执一柄银色短刀，在墙上刻了八个大字：天网恢恢，疏而不失！高青岩仿佛被定住了一样，呆呆地望着那个人，看着他一笔一画地在墙上刻字。那个人刻完了字，慢慢转过身来，赫然正是秋国风！

恐惧从高青岩身上的每一个汗毛孔随着汗水流出，又凝固成胶水粘住他的双脚，他惊惧地发现，自己的斗志正一丝丝流走，他满脑子都是一个"逃"字，却无力挪动双脚。高青岩站在水池里，看着七个睡得猪一样的同伙，想大喊一声叫醒他们，嗓子里却只是发出一声困兽般的嘶鸣，好在他手还灵活，赶紧用手泼水，一阵扑腾，将那七个睡得猪一般的人全都泼醒了。那个副队长军曹醉意犹酣，被水泼醒，站在水里呜里哇啦地大骂。几个人循着高青岩恐惧的眼神望去，才发现在水雾中半隐半现鬼魅一样的秋国风，大骇之下，手忙脚乱地寻找兵器，却想起这是浴池，所有的衣服和武器都扔在外面。

军曹挪动着粗壮的身子爬出浴池，趔趄着向秋国风扑来。秋国风链子刀已收回袖中，背负双手，站在那里冷冷地看着军曹。军曹不认识秋国风，把他当成一个不懂规矩的中国人，只想拿他温习一下自己苦练过的柔道功夫，想狠狠地一下把这个年轻人摔成两截。军曹张牙舞爪犹如一堵肉墙向秋国风撞来，秋国风目光如刀，盯向军曹的咽喉，右手微微一动，一道银光已掠过军曹的喉咙。张牙舞爪的军曹立刻失去了方向，脚下打滑径直冲向后面的墙壁，像一张偌大的面饼被摔在瓷砖墙上，似乎想抱住"天网恢恢，疏而不失"八个大字，最后却终于徒劳地拖着一道粗重的血痕缓缓滑倒。

鬼子小队长大骂："八嘎！"跳上浴池的石台，占据居高临下的位置，想向秋国风扑来。秋国风面色苍白，眼神冷酷如刀，倒拖着链子刀，银刀上一片殷红，在地砖上划出刺耳的声音，像一尊杀神一样慢慢向这几个人逼过来。

小队长看出不好，大吼一声，从石台上凌空扑下，想一下压倒秋国风。秋国风链子刀一抢，刀身发出一声疾啸，一道凄厉的刀光迎头劈向小队长。小队长在空中怪叫一声，倒撞回水池，犹如一块巨石落进水里，溅起的水浪喷到房顶，落下来的水全是赤红色，一道深深的刀口从小队长额头一直劈到他那丛黑黢黢的护心毛里。

高青岩清醒过来，向五个吓得愣住的弟子嘶吼一嗓子："他要把我们全杀了！和他拼了！"

吼完，他立刻出手，双手舀起一捧水泼向秋国风，然后拳脚齐出！但是他的拳脚却不是攻击秋国风，而是身边的五名弟子。高青岩双手一推，两个弟子立刻分左右飞向秋国风，右脚一踢，一名弟子凌空扑过去，左肩一撞，又一名弟子冲向秋国风，最后一名弟子被他拿住后颈和大腿，像一枚炮弹一样后发先至掷向秋国风。在这电光石火之间，五名弟子都被高青岩当成武器，赤条条地向秋国风飞来。而高青岩借着最后一掷之力，身形后射，射向后面墙上涂着彩色条纹的玻璃窗。在秋国风刀劈小队长的瞬间，高青岩已经谋划好了逃跑的路线。

秋国风手中倒执链子刀，迎着五具飞来的肉弹，猱身而上，他并不接挡这五个人，只是借着飞来的劲势，在每个人的颈间或胸腹间轻轻一划，五具肉弹喷着血雾一一飞过秋国风，从浴室的地砖上滑出去，在那面刻字的墙下撞成一堆，却没有一个能再站起来。与此同时，一声巨响，高青岩把自己赤裸的身体当成炮弹，从玻璃窗里射出来，滚落在大街上，破碎的玻璃在高青岩的身体上划出无数道血口。在街上商贩和行人惊诧的目光里，赤身裸体的高青岩顾不得遮掩，拔腿狂奔，只跑出两步，一道银光从破碎的窗户里追出，在他左腿上斫出一道深可见骨的伤口，高青岩奔跑的身体立刻倾倒，在街上哀号翻滚。衣衫尽赤的秋国风从窗户里腾身而出，拖着链子刀，一步步向高青岩逼去。

浑身浴血的高青岩连滚带爬逃命，嘴里绝望地喊着："救救我！救救我！"全身都染成赤红的秋国风，倒拖着链子刀，大步追来。街上的行人胆子小的吓得逃之夭夭，还有很多胆子大的簇拥在街两侧，争相观看这一场两个血人互相追杀的大戏。

银光一闪，高青岩右腿又挨一刀，这一刀让他再也不能站起来，只能手足并用，像蛆虫一般爬行。秋国风恨恨地道："这一刀是替老太爷砍的，洪顺堂第一戒，欺师灭祖的下场！"银光再一闪，高青岩左肩见血，秋国风大声道："这一刀是替被你残害的同门兄弟砍的，洪顺堂第二戒，戕害同门的下场！"高青岩赤裸的身体在泥地里翻滚，满身烂泥污血，像垂死的野兽呻吟道："侄少爷，饶了我吧，真正害死老太爷和二师弟、四师弟的，不是我，是刘思过啊……"

"住口！"秋国风断喝道，"你们两个禽兽不如的东西，都得死！我一定让他死得比你惨十倍百倍！"

高青岩趴在烂泥里，声泪俱下地哀求着秋国风，秋国风赶到他身边，一脚狠狠踏在他的后颈上，将他的头脸踩进泥地里，高青岩的哀求立刻变成了呜咽。

秋国风抬头环视街上看热闹的人群，拱手道："在下是洪顺堂秋老堂主族侄，今日血溅长街，就是为了取下这个欺师灭祖、残害同门师弟的恶贼脑袋，以慰三十多条屈死冤魂的在天之灵！"

这一带的街坊邻居大都听说过一些关于洪顺堂惨剧的传闻，平日里口耳相传，无人敢公开议论，今天看见秋老太爷的后人公开向投身变做日本人鹰犬的叛徒复仇，人人心里都大呼痛快。几个看热闹的有些痞气的年轻人，在人群里喊："砍了他！砍了他！按老辈儿的规矩，把他脑袋挂菜市口大街上，这叫枭首示众！"

秋国风举刀欲砍，忽然"啪"一声枪响，秋国风肩头冒血，一个趔趄几乎摔倒，众人大惊失色，才发现大街另一头跑步过来一群日本兵，开枪的正是骑在白马上的香月青川，他带着一队日本兵到洪顺堂，正好遇见这一幕。

本已闭目待毙的高青岩见到秋国风突然负伤，救兵天降，立刻意识到活命的机会来了，一骨碌滚出去，拖着伤腿挣扎着向香月青川奔去，满脸鼻涕眼泪地喊道："香月课长，快救救我！"

肩头中枪的秋国风眼见仇人就要逃脱，大喝一声，忍痛出刀，链子刀直奔高青岩后脑。与此同时，香月青川瞄准秋国风又开一枪，秋国风右肋中弹，一跤摔倒，链子刀失去了准头，只在高青岩后背上划了一道血口。

围观的人群大骇，四散逃开，反而阻住了香月青川和日本兵迫近的脚步，香月青川大怒，勒住白马，向天连开几枪，想驱散人群。正在此时，一枚冒烟的手榴弹从路边楼顶扔下，落在那群日本兵身边，香月青川反应极快，喊了一声："小心！"从马上跃下翻滚到路边。一声巨响，硝烟弥漫，几个日本兵和逃跑的人惨叫着翻滚，剩下的都卧倒在地，不敢起身，那匹白马浑身是血，躺在地上挣扎嘶鸣，后腿徒劳地刨着泥土。再看秋国风，已经失去了踪迹。香月青川跳了起来，挥散烟雾，四处观望，只见一个灰衣人背着秋国风正拐进旁边巷子口，香月青川顾不得多想，喊了一声，命令日本兵向灰衣人追过去。那个灰衣人并不慌乱，躲在巷子拐角处，双枪齐发，两支驳壳枪射出连珠般的子弹，将巷子口封住，日本兵露头一个就被打倒一个，一连躺下三个，一时吓得无人敢靠近。等香月青川大发雷霆，再次逼着日本兵冲进巷子时，里面早就空无一人……

　　香月青川掏出手枪，咬咬牙，将垂死嘶鸣的心爱白马一枪打死，然后安排人将高青岩送去救治。他在修罗地狱般的浴室里查看半天，又在刚才掷下手榴弹的楼前伫立良久，对一名卫兵说道："去请芥川左兵卫回来吧。"他顿了顿，接着对卫兵说："你告诉他，请他务必尽快赶回来协助我。这次浴室里的杀戮是洪顺堂余孽寻仇，尚在我的意料之中，而街路上的狙击，目标只有一个，就是我！"

十六、最残酷的杀人方法

天津，刘记米店，地下党秘密联络站。

一身脚夫打扮的芥川左兵卫在天津"独一处"茶馆的二楼已经枯坐两天了。他一滴茶也不喝，只喝白开水，放了满满一壶白开水在桌子上，水喝没了，墙角那个胆战心惊、目不转睛盯着他的茶博士立刻过来给满上。茶馆里坐了十多个人，但是从茶博士到茶馆老板，眼里的客人只有一个，就是这个仿佛老僧入定的芥川左兵卫。

"独一处"茶馆从上到下、从里到外，都已经被芥川左兵卫的人控制住，那些状态各异的茶客们，不是情报课的特工，就是海龙帮的弟子打手。这里是芥川即将发起攻击的前沿指挥哨，在他心里，"独一处"茶馆已经变成一只即将跃起噬人的猎豹。他在等一条自投罗网的大鱼，只要鱼一咬饵，他就要带着这只巨大的豹子冲过去，把他盯了两天的目标，不，应该是研究了半个月的目标一口吞下。

芥川左兵卫的目标是街尽头的一家米店："刘记米店"。刘记米店的招牌陈旧斑驳，似乎已经在这条街上生根经营很久，店里生意并不景气。芥川观察了两天只见到四个买米的人，这四个人买完米后，无一例外都被芥川的部下秘密请进"独一处"茶馆的后院。现在，那四个人整齐地跪在后院的墙下，芥川左兵卫瞄了一眼，就知道这里没有他想找的人，可是他也不能放走这四个人，他不能冒这个险。放他们一条生路，还是让他们空气般消失，要看这只豹子扑击的后果如何，还有他芥川左兵卫的心情。

芥川左兵卫似乎已经闭目沉睡过去，但是他脑子里却画了一张刘记米店的立体图：刘记米店距离"独一处"茶馆一百三十米，中间有各类商铺二十四家，已经有一半被安插进情报课和海龙帮的人。刘记米店从门口到大街只有五级台阶，店里有老板、老板娘、店伙计三个人，一楼就是那个瞌睡虫缠身的店伙计，整天昏昏欲睡，柜台后面是装米的仓库，旁边是十六级木制楼梯直通二楼，二楼是老板和老板娘的居室，还有接待重要客人的客厅。他们的逃生通道只能有一个，就是二楼主人居室的后窗，翻窗而出，可以落在一条小巷子里，小巷子的两个出口已经安排了八个人守卫。他们的电台应该放在哪里？是一楼的仓库还是二楼的居室？如果能搜出他们的电台和密码本，或者能通过这个钓饵抓到更大的鱼，一定会让整个华北方面军和全华北的日本情报界都大吃一惊的。想到这里，老僧入定般的芥川，嘴角难得地露出一丝微笑，他已成竹在胸。

先后有两个阔老板打扮的特工蹑手蹑脚进来，向化装成脚夫、衣衫褴褛的芥川左兵卫汇报，报告各个环节都已准备就绪，就等他一声令下，瞬间就端了这个共产党的联络站。芥川左兵卫也有些难抑兴奋，多次想站起来，发出进攻的命令，就像香月青川那样沉稳潇洒，甚至冰冷无情。

"如果香月课长在这里，他会怎么做？是继续观察还是即刻进攻？"芥川左兵卫不由想起他的长官香月青川，也是他的偶像，"香月课长如果在这里，一定会问我，事情就这么简单？"

"事情就这么简单？！"芥川左兵卫突然自己吃了一惊，睁开眼睛，阴冷的目光穿出茶楼的窗户，盯向刘记米店，足足有喝下一壶白开水的时间。这一壶水的时间，犹如蚕茧抽丝一般煎熬寂静，他终于发现了刘记米店的不同寻常之处，不是一处，而是两处！

芥川左兵卫兴奋起来，第一次站起来，轻轻地拍拍手，这个动作也像极了香月青川。两个特工立刻来到他面前，躬身等候命令。

芥川左兵卫控制住自己的兴奋，故意放慢语速，吩咐道："两件事，立刻查实！"不止两个等候命令的特工，茶馆二楼上所有的特工都竖起耳朵听他说什么。

"一是刘记米店二楼客厅窗台上摆放的三盆花，是什么花？和昨天摆放的花是否有区别？"

一个特工鞠躬领命而去。

"二是刘记米店大门二十米外斜对过的修鞋老头儿，是否查过他的来历？"

另一个特工也"嗨"一声，转身下楼。

芥川左兵卫又慢慢坐下来，端起水杯，那个被吓得浑身发抖的茶博士立刻过来给杯里倒满水。

不到十分钟，第一个特工急奔上来，躬身向芥川左兵卫报告，说："米店二楼窗台前后窗户共摆六盆花，临街窗户摆的是三角梅、绿芙蓉和白栀子花，后面窗户是三盆一样的吊兰，昨天摆放的也是这六盆花，没有变化。"

芥川左兵卫闭着眼点点头，特工退了下去。

又过一会儿，第二名特工也前来汇报："那个修鞋老头儿姓赵，五十多岁，没有人知道叫什么名字，人人都喊他'老醉猫'，在这条街修鞋已经四年了，整天酒壶不离身，清醒的时候少。不过，街坊邻居们都证实，刘记米店的刘老板隔三岔五就会找他修鞋，一个养尊处优的米店老板，他的鞋子似乎没有经常坏的理由……"

芥川左兵卫脸上慢慢堆起笑容，他赞赏地挥手阻止了特工的分析，有些事情他只愿意自己做出判断，不想被别人的意见左右，除了香月青川。

"杀死一个人最残酷的方法是什么？"芥川左兵卫看了一眼窗外即将没于暮霭的夕阳，轻声自言自语问了一句，楼上的茶馆老板和茶博士以及几个特工都听清了，却没有人知道该怎么回答这句话。

刘记米店二楼的窗户探身出现一个三十多岁的中年妇人，她就是米店的老板娘，看了一眼长街尽头的夕阳，又弯腰拿出一个小喷壶，给几盆花浇水。妇人衣着朴素，举止温婉，并不知道周围有无数双饿狼般的眼睛在暗中窥探着她。她沐着淡红的暮色给几盆含苞待放的花儿浇水，呵护着最外边那鲜艳的三角梅，几朵小花犹如小精灵一般在夕阳中绽放，这一幕仿佛一幅油画般美丽，连芥川左兵卫都有点看痴了。

等米店老板娘关上窗户，芥川左兵卫已经决定开始行动了，他不能再等待下去了，虽然没有等来自投罗网的大鱼，但是他已不想再浪费时间，他决心要亲手撕毁这幅美丽的油画。

暮色在这条长街上一寸一寸延伸，阴影慢慢吞噬了一切。芥川左兵卫踏着暮色而来，这只蛰伏两天的豹子终于动了，他的第一个目标，就是"老醉猫"。

"老醉猫"抬起浑浊的老眼，他并不知道渐渐逼近的危险，只是愈见浓重的暮色让他力不从心，他昏花的眼睛已经看不清针脚。他喃喃地叹息道："唉，又过了一天，离进棺材又近了一步。人老了不中用了，连点酒钱都没挣到……"他已经准备和往常一样，收拾东西回家，喝点小酒美美地睡上一觉。

一个黑影停在他面前，挡住了夕阳最后一丝光线。"老醉猫"费力地抬起头，看着面前山一样的人，那个人的面目被遮挡在斗笠下面，"老醉猫"只能徒劳地揉着眼睛。黑影在"老醉猫"面前坐下，向他抬起一只脚，脚上的鞋子已经磨破了一个洞。看见鞋上的破洞，"老醉猫"的眼睛立刻闪出光亮，他哆嗦着双手就要去脱这只鞋子。"老醉猫"的手刚伸出一半，黑影已经闪电般出手，扣住了"老醉猫"的双臂，顺势一拧，"咯啦"一声，双手齐断，"老醉猫"刚要惨呼，那只破洞的鞋子已经飞起，踩住了他的嘴，让他的惨叫声发不出来。

黑影将"老醉猫"被拧断的双手拉近到眼前，上下端详，狞笑道："这真是一双修鞋的手，我高估了你！"一点黑星飞出，切断了"老醉猫"的气管，黑影左右腿连环踢出，"老醉猫"双腿齐膝折断，他无法挣扎，也无法喊叫，只能躺在地上像一只蚕蛹一样蠕动。黑影退了开去，拍拍手笑道："杀死一个人最残酷的方法是什么？是让他看着自己的伤口，慢慢等死。"

黑影摘下斗笠，露出芥川左兵卫冷酷的脸，虽然他身边并没有其他人，可是他知道这句话一定会立刻传到每一个参与行动的人的耳中。"老醉猫"慢慢停止了蠕动，躺在泥和血之中，用一种奇怪的眼神盯着芥川左兵卫，不是愤怒，不是痛苦，反而像是一种释然，一种长期折磨后的解脱。

在芥川左兵卫解决掉"老醉猫"的同时，他的身边直径几十米内，至少已经有三十人悄悄围住了刘记米店。芥川不再理会"老醉猫"，转过身只轻轻吐出三个字："抓活的。"进攻就开始了。

一群人冲进米店，那个趴在柜台上睡觉的伙计立刻跳了起来，他动作很是利落，一点儿不像瞌睡不醒的人，他不是冲向抓他的人群，而是冲向楼梯，特工们以为他要上楼逃跑，几个人扑过去，把他牢牢摁在楼梯上。一声闷响，伙计怀里的炸弹爆炸了，楼梯塌落，他和摁住他的人血肉模糊滚作一团。原来他不是逃跑，他的目标就是要阻止别人冲上楼梯，给上面的人争取时间。楼上传来两声枪响，两个想从后窗翻进去的特工号叫着掉下去，开枪的是米店刘老板，几个特工想从断落的楼梯攀缘而上，刘老板躲在楼上又开两枪，射落两人，竟然弹不虚发。刚才浇花的老板娘冲到窗台前，举起一盆花向站在米店门口的芥川左兵卫砸去，芥川一闪身，花盆摔落在大街上，粉身碎骨。老板娘又砸下两盆花，芥川左兵卫突然间悟到了什么，不再闪避，施展身形，接住了这两盆花。

特工们忌惮米店老板的枪法，一时竟无人敢冲上二楼，一个特工在楼下用中文劝降，喊道："刘老板，你们已经无路可逃了，只要你交出电台和密码本，什么条件都可以答应你！"

楼上寂静无声。芥川左兵卫挥挥手，那个特工继续喊："只要刘老板交出联络方式，就算你不愿意为皇军效力，也可以保证你隐姓埋名，安享荣华富贵。"

几个特工借着喊声掩护，悄悄又向楼上爬去。

特工又喊："刘夫人，你劝劝尊夫吧，你貌美如花，要是被送进特高课的审讯室里，下场你是知道的……"

一声枪响，喊话的特工竟然被射穿腮帮子，捂着喷血的脸，双腿一软，跪了下去。

芥川左兵卫听出这是左轮手枪的声音，厉吼一声："他只剩一颗子弹，冲上去！"

楼上又传来一声枪响，却没有人中弹倒下。有人大喊："他没有子弹了，抓活的！"

特工们蜂拥而上，利用断损的楼梯冲上二楼，只见米店的刘老板靠着柱子颓然坐在地板上，一支左轮手枪还冒着蓝烟，太阳穴上赫然一个弹洞，鲜血喷涌。

老板娘端端正正坐在客厅的桌子后面，神情并不哀伤，正用毛笔在纸上写着什么，仿佛眼前的鲜血与己无关。两个特工冲过去，打掉她手里的毛笔，把她的脸按在桌子上，双手铐在身后。老板娘并不挣扎，脸上带着一丝神秘莫测的笑意。

芥川左兵卫托着两盆花，从临时用桌子椅子搭建的楼梯走上来，迎面就看见老板娘这一脸的笑意。他知道遇见了对手，也堆起满面笑容，走过去把两盆花小心翼翼地放在桌子上，仿佛这两盆花不是袭击他的武器，而是他探视朋友带来的礼物。

芥川左兵卫笑容可掬地问老板娘："电台，在哪里？密码本，又在哪里？你们的联络人是谁？"然而他心里却恼恨自己的笑容不够完美，一定没有香月青川那么真诚感人。

老板娘也看着他笑，眼神却慢慢涣散，一缕鲜血从嘴边溢出。一个特工奔过来，掰开她的嘴，闻了闻味道，回头对芥川左兵卫说："是氰化药物，估计一交火时就吃了，来不及了。"

老板娘的身体从桌子上慢慢滑下，带落刚才写字的那张纸，芥川左兵卫一把抢过来，见上面写着三个端正娟秀的楷体字：永别了……

芥川左兵卫懊恼地大叫一声，把那张纸撕得粉碎，喊道："给我搜！挖地三尺也要找到电台和密码本！"

没有电台，更没有密码本，只有四具冷冰冰的尸体，让芥川左兵卫前所未有地失望。折腾到深夜的特工们，垂头丧气地向芥川左兵卫汇报，芥川充耳不闻，像入了魔一样，眼睛牢牢盯着那两盆花。所有的特工都垂手肃立，不敢招惹他。过了良久，芥川左兵卫才开口说话："明天早晨，我要见到刘记米店重新开张营业。我还要见到这两盆花，不，是六盆花，和昨天、前天一模一样地摆在那里，不能有一丝一毫的异样！"

十七、等待死亡，也是我们的工作

天津，刘记米店。

这条街很快就恢复了宁静，时间很短，仿佛什么都没发生过。一些商铺里的人昨晚听见了爆炸声和枪声，却不敢询问发生了什么，因为很多化装的日本人和海龙帮的徒子徒孙们，以各种身份穿梭在这条街的前后左右，令所有的人都噤若寒蝉。

刘记米店早晨照常营业，坏了的楼梯修复如初，还是一个趴着打瞌睡的伙计，还是一对夫妻在二楼忙活，那个女的早晨依然探身出来给窗台上的花盆浇水。米店门口斜对面的修鞋摊，被一个胡子拉碴、浑身酒气的老头子继承了，他不时喊几嗓子"修鞋咧"，声音也是地道的天津腔，和"老醉猫"有几分像。

比邻而居的几家商铺，惊恐地看着发生的这些变化，一些人明白了，日本鬼子这是在演戏哪，还要抓大鱼呢。可是，没有人敢吭声，因为每一个店里都多了一个人，在暗中监视他们。

一个颤巍巍的老太太走进刘记米店，买了二斤米，老太太使劲用昏花的老眼打量着这个陌生的店伙计，问他："小顺子怎么不在了？"

那个伙计笑容满面，手脚麻利地为老太太装好米袋子，说："小顺子回山东娶媳妇儿啦，我替他几天。"

老太太颤巍巍地挪出来，那个伙计一直给送出大门口，老太太边走边嘀咕："我怎么记得小顺子是东北的？米钱又便宜了，可街坊邻居都说市面的米涨价了？"

"独一处"茶馆二楼上，芥川左兵卫木然地看着老太太从楼下走过去，一个特工要下去抓老太太，芥川挥挥手制止了他。"独一处"茶馆后院的墙下，已经跪了一排人，从昨天的四个增加到八个。

"共产党如果用这么老的密探，也许不用我们抓捕，他们一年之内就会自动消亡。"芥川左兵卫难得一见地开了个玩笑，那些小心翼翼的特工们见长官露出笑脸，也都暗暗松了一口气，因为大家都很害怕这个不喜欢用枪的长官，不知道什么时候一枚十字镖就会钉上自己的脖子。

芥川左兵卫有开玩笑的心情，是因为他坚信这个共产党秘密联络站一定会钓来大鱼。刘记米店里没找到电台和密码本，也没有电话，他们一定无法向自己的上级组织报告这里的情况。只要有耐心，一定会有大鱼撞进这个网里。现在，整个一条街，都已经是他芥川左兵卫的网。

也许这条街聚集了太多的目光和杀气，往常到了中午时分，街上会人来人往，今天却有些萧条，难得看见几个人经过，更没有人去刘记米店买米。

一辆黄包车从"独一处"东面的街口拐过来，车上坐着打扮成商人的赵凡，戴着礼帽和墨镜，怡然自得，前面低头拉车的是那个太行山来的刀子，身穿车夫号服，一顶宽檐草帽遮住了半拉脸。

赵凡和刀子二人收到"七号"送来的情报，却无法与天津联络站取得联系，只能铤而走险，违反规定，私自化装潜入天津传送情报。在天津联络站失去联系时，赵凡心里已经预感到了不测，为了证实他的判断，他必须来冒一次险。

这辆黄包车引起了所有人的注意，包括芥川左兵卫，他从"独一处"茶馆的窗户探出身子，饶有兴致地观察这辆黄包车。黄包车不紧不慢地向刘记米店方向跑去，路边商铺里隐藏的人都目不转睛地盯着他们。

赵凡在车上跷着二郎腿，漫不经心地四下逡巡，似乎是发现走错路了，拿起文明棍使劲杵着刀子的后背，用地道的天津腔骂他："你这瞎了眼的泼皮，为吗绕个大圈子把大爷拉到这里，大爷的钱是那么好骗的吗？"

刀子好像是被杵疼了，双肩抖了一下，回头嘟囔着顶一句嘴，继续拉车，赵凡继续骂道："大爷是去'丽春院'寻痛快的，你给大爷拉到这喝茶卖药的街上，算是嘛事？"

芥川左兵卫眯起眼睛，抬手招来一个海龙帮的头目，问他："这车夫的号服和黄包车，是你们海龙帮的吗？"

那个头目仔细辨认了一下，回道："没错，芥川先生，是我们海龙帮车行的标志。"

芥川左兵卫点点头，没有再言语。

黄包车已经驶到刘记米店正门口，却没有丝毫停的意思，继续向前奔去。

赵凡在车上依然喋喋不休地骂："耽误了大爷的好事，我把你这破车给砸了！我跟你说，你们海龙帮赵大爷是我的堂兄，没人敢惹我！你这不长眼的东西，敢来诳我？！"说着，用文明棍在刀子后背上又杵了两下。

几个在街边商铺里扮作闲人的特工，手都伸进怀里，一面盯着黄包车的两人，一面盯着"独一处"茶馆，看是否发出抓捕的信号。

黄包车夫脚步略略加快，驶过刘记米店门口，向前边的大街奔去。

芥川左兵卫有些犹疑，总觉得哪里不对，却一下子找不到破绽。他咬咬牙，想："宁肯错杀一千，不可错放一个！"正要挥手发出信号，拿下这两个人，却突然发现有一个人正朝刘记米店走去。街上的特工注意力都被黄包车和喋喋不休骂人的赵凡吸引，谁也没有注意到一个十多岁的小叫花子走到刘记米店门前。

小叫花子衣衫褴褛，蓬头垢面，旁若无人地走进米店，迎着店伙计吃惊的目光，大剌剌地坐下，说："你们刘老板呢？这是给他的信！"说完，从怀里掏出一封信，拍在柜台上。

幸福来得太突然，店伙计大喜过望，冲外边做了一个手势，楼上、门外立刻拥进十多个特工，将小叫花子牢牢摁在地上，结结实实捆得像粽子一样，有的特工怕他像昨天的老板娘一样吞药自尽，掏出一双臭袜子塞进小叫花子的嘴里，又检查他的牙齿和衣领，看是否藏有毒药。芥川左兵卫也顾不得隐藏行迹，带人从"独一处"茶馆一溜小跑过来，要看看这条大鱼到底是何方神圣。

一见到小叫花的眼神，芥川左兵卫就知道上当了，有人扯出小叫花嘴里的臭袜子，小叫花立刻哭得声嘶力竭："为什么抓我啊？我就是一个送信的。"

一个特工上去一个大嘴巴子，喝道："谁指使你进来的？"

"有一个戴墨镜的人给我一块钱，让我把信送给这里的刘老板，还说刘老板也能给我一块钱，你们怎么不给钱还打人呢……"

芥川左兵卫立刻想到刚才黄包车上的戴墨镜的人，抓起那封信一个箭步冲到二楼窗口，可那辆黄包车早就踪影全无。芥川左兵卫大骂一声，一掌把窗台上的花全扫到街上！他撕开信封，里面只写了四个大字：

以血相见！

天津城郊，一个小山包的松树下。

赵凡和刀子站在树下，呆呆地回望着天津城。

刀子惊奇地发现，刚才还装腔作势、耀武扬威的赵凡竟然满眼泪水。赵凡沉默了半晌，手哆嗦着摸出一盒烟，递一根给刀子，刀子摇头拒绝了。在刀子心里，烟酒糖茶都是腐蚀品，比雨水还能让自己生锈。

"'七号'同志的情报没有人去执行了，怎么办？"刀子没有完成任务，十分沮丧。

"我们只有转交给上级，让上级另行安排人去完成这个任务，毕竟我们的任务只是传送情报。"赵凡无计可施，似乎有点想推卸责任，刀子气鼓鼓地看着他。

"他们用自己的死，给敌人布了一个局。"赵凡狠狠吸了一口烟，半支烟变成烟雾从他的肺里喷出来。刀子听不懂他的话，但是刀子从不会去问原因，如果赵凡想解释就一定会自己说的。

"他们一定是发现自己处于危险境地，主动销毁了电台和密码本。"赵凡想平静下来，努力不让泪水滚落，说道，"米店临街窗台上的三盆花是我们内部的联络暗语，有我们约定的顺序，单双日子与花盆顺序组合，代表不一样的含义。今天是双日，只有三角梅摆在中间时，才表示安全，刚才这三盆花里三角梅靠边，告诉我们的暗语是'危险，速离！'"

刀子努力回忆，记得刘记米店窗台上隐约摆着几盆花，都是什么花和摆放顺序，他却没有注意这个细节。

"外围警戒的'老醉猫'和一楼的伙计都换了人，说明联络站的四个人都已经遭遇了不测。"赵凡用颤抖的手掐灭了烟头，分析道。

刀子问："有没有他们被俘或叛变的可能？"

赵凡摇摇头，道："我了解他们，他们不会让自己活着落进敌人的手里。他们只要有一人叛变了，今天就不会有花盆暗语向我们提示危险。按照约定，发生危险时，他们会把花盆摔碎。日本人肯定也是发现了花盆可能是联络暗号，重新摆放了一模一样的花盆，但是却不知道摆放顺序所代表的含义。"

刀子想了一会儿，说："你是说，他们四个人知道了危险，销毁了电台和密码本，摆出警告暗语，然后就在那里静静地等死？他们为什么不撤离？"

赵凡仿佛神游物外，半晌才静静地说："等待死亡，也是我们的工作，也许有一天我们也会那样的。"

刀子攥紧了拳头，愤懑地道："人到绝境，不如放手一搏，大丈夫死得其所，怎么能这样静静等死？我不理解……"

赵凡慢慢转过头，双手有些哆嗦，神情却坚毅狰狞，盯着刀子那双刀锋般锐利的眼睛，问他："如果需要你静静地等死，用死亡去拖延时间，你怎么办？！如果需要你静静地等死，装着不知道危险临近，掩护一个更重要的人脱离险境，你怎么办？！"

赵凡越说越激动，眼睛发红，一把揪住刀子的衣服，嘶吼道："你以为不怕死、敢拼命就是英雄吗？你以为能拼刺刀、能炸碉堡就是好汉吗？你知道吗，三年前，我就是刘记米店的伙计，刘老板是我多年的上级！你知道吗，'老醉猫'，'老醉猫'是我的父亲！"

赵凡浑身颤抖，泪如雨下，再也掩饰不住，一口血喷了出来，染红了刀子的号服。刀子震惊无语，牙齿狠狠咬住嘴唇，把嘴唇咬出了血，眼中两行热泪慢慢落下。

赵凡向天大喊几声，扔掉礼帽和墨镜，朝草地深处跑去，刀子也撕掉号服，跟着他奔去……

终于，两个人都跑累了，摔倒在草丛里，仰天躺着，喘息着，满脸的泪水和汗水，呆呆地看着一朵白云向天边悠然飘去……

十八、不能不相为谋

平津公路，深夜。

一辆小轿车行驶如飞，开车的是神情严肃的王文，旁边坐着眯着眼打瞌睡的曾涉。车速很快，远远已经看见夜色中一片灯火通明的天津城。打瞌睡的曾涉突然轻声对王文说："有尾巴！"

王文瞥了一眼后视镜，看见一辆车远远地跟着他们，不开车灯，在夜色里犹如一头野兽时隐时现。王文哼了一声，说："看来是和我们铆上了，阴魂不散啊。"

曾涉道："最近他们损失了顾长武和河野一郎，我们损失了跟踪黑木亲庆的两名特工，早就是你死我活性命相搏，前几天我们又狙杀香月青川，虽然没有成功，但是肯定激怒了他们，不反咬几口才怪！"

王文道："既然他们是有备而来，我们人少势孤，不能和他们硬拼。"

曾涉点点头，道："前边有一个岔路口，甩掉他们。"

王文狠踩油门，向前飞驰而去。

谁知日本人早有准备，在岔路口等候着一辆大卡车，看见王文的车过来，立刻开亮大灯，迎头撞来，与后面跟踪的车一前一后，形成夹击之势。

王文被卡车灯晃得睁不开眼，只隐约看见一辆大卡车像山一样碾过来，危急之下，一打方向盘，小轿车冲进路边野地里，直撞到一棵大树才勉强停下来。幸亏曾涉和王文早有准备，从车上翻滚而下，借着车辆掩护躲到树后。小轿车随即被一阵密集的子弹打成了筛子，听枪声竟然还有两支号称"芝加哥打字机"的汤普森冲锋枪。

曾涉躲在树后双枪在手，王文趴在车下面，两人三支枪向对方还击。对方跟踪的轿车里有两个人，大卡车上又跳下三个人，分成左右两个组，互相掩护，用大卡车的车灯照住曾涉和王文，凭着汤普森冲锋枪的火力，把他们压得抬不起头。

曾涉双枪连发，把卡车灯打灭，但是对方一梭子子弹扫来，曾涉的帽子被打飞。王文趴在地上连开数枪阻住敌人逼近的脚步，指着后边黑漆漆的野地，急促地对曾涉说："曾书记，你先撤，我在这里拖住他们！"

曾涉面色镇定如常，换个弹夹，没有理他，抬手又是几枪，把第二辆车的车灯也打灭，双方一时都陷入黑暗之中。对方忌惮曾涉的枪法，不敢过分靠近，有一个头目在路基上用日语叽里咕噜喊叫着，立刻有一把冲锋枪对着被打成筛子的小轿车的油箱再次扫射起来。小轿车发出刺耳的呻吟声，终于爆燃起来，一团火球腾空而起，气浪把王文都掀翻了。爆燃的轿车等于在二人身边点起一堆熊熊大火，让路基上的人一览无遗，形势更加恶劣。

两把冲锋枪一左一右形成交叉火力，封住曾涉和王文。王文试图冲出去，刚一露头就被一梭子子弹封回来，左肩挂彩。一向沉稳冷静的曾涉，也额头见汗，目光中有些绝望的焦急。

正在这时，突然路基后边传来两声枪响，一个冲锋枪手惨叫着摔下来，余下四人大吃一惊，回头查看，却不见人影，只有黑沉沉的野地。又一声枪响，第二名冲锋枪手又倒地，暗中狙击的人竟然藏身于卡车车厢，估计是趁乱摸上去的。曾涉和王文见来了救兵，一齐跃出，愤怒地向剩下的三个人倾吐子弹，又一个杀手摔倒，在地上挣扎着爬行。另两个人心胆俱丧，瞬间斗志全无，一顿胡乱射击，猫着腰钻进那辆汽车，飞一般逃去。王文冲上路基，捡起一把冲锋枪，咬着牙对着远去的汽车一顿扫射，但那辆车转眼就消失在夜幕里，王文气得把冲锋枪砸在地上。

一个黑影从卡车车厢里慢慢站起身，曾涉借着火光仔细辨认，不由大吃一惊，道："想不到是你！"

那个人从车上跳下来，微笑道："山水有相逢，何况小小的天津城。"竟然是上次在山上被曾涉逐走的共产党人李一程。

王文半身浴血，顾不得寒暄招呼，一脚踩住那个在地上呻吟的杀手，用枪管戳进他的伤口，厉声喝问："你们是什么人？谁派来的？！"

那个杀手很是硬气，忍着剧痛，面目狰狞扭曲，用日语一通大骂。王文听不懂他说什么，手上加劲，在他的伤口里一通搅和，那个杀手疼得长声惨呼。

李一程替他翻译道："他说的是，佐藤斋次的刀会像幽灵一样取走你的首级，为他们报仇！"

那个杀手怒目瞪着王文，竟然一口咬断自己的舌头，吐到王文身上。曾涉叹息一声，说："既然是一条硬汉，就不要为难他了。"

王文把枪抵近杀手胸口，扣动扳机，那个杀手停止了挣扎，然而脸上的怨恨戾气却一直没有消散。

李一程叹息道："以前听闻日本的武士道，精髓就是赴死之道，今日一见，确实让人触目惊心。"

曾涉前后巡视几眼，说："此地不可久留，我们赶快离开，免得夜长梦多。"三人跳上那辆大卡车，一溜烟消失在夜幕里。

王文在后排给自己包扎伤口，李一程操控着方向盘，虽然没有开车灯，依然行驶得快速沉稳。曾涉在副驾驶位置上盯着李一程，似乎想问什么却没有张口，但是目光和气了很多。

李一程好像猜到了曾涉心里的疑问，主动说道："佐藤斋次和河野一郎都是'一夕会'元老黑木亲庆的属下，还有一名干将叫芥川左兵卫，一直配合华北方面军司令部情报课香月青川工作。我从河野一郎开始，一直密切关注他们的行动，所以今晚才能遇见你们。"

曾涉问他："你怎么了解得如此清楚？"

李一程微微一笑："我有秘密渠道可以了解到他们的机密，我是他们的眼中钉、肉中刺，他们也想方设法找出我来，已经试过几次了。"

王文好奇起来，探头过来追问李一程："什么秘密渠道？"李一程表情严肃地制止他，说："这个问题就不要再问我了，相信你们和我们都有原则和底线的，有些话能说，有些话打死也要烂在肚子里，曾书记你说呢？"

曾涉哈哈一笑，化解尴尬，道："我敬佩你的坦诚，今夜你和我们共同开枪御敌，又在同一辆车里说话，只怕你我的同僚和上级都不会相信，也无法解释。看来今晚的事，除了我们三人，谁都不能知道。"

李一程也是一脸狡黠的笑容，说："今晚有什么事吗？我一直都在家里睡大觉。"

曾涉看着他，终于忍不住，哈哈大笑起来。王文在后边捂着肩膀，虽然疼得咧嘴，也忍不住笑出声来。

曾涉真诚地说："虽然你我各为其主，不能把酒言欢，但是今后我决不会与你个人为敌。"

李一程也面露真诚，说："我救你们，是因为你我都是中国人，你们二人也是杀敌报国的热血男儿。若是换了贵组织的其他人，我是断然不敢坐在一起的，我还要留着自己的大好头颅多看美女、多吃肉、多喝酒呢。"

曾涉道："上次我放你一马，今日你救我们两条命，我欠你的。"

李一程把车开进路边一片小树林里，熄火停下。转头对曾涉说："上次你说'道不同不相为谋'，我觉得应该是'道不同不相为伍'，不能'不相为谋'。"

曾涉一愣，问他："不知此话所指何意？"

李一程道："我今天帮了你们一次，却也想求你们一起谋划一件事，不知可否？"微弱的亮光下他目光炯炯，看着曾涉和王文。

曾涉笑道："我这个人也有个毛病，如果欠了人情，我也会寝食难安，天天睡不着觉。只有两不相欠，我睡觉时才能心安。"这是当日李一程在山上说的话，曾涉竟然牢牢记住，照样画葫芦。

李一程神色严肃，说："据我们得到的可靠情报，明天晚上8点，天津南火车站12号仓库将有100万斤棉纱、30万斤军粮和一批军备物资装车起运，这批棉纱是为日本前线部队制作冬季棉衣的，粮食是运给华中地区的日军军粮。我希望你们能有办法阻止这批货物运出天津，哪怕付之一炬也绝不能令其变成日本士兵的战衣和食物。"

曾涉神色凝重，陷入沉思，王文却叫道："既然是你们得到的绝密情报，你们自己为什么不去烧了它？却让我们冒险出手，拿我们当傻子啊？"

李一程目露悲壮，道："你说得没错，这是我们的绝密情报，确实该由我们去实施，但是前天我们的天津联络站被日本人袭击了，四名同志全部牺牲。我暂时无法与其他同志联系，现在天津知道这个情报的只有我一个人。时间紧迫，我不想眼睁睁看着这100万斤棉纱、30万斤军粮被运走，所以只有求你们。"

王文道："日本人的军备物资，一定是被里三层外三层地守卫着，你这是让我们飞蛾扑火啊！"

李一程一脸坚毅，道："目前在天津，有实力做成这件事的，只有你们。如果你们不做，我只能一个人去！"

曾涉打断他俩，盯着李一程，斩钉截铁地道："我相信你，我们去做！"

这短短八个字，让李一程顿时热泪盈眶，他向曾涉和王文额首，声音哽咽，道："我代表四个牺牲的战友，谢谢你们！我们都是中国人，每一个中国人都会感谢你们！"

"抗日的人永远不死，只是在地狱集合。"曾涉看出李一程的激动，想拍拍他的肩头安慰他一下，手抬到一半又落下去，说，"这四个勇士是怎么牺牲的，能告诉我吗？"

李一程仿佛看见在算盘前精打细算的刘老板、每天养花练字的老板娘、永远打瞌睡的小顺子、风雨不误为他们放哨警戒的"老醉猫"，四个人在黑暗里浑身是血，却面带微笑地依次走过来和他一一拥抱告别。想到这些，他不由得热泪滚滚而落。他意识到自己失态了，虽然当着两个敌人中的朋友，但这也是绝对不允许的。他拭去眼泪，很快就恢复了平静，说道："用曾书记的话说，这是我们的家事，只能和我的家长说。我会努力活着，向我的上级汇报他们的牺牲，否则他们的事迹就永远无人知晓了。"

说完这句话，李一程跳下车，头也不回地走进黑夜。

王文冲着他模糊的背影喊道："李兄弟，日后如果战场相见，我一定把枪口抬高一尺！"

黑暗中传来李一程清朗的笑声："今晚我一直在蒙头大睡，别扰我的清梦！"

十九、烧醒天津城

天津，李儒鹏家中，凌晨。

曾涉刚提出要烧毁天津南火车站12号仓库军备物资的任务，叶天笑就蹦起来，兴奋地说：“这个任务交给我们小队吧，保证完成任务！”

旁边的孙大成插口道：“你知道天津南火车站有多少日军守卫？就敢说保证完成任务？”

叶天笑胸有成竹，不等曾涉问他，就抢着说：“我知道，把守天津南火车站的是一名日军大佐，叫阿南正己，一年前在进攻北平时断了一条腿，因功由中佐擢升大佐，但是从此只能担任一个闲差。他手下实际兵力只有两个小队，不到八十人，分别驻扎在火车站和仓库两个地方，还有二十多个警察，真正管理火车站日常装运业务的是海龙帮的一些帮徒，有一百人左右。”

曾涉吃惊地看着叶天笑，问他：“你怎么知道得这么清楚？”

叶天笑咧咧嘴笑道：“我们小队过去一段时间里，主要搜集各类情报，对天津南火车站这个日军在华北的军备物资集散地，一直重点关注。我们组里有一个队员杨大森，和我一样都是十七岁，但是已经混进去半年了，整整扛了半年的麻袋包，把敌人的兵力部署和换岗规律都摸清了，所以我们对这个火车站和仓库十分了解。”

曾涉十分惊喜，在他心里最大的难题竟然这样迎刃而解，随之心里又是一阵感动，说：“十七岁的孩子，就扛了半年的麻袋包。我知道，那种麻袋包一个可是近百斤啊。”

叶天笑点点头，说：“我们‘抗团’里虽然大都是富家子弟，家境优越，但是也有一部分贫寒子弟，生活在最底层，吃苦耐劳是家常便饭。杨大森是个懂事孝顺的孩子，人也可靠，这个任务我们能够完成！”

孙大成道：“我们小队也有一个小队员，叫孙海临，平日里化装成小乞丐，把日本人经常出没的光明电影院、国泰电影院和日本人出资经营的中原公司、大丸商场的情况，都摸清了，本来这几个目标是我们近期准备动手的，现在只能往后放一放了。"

曾涉背着手在狭小的房间里踱起了圈子，王文吊着一只膀子，使劲抽烟。曾涉思忖良久，对王文、李儒鹏、孙大成和叶天笑等人说："时间紧迫，明天晚上，不，是今天晚上，这批货物就要起运了，我们不能让这些棉花和粮食，变成日本人残杀我们同胞的帮凶。无论如何，我们都要把12号仓库烧成平地！"

几个人神色严肃，曾涉环视一圈，继续说道："这次我们的主要目标就是天津南火车站12号仓库，为了确保这次任务完成，我们要来一次调虎离山，还要加上明修栈道，暗度陈仓，吸引火车站和仓库日本守卫士兵的注意力，最好是分散他们的兵力，让他们顾此失彼，这样才能确保万无一失。"

曾涉双手互握，指节发出一阵响声，显示出下定了决心，道："根据各个小队搜集来的情报，我决定，这次要三路出击。第一路由祝正良与萧静怡，化装成情侣互相掩护，上午10：30在国泰电影院引爆爆炸物，因为这家电影院正在放映辱华影片《大地》，会有很多日本人和亲日的汉奸前去观看。第二路由叶天笑与冯剑美，化装成逛街的情侣，目标是靠近火车站的大丸商场，在11：00准时放火。这两个行动目标都距离南火车站不远，以半个小时时差先后行动，就是要调动驻守火车站的日本兵，调虎离山，一击必中！"

曾涉略一思忖，又道："第三路是我们真正的目标，千钧重担落在杨大森一个人身上，由我亲自指挥，杨大森负责安放燃烧装置，时间定在11：30，是仓库吃午饭时间，在工人吃饭和卫兵换岗之际，防卫会略微松懈。我、王文、李儒鹏和孙大成负责接应和掩护，如果前面两次起火不能成功调开守卫兵力，我们四个人就兵分两路，开枪袭击日军哨兵，把他们的注意力吸引到仓库之外，给杨大森创造机会。"

王文兴奋地一挥手，扯动了伤口，疼得直咧嘴，说："好，三把火！我们要三把火烧红天津城！"

曾涉凛然道："不是烧红，是烧醒天津城！"

曾涉又问李儒鹏和孙大成："引燃的爆炸物你们准备好了？"

李儒鹏弯腰从床下掏出几个黑黢黢饭盒大小的家伙，笑道："这是孙大成和祝正良他们研究的家伙，我们给起个名字叫'饭盒'，里面有军用燃烧剂，能够利用闹表定时起爆，我们做过实验，一个'饭盒'就能烧毁一辆大卡车。"

王文看看这几个"饭盒"，赶紧把香烟掐灭了，对李儒鹏咋舌道："乖乖，你天天就躺在这玩意儿上睡觉？"

曾涉对李儒鹏吩咐道："这次行动以后，敌人势必全城大搜捕，你这里不能再作为联络点了，你们赶紧到英租界找一间房子，把那里作为秘密联络点，物品也赶快转移到那里。"

几个人伸出右手，握在一起，低声道："抗日杀奸，复仇雪耻，同心一德，克敌治国！"

天津，国泰电影院。

一身西装的祝正良挽着萧静怡的胳膊，两个人打扮成一对富家小情侣，趾高气扬地走进大明电影院，身穿淡黄色旗袍的萧静怡挎着一个小包，包里藏着一个"饭盒"，萧静怡的胳膊稍微有点抖，祝正良暗暗握了一下她的手，给女伴以鼓励。祝正良是一个人来疯，虽然没看过这部电影，仗着读过几页赛珍珠的小说《大地》，在影院大厅里用半生不熟的日语和几个日本人聊起来。萧静怡紧张地环视周围，想寻找一个能安放"饭盒"的地方，她进到女卫生间，发现里面好几个女人在一边化妆一边谈笑风生，还有一个打扫卫生的阿婆，萧静怡只能退了出来。祝正良看出她的紧张，过来挽住她，在她耳边低声说："放松点儿，这里是电影院，越紧张越容易引人注目。"

萧静怡有些担忧，低声问："会不会死很多人啊？"

祝正良笑了，像情侣那样关心地拍拍她的后背，外人都以为这对小情侣在耳鬓厮磨、卿卿我我，其实祝正良在萧静怡耳边说的是："放心吧，这群鬼子汉奸腿脚快着呢，一会儿肯定跑得比兔子还快！这么多日本人，我都后悔'饭盒'带少了。"

电影院工作人员出来提醒时间，祝正良拉着依然紧张的萧静怡，随着人群走进去。黑暗里，萧静怡刚坐下就想找地方安置"饭盒"，祝正良拍拍她的手，示意她少安毋躁，接过她的小包，抱在怀里，专心致志地看电影。萧静怡看他胸有成竹，也慢慢平静下来，眼睛适应了光线，开始打量电影院里的环境。萧静怡看见影院右侧有一排落地窗帘，从二楼垂下，立刻意识到这是安放"饭盒"的绝好位置，她捅了捅祝正良，向那排窗帘努努嘴，祝正良也眼睛一亮。等到10：20时，祝正良装作起身上厕所，乘着众人注意力都集中在银幕上，将"饭盒"神不知鬼不觉地放在窗帘后面，然后趁着黑暗一溜烟晃出来。额头上微微见汗的萧静怡已经等在门口，赶紧挽住祝正良，上了黄包车，消失在人流中。

10：30一到，一声闷响，国泰电影院顿时鬼哭狼嚎，大火迅速蔓延到银幕和二楼包厢，烧得看电影的日本人和那些信奉"中日亲善"的中国人狼奔豕突、哭爹喊娘。大火后来又引燃了电影院的胶片间，火势更加凶猛，赶来的消防员根本无法近前。

接到警察局的求助电话，邻近火灾现场的阿南正己大佐立即派出一个小队的日本兵，协助警察戒严街路。这场大火足足烧了一个多小时，烧死了三名日本人，踩死了两名中国人，受伤人数达上百人，一座豪华的国泰电影院成为废墟。

事后，祝正良后悔道："要是我能把影院大厅的门给锁上，就能把看电影的人都给烧成烤兔子，一个都不放过！"

萧静怡睁大了秀美的眼睛，盯着他，说："那你就是魔鬼附体了，电影院里有很多是罪不至死的人啊，因为他们看了《大地》，就要以死抵罪？"

祝正良黯然无语，不知道如何回答，王文安慰他俩："干我们这行的，有时候就要'行霹雳手段，显菩萨心肠'。这次是佯攻，不需要做绝，但要是有一天必须要完成任务，可能就不得不出此下策了。"

萧静怡眼神中掠过一丝恐惧，道："我们无权判定这些人的生死。"

天津，大丸商场。

国泰电影院附近警笛乱响，警车和消防车挤成一团。两条街外的大丸商场那边，叶天笑和冯剑美却遇见了麻烦。两人装成逛街的情侣，在大丸商场里逛了半天，叶天笑平时是个活宝，但是在冯剑美面前却是老鼠见了猫，只能乖乖跟在冯剑美身后，像个拎包的小厮。大丸商场是一家日本浪人开的日货专营商场，来这里购物的除了日本人就是中国的达官贵人，平常百姓无人敢光临。国泰电影院火起，一群售货员都拥到二楼窗口远眺火景，无暇招呼店内的客人，叶天笑晃了一圈，见无人注意他，就迅速钻进后面的仓库间，将"饭盒"安置在一堆货物中间。等他一脸轻松从里面出来时，没想到劈头遇见一个正从洗手间出来的商场保安，保安一脸诧异，盯着他问："你是干什么的？！怎么进到仓库了？"

　　叶天笑和冯剑美解释说是找洗手间走错了，那保安不肯相信，扭住他俩，执意要报警，叶天笑看看时间，快到11：00了，着急担忧起来，不由分说，推倒那名保安，拉着冯剑美就向外边跑去。那保安把他俩当成小偷，在后面边追边喊："快来人！抓小偷！"

　　冯剑美穿着旗袍和高跟鞋，根本跑不快，刚跑出商场就被保安追上，叶天笑和他扭打成一团，在地上翻滚起来，冯剑美柳眉倒竖，踢飞鞋子，捡起一块石头，狠狠砸在保安的头上，那名保安立刻像面口袋一样软了下来，另一名刚要扑过来的保安，见到威风凛凛的冯剑美和她手里的石头，吓得赶紧缩回店里搬救兵。叶天笑趁机爬起来，拉着光着脚的冯剑美跑进街对面的居民区，冯剑美嫌旗袍碍事，干脆把旗袍叉口撕开，跑得飞一样。刚跑过两个胡同口，大丸商场传来一声沉闷的巨响，一团火舌从窗口喷出。

　　天津，南火车站。

　　阿南正己不愧是战场上下来的军官，经验丰富，接到火车站附近第二起火灾报告，敏锐地感觉到了危险，任凭警察局那边喊破了喉咙求助，他都置若罔闻，再也不肯派一兵一卒出去，反而下令剩下的日本兵全部进入戒备状态，分成两个战斗小组，分别把守火车站和仓库两个地方，严密盘查监视来往的力工和脚夫，防止有人混进来破坏。

　　化装成车站力工的曾涉等四个人正躲在仓库门口的小酒馆里，看到满街乱窜的消防车和警车，以及从火车站跑步出去支援的一小队日本兵，本来心中暗喜，以为调虎离山之计成功了。但是，没想到情势急转直下，剩下的日本兵和警察荷枪实弹严阵以待，那些海龙帮的徒子徒孙也个个如临大敌。曾涉皱皱眉头，心中暗暗叫苦，悄悄对另外三个人说："计划只成功了一半，看来需要我们冒险行事了，否则杨大森很难有机会下手，得手了也很难撤出。"

　　孙大成悄悄一掀衣襟，露出四枚手榴弹，说："我去炸他一家伙，引开他们的注意力。"

　　曾涉摇摇头，道："这里处于火车站和仓库的中间地带，一旦交火，我们会受到前后两个方向的火力夹击，很难脱身。而且这两个方向都有鬼子高大的岗楼，上面各有一挺机枪，陷入机枪交叉火力，我们势必死无葬身之地。"他蘸着茶水，在桌子上简单画出仓库和火车站以及岗楼的位置图。

王文叹息说："要是老麻在就好了，他枪法准，两枪就能搞定那两挺机枪。"老麻去北平执行秘密任务，并不在天津。

曾涉扫了他一眼，说："任何时候，智取都胜过强攻，永远不要去做无谓的牺牲。"他用食指敲了敲图上仓库的西南角位置，说："这里就是仓库最薄弱的环节，我们就在这里下手。"

西南角是仓库的后门，只有两名日本兵和两名警察守卫，同时还可以利用仓库围墙做掩护，躲避岗楼机枪的威胁。四个人从两侧绕到西南角，那里没有大街，只连着一片车站苦力们居住的贫民窟，更有利于撤退。曾涉看了看表，已经快11：20了，时间紧迫，他挥手向另一组的王文和孙大成打个信号。

杨大森扛着沉重的棉纱包，步履蹒跚地向仓库里挪动，额头上豆大的汗珠子不停地滚落，他不是累得出汗，而是心急如焚。他带的两个"饭盒"还装在褡裢里，由于带不进仓库，只能藏在门外苦力们的一堆破衣服底下，没有机会取出来。仓库里有十多个日本兵和警察在巡视，还有一些拎着棍棒和皮鞭的海龙帮恶棍们，严密监视着这些苦力，他们也知道这批货物干系重大，明显加大了戒备程度。杨大森偷偷瞅一眼火车站楼上的大钟，已经11：20了，再有十分钟"饭盒"就要爆炸了，往日这个时间正是休息吃饭的时间，今天明显是逼着苦力们干完活才给饭吃，他不由得心急如焚，暗中寻找机会向褡裢处挪动。可刚挪了两步，一个海龙帮的家伙就一棍子打过来，凶神恶煞般骂道："赶紧回去干活！今天不干完活，谁也不许出门！"

杨大森一脸痛苦地抱着肚子，哀求道："大叔，肚子疼，我想上个厕所……"

那个帮徒一瞪眼睛，又是一棍子，骂道："太君吩咐了，十二点前不搬完这些货物，不许吃饭，不许上厕所！"杨大森还想哀求几句，旁边鬼子兵一把明晃晃的刺刀伸过来，他只好退回去。

正在此时，仓库外面传来一阵枪声，跟着一声巨响，西南角的门被炸开，有人在门外边大喊："兄弟们，快跑啊！仓库里有炸弹！"满院子的苦力们立刻大乱，正门岗楼上的机枪迅速调转枪口，一梭子子弹扫过去，打得仓库围墙上尘土飞扬。仓库里的日本兵、警察和海龙帮帮徒一窝蜂冲到院子里。杨大森趁机一个箭步冲过去，抓起褡裢闪回仓库，趁着别人在门口乱作一团的时候，躲到棉纱垛后边，撕开一个棉纱包，将两个"饭盒"塞进去。他转身也要跟着人群向外跑，想一想又折回来，掏出一个"饭盒"塞到另一个棉纱包里，然后扛起这个棉纱包，放到仓库进口的角落。

等杨大森跑到院子里时，满院子的苦力们和日本兵、警察互相殴斗成一团，苦力们要跑，日本兵要拦，但是日本兵寡不敌众，被数百个苦力挤到墙边。岗楼上的机枪又吼了起来，几个苦力被打倒在地，人群被吓住了，稍稍安静下来。一个日军小队长跳到台阶上，刚要喊话，又是一声巨响，身后那高高的木头岗楼下面冒起火光黑烟，吱吱呀呀地慢慢倾倒下来，原来是孙大成趁乱摸到围墙拐角处，向岗楼下面扔了两枚手榴弹。门外边又有人趁乱大喊："国军打回来了，快跑啊！"人群如决堤之水，冲出仓库。杨大森知道是同伴给自己创造的逃跑机会，赶紧混进人群，拼命挤出被炸毁的那扇大门，门口躺着两具面目狰狞的日本兵尸体，还有两个腿上挨枪在地上呻吟的警察，更加剧了苦力们的恐惧，飞一般四散逃命。一双有力的大手抓住了杨大森的肩膀，杨大森吃惊地回头一看，原来是李儒鹏，曾涉做个手势，五个人混进人群，拐进贫民窟消失无影了。

好几个被踩倒的日本兵还没爬起来，仓库里已经一片耀眼火光，一南一北两个角落同时燃起大火，由于着火位置堵住了门口，根本无法进去救火。日军小队长连跳带喊，却无计可施。

车站办公室里的阿南正已接到报告，大吃一惊，茶杯都摔碎了，冲到办公室窗前一看，仓库里的火舌已经卷上房檐，不由得眼前一黑……

天津南火车站仓库是七七事变之后，日本华北方面军为开始一系列掠夺沦陷区资源行动而修建的临时性仓库，成为华北地区被掠夺物资的重要中转站。平日里满满堆积着棉纱、小麦、煤炭、钢铁、木材，甚至军火，虽然守卫森严，但是因为是临时性中转仓库，缺少足够的消防设施，既没有隔离易燃易爆品，也没有消防救火之类的设施，大火烧起来，不仅吞没了棉纱粮食，还引燃了仓库角落里的军火，引起连锁爆炸。尤其当时半个天津的消防车都去了国泰电影院和大丸商场，日军只能眼巴巴看着这个华北最大的仓库烧成一片废墟。漫天大火整整持续了六个小时，即使先后调来了二十五辆消防车，也无济于事。

轻易占领半个中国的日军怎么也没有想到，有人敢在他们的腹心之地天津动手。据说，正在召开军事会议的华北方面军司令官多田骏当场掀了桌子，在电话里把阿部几宽、黑木亲庆、香月青川和井上真雄等人臭骂一通。

当天晚上，从北平急忙赶来的香月青川踏上了火场的废墟，余火残烟未灭，水汽蒸腾弥漫，井上真雄跟在他后面，两人都是一脸铁青，环顾四周，一片狼藉，一群被熏成小黑鬼的日本兵远远躲着他们，目光里流露着恐惧。井上真雄朝领头的小队长勾了勾手指，一身焦炭般的小队长赶紧跑过来，立正敬礼，井上真雄挥起胳膊正反打了他两记耳光，厉声喝问："阿南正己烧死了吗？怎么不出来？"

满脸黑灰的阿南正己拄着拐杖艰难地走出来，这场大火不仅烧没了他的仓库，好像也烧光了他的精气神，让他仅存的一条腿变得虚弱无力。虽然阿南正己的军衔要比眼前这两个少壮派军官高，军功资历也深厚得多，但是现在他是戴罪之身，半点也硬气不起来。香月青川和井上真雄盯着蹒跚而来的阿南正己，肆无忌惮地从头到脚打量他。阿南正己面对两个咄咄逼人的年轻后辈，自己的独腿更加软弱，甚至哆嗦起来。

香月举手至帽檐，向阿南正己敬了一个漫不经心的军礼，三人中井上真雄军衔最低，却根本就不屑向这个摇摇晃晃站不稳的长官敬礼，目光里满是挖苦和苛责。阿南正己费劲地把拐杖换手，向香月青川还礼。香月青川眼神里流露出一丝怜悯，语气虽然冷酷干涩，措辞却尽量委婉，说："受多田骏司令官指派，由我向您宣布，从即刻起，您不再拥有大佐军衔，请您明天就起程回日本，与家人团聚。"

阿南正己脸色煞白，一阵摇晃，险些跌倒，他心里清楚得很，被削夺军衔的人，回国只能等待军事法庭的无情审判，与家人团聚只是骗人的鬼话，家人只会与他一起蒙羞，这种屈辱比杀了他更让他接受不了。

井上真雄快步上前，他不是来扶这个可怜的独腿人，而是伸手扯下他肩上的领章，他在阿南正己耳边低声说："你让所有天津驻军感到耻辱，你应该去死！"

一阵巨大的屈辱涌入阿南正己的胸口，这屈辱的力量让他反而平静下来，冷冷地说道："香月课长，请允许我打一个电话。"

香月青川木然地点点头，阿南正己把拐杖远远地抛出去，转身一条腿向办公室蹦去，似乎他已经嫌弃这拐杖很久了，今天终于下定决心丢掉，他好像瞬间又恢复了活力，嘴里大声唱着：

冬月拨云相伴随，

更怜风雪浸月身。

山头月落我随前，

夜夜愿陪尔共眠。

……

这是十三世纪日本镰仓时代明慧上人所作的一首和歌，曾经流传一时。香月青川有些异样地看着阿南正己蹦回办公室，想不到这个一条腿的武夫竟然会唱这首和歌。

过了一会儿，一个满脸惊惧之色的日本兵跑过来报告，阿南正己在办公室里剖腹自杀了！

香月青川暗暗叹息一声，觉得剖腹自杀可能是阿南正己最好的选择了。井上真雄却冷哼一声，说："死，不足以赎罪，这个没用的瘸子！"

香月青川淡淡地说："他若不死，上面要是追究下来，情报课和特高课都脱不了干系吧？"

情报课和特高课在天津的日常事务都是由井上真雄负责，听了香月青川的话，井上真雄脸上神色一阵尴尬。

香月青川就站在阿南正己的尸体和血迹前，代表华北方面军司令部向天津的情报课、特高课、警察局和海龙帮的属下发布了三条命令：

一是全城搜捕三起大火的纵火疑犯，半月之内如不能破案，相关人员军法从事；

二是所有疑犯都要由大丸商场保安、货站工人等目击证人辨认，务求活捉真凶，进而破获反抗分子的地下组织；

三是严查爆炸品的来源，由海龙帮配合特高课加强对陆运和海运货物的盘查。

二十、天下仇与一人仇

北平。前门，陈宅。

黑沉沉的北平似乎已经酣睡过去，很多秘密和罪恶都随着夜色隐藏起来。憋了两天的雨终于洒落下来，细密无力，随风摇摆，浇在陈宅佛堂前那盆双色山茶花上。萧萱怡的神色有些黯然，盯着雨中的山茶花看了半天，白色的花朵盎然怒放，红色的却凋落枯萎。"如果有前生来世，能化身做这盆山茶花多好，只是不知道自己会是这朵红花，还是白花？"她想。

梁妈轻手轻脚地端来一碗药，又把门窗掩上，说："少奶奶，您病体未愈，别着凉了。"

萧萱怡皱着眉头看着那碗药，说："以后别再让我喝这种药了，我的病我自己知道。"

梁妈低眉顺眼地说："是少爷让我送来的。"

萧萱怡略微有些愠怒，道："他是医生，难道我就不是？"梁妈不敢再申辩，轻手轻脚退了出去。

萧萱怡静了静心神，点起一炉檀香，弹起琴来。琴声融进雨夜，显得更加幽沉落寞。弹了一会儿，萧萱怡又和着琴音轻声唱起来：

> 尘埃落入尘埃
>
> 我在等，一滴顿悟的水
>
> 待圆月满肩，长空雁叫
>
> 将目间五色耳畔五音
>
> 和一缕痴嗔
>
> 掷于一叶之上，逐水浮沉
>
> 让我掬一泓山泉
>
> 濯洗心中风尘
>
> 山亦是我水亦是我

> 天地之外一声梵音缭绕
>
> 四季如一瞬，人生如一回眸
>
> 我在水边静看明月变老
>
> 世间本无明镜之地
>
> 世间唯有蒙尘之心
>
> 以水洗心清似空山烟雨
>
> 以悟洗心轻似一羽凌霄
>
> 云鹤相亲，撩开满山暮烟
>
> 青山依旧，我已缥缈
>
> ……

琴音绕梁，歌声未落，窗外细雨中传来稀疏的掌声，有人道："虽然冒雨涉水而来，但是能听到这样的琴音、歌声、禅意，也是三生有幸。"

萧萱怡推开窗，雨中伞下站的竟然是香月青川，他在天津部署完任务，连夜赶回来向萧萱怡告别。

香月青川对萧萱怡说："受司令官指派，我要去天津长住一段时间，今夜特意来向你辞行。"

萧萱怡沉默一会儿，说："无论去哪里，都希望你能手下留情，少开杀戒，不要流那么多的血。"

香月青川有些尴尬，把伞换到左手，说："职责所在，只能服从。为了战争的胜利，没有人会在意我采取的手段。在我的内心安稳和追求胜利之间，我只会先考虑胜利。"

萧萱怡叹了口气，道："贵国一休禅师曾有'入佛界易，进魔界难'的名言，每个人心中都会有佛、魔对立，一心向善容易，由恶向善则难，看来我是难以化解你的戾气了，只希望你以后好自为之吧。"

香月青川面色沉郁，说："在我心里，也时常纠结，是做一个帝国军人为好，还是像贤伉俪一样做悬壶济世的医生为好？在我内心的天平上，善与恶总是不时交替，也许只有到我死的时候，我才会找到最后的答案。"

萧萱怡看着站在雨中的香月青川，目光有些迟疑，不知道说些什么。

外面门口一阵脚步声，陈寒松撑伞从外面回来，在廊檐下掸去身上的雨水，一抬头，看见萧萱怡和香月青川隔窗而立，不由得怔住了。

香月青川转身向陈寒松笑道："老同学，别来无恙啊。"

陈寒松乍见香月青川，有些不知所措，虚情假意地寒暄："香月课长雨夜来访，进来喝杯茶吧？"

香月青川打个哈哈，道："军情紧急，不能耽搁，就此别过了。"说完不再理会陈寒松，头也不回地走进雨里。

陈寒松在门口送也不是，不送也为难，只好目送着这个老同学消失在雨幕里。等他转过身来，目光掠过萧萱怡，竟然带着几分怒火，"我们陈家的脸都让你丢尽了，连街头三尺孩童都知道你和这个日本人暧昧不清！哼！"

陈寒松怒火发作，一脚把那盆山茶花踢翻在地，怒气冲冲地回到自己房间，摔门而入。

萧萱怡怜惜地看着山茶花红白花瓣凋落一地，在雨水中无助漂流，叹了一口气，不申辩也不争吵，转身回到佛堂，跪在佛像前诵读佛经："善不善为二，若不起善不善，入无相际而通达者，是为入不二法门……"

北平，城南贫民窟。

秋国风上身缠着两处绷带，斜靠在一张破旧的小床上，小床只有三条腿，第四条床腿的位置被一摞砖头填充了。这是贫民窟里的一间破房子，用油毡纸铺在房顶遮风挡雨，屋子低矮，几乎站不直身。

秋国风眯着眼睛，用他的链子刀在一枚小小的弹头上刻着什么，这个弹头就是从他身体里取出来的，已经变形。那天救他的灰衣人，坐在屋子里唯一的凳子上，是那个被叫作"老麻"的麻克敌。老麻笑眯眯地看着秋国风用刀子刻那枚弹头，他觉得这是固执的小伙子的一种"报仇"行为。秋国风这些天和老麻已经混熟了，把他的救命恩人晾在一边并不理会，只顾低头刻那颗击伤他的子弹。

老麻是在狙杀香月青川行动中负责掩护的，误打误撞遇见秋国风和高青岩的长街血斗，狙杀不成，却救回来了秋国风。老麻比秋国风足足大了二十岁，但是一见面就喜欢上了这个具有刺客风范的小伙子。他见秋国风不理他，故意拍拍凳子，弄出声响，说："还是昨天那句话，想好了没有？加入我们，和我一起干吧。"

秋国风眼皮都不抬，说："这废话你都连着问三天了，磨叨死了。你想我连大伯的洪顺堂都没加入，怎么会加入你们的团伙？"

老麻笑了，丝毫不以"团伙"二字为忤，说："我们这个团伙和你大伯的江湖帮派不一样，我们是专门杀日本人和汉奸走狗的。"

"天下的帮会团伙，都是一个样，为善还是为恶，都要看主子的脸色行事。我想做大伯年轻时那样的人，文有满腹经纶，武能笑傲江湖，独来独往，不屑看别人脸色。大伯后来掌管洪顺堂，我不喜欢他变成那样的人。"说起秋老太爷，秋国风有些神伤。

老麻说："我们的团伙，报的是天下仇，为全中国人报仇，你报的是一人仇，只是匹夫之勇，不是志士胸怀。天下仇与一人仇，你选哪个？"

秋国风眼神有些凌厉，道："天下仇与一人仇，在我心里都一样，出卖同门的刘思过、高青岩我要杀，背后主使的香月青川这些日本人我也要杀！你说我报的是天下仇还是一人仇？"

老麻依然笑眯眯的，说："就算你杀了这些人，刘、高属下的洪顺堂门人还好说，日本人肯定要全力追杀你，你一个人怎么应付？"

秋国风慨然一笑，道："先报家仇，再赴国难，杀了这几个人，我就去南边，投奔敢和日本鬼子拼命的军队，哪怕战死沙场也在所不惜。"他终于刻完了弹头，收起刀，借着屋子里昏暗的光线，端详着弹头上的一圈刻痕，然后不知从哪里拔出一根丝线，细细地系在弹头上，挂在自己的脖子上，有点孩子气地对老麻说："这是我第一次受枪伤，我要留个纪念。"

老麻慢慢解开衣衫，指着右胸和左腹两处子弹留下的伤痕，肌肉暗红斑驳，仿佛两个酒盅倒扣在那里，说："你想知道我第一次受枪伤时是怎么想的吗？"

秋国风好奇地睁大了眼睛，说："你这是什么时候受的伤，快说给我听听。"

老麻一笑掩上衣襟，站起身来，不小心脑袋撞上棚顶的油毡纸，一阵灰尘簌落，他说："我是死而再生的人，想听故事可以，你得和我喝酒，把我灌醉了就给你讲故事。"他把一件半旧外衣扔给秋国风："你的枪伤也好得七七八八了，跟我出去转转吧。"

秋国风立刻笑得咧开了嘴，跳下床来，说："我早就好了，躲在这里快把我闷死了。"

两人刚走出贫民窟，一个黄包车夫从对面奔过来，对老麻耳语几句，老麻笑着对秋国风说："秋老弟，本来是想和你痛饮一场，可惜事情撞上门来了，喝酒只能等等，我先带你看一出好戏吧。"

二十一、螳螂捕蝉，黄雀在后

北平。南苑飞机场。

午后刺眼的阳光中，一架涂着膏药旗图案的军用运输机慢慢降落在跑道上。日军少尉坂本次郎双手紧紧抱着一个白色小铁箱，神色紧张地透过飞机舷窗向外张望，跑道上空无一人，只有几辆黑色小轿车停在那里。坂本次郎慢慢靠在椅背上，长吁一口气，自言自语地说："终于到了。"两个随行的情报课人员也松弛下来，目光从坂本次郎怀里的铁箱转移到飞机外面。

这架运输机只载了他们三个人，是受原华北特务机关长、第十四师团现任师团长土肥原贤二的密令，从徐州前线直飞北平，途中飞越山区时遇到了两次中国军队的高射机枪射击，在山东境内加油时，有几个身份不明的人试图接近飞机，但是被机场守卫的日军击退。这一切都说明中国方面已经注意到这架飞机的重要性，不，应该是他手中铁箱的重要性。坂本次郎下意识地抬起手，右手腕间的精钢链子手铐把铁箱和他的身体连成一体。

坂本次郎钻进小轿车第一句话就责问："为什么没有军队护卫？出了问题你们能负责吗？"

黑色轿车里只有一名司机和一个情报课特工，那名特工回答道："阿部大佐认为，不动声色要比招摇过市更加安全。"

坂本次郎脸上掠过一丝阴云，却没有再说什么。

那名特工看出了坂本次郎的担忧，笑着安慰他："坂本君请放心，这里是北平，不是徐州，虽然没有部队护卫，但是已经安排了情报课人员暗中警戒，而且我们还设了诱饵车辆，敌人不会知道您在哪辆车里。"

坂本次郎不再吭声，只是紧紧抱住那个小铁箱，闭上眼睛坐在后排两人中间，仿佛老僧入定一样。

几辆车子分头向城内驶去，机场外面一辆小轿车尾随过来，两个随行的护卫立刻攥紧了手枪，面露紧张。迎接他们的那名情报课特工安慰他们："别紧张，是我们的人。"

　　两辆车一前一后进入城区，速度慢了下来。那名情报课特工指挥车辆钻进小巷绕来绕去，一名护卫问他："为什么不走大路？"

　　那个特工回答道："大路目标明显，这样会迷惑跟踪我们的人，前提是如果有袭击者的话，哈哈。"

　　坂本次郎睁开眼睛问道："难道我们不去华北方面军司令部吗？"

　　那个特工笑了笑回答："去，只是换了一条路线，避开城内可能出现问题的地段。这是阿部大佐嘱咐的。"他指了指远处一栋飘着太阳旗的大楼，说："那就是华北方面军司令部，只剩二百米远了。"当时日军华北方面军司令部设在段祺瑞执政府旧址所在地，就是现在北京市张自忠路3号。

　　听他这么一说，两名护卫暗暗松了一口气，把攥枪的手松开来。坂本次郎却突然感到一丝危险，这是枪林弹雨中生存下来的前线军人与普通人不一样的敏锐感，他刚想张口提醒，却已经来不及，一辆灰色卡车箭一般从路旁冲出，撞上他们的小轿车，巨大的撞击力让坂本次郎几乎瞬间昏迷，卡车推着小轿车一直撞上路边楼房的墙基才停下，小轿车几乎被挤扁了，车内的五个人被牢牢卡在里面动弹不得。后面警卫的车辆一个急刹车，几乎撞上横在街面上的卡车，轿车里的三名情报课特工刚刚推开车门，就迎面泼过来一片密集的弹雨，卡车车厢里站起四个人，四支汤普森冲锋枪一齐开火，每人足足将二十发容量的弹夹打光，把这辆警卫的车和人打成了筛子才罢手，然后换了弹夹的四支冲锋枪又对着坂本次郎的座车来个齐射。卡车驾驶室里跳出一个黑衣人，伸手去拽坂本次郎怀里的铁箱，脸都被打烂了的坂本次郎至死都不放开铁箱，黑衣人费了好大劲才掰开他的胳膊，却没想到还有一条链子系在坂本次郎的手腕上，他顿时怔住了。

　　二百米外的日军华北方面军司令部一片骚动，没想到竟然有人胆敢在他们眼皮底下公然武装袭击日军情报人员，顿时警报四起，一阵喧哗之后，承担司令部警卫任务的一个日军中队倾巢而出，迅速占领街路两侧障碍物和制高点，两挺歪把子架在大街上，向卡车突突开火，掩护日军冲了过来。

　　黑衣人鼻尖冒汗，拽了几次都没有把铁箱拽出来，把三个人的口袋摸了一遍，却没有发现钥匙。车厢上的四个人一边开枪向冲过来的日军还击，一边冲他喊："快砍断他的手！快！鬼子冲上来了！"

　　黑衣人身上没有利刃，拼了命也只能把坂本次郎的尸体从变形的车窗里拖出来一半，开枪阻击的一个人大声喊："快用枪打断铁链子，我们顶不住了！"

黑衣人拽过冲锋枪，抵在精钢链子上开了几枪，竟然也没有打断。日军越逼越近，子弹嗖嗖飞过，车厢上的一个人一声闷哼，从车上摔了下来，另三个人跳下车，躲在车底和墙角向日军还击，日军的歪把子机枪瞄准卡车，一阵扫射，把卡车的轮胎都打瘪了。黑衣人浑身淌汗，一咬牙，把枪口对准坂本次郎的肘关节，整整一梭子子弹射出，打得血肉飞溅，黑衣人扔掉冲锋枪，抓住小铁箱用力一扯，可怜坂本次郎的半条手臂甩着血雨随着小铁箱飞了出来。黑衣人大喜过望，喊了一嗓子："得手了！快撤！"

日本兵已经冲到七八十米之内，车底的两个人刚抬起身就被机枪扫倒，剩下墙角那个人对黑衣人喊道："你带着东西快撤，我掩护！"

黑衣人看了他一眼，毅然抱起拖着半条胳膊的小铁箱，利用卡车做掩护，猫着腰冲进小巷里。剩下那个人向蜂拥而来的日本兵投出两枚手榴弹，从墙角又窜到电线杆后面拼命射击，但是很快就被暴风骤雨般的子弹吞没。黑衣人冲出小巷，听到枪声停止，嘴角哆嗦了一下，脚步却没有稍缓，他边跑边脱掉衣服包住小铁箱，向远处一个菜市场冲去。后边一群日本兵拥进小巷，追赶过来。

远处的楼顶上，老麻和秋国风远远看着发生的一切。看见四个枪手全部阵亡，老麻狠狠咬住了嘴唇，面色铁青。秋国风迟疑着问他："那些人，是你们团伙的？"

老麻神情凝重，没有回答，目不转睛地盯着那个逃跑的黑衣人。黑衣人在拐角处将怀里的铁箱扔进路边一辆黄包车的后座，然后抱着一团衣服冲进菜市场，掏出手枪向天连开三枪，菜市场里的人群一片大乱，摊床倒塌人群乱窜。那个黄包车夫盖住铁箱，拉着车混进人流，向另一个方向跑去。

追赶来的日军堵住菜市场南口，北面出口被闻讯赶来的警察堵住，浑身血污的黑衣人已无路可逃。日本兵和警察从南北两端一步步逼近，黑衣人进退无门，干脆大马金刀踞坐在一个茶汤摊的条凳上，把怀里衣服团成一个包裹扔在桌子下面，装出那个小铁箱还在的样子。茶汤摊老板被枪声吓跑了，所幸顶着一朵红色绒球的龙嘴大壶还留在桌子上，旁边一摞粗瓷大海碗，黑衣人给自己倒上一碗茶汤，手虽然有些哆嗦，神态却凛然无惧。一碗温热的茶汤下肚，黑衣人将海碗向天一抛，抬手举枪，透过准星看见一群惊骇的中国警察面孔，黑衣人叹了一口气，在凳子上转个方向，掉转枪口朝逼过来的日本兵连开数枪，两个日本兵中弹倒地。日军中队长躲在后边高喊："他没子弹了，抓活的！"黑衣人颓然地将手枪扔在地上，又试图给自己倒一碗茶汤，但是几个日本兵和警察已经疯狗般冲过来，扑在他身上，最前面的日本兵突然像被蛇咬了手一样，拼命后退，黑衣人站起来，扯开衣襟，里面竟是两枚冒烟的手榴弹，黑衣人看着惊恐的日本兵，仰天大笑道："短腿的小鬼子们，想抓爷爷？！下辈子吧！"

一声巨响……

老麻慢慢脱下帽子，盯着菜市场里那股弥漫而上的青烟，眼神呆滞，喃喃地道："黑老虎，我的好兄弟，你慢走……等老哥过去时，一定陪你大醉三天！"

秋国风看着这短短时间内发生的一连串骇人变故，竟也有些痴了。老麻很快就恢复了常态，拍了他一下，说："走，跟我去看看那小箱子里究竟是什么鬼东西，害得我丢了五个好兄弟。"

那个接应的黄包车夫甩开人群，拉着车一溜小跑向会合地点跑来，老麻和秋国风已经远远看见他的身影。突然，两侧的路口里拥出十几辆黄包车，一样的车，一样的车夫号服，一样的草帽，像一股灰色的龙卷风，瞬间就把那个车夫卷在中间，裹得看不见人。老麻大惊，道："不好！出事了！"拔腿就冲过去，秋国风也紧跟在后面。

那群后来的黄包车风一般卷来，又风一般散去，三两结伴散入各个小巷。先前那名黄包车夫前胸后背各中一刀，摇晃着还未倒下，车上的小铁箱已没了踪影。老麻飞一般冲过来，抱住那名车夫，车夫被这前后两刀几乎扎了个对穿，只挣扎着说了一句话："是中统的人，品仙阁的赵老五……"就停止了呼吸。

老麻怒火填膺，仰天大喊："青龙白虎，你们竟敢和老子玩'螳螂捕蝉，黄雀在后'的把戏，你们等着吧！"

二十二、杀无赦！

北平各个街路都开始了戒严，盘查行人，一队队的日本兵如临大敌，纷纷端起刺刀，虎视眈眈地看着中国的老百姓，被检查的中国人不仅要被搜身，还要向检查的日本人鞠躬行礼，稍有差池，就是拳打脚踢，甚至是枪托刺刀。很多无辜的行人都被当成嫌疑人，装进土黄色苦布盖着的军用卡车里，不知道拉到哪里，等待他们的命运只能是九死一生。

老麻和秋国风躲在一间小屋子里，看着街上来来往往的日本兵和警察，老麻不知从哪里掏出两身黑色的警察服装，问秋国风："我答应请你看一出好戏，这戏还没谢场，你有没有胆量陪我看完？"

秋国风豪气上涌，道："有什么不敢的？虽千万人吾往矣！刀山火海，我也陪你走一遭！"

老麻目光闪动，笑道："我果然没看错你，你这个人值得交！"

北平，品仙阁茶楼，中统秘密联络点。

中统在北平的秘密站点品仙阁茶楼，距离军统的秘密据点聚福阁茶庄仅百米之遥，都在一条街上，都以茶叶生意为掩护。两家彼此心知肚明，又互相监视。大多时候井水不犯河水，有时候又剑拔弩张、刀兵相见。

朱雀一身富家小姐打扮，身着淡绿色旗袍，高绾发髻，坐在茶楼二楼的雅间里，微翘着兰花指，细品一杯明前龙井新茶，白瓷绿茶素手，尤其手指上还有一颗硕大的翡翠戒指，显得贵气逼人又端庄妩媚，和化装成女学生林慧时的形象，简直是云泥之别。朱雀身后站着两个精悍的年轻人，满脸杀气。

一个车夫双手捧着一个黑布包裹，轻轻走上楼来，放在朱雀面前的桌子上，仔细地打开包裹，连着一截血肉模糊的断手的小铁箱出现在朱雀面前。朱雀微微皱一下眉头，那个车夫倒也乖巧，似乎知道了朱雀可能厌烦血腥气，又把包裹系上，一脸谄媚地递给后面的年轻人，年轻人面无表情地接过来。

朱雀放下茶杯，向那个车夫说："赵老五，好久不见，自从上次派你接应安置孟师爷以后，就没再见到你，你越发精明强干了，连军统那些人都被你当猴儿戏耍了。"

赵老五低头谦恭地说："不敢，是仰仗朱雀组长的情报准确和计划周全，我们才能得手，卑职不敢贪功。"

朱雀懒洋洋地说："你们办成了一件大事，不仅上级满意，就连委员长侍从室都十分关注，你就等着立功领赏吧。"

赵老五诚惶诚恐，冒着油汗的头更加低垂，说："感谢朱雀组长栽培，卑职一定更加努力。"

朱雀漫不经心地问他："箱子里的东西你核实过了吧？"

赵老五答道："是，卑职已经核实过了，确实无误，请组长放心。"

朱雀柳眉微蹙，道："你既已开箱，就能清理干净，为什么还把那截恶心人的断手也一并拿来？难道是为了向我邀功吗？"

赵老五一时语塞，支吾道："这……这是卑职马虎了。"

朱雀又问："你既已核实过，想必一定知道里面的内容了吧？"

赵老五回答道："卑职仔细看过了，是日本人搜集的关于黄河决口……"

"砰"，一声轻微的枪响，赵老五一脸惊诧地看着自己胸前，那里一圈血迹慢慢扩散开来，就像是一杯茶水倒在他衣服上一样，不过制造这圈血迹的不是茶水，而是一把精巧的冒着蓝烟的小手枪，握在朱雀白皙漂亮的手里。

朱雀一脸冷然，站起身来，道："上峰刚来的命令，凡是看过这箱子里东西的人，杀无赦！赵老五，对不住了。"

朱雀转身而去，赵老五依然一脸不相信的神色，却已无力挪动身子，慢慢瘫倒在地。

朱雀头也不回施施然下楼，在楼梯上扔下几句话给那两个年轻人："我受不了这里的血腥气，先走了。你们把这里的脏东西清理干净，半夜十二点前务必将这烫手的山芋交给白虎副站长，我想你们不会有胆子偷看吧？"

两个年轻人一起弯腰答道："属下不敢。"

北平白天发生了这场惊天动地的枪战，晚上全城戒严，行人寥寥，街路上布满了日本兵和"二鬼子"警察，挨家挨户搜查可疑人等。一直搜查到临近午夜，日本兵才逐渐撤去，只留下一些主要街路上的哨卡。

一辆挂着北平警察局牌照的小轿车从"品仙阁"后院开出，朱雀的两个手下已经换了警察服装，两人左右扫视几眼，拐上了大街。虽然挂着警察局的牌照，小轿车在不远处的第一个十字路口就被两个"二鬼子"警察拦下，一个胡子拉碴的，另一个神色冷然。胡子警察举起手电照向小轿车，喝问："你们是哪个部门的？不知道宵禁了吗？"

车里的一个人摇下车窗，掏出证件递过去，说："兄弟，自己人，执行公务。"

胡子警察走过去，作势要接证件，谁知却闪电般掏出手枪对准车里的两个人，说："谁说不是自己人？大水冲了龙王庙，我们是专门和自己人过不去的！"原来这两个警察就是老麻和秋国风，已经假扮警察守在"品仙阁"门前多时了。

老麻用枪指着两个人下车，秋国风过去把两人腰里的枪都掏出来，扔给老麻。老麻逼着两个人在路边蹲下，朝秋国风使个眼色，秋国风钻到汽车里一顿乱翻，从后排座下面找到那个小铁箱子，秋国风不屑细看，隔着车就扔给老麻。老麻两只手里都攥着枪，无法接箱子，只好把缴获的两支枪扔到路边水沟里，腾出左手接住箱子。就在这一扔一接的瞬间，一道凌厉如闪电的刀光突然从旁边树荫里飞出，直劈老麻面门。事发突然，这一刀又来势极快，让老麻和秋国风措手不及，老麻虽然手里握着匣子枪，竟然来不及掉转枪口射击，只能下意识地举起小铁箱一挡。这一刀力道极大，在铁箱上砍出一串火花，竟然把老麻震得仰面跌倒，旁边蹲着的两个中统特工大喜过望，以为来了救兵，立刻扑在老麻身上，一人夺枪，一人抱住小铁箱，三个人滚成一团。偷袭的人全身黑色夜行衣，遮住了半张面孔，一刀不中，身形落地急转，刀如惊涛，竟然向地上三人卷了过去，两个中统的人刚把老麻摁在身底，却正好把自己的身体迎向了刀光，一声轻响，如刀入朽木，两个人立刻变成了四段，一片血雨纷飞。偷袭人刀锋下沉，又向老麻抓住小铁箱的左手劈去，原来他的目标也是小铁箱子！

老麻身子被死尸压住，无从闪避，匣子枪又被一个断成两截的中统特工死死抓住，只能闭目准备硬挨这一刀。电光石火之间，秋国风在车后大喝一声："看刀！"链子刀脱手而出，直刺偷袭人后背，链子刀扬起厉啸之声，后发先至，偷袭人只好硬生生止住劈向老麻的刀，急转身形，横刀一架，双刀相交铿然大响，几点火星闪耀，两人都吃了一惊，知道遇见了劲敌。在鬼门关上打个转的老麻立刻抱着小铁箱子缩身一滚，滚进水沟里去摸刚才扔进去的手枪。偷袭人眼见成功无望，当机立断，从怀中掏出一物向地上一掷，立刻一团黑烟弥漫包住自己，老麻摸到一支手枪，向黑烟连开数枪，却已不见了偷袭人的踪影。

秋国风拉起老麻，说："这是日本忍者的武功路数，借物遁形，他一定还藏在附近。"

老麻捡起自己的匣子枪，说："不去管他了，枪声已响，我们不能再与他纠缠，赶快离开这里。"

两个人抱着小铁箱，迅速消失在夜幕里。

亮光晃过，映出黑暗中佐藤斋次一双冷酷的眼睛，他看着两个人离去的方向，又低头看看手中长刀刀锋上米粒大的缺口，痛惜地吸一口气，似乎还在回味刚才那一刀的速度与力量。

二十三、防民之口，甚于防川

北平，潭柘寺。

老麻和秋国风化装成警察，躲过城中的哨卡盘查，抱着小铁箱一夜急奔，天刚亮时来到会合地点潭柘寺。潭柘寺山门外是一座三楼四柱的木牌坊，牌楼前有两株参天古松，枝叶相互搭拢，犹如一道天然的树廊。寺庙山门刚刚打开，几个僧人在清扫台阶。老麻带着秋国风进入寺内，径直穿过天王殿，天王殿中供着弥勒像，背面供韦驮像，两侧是高约三米的四大天王神像。两人见天王殿中没有人，又直奔大雄宝殿，殿外两旁为钟鼓楼，大雄宝殿面阔五间，五脊四坡的重檐庑殿顶，黄色琉璃瓦，上檐题"清静庄严"，下檐题"福海珠轮"。殿内正中供奉如来佛祖塑像，神态庄严，后有背光，周围雕饰有大鹏金翅鸟、龙女、狮、象、羊、火焰纹等，佛像左右分立阿难、迦叶像。

老麻进了殿内，向佛祖恭恭敬敬地跪下磕头，嘴里还念念有词。秋国风却背负双手四处观望，老麻责怪他："见了佛祖，你怎么能不拜？"

秋国风笑呵呵地故意气他："我上拜天下拜地中拜父母，至于佛嘛，我只拜心中佛。"

老麻赶紧双手合十，说："佛祖面前，怎么说如此不敬的话，罪过罪过。"

秋国风加倍调侃他："老麻老麻，你杀人如麻，浑身血腥，只怕站在佛祖面前，佛祖都要捂住鼻子的。"

老麻转身又跪了下去，说："我替昨天牺牲的六个兄弟拜一拜，求佛祖保佑他们离苦得乐，往生净土。"

秋国风见他一脸真诚，不忍心再气他，踱出大殿，观赏寺中景色。他见大殿正脊两端各有一只巨型碧绿的琉璃鸱吻，系着一条鎏金长链，在晨风中微微摇晃，沐浴着朝阳，一片金光闪闪，想起多年前秋老太爷曾经和他说起过前朝遗事，潭柘寺大殿上的琉璃鸱吻是元代遗物，传说康熙皇帝初来潭柘寺时，看见鸱吻跃跃欲动，大有破空飞走之势，于是命人打造金链将它锁住，并插一剑镇住鸱吻。而今秋老太爷却不知埋骨何处，想到这里，秋国风不禁黯然神伤。

忽然，旁边有一人轻声道："世间风雨，几朝兴亡。寺犹如此，人何以堪？"

秋国风回头，只见一个二十六七岁的年轻男子，站在台阶下，也是背负双手，看着大殿正脊上的琉璃鸱吻出神。这人身后，站着两个年轻人，年纪与秋国风相仿。

那人见秋国风盯着他，微微一笑，说："我知道你，秋国风，洪顺堂已故秋老太爷的侄子。"

秋国风吃了一惊，全身暗中戒备起来。

那人面带微笑，显得毫无恶意，继续说道："我还知道你袖中藏有链子刀，三丈之内取人性命易如反掌。"

秋国风沉声问道："你是何人？"

那人并不回答，反过来问秋国风："你袖中有刀，我怀中有枪，如果我俩比试一番，谁会是赢家？"

秋国风后退一步，全身凝力，犹如一张绷紧的弓，道："朋友，你到底是何人？如果你是来寻衅比试的，刀剑无眼，我劝你可要三思。"

那人哈哈大笑，丝毫没有动手的意思，道："三丈之内，我绝非你敌手，三丈之外，甚至三十丈之外，你又非我敌手。这就是手枪比链子刀厉害的原因，你以后要想替洪顺堂报仇，杀汉奸杀日本人，可要学会用枪啊。"

秋国风一时语塞，不知如何回答。

身后老麻抱着小铁箱子出来，一见那个年轻人，神态立刻变得恭谨，轻声说："曾书记，您亲自来了，实在让我们惶恐。"

原来这人就是曾涉，为了这个小铁箱子，他带着李儒鹏和叶天笑两人连夜从天津赶过来接应。

曾涉接过小铁箱子，见上面血迹斑驳，一道深深的刀痕几乎将铁箱子砍破，曾涉一脸凝重，问："你们遇见了佐藤斋次？"

老麻和秋国风面面相觑，不知道佐藤斋次是谁。

曾涉道："我们已经打探清楚，日本'一夕会'派到华北地区的有三大高手，芥川左兵卫精于暗器，佐藤斋次精于使刀，河野一郎精于伪装。不过河野一郎已经被我们除掉了。"

秋国风插口道："那个芥川左兵卫和我交过手，他们也是暗杀我大伯等人的凶手。"

老麻说："昨晚好悬，要不是我手里正好拎着这个小铁箱子挡住那一刀，我今天就是分成两半儿和你们说话了。"他转身拍拍秋国风的肩膀，对曾涉说："曾书记，这就是我和你提及的秋国风，昨晚要是没有他，我老麻就会被那个什么佐藤斋饭大卸八块！"

叶天笑听他把"佐藤斋次"说成"佐藤斋饭"，忍不住笑弯了腰，几个人也全都被逗乐了。叶天笑调侃老麻："老麻，我们赶了一夜，又累又饿，到了你的地界，你施舍我们一碗斋饭也好啊。"

老麻摸摸后脑勺，赧然道："让你一说，我也饿了。一会儿我们向庙里的和尚化缘讨碗斋饭吃。"

李儒鹏道："老麻，你这是反其道而行之，跑到庙里向和尚化缘，小心把和尚们吓跑了。"

曾涉止住他们调侃，对秋国风说："洪顺堂的少年英雄，我早就听说过你的大名了，现在北平城里都在传说你血溅浴池、长街追杀汉奸的故事呢。"

秋国风脸上微红，道："我只恨那天没有杀了高青岩这个叛徒恶贼，让他捡了一条命。"

曾涉转头问老麻："为了这个小箱子，我们损失了六名好手，包括你的搭档'黑老虎'，实在是得不偿失。"

老麻嘴角抽搐，低头说："是属下无能。我们分成三个小组阻截，却没想到日本人躲开大路，绕道而行，我们仓促间只能在日军司令部门前拼命截住他们，结果被日军缠住，死伤惨重。后来中统那帮龟孙子又黑吃黑，和我们玩'螳螂捕蝉，黄雀在后'的把戏……昨晚那个佐藤斋饭袭击我们，应该是我俩假扮警察在街上守株待兔时被他看出了破绽，我们打中统的埋伏，他却暗中袭击我们，好悬啊……"

曾涉打断他，说："不是你无能，是我们的对手越来越强大，越来越重视我们，只怕将来我们的血也会越流越多。"

众人一时沉默无语。两个僧人过来，将殿前的大香炉拾掇一番，里面腾起大团的火焰，这是给香客信徒们烧香用的，虽然时逢乱世，潭柘寺的香火却一直长盛不衰。

曾涉看着炉火沉默一会儿，转头问老麻："小箱子里的东西你看过了？"

老麻沉声道："我看过了，里面是6月9日黄河花园口决口以后，日本第十四师团的师团长、原来华北的大特务头子土肥原贤二命人搜集的情报，里面的材料说是我们国军下令炸堤的，还有蒋委员长下令给第二十集团军司令商震将军的谕令和电报。"

曾涉眼神凝重，慢慢掏出手枪顶在老麻的额头上，老麻吃了一惊，却没有躲避挣扎，秋国风在旁边后撤一步，双目紧盯着曾涉，作势要亮链子刀。李儒鹏和叶天笑一时错愕，不知道发生了什么事。曾涉并不理会秋国风，一字一句地对老麻说："你知道吗？委员长侍从室给上峰的命令是'杀无赦'，无论是谁，只要看过这个小箱子的内容，都得死！"

老麻神色惨变，说："我以为那都是日本人编造的证据，看来这些都是真的！既然我知道了真相，被灭口是注定了的下场。"

沉默一会儿，老麻心有不甘地说："我只是好奇是什么东西赔了我六位兄弟的命，看来这东西真是灾星啊。"

曾涉慢慢扳开扳机，一脸凝重。

老麻闭起双眼，道："小时候老人就告诫我'非礼勿视，非礼勿听，非礼勿言，非礼勿动'，是我自己不长记性，哈哈，不冤，不冤！"

秋国风"哗啦"一声亮出了链子刀，对曾涉说："老麻是我的救命恩人，你要杀他，先要过我这一关！"

老麻在身后向秋国风摆摆手，说："秋兄弟，我犯了天条，这事不怨曾书记，他只是奉命行事，能死在曾书记枪下，我死也瞑目了。"说罢，使劲闭上双眼，道："曾书记，给我来个痛快的！黑老虎等我过去喝酒呢！"

曾涉看着他，脸上却慢慢绽出了笑意，转身抬手一枪，院墙外松树上一根松枝应声坠地，院里的僧人和几名香客听见枪声都惊慌逃窜。曾涉吹了吹枪口的蓝烟，对老麻和秋国风说："前线掘开万里河川，后方却要'防民之口'，掩耳盗铃、戕害同人的事，我曾涉做不来。天下悠悠之口，又岂是一个'杀无赦'能堵住的？"

老麻一阵激动，眼角又红了。秋国风也慢慢松开攥住刀柄的手，看着曾涉说："看来别说三十丈距离，你百丈之外取我性命，也是易如反掌。"

曾涉哈哈一笑，顺手把匣子枪递给秋国风："初次见面，我身无长物，就送你这把手枪吧，算是我的见面礼。"

秋国风迟疑着，不好意思去接，老麻伸手推他一把，他只好红着脸接过来。曾涉拍拍他肩膀说："我赠枪与你，至于枪法嘛，你就向老麻学习吧。以后你们刀枪配合，一定会让更多的鬼子汉奸授首。"

秋国风很是喜爱这把手枪，左瞄右瞄，最后举枪遥指青天，道："杀鬼子杀汉奸，我义不容辞，但是加入你们的组织，却要容我再想想。"

老麻脸色有些尴尬，看着曾涉，曾涉却毫不在意。

曾涉拎起小铁箱子看看，叹息道："敌我双方，数十条人命都搭在这箱子上了，却不过是一场是非之争的证据而已。古往今来，多少英雄奸雄，多少正史野史，都知道为了战争的胜利，没有人会追究你手段是否正义。掘开黄河，以水阻敌，是对是错，且让天地判定，留给后人评说吧。"

曾涉把小铁箱子一抛，小铁箱画个漂亮的抛物线，慢悠悠落入烈火熊熊的大香炉里。老麻大吃一惊，抢步向前想捞回来，却被曾涉牢牢按住肩膀。

几人在朝阳下并肩而立，看着那口小箱子在烈火中烧得变形扭曲，一股青烟飘向云霄，都沉默不语。良久，曾涉说："今天的事，就当没有发生，你们知道的看见的，都要永远烂在肚子里。"

李儒鹏担忧地说："东西烧没了，你怎么向上峰复命啊？"

曾涉轻笑一声，道："这个不用你担心，我早就想好了应对之策。"他背手望天，有如背书一般，说："职等接悉密令后，华北区立即行动，组成三个武装小组，分路伏击。敌亦狡猾甚矣，绕路行走，最后我于北平华北方面军司令部前百米处截击成功，但截获敌假铁箱一只。敌真铁箱秘密取道芦潭古道，我等立即飞速赶到潭柘寺附近，与敌血战，终于使铁箱与护送之特工葬身火海。职等已确认无误。此战毙敌谍报特工八人，我方损失黑老虎以下六人。"

曾涉看着老麻道："这样既能给上峰一个交代，又对中统的'黄雀在后'把戏给个圆场，最重要的是不能让你的搭档和属下白白送死，我要给他们请功，他们都是好男儿！就像我一个朋友说的，他们都是真正的中国人！"

老麻一阵哽咽，不知道说什么好。

叶天笑神情沉重，说："我听街巷传言，南边黄河被日本人炸开了，死伤数百万人，我们都痛骂日本人灭绝人性，拿人命当草芥，没想到真相却是这样。"

曾涉和老麻无言以对，眼神空洞地盯着火焰中的小铁箱子，不知道想些什么。

等小铁箱子里的东西完全消失了，曾涉拍拍手上的灰尘，对老麻说："你知道我为什么让你来潭柘寺会合吗？"

老麻一脸诧异地看着曾涉，说："不是因为这里远离北平城，没有鬼子汉奸骚扰？"

曾涉微微一笑，道："不对，我们来这里是因为有一个人在这里。我在这里烧了铁箱子，也是给他一个说法。"

老麻一愣，扫视一眼四周，满脸诧异地问："谁在这里？"

二十四、论道歇心亭

潭柘寺，歇心亭。

曾涉没有回答老麻的疑问，而是带着几人径直向大雄宝殿殿后走去，寺内一些僧人听见枪声都惶惑不安，躲在角落议论纷纷，也没人敢阻拦他们。五人从寺庙后门出来，直奔山后的"歇心亭"而来。

山林清幽，松涛阵阵，一角飞檐跃于林荫之上，仿佛随风欲飞，亭中一个灰色僧袍的老僧正在低头煮茶，清雅幽静，犹如一幅古代山水丹青。

曾涉让众人在亭外等候，自己慢慢走进亭中，向老僧拱了拱手，道："觉因大师，在下闻名久矣，冒昧打搅，今日才有幸一睹法相。"

老僧并不抬头，只顾低头摆弄茶具，令人略感诧异的是，别人煮茶都用一个茶壶，老僧面前的石几上却摆了两个一模一样的茶壶。

曾涉又道："请大师恕在下不请自来和刚才在寺中鸣枪之罪，万望海涵。"

老僧抬起有些灰白的眉毛，看了曾涉一眼，说："彼时鸣枪，此时已过，你又何须致歉？我又何须在意？"

原来这老僧就是秋老太爷的好友觉因大师，壶水正沸，觉因用左边的茶壶斟一杯茶，递给曾涉，说："既来'歇心亭'，就请曾先生放下心中负担，忘却世间俗事，且品一杯老衲的野茶。"

曾涉目光闪动，笑道："哈哈，你果然认得我。"伸手接过茶杯，慢慢啜饮几口，道："好茶，茶味苦中有甘，回味醇厚，不过茶虽好，似乎水更妙，水中隐有鱼翔龙腾、鹤鸣九皋之锐劲。"

觉因点点头，道："曾先生果然文武全才，是华北第一流的精英人物，才品一杯茶就将老衲爱水更甚于爱茶的癖好看破，实在是佩服！"他又用右边的茶壶给曾涉斟一杯茶，说："你且尝尝这杯又如何？"

曾涉双手接过来，细细品饮，思忖一会儿，道："茶虽相同，但这杯水却与刚才水中锐利强劲之意明显不同，给人以黄粱梦醒、生死勘破的颓然之感。不知我说得可对，请觉因大师指教。"

觉因哈哈大笑，放下茶壶，笑得眉毛抖动，亭外几人一脸疑惑，不知道这老和尚为何仰天大笑。

觉因笑了一会儿，道："我尝听闻，曾先生初到华北时，曾有一日当众诵诗，诵的是曾文正公的《题唐镜海先生十月戎行图》，其中'犹当下同郭与李，手提两京还天子'两句，我当时以为曾先生不过是睥睨众生、急于建功立业的年轻干将，今日一见，却知道我判断有误，曾先生当是胸中丘壑万千、眼前一片江山的俊杰能臣！"

曾涉连连摇手，道："大师过誉了。"

觉因站起身来，向曾涉施了一礼，道："西晋时潭柘寺创寺之祖，也是禅宗北祖神秀的弟子华严大和尚，曾在此带领僧众修筑殿宇、扩建寺院，开拓出了潭柘寺的雏形。是他发现寺院后山有两眼丰盛的泉，一眼名为龙泉，一眼名为泓泉，龙泉水意纵横刚劲，泓泉水意平和消隐。孔子曰'智者乐水'，老子曰'上善若水'，佛祖曰'善心如水'，千百年来在此品茶的文人墨客不可计数，但是像曾先生这样两杯茶品出水中真意的人，少之又少啊。尤其能随口道出鹤鸣九皋、生死勘破的心境，远胜老衲坐禅十余年。"

曾涉还了一礼，道："觉因大师谬赞了，在下不过是一后学晚辈，只想尽我所能为生灵涂炭之中国做一点儿事情。但是每次尸体横陈面前，鲜血溅于身上，我内心又惶惑自责，午夜梦回，良心纠结难安。今日来此，正想向大师讨教勘破生死之道，望大师能解我心中之惑。"

觉因又摆出几个茶杯，招呼老麻等人进亭喝茶，六人对坐亭中，几杯茶品完，只觉眼中满山葱绿，耳内松声呜咽，似乎已与昨日的血火厮杀离得远了。

觉因放下茶杯，叹了口气，道："生死之道，谁能勘破？生为死之延续，死为生之永恒。世间轮回之道，亦是色相之心周而复始之途。老衲避世于深山古刹，只求修行禅心，不受俗事烦扰。而你们却不能如此，你们诸人身负重责，心系社稷，要以'兴天下之利，除天下之害'为己任，还远远未到勘破生死的时候。"

曾涉微微笑道："在下知道'兴天下之利，除天下之害'，乃是墨家道义，大师这是要我们效法墨家死士吗？"

觉因目光下垂，吹拂着茶杯中沉浮的茶叶，叹息道："几位昨日甘冒奇险，从日本人眼皮底下虎口夺食，今日又担着莫大干系付之一炬，正如古书中描述'墨子服役者百八十人，皆可使赴火蹈刃，死不还踵'，几位的所作所为，难道不是墨家死士的做派吗？"

听了他这番话，曾涉丝毫不觉意外，老麻等人却大吃一惊，心想这老和尚躲在深山老林的亭子里，埋头喝茶，不问世事，竟然把他们的所作所为了解得一清二楚，不知道这老和尚究竟是什么来头。

觉因旁若无人，抄起一只木勺，在一个石臼中舀些山泉倒进壶里，看也不看众人一眼，继续说道："生死之道，其实我们的老祖宗早就写在书里了，老衲学识浅薄，只能将多年的一点儿心得与几位共享一二。"

曾涉几人一齐放下茶杯，细听觉因如何论生死之道。

觉因将壶置于火上，道："老子《道德经》中写得明白——'人之生也柔弱，其死也坚强。草木之生也柔脆，其死也枯槁。故坚强者死之徒，柔弱者生之徒。是以兵强则灭，木强则折。强大处下，柔弱处上。'强弱变化，阴阳易位，这就是古人教我们的生与死变化转换之道。"

觉因伸手将壶中残茶泼去，又放入新茶，道："泼去残茶，可谓之死；置入新茶，可谓之生。《道德经》中关于摄生处世之道是这样告诉我们的——出生入死。生之徒，十有三；死之徒，十有三；人之生，动之于死地，亦十有三。"

他为几人一一斟上新茶，继续说道："出生入死，出来就是生，进去就是死，过去用之于兵法，打仗时在敌人的阵地里进进出出，称作'出生入死'。文字浅显易懂，道理却蕴含着中国古代老祖宗对于生死的观念。所谓生死问题，在诸多宗教，包括佛教在内，都是重大的问题；但是在我们中国文化中，自远古到现在，不把生死看成问题。所以尧、舜、禹等三皇五帝都认为'生者寄也，死者归也'。人生在世，如客在旅途，百十年光阴，如人在溪山行旅一样。诗仙李白有'夫天地者，万物之逆旅也；光阴者，百代之过客也。而浮生若梦，为欢几何'的感慨，就是这个意思。世间又如寄居蟹的螺壳，人生下来是寄住在这壳里，死掉就是回去了。所以是'生者寄也，死者归也'。《周易》中说：原始反终，故知生死之说。只要观察宇宙自然的变化，了解了昼与夜转化的道理，那就了解了生死。白天如生，夜晚如死；花开如生，花谢如死。庄子也说过'不亡以待尽。方生方死，方死方生'。

"'生之徒，十有三'，'徒'有人理解为'途'，也有人理解为'徒众'。人活在这个世界上，有十分之三的概率是可以活下去的；'死之徒，十有三'，有十分之三的概率是会死去的；'人之生，动之于死地，亦十有三'，一个人生活在世界上，总要有规律地运动；由于运动，可能向死的这一面转化，也可能向生的这一面转化。可是人在世间的活动，常常因为自己的主观意愿或外来因素影响而乱动，反而使自己生的概率转向死之途了。如果我们动之生地，生命的运动有益于生的话，那生的概率便增为十分之六。如果把这三种可能的状态加起来，十分之三的概率是生，十分之三的概率是死，十分之三的概率在运动中转化，一共是十分之九，还剩一分。剩下的一分老子不去论述，因为这是生命本源和自然规律，这个'一'就是老子说的'载营魄抱一，能无离乎'。这就是'道'，是生命的根源，天地万物的运动规律。"

曾涉和秋国风、叶天笑频频点头，老麻、李儒鹏两人却听得一头雾水，半点也不懂，瞪着大眼珠子不知所以然，秋国风朗声接道："原来大师精研《道德经》。我小时候也学过《道德经》，老子五千言《道德经》还教我们'天下之至柔，驰骋天下之至坚。无有入无间，吾是以知无为之有益。不言之教，无为之益，天下希及之'。生死可以转化，无有可以变幻，生死无有，都只是存于内心、随心转化而已。"

觉因笑道："江山代有才人出，又一位青年俊杰，看来老衲真的老朽了，要为你们让一出头之地。这位后生，莫不是秋老檀越的侄子？"

秋国风黯然道："秋老堂主正是在下大伯，他与大师是多年好友，时常对我提及。"

觉因一声长叹，道："秋老檀越当日正是从我这里离开，途中被奸人暗害。不想今日见到故人之后，令人唏嘘。"他伸手在亭柱子后面摸出一个小铜铃，摇了几下，一个小沙弥跑了过来，觉因向他耳语几句，小沙弥风一样跑下山去。

见气氛有些悲伤，曾涉笑道："觉因大师身在佛门，却对墨家、老庄之学如此精通，可谓'佛心道骨'，在下钦佩不已。"

觉因也微笑道："曾书记过奖，我看你既有儒家济世之表又兼具墨家死士之心，可谓'儒表墨心'。"

叶天笑向觉因大师施一礼，道："觉因大师，晚辈昨夜来时，曾为自己此行暗中卜一卦：'六三，含章可贞，或从王事，无成有终。'晚辈学识陋鄙，请大师赐教。"

觉因哈哈一笑，道："小伙子是来考我的，你小小年纪，竟然研习《易经》，倒是让我吃惊不小。"

"晚辈不敢，只是略知皮毛，求大师指点。"叶天笑满脸涨红，又施一礼。

觉因笑道："'含章可贞，以时发也；或从王事，知光大也。'用今天的话说就是胸怀才华而不显露，如果辅佐君主，能恪尽职守，功成不居。不知道你这一卦是说你自己，还是嘲讽老衲我隐居不出呢？"

叶天笑不敢应答，连忙端起茶杯，一饮而尽，掩饰自己的窘态。

觉因看了一眼叶天笑，道："小伙子，我与你素昧平生，今天见面却很是投缘，借你卦象，送你一句话——怀才而不显，蓄势而择机。"

包括曾涉在内，几人都听不懂觉因和叶天笑说的话，面面相觑。

觉因又含笑对叶天笑道："我年轻时也曾经研习《易经》，昨夜静坐时也偶然卜了一卦，送给你做个见面礼吧。"

叶天笑赶紧起身施礼："请大师赐教，晚辈定当铭记。"

"昨夜老衲卜的卦是'六四，括囊，无咎无誉'。今日就将这卦辞送与你，希望你能时刻谨记。可好？"觉因似笑非笑地看着叶天笑。

别人虽然听不懂"括囊，无咎无誉"的含义，叶天笑却心下明白，他赶紧鞠躬，道："晚辈一定谨记在心，言行不忘。"

原来"括囊，无咎无誉"的意思是"扎紧袋口，不说也不动，这样虽得不到称赞，但也免遭祸患"。众人像听天书一样，丝毫不懂二人的对话意思。

小沙弥风一样跑回来，手捧一幅卷轴。觉因当众展开，只见龙飞凤舞狂草大字：汉贼不两立，自古有明训；华夷须严辨，春秋存大义。觉因将卷轴递给秋国风，道："当日，秋老檀越离别时，我曾赠他这幅字，结果秋老檀越遇害离世。我思念故友，又重写此词，今日赠送你们一干青年才俊，希望以此明志。"

秋国风接过卷轴，不由一阵唏嘘。

曾涉见日已正午，便带众人告辞，觉因执意相送。到了寺庙山门，曾涉劝觉因留步，略带狡黠地问觉因："大师既已知道我们夺日本人虎口之食，当然知道这块肥肉也是中统口中之物，我今天将小铁箱子付之一炬，还烦请大师帮我做个见证。"说罢，哈哈一笑，紧盯着觉因反应。

觉因面色不变，道："曾书记口述给上峰的电文，顾全了中统夺功不成的颜面，我想他们要是知道，一定会感激在心的。"

曾涉笑道："原来大师刚才也在大雄宝殿，在下却眼拙未识，失敬了。"

曾涉是暗讽觉因偷听他们对话，觉因却面不改色，道："如此贵客光临，方丈师兄又不在寺中，贫僧自然要亲临殿前照应。见你们谈论军国大事，贫僧只好暗中退下。"

老麻在旁边嚷道："不管怎么说，中统害了我们一条性命，这个公道我是要讨回来的！"

觉因向老麻合十施礼，道："浮生若梦，若梦非梦。浮生何如？如梦之梦。中统这次确实手段龌龊，让人不齿，相信他们一定会被上司苛责。世人都说冤冤相报何时了，下次麻施主有难，我想他们一定会以命相赔的。"

曾涉哈哈大笑："好一个'佛心道骨'的觉因大师，身披僧衣，却是道家风骨，不诵佛经，却对《道德经》《易经》和老庄之学滚瓜烂熟，大师这是不务正业啊。"

觉因正色道："世人常说'儒表佛心道骨'，其实儒、佛、道三家，在某个层次上是共通的，一言概之，修行即是修心而已。读老庄而修禅心，老衲数年前已经如此了。"

曾涉故作神秘，笑嘻嘻地问觉因："觉因大师，听你所言，当和中统之人相熟，却不知是否认识中统的青龙站长？"

觉因双手合十，道："青龙是何人，觉因是何人？何人是我，我是何人？不过如梦如幻、如泡如影、如露如电而已，曾施主，此生不外如是，何必计较当真？"

曾涉眉头飞扬，道："我明白了！此生不外如是，何必计较当真？今日与大师论生死之道，使我懂得若有以死酬国之志，便是永生；心存贪生避死之念，瞬间已亡！方生方死，方死方生。不管军统中统，只要为国杀敌，又何必有门户之见？"

觉因眯起眼睛，看着天外白云悠然，慢慢道："生死之道，我们可以勘破，但是生死运势，又谁能掌控？世间之人，就如天上浮云，命运在风不在己。"

曾涉也颇有感慨，回道："人生如蝼蚁，只能顺天意、应运势，我辈在血火之间，就顺其自然，且听风吟。如果真到了最后那一天，是顺应天命还是逆天而为，我也不知道。"说完大笑几声，转身与几人出寺而去。

二十五、能逃跑的"人彘"

天津，英租界，"抗团"新秘密联络站。

曾涉回到天津后，听到的第一句话就是"沈栋被捕了！"

香月青川和井上真雄在天津的大搜捕还是起到了效果，"抗团"的宣传干事沈栋带一名小队员宋显勇在家里制作"饭盒"时，特高课特工和宪兵警察突然破门而入，宋显勇跳窗逃跑时被一枪击中后心，当场牺牲。沈栋想引爆"饭盒"却没有来得及，被打断双腿双手抓走。半年前沈栋就因为私藏枪支被工部局的警察抓过，关了几个月被打得奄奄一息，是曾涉和王文等人通过工部局内部关系给保释出来的。天津"三把火"以后，特高课、情报课、宪兵队以及警察局全城大搜捕，沈栋以为自己没有参加这次行动，有些麻痹大意，在街上吃饭时被以前一个抓捕过他的警察盯上，一直偷偷跟踪到家门口，然后通知了警察局和特高课。

曾涉面色铁青地听完了李儒鹏的汇报，问他："其他的人都转移了吗？"

李儒鹏小心翼翼地回答："分散了一批人去北平，留在天津的都躲起来了。"

曾涉背着手在屋子里快步踱了两圈，说："我相信沈栋，他不会出卖我们的！"

李儒鹏看了一眼王文，王文嗫嚅着劝曾涉说："曾书记，任何人被捕了我们都不能相信，还是小心为好，我们已经把可能暴露的人都转移了。"

曾涉右手攥拳狠狠打着左掌心，说："转移是对的。还要发动我们的内线，赶紧打探沈栋的消息。"

王文和李儒鹏领命而去。

小学历史教员沈栋躺在潮湿冰冷的审讯室地上，这是他第三次从昏迷中被凉水泼醒。去年，"抗团"在天津英租界松寿里编印小报的地点被英工部局查抄，沈栋就被捕过一次，当时沈栋因随身携带的手枪被查获，被扣押在租界工部局。后来曾涉等人暗暗买通了看守的警察，沈栋利用在院内放风的机会，越墙逃出，警察在他身后开枪鸣警笛，大呼小叫，却一枪也没打中他。

这一次沈栋手脚齐断，已经无力翻身，只能趴在地上用一只肿得只剩一条缝隙的眼睛看着周围，他浑身都是血污，尤其腿上的两处弹孔还在流血，那件代表他教员身份的长衫已经被撕成碎布条一般，浸透了鲜血缠在他的身上。抓捕时，沈栋的右腿被打了两枪，子弹打断了骨头，骨刺外翻刺破了皮肤，白森森的断骨狰狞地露在外面。一个宪兵用枣木棍子当场又凶残地打断了他的左腿，他的左右手腕是宪兵现场拷问他时，用皮靴给踩断的。沈栋对身体的疼痛有些麻木，只是无比想念他的眼镜，如果有眼镜，他一定能看清坐在审讯室墙角里那人的模样，他用一只眼睛努力地向那个方向望着，只是雾蒙蒙的一片。

"人彘"，熟读历史的沈栋忽然想起这个词，现在的自己就很像这个"人彘"，他想咧嘴苦笑一下，当年那么费劲地给学生们解释"人彘"的含义，那群又笨又可爱的学生们没人能理解，现在自己却如此真实地扮演着这个角色。一滴水从耳后流进他的嘴角，他用干渴的舌头舔一下，又咸又苦，不知道是泼的凉水还是自己的血水。

墙角里那个人慢慢站起来，沈栋的眼睛只能看见一双锃亮的高腰皮靴慢慢到了自己面前，皮靴抬了起来，轻轻踢一下他的胳膊，似乎想看看他是否还活着。胳膊的断骨一阵钻心地疼，沈栋忍住了。那只皮靴又故意轻轻踩住他右腿露出的骨头，一下两下，突然用力一碾，沈栋终于忍不住，大声惨呼起来。过了一会儿，几乎又晕厥过去的沈栋头顶响起一个似乎很遥远的声音："你们审问他多久了？"

一个彪悍凶残的日本宪兵过来，向皮靴的主人鞠躬："报告井上少佐，已经整整打了一个小时，晕过去三次了。"

原来这双皮靴的主人就是井上真雄少佐，他从沈栋身上抬起脚，慢慢退回去，说："再给你们半个小时，如果他还不招，你们三个……"他用手逐一指着墙边站着的三个袒胸露腹的日本宪兵，露出一丝嘲讽的笑意，说："你们三个，明天一早就会在去前线的军列上。"

三个彪形大汉立刻扑向沈栋，井上真雄满脸微笑地踱出了审讯室，他相信即便是铁打的金刚，也会开口说话的。

果然，刚到半个小时，为首的宪兵就气喘吁吁地跑来向他报告："报告井上少佐，犯人招了，他晕过去六次，终于挺不住了……"

晕过去几次不是井上真雄关心的，他头也不抬地看着桌子上的文件，冷冷地问："地址！"

"天津紫竹街果子巷162号！"那个宪兵挺胸瘪肚地喊道，"他们的联络总部就在那里！"

井上真雄戴上军帽，对那个宪兵微笑一下，说："恭喜你，你不用上明天的军列了。"

几辆满载宪兵的军车和一长串的摩托车冲出大门，呼啸而去。

沈栋知道自己的时间不多了。那个地址只是沈栋一年前租住过的房子，后来房顶漏水严重就搬走了，现在是一间荒废的空屋子。他只有用这个办法才能给自己争取一点儿时间，哪怕只有几十分钟，他要利用这短短的几十分钟结束自己，如果再有下一波拷打，他知道自己熬不过去。

审讯室里只留下一个宪兵看着他，另两个吃饭去了。那个家伙正双脚支在桌子上，酣然大睡，一个半小时的严刑拷打，沈栋受不住，宪兵们也疲惫不堪。宪兵之所以敢睡觉，是因为沈栋已经被大头朝下倒吊在那里，一个四肢全断，又被倒吊起来的人，无论如何也逃不了。

沈栋不想逃，他只想死。

几缕血水从他的头发上滴落，钻进泥地里。沈栋用仅剩的一只眼睛看着这些消失的血水，另一只眼睛已经被宪兵抠出来，他能感觉到眼睛还耷拉在脸颊边，他连用手去摸一下自己失明的眼睛都不可能。沈栋很羡慕这些血水，能渗进泥土里，能逃出这个令人绝望的房间。如果当时他和宋显勇一起被打死该多好，如果能引爆那些"饭盒"该多好。

时间紧迫，沈栋已经决定了，要用自己最后的武器结束自己的生命，他已经想好了办法，这武器就是他自己的牙齿！他被踩断的左手无力地悬在那里，宪兵们并没有把他的断手绑起来。沈栋用上全身的力气晃着自己，左上臂拼命使劲，那只断了的左手如一支无主的木棍甩来甩去，沈栋张开嘴，他像一个渔夫，等着鱼儿自己撞进渔网。他一口叼住自己的左腕脉门，用完最后一丝力气一口咬下！沈栋从没想过自己会变得像狼一样咬人，而且这只狼咬的人就是自己。他忍住巨大的痛楚，用自己的血肉堵住了喉咙里的呻吟。终于，沈栋松开嘴，咧嘴笑了，他满嘴鲜血，狰狞无比却又如释重负。一股鲜血从脉搏处泉水般涌了出来，流入泥土。

"我是一个能逃跑的'人彘'……"这是二十五岁小学历史教员沈栋最后的想法。

"砰"，曾涉一掌击在桌子上，桌面的水杯和纸张一齐跳起来。他双手撑住桌子，肩膀不住抖动，背对着王文、李儒鹏、孙大成和叶天笑等人，禁不住热泪长流。曾涉与沈栋相识早于他人，意气相投，听闻沈栋死状如此惨烈，曾涉罕见地失态了。

过了半晌，曾涉转过身来，神态恢复了平静，只是眼角有些潮红，对王文几个人道："说说你们的刺杀计划吧。"

李儒鹏瞅瞅孙大成和叶天笑，几个人把目光集中在王文身上，王文只好站到桌子前，说："我们经过这一段时间的跟踪和情报搜集，拟定了四个刺杀汉奸目标，第一是臭名昭著的汉奸市长温世珍，第二是警察局局长程希贤，第三是天津商会会长兼长芦盐务局局长王竹林，第四是教育局局长陶尚铭。"

曾涉冷然地问他："这四个人中，谁刺杀起来相对容易？谁相对困难？困难在哪里？"

王文咳了一声，理理思路，答道："刺杀陶尚铭和王竹林相对容易，刺杀程希贤和温世珍比较困难。这是因为，陶尚铭和王竹林虽然是天津有名的汉奸，但是由于地位较低，戒备松懈，没有卫兵护卫。陶尚铭每日都乘轿车出行，王竹林稍微具备一些警惕意识，经常变换轿车和黄包车。但是二人都有一个爱好，喜欢参加各种宴会酒局。而程希贤和温世珍则不一样，程希贤是原来西北军'十三太保'之一，军中都说他虽然断了右臂，但是依然可以在单杠上做单臂大回环，枪法百步穿杨，而且一般身边至少有四到六名警察护卫。汉奸市长温世珍更不用说，虽然他本人手无缚鸡之力，但是他是日本人的红人，他的安全一直是由特高课和宪兵队负责，住宅保镖和出行都有日本人护卫。"

曾涉沉思一会儿，一拳砸在桌子上，指节溅出鲜血，道："我们先易后难，一个一个来！一个月内，我要听到陶尚铭和王竹林殒命的消息！我要用他们的血给沈栋送行！"

天津，码头。

王天牧头戴礼帽，手执文明棍，一身高档的藏青色西装和白色高领衬衫，足蹬光可鉴人的方头皮鞋，在码头上的人群里显得卓尔不凡。王天牧行踪飘忽，行事莫测，但是从不在穿着打扮上委屈自己，这是王天牧与众不同的特点。王天牧在人群里左盼右顾，显然是在找什么人。他目光扫到栅栏边上一个卖香烟的老头，不由微微一笑，眼光和那个老头对视一下，慢慢凑了过去掏钱买一盒烟。

王天牧点燃一根烟，轻声说："二弟，谢谢你来送我。"

那个被称为"二弟"的老头就是曾涉所扮，曾涉满脸花白胡子，衣衫褴褛，眼神却流露真诚，说："戴老板突然调大哥赴任上海，我来不及为你饯行，但是你我兄弟一场，共事多年，我必须来送你启程。"

王天牧扫了一眼码头上戒备森严的日本兵和"二鬼子"警察，不无忧虑地说："你们这阵子在天津闹得很大，你自己也要注意。"他微微招一下手，一个微胖的商人凑过来，在台阶下摘下帽子向曾涉微鞠一躬，脸上一副生意人的谄笑。王天牧说："这是北平行动二组组长裴级三，也是聚福阁茶庄的老板，以后这组人就由你指挥。"曾涉盯着那张商人的脸看了一眼，没有说什么，裴级三退到人群里，犹如一滴水落入水池，丝毫不引人注目。

王天牧微笑道："你我兄弟共事，意气相投，我在北平干掉汉奸头子张敬尧，你在天津烧得日本人满脸焦黑，都是人生快事啊！"

曾涉道："目前正面战场僵持于东南，地下战场以上海为首，不但日本的'梅机关'特务头子晴气庆胤、影佐帧昭等人是难缠的对手，丁默邨、李士群新成立的特务机关76号更是熟悉我们的内情，最让我担心的是你上海站的一批手下恐怕也不会太听话，尤其你的副站长赵礼，此人心胸狭隘，难以共事，大哥此去沪上，还要多加小心。"

王天牧一脸忧虑，不再说什么，转身欲行，走了两步又回来，对曾涉道："你组织的那些公子小姐们，恐怕成事不足、败事有余，你以后还是要远离为妙。做我们这一行的，与他们整日混迹一处，无疑是插标卖首，取祸之道。"他叹了口气，道："你我兄弟今日一别，不知是否还能活着相见？"说罢，头也不回地没入人群深处。

曾涉有些难过，低头不敢看王天牧的背影，转身悄悄走出码头。码头外负责接应警戒的王文看曾涉脸色忧戚，问他："弟兄们都说王大哥是得到戴老板重用，赴任沪上，一件好事，你们怎么都不开心呢？"

曾涉长叹一口气，道："前途未卜，吉凶难料！"

二十六、鸿门宴

天津，和平路。

上九，击蒙，不利为寇，利御寇。陶尚铭。

天津市教育局局长陶尚铭自从鸿图书局被烧毁后，确实害怕了一阵子。原来他不顾反对，强令一些中小学校订购鸿图书局的教材，鸿图书局被烧以后，一些学校借机取消订单，他也就睁一只眼闭一只眼。后来，见这把火并没有殃及自己，他又渐渐放宽了心，觉得在日本人治下，还是顺从日本人推行的"皇道乐土"教育为好。尤其南边战报传来，国民政府节节败退，他心里残存的一丝复国念头也破灭了。怎么都得活下去，还是先抱住日本人这条粗腿吧，这样才能保证性命无忧，锦衣玉食。他偷偷授意一些人，在编订和选购中小学教科书时，增加了很多日本人指使编纂的毒化、奴化青少年的课文，得到了日本人的赞赏。最近他频繁游走于一些日本要员、政府高官和文化界人士的应酬酒局，为自己积攒人脉，在他内心深处还有向上爬升的企图。

傍晚，陶尚铭爬进小车，司机问他去哪里，他竟一时踌躇不知怎么回答。因为今天晚上同时有两个酒局邀请了他，一个是日本出版商人张罗的发行宴会，一个是津门京剧名角小香玉和一群文化人、报社记者的聚会，他不知道参加哪个为好。

"虽然和那些相熟的天津文化人、记者联谊，可以互相吹捧，对自己的知名度和人脉有很多好处，但是和日本人打交道，就算不是很熟络，还经常被人嗤之以鼻，可兴许哪块云彩有雨，就能遇见命中贵人呢！"陶尚铭打定主意去捧日本人的臭脚，让司机赶紧调头奔和平路驶去。

小车在和平路的街口被几个横穿马路的要饭花子堵住，几个人拍着车窗，唱着数来宝要钱，陶尚铭厌烦地闭上眼睛，对司机说："快开走，哪里冒出来这么多该死的乞丐，要老子当慈善家吗？"小车继续前行，没走出多远，又被一群要饭花子堵住，自从黄河决口发大水以后，天津城里的乞丐明显多了起来。不仅车前堵了一群人，两侧的车窗上也贴了几张脸，使劲往车里瞅。陶尚铭鄙夷地挥挥手，骂道："这群饿死鬼瘪三，弄坏了老子的车，快开走！"

一张贴在车窗上的脸慢慢移开，却从怀中掏出一支勃朗宁手枪，隔着车玻璃，对准陶尚铭扣动了扳机。"砰"一声轻响，车前唱数来宝的乞丐们吃了一惊，不约而同地闭上了嘴，陶尚铭右眼喷出鲜血，倒在车里，持枪的人本想再补一枪，但是旁边有一个满脸污泥的小女孩子在呆呆地看着他手里的枪，似乎在好奇这是什么东西，怎么会冒出蓝烟。旁边协助的另一个人，虽然拔枪在手，持枪的手却有些哆嗦，没有扣动扳机。

车里的司机一声惊叫："杀人了！救命啊，杀人了！"两个人把枪掖进怀里，拉低头上的破草帽，混进四散惊逃的人群，转眼就没了影子。

这次执行任务的是孙大成和叶天笑，孙大成开枪，叶天笑掩护。由于是第一次执行暗杀任务，明显经验不足，只考虑手枪的方便携带和易于隐藏的优点，选择了相对小巧的勃朗宁手枪，却忽略了它的贯穿力杀伤力不强的缺点，加之是隔着车玻璃射击，只是射瞎了陶尚铭的右眼。孙大成只开了一枪，没有连续射击，叶天笑因为胆怯没有开枪，竟让陶尚铭逃脱一命。

陶尚铭捡了一条命，却瞎了一只眼，也吓破了胆，再也不敢抱日本人的大腿做升迁美梦了，连宪兵队和特高课来找他询问情况时都不敢多说话。伤势未愈的陶尚铭成了惊弓之鸟，坚决辞官不做，变卖家产，带着家眷趁黑夜逃之夭夭。由于陶尚铭侥幸活命，自己三缄其口，这次刺杀只是在一小群伪政府官员里口耳相传，并未造成太大的风波。

王文领着"抗团"的各个小队长，秘密开会检讨此次行动失败原因，孙大成和叶天笑在会上痛心疾首检讨。王文提出以后刺杀制裁行动要遵循三条原则：一是行动枪支一律换成威力较大的盒子枪或左轮手枪，甚至冲锋枪；二是所有制裁刺杀行动一律安排主攻手和副攻手，交替射击，确保无误；三是所有行动都要出动二到三个小组，分别执行制裁、掩护、接应等任务。

叶天笑因为胆怯没有开枪，被"抗团"战友们一通嘲笑。尤其是冯剑美，手指头几乎把叶天笑的脑门都戳破了，耳朵也给揪肿了，她数落叶天笑："瘦猴儿，上次在大丸商场放火，我就看你缩手缩脚的，原来你的胆子别说猴子了，连老鼠都不如！"叶天笑缩在凳子上，沉默不语。

季振英拎来一瓶酒，祝正良拎来一根棍子，齐齐地放在叶天笑面前，季振英说："瘦猴儿，杀鬼子杀汉奸是要见血的，不像你算卦动心眼儿就行，你要是有胆量，就喝了这瓶酒，拿这棍子把前边街上海龙帮的据点给平了！"

海龙帮最近在前边的市场上设了一个卡子，天天欺行霸市收保护费，市场上的商贩们敢怒不敢言。那里距离"抗团"的联络站又很近，带来不少隐患，季振英等人一直想找个借口，把这些碍事的混混们撵跑。

被大家奚落得无地自容的叶天笑，热血上涌涨红了脸，抓起酒瓶子，使劲灌一大口，呛得咳弯了腰，他扯去长衫，抓起棍子，满脸铁青地走了出去。

季振英、孙大成等人也抓起家伙，要跟着出去。王文拦住他们，说："血勇之人，面赤；骨勇之人，面青。我看这个瘦猴儿，面红又转青，倒是一个骨勇之人。我们在这里等十分钟，十分钟后你们再去接应他。"

十分钟后，季振英、孙大成、祝正良和冯剑美四个人冲到海龙帮的据点前，只见十多个海龙帮徒人人手执木棍，正在围殴叶天笑，其中有三个帮徒额头见血，满脸是血的叶天笑棍子已经被打落，正钻进一个海龙帮徒的怀里，抱住他的脖颈狠咬，其余的帮徒们棍子如雨点般落在叶天笑的身上，叶天笑全然不顾，势如疯虎咬住一人，疼得那人哭爹喊娘。

海龙帮仗着人多，把季振英等人也围了起来，季振英、孙大成正要动手，冯剑美挺身而出，站在海龙帮的小头目面前，那个小头目一脸淫笑，伸手去摸冯剑美的脸，说："小妹子，你这细皮嫩肉的小脸儿，打花了可怎么办？"

他伸出的手突然就僵在空中，一把掌心雷小手枪的枪口指向他的脑门，小头目吓了一跳，后退一步，又满脸不信地涎着脸凑上来，说："小妹子，这枪是假的吧？就算是真的，你敢开枪吗？还是乖乖跟大爷去后边乐和乐和去吧……"

冯剑美冷面如霜，枪口下移，指向头目的裤裆，一声轻响。那头目怪叫一声，跳起一尺多高，落下时只觉身下一阵冰凉，也不知道是否中枪了。他双手捂住裤裆，转身跟跄而逃，那群海龙帮徒立刻跑得比兔子还快。

叶天笑打完这一仗，在床上足足躺了一周，但是海龙帮从此再也不敢染指这个市场。以后每次叶天笑路过这个市场，都会接到许多商贩塞过来的茶鸡蛋、烧饼油条。

天津，丰泽园饭庄。

上六，鸣谦，利用行师征邑国。吉。王竹林。

　　晚上的丰泽园饭庄车水马龙，灯火辉煌，今天是天津商会包场宴请天津几十位企业界老板，还有一些日本军官和天津维持会成员。召集人就是天津商会会长兼长芦盐务局局长王竹林。王竹林一会儿忙着迎接客人，作揖寒暄打招呼；一会儿又脚不沾地赶到主桌陪几名日本军官说话，忙得不亦乐乎，仿佛偌大的一个饭庄都是他一个人在张罗。

　　饭庄大厅里的舞台上，正演着全本的昆曲《桃花扇》。天津昆曲社是被王竹林强逼着来无偿演出，说是皇军钦点的，必须无条件服从。昆曲社老板不敢当面拒绝，但是成心要给王竹林一个苍蝇吃，就给他呈上一个全本《桃花扇》的演出计划，说《桃花扇》是全社最拿手的曲目，王竹林没有细想就拍板同意了。

　　台上正演到《余韵》一出，扮演苏昆生的艺人挟泪蘸血声声悲歌，唱的是情恸山河，将孔尚任写《桃花扇》时"借离合之情，写兴亡之感"表达得淋漓尽致——

　　　　俺曾见金陵玉殿莺啼晓，秦淮水榭花开早，谁知道容易冰消。眼看他起朱楼，眼看他宴宾客，眼看他楼塌了！这青苔碧瓦堆，俺曾睡风流觉，将五十年兴亡看饱。那乌衣巷，不姓王；莫愁湖，鬼夜哭；凤凰台，栖枭鸟。残山梦最真，旧境丢难掉，不信这舆图换稿。谄一套《哀江南》，放悲声唱到老……

　　台下的王竹林鼻尖冒汗，不是忙累，是被台上艺人唱得心虚。他这时才明白昆曲社老板主动提出唱《桃花扇》的用意，是故意让他在日本人面前难堪啊。他偷偷看一眼坐在身边的香月青川、井上真雄等几名日军军官，香月青川面沉似水，看不出端倪，井上真雄等三四个军官倒是被台上鲜艳夺目的戏服、婉转悠长的唱腔吸引住，一个个张大了嘴巴使劲拍巴掌喊好。王竹林稍微放下心来，一脸媚笑地给香月青川倒茶，香月青川不去理他，只看着舞台，却扔过来一句话："王会长，这《桃花扇》是你选的吧？"

　　王竹林一惊，脸色变得青白，不知道香月青川是喜是怒，他看着香月青川的脸，紧张得有些口吃："香月课长，这是昆曲社最……最拿手的曲目，不知道……不知道您是否喜欢？"

香月青川别有深意地盯着王竹林，他心里其实很瞧不起这个软骨头的商会会长，要不是阿部几宽在电话里要他前来参加这个宴会，他才不想和这种人沆瀣一气。他摘下白手套，捏起一块茶点扔进嘴里，有些嘲讽地对王竹林说："国家都灭亡了，靠一个妓女、一个书生、一出戏，又能改变什么呢？你说对不对，王会长？"

王竹林额头汗涌，忙不迭地点头，脸上挤出一堆笑容，说："香月课长真是博学多闻，我们中国历史那点事都在您心里装着呢。"他心里却暗暗盘算："没想到这个鬼子竟然是个中国通，被他挑出毛病，弄不好我这一通忙活是白费了。"转念又想："昆曲社的老板竟然敢摆我一道，一会儿和海龙帮赵大同打个招呼，好好收拾一下这些不知道天高地厚的戏子！"

海龙帮帮主赵大同与王竹林是结拜兄弟，今天也参加宴请，由于他是一介武夫，和这些人说不到一起，也听不懂台上唱的是什么，孤零零坐在后边，正瞅着舞台上咿咿呀呀的戏子闹心呢。王竹林脚不沾地又飘到他身边，与他耳语一番，赵大同的两条短刷子眉毛立刻立了起来，伸手摸摸自己那颗光可鉴人的大油头，召唤一个弟子过来吩咐几句，那个弟子领命而去。

赵大同咧着嘴对王竹林道："大哥放心，那个狗屁老板今天晚上就会在臭水沟里睡一觉！断胳膊还是断腿，那要看他自己选了！"王竹林拍着他的肩膀，两人相视哈哈大笑。

《桃花扇》演完了，邀请的嘉宾也都到齐了。王竹林飘上舞台，一番口沫横飞地慷慨陈词。原来他以商会名义组织的这次规模庞大的宴会竟是一出"鸿门宴"，要天津有头有脸的商号捐资慰问日本华北方面军前线士兵。王竹林话音刚落，那些被强逼前来赴宴的老板们一片哗然，有几个老板跳起来怒斥王竹林为虎作伥，替日本人勒索中国商家。天津老字号"梁记酱园"的少东家梁升平年轻气盛，撸起袖子指着王竹林大骂："王竹林，你这个三姓家奴，你忘了你祖宗是姓王还是姓日？"

有人随声附和，喊道："王竹林，你就知道帮日本人搜刮我们的血汗钱，你怎么不把自己家房子和地契拿来给日本人当军饷？"

有人接口嘲笑道："王会长的姨太太不少，估计是拿姨太太顶房子地契了，早就送过去了！"

台下一阵哄笑夹杂着嘲讽，王竹林面色铁青，站在台上进也不是退也不是，求助地看着香月青川和井上真雄。

香月青川视而不见，自顾自地喝酒夹菜，仿佛周边的一切事情都与己无关。井上真雄却沉不住气，"腾"一声站起来，手握军刀，怒目瞪着几个嘲骂王竹林的人。几个老板虽然敢骂王竹林，但是与杀气腾腾的井上真雄一比，个个气势上矮了一截，互相看看，悄悄低头坐了下去。

七七事变日本占领了北平以后，很快就将目光转向天津，1937年7月底，日军从大沽口登陆进攻天津，受到国民革命军第二十九军驻守天津的李文田第三十八师的顽强反击。

受到重创的日军恼羞成怒，将地处八里台的南开大学视为天津城抵抗中心，日军指挥部发出了"从地图上抹掉南开大学"的命令，意图给天津守军和市民以心理上的震慑，不仅派飞机狂轰滥炸，还派出数辆军车满载煤油前去纵火，把南开大学的图书馆、教室和宿舍等付之一炬。同时，天津市政府、警察局、造币厂、法院、车站、电台、商厦和工厂相继被炸毁烧焦，1937年7月30日天津沦陷。占领北平、天津后的日本人唆使大汉奸殷汝耕组建了所谓的"华北自治政府"，在政治、军事、经济和文化等方面实行残酷的殖民统治。天津沦亡以后，被日本打造成侵略中国、掠夺中国经济资源和华工奴隶的战略基地。遭到战火洗劫的天津商人和市民本就胆战心惊，又听到日军血洗通州、南京屠城，更加对日本人畏之如虎，不敢公开反抗，很多有钱人都逃亡内地，剩下无法逃走的商家早就被搜刮几个来回了。所以，井上真雄手握军刀横眉怒目站在那里，在场的天津老板们立刻鸦雀无声，面面相觑。

井上真雄一阵呜里哇啦的怒吼，饭庄大厅立刻冲进来几十名日军士兵，手中三八大盖上全是明晃晃的刺刀，在大厅四周围成一圈，刺刀全指向那些老板。一些胆小的老板吓得冒汗，有几个都要哭出来了。

得到强援的王竹林又恢复了长袖善舞的特点，鼓动如簧之舌开始游说这些老板，在台上手舞足蹈地一会儿喊这个名字捐一千银圆，一会儿点那个名字捐两千银圆。这些老板也都是老油条，一齐来个嘴巴贴胶、耳朵失灵，任凭王竹林口吐白沫也不应声。王竹林眼看这么沉默僵持下去是无法收场的，见到赵大同那颗大油脑袋在灯光下一闪一闪的，心生一计，在台上喊道："今天海龙帮赵帮主拨冗参加宴会，下面有请赵帮主为此次活动捐助善款。"

赵大同心里一沉，暗骂道："这个铁公鸡，竟然在我身上薅羊毛，推我来放第一炮，让我被天津商界戳脊梁骨骂祖宗！"大厅里的人包括几名日本军官都知道赵大同是香月青川的走狗，又是王竹林的八拜之交，都把目光移向他，且看他如何表态。赵大同顶着那颗大油脑袋慢慢站起来，被这些人的目光烤得脑袋上沁出一层油汗，他咬着后牙槽子，使劲向王竹林伸出两根手指。

王竹林一阵风一样从台上飘到赵大同身边，把那两根手指举过头顶，尖着嗓子喊道："感谢赵帮主捐助善款两千银圆，我代表天津商会祝赵帮主生意兴隆、财源广进！"一阵鼓乐齐鸣夹杂着几下稀疏的巴掌声。赵大同本来只想出一千银圆，又怕香月青川嫌他小气，才忍痛出到两千，他心里恨恨地想："王竹林，你这只铁公鸡，平时和我称兄道弟，关键时候却推我挡枪子。有朝一日，这商会会长的位置，老子也抢来坐一坐！"

香月青川吃饱喝足了，站起身来戴上手套，优雅地向众人鞠一躬，说："敝人军务缠身，还要和赵帮主去处理一些事情，就不在这里陪大家了，请见谅！"

他转头对王竹林说："阿部大佐有交代，他明天上午就要看见这次捐助善款的人员名单。我想，王会长一定不会让我们失望的。"说完就转身而去，赵大同赶紧屁颠屁颠地跟出去。等他俩出去，井上真雄拔出军刀，凶神恶煞一般站在门口，指挥日本兵把所有门窗都关紧，像狐狸看小鸡子一样盯着这些瑟瑟发抖的老板。

不仅这几十位老板冒汗，连王竹林都汗湿衣衫，连连拱手，说："各位爷，都看见了吧，今天不吐点血，日本人不会算完！求求各位爷想开点吧，别舍命不舍财啊。"

看清这阵势，这些老板们都心下明白，今天这顿"鸿门宴"不割肉吐血是没法走出这间大厅的。沉默良久，大厅角落里传来一声长叹，有人幽幽地说："我出一千。"王竹林大喜过望，犹如脚踩风火轮一般立刻飘了过去。

只要有一人妥协，大伙儿的沉默抵抗就像被扎了一锥子的气球，瞬间消散无影，立刻有人跟着喊：

"我出一千。"

"我也出一千。"

连刚才大骂王竹林三姓家奴的梁升平也迫不得已拿出一千银圆保命，王竹林恨他入骨，说"梁记酱园"是百年老字号，华北分店无数，非要在簿子上写两千银圆，梁升平不敢再犟嘴，只好恨恨地咬牙应允。

不到一盏茶工夫，前来赴宴的老板们人人妥协，各自捐出一千到两千银圆不等，凑足了五万多银圆，算是完成了阿部几宽下达的任务。

井上真雄手拄军刀，站在那里看着这出闹剧，眼里全是鄙视，心想："支那人贪生怕死，爱财如命，完全不配做大日本皇军的对手。最近特高课经费紧张，过几天也可以学着这么筹措一笔经费。"他挥挥手，日本兵闪开一条通道，五六十位老板们惶惶如丧家之犬，夺路而逃。

王竹林却是满面春风，站在饭庄门口一一拱手相送，他心里想的是明天一早就要亲自去阿部几宽办公室，送上捐款名单，和阿部几宽大佐套套近乎，央求阿部大佐为他在"华北自治政府"里谋求一个职位，那个长芦盐务局局长他已经嫌小了。

"丰泽园"饭庄为今天活动准备的几桌佳肴，那些老板们没有心情享用，此刻已经成了日本兵的美味，急不可耐的日本兵已经大呼小叫地吃喝上了。王竹林长吸一口气，驱赶满身的疲惫，重新振作精神，准备回到大厅里陪井上真雄和那几个日本军官好好喝上一顿。

就在他转身踏上台阶的一瞬间，突然从左右灌木丛里钻出三条黑影，成"品"字形围住了王竹林，王竹林只来得及喊出一个字："谁？！"

回答他的是孙大成、季振英和叶天笑三个人手中同时喷出的火焰，一连六枪，枪枪打在王竹林身上，王竹林大张着双手，仰天倒下，从台阶上一直滚到马路中间。叶天笑生怕王竹林不死，咬着牙回身对准他的胸口又开了一枪，孙大成赶紧把他拽走。

等井上真雄领着日本兵冲出来时，三人早已消失在黑夜里，只剩下几缕昏黄的灯光照在遍布弹孔的王竹林尸身上，他再也"飘"不起来了。

二十七、钓饵计划

天津，市政府。

王竹林被刺杀在天津引起轩然大波，给日本人卖命的大小官员人人自危，不少人心中萌生悔意，暗自谋划自己避祸的去处。汉奸市长温世珍得到消息后的第一反应，就是增强自己的警卫力量，让日本宪兵队再增派几名人手保护自己的安全，第二反应才是督促警察局局长程希贤缉拿凶犯。当温世珍带着秘书和警卫气势汹汹地责问程希贤时，当年西北军"十三太保"之一的程希贤却掏出一张辞呈，用仅存的左手"啪"地拍给温世珍，道："程某人才疏学浅身体残疾，自今日起归隐山林含饴弄孙，请温市长另请高明！"说罢，踢开座椅转身就走。温世珍攥着辞呈，颓然坐在那里，半天没出声。

"抗日杀奸团"吸取了上次沈栋被捕的教训，孙大成率领季振英、叶天笑为主攻手，祝正良、孙湘、赵尔仁为掩护，合力刺杀王竹林后，立即分散隐蔽。曾涉安排季振英、袁勋、刘邕康等人带领萧静怡、宋景先等几个女队员连夜撤到北平，筹划组建"抗团"北平分部。另一些人则隐蔽到天津租界内的秘密联络点内，严禁外出，由冯剑美带几名外围的女队员采购日常用品和打探联系。虽然日本人大肆搜捕刺杀王竹林的疑犯，搞得满城风雨、风声鹤唳，但是"抗团"并没有受到什么损失。

香月青川和井上真雄也被天津的三把大火和两起刺杀案弄得焦头烂额，屡次被上级训骂得面红耳赤，却又一筹莫展。香月青川平时住在军营里，与外界接触不多，而井上真雄却需要在特高课、情报课和天津市政府机关之间往来，整天在外奔波。沈栋死后不几天，井上真雄的座车就被王文、孙大成炸毁，那天要不是井上真雄到了门口又想起文件没带，返身上楼躲过一劫，他就要和司机一起成为两具焦尸了。看着司机在大火里拼命挣扎的惨状，井上真雄突然感到天津城还远远没有被完全征服。

陶尚铭的逃，王竹林的死，程希贤的辞职，等于给了温世珍兜心一拳，让这个老汉奸体会到了什么是兔死狐悲、杯弓蛇影。井上真雄和他会面时，明显感觉到了温世珍脸上弥漫的老态。温世珍的秘书把程希贤的辞呈恭敬地递给井上真雄，井上真雄扫了两眼，就给搓成一团扔进废纸篓，他一直对尸位素餐的程希贤心存不满，早就巴不得这个只会搂钱的独臂局长滚蛋。井上真雄对程希贤的不满，主要是几次搜捕反日分子行动中，特高课和宪兵队总是扑空，井上真雄观察到一些警察不仅提前拉响警报、乱吹警笛，给反日分子提醒，而且在围捕过程中，故意出工不出力，网开一面，让那些反日分子逃之夭夭。最让井上真雄恼火的是，他怀疑警察局已经被重庆特工渗透，多次行动情报都被泄露出去。借着程希贤辞职的时机，他正好可以要求温世珍把警察局几个重要岗位的人都换一遍，温世珍对他的话从来不敢拒绝。想到这里，井上真雄反而觉得程希贤辞职了，不是什么坏事，他正好可以大展拳脚，抓几个重量级的反日分子，在功劳上压倒香月青川。

"我想，这些隐藏的暴徒们一定不会善罢甘休的，还会寻找目标，继续他们的放火、杀人计划。"井上真雄跷起二郎腿，有些恫吓意味地看着温世珍。

温世珍瞄一眼井上真雄的二郎腿，虽然心中有些不快，却不敢表露出来，客气地说："还劳烦井上课长调派人手，加紧缉捕，把这些凶顽暴徒捉拿归案，以正视听。"

井上真雄翘起的腿晃了晃，装出一脸的愁容，说："天津这么大，几百万人口，又加上遍地都是西方国家租界，暴徒在暗处，我们在明处，要捉拿他们无异于大海捞针。"

温世珍脸上挤出奉承的笑容，说："我相信井上课长肯定想出了妙计，成竹在胸。"

"计策嘛，倒是想出了一条，就看温市长是否愿意配合。"井上真雄的二郎腿晃得更频。

"只要能铲除这伙暴徒，还天津百姓一个朗朗乾坤，老夫什么都答应！"温世珍也拿出一副大义凛然的样子来。

井上真雄大笑起身，道："难得温市长慷慨大义，看来我的'钓饵计划'肯定会成功！"他等的就是温世珍这个表态，这老狐狸虽然油滑，但是胆小怕死，稍一恐吓，肯定自动钻进他的计划中来。

"钓饵计划？"温世珍一脸愕然，与秘书俩面面相觑。

"我已经决定了，准备以温市长、王克敏、王揖唐等核心人物为诱饵，引诱那些暴徒出手，加以缉捕。不过请温市长放心，我们一定会周密布置，保证你们的安全！"井上真雄一副胸有成竹的表情。

"你……你是要拿我当诱饵？！"温世珍浑身哆嗦，指着井上真雄。

井上真雄哈哈大笑着，不去理会他，转身出门，身后传来一阵剧烈的咳嗽声，估计温世珍眼泪鼻涕都咳了出来。

北平，前门。

"立地太岁"正抖动着全身的肥肉，挥舞拳脚痛殴车夫陈黑子，陈黑子虾米般地缩成一团在地上滚来滚去，哭爹喊娘地求饶，几个车夫苦苦拦着蒋门神一样的"立地太岁"，劝他手下留情，别把陈黑子打死了。"立地太岁"是个人来疯，越拦他越发飙，嘴里喊着："谁也别拦我，大爷今天非把这孙子撕了不可！"

原来陈黑子这个月挣的钱少，孝敬"立地太岁"的份子钱没交上，被"立地太岁"当场踢了两脚，痛恨交加的陈黑子在背后小声偷骂"立地太岁"："这头肥猪，看见日本人像耗子见了猫，欺负我们时像条疯狗！"却不想"立地太岁"人虽肥胖，耳朵却尖，听个正着，他最痛恨别人骂他"肥猪"，陈黑子刚转身，一只钵大的拳头就劈面飞来，把他打得四脚朝天。

几个车夫劝不住"立地太岁"，惊动了不少行人过来围观，前门站岗的日本兵听见喧哗，也被吸引过来两个。"立地太岁"挥舞拳脚打得正酣，突然后脖颈上挨了一枪托，"立地太岁"大怒，以为有人拉偏架暗算他，这家伙练过摔跤，有点功底，胳膊向后一抡就把偷袭他的人打个趔趄，等他回身看见两把明晃晃的刺刀对着他时，刚才的满身霸蛮气立刻变成满脑袋的冷汗，不由自主双脚一软，"扑通"一声跪了下去。

刚才被他抡了一胳膊肘子的日本兵疼得哇哇大叫，刺刀尖已经戳破了"立地太岁"的皮肉，"立地太岁"看见自己鲜血流出，仿佛浑身的筋骨都被卸掉了，吓得磕头如捣蒜，大叫："爷爷饶命！小的家里上有八十岁老母，下有吃奶的孩子，求爷爷饶命啊！"

另一个日本兵把满脸乌青的陈黑子也拖过来，和"立地太岁"并排跪在一起。任凭"立地太岁"喊叫连连，两个日本兵却根本听不懂，"哗啦"一声，拉上枪栓，竟然要当街把这两个人枪毙！

围观的人群见日本兵要来真的，一些人发出一阵惊呼，"立地太岁"爬行两步，又向看热闹的人磕头，涕泪满脸地叫道："各位叔叔大爷大娘，行行好吧，帮忙求求日本人别杀我啊！我给各位磕头了！"这家伙平时彪悍如牛，看见日本兵的刺刀，却像一只瘸了腿的癞皮狗。

看热闹的人刚才看"立地太岁"与陈黑子殴斗，个个是一脸戏谑的神态，等看到日本人掺和进来，要真的枪毙他俩时，都是一脸阴沉，人人缄默无语。

日本兵的三八大盖刺刀抵住了两人的后脑勺，陈黑子一脸瘀青红肿，倒是略显平静，"立地太岁"一张肥脸已经被眼泪鼻涕糊住了，哭叫声如杀猪般凄厉。人群外有人叹息一声，用日语喊道："不要开枪，请等一等！"

一个人拨开人群，挤了进来。

两个日本兵霍然调转枪口，刺刀抵在来人的胸前，等发现来人竟然穿了一身黑色的警察服装时，诧异了一下，慢慢放低步枪。来的警察挂着警长衔，正是吴岳，他用日语对日本兵说："这里是我的管辖区，请问两位为什么要在这里枪毙人？"

一个日本兵用枪比画着"立地太岁"和陈黑子，说："这两个流氓，在街上斗殴，扰乱秩序，我们可以枪毙他们！"

吴岳不卑不亢地回答道："流氓斗殴，属于社会治安问题，按照贵军司令部与北平市警察局的管理协议，应该由我们警察处理，你们不能随意枪毙他们！"

两个日本兵平时跋扈惯了，他们其实并不知道司令部和北平市警察局是否有这样一个协议，只是觉得杀一个两个中国人就像玩游戏一样，现在突然遇见一个警察和他们讲道理，反而有些语塞，不知如何答复。两人放下枪，嘀咕几句，其中一个对吴岳说："不枪毙他们也可以，但是他们要为刚才的无礼行径付出代价！"他用刺刀指了指脑袋几乎扎进泥地里的"立地太岁"。

吴岳听到他们可以不当街枪毙人，赶紧见好就收，说："他冒犯冲撞了你们，你们可以惩罚他。这个，我没有意见。"

谁知那个日本兵却摇了摇头，说，"我们要惩罚的人不是他，是你！"他把刺刀指向吴岳，"既然你说这里是你的管辖区，这里发生的流氓斗殴和冲撞皇军你就要负责！"

吴岳愣了一下，眼神闪过一丝愤怒，但瞬间就消失了，他平静地说："我接受，这是我的失职，你们放了他俩，可以惩罚我。"

话音刚落，那个日本兵已经一枪托捣在他的腹部上，吴岳痛苦地闷哼一声，腰弯成快九十度，摇摇晃晃站立不稳，另一个日本兵一枪托重重抽在他的膝弯里，他终于坚持不住，腿一软跪了下来，被"立地太岁"抢了一胳膊的日本兵又正反抽了他四记耳光，把他的帽子都打掉在泥地里。

两个日本兵对当着近百人羞辱一名中国警察感到兴奋异常，两人相视大笑，互相拍着肩膀向岗楼走去。"立地太岁"和陈黑子以及围观的人群都不懂日语，不知道这个警察和日本人说些什么，弄不明白日本兵为什么不枪毙人了，反而把警察毒打一顿。一些看热闹的人没见到开枪杀人，还觉得很是失望，三三两两地散了。

吴岳面色惨白，嘴角沁出一缕血痕，他慢慢站起来，捡起帽子掸去泥土，又戴在头上。陈黑子似乎有些明白了，知道是这警察用一顿毒打换回来两条命，抢过来单膝给吴岳跪下，刚要开口说话，吴岳就伸手制止了他，拍拍身上的泥土，转身向一条小巷子里走去。"立地太岁"已经吓得尿了裤子，身下一摊湿迹，像一条硕大的蛆虫瘫在地上站不起来，呆呆地看着吴岳远去。

吴岳在小巷子里失魂落魄般穿行了很久，最后站在巷子角落里一棵老槐树下，大喊一声："亡国奴！不是人！"狠狠一拳击向树干，一声闷响，树叶微晃，右手手指鲜血迸流，他以手拄树，低下头来双肩抖动，似乎在痛哭流涕。毕竟一个血气方刚的年轻人，被日本兵当众毒打羞辱，心里那种痛苦羞愤可想而知。哭了一会儿，他静了下来呆呆地看着自己的右手，刚才那一拳打得太狠，鲜血已经流满了手背，他皱了皱眉头，一时不知道如何处置。

这时，身后一阵馨香袭来，一方洁白的手帕伸了过来，捂住他手上的伤口，并熟练地帮他包扎。他吃惊地回头，竟然是一位年轻的女子，一身素净的学生服装，似曾相识，却记不起来在哪里见过。

女学生一边帮他包扎伤口，一边用秋水般的大眼睛盯着吴岳看，他知道自己脸上泪痕依然，在她的注视下，眼泪似乎比伤口和血迹更让他难堪，在日本兵面前还能保持面不改色，但是面对这双眼睛，他的脸瞬间就布满了红云。

女学生看出了他的窘态，不再盯着他看，细心地用手帕在他手上打个结，问他："你为什么要救那两个人？"

吴岳吃了一惊，反问她："刚才你也在？你一直跟着我？"

女学生点点头，问他："我听看热闹的老人说，那个胖子是前门一霸，平时欺行霸市，没有人不恨他，你为什么要冒着风险救他？"

吴岳不敢看女学生的眼睛，试探着活动手指，说："不管他们是好人还是坏人，他们都是中国人，我不想眼睁睁看着他们被日本兵枪毙。"

"万一日本兵真的向你开枪呢？你不怕吗？"女学生执拗地问他。

吴岳神色恢复了平静，笑着反问她："万一日本兵不向我开枪呢？我总得赌一次。"

女学生似乎很欣赏他的回答，双手背在背后，想了想，又抬头问他："你不记得我了吗？我们见过面的。"

吴岳也觉得女学生面熟，却想不起来在哪里见过，有些赧然地摸摸头发，不知道怎么回答。

女学生提醒他："炮局胡同警察所，还有仁安医院！"

吴岳恍然大悟，刚想抬手指向女学生胸前，立刻意识到不妥，改成指向自己的胸口，说："你……你就是那个胸前有血迹的女学生？"

女学生脸上飞起一抹红晕，有些羞涩地向他伸出手："我叫萧静怡。"

吴岳恢复了原来的痞子气，伸出包扎着手帕的右手，和萧静怡轻轻一握，说："我叫吴岳，吴起的吴，岳飞的岳，可惜我是一个人见人烦的'二鬼子'！"

萧静怡捂住嘴一笑，问吴岳："还记得当时我的女伴怎么骂你吗？"

吴岳侧着头，努力回忆当时冯剑美是怎么骂他的，他想了想，捏着嗓子模仿冯剑美剑拔弩张的气势："好好的人不做，却要当狗！……狗！流氓！邪恶！"

这是冯剑美两次见到吴岳时骂他的话，吴岳学得惟妙惟肖，萧静怡被他逗得笑弯了腰，捂着肚子几乎蹲到地上去。

二十八、羊、狼、咬狼的狗

上一次刺杀陶尚铭不成功后，李儒鹏曾调侃孙大成，说叶天笑卜卦赛过无量观摆地摊的瞎子，让他以后行动前都去找叶天笑卜上一卦，如果是吉卦就实施行动，如果是凶卦就谨慎从事。本来是戏谑之言，孙大成却认真了，真的去缠着叶天笑让他卜一卦，叶天笑被逼不过，就卜了一个"上六，鸣谦，利用行师征邑国"。告诉孙大成，这是上上吉卦，肯定会马到成功！干掉王竹林回来后，孙大成兴奋地把叶天笑扛起来转了好几圈，夸他道："瘦猴儿，真有你的！你是诸葛亮、刘伯温转世啊，算得真准！等消停了，我请你吃狗不理去！"

叶天笑拿腔作势地皱皱眉头，用牙签剔着牙，说："老孙啊，只怕这顿狗不理包子我是十年八年也吃不到了。"

"为啥？俺老孙难道是抠门的人？"孙大成有些诧异，这群年轻人一直把孙大成喊成"孙大圣"，戏称他"老孙"，和瘦猴儿叶天笑并称"双猴儿"。

叶天笑翻翻白眼儿，懒洋洋地拖长腔调："俗话说得好，'肉包子打你，有去无回'啊！"

"为啥肉包子打我？"孙大成一愣，随即反应过来，"好啊！瘦猴儿，我好心请你吃包子，你竟敢拐弯骂我是狗！"扑过去把叶天笑按在床上一顿拍，李儒鹏赶紧过来制止两人胡闹。

井上真雄忙于策划实施他的"钓饵计划"，而香月青川却把目光转向了天津外围，既然在天津市内没有找到突破口，在外围总会有蛛丝马迹可寻。他安排人手在北平、保定、廊坊、张家口一带侦察各种抗日组织的线索，以期顺藤摸瓜，破获天津的地下抵抗组织。

北平，洪顺堂。

刘思过现在摇身一变，已经成为香月青川的得力干将，为他奔走于华北各个城市搜罗情报、充当打手。今天，刘思过前呼后拥回到洪顺堂，又拽走一群弟子，对蛰居后堂的高青岩瞅都没瞅一眼。高青岩自从被秋国风长街追杀，赤身裸体仓皇逃命后，就成为北平城街巷茶余饭后的笑谈，在洪顺堂内的地位一落千丈，很多弟子都离他而去，投到刘思过麾下。高青岩保住了一条命，但是左腿的大筋却被秋国风一刀砍断，成了瘸子，不仅武功大打折扣，平时连洪顺堂大门都不敢出了。

看着刘思过得意扬扬前呼后拥而来，又飞扬跋扈呼啸而去，丝毫没把自己这个大师兄放在眼里，高青岩气得把一碗茶砸在墙上。墙上挂着秋老太爷当年一幅手书："曲则全，枉则直，洼则盈，敝则新，少则得，多则惑。是以圣人抱一，为天下式。"气势恢宏的行草被茶水泼湿，沥沥滴滴地淌着水，高青岩拖着瘸腿站起来在屋子里踱步，反复默念几遍"曲则全，枉则直，洼则盈……"忽然，他嘴角绽开一丝笑容。

北平，傍晚，"老味道"饭铺。

狭小的饭铺里，墙壁和桌椅都被多年油烟熏得黑黝黝的，一个哭丧着脸的店小二在柜台后边百无聊赖地赶着苍蝇。店里仅有两个客人，老麻和秋国风对面而坐，老麻拧开一瓶烧刀子，给秋国风倒满一碗，说："秋兄弟，我答应请你喝酒，拖延到今日才有时间坐下，大馆子我们不敢去，只能来这种阴山背后的小店，请兄弟多担待。"说完，一仰头就把自己面前的一碗酒干了。

秋国风似乎被老麻的酒量给吓住了，不知道是像老麻那样一饮而尽还是慢慢品尝，端起酒碗有些犹豫。老麻把瓶中剩下的酒又全倒进碗里，再次端起碗来，说："我救你一次，你也救俺老麻一命，你我各不相欠，感谢的话都在这碗酒里，来，干了！"说完，又是一饮而尽。

秋国风没有想到老麻喝酒竟然比他打枪还快，无奈之下，只得勉强相陪，一碗酒分了三口才喝完，被呛得一阵咳嗽。老麻哈哈大笑，回头喊店伙计："伙计，再来五瓶烧刀子！"

哭丧着脸的店伙计答应一声，忙不迭地把五瓶酒摆上桌子。这一排酒瓶子，唬得秋国风脸都白了。老麻又张罗倒酒，秋国风赶紧制止他，说："上次你可是说过，我陪你喝酒，你就给我讲你的伤疤，你的死而再生的故事，你可不能食言。"

老麻沉吟一下，说："也好，酒薄菜寡，说些故事正好可以当下酒的菜肴。"秋国风凝神倾听，老麻呷一口酒润润嗓子，声音低沉地讲起故事来：

"我老家那边老辈儿的羊倌说过，世间的人分三等——羊、狼、咬狼的狗，我是这三种人都尝试过了。"秋国风被他的话吸引，陷入沉思。

"卢沟桥打起来那会儿，不怕老弟你笑话，我老麻那时候是一名伪军，隶属于殷汝耕那老汉奸的'冀东防共自治政府'保安第二总队，总队长是张砚田，我当时是一名连长。部队名字变来变去，跟哪个老板穿谁的衣服拿谁的枪，我们都不操心，那时候我只想过'羊'的日子，觉得有酒有肉有军饷，将来再娶妻生子，那就是神仙日子了。"

秋国风问他："你既然想老老实实当'羊'，怎么又变成'狼'了？"

老麻端起酒碗，一口又吞了大半碗，道："1937年7月，在通州这个小地方驻扎了三支部队，日本人的萱岛联队、大汉奸殷汝耕的保安总队、宋哲元第二十九军一四三师的一个营。当时北平已经基本沦陷，天津也都在日本人的炮弹射程内了，通州的日本人在7月27日那天凌晨三点向第二十九军发动攻击，按照日本人的部署，我们保安总队埋伏在第二十九军的侧后方，准备在这个营溃退时袭击他们的侧翼，前后夹击包他们的饺子。没想到那一个营打得很英勇，虽然伤亡惨重，但是坚决不退，挥舞着大刀片和日本人反复争夺阵地。我们在阵地上看得清清楚楚，毕竟都是中国人，我们心里都希望第二十九军的兄弟们能打赢，但是又不敢说出来，每个人心里都是痛愧交加，同样是中国人，人家敢真刀真枪和小鬼子玩命，我们却穿上一身黄皮，扣着扳机要打自己人，不少弟兄都把脸扎进土里了。后来，那个营坚持到天亮，伤亡大半，基本上打残了，不得已溃退了下来，他们的撤退路线就在我们眼皮底下，但是我们阵地上没有一个人真正开枪射击，不是放空枪就是向天射击，热热闹闹倒像是放鞭炮给他们送行。那个营就这样背着伤员抬着尸体在我们枪口下安然撤退了，走远了还给我们打个旗语，我虽然看不懂，但是听说是'中国人勿做亡国奴'！"

秋国风听得入迷，问道："你们放走了第二十九军，日本人一定不会善罢甘休吧？"

"没错！小日本眼睛毒着呢，马上派联络官来询问情况，联络官不敢责骂张庆余、张砚田两位总队长，就拿我们撒气，把我们几个连长一人打了两记耳光！"老麻伸手摸摸自己的脸，似乎那种痛感依然存在，沉默一会儿，接着道："刚回到通州，日本驻通州特务机关长细木繁少佐就指责我们通敌，张砚田总队长与他大吵一架，几乎和鬼子少佐开枪对射。上午九点多，部队刚回到驻地，鬼子就来了十二架飞机轰炸我们的营地，多亏营地前有一条壕沟，大家拼命跳进去躲避炸弹。要不是有那条壕沟，你老哥我早就被炸成肉泥了，但是这样也伤亡了几十名弟兄。大家怒火难抑，我站起来一声喊，立刻就有几百人响应，我带着大家打开军械库拿起枪支弹药，就要去投第二十九军。"

秋国风问他："你从此就弃暗投明了？"

老麻把空酒碗往桌子上一蹾，又拧开一瓶烧刀子，说："如果是那样就利索了，我就不会变成'狼'了。"

"我领着队伍刚走出几里地，张庆余、张砚田两位总队长飞马赶来，拦阻大家，说是日本人承认误炸保安总队营地，是飞机联络出现了错误，把保安总队当成了第二十九军，要给我们道歉和赔偿。大家虽然不肯信，但是又碍于多年的兄弟情面，只能随着两位总队长返回营地。小日本派来了两个军官，在会场上又是鞠躬又是道歉，其实是怕激起兵变，想尽办法安抚我们。但是兄弟们个个心里恨得痒痒，巴不得把他们戳个对穿。"

秋国风一拍桌子，道："日本人先下狠手，再给你们甜枣吃，只怕没安好心吧？"

"没错！"老麻仰脖子灌下一大口酒，继续说道，"两位总队长已经打听到日本人要对我们下手，所以不让我们一哄而散，就是想抢在日本人前面干一场大的！其实大家都是中国人，稀里糊涂就变成了伪军，帮日本人打自己同胞，心里早就惭愧得要死，尤其平时备受日本人欺负，不但日本兵让我们鞠躬行礼，我们鞠躬慢了就要挨拳打脚踢，就连通州城里的日本浪人和朝鲜假鬼子也看不起我们，动不动就赏我们耳光，亡国奴和战俘没什么区别，弟兄们早就憋着一口气了！"

秋国风也一拍桌子，道："说得好！亡国奴和战俘没有区别，早晚都得被小鬼子给折磨死！我陪你喝一口！"说完，也灌下一大口烧刀子，呛得脸都红了。饭铺那个哭丧脸的伙计，听他们痛骂日本人，吓得不敢听，端完酒菜就躲到外边去了。

老麻接着说道："当天傍晚，命令传了下来，保安一、二总队全体起义！一总队攻击日军营地和炮楼，二总队攻击城里的火车站、军火库、伪政府办公机关、日本特务机关等重要地点，以枪声为号，同时进攻。当时，日本萱岛联队主力都已开拔出击南苑，通州只留下一支不足二百人的守备队，兵力很是空虚。上面还通知我们说，第二十九军会派出部队接应我们。我带着弟兄们趁着夜色偷偷把特务机关驻地给包围起来。通州的特务机关驻地周围是一片日本浪人和朝鲜假鬼子生活区，我们怕出现意外也分兵警戒。半夜时分，城外的日军驻地方向率先打了起来，我一声大喊，弟兄们破门而入，特务机关里的十几号人只有短枪，匆忙开了几枪，就被砍瓜切菜般全部干掉。细木繁穿着睡衣刚从内室出来，就被我一枪打倒，弟兄们恨这小鬼子阴毒，一群人冲上去刺刀戳、大刀砍，眨眼间就把这个小鬼子大卸八块！在后面院子里发现一个抱孩子的日本女人，一个弟兄冲过去一刀将大人孩子都砍成两半。我想拦阻他们，但是这些人都杀红了眼，根本不听命令，我也只能随着人群到处冲杀。外面的日本人生活区也乱了起来，一开始我们只是警戒，但是一些日本侨民躲在屋里放冷枪，伤了我们好几个人，我和弟兄们急了，冲上去连打带烧见人就砍，顿时整个通州城都陷入火海。这些保安队士兵，平时被日本人欺凌当成支那猪，被中国人斥骂汉奸伪军，心里的怨气被大火一起点燃了，谁也制止不了。那一晚上，我们都变成了'狼'……"

说到这里，老麻眼神里掠过一抹痛愧，似乎又回到了那个烈焰沸腾、鬼哭狼嚎的夜晚。

秋国风沉默半晌，安慰老麻说："我也鄙视战场上屠杀妇孺百姓的行径，不是堂堂君子所为，但是要是和日本人在南京屠城的血债相比，不过是小巫见大巫。"

老麻平静一会儿，又说道："一夜烧杀，日本守备队只剩下二三十人龟缩进炮楼据守，城里的军火库被炸毁了，烧了十六辆弹药车，城里的日本浪人和朝鲜侨民死伤数百人，包括不少老弱妇孺，通州城变成了人间地狱。最出乎意料的是，大汉奸殷汝耕在卧室里的柜子顶上被活捉。第二天一早，为了防止日本人反扑，两位总队长集合队伍向北平第二十九军靠拢。当时，我们从上到下都听信了南京电台播出的'卢沟桥第二十九军大败日军，中国军队已经陆续夺回丰台和廊坊，中央政府将陆续向华北派遣野战军，歼灭日军指日可待'的报道，加上我们情报失灵、联络不畅，终于铸成大错！"

说到这里，老麻眼角一阵抽搐，有些哽住了。秋国风帮他把酒满上，追问他："后来怎么样？殷汝耕那老贼现在不是还活着吗？"

老麻又干了半碗酒，道："当我们押着殷汝耕向北平进发时，并不知道当时的战况与电台报道正好相反，第二十九军已经全线溃退，北平失守。我们这支队伍等于主动钻进日军的包围圈里，毫无防备就和日军的装甲部队相遇……"

七月北平城外的郊野，绿草凝露，鸟鸣啾啾，一轮朝阳刚刚升起，远处沙岗上笼罩着一层薄薄的晨雾。草甸子上一支队伍穿行而来，脚步踏碎晨露，惊飞了林鸟，队伍松松垮垮，一夜鏖战和奔波，士兵都疲惫不堪。领头的军官突然警觉地站住了，止住后边的队伍，长长的队伍一阵喧哗，有些人走累了，干脆躺倒在草甸子上，看出来军纪松散，丝毫没有战斗意识。领头的军官制止住喧哗，凝神听了一会儿，又趴在地上用耳朵去听。突然，他惊恐地跳起来喊道："有坦克！日本人的坦克！"

第二十九军没有坦克，华北地区有坦克的一定是日军。队伍一片骚乱，一些军官立即指挥士兵寻找地形掩护，准备抵抗，一些士兵却争先恐后向树林子里跑去。沙岗后面和树林边缘一阵马达轰鸣，冒出十几辆日本97式中型坦克和二十多辆被称为"豆战车"的94式轻型坦克，像一群龇牙咧嘴的怪物向保安队冲来。保安队只有步枪和轻机枪，连一门步兵炮都没有，子弹打在坦克钢板上"叮当"作响，却丝毫不能阻止它们的迫近。两炮轰来，就把领头的军官炸得粉身碎骨，坦克上的机枪转动着，吐出无数条火舌向保安队卷来，保安队的士兵们像寒风中的落叶一样，成片倒下。

老麻在队伍里拼命地喊叫着，指挥士兵向树林里转移，谁知道日本人早就在树林边构筑了重机枪阵地和步兵壕，五六挺92式重机枪一齐扫射，密集的子弹像一把把巨大的镰刀，将保安队溃逃的士兵成排砍倒。这是一场实力悬殊的屠杀，是钢铁怪物对血肉之躯的残酷毁灭。奔跑中的老麻突然一个趔趄，左腹中了一枪，他又挣扎着跑了几步，终于一跤摔倒，听着越来越近的钢铁怪物轰鸣声和逐渐稀落下去的枪炮声，老麻昏了过去。

硝烟散尽，毒火般的阳光照射下来，草叶上的露珠早就被战火蒸发殆尽，挂满了鲜红的血珠。一小队日本兵打扫战场，一个士兵用刺刀戳了一下老麻的腿，然后用日语向队长喊道："这里有一个活的！"不远处一个军曹冷冰冰地说："这是袭击我们通州侨民的部队，不留活口！"那个士兵立刻对着老麻又开了一枪……

数千人的通州保安总队被日本人伏击，一战击溃几乎尽没，只有五六百人向南折返逃出包围圈，后来加入国民党政府军。大汉奸殷汝耕趁乱逃脱，重新投进日本人的羽翼之下，不过也成了惊弓之鸟，再也不敢轻易抛头露面。大难不死的老麻被当地百姓从死人堆里救出，与部队失散，后来加入平津地区军统组织，干掉不少日伪汉奸，正好符合他的姓氏，杀人如麻，用他自己的话说就是成了一只"咬狼的狗"。

老麻讲完自己的故事，面色凄然，似乎犹自坐在鲜血淋漓的死尸堆里。他给自己又倒一碗酒，说："我是一个死而复生的人，活一天就是多赚一天。不过从那一天起，我就悟透了一个道理——今天你杀人，明天人杀你，今天你胜，明天他胜。戏文里说得好，曹操父子篡了汉室天下，却被司马氏父子篡了大魏江山；赵匡胤陈桥兵变欺凌柴氏孤儿寡母，却终被蒙古人逼迫后代孤儿寡母崖山投海。得意扬扬的尽头就是失魂落魄，为害他人终将被人祸害。'天道轮回，报应不爽'，所以我相信小日本早晚要遭报应，他今天侵我中华，明天必被他人所侵！"

秋国风也是一声叹息，默默陪老麻干了一大口，正要说话，忽然瞥见饭铺厨房的帘子动了一下，半张人脸一闪而过，秋国风长身而起，大喝一声："站住！"

二十九、"道长"是谁?

一个瘦小干枯的身影如鬼魅一般缩进厨房后面的暗处,秋国风追到后院,黑暗中那个身影似乎熟门熟路,钻过墙上一道窄门已经溜进院外黑漆漆的小巷子里,秋国风长吸一口气,链子刀飞出,缠住巷子里一棵大树的树杈,手上一使劲,整个人荡秋千般飞出院墙,像一片树叶飘过那人的头顶,堵住了巷子出口。那人仓皇转身,老麻手执双枪,已经堵在那道窄门前。

昏黄的灯光下,那是一张皱纹里淌满浑浊泪水的老脸,竟然是失踪许久的洪顺堂孟师爷。孟师爷掀起油渍麻花的衣襟抹拭泪水,"扑通"一声跪在秋国风面前,哭泣得像一根风中的蜡烛,对秋国风说:"侄少爷,你可要为秋堂主报仇啊!"

北平,前门大街。

一身长衫的教书先生钟子奇走在昏黄的路灯下,一队日本巡逻兵踢踢踏踏地走过来,钟子奇夹住书本站在树底下向日本兵鞠躬,街对面一个小贩忙着收拾东西,没有向这队日本兵鞠躬,一个日本兵上去就是一顿耳光,又把他卖的针头线脑全都踢翻在地,小贩哭喊着去捡,日本兵却像做游戏一样哈哈大笑,把那些针头线脑都踩进泥地里。钟子奇叹息着摇头,慢慢走过街边的告示栏,上边有一张字条,用毛笔小楷写着几行字:

> 天皇皇,地皇皇,
> 我家有个哭夜郎。
> 过往君子念三遍,
> 一觉睡到大天亮!

钟子奇嘴角绽出一丝难以察觉的笑意,竟然真的站在那里念了三遍。

刀子终于学会了站在人群里不再像刀子那样醒目。他扮作一个苦力,戴一顶破草帽遮挡毒日，赤着胳膊和脚板，混在一群衣衫褴褛的挑夫中间。这群等活的挑夫粗鄙不堪，休憩时的话语不是打趣隔壁胡同里的窑姐儿，就是品评过路的女人，刀子皱皱眉头，还是忍了下来。他的眼光一直盯着对面的茶馆，那里面赵凡和钟子奇正在接头，刀子不仅要负责他们的安全，还要注意观察可能出现的一切细节。

上次从天津回来后，赵凡很严肃地和刀子谈了一次："刀子同志，请你用党性做保证，我可以相信你吗？"

刀子当时愣住了，但是回答得毫不迟疑："请领导放心，我用党性保证，你可以相信我！"

赵凡注视着他，良久才说："我相信你，不是出于你的党性，而是我对你的判断。"他看着刀子，一字一顿地说："我怀疑我们北平和天津的党组织内部出了叛徒！"

刀子一脸震惊，按着桌子站起来，想了想又默默坐下去。

赵凡思索着，慢慢道："这一段时期以来，先是我们北平的联络站被袭击，我们牺牲了两名同志，接着又是天津的联络站被袭击，牺牲了四名同志，这两件事情不能不让我心生疑虑。"

刀子想了想，问赵凡："你是说，我们组织内部出现了叛徒？把我们出卖给日本人？"

赵凡点点头道："不错，肯定是出了叛徒，否则我们两个联络站不会这么轻易暴露。而且……"说到这里，赵凡有些迟疑。

刀子见赵凡迟疑不语，有些着急，追问他："而且什么？！你倒是说啊，急死人了！"

赵凡霍然站起，踱了几步，仿佛下定了决心，对刀子说："这是我的猜测，你千万不要对别人提及。我怀疑这个叛徒是在和日本人做交易，他不是一次性地把我们都出卖了，而是像挤牙膏一样一点一点地把我们估价卖给日本人。"赵凡又踱了几步，自言自语地说："没错，他是在做交易，他想把我们卖一个好价钱！"他似乎坚定了自己的判断，恨恨地一拳砸在墙上。

刀子"腾"一声蹦起来，骂道："这家伙太恶毒了，我逮着他，一定把他给撅成两截儿！"

沉默一会儿，刀子试探着问赵凡："我知道，这话我不应该问，可是我心里憋不住，不抓住这个叛徒，我会把自己气死！你是不是已经有了怀疑对象？"

赵凡看了他一眼，没有言语，在屋子里踱得更急，一圈又一圈。

终于，刀子忍不住了，跳到赵凡的前面，堵住他转圈的方向。刀子不说话，可是神情却像刀子一样，非要剜出赵凡心里的那句话。

赵凡左转右转，刀子都像铁板一样堵住他的去路，赵凡磨不过他，只好颓然一声长叹，又坐了下来，说："你猜得没错，我怀疑四个人。第一个就是刘掌柜那一组掩护的线人，就像我们掩护'七号'一样，他们那组也有一个重要的线人，我不知道这个人是谁，但是他的嫌疑最大。"

刀子想了想，说："没错，刘掌柜他们四个人都牺牲了，唯独这个人没有了消息，生不见人、死不见尸，确实可疑。"

赵凡却又摇摇头道："如果他叛变了，刘记米店那些花盆暗语应该就会被日本人掌握，我们上次冒险探视，很可能就会成为日本人的瓮中之鳖。所以这个人，我一时还拿不准。"

"第二个人，就是我们组的老钟，被袭击的两个联络站情况他都掌握，他如果叛变了，下一个被日本人袭击的目标就应该是我们了。"赵凡一脸阴郁，不无担忧地说，"所以，我命令你从现在开始，暗中监视老钟，监视他的一举一动，但是我们没有证据，不能冤枉和伤害一个可能无辜的同志。你做这些，一定一定要保密，绝对不能让老钟发现，也不能让齐明珍知道，虽然她是我的妻子。"

刀子沉重地点点头，他没想到自己第一个监视的人竟然是自己的同志，自己的上级。

"第三个人，就是那天你见过的'七号'，他是一个肩负秘密使命的人，一直独来独往，真实身份只有我知道，连老钟和你都不了解。他了解我们的联络站情况，如果想出卖我们，简直易如反掌。但是，这两年从他那里得到的情报却又准确无误，是我们上级机关非常倚重的一个情报来源，我们这一组就是围绕他来建立的。"赵凡想了想，又说道，"我怀疑他上边还有一个能接触到核心机密的人，否则他不会得到这么多重要的情报。不管怎么样，他也是有嫌疑的人。"

"第四个人，我更拿不准，只知道他是平津地区秘密党组织的领导人，代号'道长'，我从没有见过他。如果他叛变了，那么后果不堪设想，我们平津地区的组织网络会遭受巨大破坏，甚至会被敌人一网打尽！"

刀子似乎没有料到情势会如此严重，一时不知道说什么好，只能看着赵凡在那里痛苦地扭着手指头。

刀子小心地向赵凡建议道："我觉得你应该把你的怀疑向上级汇报，让上级也好有所准备。"

赵凡哭丧着脸，反问他："汇报给谁？你觉得听我汇报的人就是安全可靠的？"

屋子里压抑了半天，连飞过的苍蝇似乎都被这种沉重的气氛捆住了翅膀，嗡嗡作响却飞不远。

赵凡沉思良久，又道："我们坐在这里猜想，永远也找不出叛徒，只能提高警惕，利用一些机会和事情观察判断出谁是叛徒，否则总有一天，这家伙会把我们当成牙膏一样挤给日本人。"

刀子急迫地问他："什么机会和事情会让他现身？"

赵凡道："前几天，'七号'同志通过我们的电台向根据地发了一份绝密的情报，这份情报是关于日本华北方面军准备在9月份调动数万兵力扫荡我们太行、太岳根据地的，这份情报得到了上级，甚至延安党中央的高度重视，上级派出了一个重要人物，这几天就要秘密潜进北平，与'七号'同志核实这份情报的真伪。我想，这个重要人物一定是块肥肉，一定会引起这些人的不同反应。"

刀子有些担心地说："你是想利用这个人做诱饵，查出谁是叛徒？"

赵凡点点头，默然不语。

刀子向赵凡摇摇头，道："如果我们判断错了，这个人很可能就会落到日本人手里。这个责任我们担不起，我建议还是先劝阻这个人别进北平。"

赵凡也向刀子摇摇头，坚决地反驳道："那份情报关系到成千上万人的生命，关系到根据地的生死存亡，换成你，你会不会来？"

茶馆里，赵凡面对着门口坐在墙角，举着一张报纸装着仔细读报，其实是遮住面孔，用极低的声音在和身后的钟子奇交谈。与赵凡背向而坐的钟子奇手里依然把玩着一只官窑青瓷小茶杯，细心地端详着茶杯的开片，看来这只茶杯是钟子奇的心爱之物，走到哪里都随身带着。

"明晚九点，我会把'客人'接到赵记杂货铺，你和'七号'也准时到那里。"赵凡用类似耳语的声音告诉钟子奇。

"注意安全，我会准时到。"钟子奇的眼睛半点没有离开茶杯，声音细细地飘向背后的赵凡。

"老钟，'道长'知道这件事吗？他会来吗？"赵凡突然问道。

钟子奇眼神深陷在茶杯里，语气有些冰冷："这不是你该问的，赵凡同志。"赵凡一时沉默无语。

过了一会儿，钟子奇的声音又若有若无地飘过来，说："对我们的工作，'道长'通过告示栏的暗语提出了表扬，希望我们再接再厉，不负众望。至于他是否会和'客人'见面，我并不知道，就算他来了，我也不认识他。"原来钟子奇读的"天皇皇，地皇皇"竟是上级对他们的嘉奖暗语。

赵凡放下报纸，默默走了出去。钟子奇出神地盯着那只小茶杯，似乎已神游物外。

北平，赵记杂货铺，夜。

"春风楼"雇的几个流氓混混护院打手，早就不敢招惹刀子了，对他敬若神明，凡是有刀子的地方，这些混混们都是一脸谄笑相陪，反而是刀子收敛锋芒，再也不像一把刀子一样戳在那里，他正躲在不引人注意的角落里不动声色地暗暗观察一切。

赵凡陪着"客人"趁着夜色匆匆走进巷子里，刀子在暗处借着微弱的灯光打量几眼"客人"，"客人"满脸风霜，五十多岁，背有些微驼，鬓角灰白，左眉中间有一粒黄豆大的黑痣。刀子向赵凡点点头，赵凡和"客人"贴着墙根儿进到杂货铺的院子里。屋子里安静地坐着钟子奇和"七号"两个人，钟子奇依旧把玩着小茶杯，"七号"依旧坐在靠窗户的暗处。"客人"主动与二人伸手相握，声音略微有些沙哑，但是低沉有力，说："我受上级领导委派，向战斗在敌人心脏内部的同志们致敬！"

"皮肤粗糙，手背有枪伤疤痕，这是一只受过伤的手。"这是钟子奇的判断。

"食指、拇指内侧和虎口部位有粗厚的老茧，这是一只常年握枪的手。"这是"七号"的判断。

"客人"没有客套，开门见山地问："我想听'七号'同志对这份情报的评价，是真是假？"

"七号"躲在黑暗处,似乎整个头脸都笼罩在夜色之中,只剩下一双明亮的眼睛,他沉静地答道:"真!"言简意赅,不多说一字,却又不容人置疑。

"客人"对他的回答似乎很满意,点点头道:"我相信你!"仿佛他甘冒杀头的风险进入北平,就是为了亲耳听到"七号"说的这一个"真"字。如此简单的对话,不仅"七号"有些错愕,就连赵凡也愣了一下,钟子奇也把视线从茶杯里拔出来,有些迷惑地看着"客人"。

屋子里一片沉默,齐明珍从外屋挑门帘进来,给每人都倒上一杯茶,然后又悄无声息地消失在外屋。"客人"喝了两口茶,道:"我相信你,只是代表我的个人观点。这份情报事关太行、太岳地区上万部队和几十万百姓的性命,非同小可,还是希望你能告诉我情报的来源,我们在这里集体研究判定真伪,从组织的角度鉴定它。"

赵凡默不作声,钟子奇点头表示同意,和"客人"一起盯着"七号"。"七号"的面目愈发隐在黑暗里,但是态度异常坚决:"对不起,我接到的纪律要求是,无论我在何时何地、面对何人,都不能泄露我的情报来源,哪怕是用我的生命去换!"

屋子里又是一阵沉默,"客人"也陷入沉思。

钟子奇虽然是这个组名义上的领导,但是一直对不受控制的"七号"心有不满,因为他也不了解"七号"的底细,忍不住插口道:"'七号'同志,这是上级党组织向你询问情报来源,你不应该再隐瞒了。"

"七号"的回答不卑不亢,道:"他执行的是党组织的命令,我执行的也是党组织的命令。他来是为了鉴别情报的真伪,我已经做了正式回答,这一点我可以用党性保证。但是,保护情报来源,绝不是隐瞒的问题,是我的纪律和责任。"

"客人"并没有生气,向"七号"说:"你做得没有错,我理解你。"接着他叹息一声,说:"既然如此,看来我只能向'道长'求证了。"

钟子奇和赵凡一惊,问:"他也来了?"

"客人"看看怀表,说:"我和他约定的,晚上十点钟在这里会面,估计快到了。"

"客人"转头对"七号"说:"你可以走了,'七号'同志,按照纪律要求,你是不能与别人碰面的。"

　　"七号"站起来，从黑暗的角落里轻快地走出去，像是带走了一团黑气，屋子里也亮堂了许多。"客人"看了钟子奇一眼，钟子奇又向赵凡使个眼色，赵凡送"七号"出去，喊过刀子，叮嘱他一定要把"七号"同志送到安全地带。

　　"七号"意味深长地看着赵凡，笑一笑说："这是要监视我吧？"

　　赵凡脸上微微一红，说："我记得你说过，我们牺牲了太多的同志，是他们的血提醒我们要时刻警惕，即使是面对自己人。"

　　"七号"不再说话，和刀子两人转身走入黑夜。

　　屋子里，三个人一齐默声喝茶，心里却都在想：隐秘多年的"道长"终于要出山了！

　　十点刚过，院外传来一阵有节奏的敲门声。刀子离开后，由齐明珍负责望风警戒，她细听敲门暗号声，是自己人没有错，赶紧过去打开院门，一个年约五十的灰衣人闪了进来。

三十、喋血惊变

北平，深夜，赵记杂货铺。

那个灰衣人似乎认识远道而来的"客人"，向他点点头，"客人"反客为主，主动向灰衣人伸出手，笑道："你这个老杂毛，我们已经四五年没见面了吧？"灰衣人一边与他握手，一边扫视着钟子奇和赵凡，这两人并不认识灰衣人，听"客人"这么说，才知道他就是神秘的"道长"，一个从一二·九运动之后就一直坚持在北平开展秘密工作的传奇人物。

"道长"坐在刚才"七号"坐过的位置，面孔也隐入黑暗之中，对钟子奇和赵凡说："你们这组前一段遭受了损失，最近工作开展得很不错，与线人和上级组织配合得也很好，很不容易。"声音沙哑，有些烟腔。

受到表扬的钟子奇有些拘谨，刚想谦虚几句，"道长"做个手势制止了他，转头问"客人"："这次你约我来，是想问我什么问题？"

"客人"为他倒上一杯茶，说："我受组织委派，前来鉴定'七号'同志发出的情报是真是假，但是他不肯透露情报来源，我想听听你的意见。"

"道长"并不喝茶，沉吟一会儿，道："我虽然不知道'七号'发出的情报内容，但是我相信'七号'。若问我情报真伪，他说是真的，我就认为是真的！"语气竟然和刚走的"七号"极其相似。钟子奇和赵凡对视一眼，又不约而同地盯着"客人"，想听听他有什么下文。

"客人"悠然地品着茶，竟也学着钟子奇那样把玩着手里的茶杯，虽然他手里的是一只仅值几文钱的粗瓷茶杯，眼神却像看着汝窑烧制出来的珍品。"道长"轻咳一声："你知道我从不在一个地方停留超过十分钟，如果没有其他问题，我告辞了。"

"客人"微微一笑，把眼光转向他，笑呵呵地说："老杂毛，这次你就为我破个例吧，因为，这是你最后一次。""道长"一惊，钟子奇和赵凡都是一愣，不知道"客人"这话是什么意思。

"道长"霍然站起，指着"客人"，语气有些惊恐："你……你这是要……"

"客人"手里的茶杯已经闪电般换成一把手枪，"嘭"一声枪响，"道长"额头多了一个血洞，脑后飞出一大团血花溅在墙上，半个头颅都被掀开了，"客人"的语气瞬间冰冷如刀："你的头很值钱，今晚我给你卖了个好价钱！"

"他是叛徒！"钟子奇反应过来，大喊一声，将手中的青瓷小茶杯掷在"客人"脸上，幸亏这只茶杯，让"客人"转向赵凡的枪口略微一偏，一枪打在赵凡肩上，钟子奇顺势扑过来抱住"客人"执枪的胳膊，向赵凡大喊："走！快走！"

这一连串变化发生在电光石火之间，被打碎了头颅的"道长"慢慢贴着墙壁滑下，从"客人"脸上弹开的小茶杯摔在地上碎成数片，赵凡有些发蒙，捂着受伤的肩膀向后倾倒，压翻了桌子。和钟子奇扭抱在一起的"客人"，那双久经沙场的手明显力气更强于教书先生，把枪口一寸一寸扳了过来，抵在钟子奇的胸口连开两枪，钟子奇大张着嘴巴，似乎想说什么却再也无力吐出一个字，捂着胸口慢慢软倒下去。"客人"再次举枪向赵凡瞄准，一声尖厉的嘶喊，门外的齐明珍猫一样扑到他的身上，又撕又咬。与此同时，一声巨响传来，院门被炸开，从门口和院墙上瞬间拥入二十多个黄衣服的日本宪兵和黑衣服的特高课特工。

齐明珍抱住"客人"执枪的右手，伸手在他脸上狠狠抓了一把，向赵凡喊道："快进暗道！别管我！"站起来的赵凡正要挣扎着冲向"客人"，眼见宪兵们已经冲到门口，只能恨恨地一咬牙，腾身向后面的墙上撞去，那里隐藏着一道暗门，暗门后面是一间密室，平时放着电台，密室里有一个下水道井口，直通到"春风楼"的后面院子里。如果联络站被敌人包围，紧急时刻可以利用这个密室和暗道，绕开前后包围的敌人，从春风楼后院脱身。这道暗门和密室是赵凡上次听取"七号"的建议，和刀子利用夜晚时间秘密修建的，没想到今天派上了用场。

眼见受伤的赵凡从墙上突然消失，"客人"大怒，胳膊一抢，把瘦小的齐明珍凌空甩了起来，一拳轰在她的太阳穴上，晕过去了的齐明珍像一只被人扔出去的布偶娃娃，一直滚到冲进来的日本宪兵脚下。

脸上多了五道血痕、鲜血横流的"客人"向宪兵们大喊："快追！不能让他活着！"

一群宪兵和特工争相砸着墙上的暗门，这是一道砖墙砌成的门，急切之间砸不开，另一群人绕到杂货铺后院堵截。赵凡在密室里把密码本倒上早就准备好的煤油，用颤抖的手划燃火柴，火苗腾地燃起，照亮了赵凡浑身的鲜血和一张凄怆绝望的脸。在震耳的砸门声音中，赵凡摸摸齐明珍平时坐的椅子，小心地坐了上去，仿佛怕压疼了它，又似乎不想离开，他看着密码本烧成灰烬，又从抽屉里摸出一枚日式甜瓜手雷，拔掉保险塞在电台下面。这一切本来是齐明珍的工作，今天没想到竟然被"客人"打了个措手不及，只能由赵凡代替她完成了。

砸门的声音越来越大，宪兵们动用了锤子，暗门缝隙里烟尘弥漫，已经摇摇欲坠。赵凡终于下定了决心，站起来俯身掀开下水井盖子，钻了进去，他最后看了一眼那枚手雷，那是齐明珍用来自尽的，不知道没有了手雷的齐明珍该怎样面对那些人。

暗门轰然倒塌，一群宪兵和特工拥了进来，一个特工看见桌子上的电台，惊喜地扑过去。一声巨响！

虽是深夜，但是猝起的枪声、爆炸声和大批赶来的军警，仍然惊醒了很多附近的百姓，包括衣衫不整的"春风楼"里的妓女和嫖客们，都拥到巷子口围观，一群荷枪实弹的军警严密封锁了巷子口，不许外人进入，两挺机枪黑洞洞的枪口对准人群。闻声赶回来的"七号"和刀子躲在人群后面的树影里，看着日本宪兵和特工们在赵记杂货铺里进进出出，刀子眼里几乎喷出火来，拳头攥得嘎巴作响。几个宪兵把几具血淋淋的尸体和残存的电台碎片搬到汽车上，最后是抬着昏迷不醒的齐明珍出来。刀子终于按捺不住，站起来要冲出去，"七号"一把拽住他，把他拖到墙角后边，急切地说："你我赶紧分头通知上级组织，这个联络站被袭击，电台被破坏，火速更换联络方式！切断与这个联络站的一切联系，有叛徒！十万火急！"

痛苦的刀子一拳打在砖墙上，砖末横飞。

天津，清晨，日租界和平路。

今天是王竹林出殡的日子。王竹林命归西天，家里几个姨太太争着瓜分了财产，人人卷款私奔，可怜的王竹林尸身躺在家里好几天，无人操办下葬，几乎发臭。关键时候，王竹林的拜弟赵大同挺身而出，提出待王竹林停灵七天后风光大葬。市长温世珍听说后，大加赞赏，下令由赵大同暂代商会会长一职操办丧事，同时，严令市政府各部门人员必须参加葬礼。得到市长支持的赵大同放手大干，花费上千大洋，要为拜兄举办一个盛大的葬礼。从王家出来，哀乐震天，挽幛遮地，沿着日租界和平路组织了长达二三里地的送葬队伍，调动了三四百名海龙帮弟子维持治安秩序，吸引了无数天津市民和日本人沿路观看。

三十二名海龙帮弟子抬着描龙画凤的棺材缓缓而来，一身麻布孝服的赵大同低着大油脑袋扶棺前行。其实，赵大同并不是因为与王竹林义气深重，才主动操办这场葬礼的，他是想利用这次机会，一举夺得天津商会会长的宝座。既能得到温世珍和日本人的好感，又能收获仗义疏财的江湖名声，何乐而不为？至于花销这些银子，只要坐上了商会会长宝座，略施小计就能十倍百倍收回。想到这里，赵大同心里几乎笑开了花，但是在脸上却硬挤出两滴眼泪，哀号几嗓子："我的王大哥啊，你我兄弟情深义重，没想到今天阴阳两隔，你可要一路走好啊！"

后面被逼着来送葬的数百名大小伪职官员，看见赵大同演戏，个个嘴角噙着冷笑。和平路两旁维持秩序的数百海龙帮弟子，本来个个挺胸腆肚站在那里，看见帮主哭得情真意切，少不得个个都陪着干号几声，一时间和平路上哭声惊天动地，凄凄惨惨戚戚，一片愁云惨淡。

拐过日租界街角，道路变窄，路旁却堆着一大摊垃圾，臭气熏天，赵大同皱皱眉头，心想和平路素来干净，怎么冒出来这么多垃圾？正思忖间，只听"轰"一声巨响，无数垃圾扑面袭来，赵大同只觉一股力量把自己托向半空，那副描龙画凤的棺材翻滚着飞出去，整个送葬队伍人仰马翻，哀号连连。原来垃圾堆下边竟藏着炸弹，不仅炸飞了棺材，还炸出来无数传单，不是写着"誓死不做亡国奴！"就是写着"汉奸走狗死路一条！"

几乎摔成肉饼的赵大同满脸是血，左边眼睛里扎着一块木片，往下滴着血，他呻吟着在地上挣扎翻过身，勉强睁开剩下的右眼，正好看见身着长袍马褂寿衣的王竹林从开裂的棺材里滚出来，这真的是王竹林最后一次"飘"了。王竹林两只空洞洞的眼睛直勾勾地盯着赵大同鲜血淋漓的独眼，赵大同发出一声长长的惨叫，晕了过去……

这一声巨响，使得一名海龙帮头目当场毙命，包括赵大同在内三名汉奸官员重伤。天津城大小汉奸一时风声鹤唳、草木皆兵，无不为之震动，提起"抗日杀奸团"，人人足不敢出户、夜不能深眠。

三十一、血溅大慈阁

河北保定，大慈阁。

保定与北平、天津互成掎角之势，自古是"北控三关，南达九省"的通衢之地，素有"京畿重地"和"京都南大门"之称，保定即"永保大都安定"之意。保定大慈阁始建于公元1227年，由元代蔡国公张柔所建，史称"市阁凌霄"，是"保定八景"之首。大慈阁"高可数十丈，数十里外，遥望层阁丹碧若霞"，阁内供奉有释迦牟尼佛和观世音菩萨。自1937年9月末保定被日军攻占以来，大慈阁日益萧条冷落，香火不继。

今天是大慈阁的庙会日，四里八乡拥来了一些善男信女，前来烧香拜佛，虽然人数不少，但是与以前的庙会盛况远远不能媲美。观音菩萨像前跪了十几个面色阴沉的汉子，这些人虽然三拜九叩，但是却目光游移，到处逡巡打探，显然是在寻找什么人。唯有为首一个黑衣汉子紧闭双目，口中念念有词，双手高擎粗香，显得虔诚无比，这人就是洪顺堂老三刘思过，现在已经是日本驻华北方面军司令部情报课第五侦缉队队长，香月青川身边的红人。刘思过本不信佛，但自从他暗害了秋老太爷和鲁弱水，出卖曾远山等同门以后，日夜寝食难安、噩梦缠身，身边高人给他指点迷津，他就养成了见庙就进、见佛就拜的习惯。

刘思过拜完菩萨站起身来，看看时间，伸手做一个手势，那群汉子立刻散入人群中，有的扮作小商贩，有的扮作信徒居士，还有的扮作算命测字先生和乞丐，丝毫不露痕迹。刘思过自己则躲入大慈阁三楼一个小房间里，居高临下鸟瞰庙会全场。

香月青川这次交给刘思过一项秘密任务，要在大慈阁钓一条大鱼。情报课侦察到保定"涿州皮影戏"名角杜三儿是国民党军统河北地区一名联络员，负责平津地区与上海的中转联络。刘思过带人连夜赶来，秘密缉拿了杜三儿，一通拷打，杜三儿也算一条硬汉，死不开口。但是当刘思过把杜三儿六岁的儿子扔在他面前时，杜三儿瞬间就崩溃了，交代出大慈阁庙会日要有一个人与他接头，但是具体是谁他并不知道。

　　杜三儿正在舞台上操纵皮影演出《三英战吕布》，用纯正的保定老调梆子唱着戏词，台下观众里三层外三层，不断喝彩叫好。杜三儿是庙会上的顶梁柱，很多人逛庙会都是为了看杜三儿的涿州皮影，再模仿他吼几嗓子老调梆子。阴冷的目光夹杂在人群里，盯着杜三儿的一举一动，防止他狗急跳墙或者发出什么暗号。刘思过相信杜三儿不敢造次，因为他儿子娇嫩的小脖子正掐在刘思过身后一个大汉的手掌里，只要刘思过皱一下眉头，那只蒲扇般的手掌就会拗断孩子细细的小脖子。

　　刘思过眼见接头时间已过，却毫无动静，有些心焦，暗暗思忖："莫不是哪里露出了破绽，让接头的人看出来了，不敢露面？"

　　庙会中间舞台上，杜三儿苍凉雄浑的唱腔传来，颇有些金戈铁马的味道，唱的是《忠烈千秋》，又名《潘杨讼》，是保定老调传统剧目《下边庭》的一折：

多谢万岁将我封

我只说进京来难卜吉凶

又谁知七品官倒做了御史公

虽说我寇准把官晋

怎奈他两家能把天通

一家是掌朝太师权势重

一家是君威赫赫郡马公

向杨家难惹潘家心毒狠

向潘家不忍忠良蒙冤深

此事儿还需要倍加谨慎

如有疏忽势必要惹火烧身

……

　　这出戏在河北一带妇幼皆知，讲的是宋朝太宗皇帝命御史刘鼎审问潘洪陷害杨令公父子的案子，刘鼎因收受潘妃贿赂，被八贤王一怒打死。太宗再调寇准进京审案，寇准刚上任，便收到潘妃差人送来的礼单，寇准不敢收，进宫面见八贤王陈述心曲。八贤王理解寇准，支持他大胆秉公审案，许以寇准吏部天官之职。

　　刘思过对这出戏也很熟悉，经常哼一两句，竖起耳朵仔细辨听几句戏文，不由一拍大腿，骂道："他娘个腿！不好，我们上了杜三儿的当了！这家伙演的是《三英战吕布》，唱的却是《忠烈千秋》，他是在用戏词给同伙儿提醒呢！"

　　刘思过掏出手枪，从窗户里探身出去，把一梭子子弹全射向舞台的台板上，庙会顿时一片大乱，哭爹喊娘声不绝，人人抱头鼠窜夺路而逃，拥挤一团。刘思过眼见人群中一个挑着香火担子头裹手巾的农民，被人流挤得东倒西歪、踉踉跄跄，却不肯丢下满满一担子的香火，跌跌撞撞挣扎着要逃走，刘思过眼珠儿一转，指着那个农民喊道："给我拿下他！"

　　三个大汉跳上舞台把杜三儿牢牢摁住，余下的人从四面八方向农民扑去，农民刚跑出几步就被一个扫堂腿扫倒在地，几个人扑过去把他捆个结结实实。

　　只一会儿工夫，庙会上的人都逃得无影无踪，刘思过拿足架势，背着手从大慈阁踱下来，走到农民身边，一脚踩在他的背上，那个农民大呼小叫："冤枉啊！冤枉啊！为什么捆我？"

　　刘思过使劲碾着他的脸，冷笑道："你一个连饭都吃不饱的泥腿子，哪来的钱买这么多香火？"

　　那个农民哭喊道："家里老母亲生病多年，让我来大慈阁给她还愿，所以小人才借钱买了这一担香火来还愿的，真的不知道哪里得罪了各位大爷。"

　　刘思过哼了一声，骂道："还他妈的敢给我装孝子，你敢不敢告诉刘爷，你母亲住在哪村哪店？刘爷立刻给她请来，她要是真有你这个孝顺儿子，刘爷替你烧香还愿！"

　　那个农民知道说漏了嘴，看看舞台上被摁住的杜三儿，不再出声辩解。一个洪顺堂弟子过来拍刘思过的马屁："三师叔真是慧眼如炬，您是怎么在这么多人里一眼把这家伙逮住的呢？"

　　刘思过瞪眼骂道："浑蛋，还叫我'三师叔'，叫'刘爷'！记住了吗？！"

　　那个弟子立刻恭恭敬敬地改口："刘爷，您快教教我们，怎么识破他的？"

　　千穿万穿马屁不穿，刘思过咧开大嘴笑道："杜三儿这个王八羔子，竟然想蒙混过关，他以为用戏文提醒同伙就能神不知鬼不觉，什么'倍加谨慎、惹火烧身'，却不知刘爷自小就会唱这出戏！"周围一片阿谀赞叹声，刘思过愈加得意，踢了那农民一脚，道："这家伙更是蠢，衣衫褴褛扮成农民，却挑满满一担子香火，这年头肚子都填不饱，哪有闲钱买这么多香火孝敬佛祖？这是第一蠢。既然来了，为什么不去给佛祖烧香，却挑着满满的担子挤进人群看皮影，这是第二蠢！枪声一响，人人逃命，这家伙却拼命护着担子，说明担子里肯定藏着见不得人的东西。这是第三蠢！"周围更是谀声如潮，有几个人甚至使劲拍起巴掌。

刘思过指挥几个部下："去，给我好好搜一搜这担子，看看是什么玩意儿比他命还值钱？"

几个人轰然答应，上来七手八脚就把担子拆了，连每束香都抖散了，果然在底层的一束香里发现一个密封的纸筒，刘思过刚想打开，眼珠儿转转，看看周围的人，又小心翼翼把纸筒藏进怀里。

志得意满的刘思过原地踱了几圈，转身跳上舞台，对一直挣扎不已的杜三儿骂道："他娘个腿！想不到你竟是一条硬汉，儿子的命你都不顾了，在刘爷的眼皮底下给同伙提醒发暗号，好胆量！"

杜三儿本来是想蒙混过关，既保住儿子的命，又能给同伙报警，没想到被刘思过识破，心下万念俱灰，只求速死，向刘思过哀求道："刘爷，我也尊您一声爷，您杀了我吧，拿我的头去请赏，只求您放了孩子。"

刘思过一口唾沫吐到他脸上，道："刘爷行走江湖多年，一口唾沫一个钉。你要是遵守约定，帮我抓住那个蠢蛋，我当然会放了你儿子，可是你竟然拿刘爷当傻瓜，要不是刘爷识破你的诡计，岂不是竹篮打水一场空？"

杜三儿声泪俱下，以头撞地，苦苦哀求刘思过放过他的小儿子。刘思过摇摇头，满脸嘲笑，道："刘爷最恨被别人骗，谁骗我，我就杀了他，还灭他全家，所以，你儿子我是不会放的！"

杜三儿眼角滴血，挣扎着要爬过来用嘴咬刘思过的裤脚，哀求刘思过放人，刘思过目露凶光，恶狠狠地道："你胆敢骗我，已经没有活着的价值了，还这般多话？！"说完，一脚踩在杜三儿的腰上，杜三儿惨叫一声，腰骨断裂，再也无力挣扎。刘思过抬头向大慈阁三楼喊道："给我把那小兔崽子扔下来！谁再敢骗刘爷，这就是下场！"

那个大汉攥着孩子站在窗口，小孩子早已吓得哭哑了，浑身抽搐不止。大汉满脸迟疑，不忍心把孩子扔下楼去，刘思过大怒，抬手一枪，打在窗棂上，碎木纷飞，大汉闭上眼睛，蒲扇般大手一松，小孩子挣扎着如一片树叶般掉落下来。瘫在地上的杜三儿发出一声撕心裂肺的惨叫，周围的侦缉队员们面面相觑，不敢作声。

刘思过指着十根手指几乎抠进台板的杜三儿说："把他给我吊死在这台上！我要让整个保定府都知道，谁敢骗刘爷，这就是榜样！以后刘爷来保定府，就要晃着走！"

杜三儿仰头狂笑，眼角血泪横流，亮开嗓子吼起了未唱完的《忠烈千秋》：

……
赤胆忠心的老令公
一行小字耀眼明
霞谷县里寇莱公
我寇准虽然官职小
在这清官册上也有我的名
……

两个大汉奔过来，把绳子套在杜三儿的脖颈上，杜三儿喷出一口鲜血，继续唱：

做清官就应该廉洁公正
不徇私不受贿执法严明
纵然一死落贤名
……

一行人押着那个五花大绑的农民离开，刘思过突然停下来，喊过两个手下，指着散落一地的香火吩咐道："刘爷眼角有些跳，我们今天在佛祖面前见了血，佛祖肯定怪罪，你俩快去把那些香给佛祖烧了，我再去佛祖面前磕几个头。"

刘思过刚迈过大殿的门槛，突然一声怪叫："不好！"佛像后边一片金光耀眼，几支黄澄澄的飞镖迎面飞来，刘思过反应极快，一个懒驴打滚闪到柱子后面，饶是如此右腿上也中了一镖！一道身影从佛像后边腾身而出，向大慈阁后院逃去，刘思过咬牙掏出手枪向那刺客连开数枪，一群侦缉队员也冲过来，乱枪如雨，那条身影刚要攀缘院墙逃窜，终于被子弹追上，后心挨了一枪，仰面跌了下来。

刘思过捂住伤口，大口喘着气，叫道："他娘个腿！把那浑蛋给我拖过来，我看看谁有这么大的胆子敢行刺我刘爷？！"

几个队员过去把尸体拖过来，在地砖上拖出一道鲜红的血迹。刺客是个三十多岁的精壮汉子，面目陌生狰狞，无人认识。有人从他身上又搜出几枚飞镖，刘思过靠坐在柱子前捏起一枚仔细看看，嘀咕道："他娘个腿，这是海龙帮的飞龙镖啊！我还以为是杜三儿的同伙呢。"

几个侦缉队员七嘴八舌猜测道："刘爷，如果不是杜三儿的同党，是不是海龙帮赵大同对您下黑手呢？"

刘思过伸直了腿，让一个队员给他包扎伤口，自言自语道："现在什么年代了，行刺不用枪，玩飞镖？再说了，你会带着自己家的招牌家伙去行刺杀人吗？"那个队员包扎手法不熟练，弄疼了刘思过，他一个巴掌抢过去，那个队员立刻变成滚地葫芦，刘思过骂道："快给刘爷滚回来，不会轻一点儿啊？！"

刘思过抬头问几个队员："赵大同虽然和刘爷我不睦，也犯不着下死手吧？难道这个浑球儿把他在天津被炸瞎眼的事儿算我脑袋上了？"

几个队员都议论纷纷，莫衷一是。刘思过骂道："别吵，烦死了！不管怎么样，这事儿赵大同要给我一个说法，刘爷就拿这飞龙镖找赵大同讨个公道！"

给刘思过包扎伤口的队员突然惊叫一声："刘爷，这伤口的血……这镖上有毒啊！"

刘思过低头一看，伤口流出的血色发黑，顿时脸都绿了，喊一嗓子："快……快送我回北平！"他还不忘那个被绑起来的农民，"把他也带回去，交给香月课长！"

一行人狼狈离去，想在保定府晃着走的刘思过最终却被抬着走了。

三十二、"心腹之患"与"头脑之患"

北平，琉璃厂。

曾涉在门缝里发现一张小字条，上面写了十个字：琉璃厂，花夕斋，黑木亲庆。落款是一本小小的"书"的图案。曾涉不知道这本"书"是敌是友，充满了惊疑，竟然被人摸到了身边而不知，但是黑木亲庆以及他身后的"一夕会"却让他高度重视，宁可信其有，不可信其无。

曾涉从天津返回北平，躲到琉璃厂附近的楼顶上用望远镜偷偷观察着，镜头里黑木亲庆略显肥胖的身影晃来晃去，从这个古玩店晃进那个文物摊。曾涉看了许久，始终没有放下望远镜，眉头锁成一个"川"字，他在思考："是继续监控黑木亲庆这条老狐狸，彻底挖出他的情报网络，还是施以雷霆手段，一举击杀杜绝后患？"他思之再三，决定还是选择前者，放长线钓大鱼，等鱼儿进网了再收网不迟。

北平行动组长裴级三急匆匆跑来向曾涉报告："保定的杜三儿被人吊死，儿子被人摔死，南边来的和他联络的人也被捕了！"

曾涉没有回头，还在望远镜里观察黑木亲庆，问裴级三："你们怎么处置的？"

裴级三恭恭敬敬地答道："与杜三儿单线联系的人是北平城南杜裁缝，是杜三儿的本家堂兄，按照惯例，无非是两条路，一条是撤离，一条是……"裴级三伸手在自己的脖子前做了一个抹脖子的动作。

曾涉斜瞥了他一眼，问："撤出来了吗？"

裴级三小心翼翼地回道："急切之间撤不出来，他一家老小七八口人，人多眼杂。只能，只能用第二种办法，我已经安排人去做了。"

曾涉还透过望远镜看着远处的琉璃厂，过了半晌，叹了口气道："做得干净点，多给家里拿些钱。"裴级三恭敬地弯了弯腰答应道："请曾书记放心吧，我会安排好的。"

裴级三这一组人是王天牧走后划归曾涉指挥的，裴级三从里到外对曾涉透露着小心和恭敬。

曾涉又问他："是谁杀了杜三儿的？"

裴级三回道："是洪顺堂的老三刘思过，现在是香月青川的侦缉队长。"

曾涉放下望远镜，自言自语道："刘思过，刘思过，看来你这只鹰犬很得意啊。"

那边街上晃个没完的黑木亲庆，一边与古玩店的伙计讨价还价，一边心里也在思索：对曾涉的能力有些估计不足，对"抗团"风生水起的行动有些束手无策，派出去暗查曾涉的河野一郎死在他手里，暗中狙杀也失败，抢夺土肥原贤二的情报又被他夺了先手，只是打探到他经常在平津两地幽灵般出没，每次刚抓到一点儿痕迹，又会被他逃脱。看来要尽快想办法调整行动措施，将曾涉和他的部下一举扑灭。

黑木亲庆心里越发狠的时候，脸上笑容越盛，一个店伙计为他展开一幅宋代仕女图，黑木亲庆一眼就看出这是民国初期的临摹仿品，但是嘴里却啧啧称赞，一张肥脸笑得比画中的仕女还灿烂，反而把店伙计忽悠得找不到北。黑木亲庆今天是到"花夕斋"去，他每次逛琉璃厂，都会出手豪绰购买古玩，其实都是给自己去"花夕斋"做掩护。"花夕斋"平时由佐藤斋次坐镇，谁能想到一个杀人不眨眼的日本忍者竟然摇身一变，成为北平琉璃厂的古董商人。

"花夕斋"的密室里，跪坐着三个人，沉静如岩石的佐藤斋次，目光阴森冷酷的芥川左兵卫，还有一个人竟然是神态悠然、一身便装的香月青川。原来这几个人是"皇道派"的一个秘密小团体，以黑木亲庆和香月青川为首，互相帮扶提携。本来"一夕会"是以"统制派"军官为核心，但是黑木亲庆在成立之初就亲自打入对手阵营里卧底，还逐渐成为"一夕会"的核心人物。"一夕会"派黑木亲庆到华北地区负责组建秘密情报网络，日本"二二六兵变"以后，"皇道派"受到"统制派"全面打压，大面积失势，黑木亲庆等人更加谨小慎微，怕遭到对手排挤暗算，只能依靠军功站稳脚跟。

黑木亲庆换了身和服走进密室，向香月青川点头致意。芥川和佐藤两人恭敬地施礼，黑木大刺刺地一挥手，说："今天请你们拨冗前来，半私半公，私是请你们品尝本膳料理，公是与大家一起研讨平津地区的谍报工作形势，研究下一步主要工作方向。"

听到要品尝"本膳料理",香月青川微微一笑,道:"难得黑木前辈如此关照,能让我们在异国他乡吃到故乡佳肴,实在是感激不尽。"长年远离家人的芥川和佐藤,听了也是喜不自禁。

"本膳料理"也被称为日本的"武士料理",形成于日本镰仓时代。镰仓时代是日本武士当政的时期,挟天子以令诸侯,如同"军政府",那个时代的武士们吃的饭菜原本极为简单。据日本文献记载,镰仓幕府第五代执政者北条时赖去拜访手下重臣足利义氏,主人足利家只拿出了鲍鱼干、虾和豆沙团子三道菜,配上清酒就是一顿简单的酒宴,参加宴会的也只有足利夫妇和一位陪同的僧人,可见当时武士的饮食还是非常简朴的。不过,随着武士阶层的地位渐渐提高,大到管理国家的办法,小到餐桌上的饮食,都逐渐向贵族们学习、靠拢,于是武士们曾经清贫简朴的菜单,就日益纷繁复杂了。"本膳料理"从日本皇宫料理中继承了丰富的食材,又从其他料理中吸收了其精细的料理方法,逐渐成为日本料理四大流派之一。在日本社会,"本膳料理"是非常高级和正式的菜肴,一般只在婚丧嫁娶等重要的场合才会出现。

黑木亲庆拍拍手,两个身着日本和服的侍女走马灯般地端菜倒酒。黑木亲庆举杯敬其他三人:"诸位,借此薄酒,我想听听三位关于平津地区谍报工作的意见,望畅所欲言。"

芥川左兵卫向黑木鞠一躬,说:"目前平津地区与我们作对的敌人共有三股力量,分别是国民党的军统、中统,还有共产党的地下党,其中军统的实力最为强大,他们前段时间在天津制造的纵火、刺杀,造成的影响和损失很大,我认为应主要加大对军统的打击。"

黑木亲庆点点头,又转问佐藤斋次:"不知佐藤君有何高见?"

佐藤斋次吃饭时也安静得像一块石头,如果不问,他是不会吭声的,见黑木亲庆问话,他略一思忖,道:"擒贼,先擒王!我愿听黑木前辈和香月课长调遣。"

黑木亲庆哈哈大笑:"佐藤君惜言如金,不说则已,一说话就如刀法一样,直取敌人要害!"

香月青川轻轻叹息一声,放下筷子道:"只怕在平津地区,我们的敌人不是三股力量,而是四股力量。"

其他三人闻言都是一惊,黑木亲庆给香月青川满上一杯清酒,说:"请香月君满饮此杯，为我们详解。"

香月青川目光仿佛凝滞，端起酒杯慢慢啜饮一口，道："国民党中统，有青龙白虎正副站长，朱雀玄武两个组长，神龙见首不见尾，隐藏极深，但是他们平时只以打探情报为主，轻易不和我们正面冲突。所以中统只是我们的'肘腋之患'，眼下与他们可以维持表面的和平，用中国话说就是'井水不犯河水'。"

黑木亲庆拍拍肥胖的巴掌，说："香月君分析得很有道理。"芥川和佐藤两人也放下筷子，静静聆听香月青川的分析。

香月青川继续说道："国民党军统，有王天牧、曾涉两大干将，在平津地区刺杀亲日友人、焚烧军备物资，行动频繁，影响极坏。曾涉又苦心孤诣扶植一个'抗日杀奸团'，把天津城闹得风声鹤唳。但是我看他们也不过是'腰腿之患'，虽掣肘我们的行动、打压我们的气势，却无法伤及我们的根本。尤其，最近据悉王天牧已奉调离任，接任者还不知是谁，曾涉已失臂膀，孤掌难鸣。平津城内虽然还没有找到军统的突破口，但是外围组织已经被我们破获不少，相信予以重创或一举歼灭的时机已经不远了。"

黑木亲庆三人听得入迷，忍不住追问道："既然有'肘腋之患'和'腰腿之患'，是不是还有'心腹之患'？"

"不错。"香月青川又接过黑木亲庆倒满的一杯酒，道："这个'心腹之患'就是共产党的地下党秘密组织，他们人员不多，却破坏力很强，屡次获得我们华北地区的军事情报，致使我们的前线部队屡次扑空，甚至被打伏击。北平目前还不知晓，天津的军政机关和警察机构似乎已经被他们渗透，井上真雄他们对此很是头疼。这个'心腹之患'今后可能会给我们造成更大的破坏。由他们的地下组织看他们后方的军事组织，则更为惊心。两年前，我们的前辈北平特务机关长松室孝良在一份递交国内的秘密报告中，有过描述——'此种红军，实力雄厚，战斗力伟大，其苦干精神，为近代军队所难能……中国大部分青年，鉴于国内政治腐化，军事经济之乏更生希望，政府之无抗日决心，退让无止境之主义，于彻底抗日之共同目标下，抗日图存收复失地之号召下，纷纷加入共产党，甘为共产军之前锋，潜伏华北，积极活动，并与在满红军取得联系，将来之扩大充实，实为帝国之大敌。'"

说到这里，香月青川眉目间略有得意，道："还好，前日黑木前辈亲自策划了一次行动，让他们窝里大乱，击毙了北平的地下党头目'道长'，相信他们元气大伤，短时间难有大的作为了。"

黑木亲庆也微微一笑，似乎也很得意这次行动。芥川和佐藤却并不知情，芥川比较机灵，赶紧向两位长官敬酒。

沉默一会儿，黑木亲庆忍不住问香月青川："香月君，却不知你所说的第四股力量是指何方势力？"芥川和佐藤也都目不转睛地盯着香月青川，弄不准他说的第四股力量来自哪里。

香月青川一脸忧虑之色，将杯中酒一口干了，沉吟一会儿才道："这第四股力量就是我们的'头脑之患'。'肘腋之患'与'腰腿之患'，只要应对得当，尚不足虑；'心腹之患'虽是要命的顽疾，只要我们加以注意，也是可以防范的。'头脑之患'却让我们无计可施，只能祈求自保。这个'头脑之患'就来自我们大日本皇军内部！"

芥川和佐藤面面相觑，不明白香月青川话里意思，黑木亲庆却有所领悟，手指在自己的膝盖上有节奏地敲击着。屋子里顿时陷入沉默，一个侍女进来续酒，黑木亲庆对她挥挥手，侍女知趣地放下酒壶轻轻退了出去。

黑木亲庆问香月青川："你说的是'统制派'那些家伙吧？他们最近又有动作了？"

香月青川痛苦地点点头，本来不胜酒力的他脸上已经微微酡红，说："不瞒前辈，井上真雄已经几次派人暗中调查我了，搜集整我的证据。要不是这次我们击毙了共产党地下头目'道长'，只怕我的情报课长位置早晚要被取而代之。虽然目前阿部几宽表面支持我，只是因为我尚有可用之处，终有一天，他会因为派系之争，弃我如敝屣。"

"这群卑鄙的家伙！"黑木亲庆愤怒地拍了一下桌子，骂道："我们在这里为大日本帝国浴血卖命，他们却暗地里捅刀子，实在让我们寒心！"

香月青川倒是略显豁达地一笑，说道："黑木前辈不必如此愤怒，若是我们'皇道派'掌权，是不是也会如此这般对待他们？"

黑木亲庆一时哑然，只能端杯一饮而尽。

香月青川苦笑道："有人的地方，就有斗争。中国如此，我们日本也不能免俗。中国有两句古话说得好，'覆巢之下，焉有完卵'，我们上边既已失势，自然是'人为刀俎，我为鱼肉'。我的'皇道派'身份他们已经掌握，还望黑木前辈等继续努力，坚持隐忍，必有重见皓月丽日之时。"

屋子里一时弥漫着苍凉凄怆之味，黑木亲庆打一圆场，举杯道："我们还是按照香月君的分析，对不同的敌人要采取不同的手段，分类实施。对'头脑之患'要积功自保，对'心腹之患'要聚而歼之，对'腰腿之患'要灭其首脑，对'肘腋之患'要震而慑服！来，我们干了此杯！"

只一会儿工夫，除了冷静如岩石的佐藤斋次，其余三人都酩酊大醉，黑木亲庆醉醺醺地且歌且舞，又唱起了"来如流水兮逝如风，不知何处来兮何所终"。

三十三、让他们睁着眼睛睡觉吧！

北平，城南，洪顺鱼市。

洪顺鱼市是北平城南最大的海鲜市场，一直是洪顺堂的产业，而供应海鲜的又多是天津海龙帮旗下的船夫渔民。原来两个帮会还能相安无事，可是自从秋老太爷遇害后，江湖一直传言海龙帮的赵大同密谋和日本人一起暗害了洪顺堂上下几十号骨干，洪顺鱼市就成了两个帮会日常寻衅斗殴的场所，三天一小打，五天一大打，互有死伤。本来赵大同已经安排帮众做好准备，想趁着洪顺堂群龙无首时一举吞了这个鱼市，没想到赵大同被炸瞎了眼，无暇他顾。洪顺堂听说赵大同养伤不出，反而开始反攻倒算，想把海龙帮驱出鱼市。

天刚蒙蒙亮，鱼市里两伙人就互执棍棒，打得鸡飞狗跳。鱼市摊贩们早就见怪不怪了，站在一旁仿佛看大戏一般，不时还有一些胆大的痞子混混点评一下双方打斗情形，帮忙喊号子，甚至还有人押彩下赌注，整个鱼市闹得不可开交。洪顺堂毕竟是本土作战，人数越聚越多，逐渐占了上风，两个甚至三个洪顺堂弟子痛殴一个海龙帮徒，海龙帮的人被打得满头是血，哇哇乱叫，贩来的两车鲜鱼也被掀翻倒进臭水沟。一群海龙帮弟子眼见不敌，一声呼哨，惶惶如丧家之犬，互相搀扶着连滚带爬向南边跑去，打架得胜的洪顺堂弟子在鱼市门口耀武扬威、戳指大骂。

鱼市垃圾堆边上扔着一大堆垃圾，一捆破芦席被摊贩丢弃其中，谁也没有注意到，一只黝黑的手从芦席下端伸出来，手背上瘀着大块紫黑色的血块，指甲里全是污泥，那只手努力抓了好几次，终于摁住了地上一条活蹦乱跳的鱼，立刻又缩回芦席，一阵"咯吱咯吱"的咀嚼声传出来，让人浑身汗毛倒立。一个洪顺堂弟子发现了芦席里的异常，走了过来，左右端详一番，又用手里的棍棒捅了捅芦席，扭头向同伙们喊道："兄弟们快过来！这里还猫着一个呢！"

几个人跑过来，不由分说一顿棍打脚踹，芦席慢慢散开，一个僵尸一般的人躺在里面，头发凌乱如草，脸色惨白，浑身血污，正抓着那条鱼大口地撕咬，满脸都是鱼血和肉屑，一圈洪顺堂弟子全被吓了一跳，不由得后退几步。

一个弟子战战兢兢地用棍子指着他，问道："你是人是鬼？"

"僵尸"慢慢坐了起来，衣服上全是紫黑色的凝血，肩膀上用一片衣襟包扎的伤口，还在渗着血。"僵尸"费了好大劲站起来，一脸木然，似乎刚才的棍打脚踢，对他来说没有丝毫的痛感。"僵尸"蹒跚着向外走去，几个洪顺堂弟子迟疑着，慢慢给他让开一条路。一个洪顺堂弟子看着"僵尸"身后的影子，喊道："这家伙有影子，是人不是鬼！"

"僵尸"回头冷冷地看了他一眼，虽然衰弱不堪，但是气势中自有一种慑人的力量，那个弟子又吓得退了几步。"僵尸"鄙夷地一笑，继续沿着护城河蹒跚而行。

几个洪顺堂弟子在后边嘀咕："这家伙是不是前几天日本人追捕的那个共党分子啊？日本人现在满城缉捕他呢！"

一个小头目说："你们跟着他，别让他跑了，我去报告三师叔，听说抓住他有一大笔赏钱呢！"说完屁颠屁颠地跑得没影儿。

太阳升起来了，护城河边一片水汽氤氲。"僵尸"踟蹰而行，走了一会儿就体力不支，歪倒在树下，好像伤口又挣开了，"僵尸"捂着伤口，苦笑一声，一缕鲜血从手指缝里流出。

那几个洪顺堂弟子如附骨之疽，围了过来，七嘴八舌嘲弄他说："喂！你就是那个漏网的赤色分子吧？你知道你的脑袋值多少钱吗？"

"日本人挖地三尺抓他，谁能想到这家伙竟然钻进鱼市垃圾堆里，生吃活鱼，奶奶的，真有他的！"

"僵尸"苦笑一下，眼中满是虎落平阳被犬欺的落寞，嘶哑着嗓子道："生吃活鱼有什么稀罕，老子当年打游击时，蛤蟆老鼠也都吃过！要是有人肉，老子也能啃几口！"说完，故意对一个靠近他的弟子一龇牙，吓得那弟子一个趔趄。

"僵尸"委顿在地上，脸上却挂着笑，喘口气问："老子的头到底值多少钱？"

一个洪顺堂弟子壮起胆子骂道："多少钱都是我们兄的酒钱，你这活死人就别操心了。"

另一个弟子说："我们干脆打断他的腿得了，省得这家伙跑了！"

几个人一齐叫好，为首一个绰号"豁嘴儿"的举起棍子就要下狠手，另几个人却突然看见"豁嘴儿"凭空高出一截儿,升到半空里,"咔嚓"两声,"豁嘴儿"双臂齐断,疼得惨叫起来!众人这才发现,"豁嘴儿"原来是被一个锋锐如刀的人从身后举在半空中,那人拗断了"豁嘴儿"的双臂,又凌空一脚将他踢进护城河的淤泥里。另几个洪顺堂弟子清醒过来,冲过来棍棒齐下,但这个人如花岗岩一般毫不畏惧,迎着棍棒冲进人群,似乎打在身上的棍棒只是给他挠痒,他只给每人一拳一脚,一拳是让对手丧失战斗力,一脚是送进护城河。

看着五六个洪顺堂弟子如乌龟王八一样在淤泥里挣扎,"僵尸"哈哈大笑,牵动伤口又涌出血来,喘着粗气向救他的人骂道:"刀子,你他妈的怎么迟到了?害得我跑了三个会合地点,几乎被这群乌龟砍了脑袋去换钱!"原来这个"僵尸"正是从"客人"枪口下逃脱一命的赵凡。

刀子看见赵凡的惨状,眼泪几乎涌出,俯身抱起赵凡,说:"我先去给上级报告联络站出事了,让上级转移出去,错过了前两个会合点,对不起!"

赵凡痛心疾首,嘴角一阵抽搐,道:"是我把'客人'这条恶狼接到联络站的,是他杀了'道长'和老钟,还打伤了我,他是叛徒!"

刀子和"七号"那天只是在人群外围看到日本宪兵和特工抄剿联络站,并不知道内部发生了什么事情,听赵凡这么一说,刀子也惊得怔住了。

赵凡问刀子:"不知道齐明珍怎么样了?"

刀子垂下头,低声说:"嫂子被日本人抓去了,现在还没有消息,关在哪里都不知道。"

赵凡痛苦地叹息一声,闭上了满是泪水的眼睛,肩上的伤口又流出血来。

刀子背着赵凡拐上街路,赵凡伤得不轻,伤口已经感染,刀子想赶紧给他送到一个安全的私人诊所。谁知刚把赵凡放上黄包车,一辆卡车风驰电掣般停在旁边,从车上跳下来四名侦缉队员,四支盒子枪黑洞洞的枪口指住了刀子和赵凡。

原来这是刘思过接到弟子的电话报信,派来的几名侦缉队员,无巧不成书,正好在路上堵住了赵凡和刀子。刘思过被刺客用有毒的飞龙镖打伤了腿,腿上缠满了绷带躺在侦缉队里没法下床,给他做手术的日本军医告诉他虽然腿保住了,但是有可能落下终身残疾,刘思过痛恨之下,正暗中调派人手彻查幕后元凶。听到弟子关于"僵尸"的汇报,刘思过觉得如果真是日本人缉捕的共产党逃犯，那就是天上掉下来一张大馅儿饼，立功表现的机会来了，所以立即派了几名心腹手下，务必将"僵尸"带回侦缉队。

赵凡暗自叹息一声，没想到自己刚离狼穴又落虎口，反而连累了刀子。刀子眯起了双眼，浑身暗中蓄力，紧盯着四支盒子枪，盘算着怎么猝然一击打倒这四个人。侦缉队为首的小头目得意扬扬，以为立了大功一件，挥舞着手枪道："这真是踏破铁鞋无觅处，得来全不费工夫啊，两只肥羊自己送到门口了。弟兄们，给我捆了！"

两个队员答应一声，收枪入怀，从腰后拽出绳子，抓住刀子和赵凡的胳膊就要捆人，就在这一瞬间，刀子犹如一枚出膛的炮弹，弹射而出，一拳轰在挥枪小头目的鼻梁上，小头目身子倒飞出去，在空中才感觉到鼻骨刺入脑腔的痛楚，刀子出拳的胳膊顺势回拐，肘尖击在另一个举枪队员的太阳穴上，这个队员闷哼一声就软了下去。刀子出拳、回肘，一个动作已经击杀两人，另一只手已经闪电般扳住拿绳子要捆他的那名队员脖颈，猛力一拧，"咔嚓"一响已拗断了他的脖子。第四名队员大骇，来不及开枪，扭头就跑，刀子抢过绳子抛出，套住他的脖子，猛力回拉，那队员像一只布口袋一样倒飞回来，刀子一脚踢出，这只布口袋又向天上飞起，刀子再一拽绳子，在空中已勒断他的脖子，重重砸在地上，七窍流血，眼见活不成了。

刀子在眨眼之间连杀四人，看得赵凡目瞪口呆，现在才知道他为什么叫"刀子"了！这个人简直比刀子还锋利，还可怕！

刀子长呼一口气，刚才屏息击杀四人，他心里其实也紧张万分，只要有一丝差池，后果不堪设想。刀子拉起黄包车刚要离开，突然"啪"一声枪响，一颗子弹擦过刀子的左胯，一团鲜血洇红衣服。"不许动！"又一个侦缉队员从汽车驾驶室里跳下，哆嗦的双手举着盒子枪，面孔吓得惨白，声嘶力竭地喊道："你敢动一下，我就杀了他！"说完又向赵凡开一枪，却打在黄包车毂辘上。

刀子暗骂一声，没想到来的不是四个侦缉队队员，而是五个，千算万算，竟然没想到驾驶室里还有一个。刀子本想拼着挨上一枪也要抢过去，但是见那人警觉地保持距离，枪口一会儿指着他，一会儿指着赵凡，顿时投鼠忌器不敢再动。

那个队员似乎被刚才刀子连杀四人的神勇吓着了，牙齿有些相撞，嘶喊着说："你不是人，是鬼！不要动，我杀了你！"说着把枪口对准刀子，就要扣动扳机。

突然，眼前银光一闪，那人惊骇之下，使劲儿扣动扳机，但是却发现自己的手指不听使唤，接着自己紧握盒子枪的双手突然凭空而断，两股鲜血径直喷了出去，那一道银光竟然斩断了他的双手！那人骇得双腿一软，跪了下去。捡回一条命的刀子一转头，看见一个年轻人站在车后，正用一块布巾擦拭刀上的血迹。

刀子看着他，称赞道："好快的刀！"

那个年轻人也称赞道："好硬的拳头！"

两人眼光一对视，就如两颗闪亮的寒星在黑夜里遥遥相对，充满了相惜之意。刀子想说的感谢的话，竟然不知不觉消散无影。

刀子向他颔首："我叫刀子。"

"在下秋国风。"那人拱手回礼。

"大恩不言谢，后会有期。"

"此地不可久留，后会有期。"

刀子拉起黄包车，旋风般离去。秋国风转身向那名傻看着自己双臂流血如泉涌的侦缉队员道："我留你一命，只是让你传话给刘思过和高青岩，让他们每个夜晚都睁着眼睛睡觉吧！"

三十四、你，到底是什么人？

北平，深夜。秋雨绵绵。

昏黄的灯光下，赵凡坐在桌子前低头用毛笔写着什么，齐明珍坐在他对面给他研墨。窗外细雨敲窗，赵凡停下笔，听着雨声陷入沉思，伸手去拿桌上的茶杯，才发现水早就凉了，齐明珍赶紧接过茶杯，去给换上热水，放在赵凡的手边。赵凡顺势轻轻握住她的手，齐明珍纤细的手掌磨出了一层茧子，手掌边缘裂开几道血口，旗袍的袖口也磨破了。赵凡心疼地摸着她的手，说：“明珍，难为你一个杭州富商家的女儿，却跟着我奔波流离，整天担惊受怕，提着脑袋度日。”

齐明珍羞涩地一笑，说：“等抗战胜利了，不再打仗就好了，我们回杭州去住，这不是你的梦想吗？”

赵凡双手托住后脑，使劲伸个懒腰，有些神往地说：“江南忆，最忆是杭州。山寺月中寻桂子，郡亭枕上看潮头。何日更重游？杭州啊杭州，这虽是我最喜欢的城市，但是我们回杭州住在哪里呢，你我总不能沿街乞讨吧？”

齐明珍微微一笑，故作神秘地说：“我老爸在杭州有一处闲置的宅院，离西湖也不远，我们可以住那里啊。到时候再生一个像你这样胖乎乎的儿子，你挣钱养家，我带孩子，多好啊！”

赵凡爱怜地摸着她的头发，说：“要生也是你这样漂亮的女儿，那才对得起杭州的空灵俊秀。”

两人沉默一会儿，赵凡叹口气道：“可惜你我的工作太危险了，有今天没有明天的。如果有一天我被捕了，你就向组织申请一下，回杭州吧……”

齐明珍面色大变，伸手捂住赵凡的嘴，嗔怒道：“不许瞎说！别吓唬我！”

赵凡轻轻推开她的手，叹息道：“对我来说，生死不过谈笑事耳，本来没放在心上。可是你就不同，你一个弱质女流，和我一起冒着杀头的风险，都是我的错啊。”

齐明珍眼中涌出泪水，把脸埋进赵凡的手掌里，啜泣着说：“如果有一天我被捕了呢？我好怕，我怕我熬不住日本人的拷打。我不知道，我该怎么办呢？"

赵凡心中也涌起一股浓浓的恐惧，可是又不敢说出来，轻轻捧起她的脸，故作严肃地说："如果你熬不住了，你也要给我争取一点儿时间，起码……"

"起码什么？"齐明珍抬起泪眼，急切地问。

"起码，起码给我争取两天的时间，让我能逃到杭州那所宅子里啊！"赵凡开玩笑逗她。

雨声中，有人敲门。齐明珍打开门，进来一个戴斗笠的人。赵凡以为是前来买货的人，站起来刚要打招呼。没想到那人竟然阴森森一笑，摘下斗笠，露出一张青白瘆人、没有五官的脸。"无脸人"掏出手枪对准赵凡就是一枪，齐明珍疯了一样冲上去，像猫一样在那张"脸"上狠狠挠了一把，回头对赵凡大喊："快跑啊！他就是'客人'！"赵凡想挪动腿脚，却像被施了定身法一样，丝毫动弹不得。齐明珍缠在那人身上，眼角和嘴角流出鲜红的血，指尖慢慢变长变弯，锋利如兽爪，不断有鲜血滴落……

"明珍！"赵凡大喊一声，翻身坐起，浑身汗如雨下，原来这竟是一场噩梦。蜷在对面椅子里打瞌睡的刀子被这一声大喊惊醒，跳下来扶住赵凡，大叫道："我的老天爷啊，你终于醒了！"

"我昏迷了多久？"赵凡有些发蒙。

"取出子弹后，你已经整整昏睡了一天一夜！"刀子面色焦急，"距离联络站出事也已经三天三夜了！"

"上级都平安吗？有什么指示？"赵凡慢慢恢复了神志，扭头问刀子。

"和我们保持联系的上级都转移了，应该没有问题。"刀子沉痛地看着赵凡，有些支吾地说，"只是，有一个新情况，不知道是否……是否和你说？"

赵凡愣了一下，然后轻声地问刀子："是关于明珍的？"

刀子点点头，说："今天天黑时，是嫂子……嫂子带着日本宪兵去了我们上级的联络站。"

赵凡一阵沉默，过了半天才问："有没有造成损失？"

"联络站已经提前转移了，他们扑空了。"刀子说完这句话，有些颓然地后退几步，坐在椅子里，使劲绞着手指，发出"嘎巴嘎巴"的声音，双眼只盯着自己的脚尖，不敢看赵凡。

赵凡挪坐到床边，自言自语地说："我知道，她熬不过日本人的毒刑的。

她只是兑现了对我的诺言，想让我有时间逃得更远……"他看着痛苦的刀子，问他："你还有什么事瞒着我？"

刀子不再折磨自己的手指，开始折磨自己短短的头发，使劲地拽下一把头发，眼中全是泪水，哽咽着说："上级还下了……下了锄奸令！"说完，刀子终于忍不住眼泪。

赵凡坐在床边半天默然无语，突然一口血喷出去，犹如在地上画出一幅触目惊心的梅花，刀子赶紧过来扶住他，赵凡摆摆手，自己披衣晃晃悠悠地站了起来，扶着床栏杆挪到窗前，看着玻璃上细密的雨痕，叹口气说："看来，我这咯血症是好不了了啊……"

天津，日军情报课驻天津分部。

香月青川手中摆弄着一个小纸筒，这是刘思过从保定缴获的。刘思过意气用事杀了杜三儿，让香月青川心里暗骂他十几声"蠢货"，但是看见他那条瘸了的腿，又觉得这条"斗犬"还是有可用之处的，于是把一腔怒火变成好言安抚，着力勉励刘思过一番，刘思过感激涕零告辞而去。

被刘思过捕获的联络员刚进审讯室就全交代了，摞出北平的接头人是城南杜裁缝，当特工和宪兵冲进杜裁缝家里时，杜裁缝已经七窍流血躺在地上。刘思过跳脚大骂，但也无计可施。

小纸筒里的情报是关于王天牧的，这是王天牧去上海赴任后与平津地区的例行联络，如今杜裁缝一死，平津地区的线索都被一刀斩断了。香月青川盯着小纸筒出了半天的神，手指轻叩着椅子扶手，口中喃喃自语："三木王，三木王……"

王天牧是他在平津地区最尊重的敌人，纠缠多时却一无所获，如今王天牧远赴上海，他却无意间得到了对手的蛛丝马迹。如果这条见首不见尾的"神龙"能够被自己亲手擒获，该是多大的荣光啊，可惜这份功劳只能让给别人了。香月青川叹了口气，终于下定了决心，拿起电话打给日本驻上海"梅机关"的特务头子晴气庆胤。

北平，仁安医院。

傍晚时分，一身白大褂的陈寒松正低着头写处方，桌子前面坐着一个车夫打扮、戴着草帽的男人，突然从门口传来一声清脆的女声："鬼子太君，我来也！"萧静怡跳进屋来，一脸的淘气相，陈寒松一脸吃惊地抬起头，从眼镜上方看着眉飞色舞闯进来的小姨子，不知道说什么好。那个戴草帽的车夫赶紧站起来，谦恭地说："陈院长，您忙，我下去抓药了。"陈寒松把处方递给他，那个男人拉低草帽从萧静怡旁边挤了出去，萧静怡似乎觉得这个男人有些面熟，一时却想不起在哪里见过他，一直到他从走廊尽头消失，萧静怡才恍然大悟，这个人是吴岳从日本人枪口下救回来的陈黑子。

她好奇地问陈寒松："这个人认识你？"

"他腰腿总是被人打伤，我给开点舒筋活血的药。"陈寒松淡淡地说。

陈寒松收起钢笔，问萧静怡："你怎么跑来了？以后别老是乱叫，让日本人听见会把你抓起来的。"

萧静怡吐吐舌头，故意背着双手，在陈寒松面前走了两圈，老气横秋地说："我是来查岗的，看看你天天赖在医院不回家，都干些什么不敢见人的勾当。"

陈寒松一脸苦笑，双手一摊，说："你看到了，我这里天天忙得不可开交，一台手术接着一台手术，我能干什么勾当？"顿了一顿，他又问，"是你姐让你来的？"

萧静怡嘟起嘴，气哼哼地说："我姐久病不愈，天天躲在那个黑咕隆咚的佛堂里弹琴诵经，你也不关心她，我姐要是有个三长两短，看我不把你的破医院给点着了！"萧萱怡和陈寒松之间冷战日久，萧静怡也略知一二，数落陈寒松的同时，自己的眼圈也红了。

陈寒松长叹一声，把眼镜扔在桌子上，双手使劲儿揉着太阳穴，他无法对萧静怡解释他们夫妻之间龃龉冷淡的原因，只能一脸尴尬地坐在那里。

萧静怡又扯东扯西地数落陈寒松半天，最后开口向他要两瓶盘尼西林和碘酒。陈寒松皱皱眉头，问她："谁受伤了？盘尼西林可是日本人严令控制的药，我这里只有不多应急的用量，还是打仗以前储备的。"

萧静怡眼泪汪汪的，一脸委屈地卷起袖子，指着左肘肘尖处贴的一块纱布，说："我当然知道这药金贵了，不是我自己刚才不小心摔伤了，我能和你要这宝贝药吗？"

陈寒松抓住她的胳膊，一把就将那块纱布扯了下来，他本来以为萧静怡是故意贴块纱布骗他，没想到纱布里真有铜钱大小一块血肉模糊的伤痕，纱布被扯得猛了，疼得萧静怡叫了一声，一股鲜血又流了出来，唬得陈寒松赶紧拿出碘酒纱布，又给重新消毒包扎。

陈寒松一边包扎伤口，一边吓唬萧静怡，说："以后没事多陪陪你姐，别老是和你那些不三不四的同学混在一起。要是再被日本人和警察抓进去，可就不是拿钱能保出来的。听说，前几天日本宪兵队在菜市口又枪毙了好几个年轻人，都是以前的大学生，我在现场看见了，满地鲜血横流，脑袋都被打掉半拉，日本人的大狼狗还去舔地上的脑浆呢，可惜啊，可惜啊。"

萧静怡不知道是被吓着了还是被碘酒刺疼的，浑身一哆嗦，眼泪又流了出来，一巴掌打开陈寒松的手，说："小气鬼，给不给药？不给药我就再也不见你！"

陈寒松没办法，只好转身去里屋柜子里拿了两瓶盘尼西林和碘酒，还有一卷纱布，装在一个小包里递给萧静怡。萧静怡又恢复眉开眼笑的淘气相，说："这还差不多，我替我的伤口谢谢你了！"

陈寒松一边收拾器具，一边说："我的姑奶奶，下次来拿药，你就别拿自己的胳膊在墙上蹭了。我就弄不懂了，现在的女孩子不心疼自己的胳膊，却心疼自己的衣服，头一次见到有人先挽袖子再拿胳膊肘蹭墙的。"

萧静怡笑吟吟的脸立刻红得像一个熟透的苹果，哼了一声转身就走，刚到门口，陈寒松又喊住她，递给她一小盒退烧药，说："那个人如果发烧不退，就吃点这个。"

萧静怡一脸羞红地走出仁安医院，她找陈寒松拿药，确实不是为了自己。前天"抗团"北平小组的季振英在发放传单时被宪兵追捕，左胳膊被子弹擦伤，虽然伤得不重却因为处置不当引起伤口感染，高烧不退，萧静怡迫不得已想出了这么一个自以为聪明的苦肉计。

叶天笑骑一辆破自行车在拐角处等着萧静怡，萧静怡把药交给他，嘱咐了一遍使用方法，叶天笑也把一叠裹在报纸里的传单塞给她，低声说："这是今天晚上要贴出去的，天黑前交到刘邕康那里去。"萧静怡点点头，赶紧装进包里。叶天笑看看前后无人注意，跳上自行车稀里哗啦一阵响，很快就消失了。

萧静怡不敢走大路，沿着小巷子刚走出几百米，身后突然传来一个大烟腔："小姐，请站住！"

萧静怡一惊，贴着墙根站住，回头望去，暮色里一个浑身黑衣黑帽、叼着烟卷的精瘦男人，看着萧静怡，露出一排大黄牙，一脸得意地奸笑，就像捡着一筐金条一样。

萧静怡一阵紧张，叱问他："你是什么人？"

那个男人嘿嘿笑着吐出一个烟圈，并不答话，右手轻轻撩开衣襟，一把盒子枪露了出来。黑衣黑帽盒子枪，这是当时侦缉队的标准行头，"黄衣鬼子黑衣阎王"，这身行头在老百姓眼里比日本鬼子还可恶。

萧静怡脑袋里"嗡"的一声，她还沉浸在取药成功的喜悦中，想到受伤的战友吃了她拿来的药，一定会转危为安的，正边走边笑呢，没想到这个魔鬼般的黑衣人突然就出现在身边，她的胆量有些承受不住这个陡然转折，脑子里一片空白，手和脚都有些发抖。

大烟鬼像看笼子里的小白鼠一样，慢慢靠了过来，把烟圈直接喷到萧静怡的脸上，萧静怡下意识地躲避后退，只退了一步就靠在墙上，那股浓重的臭烘烘的烟草味，像一张绝望的网罩住了她。

"小丫头，让我看看你包里装的东西是什么？"大烟鬼龇着黄牙，劈手夺过萧静怡手里的小包，把那沓传单举在空中，贪婪地嗅了嗅传单的油墨味道，说道："妈的，怪不得今天老子左眼皮一直跳，原来老子真要发大财啊！"

萧静怡有一种想贴着墙滑倒的感觉，她强咬着牙坚持着，眼泪却不争气地涌了出来。"我这是被捕了吗？"萧静怡心里喊道，从没想到自己会这样被捕，她绝望了，只能徒劳地靠在墙上，躲避着那股烟草的臭味。

巷子里暮色凝重，人影寥寥，只有一两个行人路过，站在后边好奇地看着这一幕。大烟鬼拔出手枪，满脸狰狞地转向他们，骂道："看什么看，没见过侦缉队办案啊！赶紧给爷爷滚蛋，否则爷爷把你们也拿进局子，治一个反抗分子同谋罪！"

一阵碎乱的脚步声远去，估计是行人狼狈而逃，萧静怡紧闭双眼，泪水顺着脸颊滚滚而落。她已经暗暗决定了，她要不顾一切地跑出去，哪怕被这个大烟鬼一枪打死，也绝不能被他抓回去。

萧静怡、叶天笑这群年轻人虽然一腔热血，但还是缺乏经验，季振英中枪负伤后，宪兵队和侦缉队早就在各个医院和诊所附近布置了暗探。萧静怡拿着药乐颠颠地从医院出来时，就已经被这个大烟鬼给盯上了。

"小丫头，你是想我把你交给日本宪兵，还是乖乖跟我回去，陪大爷风流快活？"大烟鬼见泪流满面的萧静怡犹如一朵风中莲花般让人爱怜，竟起了色心，龇着黄牙凑近去亲萧静怡。萧静怡不敢睁眼，闻着那股臭味越来越近，突然大叫一声，双手猛力推开大烟鬼，头也不回地冲了出去，她边跑边哭喊着："打死我吧！我死也不会让你抓去！"

"啪！"一声沉闷的枪响，萧静怡一个趔趄，一只鞋子甩飞了，却丝毫没有减速。"啪！"又一声枪响，还是没有子弹打中她，但是她心里的恐惧加上鞋子绊脚，整个人狠狠地摔了出去。在地上翻滚的萧静怡，透过凌乱的头发看到了让她吃惊的一幕：一个身穿警察制服的人从后面用左手勒住了大烟鬼的脖子，右手攥住大烟鬼执枪的手，扳转过来，抵住大烟鬼的右肋，又开了第三枪。原来这个人暗中袭击了大烟鬼，用大烟鬼的盒子枪抵在他肋下连开三枪。

那个人把死狗一样的大烟鬼踢进树后阴影里，又捡起那叠传单，向萧静怡走来。萧静怡左肘左膝鲜血横流，这次是货真价实的摔伤，她坐在地上忘了疼痛也忘了流泪，痴痴地看着那个人在自己面前蹲下来，掏出一方洁白的手帕捂住她的伤口，那方手帕竟然是萧静怡自己的。帽檐下，一双明亮的眼睛和一副略带痞气的笑容，是那个"二鬼子"警察吴岳。

萧静怡有些恍惚地问他："你……到底是什么人？"

吴岳没有回答她，替她把甩飞的鞋子轻柔地穿上，有些坏笑地说："你摔成这样，我只能抱着你逃命了。"

三十五、人世间，哪有天长地久?

天津，英租界，军统秘密联络点。

曾涉借着微弱的烛光，打开一个小小的字条，上面写着:

"钓饵计划"已实施，伪酋出没处俱是陷阱。慎之!

没有落款，还是只有一个小小的"书"的图案。曾涉沉思一会儿，把字条在蜡烛上点燃了，看着字条慢慢变成灰烬。曾涉从屋子里出来，神情严肃地吩咐王文:"通知'抗团'各组，从今日起所有的暗杀制裁行动一律暂停，包括跟踪。所有成员全部分散隐蔽，等待通知。"

王文有些发愣，却又不敢多问。曾涉也没有给他解释，抓起帽子，推门而去。西风渐紧，吹动满地落叶在路灯下飞舞，不知不觉已是深秋了。曾涉裹紧衣服，快速地穿过小巷，向天津煊赫一时的望海楼酒店走去，一边努力思忖:"这本'书'是谁呢? 为什么接二连三给自己传来情报? 难道这本'书'是自己所不知道的卧底暗线?"

根据"抗团"小组得来的情报，今晚汉奸市长温世珍要在望海楼饭店宴请一个日本商团，本来王文和孙大成要带领几个小组，像对付王竹林那样实施一次制裁，即便敲不掉这个老汉奸，也要把他吓个肝胆俱裂。没想到，曾涉带着王文、李儒鹏和孙大成三个人正在研究制裁计划时，有人突然从门缝里塞进一个纸卷，王文等人出来查看时，早就人影皆无。

虽然满心疑惑，但是曾涉还是果断叫停了行动。不入虎穴，焉得虎子，为判断这份神秘情报的真伪，曾涉决定自己去看个究竟。

距离望海楼还有二百多米，曾涉就敏锐地感觉到了一阵异样的寒意，这种寒意是他这种刀尖舐血的人才具有的直觉。曾涉借助树荫暗影，躲在一家商铺门口堆放的杂物后面，仔细观察望海楼附近的情形。望海楼灯火辉煌，窗户里人影幢幢、觥筹交错，一派灯红酒绿景象，但是一楼靠近大门的两个房间却漆黑一片。"正是吃饭时间，没有理由位置最好的房间竟然黑灯瞎火，难道里面有埋伏？"曾涉疑心大起，再仔细看，路口一家小酒馆里七八条大汉竟然挤在一桌喝闷酒，分明是在等候什么。路灯底下蹲着的那个乞丐，不时用手去摸身边的要饭筐，只怕里面藏着的不是果腹的干粮而是要命的家伙。

曾涉看了一会儿，还不甘心，觉得自己所处的位置视野受限，看不确切。曾涉左右巡视一圈，突然腾身跃起抓住树杈，翻身上树，然后利用树枝跳到旁边的院墙上，灵猫一样顺着院墙又攀上墙内二楼的屋顶。曾涉蹲在屋脊阴影暗处，居高临下观察望海楼院内情形，一看之下，不由大惊失色，原来望海楼后院墙里面竟然齐刷刷站着几排荷枪实弹的日本兵，个个像木雕一样肃静，偶尔有几缕寒光从刺刀上反射出来。曾涉暗自咂舌，今天要不是接到那本"书"的提醒，"抗团"就要吃大亏了。

曾涉从院墙后面轻轻跳下来，墙边一盏忽明忽暗的路灯下，一位妇女正低头在搓衣板上狠劲地搓洗衣服，身旁一个三四岁的小女孩蘸着洗衣盆里的肥皂水，正在津津有味地吹泡泡。突然看见从天而降的曾涉，小女孩儿吓得咧嘴要哭，曾涉冲她做个鬼脸，竖起食指在嘴边"嘘"了一声，等那位妇女抬起头，曾涉已经消失在黑暗里了。

北平，雍和宫。

面色苍白的齐明珍坐在车里，木然地看着车窗外面潮水般涌进雍和宫上香的善男善女。车里还有三名凶神恶煞般的特高课特工，紧盯着这个弱小女子。

齐明珍额角一道殷红的伤疤赫然在目，她不自觉地伸手拂一下刘海儿，试图用头发盖住那道伤疤，但每次抬起胳膊时后背被烙铁烫伤的地方就彻骨疼痛。她在日本宪兵的审讯室里苦苦熬了四十八个小时，经受了种种非人的折磨，吊飞机、坐老虎凳、灌辣椒水、披麻戴孝、钢针穿指尖、烙铁烫乳房，齐明珍无数次晕死过去，每次醒过来，她都要看一眼墙上的钟，哪怕是撑过五分钟，也能为赵凡安全逃离北平多争取一点儿时间。

"起码给我争取两天的时间，让我能逃到杭州那所宅子里啊！"

这是赵凡曾经和她开的玩笑，齐明珍把它作为抵熬酷刑的支柱。四十八小时终于熬过去了，宪兵队喊来几个赤裸着上身的彪形大汉，准备对她施以"阴刑"，这是日本人发明的专门针对女性犯人的酷刑，从肉体上和尊严上施以双重折磨。齐明珍颤抖着最后看一眼挂钟，她的赵凡应该已经逃到杭州了，绝望的齐明珍突然伏地大哭，她终于崩溃了……

宪兵队押着齐明珍连续袭击了两个上级联络站，好在"七号"和刀子及时发出警报，这两个联络站的人员都安全撤离了，没有受到损失。后来，特高课里一个老牌的日本特工想出一个计谋，让齐明珍冒充失去联系的中共地下党情报人员，向北平地区隐藏的电台发送电报，声称自己手里有一份绝密情报急需与组织取得联系。这一招果然阴狠毒辣，一周之内已经连续捕获两名与齐明珍联络的地下党情报人员。今天是第三个主动投网者，不过这个人明显谨慎很多，提出要在雍和宫门前与齐明珍见面，这里人涌如潮，让宪兵队和特高课很是头疼。

齐明珍痴痴地看着外面的人群，她知道外面至少有五十双眼睛在紧紧地盯着她，但是她已心如死灰、形如槁木，对什么都不在意了。她看着雍和宫大殿外冒出的青烟，犹如一个硕大的圆盖罩住了大殿屋脊，想起去年除夕夜晚赵凡曾陪她来雍和宫上香，她当时对雍和宫这种琉璃黄瓦的皇家气派，还有藏传佛教的服饰很是好奇，和赵凡指指点点，品评与老家杭州灵隐寺的诸多不同。当时一个年近古稀的老妪，从他俩中间挤过去，双手举香过顶，跪在殿前大礼膜拜，老泪横流，口中念念有词。齐明珍好奇心大起，捅了捅赵凡使个眼色，让他去偷听老太太念叨什么。赵凡本不想去，但架不住爱妻软磨硬泡，只好装作系鞋带弯下身子细听老太太念叨。偷听半晌，赵凡突然面带赧色，慌忙拉起齐明珍做贼一样挤到人群外面。

齐明珍更加好奇，搂着赵凡的衣袖，非要让他说说偷听到了什么。赵凡弹了她一下脑门，说："老人家在佛前诵的是'我昔所造诸恶业，皆由无始贪嗔痴……一切我今皆忏悔……'好像是佛家的忏悔经文，我也不太懂。"

齐明珍瞪大眼睛，叫道："你足足偷听了半盏茶时间，肯定不止这几句话，要不她为什么哭呢？"赵凡拗不过她，叹了口气说："老太太好像当年有一个情人，为了她终身未娶，一生郁郁寡欢，但是这个情人前天得病去世了，老太太心里痛愧不安，来这里烧香忏悔，反复念叨'人世间，哪有天长地久？……'这是人家的隐私，我却偷听，真是罪过。"

齐明珍听得有些痴了，使劲搂着赵凡的衣襟，问他："你会为了我终身不娶，一生郁郁寡欢吗？"

赵凡低下头，看着齐明珍盈着泪水的眼睛，替她把那条紫色的围巾系好，刚要说什么，突然一声炸响，有人在外面燃放焰火，一朵繁花在夜空中绚烂地绽放，引起人群一阵惊呼，两人身不由己被簇拥着挤到门前观看焰火，看着夜空中绽开一朵朵繁花，如梦境一样缥缈……

此时的齐明珍泪流满面，心里默念着："赵凡，你还好吗？你平安逃到杭州了吗？"

前中共上海地下党"特科"红队队员大武，此刻化装成雍和宫前面一个卖油炸果子的小贩，黢黑的脸上冒着油汗，在沸腾的油锅前手忙脚乱地翻弄着果子，眼睛却一直偷偷盯着齐明珍坐的那辆车。1935年上海"特科"解散，让国民党闻风丧胆的"打狗队"也随之消失，曾经的行动队员大武被组织安排到北平，负责北平地下党的锄奸制裁行动。前几日听说"道长"遇害，大武痛心疾首，立誓要血债血偿，一定要亲手击毙出卖"道长"的叛徒。大武今天的任务就是在雍和宫门前处决叛徒齐明珍，这是组织下达的命令，不惜代价务必完成。大武的助手小柳，正扮成一个闲汉蹲在大武的摊床前，狼吞虎咽地往嘴里塞着果子，眼睛时不时地瞄向齐明珍坐的那辆汽车。两人已经制订好计划，只要齐明珍出来，就由两人双枪齐下打倒这个给组织造成巨大损失的女叛徒，如果齐明珍躲在车里不露头，小柳腰里还别着两枚手榴弹，由大武制造混乱，小柳趁乱冲过去将手榴弹塞进车里，一定要把这个女叛徒炸个灰飞烟灭。

经验老到的大武已经看出来今天阵势不同，至少有几十个鬼子特工混在人群中，一方面是诱捕前来接头的人员，另一方面就是保护齐明珍的安全。大武心里知道，所谓的接头人员只是他们安排的一个诱饵，日本人钓他们，他们也在钓日本人，就看最后谁能上钩。只是面对如此严密的防护，大武心里也敲起了鼓，看来纵然是强攻也很难得手了。

一阵西风劲吹，吹散了大殿上空的烟雾，也吹起了地上一张散落的黄表纸，随风飞舞扶摇直上，齐明珍木然的眼神随着纸张慢慢飘飞，直到那张纸被挂在街边一棵大树的树枝上，呆滞的齐明珍突然睁大了眼睛，她看见一条熟悉的紫色围巾高高挂在树枝上！

这是去年除夕夜晚，赵凡亲手为她系上的那条围巾！

这是当年她和赵凡订婚时，赵凡送她的礼物！

齐明珍忘情地喊了一声："他来了！"猛地推开车门，跳了出去。

车里的两个特工急忙要跟出去，领头的特工朝他们做了一个手势，示意少安毋躁，他认为齐明珍应该是发现了接头人员，不能莽撞打草惊蛇，在这重重包围下，一个弱女子能跑到哪里？

齐明珍浑身疼痛欲裂，脚步却轻快起来，她知道，赵凡来了！有这条围巾的地方，一定会有她的赵凡，赵凡没有逃亡杭州，还在这里等她！齐明珍向着围巾蹒跚地奔跑起来，即使后面万枪攒射，她也要死在爱人的怀里。

不知道有多少双眼睛紧盯着齐明珍，多少只手都伸到怀里，包括大武和小柳。

齐明珍只跑出几步，突然停住了脚步，因为她发现身边一个手伸进怀里的人那贪婪凶残的眼神，她突然意识到，此时她如果跑过去，赵凡一定在劫难逃。她停住了脚步，站在原地。人群里一双双狼一样的眼睛集中在她身上。

树后，一辆黄包车慢慢转了出来，车上坐着戴着礼帽、面色苍白如雪的赵凡，拉车的是头戴草帽的刀子。

齐明珍的眼神远远越过人群，投入到赵凡的眼里，犹如一粒石子投进一潭湖水。一瞬间，两人的眼神彼此阅读着，交谈着：

"你遭到那些拷打，一定哭了吧？"

"你受伤了，伤口好了吗？"

"对不起，我没能保护你！"

"对不起，我实在坚持不住……"

齐明珍突然明白了，赵凡不是来救她的，也不是赶来与她一起赴死的，而是……一阵短暂的沉默，齐明珍透过泪水看了赵凡最后一眼，慢慢低下头，两大滴眼泪滑落在她脚前的尘土中。齐明珍猛然转身，面对着雍和宫大门，把后背亮给赵凡。那些窥视的眼睛也齐齐转向雍和宫大门。

"我的爱人，开枪吧！死，我宁肯死在你的枪下！"

齐明珍慢慢抬起双手，抬头向天，声嘶力竭地喊道："江南忆，最忆是杭州。山寺月中寻桂子，郡亭枕上看潮头。何日更重游……"声音凄厉，仿佛在空气中溅出血痕。

人群被惊呆了，所有人都把目光转向齐明珍，包括那些特工，都弄不清楚这个女人怎么突然疯癫起来。黄包车上的赵凡泪如雨下，用哆嗦的手抓起一个灰布包，瞄准齐明珍的后背，布包里面是一支打开保险的盒子枪，一阵急咳涌来，他的手更加哆嗦，他哽咽道："明珍，原谅我！我不能让别人对你开枪，等着我……"

特高课特工们面面相觑，不知道这女人是突然疯了，还是接头暗语。围观的百姓一片惊惧，生怕被女疯子惹上身，纷纷后退，闪出一小片空场。

大武暗暗攥住手枪，对小柳低声吩咐道："你干掉他们的汽车，引开他们的注意力，我来开枪！"小柳像一段被重物压住很久的弹簧瞬间跳起，钻到人群后边，把一枚手榴弹扔向那辆汽车，"轰"一声，汽车爆燃成一团火球！与此同时，赵凡隔着布包扣动了扳机，齐明珍后背绽开两朵鲜艳的血花！大武刚把准星套住齐明珍，齐明珍已经飘散着黑发，张开双臂旋转着倾倒下去。

"我的爱人，能死在你的枪下，我不恨你……下辈子我们还会见面吗？……"齐明珍眼前泛起一片红光，犹如那一夜腾空升起的焰火……齐明珍最后绝望的眼神缓慢地滑过树下的赵凡，像一把刀划断了赵凡的心脉，赵凡眼前一黑，倒在车里。

那边的大武随机应变，两枪打倒扑向小柳的两个特工，对小柳喊道："有同志，快撤！"

赵凡隔着布包开枪，虽有枪声却不见火光，加上手榴弹爆炸吸引众人注意力，并没有被特工们发觉，埋伏的特工们都向大武和小柳那个方向扑去。大武一脚踢翻油锅，滚油把靠近的人群烫得鬼哭狼嚎，一片混乱，两人趁机向反方向跑去，刚跑出十几步，小柳腿上就挨了一枪，摔倒在地，他向大武喊道："快跑！别管我！"说完就拉响剩下的一颗手榴弹。大武恨恨地看了一眼，借助烟尘掩护混进潮水般逃命的人群。

刀子拉着赵凡疯了一般跑在路上，逃命的人群被远远甩开，两旁的景物风一样后退。醒过来的赵凡一直扭头痴痴地看着那棵树上的紫色围巾，围巾在他的视野里越来越小，一阵风起，围巾飘落下来，瞬间被无数逃命的人踩在脚底，消失无踪。

"人世间，哪有天长地久？……"赵凡呻吟道。

奔跑中的刀子忽然觉得后背一热，回头看去，原来是赵凡一口鲜血喷在他后背上，人又昏了过去。刀子热泪盈眶，跑得像箭一样……

三十六、强龙过江

天津，特高课。

井上真雄在办公室里暴跳如雷，几个部下笔直地贴墙而立，有两个面上青紫，显然是被一顿耳光所赐。井上真雄的"钓饵计划"实施以来，逼迫着温世珍、王克敏、王揖唐等大小汉奸频频露面，围绕着他们精心设计了许多圈套，但是却都扑了空，连一条小鱼都没钓着。不仅井上真雄大为恼火，就连那几个被逼着充当"钓饵"的高官显贵也私下联合起来，以集体罢工向井上真雄抗议。事情闹大了，一直捅到阿部几宽大佐案头。阿部几宽老于世故，一边极力安抚温世珍、王克敏等人，一边把井上真雄叫去，当着几个老家伙的面一顿训斥，又强迫井上真雄向他们道歉。回到特高课的井上真雄火冒三丈，把几个属下骂了整整一上午，声音穿墙越脊，把楼里的属下都吓跑了。

军营里的香月青川听说了井上真雄的糗事，苦笑一声，心想井上真雄制订计划时避开自己，分明是立功心切想压倒自己，看来自己还是置身事外为好，不要卷到井上真雄的烂摊子里，至于怎么收场，那是他自己的事了。又想到上海的晴气庆胤，不知道是否找到了王天牧的蛛丝马迹？能与王天牧、曾涉、青龙、白虎等神秘高手隔空过招，让他又充满了期待和跃跃欲试。他把双脚架到办公桌上，用帽子盖住脸，想小憩一会儿，耳畔却不由自主地响起萧萱怡空灵的琴音和缥缈的歌声……

一个属下急匆匆地走进办公室，在香月清川办公桌前一个立正站住，香月青川依旧把脸埋在帽子下面，动也未动，那个属下报告说："香月课长，刘思过与赵大同在望海楼发生内讧，双方聚集了数百人准备械斗，请您定夺。"

香月青川在帽子下面叹了一口气，道："这个刘思过，越来越不省心了。"他将双脚从桌子上撤下来，整整军帽，懒洋洋地站起来向外走去。

那个下属紧跟出来，说："香月课长，那里聚集了数百名支那帮徒，考虑到您的安危，是不是调一些士兵过去？"

香月青川没有理他，回身从墙上摘下马鞭，自从那匹心爱的白马死后，这根马鞭就成了香月青川的最爱，走到哪里都攥在手里。香月青川用马鞭敲敲手心，对属下吩咐道："不用大惊小怪，让芥川君陪我去足矣。"

天津，望海楼。

往日总是高朋满座，达官贵人觥筹交错的望海楼，今天被二三百名江湖莽汉占据，不少人腰间鼓鼓囊囊暗带枪支利刃，这些人分成东西两伙，互相用粗言秽语问候对方父母家人，吵得天翻地覆。京片子来挑战天津卫混混，彼此都看着对方火起，七个不服八个不忿，要不是等着二楼上各自主人的号令，早就厮杀成一团了。

二楼包间里，刘思过嚣张地架起那条瘸腿，叼起一根香烟，把一枚飞龙镖慢慢推给桌子对面的赵大同，挑衅地看着赵大同的独眼，说："赵帮主，这枚飞龙镖是你们海龙帮的宝贝，它可是从我刘爷的腿上拔出来的！"

赵大同油亮的大脑袋上多了一个黑布眼罩，更显得狰狞，他用两根手指夹起飞龙镖，眯着独眼端详了半天，才慢悠悠道："刘师侄，你师父在世时，与我向来井水不犯河水，彼此礼让三分，你今日约我到望海楼，是要做过江龙还是另有他意啊？"赵大同老奸巨猾，一句"刘师侄"就把嚣张跋扈的刘思过降了辈分，摆明了是没将他放在眼里。

刘思过拍拍自己那条瘸腿，不理赵大同的话外之意，绝不肯灭自己的威风，对赵大同道："赵帮主，你们的独门暗器飞龙镖在我刘爷这里咬了块肉，还涂了毒药，让刘爷走路不利索，今天请赵帮主看在江湖同道的面子上，给我一个公道！"

赵大同独眼里闪过一丝寒光，右手一扬，那枚飞龙镖嗖地一下钉在门框上，入木数分，手劲煞是惊人。赵大同哈哈大笑，道："老夫门下弟子数千，会使这飞龙镖的至少一两百人，每年扔出去的飞龙镖少说也有三两千只，刘老三，你在哪个犄角旮旯捡了一只就赖到海龙帮头上，敢来天津卫兴师问罪？！你们说是不是？徒儿们！"

楼上楼下一片轰然答应之声，今天海龙帮有地主之利，至少来了二百多人，比刘思过的手下多了一倍，好多弟子学着赵大同的样子，解开镖囊，乱镖齐发，在那扇木门上足足钉了几十枚飞龙镖，端的气势惊人。有领头的头目喊道："师父，前些天在洪顺鱼市他们洪顺堂倚仗人多为胜，欺负我们，今天又上门挑衅，师父你点一下头，我们把他们都扔进海河喂王八！"

又是一片轰然叫好声，天津卫的流氓混混们历史上就臭名昭著，从来不怕打架流血，尤其与北平的黑道混混们势同水火，经常一言不合就刀斧相加血溅街头。随着这个头目的挑衅，不少海龙帮徒都举起手里的家伙，向洪顺堂的门人逼过来。

其实，刘思过今天寻衅上门，并没想要海龙帮能真给他一个公道，他是想利用自己中了毒镖瘸腿的机会，威逼赵大同把海龙帮油水最肥的海运业务分他一杯羹。秋老太爷在世时，曾不无忧虑地对门下弟子说过，海龙帮之所以蒸蒸日上，实力快速超过洪顺堂，就是因为现在天津的海运业被海龙帮占据大半，海龙帮背靠金山，自然扩张极快，短短数年就把洪顺堂的势头比了下去。现在洪顺堂四分五裂，刘思过一心想在乱世中雄霸江湖，就瞄准了海龙帮海运业这块肥肉，仗着日本人宠信，意图自己另起山头，先抢了洪顺堂堂主之位，与海龙帮鼎足而立，再徐徐消灭竞争对手，最后称霸平津地区。他要做一个有抱负的汉奸，这才是刘思过叛变师门投靠日本人的真实意图。

眼看双方剑拔弩张，刘思过面色铁青，向棚顶吐个烟圈，重重咳嗽了一声，一口浓痰射向旁边的花盆，他身后站了二十个左右黑衣人，这是他的侦缉队成员，听了这声咳嗽，全都撩开衣襟，攥住了怀中盒子炮。刘思过这次敢强龙过江硬吃海龙帮，全依靠这支侦缉队做底牌，他想赵大同再怎么样霸道跋扈人多势众，也不敢把华北方面军司令部情报课第五侦缉队给灭了！

赵大同也心下犯难，刘思过强势来犯，让他有一种老虎咬刺猬的感觉，打也不是，退也不是，既不能一声令下把刘思过等人砍个人仰马翻，得罪了其背后的日本人，又不能太过于窝囊，让门人帮徒看了笑话，以后他在天津卫难以立足。他用独眼乜斜着刘思过，心想："这家伙欺师灭祖，现在仗着是香月青川身边的红人，更加无恶不作，连几岁大的孩子都能活活摔死，今天分明是来踢场子的，我得小心周全，几十年的名号万万不能折在他身上。"

想到这里，赵大同端起茶杯，一饮而尽，把茶杯扔在八仙桌上，茶杯转了几圈，一声脆响，掉在地上摔得粉碎。几个海龙帮徒以为帮主发出了号令，怪叫着向洪顺堂门人冲了过来。赵大同大喝一声："放肆！倚多为胜吗？辱没了我们海龙帮的名头！"

赵大同内力充足，这一声断喝，镇住了双方对骂的人群，一时楼上楼下两伙人，都把目光转向他。赵大同转头问刘思过："刘老三，你今天恐怕是醉翁之意不在'腿'吧？你到底意欲何为？"

刘思过嘎嘎怪笑道："赵帮主真乃聪明人，怪不得我师父在世时说你是他最佩服的对手。"他端起茶杯直接扔在地砖上，摔得更脆更响，摸着瘸腿道："要是海龙帮能把海运的收成让出四五分，刘爷这条腿的事就不追究了，就当是被野狗咬了一口！"

此言一出，海龙帮徒一片大哗，纷纷痛骂刘思过贪得无厌、痴人说梦。赵大同哈哈大笑，道："刘老三，你是腿中毒还是脑子中毒了？跑来这里胡说八道！就凭你这点人枪，也敢和我抢码头？"

刘思过龇着牙，做出一脸苦相，道："赵帮主，实在没办法啊，我这第五侦缉队的一大帮兄弟们也得吃饭啊，是不是弟兄们？"身后一群黑衣阎王大声叫好，气焰甚是嚣张。

三四个海龙帮徒实在按捺不住，撞进洪顺堂门人的圈子厮打起来，一时刀斧横飞，鲜血四溅。

赵大同扬起蒲扇般的巴掌，刘思过以为他要出手攻击自己，瘸腿使劲，整个人弹了起来，全身戒备，谁知赵大同一巴掌拍在桌子上，桌子上仅剩的茶壶应声而起，也摔个粉碎。赵大同独眼瞪得如同鸡蛋，厉声吼道："兔崽子们，要造反吗？！"双手一扬，一片金光闪耀，五枚飞龙镖擦着殴斗之人的耳侧飞过，在墙上钉出一朵梅花，正是他的成名绝技"五龙一梅花"。斗殴的人被他气势所慑，缓缓退了开去。

赵大同独眼泛着寒光，盯着刘思过阴森森一笑，道："既然你刘老三是想来抢我海龙帮码头的，那你可知道抢码头饭碗的规矩？"

刘思过见赵大同并没有向自己出手，自己刚才是反应过度了，慢慢又坐回椅子上，嘴上却不肯服软，说："客随主便，既然我刘爷来了，就请赵帮主划下道来，无论刀山火海，我接着就是了！"他心下盘算，如果是一对一过招，虽然赵大同的飞龙镖厉害，但毕竟是花甲老人，难免气力不加。自己虽然腿上有伤，但是赵大同也瞎了一只眼，只要自己贴身缠住他，不让他从容发镖，自己胜算至少六七分。刘思过对自己下过苦功的少林五祖拳还是很有信心的，来之前已经细细揣摩了靠真本事击败赵大同的办法。

赵大同站起身来，冷笑一声道："不用刀山火海，一把刀就足够！"向后一伸手，立刻有徒弟双手奉上一把寒光四射的牛耳尖刀。刘思过以为赵大同要和自己交手，脚下使劲又弹到大厅中间，蹲身错拳，摆个姿势等着赵大同进招。

谁知赵大同执刀在手，并不向他进攻，手腕一翻，将尖刀扎在八仙桌子上，刀身摇晃，曳出一抹寒光。

两派的人都聚了过来，把包房围得水泄不通，都想看看抢码头饭碗的规矩是什么。赵大同向众人拱拱手，道："两帮弟子，你们都是江湖中人，今天刘老三强龙过江来抢海龙帮的码头，这码头是赵爷我当年一身血一身肉打下的，只要刘老三按照抢码头的规矩，能赢了赵爷我，这码头和海河上下一半的船都可以挂你刘老三的旗号！"

刘思过身后的黑衣阎王堆里，有人冷笑一声："卖狗皮膏药大力丸啊？光耍嘴皮子不来真的，刘爷等你下场呢，真刀真枪来一场！"

赵大同的弟子们反唇相讥，骂那名侦缉队员："屁，什么强龙过江，连抢码头的规矩都不懂，还敢来天津卫吆五喝六，一会儿别逃命逃得太快，把裤子跑掉了！"

海龙帮大都是市井之徒，不仅打架嗜血斗狠，骂人也是高手，有人接腔道："裤子跑掉了不算稀奇，就怕裤子跑掉了把几位黑衣大爷露出来，让我们天津人好好看看北平人长啥样！"

海龙帮徒子徒孙占了言语便宜，一时大呼小叫，有些人干脆吹起了口哨，羞辱挑衅洪顺堂和侦缉队的人。洪顺堂门人不甘示弱，一顿京片子还击回去，问候海龙帮的几辈先人。

刘思过不去理睬海龙帮徒们的怒骂羞辱，定下心神，长吸一口气，蹲下身去摆个开门架势，对赵大同道："赵帮主，请赐教，我等着您哪！"

赵大同大笑三声："好！好！好！赵爷几十年没出手了，今天看在秋老哥往日情面上，给你洪顺堂点面子，让你们见识见识什么是抢码头的规矩！"说完，拔出桌子上尖刀，寒光一闪，血花飞溅，竟然一刀把自己的左手小手指削去一截！

那截小手指在地上弹了两下，喷着血水，挑衅似的滚到刘思过面前，犹自痉挛着颤抖着。刘思过顿时脸色苍白，因为他明白赵大同要和他玩什么路数了。

三十七、抢码头的规矩

天津卫的混混在历史上可是鼎鼎大名。明朝《天津整饬副使毛公德政去思碑》上记载："天津三卫（明代分为天津卫、天津左卫、天津右卫）风俗不甚纯一，心性少淳朴，官不读书，皆武流；且万灶沿河，日以戈矛为事。"可见历史上天津乡民就是重武轻文，舞刀弄枪打架斗殴是寻常事。"有市井无赖游民，同居伙食，称为锅伙。自谓混混，又名混星子。"天津的混星子们从清朝的乾隆年间到光绪年间，发展最为迅猛。津门乾嘉时人杨无怪所著《天津论》曾有描绘："小帽歪，衣襟敞，提眉横目，慌里慌张。"还有书中描写清朝天津混混们讲究"花鞋大辫子，一走一趔趄"，混混的辫子既松且粗，有的每股中还臭美般插一朵茉莉花，太阳穴贴一膏药贴，走路时，一只手伸到大褂下面，半提衣襟，一瘸一拐，表示自己身经百战，伤筋动骨，威名赫赫。这些混星子"把持行市，扰害商民，结党成群，借端造衅"。

北平的黑道混混们打架却颇有些古代战场或京戏的味道，双方约定时间，然后聚齐人马，一般在北海或者天坛附近摆开阵势，事先说好是比试拳脚还是动刀动枪，然后双方各自选派一名大将出来"单挑"，这和古时战场上双方将领走马交锋很是相似。有时候也打群架，几百人一场混战，刀枪无眼，打死一两个是家常便饭。如果有一方认栽了，另一方则表现出得胜者的大度，主动出钱给死伤者抚恤，败的一方按约定交出胜方需要的利益，不再闹事，胜方也不会赶尽杀绝。而天津的混星子们，却打心眼里瞧不起北平的流氓混混们的打架方式，天津卫的混混们把打架叫作"架秧子"。天津混混们"架秧子"不喜欢单挑或群殴，一般讲究"文打"。所谓"文打"，就是安排一个横得不要命的混混单刀赴会，独自到对方阵营去踹门惹事，这样的混混既不会功夫也不会带家伙，就是去挑衅挨揍的。如果对方想息事宁人，不去招惹这个祸害，那也不行，闹事的混混会在大庭广众之下，用最恶毒、最淫秽的语言问候你的祖辈先人和家中亲属，再有涵养的人也会被骂得火冒三丈。不出手等于立刻认怂，但是只要你一出手，就算中他的计了。不管来多少人，闹事的混混都会主动往地上一躺，抱住脑袋夹住裆部，蜷成一只虾米让你拳打脚踢，乱棍齐下，一边身子打烂了，他会主动翻身把另半边身子让给你打，越是血肉模糊他越是舒坦，有的骂人不绝，有的唱起小曲，嘴皮利索的还会说一段天津快板，当然都是混混们编好的骂人话，抑扬顿挫，合辙押韵，围观的百姓也会跟着起哄，大声叫好。混混们之所以敢这样放肆，就是挑战人们不敢招惹人命官司上身的底线，毕竟杀人偿命、欠债还钱，在众目睽睽之下把人活活打死，官府那里很难善后。所以，大多数被挑衅的事主，就算是再大的怒火，也至多是把混混打伤打残，不敢惹出人命，最后只能"尿了"，服软认输，不仅要摆酒席赔礼赔钱，甚至让出地盘，以后街上相逢，你还得鞠躬尊混混一声"爷"。

赵大同当年就是用这种方式，拼出了天津海运码头的一片天地。当时他要不是有硬功夫护体，早就被那些码头工人给活活打死了，就算如此，也舍了一身皮肉，在床上躺了一个月才缓过来。如今刘思过硬要分一杯羹，那就是要剜他的心头肉，他自然不会答应。

刘思过看着那截断指，面色发灰，他想好了怎么对付赵大同的"五龙一梅花"，却没想到赵大同贵为一帮之尊，竟然用这等混混手段。赵大同断指滴血，嘴角却噙着冷笑，仿佛削掉的不是他的手指，围观的海龙帮徒们看出了刘思过的怯意，一阵鼓噪，有人喊："刘思过，是不是尿了啊？要是不敢接招，就赶紧给赵爷磕头认输，滚回八大胡同去吧！"

刘思过心下打鼓，嘴上却不肯服软，说道："我以为什么是抢码头的规矩，原来就这个啊！三刀六洞，断手穿胸，刘爷什么没见过，别拿这小孩子玩意儿吓唬我！"

赵大同冷笑一声，道："刘老三，你请！"把刀子一抛，那刀子在空中翻了几个跟头向刘思过飞去，刘思过接刀在手，在手中掂了几下，这刀背厚刃薄，刀身狭长，仿佛一泓秋水，确是一把锋利无比的好刀。赵大同和他玩这一手，确实出乎刘思过意料，拿刀子往别人身上招呼，他眼都不会眨一下，可是要往自己身上下刀子，谁疼谁知道啊。可是刚才他被赵大同话语拐下道了，当着大伙儿的面夸下海口，刀山火海也接着，要是扔刀认栽，以后别说天津，即使北平老家也没法儿混了。

刘思过咬咬牙，一刀挥出，一截左手小手指和着血水应声落地。刘思过手上锥心般剧痛，脸上却硬挤出一丝笑容，把刀子掷在桌子上，故作轻松地问赵大同："赵帮主，接着怎么玩？"

赵大同哈哈大笑，转头吩咐一名弟子："来啊，听说刘老三牙口不好，你把这两截手指拿到后厨蒸一下，多放些葱姜黄酒，先入味再下锅清蒸，一定要蒸烂了，别咯了客人的牙，一会儿送上来我和刘老三好好喝上一盅！"一名弟子答应了一声，端着一个白瓷盘挤出人群，弯腰捡起两截血淋淋的断指放进瓷盘，殷红的鲜血在白瓷盘中格外刺眼，围观的人赶紧闪出一条通道，这名弟子一溜烟跑进厨房。

赵大同用鲜血横流的手拎起尖刀，环视一圈，骂道："这个破望海楼酒店还号称百年老店，自从同治年间被我的师爷烧了一把大火，越来越不景气，赵爷来了半天，连道菜都不上，饿得老子前胸贴后背！"

众人一时诧异，不知道赵大同怎么怪罪起店家了，其实来了这么多混混流氓，酒店里的厨师伙计全吓得躲了起来，哪有心思做菜。

赵大同抬起右脚，踏在椅子上，独眼乜斜着刘思过，道："刘老三，店家不给酒菜，我们自己来盘'扒肉条'如何？"说完，一刀割开裤子，露出满是黑毛的大腿，赵大同侧过刀身，在自己腿上"啪啪"拍了两下，一边笑嘻嘻地看着刘思过，一边用刀扎进大腿肌肉，慢慢一划一圈，然后刀尖一挑，一块手指状的血肉挑在空中，颤抖着滴着血。围观的人群一阵惊呼。

赵大同端详着刀尖上的那块血肉，仿佛看的是一道名厨烹制的佳肴，连独眼中都是一片血淋淋。赵大同盯着刘思过，把那块肉慢慢凑近自己的嘴边，张嘴咬下一块，"咯吱咯吱"使劲嚼着，一股血水从嘴角溢了出来，显得狰狞无比。看热闹胆小的人不由自主地后退，有几个人偷偷跑到外边干呕起来。

赵大同嚼了半天，仿佛回味无穷，道："刚才有了清蒸的下酒菜，这块肉就做红烧吧，赵爷我口重，多放些酱油！怎么样，刘老三哪，你也来一块，凑成一盘子？"刘思过额头见汗，内心惊惧无比，看着赵大同那张血淋淋的大嘴，他已经后悔来天津寻衅滋事了。

海龙帮徒们一阵起哄，有人骂道："软蛋刘老三，不敢接招就从赵爷胯下钻过去，滚着回北平！"

也有人嘲笑道："刘爷，您老裤子好像湿了！"

洪顺堂门人和侦缉队的黑衣阎王，也都看出刘思过的怯意，一片沉默，不敢接茬。

赵大同又把尖刀翻着跟头抛过来，那把刀沾满了两人的鲜血，滑不唧溜，刘思过一接竟然没接住，"当啷"一声掉在地上，海龙帮众人更是一阵喧天嘲笑。失去了气势的刘思过惨笑一声，拾刀在手，咬着牙对准自己的瘸腿一刀割下，连裤子带肉片下小半个手掌一块。刘思过没有品尝自己肉的勇气，用刀尖扎着那块肉，掷到桌子上，浑身因为剧痛微微哆嗦着。

赵大同挥一下手，又有一名弟子用白瓷盘端着两块血肉跑进后厨，也不知道大厨们是不是真的敢烹制。

浑身是血的两个人互相对视着，赵大同阴恻恻一笑，又抓起尖刀，在手里转圈把玩着，独眼犹如吞吐的蛇信子，直逼刘思过满是虚汗的脸。沉默一会儿，赵大同冷笑道："刘老三，这些小物件只够你我塞牙缝的，干脆我们摘个大件的，我这瞎了的眼不要了，你那瘸的腿也别要了！如何？"说着，就把尖刀对准自己的瞎眼，作势轻轻一划，上眼皮立刻一片鲜血，赵大同继续道："让我的瞎眼和你的瘸腿在锅里相会，好好聊一聊，你的腿到底是什么人打伤的，我想他们肯定比你我清楚！"刘思过面色发青，不敢回答。

"刘老三，你要是舍不得你那瘸腿，我倒是还有一个主意。"赵大同掉转尖刀，又对准自己的胯下，说："这望海楼的大师傅有一道拿手菜，叫'椒盐钱儿肉'，不知道你吃过没？要是没吃过，我今天请你尝尝？"围观的人群，大都不知道钱儿肉是什么东西，但是看赵大同刀尖所指之处，立刻全都明白了，一片惊呼，连那些谩骂嘲笑的人都吓得呆住了。

赵大同阴森森地说："刘老三，你我身下都有这玩意儿，留着也是累赘，只能祸害人家闺女，要不，你陪我一起切了下来，做个'椒盐钱儿肉'下酒，让小的们长长见识……"

刘思过内心已经崩溃，实在没想到这个老混星子竟然敢把这玩意儿都豁出去，实在是无耻歹毒至极。赵大同儿孙满地，半截身子入土了，可以豁出去；刘思过才三十多岁，膝下无儿无女，还指着这个东西传宗接代呢。剁手剁脚他一咬牙还敢奉陪，命根子他却奉陪不起。况且，即使今天栽了，他刘思过也未必是最后的输家，活到最后的人才是赢家。

赵大同一脸狞笑，刀尖已经割开裤子，刘思过知道自己今天栽了，不能再比下去了，一咬牙，终于喊出来："赵爷，您且慢，其中，其中可能有些误会……"

此言一出，海龙帮徒登时一片山呼海啸，谩骂声口哨声几乎把房顶揭开。有人骂道："刘老三，你尿了！怕是要滚回八大胡同当大茶壶吧？"

也有人得寸进尺，喊道："刘老三一个人认栽不好使，要让洪顺堂的人全从我们胯下钻出去！"

赵大同满脸鲜血，仿佛地狱中的恶鬼，独眼瞪着刘思过，厉声喝道："刘老三，你还要我的海运码头吗？你还说是我的门人打伤你的腿吗？"

刘思过脸上青一阵白一阵，不知道如何回答，他带来的几十号人也全都如丧考妣，哑巴一般不敢吭声。

正在这时，门外传来一阵骚动，一阵鞭子抽人的叱骂声，这群天不怕地不怕的混混们竟然不敢还手，乖乖让出一条通道，走进来两个日本军官，正是香月青川和芥川左兵卫。芥川左兵卫用香月青川的马鞭，不分青红皂白对拦路的混混们一通劈头盖脸地抽，那些刚才还嚣张跋扈的混混们，此刻犹如一群看见猫的老鼠，挨了打也不敢吱声，一个个捂着脸乖乖退了下去。

香月青川慢悠悠走了进来，看着赵大同和刘思过二人血肉模糊的伤口，颇有些好奇地问："你们，为什么不比武分个高低，为什么要割自己的肉？"

刘思过捂着腿上滴血的伤口，疼得咧嘴，却心知来了救星，满脸赔着笑，说："香月课长，惊动您来了。我和赵帮主是怕伤了和气，不能在大庭广众之下打架，那样会给您惹麻烦。"

赵大同赶紧抹了抹大油脑袋上的鲜血，却不料把自己的一颗油头弄得满是血污，更显狰狞，亲自搬来一把椅子请香月青川上座，赔着小心道："我和刘老三闲着没事，小小切磋一下，没想惊动了您老大驾，惭愧惭愧！"

香月青川大大咧咧坐了下来，两个血葫芦似的人在旁边负手站立，有机灵的弟子赶紧送茶上来，香月青川又慢悠悠端起茶杯呷口茶，似乎在故意折磨两个正在滴血的人，赵大同和刘思过互相对视着，却不敢说话。过了半天香月青川品完茶了，才抬头扫了二人一眼，问："割自己的肉，能把对手吓跑吗？"

赵大同赶紧把血糊糊的大脑袋凑过来，说："这是祖辈传下来的小规矩，我们不敢坏了规矩啊，让香月课长见笑了，见笑了。"

香月青川掩不住一脸的嘲讽，打着哈哈说："要是依照你们祖辈的规矩，你们过去在刑场上被凌迟的人，应该是最大的英雄了，割了上千刀还喘气儿，肯定能把敌人活活吓死！是不是啊？"

赵大同和刘思过一脸椒然，不敢应声。其实，香月青川和芥川左兵卫早就到了望海楼，本来是想等两伙人打个两败俱伤再进去，没想到却看到了一出互相割肉恫吓对方的闹剧。芥川左兵卫用日语问香月青川："香月君，我不明白他们这是比的什么？意志力，对疼痛的忍耐力？这完全不是武士之间的比武，也不是中国江湖人物的决斗，中国人真的很奇怪。"

香月青川笑一笑，回答道："他们比的是谁更流氓无赖！中国混混的逻辑，用流氓和无赖的手段去战胜敌人，比的不是英勇，是无耻！"

"比谁更流氓更无耻？"自小受武士熏陶的芥川左兵卫一时理解不了。

香月青川站了起来，伸出手，芥川左兵卫立刻心领神会把马鞭递到他手中，香月青川把马鞭在手掌心敲了两下，突然一鞭子抽在刘思过屁股上，骂道："刘队长，你追查的北平和保定的谍报案有结果了吗？你竟然还有心情在这里打架斗殴？！"

以刘思过的身手，这一鞭子完全可以躲过，但是他不敢闪躲，只能硬挨这一鞭子，这一鞭子分量也不重，刘思过脸上却挤出比刚才割肉还痛苦的表情，赶紧挺胸瘪肚立正回答："属下知错了，属下立刻就去追查！"

香月青川回手又是一鞭子，抽在赵大同肥硕的脖根上，用同样的口气骂他："赵帮主，天津纵火案的疑犯你找到了吗？暴徒们用的炸药你查到线索了吗？"

赵大同立刻捂着脖颈，扮出一脸痛不欲生的哭相："请香月课长放心，海龙帮上下人等不吃饭不睡觉，也要完成香月课长交代的任务！"

香月青川似乎懒得再瞅二人，转身向外走去，芥川左兵卫赶紧跟上，围观的海龙帮和洪顺堂弟子们潮水般退开一条通道，香月青川走到门口，抬手一鞭子抽在门框上，砰然作响，他厉声道："这次聚众斗殴我不会追究，如果你们两帮再敢抢夺地盘、持械斗殴，我一定满足你们的愿望，让你们用凌迟的办法去吓倒对方！"说完，大步离去。

赵大同和刘思过一起躬身答应，等香月青川走远了，才敢抬头，互相恶狠狠地对视一眼。

赵大同心想："这次便宜了姓刘的小贼，有日本主子替他解了围，否则我一定让他跪着喊我一声爷，叫他在江湖上再也抬不起头！"

刘思过心想："香月课长拿鞭子抽他脖子，打我却是屁股，说明心里还是向着我几分。哼哼，赵老狗你这次赢了，但是不要太得意，君子报仇，十年不晚，老子忍得今日羞辱，一定卷土重来，海运码头早晚会姓刘！"

刘思过铁青着脸，冲赵大同拱拱手，不再言语，领着手下在海龙帮徒们的哄笑嘲讽声中，狼狈而去。

三十八、与恶魔做交易的名单

天津，英租界，"抗团"秘密联络点。

"抗日杀奸团"偃旗息鼓快两个月，把李儒鹏、孙大成、叶天笑等人闷坏了。眼看着从初秋一直躲藏到冬天，孙大成几次吵吵着要出去行动，都被王文给制止了。叶天笑却好整以暇地研究起《周易》，每天推算卜卦，玩得不亦乐乎。孙大成见叶天笑读书入迷，就故意过来捣乱，捅捅叶天笑肋下："瘦猴儿，你给算算，曾书记哪天能回来？"曾涉最近半个多月踪迹全无，连王文和李儒鹏都不知道他的下落。

叶天笑懒得回头搭理孙大成，说："别烦我，上次给你算完了，你还欠我一顿狗不理包子呢，啥时候把包子给我端过来我再给你算。"

孙大成一脸坏笑，把叶天笑摁住，挠他的痒痒肉，这是叶天笑的弱点，好多人都用这个招数欺负他，百试不爽。两只猴儿厮闹了半天，最后还是叶天笑斗不过孙大成，乖乖服输，掏出六枚铜钱，让孙大成掷一卦。看着卦象，叶天笑面色凝重起来，半晌不言语，孙大成也担忧起来，问他："瘦猴儿，你倒是说话啊？难道曾书记会有什么风险？"

叶天笑一本正经地说："风险倒是看不出来，但是今天不出一两个小时，我们就能吃到香喷喷的狗不理包子了。"

孙大成一巴掌拍在他脑袋上，骂道："你这只破猴子，就知道吃，我让你算曾书记哪天回来，你却算什么时间吃包子，你简直是一只二师兄托生的猴儿！"

叶天笑闭上眼睛摇头晃脑，装出一副高深莫测的样子，说："孺子不可教也！卦由心生，你卜卦时心有旁骛，问的是曾书记何时归来，想的却是一会儿吃什么东西，我当然算的是入口之物，岂能怪我？"

孙大成摸摸肚子，被叶天笑唬得一愣一愣的，刚才他俩厮闹时，确实是饿得肚子咕咕叫，心思早跑到包子烧鸡酱骨头上面去了。王文不让他们参加过行动的男队员露面，只安排冯剑美等几个女队员轮番送来饮食和日常用品，他们躲在这小屋子里，每天最多两顿饭，经常饿得前胸贴后背。

叶天笑继续装神弄鬼，说："你刚才卜的卦是一个连环卦，前一个灵验了，才能知道后一个结果，真的卦象是隐藏在前面的预示之中，这就是人们常说的'天机不可泄露'。"

孙大成被他气得无语，只能又一巴掌拍过去。

正嬉闹间，冯剑美拎着食盒进来了，果然是香气四溢的狗不理包子。叶天笑和孙大成几个人像见到亲娘一样扑了过去，互相撕扯着伸手就抓包子，冯剑美让他们用筷子，却阻拦不住。叶天笑抢不过孙大成，被他挤到后边，突然喊了一声："且慢，等一等！"

孙大成嘴里塞一个，双手又各抓了一个包子，一脸诧异地问叶天笑："什么等一等？"

叶天笑指指包子："卦，连环卦，你们都忘了？"

孙大成等人一脸疑惑，除了塞进嘴里的包子都乖乖放回食盒里，叶天笑弯下腰一五一十地点数，冯剑美塞给他一双筷子："数什么数，一共三份三十六个包子，我早都点过了。"

叶天笑直起身来，一脸严肃地说："天机就在这里，曾书记在三十六小时内就会现身！"

孙大成几乎被嘴里的包子噎得背过气去，和另外几个人面面相觑，叶天笑却趁机抓起四个包子转身就逃，众人才明白又中叶天笑的计谋了，一阵笑骂，却拿他没办法。

冯剑美听了半天，弄清楚了叶天笑装神弄鬼的因由，冲着背对她大嚼的叶天笑屁股踢了一脚，骂道："你这个瘦猴儿，又在胡言乱语骗人！明明是你昨天偷摸央求我，让我今天给你们带狗不理包子来，你还在这里骗他们算卦算来的，下次你想吃什么我都不给你带了！"

叶天笑被包子噎得直翻白眼，使劲抻抻脖子才说出一句话："唯女子与小人难养也，你们懂什么，这是天机！"他嘴里塞满包子，说话不利索，手却指向冯剑美和孙大成，意思"女子"与"小人"就是他俩。冯剑美听了柳眉倒竖，伸手要揪叶天笑的耳朵，骂道："瘦猴儿，上次给你灌倒了，抱着我的腿哭爹喊娘求饶，你是不是还想试一次？"

前些天叶天笑过生日，一群年轻人喝酒庆祝，冯剑美仰头吹了一坛女儿红，把叶天笑灌翻在地，一整天没起床，从那以后，只要冯剑美一说喝酒，叶天笑肯定作揖求饶。孙大成吞完包子，也搓着油乎乎的双手，一脸坏笑地凑了过来，叶天笑自然免不了又要被收拾一顿。

第二天掌灯时分，曾涉竟然真的回来了。叶天笑大喜之下，自然要对自己的"神卦"大吹大擂一番。曾涉却懒得细听，匆匆把王文和李儒鹏喊到里屋，告诉他们自己这段时间是回重庆汇报工作，并特意调查那本"书"的来历。

王文问他："知道那本'书'是何许人了吗？"

曾涉摇摇头，说："暂时还不确定，不过从我们掌握的情况来看，这本'书'是友非敌，不会对我们有什么威胁。"

李儒鹏急切地问："我们下一步怎么办？不能总是躲在暗处不出来吧？"

曾涉看着他俩，吐了口气，一字一顿地说出一个人的名字："程锡庚！"原来曾涉这次回重庆，戴老板给了他一份刺杀名单，上面都是平津地区的汉奸，多达二十余人，排在第一个的就是程锡庚。

程锡庚，时年四十七岁，江苏人，早年留学英国，回国后曾任北洋政府财政总长王克敏的秘书，于1935年来天津，天津沦陷后，追随他原来的主子王克敏积极为日本人卖命。1938年3月，华北联合准备银行天津支行成立，程锡庚出任该行经理，并在华北地区推行伪联银券，对拒不执行的爱国实业家、金融界人士进行疯狂欺诈镇压。1939年3月继大汉奸温世珍之后，又出任天津海关监督，其气焰愈加嚣张。程锡庚是一个精明的金融人才，长袖善舞，不仅深得日本人赏识，而且与在天津设立租界的各个列强国家都有交往，甚至被视作温世珍的接班人，有望继任天津市市长。

李儒鹏神情亢奋起来，伸手在自己脖子上做个一抹的动作，问："我们要干掉他？"

曾涉点点头，道："此人不可小觑，不仅狡兔三窟，而且身边警卫众多，我们要从长计议，务求一击必中。"

北平，赵凡隐藏处。

面色苍白的赵凡坐在桌子前，憔悴的脸上平添了很多褶子，连头发都大半灰白。他轻轻咳着，左手里攥着一块手帕，不时偷偷用来擦一下嘴角，手帕已经是暗红色，分明是咯出了不少血。屋子里阴冷潮湿，中间放了一个小小的火炉，里面半死不活地燃着几块煤，冒起一缕青烟，仿佛都钻入赵凡的肺里，让他咳得更加惊心动魄。

赵凡对面是一脸煞气的大武，大武身边还坐着一个戴黑眼镜的长袍中年人，神情冷漠，看似平淡无奇，但是眼神转动间偶尔露出一丝精光。

大武口气严厉，对赵凡说："赵凡同志，组织让我通知你，自今日起，暂停你的一切工作，接受组织对你的审查，原来你负责的联络站也暂时停止活动！"

赵凡咳了两声，木然地用手帕抹了一下嘴角，手帕上又是一片刺目的嫣红。大武继续说："这段时间请你将联络站被袭击、'道长'和钟子奇同志遇害的经过，还有你未经组织同意，擅自开枪击毙齐明珍的前后，都详细地写一份报告，写完后交给上级郑山同志。"

郑山就是那个冷漠的中年人，他扶扶眼镜，问赵凡："你确定是'客人'杀了'道长'？"

赵凡木然地点点头，眼神空洞起来，他想起自己还曾怀疑过钟子奇，偷偷安排刀子去监视老钟，但恰恰就是老钟用他的命换回自己一命。那个"客人"是自己带进联络站的，却没想到引狼入室，犹如地狱的勾魂使者一样，夺去了老钟、"道长"和自己妻子齐明珍三条人命。

赵凡一阵咳嗽，苍白的脸上飞起一团酡红，他用手帕抹去嘴角的血迹，向大武和郑山道："'客人'是根据地派来的，他们应该能知道他是谁，你们只要一个电报，就能把问题搞清楚。"

郑山和大武对视一眼，沉默一会儿，郑山说："根据地确实派出了一名代号'客人'的同志，前来北平核实情报，但是在通过敌人的封锁线时，遭到鬼子机枪扫射，身中数弹牺牲，当时护送他的一个排的战士都可以做证。"

赵凡咳得像一只虾米，痛苦地弯下了腰。大武目光冷峻如铁，盯着赵凡不停耸动的肩膀，口气严厉如屋外的寒风："赵凡同志，你说的情况我们会进一步核实，组织不会冤枉你，但是你如果说的是假话，后果你也是知道的！"

赵凡站起身来，似乎想申辩，又颓然地叹了一口气，慢慢坐了下来。

大武继续问他："根据你的交代，那天晚上'七号'和刀子本来在现场，后来却一起离开了，是什么原因？"

赵凡回忆一会儿，说："那天晚上，'七号'是来与'客人'，不，是与那个人核实情报的，得到了肯定的答复后，是那个人让'七号'同志先行离开的。因为按照组织纪律，'七号'同志与我保持单线联系，只有我们这一组人知道他的存在，他不能与别的人见面，哪怕是'道长'。"他顿了顿，又道："'七号'同志离开后，我安排刀子护送他，事情发生时，他们两个人都不在。"

郑山突然插口问他："你安排刀子护送他，我想知道是护送还是监视？"

赵凡吃了一惊，抬头看着郑山，郑山的眼睛里一丝精光一闪而没，他也盯着赵凡，微笑着说："换位思考，你经历过几次变故，那时肯定不会相信任何人，你会觉得谁都有问题，是不是？"

赵凡默然无语，心里在想："难道是刀子向他说出了我的怀疑？如果是那样，刀子就不是一个秘密联络站警卫那么简单，一定是还有自己不知道的事情。我还能相信谁？"

赵凡有些迷惘，他觉得对面的两个人似乎在膨胀变大，屋子里弥漫的青烟像一堵墙一样压在他的胸口上，他要拼命地咳嗽，最好把自己的肺咳出来，才会觉得轻松。

大武继续追问他："你让刀子离开警戒岗位，等于开门揖盗，让外围的敌人乘虚而入，这么做的危险性，你不知道吗？"

"吭"一声响，房门被人推开了，一阵寒风卷进屋子，吹散了满屋子的烟气，让赵凡胸口一松，他终于喘出了一口气，把涌到嗓子眼的鲜血又咽了下去。寒风裹进来的是浑身披着雪花的刀子，他的声音也锋利如刀，划开屋里的沉闷："我证明！赵凡同志不是叛徒！"

大武和郑山一起扭头看着他，两人都被这个年轻人的气势吓了一跳，不知道怎么回答。赵凡捂住胸口，责备刀子："你不在外边警戒，怎么跑进来了？发生危险怎么办？"

刀子梗着脖子说："危险？有时候自己人比敌人更危险！"他这句一语双关的话，让大武和郑山都面露尴尬。

大武"哼"了一声："刀子同志，现在不是意气用事的时候，在组织没有弄清真相之前，你自己和你想证明的人都要无条件服从和配合组织开展的审查！"

刀子情绪有些激动，瞪着大武："怀疑我，我可以接受。但是你们怀疑一个为了自己的信仰和事业，奉献了自己的父亲和妻子的人，你们不觉得心里有愧吗？！"

"别说了！"赵凡捂着嘴一声叱喝，打断刀子，擦嘴的手帕已经沾满了鲜血。

"我也证明，赵凡同志不是叛徒！"一个轻轻的声音从门外传来，大武和郑山这时才发现，门外稀疏的雪花里还站着一个黑影，大武的手立刻攥紧了手枪。

赵凡冲他摆摆手，对那黑影说："你怎么也来了？你这是违反组织纪律，你不能……"

那个黑影不等他说完，已经迈进了屋子，拂落肩上的雪花，苦笑着对赵凡道："连那个血债累累的'客人'都已经见过我了，我还有什么人不能见的？"原来这个黑影就是"七号"，他和刀子已经在外面听了半天屋里的谈话。

郑山道："那个'客人'经过我们调查取证，已经证实是冒名顶替的。"

"七号"习惯性地坐进黑暗的角落里，轻声道："既然如此，事情似乎已经清楚了，敌人截获了'客人'要来北平的情报，在路上伏击了他，然后安排一个人冒名顶替混进来，里应外合破坏我们的联络站。你们应该调查情报从哪里泄露的，不应该怀疑赵凡同志。"

郑山摇摇头，道："在事情没有调查清楚之前，没有任何人可以摆脱嫌疑。根据护送'客人'的排长和战士回忆，当时他们趁着夜色过封锁线，一个战士不小心发出了声响，远处炮楼上鬼子的机枪就扫了过来，'客人'身中数枪当场牺牲。从当时的情况来看，更像是巧合事件，不应该是有意伏击。"

"七号"沉默一会儿，道："你说得有理，看来是敌人充分利用了这一巧合事件，精心设计了这个圈套。"

郑山反过来问他："那个人为什么要先把你支走呢？把你和刀子一网打尽不是更好吗？"

"七号"又是一脸苦笑，自嘲地说："这个问题我也想过很多次，可能是他嫌我长得难看吧。"

刀子忍不住插嘴道："如果我们都在，他也许力不能及，无法把我们都打倒，那样他反而就危险了。"刀子一直痛恨事发时他没有在现场，如果他在，一定能把那个人的脑袋砸进墙里。

赵凡轻咳两声，道："你俩说的都有道理，那个人行事缜密，肯定预料到这些，所以把'七号'支走，又授意钟子奇和我安排刀子去护送和监视'七号'，因为他忌惮刀子的威力。这样联络站只剩下'道长'、老钟、我和齐明珍四个人，他有把握一击得手。"赵凡似乎气息不稳，使劲喘了几口气，对着"七号"和刀子道："他这样做，最大的可能是没有把你两列入他的计划名单。"

"计划？名单？"屋里四个人全都诧异地看着赵凡。

赵凡换了一条手帕擦嘴，声音很轻，却如一声惊雷震惊了四个人："不错，那应该是一份与恶魔做交易的名单！有人在有计划、有步骤地出卖我们的组织和成员。"

屋子里一时沉静下来，窗外的寒风掠过屋檐，发出令人心寒的呼啸声，所有的人都陷入沉思。郑山问赵凡："你为什么会这样怀疑，有理由吗？"

赵凡道："就算'客人'牺牲是一个巧合事件，那么顶替他的人是怎么掌握联络时间、地点和暗语的？这就说明，必然有一个熟悉我们内部情况的人将这些东西出卖给敌人。"

他喘了两口气，苦笑道："知道这件事的有四个人，'道长'、'客人'、钟子奇和我，是我把假'客人'接进联络站，他们三个都死了，唯一幸存者是我，所以我的嫌疑最大。如果我是你们，我也会这样想。"

几个人一阵沉默，没有人反驳他，因为赵凡说出了他们想说而没说出口的话。刀子闷声道："如果他们见到你向自己爱人开枪的情景，一定不会再……"

赵凡一阵剧咳，无法说话，只能摇晃着手制止刀子。

大武神色肃然，道："那天的场景我见到了，我的助手小柳也在那里牺牲了。"

赵凡和刀子这才知道，那天的爆炸原来是他们干的，没有他们牵制敌人，赵凡和刀子很难逃出生天。

赵凡突然问道："在那夜事发之前，我们有谁见过'道长'？"

"七号"和刀子都摇摇头，郑山沉思一会儿，也摇摇头，大武想了半天说："两年前，我曾见过'道长'一次，只不过当时天黑，他好像还化了装。"

赵凡眼睛一亮，急切地问："他有没有明显的特征？年纪、长相，哪怕是伤疤……"

大武一拍桌子，打断赵凡的话："赵凡同志，你这是在怀疑一个已经牺牲了的领导同志吗？请注意你的身份和用词！"

郑山接口道："那天在场的每一个人都有嫌疑，不论是死人还是活人，我们都会排查。只是'道长'和老钟的尸体都落进日本人的手里，恐怕已经被处理了，很难为我们提供证明了。"

赵凡痛苦地闭上了双眼，仿佛又看见了那天假"客人"一枪打碎"道长"头颅的情景，喘息着说："我记得那个假'客人'眉毛中间有一颗痣，右手背上有一道疤痕……"

郑山叹了口气，道："你说的特征我们会去排查，但是你我都知道，那个人很可能是精于化装，故意留下那些特征误导我们。"

赵凡突然睁开眼睛，急促地说："还有一个重要的细节，我相信不会是化装的！"

所有人都盯着赵凡，赵凡想起那天齐明珍最后抱住假"客人"执枪的右手，伸手在他脸上狠狠抓了一把，向赵凡喊道："快进暗道！别管我！"音犹在耳，而人已香消玉殒。一滴泪水慢慢涌出赵凡的眼角，他哽咽着说道："我亲眼看见我的爱人齐明珍同志在那个人脸上狠狠地抓了一把，我看见了他脸上的血，一定会有伤痕的！"赵凡不由自主地模仿起齐明珍抓那个人时的动作。

其余四个人一时沉默无语，每个人都在想象那天生死搏斗的场景，想象着弱小的齐明珍为了救自己的丈夫，迎着那个恶魔的枪口冲上去的壮烈勇敢。

大武和郑山离开时，外面雪下得紧了，这是北平今年冬天的第一场雪，郑山叹息一声："好大的雪啊，又是漫长难熬的冬天啊。"

大武回头对呆坐着的赵凡道："赵凡同志，你说的情况我们会如实汇报的。我相信，你还是我们的同志，但是齐明珍，她已经不是我们的同志了。"他也叹息着，踩着雪走远了。

赵凡坐在那里，眼神空洞无物，连呼吸似乎也已停止……

三十九、林旭和沈鹊应的故事

北平，"品仙阁"茶楼，中统秘密联络点。

一身名贵旗袍的朱雀带着两个黑衣保镖走了进来，刚进一楼，朱雀抬起她那戴着翡翠戒指的手做个手势，两个保镖知趣地留在一楼，朱雀拎着小包摇曳生姿地走上二楼。

二楼尽头的密室里，一个三十多岁的短发男人叼着雪茄坐在那里，听见朱雀高跟鞋的声音，男人并没有回头，一直等到一个馨香柔软的身躯贴在自己的后背上，他才轻轻地说："你来了。"

朱雀把一双白皙的胳膊紧紧缠在那个男人的脖子上，娇声说："你这头老虎，躲了这么久才出现，是不是有了新欢就忘了旧爱呀？"声音又软又嗲，浑然不是当日在这间屋子里开枪击毙赵老五时的冷酷无情。

男人转过身来抱着朱雀柔软的身躯，笑道："有了你，谁还会去找别人？"男人闻着她身上的香气，有些贪婪似乎又有几分克制，他把头低垂到朱雀的秀发中，深吸一口气，在她耳边轻声说："时候到了。外围我已经安排妥当，可以动手了。"

朱雀闭着眼睛，似乎很享受这温存，说的话却寒气袭人："那个假和尚尸位素餐多年，早就该让贤了，既然他不肯放下屠刀，我们就帮他渡劫，让他立地成佛。"

男人似乎有点顾虑，说："唯一担心的就是玄武，他如果知道了我们的计划，十有八九会坏事。"

朱雀在他怀里咯咯娇笑着，说："你忘了我是干什么的？我会给他一条假情报，把他支开，走得远远的，即便他想帮那个假和尚也是鞭长莫及。"

原来这个男人就是神秘的中统副站长白虎，他和朱雀早就对老迈平庸的青龙站长心怀不满，一直暗中筹划取而代之。但是青龙虽然业绩平平，却是中统元老，在上层有得力的支持者，与身居高位的陈立夫、陈果夫和徐恩曾都有不错的交情，并不是能轻而易举扳倒的，白虎和朱雀几番阴谋小动作都没有得逞。

在拦截黄河决口情报上，白虎和朱雀未经青龙同意，玩了一次"螳螂捕蝉，黄雀在后"的把戏，结果没能成功，还险些与军统发生冲突，被青龙一顿严责。愤恨委屈的朱雀抱着白虎一通大哭，白虎只能好言安抚，更坚定了二人除掉青龙的决心。

白虎低下头亲吻着朱雀小巧红润的嘴唇，喃喃地说："上边已经有人答应我了，青龙那老家伙要是成佛了，就让我做站长，你做副站长，以后北平中统的上百号人枪就以你我马首是瞻。"

朱雀眼波流转，兴奋地说："那时候我们就可以和香月青川、井上真雄他们好好斗一场了，就算是曾涉那伙人，我们也不用再客气忍让。"

白虎双手在朱雀身上游移，朱雀吃吃笑着，扭动着身体躲避。白虎略微惋惜地说："要是洪顺堂还掌控在我们手中，这件事完全可以让洪顺堂替我们动手。一想起这事我就生气，没用的孟师爷，可恶的香月青川！"

朱雀微微一笑，说："我们得不到的东西，宁肯毁了也不能让别人捡去！香月青川从我们手里硬抢去洪顺堂，我们干脆就把洪顺堂变成一个炸弹送给他！"

白虎双手停止抚摸，扳住朱雀的香肩，疑惑地问："我的大美人儿，你又有什么奇思妙计？"

朱雀做出一脸娇羞状，说："洪顺堂的刘思过自从弑师灭祖当了汉奸，已经成了香月青川的手下干将，他在保定府挑了军统的一条暗线，却也被刺客打瘸了腿。刘思过是一条见人就咬的恶狼，他把刺客的事算到海龙帮头上，前几日还因为此事跑去天津和海龙帮撕咬一番。"

白虎问她："你了解得这么清楚，肯定知道真正刺杀刘思过的幕后主使是谁了？"

朱雀微微一笑："不错，刺杀刘思过的幕后主使就是他的大师兄高青岩。高青岩工于心计，眼见刘思过势力独大，自己在堂中岌岌可危，就通过中间人高价雇了一个海龙帮的杀手，故意用海龙帮的独门暗器飞龙镖去刺杀刘思过，把刘思过这条恶狼引向海龙帮，无论刺杀成功与否，高青岩都会坐收渔翁之利。但是他没想到的是，他找的中间人却被我们收买了。如果刘思过知道是高青岩要刺杀他，洪顺堂一定会天翻地覆、血雨腥风，到时候香月青川等人只能去给他们收拾后事了。"

白虎问她："听说那个刺客当场被乱枪击毙，死无对证了，刘思过会相信吗？"

朱雀娇笑着，用一根青葱似的手指轻轻滑过白虎的嘴角，帮白虎整整衣领，说："刘思过是一条饥不择食的饿狼，他需要的不是证据，而是目标。现在他除了不敢招惹他的日本主子，换了谁他都能扑过去咬几口。我们现在需要做的就是在适当的时候把消息透露给刘思过，然后，我们就坐在一边看洪顺堂两个瘸子窝里斗，狗咬狗！"

两人又紧紧抱在一起温存了一会儿，白虎低声说："除掉青龙的事，我们要尽早安排，你的计划只要准备好了，我就马上实施，这件事你是主帅，我是先锋。"他抽出手，看了一眼手表，略带歉意地对朱雀说："对不起，我还有事，要先走一步。"

看着白虎正要离去的背影，朱雀幽幽地说："什么事比我还重要？是你的美女老婆吗？"

已经拉开门的白虎停住脚步，回头看着朱雀。朱雀站在原地，用纤纤细指抚弄着如瀑黑发，一脸幽怨，眼中似乎有泪珠儿要滚落。白虎暗暗叹了一口气，把拉开的房门又关上，疾步回来，狠狠地抱住朱雀，亲吻着，像是要把她揉进自己身体里一样……

北平的一场雪让整个城市都变了样，原来破败不堪的前门城楼仿佛粉雕玉砌一样焕然一新，微微反射着初升朝阳的光芒。雪后的寒冷让大街上行人稀少，一些商家店铺的旗帜和幌子也仿佛被冻住了，无精打采地垂在那里。平日站在城门洞里的几个日本卫兵也被冻得瑟瑟发抖，哈着手跺着脚取暖，军容风纪远远不如刚进北平城时的趾高气扬。

"二鬼子"警察吴岳在自己管片里溜达巡逻，远远看见那几个日本兵的惨相，心下暗暗开心。自从上次被日本兵打了一顿以后，吴岳每次巡逻都会避开这个日本兵把守的哨卡。他不想让日本兵看见自己，转头蹅进小巷子里。小巷子里积雪无人打扫，踏在脚下咯吱咯吱作响，这响声让他诗兴大起，一边伸展着胳膊使劲呼吸雪后的新鲜空气，一边背诵起唐代诗人李贺的《雁门太守行》：

黑云压城城欲摧，甲光向日金鳞开。

角声满天秋色里，塞上燕脂凝夜紫。

半卷红旗临易水，霜重鼓寒声不起。

……

最后两句似乎记不住了，正踟蹰间，忽然一个雪团砸在他帽子上，他一脸惊愕地回头，身后不远处是系着红色围巾俏生生站在雪地里的萧静怡，手里还攥着一个雪团向他掷来，吴岳赶紧抱着脑袋躲开。

萧静怡笑吟吟地嘲笑他："没想到你这个痞里痞气的'二鬼子'还会背诗，现在明明是冬天，你非要说'角声满天秋色里'，季节都弄混了！"

看着白雪映着红巾、清新俏丽的萧静怡，吴岳有些痴了。见他一脸傻乎乎的样子，萧静怡的笑声更加响亮清脆，吴岳赶紧向她做了一个"嘘"的手势，低声说："我的小姑奶奶，别笑得跟铃铛似的，小心招来鬼！"他指指远处的日本兵哨卡，萧静怡吓得一吐舌头。

两人踩着积雪向巷子深处走去，萧静怡问他上次那个大烟鬼的事怎么处理的，毕竟在京师重地杀了一个侦缉队密探，不是小事，萧静怡躲在家里忐忑了好几天。吴岳却不太在意，说北平城每天都有打打杀杀的案件，死几个人是很正常的事，就算侦缉队检验死者身上子弹的弹道，那也是大烟鬼自己的配枪。这件案子没有目击证人，由我们警察所报上去了，杀人凶手嘛，怀疑就是那些流窜于街巷间的暴徒分子。说到这里，吴岳笑嘻嘻地故意看了萧静怡一眼。

萧静怡知道他说得若无其事，背后肯定做了很多不为人知的手脚，否则怎么可能如此风平浪静。萧静怡故意停下来，抬头问吴岳："你看我像是暴徒分子吗？"

"这个嘛，暴徒分子一般都是红发绿眼、青面獠牙，你全身上下只有这条围巾符合暴徒分子的特征，要不我先把这条围巾逮住，带回局子里审问？"吴岳又恢复了一脸痞相，嬉皮笑脸地回答她的问题。

萧静怡神情严肃，盯着吴岳说："我们见过几次面，你其实早就知道，我就是你们所说的……"

吴岳不让她说完，赶紧打断她："大小姐，你是千金之躯，不能乱说话，我今天可是穿着警服呢，你这么说，算是投案自首吗？"

萧静怡被他的插科打诨气得无语，恨恨地说："我真的弄不明白，你好好的一个年轻人，为什么要去做一个……一个人见人恨的'二鬼子'呢？"她本来想换个委婉点的词语，可是看见他的痞相，还是决定用言语狠狠地刺他一下。

吴岳微微愣了一下，用他惯有的方式回答："穿这身皮，我如果说是为了养家糊口，你肯定不信；我如果说是为了我的理想，你更不会信。反正我怎么说，你都不会信，还不如不说，是不是？"

萧静怡被他的无赖相和绕口令般的回答气得哭笑不得，只能沉默着向前走去，故意使劲踩着脚下的雪。

走了半天，吴岳主动打破尴尬，说："大小姐，你已经陪着本警官巡逻完今天的路线，本警官今天可以收工了，剩下的时间，你可以考虑一下雇这个警官做你的保镖，无论刀山火海、酒池肉林他都陪你去。"

萧静怡被他一本正经的耍贫逗乐了，想了想说："好吧，本大小姐今天要去法华寺替我姐姐烧香还愿，就雇你当我的保镖兼小厮吧。"

吴岳双脚一碰，来了一个标准的敬礼动作，大声道："保证完成任务！"

"就是不知道雇这个保镖什么身价啊，我怕我雇不起呢。"萧静怡背起手，在原地转了一圈。

吴岳赶紧低声下气地讨好："一碗正宗的炸酱面就行，要是你嫌贵，一碗街边的卤煮火烧也行。"

萧静怡终于被他逗得笑弯了腰，笑得连旁边树枝上的雪都被震落了下来。

当时北平城有两座法华寺，一座位于多福巷，是明朝皇家敕建，另一座位于天坛东边，虽说不是敕建，但是据说是释道儒三教合一之所。这两座法华寺在北平城都很有名气，吴岳问萧静怡去哪所，萧静怡本是天津人，客居北平，对这两座寺庙不甚了解，出门时又忘记问姐姐萧萱怡，一时也拿不定主意。

吴岳向萧静怡解释一番，多福巷的法华寺被称为"其巨为东城诸刹之冠"，清朝咸丰年间曾经作为"巡防处"，与列强洋人交涉外交事务。戊戌变法之时，袁世凯寓居于此，谭嗣同曾深夜前来游说袁世凯，使这座法华寺成为影响中国历史走向的寺庙。天坛附近的法华寺全称为大兴法华寺，曾经停放过被奉系军阀杀害的李大钊灵柩，寺中据说有一种海棠花，每年开两季，每次开花都引来观者如云，是京城著名的景观之一。

萧静怡想了想，说："我姐姐说的应该是多福巷的法华寺吧，我们就去那里吧，就当是缅怀一下戊戌六君子。至于大兴法华寺还是等海棠花开时，你再给我当一次保镖，我们去看看那海棠花是什么样，好不好？"吴岳当然点头称是，不敢反对。

在法华寺烧完香，吴岳陪着萧静怡到处逛逛，给她讲解各处风景典故。看吴岳对法华寺如此熟悉，萧静怡有些好奇，问他小时候是不是在寺里当过小和尚，这次是回老家串门来了。吴岳这次反而没有和她嬉皮笑脸，很正经地问萧静怡："你知道戊戌六君子里的林旭吧？"

萧静怡想了想说："知道一点儿，虽然他没有康有为、梁启超、谭嗣同那么有名气，好像他是六君子里最年轻的，二十多岁就被杀了。"

吴岳点点头，道："林旭就义时还不到二十四岁，是六君子中最年轻的，殊为可惜。他是福建侯官人，曾在福建乡试中高中第一名解元，被誉为'神童'。百日维新时，光绪帝召见他数次，赏四品卿衔，在军机处行走，积极参与新政。戊戌政变前夕，林旭曾把光绪帝的密诏带给外面的维新一党，共商援救光绪的办法。后来事败，在菜市口与谭嗣同、康广仁等人一同遇害。"

萧静怡第一次看到吴岳收敛痞相，这么一本正经地说话，反而有些不适应。

吴岳走到寺中一株参天龙槐树下，伸手抚摸树干，感慨良久，说："树犹如此，人何以堪？十五年前，我一家从南方搬到北平定居，母亲曾带我到法华寺这棵树下，给我讲戊戌变法的历史，教导我要立志做一个像林旭那样的人。没想到我今天竟然当了一个人见人皱眉、鬼见鬼撇嘴的'二鬼子'。"吴岳抖了抖身上的警察黑衣，表情有些黯然落寞。

吴岳绕着树转了一圈，在东边树根蹲下，拂开积雪和落叶，露出一块斑驳陈旧的地砖，他伸手招呼萧静怡也来看，萧静怡不知道他又捣什么鬼，好奇地走过来蹲在他身边，只见那块地砖上刻着一个小小的"吴"字，字迹上沾满泥土和苔藓，显然是多年前刻上的。吴岳摩挲着那个小字，神情更是哀伤，说："这是当年我考上燕京大学时，特意来刻的字，提醒自己的理想就是做一个林旭那样的人。可惜，如今理想只能是梦想了。"

萧静怡拍着手跳起来叫道："原来我们差点就是校友，只可惜，我刚刚考完试，还没入校，日本人就来了，否则我们也许早就认识了呢。"

吴岳似乎早就知道萧静怡也报考了燕京大学，并不惊奇，只是默默地又把那块地砖盖上积雪，拍拍手站起来。

萧静怡好奇问他："为什么一定要以林旭为榜样呢？"

吴岳轻轻地问："你知道林旭的妻子是谁吗？"

萧静怡摇摇头，笑着说："莫不是你家的亲戚？"

"不错，"吴岳点点头，难得一见的庄重，道，"林旭的妻子是晚清重臣沈葆桢的孙女、江南才女沈鹊应，沈鹊应是家母长辈。所以，家母在我小时候就以林旭为榜样教我读书做人。"

萧静怡更是好奇，说："看来你母亲她老人家，应该也是一个才女啊。"

吴岳神色黯然，幽幽地道："他们家族的女人确实都是兰心蕙质、温婉贤惠，可惜都不长寿……"

两人一阵沉默，吴岳又恢复常态，笑嘻嘻地打破尴尬，说："既然到了法华寺，这里当年是袁世凯的寓所，是决定戊戌六君子命运和中国历史走向的地方，我就给你讲个林旭和沈鹊应的故事吧，也算对得起你雇保镖的一碗炸酱面。"萧静怡拍手称是，说从没想到"保镖"还会讲故事，一定洗耳恭听，再给你加一碗炸酱面！

林旭1895年以公车举人入京，在北京期间因为钦佩康有为提出的变法救国主张，主动投入康有为门下。林旭遍交京中名士，又联络在京福建人士，于1898年成立闽学会，并配合康有为发起保国会。同年九月，通过少詹事王锡蕃推荐，被授四品卿衔军机章京，深得光绪赏识，据说当时不少上谕都是出自他的手笔。在后党反攻之时，光绪帝深为恐惧，担心"位且不保"，曾两颁密诏由林旭传出（一说前一密诏由杨锐传出）。林旭遗世有《晚翠轩诗集》，不过他最著名的一首诗却是他入狱以后写的绝命诗《狱中示复生》（谭嗣同字复生）：

> 青蒲饮泣知何补，
>
> 慷慨难酬国士恩。
>
> 欲为君歌千里草，
>
> 本初健者莫轻言。

此诗在后世广为流传，四句皆为隐喻，道出了很多隐情，让后世之人纷纷揣测。"青蒲"典出《汉书·史丹传》，原指忠臣伏在青色蒲团上强谏军国大事，此指戊戌变法事败已无力回天。"国士"隐指光绪帝，意谓即使慷慨就义亦难酬报光绪帝知遇之恩。"千里草"原指董卓，汉末有民谣"千里草，何青青，十日卜，不得生"，此诗暗指当时防卫京师的武卫后军统领董福祥。"本初"是三国袁绍的字，此借指袁世凯。汉末时，袁绍不同意董卓废汉献帝的打算，董卓说："天下大事，岂不在我？我欲为之，谁敢不从！"袁答之曰："天下健者，岂唯董公？"然后"横刀长揖径出"。

当时，康有为、谭嗣同等人皆力主劝说袁世凯起兵勤王，唯独林旭认为袁世凯为人奸猾不可靠，为一世枭雄，即便成功，也是如董卓、王莽之类，引狼入室祸乱社稷，不如倚重董福祥。事后证明林旭对袁世凯的判断是准确的，但是在当时要放弃一个对变法表现出好感的实力派军人袁世凯，改为信任一个维新派都不太了解的董福祥，尤其这个董福祥还有历史污点（董福祥曾在陕北叛乱反清，被左宗棠战败收服），大家一致不同意。后来事情紧急，谭嗣同夜入法华寺与袁世凯密谋勤王之事，"率死士数百扶上登午门而杀荣禄，除旧党"，康、谭等人还是把最后的赌注押在袁世凯身上。袁世凯表面答应得慷慨壮烈，"只要皇上在我营中，杀一个荣禄就如杀一条狗一样！"暗地里他却召来智囊尹铭绶商议一个万全之计。尹铭绶中过榜眼，为翰林院编修，为人足智多谋，他向袁世凯建议，帝、后两党相争，后党掌握军权，羽翼遍布朝野，稳如磐石；帝党没有军队，只依靠几个赤手空拳的书呆子，危如累卵。中国历史上从来都是"秀才闹事，三年不成"，光凭嘴巴子而没有刀把子是不行的，以卵击石，后果不言而喻。听了他的建议，袁世凯下定决心将机密事出卖给荣禄，遂致事败。

林旭就义后，妻子沈鹊应在福州得知丈夫遇害的消息，悲伤泣血，填了一首绝命词《浪淘沙》悼念林旭：

> 报国志难酬，碧血谁收？箧中遗稿自千秋。肠断招魂魂不到，云暗江头。　　绣佛旧妆楼，我已君休。万千悔恨更何尤！拼得眼中无尽泪，共水长流。

词成不久，这位被后世学者评价"词采直追李易安"的沈鹊应就服毒自尽，追随林旭于地下……

听完吴岳讲的这段波谲云诡的晚清历史，萧静怡沉思良久，她聪颖过人，知道吴岳是借故事顾左右而言他，说："你这个故事是想告诉我，我们也是'秀才闹事，三年不成'？"

吴岳看着她的大眼睛，微笑不语。

萧静怡有些激动，面庞涨红，道："可是我也记得谭嗣同说过：'各国变法，无不从流血开始。今中国未有因变法而流血者，此国所以不昌者。'况且，当时是国内变法，今日是异邦入侵，日寇吞食我中国，岂能同日而语？纵然我们只有'嘴巴子'，大不了用我们的头颅和热血去和'刀把子'拼一场，以死酬国就是了！"

看她说得义正词严，吴岳只有摇头苦笑，道："以死酬国不该是你们这些学生去，你们都是国家的希望所在，只有你们活着，这个国家和民族才有希望。"

萧静怡打断他："我们活着，但是如果国家亡了，还会有希望吗？"

吴岳沉默无语，两个人踩着雪走出寺来。

萧静怡叹了口气，又道："我只是慨叹沈鹊应，原来世间真有生死与共、不离不弃的爱情，这个江南才女虽然早逝，但一定是一个最幸福的女人，因为她找到了愿意用性命去换的爱情……如果有选择的机会，我愿意做沈鹊应那样的女子。"

吴岳突然拉住她，指指远处的街上，一队荷枪实弹的日本兵耀武扬威地走过去，前面一匹高头大马上，坐着的正是香月青川。

吴岳低声说："这家伙又回来了，他是一个可怕的人，你们一定要提防着他。"

萧静怡望着香月青川远去的背影，冷冷地说："我知道他，他不仅可怕，还厚脸皮难缠！"

四十、青龙出山

前门，陈宅。

陈家几个下人正在院子里扫雪，看见香月青川拎着一个包裹进来，都慌忙躲进厢房。陈寒松吃住都在医院，极少回家，萧萱怡正陪公公婆婆在屋子里吃饭，看见香月青川笑容可掬地走进来，老爷子一脸严霜，把筷子扔在桌子上。老太太怕闹僵了，赶紧拖着老爷子躲避，老爷子犹自气愤难抑，喃喃道："家门不幸，家门不幸……"老太太捂住他的嘴，把他拖进后堂。

萧萱怡面冷如雪，站起身来责问香月青川："香月课长，就算是在你们日本，未经主人允许在人家吃饭时闯进去，也是很失礼的事情吧？"

香月青川意识到了自己的失礼，赶紧冲着老两口离去的房门深鞠一躬，大声说："是我无礼，请伯父伯母原谅我的过错！"

受到责备的香月青川似乎依然兴高采烈，他转过身，从包裹里拿出一件白色貂皮大衣，对萧萱怡说道："下雪了，北平的冬天要比京都寒冷很多，你身体不好，这是我让人在东北订制的貂皮大衣，今天赶回来送给你，你穿上试试。"说完，向着萧萱怡展开大衣，热切地示意萧萱怡穿上。

萧萱怡愣了一下，实在没有想到香月青川此次前来竟然是为她送大衣，心中微微有些触动。可是一想到刚才公公婆婆的话语和神态，他们二人此时肯定在后面偷听，这衣服她是无论如何也不能收下的。

萧萱怡沉吟一下，对香月青川道："香月课长，请您自重，求您以后不要再来陈家了。"说完，眼中忍不住流出泪水。

香月青川本来满怀欢喜，听了这话，有些尴尬无措，手中的大衣拿也不是放也不是，说："萱怡，你我同学一场，怎能这样说我？是我哪里做错什么了？"

萧萱怡哽咽出声，不想再与香月青川说话，一把抓过那件貂皮大衣，使劲儿摔在门外的雪地里，然后哭着奔回自己的房间，狠狠地摔上房门。

香月青川第一次被人如此对待，脸上阴晴不定，站在那里愣了半天，最后朗声笑道："萱怡，我送衣服给你，要与不要，穿与不穿，都是你的事，我心意已了，这就告辞。"

走到庭院中间，他又回头对着萧萱怡的房门说道："你可以不当我是同学，但在我心里，你永远都是我的同学！"

说完，他一脸微笑地出门而去。偌大的陈宅死一般寂静……

香月青川此次星夜从天津回到北平，除了给萧萱怡送貂皮大衣之外，还缘于北平的黑木亲庆和佐藤斋次得到了一张小字条。

那张小字条上只写了四个字：

青龙出山！

于是，香月青川和芥川左兵卫星夜赶回北平，他们都知道，一场大战临近了。

琉璃厂，花夕斋。

字条上的四个字龙飞凤舞，一手好行草，尤其那个"龙"字写得真如飞龙在天，很见功力。香月青川端详半天，转头问佐藤斋次有无别的线索，佐藤斋次赶紧又递过来一支女人用的簪子，说在"花夕斋"门口捡到字条处的旁边，有人放了一支簪子在那里。簪子是旧式的银质翔凤造型，凤尾处嵌了一个小小的"红"字，有些地方已经磨损不堪，香月青川看了半天，问黑木亲庆："前辈对中国的古董文物很有研究，不知道这簪子是什么来路？"

黑木亲庆早把簪子看了无数遍，说："这算不得古董，是很普通的女人用簪子，路边小摊随处可见，做工粗糙，用的银料也多含杂质，值不了几块钱，那个'红'字会不会是指一个名字里带'红'字的女人？"

香月青川沉思一会儿道："'青龙'平时一直隐伏不出，这次突然露了踪迹，一定是他们内部出了问题，想通过我们借刀杀人，但是对我们来说却是好事，都说'神龙见首不见尾'，这次我们要抓住龙尾，看看龙首到底是谁！"

芥川左兵卫在一边有些疑虑，说："如果这个情报是假的呢？"

香月青川笑笑道："即便是假的，我们又有什么损失？在我们控制的北平城里，他们还能把我们诱去一网打尽？"

黑木亲庆也道："无论真假，我们都要试一下，对我们没有坏处，如果真的抓住青龙，那可是大功一件！"

芥川左兵卫说："难道我们就要凭这支簪子在北平城搜捕所有名字里带'红'字的女人？"

香月青川大笑着摇摇头，道："想除掉青龙的人，是想通过这支簪子考验一下我们的判断能力，就如围棋对弈一样，他在布局，我们就要破局。这支簪子里一定隐含着关于青龙的秘密，我们如果猜不到，对方就会认为我们没有资格和实力做他们的共谋，这出戏可能就没了下文，青龙我们也抓不到。"

四个人的目光都集中在那支旧簪子上，香月青川说："这种廉价粗糙的簪子，主人一定不是大家闺秀和知书达理的女士……"话没说完，一直沉默不语的佐藤斋次在旁边突然道："我在琉璃厂，好像见到有人戴着类似的簪子，那个女人，应该是个妓女……"

一语点醒梦中人，香月青川一拍手，笑道："我知道了！这种簪子应该是某个妓院统一为妓女们打制的，这支簪子是提示我们青龙所在的位置，应该是一个名字里有'红'字的妓院！"

黑木亲庆等人恍然大悟，连连称赞香月青川机敏过人。香月青川立即安排芥川左兵卫带着情报课的人排查全城带"红"字的妓院，又让佐藤斋次调来两辆电台侦测车，随时备用。两人领命而去，香月青川胸有成竹，笑着对黑木亲庆道："素闻前辈手谈乃'一夕会'第一高手，今天有此闲暇时间，还望前辈指教一二。"

黑木亲庆由衷佩服道："香月君真有中国东晋名相谢安之风，风云际会，大战在即，竟然还有心情下棋。看来你的养气功夫，要远远超过佐藤斋次那稳如磐石的定力了。"

一局未了，芥川左兵卫急匆匆进来报告，已经排查出三家带"红"字的妓院，分别是城东的"怡红院""红玉院"和城南的"红袖添香阁"。香月青川头也不抬，吩咐芥川左兵卫调动情报课所有人手，严密监控这三家妓院，进出的每一个人都要记录下来，并安排电台侦测车进行反复侦测，一旦发现有电台信号，立即报告。

黑木亲庆问香月青川："既然排查出目标，为什么不一鼓作气冲进去搜捕？万一夜长梦多，青龙逃逸了，那咱们可就后悔莫及了。"

香月青川目光仍然沉湎于棋局，微笑道："青龙此人虽未谋面，但是听闻他多年隐伏，从不露蛛丝马迹，此人必然善于伪装和坚守，他选择的藏身之处，怎么可能没有交火和逃命的准备？说不定，我们冒冒失失冲进去，正是他们意料之中的，反而帮忙让他们浑水摸鱼趁乱逃跑。"

说话间，香月青川在棋盘上已经打了黑木亲庆一个劫，吃了一子。芥川左兵卫不敢耽搁，躬身领命而出。

黑木亲庆叹道："久闻香月君心计与行动深得'其疾如风，其徐如林，侵掠如火，不动如山'的真味，今日一见，果然名不虚传，让我陡生老朽之感啊！"

香月青川谦逊几句，道："中国有些古话说得很对，'鸷鸟将击，卑飞敛翼；猛兽将搏，弭耳俯伏'，'善守者，藏于九地之下，善攻者，动于九天之上'。我们要想擒住青龙，就一定不能按照他的思路入局，一定要出人意料，攻其软肋。"

黑木亲庆拊掌笑道："青龙虽然也是一条神龙，但是这次遇见香月君，恐怕是难逃罗网了！我也明白了，为何阿部几宽与你有派别之隙，却也不得不仰仗于你啊。"

香月青川却叹了一口气，道："青龙虽然老奸巨猾、神秘莫测，却并不是我最想擒获的目标。平津地区，我最想亲手剿灭的是曾涉和'三木王'，如今王天牧远赴上海，曾涉又销声匿迹，实在是让我失望。"

傍晚时分，芥川左兵卫和佐藤斋次又来报告，三家妓院已经被严密监控，没有发现异常，电台侦测车侦测了一天，三家妓院方圆一公里的地方都没有发现电台信号。

香月青川轻敲棋子，陷入沉思。黑木亲庆低声问他："难道我们判断错了，并不是这三家妓院？"

芥川左兵卫有些性急，说："让我带人冲进去，挨个搜查一遍就有分晓了。"

香月青川把手中棋子轻轻扔在棋盘上，略带责备地说："每临大事有静气，难道你忘了天津刘记米店的前车之鉴？"芥川左兵卫立刻红着脸退到一边，不再吭声了。

香月青川抓起衣帽，对黑木亲庆道："烦劳前辈在这里留守，我去现场看一下。"黑木亲庆也穿戴整齐跟了出来，说："擒拿青龙这样的大事，我怎么能错过。"香月青川也不勉强，四个人共乘一辆轿车出去。

芥川左兵卫开车绕着三家妓院慢慢转了两圈，前前后后都观察一遍，黑木亲庆等人并没有发现任何异常，芥川左兵卫把车停在僻静处，香月青川在车里闭目沉思。

暮色苍茫，远方残阳如血，斜照在披着积雪的高大城楼上，一群响着鸽哨的鸽子盘旋而过，留下阵阵回响，古老的北平就要进入沉睡的夜晚了。

车内似乎已经睡过去的香月青川突然睁开眼，对黑木亲庆等人说："我知道了！如果这个情报是真的，我知道青龙藏匿在哪里了。"

黑木亲庆有些吃惊地问："你怎么判断出来的？"

香月青川抬头看看天上盘旋的鸽群，说："他们没有用电台联系，用的是鸽子！这三个地方谁家有鸽子起落，那里就是青龙的藏身之处！"

四十一、红花五姐与七指

北平，城南，红袖添香阁。

一只鸽子"扑棱棱"落在红袖添香阁二楼的窗前，小眼睛好奇地看着屋子里，"咕咕"叫着，提醒屋里人该给自己喂吃的了。一个灰衣中年人打开窗户，伸手捉住鸽子，从鸽子腿上解下一根小铜管。灰衣人的手很是骇人，双手只有七根手指，左三右四，手背上伤痕累累，犹如老树虬枝。灰衣人从一个精致的瓷钵中捏起几粒小米喂鸽子，充满爱怜地抚摸着鸽子柔顺的羽毛，然后双手把它往天空一抛，鸽子画了一道漂亮的轨迹飞走了。

灰衣人看完铜管里的字条，皱了皱眉头，走到一扇紧闭的门前，在门上轻轻敲了两下，屋子里传来一个沙哑的声音："七指，他们回信了？"

被叫作"七指"的灰衣中年人，虽然隔着门，仍然神态恭谨地垂手答道："先生，白虎副站长回信了，他和朱雀组长会在子夜时分赶到，玄武组长正在外地，最快要在明日傍晚赶回。"

屋子里沉默无声。七指又轻声说道："先生，我们在这里耽搁太久了，要不要换个地方？"

屋子里的人不再说话，传来一阵轻微的诵经声，七指低头退下去。

红袖添香阁是北平城南一带最有名的妓院，一座红色小楼矗立正中，周边是十几间厢房拱卫。老鸨是一个满脸横肉的胖大婆娘，头上喜欢别一大朵红色绢花，窑子圈里人称她"红花五姐"。她为人彪悍泼辣，据说年轻时曾和城南混混头目拿刀子对戳，一碗酒一把刀一身鲜血，愣是不退半步，最后把一群闹事的混混们生生吓跑。红花五姐正坐在大堂中抽着大烟袋，看着手下的姑娘们嗲声嗲气地招呼客人，大茶壶们脚不点地般端茶送水，心里充满了得意和骄傲。她从十几岁进入红袖添香阁，经过快四十年的挣扎煎熬和钩心斗角，靠着威逼利诱、软硬兼施，斗倒了几茬对手，终于把这个销金窟变成自己身上的肥肉，再也没有人能抢走她的肉了。

红花五姐使劲儿抽了两口烟，突然觉得右眼皮跳了跳，她想起了楼上那扇紧闭的房门，不由得心中一紧，赶紧唤过两个手下出去四下查看一圈。她对自己的直觉有一种近乎执拗的迷信，每次眼皮跳，总会有不好的事发生。红花五姐粗重地叹口气，把烟袋放在一边，伸手从桌子上的一个小筐箩里拿出一截干枯的芦苇秆，掰下一小块，粘上唾沫贴在自己那跳个不停的眼皮上。做这些事时，她突然发现自己的手竟然在颤抖。

红花五姐在椅子上坐立不安，那把官帽酸枝椅子被她硕大的身躯折磨得痛苦不堪。最后，她一咬牙，扭动着身子向楼上走去，被她踩过的每一级楼梯都发出抗议的响声。为了那扇紧闭的房门和里面的人，红花五姐在二楼里面划出了一个禁区，严禁所有人等进入这个区域，比起喧闹的楼下和外面的厢房院落，这里简直是幽静的禅堂。七指一个人坐在门口，紧闭双目仿佛睡过去了，红花五姐沉重的脚步声只是让他微微睁开眼，红花五姐用目光向他询问里面情况，七指苦笑着摇摇头。红花五姐犹如一头巨兽在门口转了几圈，终于下定决心，举手敲门。

过了一会儿，诵经声终于停止，那个沙哑的声音传出来："你们都进来吧。"

二人推门进去，屋里一灯如豆，满室冰冷几欲凝霜，一个灰衣老僧垂首静静坐在桌旁，正是潭柘寺的觉因大师。红花五姐虽然性如烈火，也不敢在这老僧面前扯开大嗓门，极力压低声音道："先生，这里似乎不太安静，您是不是移驾一下，移驾到安全的……"

觉因大师慢慢抬起头，看着红花五姐眼皮上贴的芦苇片，微微笑道："五妹，你又心生警示了？"

红花五姐胖脸微微一红，说："先生，您就信我一次吧，这次我的感觉比当年我们和桂系那帮人拼命时还厉害。"

蒋桂中原大战时，红花五姐和七指等人就是青龙的手下，曾经被桂系的特工们伏击，九死一生。红花五姐想起往事，不由叹息道："那一晚，也是今天这般黑，二哥、四哥都殁了，三哥的手也被炸断三根手指，我的腿里现在还有两颗子弹，一到阴雨天就疼。那一晚的血，到现在还在我的梦里淌着……"

听她忆起往事，七指的双手不由一阵颤抖痉挛，他低下头使劲儿揉搓着。青龙轻叹一声，道："五妹，这么多年了，你还没能放下，不是你的眼跳，是你的心乱罢了。"

屋子里三人一时都默不作声，只剩那盏油灯在微微跳跃。青龙又幽幽一叹："可惜我坐禅十多年，到最后还是没能勘破名利关，'本来无一物，何处惹尘埃'，我若不是想最后一次双足沾尘，把一些未了的事情做些安排，又怎能主动出寺，踏入这一劫中？"

七指和红花五姐对视一眼，不懂青龙说的"这一劫"是何所指。青龙微微笑道："三弟、五妹，你们担心我的安危，好意我只能心领了。今夜，我只怕是走不了啦。"

七指和红花五姐闻言大吃一惊，七指闪电般弹起，冲到窗前探视，外面漆黑如墨，凄冷的西风掠过檐角，发出鬼魅呻吟般的声音。七指观察了一会儿，重又把窗户关上，回身把油灯扑灭，灯灭的瞬间，隐约看见七指的额头微微见汗。

红花五姐焦急地问他："外面什么情况？"

七指声音微微发颤："我们已经被包围了，人很多，至少有三层包围圈！"

红袖添香阁里依然灯火通明，人声喧哗，浑然不知道外面黑暗的夜空已经狰狞如野兽，正张开噬人的血口挤压过来。

红花五姐面色白如墙纸，连涂的厚厚一层胭脂都已无法遮盖。她情急之下忘了压低声音，一拍大腿，叫道："怪不得我派出去的两个人还没回来，肯定是遭了毒手了！"声如雷鸣电闪，震得七指的脸都抽搐不止。

红花五姐抬起大脚，跺一脚楼板，整个红楼都在晃，楼下飞一样跑上来一个精瘦的男人，垂手问红花五姐："老板，有什么吩咐？"

红花五姐神色平静了不少，从腰后摸出一把钥匙扔给那个男人，说："瘦狗，你去看看我房间里的暗道，能否逃出去？速去速回！"那个男人立刻转身而去。

七指依然站在窗边观察外面，突然开口问："他进了暗道，难道不会自己逃命，还能回来吗？"

红花五姐冲着他的背影"哼"了一声，道："我这里不仅有龟公大茶壶，还有忠肝义胆的死士！"

七指反唇相讥："妓院里忠肝义胆的死士，恐怕都是你的入幕之宾吧？"

红花五姐大怒："老三，你说话给我干净点！小心老娘把你的舌头给拔出来！"

青龙面色如常，似乎对这两人的吵架早就习以为常，慢悠悠地说："三弟、五妹，你们最开始跟随我闯荡江湖时，称呼我什么？"

两人都一愣，没想到青龙在这种情形之下，还有闲心叙旧。红花五姐轻声道："那时候我们结拜兄妹五人，都喊你'大哥'。"

青龙微笑道："现在外人都称我'大师'，你俩却为何叫我'先生'？"

七指恭敬地回答："因为我和五妹知道你其实并不是僧人，这些年你待我们亦弟子亦弟妹，我们尊你为'先生'，实在是由衷钦敬之意。"

虽然在漆黑不见五指的屋子里，但是两人仿佛还能看到青龙脸上的微笑。青龙轻声道："此身非僧非俗，此心似佛似道，跋涉尘世数十载，至交好友不过四五人，当年一起浴血的兄弟姐妹也只剩你二人。往事如烟，情景如昨，生与死，不过一起随风潜入我心中的梦境而已。今夜之事，必然血光泛滥，为我将死之身，而置众多性命堕于地狱，于心何忍？今夜注定是我最后一劫，没有胜败，没有遗憾，不求杀敌，只求心安。今夜之后，天下虽大，再也没有青龙此人……"

七指和红花五姐悲伤难抑，七指恨声说："先生才来不到一天，就被鬼子察觉了，一定是有叛徒将我们的行踪出卖给敌人！"

红花五姐厉声反驳道："我红袖添香阁里知道此事的不出三人，我可以用脑袋担保他们的忠诚！"

青龙没有理他们的争吵，继续说道："'若问心灵为何物，恰如墨画松涛声'，我在潭柘寺后山歇心亭中静坐喝茶时，经常想起当年的往事。我们兄妹年轻时，如果不是想当英雄，不是想做国家栋梁，那么避开这熙攘尘世，渔樵耕读，静隐山林，一杯野茶还酹明月，云淡风轻，宠辱不惊，岂不更好？所以，今夜你们不要再叫我'先生'了，还是叫我'大哥'吧，若是我们能回到过去，该有多好？"

七指轻声道："是，大哥，你当年曾教诲我们春秋大义、华夷严辨，如今山河破碎、民族危亡，我们如何能坐视不顾，安心静隐山林？"

青龙长叹一声，问他和红花五姐："春秋大义，修心静隐，哪个重要？现在我年纪越大，这个问题越是困扰我。"

七指在黑暗中肃然起立，道："大义重要！"

"我也选大义！"红花五姐赞同地一拍七指的肩膀，几乎把他拍个趔趄。

屋子里一团漆黑，青龙的面目隐约可见，沧桑的脸上绽开一丝笑意："当日我曾在歇心亭与军统曾涉书记解释'出生入死。生之徒，十有三；死之徒，十有三；人之生，动之于死地，亦十有三'。没想到，今夜我却主动踏入死地，先他一步向死而去，唉！"

红花五姐热泪盈眶，道："大哥，我们保护你从暗道逃走吧，即便走不脱，大不了与他们血拼一场，死就死了吧！"

青龙摇摇头，道："为我一人，将这里变成修罗道场，只能增添我的罪孽。"

正在此时，那个探查暗道的瘦狗回来了，一脸沮丧地对红花五姐说："老板，暗道出口还在鬼子的封锁线之内，那里不仅有鬼子兵，还架了两挺机枪，我们走不脱的。"

七指对红花五姐沉声道："莫不如将大哥藏在暗道内，我们出去与鬼子拼了，拼不过也将他们引开。"

红花五姐也道："好主意，我看行！"

青龙微微一笑，反问他俩："见不到我，日本人会走吗？"

红花五姐哽咽着一跺脚，楼板又是一阵晃，对瘦狗喊道："跟我下楼！把所有的人和武器都集中到这幢楼里，我们就在这里和日本人一命换一命！"

红楼里响起三声尖厉的哨音，顿时一片大乱，一些平日里猥琐不堪的龟公大茶壶，突然扔掉端茶倒水的壶和碗，全亮出了匣子枪，有两个龟公竟然还扛出两支三八大盖。这些人熄灭灯火，推倒桌椅，堵住楼门和窗户，准备以此据守。

对面厢房里的一个大茶壶，也掏出手枪向红楼跑去，似乎想过来会合，谁知刚跑出两步，身后闪起一道寒光，那个大茶壶突然看见了自己奔跑的双腿。红楼里据守的人借着外面的灯光，清晰地看见一个奔跑到庭院中间的人突然拦腰而断，双腿还挣扎着跑出老远，喷涌的血将院子里的雪染红了一大片。厢房里一声撕心裂肺的尖叫，似乎被这瘆人的场景吓到了，十几间厢房顿时一片大乱，不少衣衫不整的嫖客和妓女纷纷夺路而逃。有两个男人似乎也是中统的人，趁乱向红楼奔来，刚跑到那具尸体前就倒下了，两人太阳穴上都钉着一枚黑黝黝的十字镖。一群嫖客拼命向门外挤去，刀光再闪，领头的两人突然分成四片，血水如瀑布喷溅，却看不见挥刀的人。剩下的嫖客个个一身血水，被吓得惨叫不绝，却不敢挪动半步，一阵尖锐的破风声响，这几个人脸上都被钉满十字镖，七扭八歪躺了一地。

红花五姐看着满地血淋淋的尸体，气得大骂，抬手向黑漆漆的夜空连开三枪，喊道："小鬼子，姑奶奶在这里，有能耐真刀真枪来抓我啊，躲在暗处伤人算狗屁本事！"

十几间厢房里至少跑出去五六十名衣衫单薄的嫖客和妓女，这些人刚刚挤出红袖添香阁的大门，就像一群鱼儿钻进无边的大网，在光线的交界处，黑压压站着一排日本宪兵和情报课特工，看着这些人仿佛看着砧板上挣扎的鱼。一个宪兵队长模样的军官挥一下手，这群鱼儿立即被枪托和棍棒打倒在地，一时间哀号声响彻夜空。那个军官看着这些赤身露体的人，泛起一个恶毒的笑容："既然你们这么不爱穿衣服，我就帮你们都脱了吧！"

门口立刻响起一片惨呼惊叫，所有逃跑的男女都被剥得一丝不挂，男的跪在大门东侧的雪地里，女的跪在大门西侧，稍有反抗发出声音就是一顿毒打。

红花五姐让瘦狗清点人数和武器，瘦狗在黑暗中查了一圈，向她报告，目前死亡三人，失踪五人，剩下的十二人，全都集中到红楼里，武器包括步枪两支，短枪十四把，手榴弹三枚，子弹约一百发。

红花五姐舔舔嘴唇，骂瘦狗道："日你老母！一个鬼子没见到，就少了八个人，你这队长是吃屎的？"

瘦狗支吾道："他们有高手混进来了，像鬼影子一样，弟兄们没看清人就被撂倒了……"

红花五姐看到了那一道刀光和神出鬼没的暗器，知道遇到了劲敌，嘱咐瘦狗他们赶紧守好门窗，防止被人趁乱攻入。这时有三个惊慌失措的妓女，也趁乱跑进红楼里来，看见众人严阵以待的阵势，也跟着忙碌起来，没有枪每人就握着一把煤铲守住侧面的窗户。

瘦狗贴近红花五姐的耳边低声说道："老板，地下室里还有三桶汽油，一共一百五十斤，是不是……"他偷偷做了一个"烧"的手势。

红花五姐盯着瘦狗的眼睛，问他："你，不怕？"

瘦狗一脸惨笑，道："老板，我这身子骨风吹一下都疼，我可不想被日本人抓进审讯室，皮鞭老虎凳红烙铁，我统统受不了，还是这火烧火烤来的舒服！"

红花五姐拍着瘦狗的肩膀，放声大笑，道："好，好！你去准备吧！可惜了老娘这身肥肉，烧个一天一夜也未必能烧成灰！"

瘦得像纸一样的瘦狗，一阵战栗，几乎被她的大掌拍进土里。

四十二、这世间谁对你最好?

楼上那扇门里,七指问青龙:"我想了半天,会不会是白虎他们想借刀杀人,把我们出卖给日本人?"

青龙淡淡地说:"事已至此,何必计较是谁出卖我们,是他又如何,我们都已无法挽回了。"叹息一声,青龙又接着说,"其实是白虎、朱雀他们太着急了,我这次出寺,本来就是想辞去站长职务,让白虎、朱雀接任,对付日本人,还是年轻人有办法。可惜,他们等不及了……"

七指恨恨地说:"我只恨我们死得不明不白,真相也无人知晓。我们今日灰飞烟灭,他们明日得意扬扬!"

青龙垂首道:"心无挂碍,无挂碍故,无有恐怖。今日灰飞烟灭也罢,明日得意扬扬也罢,明日复今日,这具臭皮囊早晚都要灰飞烟灭。"

窗外传来鸽子的"咕咕"叫声,七指顿时眼睛一亮,赶紧打开窗户把鸽子抱进来,扯下一块衣襟,咬破手指,在上面用血写下几行字,然后把衣襟系在鸽子腿上。他做这一切,青龙在旁边看也不看,闭目诵起《永嘉证道歌》:

……

无罪福,无损益,寂灭性中莫问觅,

昔来尘镜未曾磨,今日分明须剖析。

谁无念?谁无生?若实无生无不生,

唤取机关木人问,求佛施功早晚成。

……

七指充满怜惜地最后一次抚摸着鸽子羽毛,又细心地喂它几粒米,然后把鸽子往空中一抛,鸽子振翼而起,在院子里习惯地绕一圈子,刚要高飞,院外响起一排枪声,鸽子像一团抹布一样坠落下来。七指顿时面如死灰。

青龙恍若未闻,依然闭目诵经:

……

纵遇锋刀常坦坦，假饶毒药也闲闲，

我师得见燃灯佛，多劫曾为忍辱仙。

几回生，几回死，生死悠悠无定止，

自从顿悟了无生，于诸荣辱何忧喜？

入深山，住兰若，岑崟幽邃长松下，

优游静坐野僧家，闲寂安居实潇洒。

……

香月青川不仅调来了宪兵队和情报课的人手，还从北平驻军调来一个中队，在红袖添香阁周围形成一个直径一公里的三层包围圈，务求一举擒获青龙。

虽然重兵云集，但是香月青川并不贸然进攻，而是安排芥川左兵卫和佐藤斋次利用夜色混进去，摸清里面情况，同时故意打草惊蛇，将里面的嫖客和妓女都惊扰而出。香月青川知道，这种围捕最怕乱成一团，但是他偏要主动挑起乱来，以乱对乱，乱中取胜。

轿车里，黑木亲庆有些担忧地问香月青川："青龙会不会借助人群或者暗道什么的，趁乱逃逸？"

香月青川冷笑一声："我虽未曾与青龙谋面，但是对此人不乏研究，他断然不会这么轻易逃跑的。况且，他就算钻进暗道，我也有办法让他再钻出来。"

香月青川招手喊来一名情报课的翻译，在他耳边嘀咕几句，那个翻译领命而去。

红楼里一片漆黑，只有几间厢房里的灯光洒出来，照在院子里血淋淋的一堆尸体上，显得阴森恐怖。院墙外灯火全熄，一片漆黑，只有跪在雪地里的两排赤裸的男女，冻得面色青紫哆里哆嗦，每人后面还站着一个持枪的日本兵，雪亮的刺刀闪着狰狞的亮光，对准每个人的后心。

翻译高举双手，慢慢走进院子，他走得很慢，像探地雷一样，生怕哪里飞来一颗子弹。瘦狗抄起步枪，瞄准翻译的脑袋，正要扣动扳机，那名翻译喊道："青龙站长，请你出来！大日本皇军华北方面军司令部情报课香月青川课长，请你出面一晤！"

瘦狗往地上呸了一口，骂道："原来是来当使者劝降的狗汉奸，老子虽然识字不多，也知道两国交兵不斩来使，就饶你一条狗命吧！"骂完一扣扳机，一枪打在那个翻译的脚下，翻译浑身哆嗦了一下，站在原地不敢再动。

瘦狗探出头来，喊道："什么狗屁课长，懒婆娘的裹脚布又臭又长，这里没有青龙站长，滚回去告诉你们的头头，再敢进来，就躺着出去！"

那翻译又喊道："香月课长说了，如果青龙站长出来，他会保证青龙站长和属下的生命安全！如果不出来，我们每过五分钟就处决一对嫖客妓女！"

瘦狗正要回话，不耐烦的红花五姐一把将他拽下来，声若雷霆地喊道："日你老母！滚回去告诉那个香月还是香瓜的，这里没有青龙站长！外面那些嫖客和婊子，你们全杀了，老娘也不会眨一下眼！"

那个翻译不再喊话，慢慢退回到黑暗中。

红花五姐逐一看看身边的人，又转头问那三个妓女："你们不怕死吗？"

为首的一个女人声音哆嗦着答道："五姐，我们都是爹生娘养的，谁会不怕死？"

红花五姐看着她们，语气略微温和："你们还是出去吧，也许能活一条命，一会儿打起来，这里就要玉石俱焚，不要在这里送了性命。"

为首那女人放下煤铲，掏出一方手帕，使劲儿擦着自己脸上厚厚的胭脂水粉，说："我当了半辈子的婊子，只想今夜好好做一个人，尝一回做人的滋味，死就死吧，我不怕！"

另一个女人也说道："就算我是婊子，我也不想被人脱光了衣服，跪在雪地里，还不如死在这里。"

红花五姐眼中泛泪，扔过去一把手枪，说："日他老母，以后谁再说我们婊子无情，我做鬼都去挠他！这枪保险打开了，打不死鬼子，你们就打死自己！"

院门外突然一阵喧哗，传来一片哭爹喊娘的惨叫声。两个日本兵分别拖着一男一女，拖到院门的亮光处，随后这对男女被按着跪在那里，先前那个宪兵队长一挥手，两把刺刀就戳进这对男女的后心，两人惨叫一声，栽倒在门口。

红花五姐大骂一声："日你老母，还真杀啊！"

瘦狗等人向门外的黑暗处开枪射击，却因为有院墙阻挡，根本打不着外边的人。红花五姐大喝一声："别打了，节省子弹！"

那个翻译缩在院墙后边喊："五分钟！五分钟之后还会有两个人死去，因为青龙的贪生怕死！"

过了一会儿，那翻译又喊："青龙站长，考虑一下吧！你出来，不但能救了这些无辜的人，也能保全你的部下！香月课长承诺，会把你的部下礼送出境！"

闭目沉思的青龙慢慢站起来，整整僧袍，走出房间，走下楼梯。七指想要拦阻他，被青龙挥手制止，只能一言不发眼含热泪地跟在青龙后边。看到青龙走下来，红花五姐等人围过来，扯开大嗓门："大哥，你不能相信他们的鬼话，小鬼子什么时候说话算数过？"

青龙摇摇头，双手合十，诵一声佛号，对众人说："我的时辰到了，该出去了。你们不要再为我做无谓的牺牲，能活着就要好好活着。不亡以待尽，生死亦无常。百年之后，我们总会再见面的。"

说完，青龙缓步从红楼走出，僧袍飘拂，面带微笑，仿佛刚从山野之中远足归来，他缓缓走到一堆尸体旁边，站在那里双手合十，楼里和院外一时静寂无声，人人都听见青龙的诵经声：

……

了了见，无一物，亦无人，亦无佛，

大千沙界海中沤，一切圣贤如电拂，

假使铁轮顶上旋，定慧圆明终不失。

日可冷，月可热，众魔不能坏真说，

象驾峥嵘慢进途，谁见螳螂能拒辙？

大象不游于兔径，大悟不拘于小节，

莫将管见谤苍苍，未了吾今为君诀！

……

红楼内的七指听见青龙的诵经声，再也抑制不住，起身也向外走去。红花五姐一把拉住他，七指回头看着她，两人眼中都是泪水，七指说："五妹，红袖添香阁是你的家，离不了你，你要好好活着，我去陪大哥走一程。"

红花五姐死死抓住他的胳膊不放，七指使劲儿去掰她的大手，眼中泪水横流，却面露笑容，说："三哥一直对你不好，看不起你的出身，对你恶语嘲讽多年，你让三哥出去，就当是我给你赔礼道歉了……"

红花五姐突然竖掌为刀，一掌砍在七指的后脖颈上，七指立刻像一根面条一样软了下来，红花五姐伸手揽住他，犹如抱一个孩童，转身向自己房间走去。瘦狗等人看傻了，不知道她这是要干什么，只听红花五姐厉声喝道："看什么？眼珠子都给我盯着鬼子去！"

红花五姐抬脚踢开房门，旋风般卷进房间里，搬开自己的卧床，露出一个铁制小暗门。红花五姐温柔地看着昏迷不醒的七指，一大滴眼泪落到七指的脸上，她赶紧伸手轻轻地拭去，就像是面对一个婴孩，她柔声说："三哥，你永远不懂，和你吵得最凶的人，往往就是喜欢你最深的人。今夜之后，你就会知道，这世间谁对你最好！"

她忍住泪水，又替七指整整衣服，终于一咬牙把七指推进暗门深处，又扯下床单牢牢塞住暗门的缝隙。她抹去脸上的泪水，又放开大嗓门，大笑道："三哥，好好睡一觉吧，睡醒了，小鬼子们也该滚蛋了！睡醒了，你就会知道，这都是一场梦……"

青龙站在院子中间，看见漆黑的夜空中一颗流星曳空而去，青龙长呼一口气，向着外面的黑暗喊道："香月青川，我已守约出来，你为何还不前来相见？"

包围圈外，香月青川整整帽子，抓起马鞭推开车门下车，黑木亲庆一把拉住他的袖子，说："香月君，他心怀必死之志，激你出去，只怕是要与你同归于尽，你不能去！"

已经潜回本方阵营的芥川左兵卫和佐藤斋次也过来拦阻他，说："香月君，万万不可，青龙等人这是做困兽之斗，你不能以身犯险。"

香月青川微微一笑，拨开黑木亲庆的手，说："他不惜死，我又怎能贪生？能与神秘的青龙对面而立，不正是我的职责吗？"

黑木亲庆再拦他，说："他是一心寻死，你是稳操胜券，何苦如此？"

香月青川看着他，眼中满是萧索之意："视死如生，于死中求解脱，你怎知不是我心中所想？"

香月青川穿过黑暗，慢慢向青龙走来。

四十三、我更喜欢做一只"黄雀"

北平，四海饭店。

"嘭"，一声闷响，一瓶红酒的橡木塞子被拔出，酒香很快飘满整个房间。白虎用一方洁白的餐巾裹住酒瓶，将醇香的红酒倒进两个精致的高脚水晶杯子里。这是北平有名的"四海饭店"，白虎特意在最高层订了一间能够远远看到红袖添香阁的贵宾房间，带了一瓶好酒，与朱雀远眺今夜这出好戏。

浴室里的朱雀裹着浴袍，抹开镜子上的水雾，顾影自怜地看着自己曼妙婀娜的身体，她伸出食指描着镜中那个美人儿的曲线，在镜子上画出自己的轮廓。画完了自己，她又在旁边慢慢地画了三个大大的"？"，似乎在思忖一件重要的事，难以下定决心。

白虎双手端着酒杯，斜倚在浴室门框上，看着犹如一朵娇艳牡丹的朱雀，笑着说："那边已经响起枪声了，大事可定！"

朱雀捋捋湿漉漉的头发，娇笑着走过去，一手环住白虎的脖子，一手接过酒杯，轻轻和白虎碰一下杯："朱雀妙计安天下，你这头老虎该怎么感谢我啊？"声音又娇又媚，让白虎心神荡漾，一仰头，把杯中酒都干了。

"你为什么要安排我用一支妓女的簪子去提示他们？"白虎有些好奇地问朱雀，"直截了当地告诉他们青龙那老家伙的藏身之处，岂不是更好？"

朱雀小巧的嘴唇沾上红酒更显娇艳，轻笑道："那样做，虽然简单，却也是折辱我们自己，我们总不是那种赤裸裸卖身求荣的叛徒告密者吧？"

看着近在咫尺的娇艳红唇，白虎忍不住吻了上去，两人端着酒杯纠缠一番，朱雀喘息两声，又娇声道："世人谁能想象到，青龙这个老奸巨猾的假和尚，竟然会栖身在一个妓院里，真是欺世盗名之徒。送一支簪子给他们，既是考验香月青川等人的实力，也是提醒他们，我们才是他们需要认真对待的对手。顺便嘛，把假和尚的嫡系人马都给灭了，省得以后多事。"

白虎恍然大悟，称赞道："好一个'一石三鸟'之计，除掉青龙，扫平异己势力，向对手立威！好计谋！"

朱雀伸出兰花指，戳了一下白虎的脑门，娇笑道："你啊，总算机灵点了。"

白虎放下酒杯，故意做出一副色鬼相又凑了过来，扯下朱雀裹着的浴袍，朱雀咯咯笑着躲避……

红袖添香阁。

香月青川背负着手，站在门口两具赤裸的尸身之前，用那支马鞭轻轻敲着自己的腿，看着双手合十垂首而立的青龙，静静地说："你败了。"

青龙轻声回问："你胜了吗？"

香月青川又道："你我此刻相见，胜负已分，我心虽然欢喜，但是也能体会到你心中的悲凉。"

青龙声音更轻，道："胜有何喜，败有何悲？你不是我，怎知我心中所想。若不是为了这些无辜之人，我是不会活着与你见面的。"

香月青川问道："这些妓女嫖客，你们中国人应该称他们为'狗男女'，都是些人中垃圾，死不足惜，你为何肯为他们现身？"

青龙微微一笑，道："香月阁下错了，他们也是人，天下万千生灵皆平等，你我与他们又有何分别？芸芸众生，虽然早晚都会死，但我不想他们因我而死。"青龙诵一声佛号，又接着道，"我既已出来，还望香月阁下遵守诺言，放了这些人。"

香月青川做个手势，那个宪兵队长指挥士兵将跪着的两排人驱赶到远处的暗影中，让他们穿上衣服，却依然不肯放他们离开。

香月青川微笑道："还请青龙站长海涵，数月前我们在天津缉捕暴徒时，他们不是开枪自戕就是服毒自尽，让我很是失望。如果今夜青龙站长能陪我前去情报课，我自然会放了这些人。"

香月青川话外之意很明显，如果青龙企图一死了之，这些人依然没有活路。青龙垂首无语，似乎对香月青川的狡黠行径早有预料，并不愤怒。

瘦狗把步枪准星一点点套牢香月青川，正要扣动扳机，一只大掌按住了他的枪，瘦狗抬头对红花五姐说："老板，让我一枪敲掉这个狗日的，让他给我们陪葬！"

红花五姐道："不可，青龙大哥既然舍身出去，就是不想伤及无辜，你一枪敲了他，不但我们会灰飞烟灭，外面那些嫖客妓女也会跟着送命。"

瘦狗声音有些哽咽，问："难道我们就这样看着他们抓走站长？我死也不信日本人真的会饶过我们！"

红花五姐咧开大嘴，笑道："你不信，我也不信！"

她环顾自己的手下和三个妓女，问："兄弟姐妹们，谁怕死就赶紧出去，还来得及，我们不会笑话你。"

没有人应声，暗中只是传来一阵轻微的啜泣声。瘦狗转头骂道："谁在哭？死就死呗，哭你娘个腿，丢人现眼！"

红花五姐却大笑："哭，有什么丢人？老娘就在哭，老娘也怕死！"众人仔细看她，果然泪流满面，脸上的胭脂水粉已经被泪水冲得沟壑纵横。

红花五姐泪眼婆娑地看着这些人，道："既然你们都不出去，那我们就死个轰轰烈烈！"她对瘦狗道："我去替三哥做一件事，这里就交给你们了！"她意味深长地重重拍一下瘦狗的肩膀，说完就向外走去。

"老板，等一下。"被拍得摇摇晃晃的瘦狗在后面喊她，红花五姐猛然回头盯着瘦狗，目光凌厉，说："瘦狗，你要拦姑奶奶我？！"

瘦狗一脸惨笑，笑得五官都挤成一堆，他指着红花五姐头上的红绢花，说："老板，我跟了你多年，有一句话一直想说却又不敢说，这些年一直都忍着，再不说怕是没机会了……"

红花五姐怒骂一声："有屁快放！婆婆妈妈的像个娘们儿！"

瘦狗喘着气说："老板，你戴的那朵花、那朵花实在太难看了，就像一盘涮羊肉扣在头上，我每次看见你，就想吃东来顺的涮羊肉锅子！"他说完这句话，自己乐得像一只虾米，直不起腰来。

红花五姐圆睁双眼，刚要破口大骂，转念一想又轻轻叹口气，伸手摘下那朵红绢花使劲儿掷在瘦狗脸上，大步走了出去。

香月青川转身向外走去，青龙微微叹息一声，正要举步前行。身后传来一声洪钟巨鼓的大嗓门："大哥，等我一下！我陪你去日本人那里。"

青龙停住，慢慢转身，红花五姐向他急奔而来，香月青川也吃了一惊，转头看着这个胖女人，几个日本兵哗啦举枪瞄准红花五姐。

红花五姐奔到青龙面前，青龙双手合十目光温柔地看着她："五妹，你真的要陪我去日本人那里？"

红花五姐郑重地点点头："大哥，你去哪儿，我就陪你去哪儿！"她转向香月青川："这个城里的所有下属的名字，都在我脑子里，你不想知道？"她使劲儿敲着自己的脑壳。

香月青川微微松了口气，举起马鞭示意日本兵不要开枪，几个日本兵慢慢放低枪口。

红花五姐的胖脸像一个被压扁的包子，不知是哭还是笑，她突然闪电般掏出双枪，一支指在青龙胸前，一支指在自己左侧太阳穴。日本兵们叽里呱啦一阵吼叫，却投鼠忌器不敢开枪。青龙看着红花五姐，目光慈祥，脸露笑容。

"大哥，我第一次使枪时，还是你教我的。"红花五姐一枪指青龙，一枪指自己，泪水滚滚而落，哽咽道："大哥，今夜的路，我陪你走！"

枪声同时响起，红花五姐像一堵墙一样轰然倒下，青龙也慢慢倾倒在红花五姐的身上……

香月青川和黑木亲庆等人全都惊愕无语，本来以为兵不血刃就可以胁迫青龙跟他们去情报课，没想到发生这个变故，全都愣住了。

红楼里的瘦狗攥着那朵红绢花哈哈狂笑，扯开嗓子用"莲花落"的腔调唱起来："老板，五姐，您老慢走！今夜灯黑路远，我给您点支火把照一路，前面的路千险万难，您老别崴了脚……"

楼里的人都捂住了眼睛，互相抱着挤成一团，瘦狗摸出火柴，哆嗦着给自己点一根烟，狠狠吸了两口，然后扔进地下室，一团狰狞的火光瞬间卷了上来，整个红楼犹如一支巨大的火把，照亮了北平的夜空……

黑木亲庆和香月青川看着烈火中的红楼，面色铁青默然不语。芥川左兵卫气急败坏，立刻要指挥宪兵把那些吓得面无人色的嫖客妓女们全都挑了，香月青川有气无力地挥挥马鞭制止他，叹息道："算了吧，你就是把全北平城的人都杀了，又有何益？"

黑木亲庆安慰香月青川："不管怎么样，你说的'肘腋之患'毕竟除去了。"香月青川面沉似水，沉默半晌道："只怕我们又有更厉害的对手出现了。"

听着烈火中的哀号惨叫声，黑木亲庆自言自语道："谁说支那无勇士？谁说支那都是贪生怕死之徒？"

香月青川没有回答，举起马鞭向青龙和红花五姐，还有那栋燃烧的红楼，一脸凝重地敬了一个礼。

四海饭店。

白虎举杯和朱雀轻轻碰一下，水晶杯的碰击声清脆悦耳，白虎笑道："红袖添香阁起火了，估计青龙那伙人肯定不会束手就擒，青龙那老家伙多半不会让自己被日本人活捉，看来大事已成！我们再来一杯如何？就当是给我们的老站长送行。"朱雀一脸媚笑，点头称是。

白虎好不容易才推开蜷在他怀中的朱雀，来到桌子前，把瓶中剩余的红酒全部倒进杯子里，又使劲儿晃晃空的酒瓶，闭上眼睛嗅嗅瓶中的酒香，很是陶醉。

白虎端着两只酒杯刚转过身，突然就像被定住了一样，双手一哆嗦，两只酒杯掉在地上摔得粉碎，一摊红酒像鲜血一样流到他的脚下，白虎的脸色瞬间苍白如死人。

朱雀跪坐在床上，右手举着一支小巧玲珑的手枪对准白虎，左手捂着自己的嘴娇笑不已，身上裹着的浴袍松开半边，春光外露，她却浑然不在意。朱雀笑道："我的大老虎，难道你不知道，'螳螂捕蝉，黄雀在后'，这是我最爱用的计谋，我虽然叫'朱雀'，可是我更喜欢做一只'黄雀'哟！"

看着惊愕得说不出话的白虎，朱雀的笑颜愈发娇媚："我亲爱的大老虎，你就没想一想，青龙和他那一伙人被日本人一网打尽，上峰肯定要追查的，我们怎么和上峰交差啊？"声音和她撒娇时一样，依然又软又嗲。

白虎手足无措，完全不敢相信，指着朱雀，声音近乎呻吟："你……你是要拿我……拿我当……替罪羊？"

朱雀一脸娇羞，点点头道："你总算聪明点了，上峰来查，我只有把你交出去，就说是你与日本人勾结出卖了青龙等人，我证据确凿，他们肯定会相信我的，还会夸我锄奸有力！你说是不是啊，我的大老虎？"

"你这个贱人！原来你一直都在利用我，用我替你做那些事，用完了就要杀人灭口！"愤怒的白虎骂道，想跃起冲过来，看看朱雀的枪口指向，却只能颓然作罢。

朱雀枪口一直警惕地指向白虎的胸前，语气有些凌厉："青龙尸位素餐，你又平庸无奇，玄武勇而无谋，中统北平站只有在我的手中，才会有能力、有实力和日本人一较高下！我用计除了你们，也是替党国裁掉冗员！"

看着绝望的白虎，朱雀又柔声说："我知道你在上边找了人，帮你谋这个站长位置，也感激你为我留个副站长的职务，还算有点良心。但是你不知道，那个人也答应了我，你送的虽是真金白银，可是又怎么有我值钱？是不是？"朱雀左手有意无意拂开另一半浴袍，露出赤裸婀娜的身体。

白虎呆呆地看着这副让他意乱情迷的身体，哀求道："小朱雀，看在你我相好一场的分儿上，你就饶了我吧，你做站长，我不反对，我还给你当副手，或者我从北平消失也行。"

朱雀目光满是嘲笑，道："大老虎，你当然要消失！不过你放心，你走以后，我不会动你的家人的，尤其是你的漂亮夫人，也算是对得起你我一番缘分。你安心走吧！"

白虎怒吼一声扑过来，朱雀冷笑着，对准他的胸膛扣动扳机……

四十四、醉里吴音相媚好

北平，四海饭店。

白虎动作虽然迅捷，却没有朱雀快，白虎刚刚跃起，朱雀就扣动扳机，一声枪响，枪口喷出一股蓝烟，但是白虎却丝毫没有受到影响，两步就冲到床前，狠狠一掌掴在朱雀的脸上。朱雀尖叫一声，从床上翻滚下来，白虎又伸手薅住她的长发，一拳捣在她赤裸的腹部，又正正反反打了她好几个耳光。朱雀脸颊红肿，嘴角流血，立刻委顿在地上，浴袍也脱落下来。

白虎从她手里夺过那支小巧的手枪，退出弹夹，倒出几枚没有弹头的子弹，全扔在朱雀赤裸的身体上，骂道："你这个婊子，猪狗不如的贱人，什么朱雀黄雀，在我眼里就是一只死麻雀！"他把那支手枪瞬间拆解成零件，扔进马桶，道："要不是我和你亲热时换了你的子弹，老子今天就要栽在这里了！你还自吹什么妙计安天下，还要和日本人斗，连自己的子弹都看不住，自以为是的贱人！"他又狠狠踢了几乎昏过去的朱雀一脚。

朱雀没料到形势逆转，立刻感到自己危在旦夕，顾不得口鼻流血、满脸青肿，忍着疼痛爬过来抱住白虎的腿，哭得梨花带雨："大老虎，我是和你闹着玩的，你千万别当真啊！"声音酥媚入骨，让人顿生爱怜。

白虎冷哼一声，又一脚踢开她，不过已不像刚才那样用力。朱雀以为白虎被自己的柔媚软化，又有了活命的希望，挣扎着爬起，赤裸着身体从后面抱住白虎，柔声说："我的大老虎，我是故意逗你的，我以后一定乖乖听你的话，再也不敢和你淘气了。你消消气，好不好？"

白虎依然铁青着脸，慢慢推开朱雀柔软的身躯，抓过自己的衣服穿戴起来。朱雀跪在他身后，她知道女人的眼泪是对付男人最有效的武器，既惊惧又故意做作，哭得雨打梨花万般可怜。

白虎穿戴整齐，对着镜子整整衣衫，不屑去看朱雀，他又拿起手表戴上，看了一眼时间，冷笑道："你这个贱人，你放心吧，我不会再碰你一根手指，那样都会让我恶心！"

朱雀在背后哭得声音更大，眼睛里却流露出一丝活命的喜悦，她觉得白虎不会杀她了，即使骂她一万遍贱人，她都会依然开心。

白虎看着镜子中的朱雀，面无表情地说："我的时间快到了，我要回去见我的漂亮夫人。不过，提醒你一下，你的时间也快到了！"

朱雀抬起满脸泪水的脸，一双大眼睛疑惑惊惧地看着白虎，不明白他说的意思，难道他还是要食言杀了自己？

白虎理理头发自言自语道："这两年，你们都以为我疏于工作，其实我是躲在实验室里配制了一种毒药，无色无味，尤其和红酒混合，效果尤其好，喝了以后大约半个小时就会发作。唯一美中不足的是，喝了这种药的人，发作时身上会出现一些蓝色的斑点……"

听了他的话，朱雀像是被蛇咬了一样跳起来，赤身冲到白虎身后的镜子前，镜子中朱雀白皙婀娜的身体上，果然布满了细小的蓝色斑点，黑发雪肤蓝点，说不出的妖艳邪恶。朱雀惊惧地看着镜中自己的身体，还有身后白虎阴森冷酷的目光。白虎叹了口气，似乎不忍再看，摇摇头转过身去。朱雀绝望地嘶喊一声，不甘心地又冲进浴室，脚步已经踉跄，浴室里那面镜子也清晰地映出她一身的蓝色斑点。

朱雀从浴室撞出来，神志恍惚，步履蹒跚，她挣扎着扑倒在地，伸出手要抱住白虎的腿。白虎却像躲避蛇蝎一样躲开她，一脸冷笑地道："我怎能不知你的野心，又怎能不时刻提防着你？你想借机除掉我，我又何尝不是这样想的？哈哈，朱雀一心想做黄雀，白虎却一心想扮猪吃老虎！"

朱雀身上的蓝色斑点已经扩散成大块蓝斑，她挣扎着向白虎伸出手，手指甲在地板上挠出长长的抓痕，发出刺耳的声响……白虎表情复杂地看着渐渐静止的朱雀，弯腰捡起朱雀的浴袍，盖住她赤裸的身体，叹息道："漂亮的女人一定不要野心太大，否则，即便别人不杀她，她的野心也会杀了她！"

朱雀的身体已经开始发僵，连声带和舌头似乎都僵硬了，说不出话来，呼吸也慢慢停止。

白虎戴上手套在房间里打扫一圈，老练地把自己留下的痕迹都清理干净。最后，他又戴上帽子，粘上假胡须，化装成一个六十多岁的老头，带上房门的一瞬间，他回头看着朱雀僵直的尸体，抱歉地道："忘了告诉你，我给这种毒药起了一个很好听的名字，叫'醉里吴音相媚好'。"

北平，除夕。

1939年的除夕伴着稀疏的雪花姗姗来迟。此时的北平人，虽然愁容满面，但是在这个中国人最重视的节日，还是努力让自己开心起来，哪怕食不果腹、衣不遮体，也要给自己祈祷一个好兆头。寒冷彻骨的风雪中，在日本人的膏药旗和刺刀下，北平的大街小巷也隐隐透露出几丝过年的喜气，偶尔响起几声爆竹，提醒大家今天是个不寻常的日子。

刀子把自己这个月的拉车钱花了一半，买了点米，还有一些熟食和酒，用油纸包着，顶着风雪急匆匆地向赵凡的藏身之所走去。今天包他车的老板也早早回家过年，刀子牵挂赵凡，交了车赶紧赶回去。

自从赵记杂货铺被假"客人"勾结日本人破坏，赵凡和刀子的工作都被暂停，两人就在一处贫民窟里找了处藏身点。赵凡的咯血症越来越重，只能暂时躲起来养病，刀子通过那几个被他打服了的混混们，在车行里找了个活，租一辆车给一个商行老板拉车。这种拉车叫"点车"，相对清静，不和外边人接触太多，除了交给车行里的份子钱和租车钱，也剩不了多少。那几个混混力邀刀子和他们一起去给妓院看家护院，说凭他的功夫一个月几十块大洋都能挣来。要是换成以前，有人让他去给妓院当看门走狗，刀子就算不会一拳打过去，也会"呸"一声怒骂起来。但是现在的刀子只是看了一眼灯红酒绿的妓院，默默地摇摇头。

刀子推开漏风的门，屋里漆黑阴冷，赵凡并不在屋里。刀子吃了一惊，以为发生不测，转了一圈看看并没有搏斗痕迹，才放下心来。刀子摸黑坐在桌子前，使劲儿想了半天，突然一拍大腿，心中暗叫："我知道他去哪儿了！"

雍和宫前，夜色苍茫。

正是家家吃团圆饭的时间，来雍和宫烧香的人还很稀疏。胡子拉碴的赵凡正站在那棵曾经挂过齐明珍围巾的树下，他是在这里用那条紫色围巾把齐明珍从车里吸引出来，又是在这里亲手把子弹射向自己的妻子。赵凡清晰地看见齐明珍在前面的夜色和风雪里，高举着双手旋转着倒下，最后面对自己的表情不知道是哭还是笑，那眼神犹如一把钝刀把他的身体慢慢剖开，赵凡每天都要无数次重复这种撕心裂肺的疼……

赵凡泪眼模糊，咳得弯下腰扶住膝盖，一口鲜血冲出喉咙喷在雪地上，那血色让他又想起那天齐明珍身上的鲜血。赵凡痛苦地闭上眼睛，弯着腰在风雪中战栗着。赵凡跟跄着向前挪动，他想走到齐明珍倒下的地方，那里也是他俩一起依偎着看焰火的地方。

一只手从后面伸过来，扶住赵凡的肩膀，赵凡不用回头，从力度就知道这只手曾经一瞬间击杀四个人。刀子慢慢扶起赵凡，赵凡脸上的泪水和嘴角的鲜血沾满雪花，已经冻成了冰碴。刀子看着赵凡，眼角有些湿润，却硬挤出一丝笑容："今天除夕，我们回去吧，我陪你喝点酒。"

赵凡有些痴迷，摇摇头，虚弱又坚定地说："我不回去，我要在这里陪明珍看焰火，她最爱看焰火了，每年除夕我都会陪她看……"

北风凛冽，雪越来越大，两个人静静地站在那里，头上身上一层厚厚的雪花。这样的天气，别说放焰火，就连那些烧香的善男信女都被冻跑了，雍和宫前越来越肃静。刀子知道不会有人来放焰火了，可是只要赵凡不走，他一定会陪他等下去。

那棵树下，风雪凄迷中一个模糊的人影，点燃了一个老百姓称为"惊天雷"的小焰火。"惊天雷"怒吼一声，射出一道绚烂的彩虹，彩虹摇曳着穿过风雪，在漆黑的夜空里砰然炸开，绽开一朵犹如孔雀开屏般的繁花。赵凡看着这绚烂的焰火，痴痴地自言自语道："看到了，我看到了，明珍你看到了吗？……"

"惊天雷"只有十二响，很快就归于沉寂，又是一片风雪凄迷。那个放焰火的人并没有离去，反而向赵凡和刀子走来，那人长衫黑帽，帽檐压得极低，看不清他的脸。一直走到近前，刀子才欢快地叫一声："原来是你！"

帽檐下一双明亮的眼睛，看着两人说："过年好！"原来是"七号"。

三人的手紧紧握在一起。赵凡的眼中恢复了神采，他心中虽然很高兴看见"七号"，语气却有些严厉："'七号'同志，你最近屡次违反纪律，多次未经组织同意与别人见面，这是很危险的！"

"七号"一脸不在意的笑，从怀里掏出一瓶药，塞进赵凡的手中，说："我错了，下不为例！这是治肺病的药，对你的病有好处。"

赵凡有些感动，说："谢谢，谢谢你放的'惊天雷'……"

刀子也说："我们一起回去，过年了，喝一杯！"

"七号"似乎有无数的话想说，却又忍住，看看周边没有人，低声道："酒是喝不上了，我赶来通知你们一件紧急的事——刚刚得到的情报，日本华北方面军要在明天，也就是大年初一中午，调派人马，对我们的山西晋城、河北白洋淀以及平西三处根据地同时进行突袭，他们这是要利用中国人过年的传统，搞一次突然袭击。日本人前期准备得很是机密，是在今天傍晚的会议上突然宣布的，目的就是要打我们一个措手不及。"

赵凡的眼中瞬间燃起两团跳动的小小火苗，道："这个情报很重要，我们要及时传送出去，否则老家就要吃大亏！"

"七号"传达完情报，神情却有些沮丧："我知道我们的工作站被停止工作了，又没有了电台，我担心这个情报不能及时传出去。"

刀子咬住嘴唇，沉声道："这是我的职责，没有电台，我就算今夜跑断腿，也坚决保证把情报传给北平的上级！"

"七号"抬手拍拍赵凡和刀子的胳膊："交给你们了。我这就回去改正错误，以后少露面。"说完转身就走。

走出十几步，"七号"突然又回过头，大声道，"我也喜欢看焰火，如果有一天我这个了……"他并拢右手食指中指，顶在自己太阳穴上，做了一个开枪的动作，"明年除夕之夜，你们别忘了给我也放一个'惊天雷'！哈哈……"笑声逐渐消失在风雪之中。

赵凡眼中火苗更盛，眉头却拧在一起，对刀子说："他这是感到了危险！"

刀子闷声道："时间紧迫，我这就去找上级报告！老赵，抱歉不能陪你过节了。"说完向反方向跑去。

赵凡看着两人消失在风雪中，独自又站了一会儿，慢慢向来路走去。雪地上三行不同方向的足迹，慢慢被漫天大雪隐没……

四十五、雪白血红

除夕之夜，稀疏的鞭炮声里，秋国风已经把他的链子刀擦了不下七八次，银色的刀锋在灯光下闪着夺目的寒光。秋国风专心做一件事时，能够做到麋鹿兴于左而目不瞬，但是今天秋国风心里却乱得很，因为他想起了每年的除夕之夜，洪顺堂都会大摆酒席，秋老太爷和众多弟子门人饮酒守岁，到午夜时分秋老太爷还要带领大家祭祀天地，祈福纳祥。只是不知道今年带领大家祭祀的人会是谁？

秋国风最近几次暗中跟踪刘思过，但是这个瘸腿的刘老三奸猾似鬼，自从在大慈阁遇袭以后，每次出门都带一群侦缉队员前呼后拥，让秋国风无从下手。而另一个瘸子高青岩则更是深居简出，龟缩在洪顺堂不出，借助日本兵和门人弟子的保护，干脆做起了缩头乌龟。

看着秋国风一脸煞气地擦刀，老麻猜到了他心里想什么，知道他复仇心切，今夜恐怕是按捺不住，要以身犯险。老麻并不直接劝他，而是掏出一瓶白酒，又变戏法般拿出几样熟食小菜和一碟花生米，坐在秋国风对面有滋有味地喝起酒来，还不时地咂咂嘴，那怡然自得的样子，气得秋国风把银刀擦得更亮。

老麻吸溜一口酒进去，回味半天，自言自语道："在老家时，有一年除夕之夜也是这般风雪交加，有一个梁上君子不知道看上了我家什么，翻墙进来要偷东西。俗语说得好，'偷风不偷月，偷雨不偷雪'，这家伙鬼迷心窍，竟然冒着大雪来我家行窃。结果刚跳进来，就被我家里的黑白两条恶犬前后围住。黑狗大叫一声，跃起直奔毛贼前胸咬来，白狗低吼一声，从后面低头直取毛贼屁股。可怜那毛贼，遮了前又挡不了后，顾了上又护不住下，本来是要偷点东西，结果却丢下了一条破棉裤，被撕得粉碎，毛贼大雪天光着屁股狼狈逃命！哈哈，老子当时就坐在窗台上看光景，笑得几乎滚下来。可惜，后来啊……"

老麻说得指手画脚，口沫横飞，秋国风被他吸引，忍不住接着问："后来怎么了？"

老麻扔一粒花生米进嘴里，接着道："黑白恶犬看家护院有功，老子一高兴，就把嘴里正啃的一根肉骨头当作奖品扔给它们，本想好好犒劳它们一下，谁承想，这两个畜生刚才并肩御贼，合作得天衣无缝，这时却为了一根骨头打得吱哇乱叫，狗毛满天飞，吵得四邻不安……"

秋国风看着老麻得意扬扬的表情，眨巴眨巴眼睛，把链子刀"当啷"一声扔在桌子上，问："你这老家伙话里有话，说的是我吧？"

老麻哈哈大笑，越发得意，反问他："你这小毛贼，今夜是不是想夜探洪顺堂啊？"

秋国风被他说中心事，一时有些赧然。

老麻继续说道："今夜你如果不去洪顺堂，洪顺堂说不定就会有一场大戏；你如果去了，只会让高青岩和刘思过合伙对付你，只怕……"他又扔一粒花生米进嘴里，抿一口酒，吧嗒吧嗒嘴："只怕我要在后边给你多带一条棉裤，遮住你的……你们读书人叫露出什么来着，对了，叫'露出破绽'！"

老麻估计是想象到了秋国风"露出破绽"的狼狈相，笑得前仰后合，忍不住又抛起一粒花生米，正要张嘴去接，银光一闪，秋国风竟然一刀将这粒花生米削成两半，冰冷的刀锋堪堪掠过老麻的鼻尖，把老麻唬得跳起来。

秋国风不去理他，夺过他的酒杯，仰头干了一杯白酒，又辣又呛，忍不住咳起来。老麻掂了掂手中的花生米，语重心长地道："老哥我虽然读书不多，可是我知道如果两条恶狗关在一个笼子里，别说肉骨头，就是一粒花生米，也会让它们咬得头破血流！"

酒杯一声脆响，在秋国风掌中被捏得粉碎，秋国风瞪着眼睛问老麻："如果你是我，今夜会不会去？"

城西，洪顺堂。

风雪稍微停歇，空气冷得像刮骨的钢刀一样，洪顺堂门口原来站岗的日本兵和洪顺堂弟子，早都跑回屋去，堂内除夕宴的酒肉香气像绳子一样拽着他们的双腿，这么冷的除夕夜，谁还忍饥受冻在外面站岗？

一个瘦小干枯的身影，从门口石狮子后边鬼魅般冒出来，满脸沧桑的褶子，下颌一把乱蓬蓬的山羊胡子，正是逃离洪顺堂许久的孟师爷。做贼般的孟师爷四下窥视一番，见确实无人，从怀里掏出一封信，手忙脚乱地塞进门缝里，然后转身就跑。在没过脚踝的雪地里，孟师爷跑得像一头羸弱的被狼追赶的驴，他一直跑到街尽头才回头看，脸上慢慢浮上一缕恶毒的笑容。

刘思过不屑于和高青岩那伙人混在一起，独自带一群人在前厅喝酒；高青岩和他井水不犯河水，带着自己的亲信在后堂围成一桌；驻扎的日本兵小队则是霸占了东厢，满院子都是大呼小叫的划拳行令声音。偌大的洪顺堂已经被这三伙人祸害得乌烟瘴气，原来的威严气势早已荡然无存。

酒过三巡，酒酣耳热的刘思过把瘸腿踏在凳子上，半敞着衣襟和几个侦缉队员猜拳喝酒，一个洪顺堂弟子双手捧着一封信走进来，满脸忐忑地站在刘思过后面，说："刘爷，有人塞了封信在大门口，是给您的……"

刘思过瞪着被酒精泡红的眼睛，慢慢扭过头看着那名弟子，又看看他手中的信封，那上面赫然写着三个大字"刘思过"。刘思过自从在大慈阁遇刺以后，对什么事都透着小心，即便是吃菜喝酒也都是等别人动完筷子没事以后，他才敢放进自己的嘴里。他一双红眼盯着那名弟子，喝问道："谁送来的？人呢？"

那名弟子唯唯诺诺，双手捧的仿佛是一枚炸弹，低声道："刘爷，没看见人，信是别在门缝里的。"

刘思过一记耳光丢过去，骂道："看门的人呢？等着人家扔炸弹进来啊？"那名弟子嘴角流血，却不敢申辩。刘思过又骂道："他娘个腿，给刘爷念！"即便是一封信，刘思过也不会轻易沾手的。

那名弟子哆嗦着掏出信，磕磕巴巴地念道："刘……刘思过已带队去……去保定。事成以后再付大洋、大洋伍佰元。高。"

"啪"一声，刘思过手中的酒碗被他砸在地上，他眼睛红得吓人，一把夺过那封信，上上下下仔细看了数遍，那个"高"字用的是草体写的，犹如一个挂肉的钩子，正是他的大师兄高青岩的笔体，落款日期也正是他去保定大慈阁的前一天。

"果然是姓高的干的！我的好师兄！"刘思过一掌将信拍在桌子上，几个心腹弟子立刻围过来看。有人识得高青岩的字迹，小声嘀咕道："没错，这个'高'字只有大师伯才这么写，我见过很多次。"

刘思过仰天大笑，笑得简直比哭还难听："姓高的，我之所以留你一条命，是不想让京城的江湖同道们说我为了洪顺堂杀师灭兄，赶尽杀绝，坏了我刘爷的名声。如今，是你对我背后捅黑刀子，休怪我无情！"

一个外号叫"刀鱼"的弟子赶紧扯扯刘思过的衣袖，指指后堂方向，示意刘思过别惊动了后面的高青岩等人。刘思过毫不在乎，大剌剌坐了下来，道："事情已经明摆着了，高瘸子暗中买凶行刺于我，他不仁不义在前，休怪我赶尽杀绝在后。干脆，大伙儿今夜就随我杀进后堂，让除夕之夜变成高瘸子的忌日！"

一群弟子轰然叫好，个个摩拳擦掌，准备抄家伙厮杀。"刀鱼"平日里一直充当刘思过的智囊，他凑过来在刘思过耳边低语几句，刘思过眼中红光大盛，笑道："好计谋！事成之后，你就是刘爷的萧何张良！就按你的计谋去做吧！""刀鱼"领命走了出去。

高青岩虽然和门人们觥筹交错，心思却不在酒上，他在盘算子夜时分的祭祀仪式。如果由自己来主祭，那个蛮横的刘老三一定会横加干涉，甚至大打出手，自己将如何应对？最恨那个海龙帮的杀手真是窝囊废，竟然没有取了刘思过的性命，让自己整天都在提心吊胆提防刘思过的报复。

高青岩正在食不知味、心下盘算，忽然进来一个小弟子，向高青岩施礼道："大师伯，三师叔让我禀告您，他喝多了，子夜的祭祀就不参加了，请您带领堂中弟子前去祭拜天地。"

高青岩一愣，会有这么便宜的事？放弃除夕主祭，就等于放弃了洪顺堂的继承权，这也不是刘老三的做派啊！难道刘老三会良心发现，不再觊觎洪顺堂，安心去做他的侦缉队长，走他的仕途？高青岩心下一时纷乱如麻，猜不透刘思过葫芦里卖的什么药。

喝得半醉的弟子们纷纷端起酒杯向高青岩道贺，说刘老三不再和你争夺洪顺堂堂主之位，天大的喜事啊。有一个叫小唐的机灵弟子，善于见风使舵，立刻改口称"高堂主"，哄得高青岩虽然心中忐忑，却也咧嘴大笑，立刻掏出一个大红包甩给小唐，其他弟子见状立刻纷纷改口喊"高堂主"，讨要红包。

子时刚到，高青岩就迫不及待地带领一众门人来到洪顺堂后院，后院有一间屋子专门摆放洪顺堂列祖列宗灵位，历来堂主继位典礼和除夕祭拜仪式都在这里举行。屋内香案上燃着一对牛油巨蜡，院子里插着两排火把，灯火通明。以前秋老太爷除夕祭拜时，足足有二三百名弟子，而今夜只来了五六十人，可见洪顺堂声势已大不如前。高青岩只想赶快祭祀完事，那他就可以名正言顺地执掌洪顺堂，再也不怕刘思过那疯子寻衅滋事了。

屋子里供着延平郡王郑成功的画像，左右还有天地会总舵主、郑成功的军师陈近南和明代大儒、江湖上传说的袍哥会发起人顾炎武的画像，以及洪顺堂历代堂主的灵位。洪顺堂一名司仪扯着公鸭嗓子大喊："时辰已到，请大师兄高青岩率领众弟子叩拜列祖列宗，伏惟尚飨！"

三拜九叩之后，小唐手捧三支高香走上前来，深施一礼，高声喊道："堂主请接香！"恭恭敬敬地递给高青岩。高青岩对"堂主"二字很是受用，满面笑容地走上前来，接过高香凑在牛油蜡烛上点燃，就在这一刹那，小唐双手往高青岩左右腰间一抹，立刻泥鳅一般退了开来。

高青岩吃了一惊，不明白小唐为何这样做，低头看去，只觉腰间一凉，鲜血已经浸出衣衫。原来小唐手中暗藏锋利的刀片，双手一抹已经在高青岩左右腰间划开尺许长的伤口。高青岩手中高香顿时摔落在地，双手去按伤口，却怎么也按不住如泉水般涌出的鲜血。

洪顺堂门人一时大哗，小唐却并不逃避，只是"嘿嘿"笑着退到柱子后面，他身前立刻拥过来二三十人，个个掏出兵器，形成一个包围圈护住他。原来小唐是刘思过早就安插在高青岩身边的卧底，这些人也早就暗中倒向了刘思过。

变故发生如此之快，高青岩只顾着手忙脚乱地扯下衣衫缠住自己的伤口，无暇追击小唐。剩余拥护高青岩的门人弟子也刀斧齐举，把他围在圈中，和对面一群人高声对骂，两派人在院中剑拔弩张，互相对峙。

"大师兄，当日你这般暗算二师兄时，可否想到报应来得如此之快？哈哈，天道轮回啊！"院外一阵大笑传来，正是刘思过得意的声音。

院外踢踢踏踏走进来一群人，为首的正是刘思过，后面跟着他的一群侦缉队员，还有驻扎在洪顺堂的日本小队长和一队日本兵。原来刘思过是利用自己侦缉队长的身份和二十根金条，把这队日本兵请过来的。

"八嘎！"小队长见这么多人要火并，大喊一声，身后的一队日本兵和侦缉队员立刻稀里哗啦推枪上膛，对准洪顺堂弟子。

刘思过摘下帽子，一脸笑容地向小队长行个礼，说："请太君放心，今夜是洪顺堂的私事，我和高青岩只凭拳脚切磋，绝不会开枪伤人。"他向自己属下的侦缉队员喊道："小的们，把枪收好，别走了火！"那些侦缉队员像演双簧一样，整齐地答应一声，收枪入怀。

小队长用半生不熟的汉语喊道："今夜，你们切磋的，我的不管。谁敢开枪，惊动了大日本皇军，我的，就地处决！"见他如此命令，高青岩那圈里有几个暗带手枪的门人，只好慢慢放下枪来。

刘思过迈步向前，笑嘻嘻地道："大师兄，你亲手杀了师父，又暗害了二师兄和四师弟，今天我是替他们向你讨个公道！"

高青岩半个身子都在滴血，左右腰间两道伤口虽然不深，却让他大量失血。听刘思过在众人面前栽赃嫁祸给自己，高青岩勃然大怒："刘老三，明明是你亲手杀了他们三人，竟然赖到我身上！你这个禽兽不如的家伙，该遭天打雷劈！"

刘思过毫不生气，依然笑嘻嘻的，说："大师兄，是非曲直自在人心，今夜在列祖列宗面前，你我就不要做口舌之争，只凭拳脚讲话，谁赢了，谁就是洪顺堂主，谁输了，谁就是欺师灭祖的凶手！如何？"支持他的侦缉队员和门人弟子轰然叫好，吹口哨拍巴掌，刺激高青岩出战。

高青岩把眼前形势估量一番，己方完全下风，加上自己有伤在身，万万不是刘思过的对手。他心中早生怯意，见刘思过苦苦相逼，只能咬牙走出人群，每走一步，就在雪地里踩下一个血淋淋的脚印，原来他腰间的血已经流到鞋底了。高青岩每迈出一步都痛彻心扉，终于体会到他当日一刀刺入曾远山腹部是何种痛楚。

看着高青岩在白雪之中踩下的一串血淋淋的足迹，众人无不触目惊心，连那个日本小队长都直皱眉头，只有刘思过依然笑嘻嘻的，他向高青岩深施一礼，说："大师兄，请您先出招！"

高青岩大喝一声："好，吃我一拳！"说完，双脚连环踢出，踢飞一片积雪向刘思过面门扑去。原来善于逃命的高青岩又使出声东击西的伎俩，喊着出拳实是出腿，说是出招实是逃命。刘思过见一大片雪花飞来，也吃了一惊，生怕高青岩藏了什么厉害的后招，赶紧双拳封住面门撤步后退，却见高青岩奋力向后一跃，脚尖点上花坛，腾空抓住一根树杈，借力一翻身已经骑坐在墙头之上。

高青岩大笑道："刘老三，小唐，你们等着吧！我会回来……"话音未落，高青岩突然身体一僵，后半截话竟然没有说出来。院子里的人，包括刘思过都纳闷儿，高青岩已经跃上墙头，为什么还不逃命？

只见高青岩慢慢低下头，看着自己胸前透出的一截刀尖，满脸的不相信，身体晃了两晃，终于"咕咚"一声又摔进院子里的积雪中。高青岩身体里的鲜血似乎终于流干了，染红了半面墙，墙头上一片积雪飘落，盖在高青岩圆睁双目的脸上。那截刀尖化作一道银色飞虹，倏然消失在墙外。

"秋国风！"不少洪顺堂弟子齐声惊呼，刘思过本来要展开身形去追高青岩，见了这一道银虹，立刻生生刹住脚步。几个侦缉队员不知道秋国风的厉害，拔枪追到墙边，搭成人梯去爬墙头，一个队员刚露出脑袋，墙外一声枪响，那个队员额头正中炸开一个茶杯大的窟窿，整个后脑骨飞了出去，人像面口袋一样倒栽下来，看来外面还有一个枪法极准的人，吓得院内人再也不敢露头去追。

"刘思过，你睡觉时可是睁着眼睛的？"秋国风冷峻的声音穿过高墙，刘思过一脸凝重，没有吭声。

"哈哈，祝大家过年好啊！痛快啊，痛快！"墙外秋国风一声长笑，逐渐远去。刘思过等洪顺堂门人个个如丧考妣。

四十六、子弹，并不一定都要爆头

北平，潭柘寺，歇心亭。

曾涉把北平和天津的"抗团"骨干分子十余人召集到潭柘寺歇心亭，召开1939年第一次会议。老麻带着秋国风也来参加会议，这是秋国风第一次和这么多年纪相仿又志同道合的年轻人相见。看着这些年轻开朗、热情坚定的同龄人，视生死如无物，谈笑间都是杀鬼子锄汉奸的豪迈，他感到这个"团伙"确实和洪顺堂、海龙帮那种江湖帮会不一样。

听完北平和天津两地工作情况汇报，曾涉对两地的成绩与牺牲都给予了肯定，也指出了存在的隐患和不足，尤其是日本情报机构去年陆续破坏了中共、中统多处联络站，军统也付出了数十人的伤亡，说明日本人的围剿力度日益加大，面临的形势更加艰巨。

"日本人一拳打来，我便要双拳回击！我们要子弹对子弹，炸弹对炸弹，流血对流血！"曾涉对近期重点工作和人员安排做了三个部署：一是严密监控以黑木亲庆为首的"一夕会"情报机构，抽调王文、老麻、孙大成、秋国风等人负责此事，在适当时机一举殄灭；二是继续寻找机会制裁天津大汉奸程锡庚，由祝正良、袁俊、刘汉琛、冯剑美等人负责，务求一击命中；三是加大北平分团工作力度，抽调冯云修、季振英、叶天笑、刘邕康、萧静怡等人，寻机制裁敌酋汉奸，与天津成呼应之势。由曾涉、李儒鹏以及其他骨干组成应急小组，哪里需要增援处置就火速赶到哪里。

会议开完，一群年轻人又恢复常态，聚在一起叽叽喳喳说笑，似乎刚才会上的牺牲、死亡、刺杀等血淋淋的字眼都与己无关了。孙大成和叶天笑两只猴儿又撕扯在一起，祝正良过去拉偏架，帮着孙大成将叶天笑按在栏杆上一顿搔痒，拾掇得叶天笑哭爹喊娘。

冯剑美和萧静怡几个月没见了，闺密俩手拉手躲在一边说悄悄话，冯剑美逗萧静怡："我看你面若桃花，没事总是走神，还偷着乐，是不是恋爱了？"

萧静怡被她说得一脸羞涩，坚决不承认，反而调侃冯剑美："我看你一天到晚总是盯着总干事，一步都舍不得落下，你看他的时候，眼里都放着光，莫不是……"

冯剑美被她说中心事，却大大方方承认："我喜欢他又没有错！我就是喜欢这种决断杀伐、运筹帷幄的男人，既能出生入死谈笑杀人，又能文质彬彬温柔相待，比那些毛孩子强多了！"说着，眼角不屑地瞥一下几个打闹的人。

那边叶天笑大声告饶："求饶，求饶！两位大爷饶了小的吧，我请狗不理包子，不吃包子全聚德烤鸭也行！"

孙大成哪肯信他，继续挠他痒痒肉，说："瘦猴儿，既然你算卦这么准，以后每次行动前你都主动地、乖乖地算上一卦，记住了没？"

叶天笑赶紧答应不迭，挣脱手从背包里掏出一台照相机，叫道："这是我吃饭的祖宗，你们千万别再闹了，弄坏了谁也赔不起！"见他掏出这么一个护身宝贝，孙大成和祝正良也只能作罢。原来叶天笑此次是以北平小报记者身份为掩护，以此打探情报，随身自然离不了照相机。

叶天笑嬉皮笑脸地对曾涉等人说："总干事，我们一起合个影吧，试试我的相机是不是被他们弄坏了。"

几个年轻人一起拍手叫好，都热切地望着曾涉。拍照留影是地下谍报人员的忌讳，曾涉本想拒绝，但是看着一张张年轻热情的脸，他犹豫一下还是答应了。李儒鹏见曾涉答应了，也迟疑着站了过去。王文和老麻是军统老人，一听说拍照留影，借口抽烟故意躲到亭子后边。孙大成和刘邕康虽然也是年轻人，平日嬉笑怒骂，但是城府很深，刘邕康装着低头去找东西躲开，孙大成干脆拿过相机，指挥众人站好位次，亲自当起摄影师来。

"咔嗒"一声轻响，曾涉、李儒鹏、季振英、冯云修、叶天笑、秋国风、祝正良、冯剑美、萧静怡九个年轻人热情坚定的面容就定格在"歇心亭"这片山水间。

众人都散去了，曾涉把李儒鹏和叶天笑留下。曾涉从怀中掏出一本《地藏菩萨本愿经》，在歇心亭前用火柴点燃了，放在亭中石桌前，看着它慢慢燃烧，随风飞起片片纸蝴蝶。李儒鹏问他这是何故，曾涉说觉因大师曾经在此为众人解释生死之道，没想到自己还苟活，他却先去，真是生死无常难以预料，他半生向佛而不可得，在九泉之下一定很孤独，自己送他一本经书，希望他能早日离苦得乐。

曾涉看着片片纸蝶飘走，山间乱云飞渡，一派苍茫，沉思良久，问身后的叶天笑："周先生挨的那一枪是你打的吧？"

叶天笑有些迟疑，轻声道："是。"

元旦期间，北平到处盛传，即将出任"华北政务委员会"伪职的知名学者周作人，在北平八道湾家中接待来访客人时遇刺。行刺的两个人自称是天津中日学校的青年学生，同时遇刺的还有正在陪周作人说话的沈某，沈某是周作人的学生、北平女子师范学校教员。行刺的枪手，一枪打在周作人腹部毛衣铜制纽扣上，子弹滑出，他只是受伤，却无大碍。沈某大惊之下站起来说"我是做客的"，结果也被枪手一枪打倒，子弹穿过腹部，并未致命，随后两名枪手大摇大摆逸去。

曾涉微笑着说："一枪打在毛衣铜纽扣上，你说这是枪法准呢，还是不准呢？"

叶天笑一脸羞愧，说："是我枪法不精，那天不如让李儒鹏担任主攻手，我负责接应……"

李儒鹏也替他解释："曾书记，那天确实是凑巧……"

曾涉回过头看着叶天笑，笑吟吟地问："是真心话？"

叶天笑额头见汗，低头支吾道："曾书记，是我不想……不想杀他，故意那样的，我只是觉得他还罪不至死，希望他别附逆做汉奸就好……"

1937年7月北平沦陷后，周作人称自己因为要顾及家小，所以没有南下，而是留在了北平。1938年4月，上海的杂志刊出周作人参加由日本大阪每日新闻社召开的"更生中国文化建设座谈会"的照片和新闻文章。照片上，长袍马褂的周作人，夹在一身戎装的日本特务、西装革履的汉奸文人中间，文章和照片一经刊出，全国舆论一片哗然。后来又传出周作人即将出任"华北政务委员会"伪职，国人对其无不惋惜斥责。

看着惶恐的叶天笑，曾涉拍拍他的肩膀，道："你做得没错。子弹，并不一定都要爆头，如果也能让人回头，岂不更好？你能做到'以杀止杀'，已经超过那些人了。"

曾涉背负着手向山下走去，自语道："以杀止杀，你年纪虽轻，却帮我解了心中最沉重的疑惑……"

天津，大光明电影院街头。

李一程端起馄饨碗使劲儿喝一口热汤，体会那股热乎乎的暖流进入胃部的舒坦，身上初春的寒气似乎也被这股暖流驱赶出去了。李一程背靠着墙壁坐在街边的小吃摊上，这样能确保他背后安全，且能看见周边的一举一动。一个穿灰色长衫的中年人走进这个小吃铺，也要了一碗馄饨。李一程瞥了他一眼，这个灰衣中年人足足跟了他半个钟头了。李一程吃东西很快，三下五除二就把一碗馄饨吞了下去。结完账，李一程却没有立即走的意思，只是坐在那里看着街上的行人发呆。

刚进入初春的天津街头，似乎还残留着一丝春节的喜庆，"耍正月，闹二月，哩哩啦啦到三月"，很多北方城市都喜欢将春节延长，在寒冷的天气里给自己增加点节日的温暖。两三个卖糖葫芦、烤地瓜的小贩正在比赛似的吆喝着，声音比平日里高出几个音阶，几辆海龙帮旗下的黄包车春节期间也在车把上系一朵红绸花，瞅着喜庆红火。一队持枪的日本巡逻兵踏步走过街头，瞬间将这些残存的节日气氛碾碎，街上行人争相躲避，李一程也低下头，认真地数着自己面前馄饨碗中剩余的香菜。

等那个灰衣人也吃完了，李一程站起来，慢慢向东边走去。东边大街尽头就是英租界的大光明电影院，正在上映新引进的有声战斗影片《贡格丁大血战》，门前簇拥了不少等着看电影的人。李一程凑过去买了张电影票，跟着人群走进电影院，他眼角的余光看见那个灰衣人也跟着进来了。

电影刚刚开演不到五分钟，李一程突然起身走出电影院，头也不回地径直走到电影院西边一堵围墙后边，围墙连着一片小树林，寂静无人，他不用看也知道那个灰衣人跟在后边。

"先生，我有一把家传的玉壶，想卖个好价钱，您能看看吗？"那个灰衣中年人站在李一程身后轻声问。

李一程回过头来，盯着中年人，声音略微有些激动，说："对不起，我家里已经有一把玉壶了，用得很顺手，除非你的玉壶是来自洛阳。"

"没错，这把壶正是来自洛阳。壶身上还刻了四个字，'一片冰心'！"

"洛阳亲友如相问，一片冰心在玉壶！"李一程和那个中年男人同时吟出这句诗，两双手紧紧握在一起。李一程眼角有些潮湿，道："整整十个月了，组织上终于想起我了。"

那个男人拍拍李一程的肩膀："你好，李一程同志。我叫郑山，是上级派来与你联系的，以后我就是你的新搭档。组织没有忘记你，刘记米店出事以后，组织上故意没有与你联系，就是让敌人彻底地相信你！"

提到刘记米店，李一程声音有些哽咽，问郑山："这十个月里，我每天都在想一件事情，刘记米店出事之前，我已经向上级发出了警报，他们四个人为什么没有撤出来？组织应该查一查，到底在哪个环节出了问题？"

郑山从怀里掏出一副眼镜戴上，抹去嘴唇上的小胡须，瞬间像换了一个人，他语气沉重地对李一程说："你发出的警报就是我收的，我没有把那份警报转给刘记米店。"

"你说什么？！"李一程血往上涌，一把揪住郑山的衣领，几乎把他拎起来，压低声音吼道，"你知道吗？你害了四条人命！刘老板、老板娘、'老醉猫'和小顺子！四条人命啊，你这个凶手！"

郑山扶住几乎被李一程晃掉的眼镜，看着李一程充血的眼睛，慢慢道："那天我几乎同时接到两份情报，一份是你发来的让他们撤离的警报，一份是刘老板发来的最后一次电文，你不想知道他们在电文中说的什么？"

李一程慢慢松开了双手，郑山双脚落地，咳了两声道："他们当时也已发现自己被监视，处于危险之中，他们四个人集体开了一个会，最后三比一表决通过，为了掩护你的安全，他们拒不撤出。他们要用自己的生命和敌人赌一次，赌注就是你平安打入敌人内部，不会引起他们的怀疑。他们发给我的电文就是他们最后的决议。"

李一程双腿有些发软，声音颤抖起来："为了我，为了我进到那个该死的汉奸市长的秘书室，当他的几名秘书中的一个，就要牺牲四条人命吗？他们都是我们的战友啊，他们哪一个参加革命都比我更早，他们哪一个人的命都比我更值得珍惜……"李一程热泪滚滚而落，再也无法说下去，原来李一程的公开身份就是伪市长温世珍的一名秘书。

郑山又摘下眼镜，用长衫衣襟不停地擦，说："李一程同志，请你冷静一下，你现在也许无法评价自己的价值，但是将来你一定会看到你肩负使命的重要性。在你刚刚进入伪天津市政府时，特高课就将你的来历暗查了一遍，虽然组织上已经将你的履历做了最好的处理，但是还有一个疑点没有消除，就是他们发现了你曾和刘记米店的刘老板相识，而那个地方已经暴露了。于是，在你的周围开始了一场布局与反布局、诱饵与反诱饵的斗争。你当时从敌人那里得到的刘记米店暴露的情报，很可能就是敌人对你的一次试探。万幸的是，你遵守了纪律，只是向我们发出警报，而不是亲自去提醒他们。"

李一程双手掩面，强忍住哭喊出来的冲动，他冥思苦想了十个月，想到了无数种可能，却没有想到四个战友是为了掩护他，在那里静静地等待死亡来临。

郑山继续说道："刘记米店的四个人敏锐地发现了问题所在，他们如果撤离，你很可能就会暴露；只有他们坚守，你才有可能渡过难关。所以，他们集体表决，给我发出了最后一份电文，然后销毁了电台和密码本，用自己的生命做赌注为你赌一次。最后，他们赌赢了，但是，却输了生命。"

李一程慢慢平复情绪，擦干眼泪，道："我不知道我将来会起到多大的作用，但是我会为了四个战友的生命去拼、去死，否则我一生都会活在痛苦里，我背负不了他们生命的重量，这将是我一生的痛。"

郑山道："你错了，你只有好好活着，他们的牺牲才有价值，否则他们就是死不瞑目。"

李一程道："看着战友为我牺牲，我却不能有任何表示，经历了这样悲惨的事情，难道我死后就会瞑目？"

郑山看着李一程痛苦的眼睛，慢慢地摇摇头，道："最悲惨的事情不是战友牺牲在你面前，你却不能有任何表示，而是需要你亲手杀死你的战友，你依然要面不改色！"

李一程被震惊了，问他："你见到过？"

郑山的眼神慢慢飘向远处灯火通明的大光明电影院，他长叹一口气，声音平静如水："每个人都是有秘密的。我见到过，我也经历过……"

两人沉默无语，李一程喃喃自问："为了信仰的胜利，难道真的要漠视生命吗？"

郑山没有回答他，过了一会儿，轻声问他："你想知道三比一的表决结果，那个反对的一票是谁吗？"

李一程想了想，使劲儿摇摇头，道："我不想知道。我只知道他们都是为了我而牺牲，是谁投反对的一票对我来说没有任何意义，他们永远是我心里的好战友。"

"你能这么想，很好。"郑山拍拍这个年轻人的肩膀，又问他，"你刚才买票进了电影院，为什么又急匆匆离开了？我还以为你发现了危险。"

李一程刚才情绪失控，几乎忘了这件事，说道："我在电影院里发现了几个'抗日杀奸团'的队员，今晚这里只怕会有事情发生，我们还是快点离开这里。"

两人握手告别，李一程盯着郑山平静如水的眼睛，冷冷地道："我会是你的好搭档，但不会是你的好朋友。我不喜欢你！"说完转身就走。

郑山看着李一程消失在夜色里，叹口气道："你和我，又何尝不是在掩护别人……"

四十七、落下来的两块石头

四十三，央：扬于王庭，孚号，有厉，告自邑，不利即戎，利有攸往。程锡庚。大光明电影院，1939年4月9日。

当日下午，"抗团"在英租界工部局里的线人女巡警范懿贞紧急来报告，晚上六点程锡庚将携全家到大光明影院观看新上映的电影《贡格丁大血战》。

接到情报后，由于时间紧迫，无法调集别人，曾涉当机立断，派祝正良率领袁俊、刘友琛和冯剑美执行暗杀任务。由祝正良和袁俊担任主攻，刘友琛负责掩护，冯剑美负责运送枪支和警戒掩护。

晚上六点，程锡庚携妻带女乘车来到大光明影院。因为"抗团"此前实施了几次刺杀制裁行动，程锡庚早就是惊弓之鸟，每次出行都分外小心，为了看一场电影，特意带了十名警卫。程锡庚下车后，十名警卫立刻形成一个半圆形保护圈，护送着程锡庚和妻女进入影院，三名警卫把守影院各个进出口，负责盘查进院的可疑观众，三名警卫逡巡于影院内，其余四人护驾左右。

冯剑美浓妆艳抹，打扮成一名贵妇人，与旁边搭讪的男人谈笑风生，神态自若地带着三把手枪混入影院。祝正良等人看见冯剑美平安进去，互相打个暗号，分散进入影院。

一进影院，冯剑美就朝前排贵宾席位向他们努努嘴，他们很快就看到了坐在前排中间的程锡庚，程锡庚与妻女被四名警卫夹在中间，戒备森严，一时无法下手。祝正良使个眼色，四个人慢慢在程锡庚后排坐下来。一个警卫回头打量他们几眼，袁俊和刘汉琛有些紧张，祝正良故意低声和他们讨论剧情，说说笑笑，分散他俩的紧张情绪。冯剑美反倒是气定神闲，端起了贵妇人冷艳高傲的架子。

灯熄以后，影片开始放映，《贡格丁大血战》是一部有声战斗片，枪炮声、厮杀声、惨叫声震耳欲聋，回荡在影院里。程锡庚和妻女以及警卫都被剧情吸引，看得津津有味。祝正良在后排轻轻抽出一支勃朗宁手枪，将枪抬至胸口处，用衣服遮挡对准程锡庚后脑，等待电影中爆炸声响起的同时，果断扣动扳机。程锡庚的头颅颤动了一下，因电影声音震耳欲聋，一时竟无人察觉。祝正良没想到刺杀如此顺利，稍微迟疑一下，打手势让其余三人从两侧离开。祝正良还没走出去，程锡庚突然倒在妻子身上，程妻伸手一扶，鲜血和脑浆沾满了她的手，她把手伸到光亮处一看，发出一声凄厉的尖叫："有刺客！杀人了！"

尖厉的喊声压倒电影中的枪炮声，一个守在门口的警卫闻声冲进来，掏枪就要向跑在前面的刘友琛射击，袁俊抢先一枪打倒他。另一个警卫扑向最后的祝正良，抓住祝正良的胳膊，祝正良在衣兜里用枪对他肚子连开两枪。

影院内顿时一片大乱，灯光大亮，所有的观众都争相拥向门口逃命，在门口踩得人仰马翻，堵得水泄不通，程锡庚身边的警卫反而无法追出来。祝正良等人裹在逃命的人群中，迅速逃入相隔不远的英租界，消失在沉沉夜幕中……

第二天，天津各报纷纷报道了程锡庚被刺身死的消息，香港《大公报》也以"津除一巨奸"的大字标题详细报道了此案。

程锡庚是一块石头，一块能将池中水激出波浪的石头。程锡庚遇刺终于在天津掀起滔天巨浪，4月10日，天津汉奸市长温世珍和日本驻华北方面军代表集体致函英总领事，向英总领事提出强烈抗议，除要英领事令英租界工部局严缉案犯，克日引渡外，还提出两项措施：一是限英工部局对所属警队在最短时间内整顿改进；二是天津市警察局今后有权随时进入英租界，与英工部局协力检查。英租界工部局当然不肯答应，与他们开始了谈判。一起锄奸案件，逐渐演变成多方的政治利益博弈。

刺杀程锡庚后，日本华北方面军调集大批军警和铁丝网，将英租界围困成一个"孤岛"。"抗团"第一次感受到了空前的压力，曾涉组织外围的队员连夜撤到北平、通州等地，但是执行刺程任务退到英租界的祝正良、刘汉琛、冯剑美、袁俊四人，以及火烧天津南站时表现出色的杨大森、孙海临等四名小队员，都被困在英租界无法脱身。

北平，"聚福阁"茶庄。

密室里昏黄油灯下，曾涉以手扶额，显得异常疲惫。

王文劝他："曾书记，你还在担心祝正良他们？他们都已经被困在租界快十天了，你也好几夜没睡了，去休息一会儿吧。"

曾涉摇摇头，眼角全是红血丝，问："裴级三回来了吗？消息打探得怎么样了？"

正说着，慌里慌张的裴级三夹着一股风进来了，几乎把油灯扑灭，声音里透着哭腔："曾书记，不好了，出事了！"

曾涉腾地站起来，焦急地问："祝正良他们出事了？"

裴级三摇摇头道："是上海王站长，他出事了！"

曾涉双腿一软，几乎摔倒，脸色登时惨白。

裴级三调整了一下呼吸说："刚刚和上海取得的联系，王天牧站长今天被'76号'绑架了，现在生死未卜……"

半天才平静下来的曾涉，有气无力地挥挥手让裴级三出去，组织人手继续打探上海和天津的消息。

王文有些担心地看着曾涉在灯光下的背影，那背影再也不是笔直挺拔，仿佛一瞬间苍老了十几岁，这是他第一次看见曾涉如此虚弱和疲惫。

如果说程锡庚是一块能激出波浪的石头，那么王天牧就是一块能将池底击穿的石头。

曾涉长叹一声，对王文道："我有一种不好的感觉，非常不好的感觉。也许，也许青龙说的'死之徒'就是我们，我们正在走向死亡……"

上海，极司菲尔路76号。

极司菲尔路76号原本是安徽省主席陈调元的私人住宅，后来成为日本"梅机关"晴气庆胤、影佐祯昭等人扶持汉奸大特务李士群、丁默邨成立的特务机构所在地，专门针对军统上海站等情报组织，再后来成为上海人人闻之色变的人间魔窟，人称"阎王殿"。

"梅机关"和76号的特工们，根据香月青川提供的线索，竭尽全力窥测到王天牧的活动规律，了解到他有一个习惯，每隔三天的下午三点左右，总要到一家茶室喝茶，实则是与他的部下接头。

这天，一个衣冠楚楚的绅士走到茶室门前，他头戴灰呢帽，身穿轻便的白色西装，站在那里环顾四周，监控的特工们立刻认出这人正是大名鼎鼎的王天牧。环顾一圈的王天牧似乎心生警觉，马上又快步朝茶室西侧走去，不出二十步，两个身材魁伟、穿着中式长衫的青年，不声不响地靠近他的背部，这时停在旁边的一辆汽车，默契地打开车门，顺利地把王天牧和两个青年吞了进去，汽车喷出一股黑烟消失在人群里，直接驶进极司菲尔路76号。

王天牧是一个心狠手辣、行事果断的狠角色，来上海不久就策划实施了一起轰动全国的锄奸行动，成功暗杀了汪伪政府的外交部部长陈篆，"汉奸陈篆夜登鬼录"一时成为各地报纸争相报道的头条新闻。"梅机关"和76号几个首脑对这个大名鼎鼎的军统杀手极为忌惮，专门开会研究如何应对王天牧。

王天牧被绑架到76号，自忖必死无疑，倒也神态自若凛然不惧。没想到李士群却对他极尽优待，不仅没有动他一根汗毛，还每天好吃好喝像祖宗一样供着，李士群还亲自带一群大头目轮番陪王天牧聊天，生怕他寻了短见。王天牧更是不在乎，心想你要是想用怀柔政策拉拢我，那可是选错人了。他心中无惧，每天该吃就吃，该喝就喝，犹如度假一般。

当时上海、重庆、平津地区的军统特工都撒下天罗地网多方打探王天牧的消息，谁也没想到王天牧整天在极司菲尔路76号里吃香的喝辣的，优哉游哉，毫发无损。

四十八、复仇之火

"初六，履霜坚冰，阴始凝也。驯致其道，至坚冰也。"黑木亲庆、佐藤斋次。

北平，琉璃厂，花夕斋。

香月青川攻灭红袖添香阁以后，曾经不无忧虑地提醒过黑木亲庆，既然有人能把情报送到花夕斋门口，说明这个联络点已经不再隐秘了，建议黑木亲庆和佐藤斋次换个联络站。黑木亲庆不置可否，说北平是大日本皇军占领的城市，总不会有人端着炸药包冲进来吧，就算有人寻衅滋事，佐藤斋次的刀也不是吃素的。其实他是舍不得离开琉璃厂，这个老鬼子在琉璃厂收罗了不少真真假假的宝贝，还没来得及运回日本呢。黑木亲庆从来不想当一个纯粹的军人或特工，当年他从陆军少佐位置上退下来就是如此，他只想做一个利益投机者，金钱才是他的第一追求。在琉璃厂晃了快一年，这里如同四十大盗的宝藏，他的目标就是要在战争结束后，开一个全日本最大的文物店。

佐藤斋次每天除了吃饭睡觉，就是在后院苦练他的刀法，他渴盼着执行任务，那样可以让他的刀尝到鲜血的味道，至于任务的成败，他反而并不放在心上。所以芥川左兵卫每天跟着香月青川东跑西颠，他却躲在这里练功，等候召唤，等候让他出刀的命令。黑木亲庆每天划拉来的瓶瓶罐罐还有破纸卷轴，他从来不屑一顾，他尊重黑木亲庆只是因为黑木是他的前辈。他现在想得最多的就是那天晚上，刺向自己后心的一柄闪亮链子刀，那一刀的速度和力量，让他记忆犹新，那是他来中国后遇见的最厉害的对手，他渴望与其再次交手。

"这是一幅弘仁的山水画，我看着像是真迹！"花夕斋前堂雇的一个老学究——平日里就靠他打理生意——像捡到宝贝一样抱着一幅画跑进后院，兴奋得边跑边喊。弘仁是明末清初著名的画坛四僧之一，黑木亲庆很喜欢他的画。佐藤斋次漠然地看了老学究一眼，继续用他的刀狠狠地劈空气，仿佛他的对手正躲在空气里。黑木亲庆闻声从自己房间里一溜小跑出来，迫不及待地和老学究用放大镜研究起那幅画来。

　　老学究一嘴缺了一半的黄牙凑近黑木亲庆的耳朵，说："那个人说他家里还有一幅马远的《松阴玩月图》，如果我们给的价钱公道，可以考虑一并卖给我们。"

　　"你说的是'南宋四家'之一的马远？"黑木亲庆意外又贪婪的眼神从放大镜里无限放大，老学究连忙点点头："没错，就是和李唐、刘松年、夏圭并称'南宋四家'的马远，因为喜欢在画中作边角小景，世人都称他为'马一角'。"

　　"拿下！拿下！多少钱都拿下！"黑木亲庆一脸迫切，"他什么时候来？我要亲眼看看这幅画。"

　　老学究急忙说："我这就去和他约个时间，请东家您亲自出来给《松阴玩月图》掌眼。"

　　老学究颠颠地跑出去了，黑木亲庆的眼睛已经沉到画里拔不出来了。

　　第二天晚上九点，老学究领着三个人捧着一个长条盒子行色匆匆地走进花夕斋。为首的是一个四十岁左右略带娘气的男人，旗人打扮，眉目之间神态似乎是一个落魄旗人贵族子弟；两个随从一老一少，老的七十多岁了，佝偻着腰，少的十八九岁年纪，捧着长条盒，亦步亦趋，拘束恭谨，抿着嘴不敢说话。

　　到了花夕斋内堂门口，中年男人撇撇嘴，一脸倨傲地让年轻人给他掀门帘，他不愿意让手沾上门帘。年轻人手捧盒子反应慢了，没跟上去，中年人一脚踢在他腿上，尖着嗓子骂一声："蠢货！这么伺候主子，早几年就拖你打板子去！"老学究赶紧打圆场，伸手替这位谱儿大得离奇的主子掀开门帘，请他进到屋里。老年随从从年轻人手里接过盒子跟了进去，年轻人一脸委屈，不敢跟进门，只好抄着手在外边站着。

　　民国以后，北平城里有很多这种落魄旗人，虽然家道中落，但是倒驴不倒架，宁肯卖古董和房产土地谋生糊口，也不肯少了半分主子的架子。黑木亲庆一眼就看出这个旗人是个外强中干的货色，身无一技之长却又好吃懒做，明明穷得快穿不起衣服，却非要把玩一个碧玉鼻烟壶，拿足了贵胄子弟的派头，可是他长衫的袖口和肘部都要磨烂了，一下子就暴露了家境状况。黑木亲庆心想，这种皮烂嘴不烂的落魄八旗子弟，虽然看着招人厌恶，但是家里往往真有好东西，自己得狠狠宰他一刀。

　　黑木亲庆一脸笑容地招呼主仆二人落座，旗人主子大大咧咧地坐在上位椅子上，老随从哪里敢坐，手捧长盒子佝偻着腰站在主子身后，似乎承受不住那盒子的重量，随时都要栽倒。

旗人主子狠狠吸两口鼻烟，乜斜着黑木亲庆说："黑木先生，听说你也玩中国的古画，托人要看看我的《松阴玩月图》？"

黑木亲庆听了这种落魄旗人的京片子，心中暗暗冷笑，明明是活不下去了卖画度日，非要装得像是别人求他。黑木亲庆老于世故，并不搭理他，看了一眼老学究，老学究冲他暗暗点点头，黑木亲庆心里有底了，转过头笑嘻嘻地问旗人："请问先生您怎么称呼？"

那个旗人回答倒也客气："鄙人姓佟，祖上是康熙爷麾下一等公、安北将军、内侍卫大臣佟国纲……"

黑木亲庆赶紧打断他，生怕从他嘴里蹦出努尔哈赤的龙子龙孙来，说："佟先生，如果您带来的真是《松阴玩月图》，我可以出这个数。"说着伸出一只巴掌。

"五千大洋？"姓佟的旗人眼中闪过一丝惊喜，看来这个价格远远超出他的预期。

"哈哈，佟先生开玩笑了，五千块大洋足可以买下顾恺之的《女史箴图》或者韩滉的《五牛图》，我说的是，五十块大洋！"黑木亲庆故意把五十块说得狠狠的，笑眯眯的小眼睛如同刀子一样刺向姓佟的旗人。

姓佟的旗人嘴角一阵抽搐，转头向老随从说："看来今天佟爷来错了地方，我们走吧！"说罢起身作势要走，老学究赶紧拦住他。

黑木亲庆端起茶杯呷口茶，慢悠悠地说："如果是真迹，价钱嘛，还可以商量。不过，这年头骗子太多，我不得不防啊，是不是，佟先生？"

姓佟的旗人本来就没想走，被老学究一拦，赶紧又坐下来，对老随从说道："那就让黑木先生看看咱家的破烂货吧，这样的破烂儿我家祖上可是留下一屋子！哼！"说罢端起茶杯翘着兰花指也呷一口茶，却一口喷到地上，尖着嗓子嚷道："哎呀，用这种官窑青瓷泡锯末子一样的茉莉花茶，真是失了体统！"

黑木亲庆看他娘里娘气的做派，几乎笑出声来，不过他的注意力全都被老随从手中的长条盒子吸引，没空搭理他了。他心里想，如果是真的《松阴玩月图》，一千块大洋也不算多，看来今天是要捡一个大漏了！

老随从仿佛捧着千钧重担一样，小心翼翼把长条盒子放在桌子上，捧出一个卷轴，双手奉给黑木亲庆。黑木亲庆两眼放光，他可以藐视生命、权贵，但是唯独对艺术品充满尊重，他挽好袖子双手恭恭敬敬地接过卷轴，慢慢展开……

一个龙飞凤舞的"死"字展现在他眼前！黑木亲庆一下子愣在那里了，就在他分神的一瞬间，年老随从双手一扣，紧紧抓住黑木亲庆的两只手腕，同时一条细细的钢丝也勒上黑木亲庆的脖子，手执钢丝的竟然是那个娘里娘气的佟姓旗人。黑木亲庆年轻时曾经苦练过柔道，是黑带高手，虽然现在年纪大了，也长练不辍，此时猝然遇袭，脖子被钢丝套住，想喊已喊不出来，只能抬起脚踢向老随从的双腿，上身向后仰倒，拼命挣脱一只手，向后一肘捣去。被挣脱一只手的老随从瞬间从老态龙钟变得凶狠彪悍，见黑木亲庆拼命挣扎，拼着挨了下面一腿，合身冲过去发力抱住黑木亲庆的双手和腰身，一柄短刀捅入黑木亲庆的肋下。后面那个佟姓旗人虽然被黑木亲庆一肘捣在胸前，喷出一口鲜血，估计是肋骨断了，但是咬牙不松手，钢丝越勒越紧。黑木亲庆拼命挣扎，双手和身体被抱住，两只脚不住乱踢，终于踢倒了桌子，发出"咣当"一声响。

东边厢房里的佐藤斋次对黑木亲庆这种古玩交易密谈早就司空见惯，从来都是避而不见。正在屋子里打坐的佐藤斋次极为机敏，听到声音就知道发生了不测，大喝一声，连人带刀从窗户中穿出，他人还没落地，只觉眼前一寒，一道银光直奔自己面门而来，正是他日思夜想的那柄链子刀！

佐藤斋次长刀一架，火星迸射，人已落在地上。对面那个少年随从正是秋国风所扮，不等佐藤斋次站稳，就是一轮惊涛怒潮般的刀光卷向佐藤斋次。上次遭到佐藤斋次袭击以后，秋国风也把佐藤斋次视为平生劲敌，暗中揣摩他很久了。链子刀雪片般飞来，佐藤斋次挥刀竭力招架，每接一刀就后退一步，十几刀下来，佐藤斋次又退回到东厢门口。佐藤斋次惊怒之下，用日语大喊一声："有刺客，快来人！"

花夕斋前院还住着黑木亲庆的三名手下和两个使女，听到打斗声和喊声，都从各自屋子里跑出来，谁知刚一露头就被一阵连珠子弹打倒，大门口又闪进来两个黑衣人，正是手使双枪的曾涉和孙大成。原来装扮成佟姓旗人的是王文，年老随从就是善于化装的老麻。王文故意让秋国风留在门外，就是要截击佐藤斋次。中统青龙和嫡系人马的覆灭，让曾涉兔死狐悲，痛下决心，秘密部署了许久，决定雷霆一击端掉花夕斋这个毒瘤。

黑木亲庆被老麻死死抱住，王文已经把钢丝勒进他的脖子里，黑木亲庆挣扎了半天，终于身子一挺，不再动了，浑身发出一股难闻的臭气，原来他大小便都失禁了。那个老学究早就被王文和老麻威逼利诱给收买了，把花夕斋的人员和住处一五一十地告诉了他们，饶是如此，见到如此惨烈的杀人情景，老学究还是吓得半嘴黄牙咯咯打架。

门外的秋国风一轮抢攻把佐藤斋次逼退，佐藤斋次正要反攻，见曾涉和孙大成冲进来，屋子里黑木亲庆又毫无声息，知道大事不妙，大喝一声作势挥刀欲劈，其实又故技重施，炸起一团黑雾，瞬间不见了踪影。曾涉和孙大成眼见一个大活人消失在黑雾里，都大吃一惊，不知所措，秋国风垂目下视，眼观鼻鼻观口口观心，犹如老僧入定一般静立不动。孙大成不知道危险，拎枪向屋里冲去，曾涉迟疑了一下，也跟随着向屋里冲去。屋檐角上突然闪出一团黑云，裹着一道迅疾的刀光向曾涉后脑劈去，正是佐藤斋次的遁形狙杀绝技，他也看出了曾涉是这次袭击行动的头儿，所以隐入黑暗中想一举狙杀曾涉。背对着曾涉站立的秋国风由于距离较远，已经难以救援，佐藤斋次面目狰狞，似乎已经嗅到了长刀上染满鲜血的味道。秋国风突然冷笑一声，掏出曾涉送他的那把手枪，转身就是两枪，空中那团黑云一声惨叫，狠狠摔落在地，正是几乎和屋檐混为一体的佐藤斋次。佐藤斋次精于忍术中借物遁形之术，但是秋国风上次被他逃遁以后，此次早有准备。曾涉见秋国风枪法精进至此，不由得夸奖道："好枪法！"

佐藤斋次胸腹中弹，血流如注，指着秋国风嘶声道："你们中国人，开枪，不是武士所为……"

孙大成骂道："去你妈的！你跑中国杀人放火就是武士所为？！"连开数枪，把佐藤斋次打成筛子。

老麻和王文一个瘸腿一个捂胸，互相搀扶着喘息，那个老学究吓得面无人色几乎尿了裤子。看见两人的伤势和一身臭气的黑木亲庆，秋国风、曾涉、孙大成都知道黑木亲庆必定也是不好对付的角色，屋子里一番搏斗肯定更为惨烈。

曾涉对那老学究道："你的家人我们都已给安排到四川，你今夜就离开北平前去和他们会合吧，希望你能守口如瓶，否则你的家人我们也难保平安。"

老学究唯唯诺诺，不住地鞠躬应是。

外面掩护警戒的叶天笑跑进来，焦急地说："快撤，宪兵和警察都到前街了！"

曾涉对几个人说："这里有不少我们中国的文物，决不能白白落到日本人手里！烧了它，给青龙他们报仇！"

叶天笑摸出一瓶煤油，道："这个我擅长，我来！"

于是，继红袖添香阁大火之后，花夕斋的火光又一次照亮了北平的夜空……

四十九、明天和意外谁会先来？

"七号"一个人走过暗夜的小巷，灯光昏黄，月色凄迷，身后树梢一阵轻响，他猛然转身，长衫兜里的手枪已经对准了身后那棵树。一只黄色癞猫叫了两声，从树枝跳到墙头上，满脸不屑地看了"七号"一眼，似乎对这个惊扰它睡梦的夜行人极为不满。"七号"暗暗松了一口气，在这泛着寒气的夜里，一只猫儿竟然把他吓得额头微微见汗，身子有些发软，靠在墙上使劲儿喘了几口气，才平息下来。

自从赵记杂货铺被破坏以后，"七号"总感觉自己身后跟着一个"幽灵"，这个"幽灵"至少跟踪他三次了，每次他心生警惕，悚然回头，却只是看到一团空气。"七号"腰间时刻藏着一把顶上火的手枪，他知道，这把枪其实是给自己准备的，必要时他会毫不迟疑地用这把手枪轰碎自己的脑袋，因为他身后还藏着一个人，一个比他生命还重要的人。那个凶恶的"客人"能放过他，神秘的"幽灵"跟踪他，都是因为他身后的这个人。

"七号"目光有些呆滞，仰头看着天上的残月，不知道在想什么。他慢慢掏出手枪，闭上眼睛，举枪对准自己的太阳穴，喃喃自语："为什么还不来抓我？是在和我玩猫捉老鼠的游戏吗？可惜，我是决不能活着当你们的俘虏的……我宁愿横尸街头，也不想被你们带进那个人鬼不分的地狱，你们来吧，我等着你们！"

枪口在他的皮肤上摩擦着，似乎在寻找最佳的开枪位置，"啪！"的一声，不是枪响，是"七号"嘴里发出的声音。"七号"睁开眼睛，眼里蕴满了泪水，他叹息一声，分不清是无奈还是恐惧……

天津，红木巷。"抗团"秘密联络点。

天津英租界巡警范懿贞借着夜色掩护潜进红木巷里"抗团"的一处秘密联络点。红木巷这处联络点专门负责北平与天津两地联络，很久没有用过了，英租界被围困以后，"抗团"再次启用这个联络点。范懿贞是"抗团"安插在英租界工部局里的暗线，是一个深受大家尊重的大姐，她在"抗团"成立初期就主动加入，为"抗团"提供了大量的情报，后来又把她的两个都在租界做警察的外甥女也介绍加入"抗团"。

程锡庚被"抗团"刺杀，引起了日本华北方面军和伪天津市政府的极大关注，在日本军方的重压下，英租界工部局多次对租界领域进行了突击搜查，祝正良、冯剑美等人隐藏的据点已经被工部局发现，要不是范懿贞提前获知消息报警，这几个人早就遭遇不测了。后来范懿贞见情势危急，就把祝正良等四人藏在自己家中，杨大森等四名小队员藏在范懿贞的外甥女家中。

范懿贞向曾涉汇报完英租界的情势，曾涉眉头紧锁，面显忧色，问范懿贞："大姐，能不能让他们几个人化装一下，通过日本兵的封锁线，逃出租界这个'孤岛'？"

范懿贞叹了口气说："很难。已经尝试了两次都没有成功，日本兵现在对出入人员证件检查极为严格，而且见过他们相貌的程锡庚那几个保镖，被日本人安排在出口处日夜盘查，这才是最大的危险。前两次没有混出来，就是因为发现这几条恶狗守在出口的哨卡，我们只能撤回来。"

范懿贞又说："我和他们几个人商量研究过了，大家一致认为日本兵封锁一定是前紧后松，只有咬牙熬过这一段时期，慢慢再寻觅脱身机会。"

曾涉一脸担忧，在屋子里踱了好几圈，习惯性地用拳头捶打自己的手心，说："看来目前只能这样了，我只是担心夜长梦多……"

范懿贞道："目前他们几个藏在我的家中，暂时还不会有什么危险。"

曾涉一脸凝重地点点头。

范懿贞抬头向曾涉道："他们几个人，也包括我，让我今天前来告诉曾书记一句话。"

曾涉一愣："什么话？"

"请曾书记放心，我们之中不会出叛徒的！"范懿贞一字一顿地说道。

曾涉瞬间被一阵巨大的感动震撼了，眼角有些湿润，看着范懿贞说不出话来。

范懿贞神色如常，伸手拿起帽子，从帽子内侧摸出一张字条，递给曾涉，说："这是冯剑美让我交给你的，特意嘱咐我一定要亲手交给你。"她看着曾涉意味深长地笑笑，转身走了出去。

曾涉慢慢展开字条，是冯剑美娟秀又有点倔强的字体：

邪恶盛行，是因为善良者太沉默。我永远记得你说过的话，我选择了，在这个邪恶的年代里，我不去做一个沉默的善良者。我选择的路，我不后悔！

明天和意外谁会先来？我不敢去想。有一句话，如果我不说，将会是我终生的遗憾——

我喜欢你！

曾涉默默读了两遍，把字条使劲儿攥在手心里，他感觉到自己的指甲几乎刺进肉里，那种疼痛让他刻骨铭心。他挥灭了油灯，木然走了出去。在一处路灯下，他把揉烂的字条展开，又读了一遍，喃喃道："对不起，我这样的人，不配拥有爱情……"

他抬起头，望着四下漆黑的天地，默默地把字条塞进自己的嘴里，使劲儿咽了下去……

上海，外滩大街。

一辆轿车慢悠悠驶过来，停在人流如织的十字路口，两个76号黑衣特工下车恭敬地请出一个人，正是一身白西装的王天牧。两个特工一脸谄笑，对着王天牧连连鞠躬，说了一堆客套话，然后钻进车里，一溜烟消失了。王天牧摘下礼帽，掸掸左右胳膊被那两个特工接触过的部位，似乎那里沾染了尘土。王天牧左右环视一圈，他的经验和直觉告诉他，确实没有76号特工跟踪监视他。

王天牧习惯性地摸摸左侧衣兜，那些特工连他喜欢抽的香烟都给准备好了，他站在大街中间点燃一根香烟，有些茫然地看着周围熟悉又陌生的景致……

失踪了三个星期的王天牧，从人间魔窟76号毫发无损、全身而退，而且是被礼送而归。这一情报十几分钟后就摆在重庆戴老板的办公桌上，也很快传到了远在天津的曾涉的耳中。

"大哥危矣！"曾涉一拍桌子站了起来，"这是日本人和76号的离间之计！"

看到曾涉急火攻心，脸色异常凝重，王文安慰他，说："重庆戴老板应该也能识破这是离间之计，毕竟王大哥是他的'四大金刚'之首，戴老板一定会三思而后行的。"

曾涉紧紧咬住嘴唇，道："你只知其一，不知其二，戴老板虽然倚重王大哥，但是疑心颇重，行事世人难料。"

曾涉原地转了几圈，额头见汗，又道："如果王大哥是九死一生遍体鳞伤，或者哪怕在酷刑之下屈膝变节，戴老板念在他多年竭股肱之力，他尚有一线生机，但是这般毫发无伤地出来，只怕杀机随后就至。"

他有些焦急地转头对王文道："电报！我要即刻向戴老板发一封电报，恳请他切莫中了离间之计，自毁栋梁！"

曾涉的担忧很快就变为现实。戴老板正对王天牧疑虑重重、难以决断之际，不甘居于王天牧之下的上海站副站长赵礼暗中勾结属下，秘密向戴老板参了王天牧一本，说王天牧自恃是军统元老，认为自己比戴老板资历更深，经常拒不执行重庆指令，而且与汪伪政府要员暗通款曲，早晚会成为党国之患。这一本密奏，终于坚定了戴老板除掉王天牧的决心。戴老板向赵礼发出秘密电令，让他暗中除掉王天牧，要做得神不知鬼不觉，最好将祸水引向日本人。

心狠手辣的赵礼立刻安排了一个杀手，让他在大街上暗枪狙杀王天牧。王天牧何等人物，那个杀手刚刚举枪，王天牧就利用行人掩护，瞬间消失得无影无踪，气恼得杀手连开三枪，却连王天牧的汗毛都没沾到。

不过，这三声枪响虽未击中王天牧，却将他心中仅存的侥幸和残余的忠诚之心击碎。逃过一劫的王天牧立刻恢复了神龙见首不见尾的本色，在上海滩消失了踪影。心中恐惧不安的赵礼担心遭到王天牧的报复，故意将戴老板的密电内容通过别人泄露给王天牧。赵礼深谙王天牧的心理，这一封密电，犹如《三国演义》官渡之战中袁绍谋士郭图逼反张郃之计，将王天牧的退路彻底封死。

上海，极司菲尔路76号。

一个身穿白色西装的中年男人一脸怆然地向门卫走来，76号门前的几名守卫立即端枪对准他，旁边掩体内的机枪也调转枪口，瞄准中年男人的胸口，随时准备将他射成筛子。中年男人似乎没有看见一排黑洞洞的枪口，慢悠悠地掏出一根香烟点着，向天吐出一个大大的烟圈，眯着眼睛说："请李士群出来见我，就说王某人来访……"

五十、你有光明，中国便不会黑暗

北平，日军情报课。

黑木亲庆和佐藤斋次被杀，花夕斋被烧毁，让香月青川黯然颓废了好久，在平津地区的"皇道派"军官所剩无几，能托付心腹事的仅剩芥川左兵卫一人而已，香月青川感到前所未有的疲惫和孤独。尤其上一次萧萱怡给他下的逐客令，她的哭声时常萦绕在他耳畔，让他心神不宁却又一筹莫展。情报课里的同僚都看出香月课长最近情绪不高，没事不敢来打扰他，香月青川照例把自己关在办公室里，双脚架在办公桌上呼呼大睡。

芥川左兵卫拿着一个文件夹，在香月青川门口喊完报告，又敲了半天门，香月青川才从睡梦中惊醒，懒得睁开眼睛，问："又出什么事了？"

芥川左兵卫恭敬地向他报告："花夕斋逃跑的那个老学究在山东境内被抓获，不过用刑过重，那个老家伙几分钟就咽气了。"

香月青川"唔"了一声，似乎并不感到惊奇。芥川左兵卫又继续汇报："死之前，那个老家伙全说了，和课长您的判断一样，是曾涉为首的军统组织袭击了花夕斋，并不是中统所为。"花夕斋被一把火烧毁后，由于黑木亲庆是"一夕会"的核心人物，得到了日军高层的关注，很多人都猜测是国民党中统为青龙等人的报仇行为，但是香月青川却力排众议，认为中统在平津地区元气大伤，暂时没有能力实施这一次行动，坚持认定是军统方面蓄谋袭击。

"课长，等那老家伙的口供拿回来，您就可以让那些指手画脚的家伙闭嘴了。"芥川左兵卫半是钦佩半是讨好地说。

香月青川对这件事并不感兴趣，依旧把脸藏在帽子下面，从始至终都没睁开眼，问道："还有什么事？"

芥川左兵卫翻了翻文件，又说："剿灭'红袖添香阁'那天夜里，在附近四海饭店里发现的浑身蓝斑的女尸，经过线人辨认，确定是中统北平情报组长朱雀。"

香月青川腾地站了起来，扣在脸上的军帽掉在地上。他一脸恍然大悟：

"原来是这样！我知道了！我记得那具蓝色斑点的尸体，妖艳而美丽，一种死亡的美丽！"

朱雀的尸体在四海饭店被发现后，警察和宪兵们深感怪异，专门向香月青川做了报告，并将尸体拉到情报课做解剖鉴定，香月青川和芥川左兵卫都曾目睹那种妖艳的蓝色，当时很多人都在议论，不知道是什么毒药造成了这种妖艳的死亡。

芥川左兵卫有些茫然地看着他，香月青川顾不得捡帽子，拍手道："我弄明白了，是朱雀出卖了青龙，借我们的手除掉了青龙。可是，又是谁毒死了朱雀呢？"

芥川左兵卫轻蔑地说："不管是谁，都是他们内部的一场内讧，狗咬狗自相残杀，这是中国人的拿手好戏。"

香月青川摇摇头道："我原来以为隐藏的厉害对手是朱雀，调动我们剿灭青龙，没想到还有高手隐藏在后边，这个人才是我们的劲敌！"

香月青川原本颓废的眼神突然闪出精光，这是他遇见旗鼓相当的对手时才有的反应。

刀子拉车跑过大街，他不仅使劲儿低着头，还用一顶宽檐草帽遮住了大半张脸，车夫的号服已经被汗水微微浸透了，后面坐着包他车的商行李老板，一个戴着眼镜的中年人，微微发福的肚子上放着一个皮包。李老板今天是去收账的，欠钱的一家山货行是洪顺堂名下的产业，已经拖了两个月的货款了，估计是想到了收账的难度，李老板坐在后边不停地皱眉叹气。

到了山货行，李老板努力挤出一脸笑容走了进去。刀子放下车，挨着门口的柱子蹲了下来，透过草帽打量着街上的行人。原来挺立如刀的他已经锐气尽敛，走到哪里都会下意识地躲在不为人知的角落里。

刀子正在默默地擦汗，山货行里响起一阵吵骂声，紧跟着李老板被人一脚踹出来，四脚朝天地摔在刀子面前，眼镜摔出去有一丈多远。刀子慌忙扶起李老板，门口又跳出一个拎着棍子的大汉，骂道："你奶奶的眼睛瞎了啊！洪顺堂的钱也敢要？我们新任堂主刘爷说了，原来的欠账一笔勾销！就是天王老子来要钱也得打断他的腿！"说完，一棍子就向李老板抽来。

原来，刘思过夺得洪顺堂堂主之位后，仗着有日本人撑腰，欺行霸市强买强卖，对以前各个商号陈欠的债务一律不承认。高青岩掌管洪顺堂各个商号交易时，尚能做到公平买卖，现在刘思过一手遮天，声称对以前的交易往来概不负责，谁敢来讨债，招待他的就是一顿毒打。

那个洪顺堂大汉一棍子抽向李老板的腿，呼啸生风，竟然下了狠手，李老板骇得面无人色无处闪避，只能一脸痛楚地闭上眼睛准备硬挨一棍。那棍子在空中画个半圆，却突然像铸进岩石一样纹丝不动，李老板睁开眼睛一看，原来是刀子一伸手攥住了棍子。大汉使出吃奶的劲儿往回夺，棍子却像长在了刀子的手里，刀子本来想一脚把这大汉踹回山货行屋里，想一想还是不要惹是生非，一松手，那个大汉突然失力不由得踉跄后退，摔个四脚朝天。刀子不去理他，把吓得瑟瑟发抖的李老板扶上黄包车，拉起车转身离开。

谁知刚跑出几十步，身后一声呼哨响起，街两侧拥出十几个洪顺堂弟子，个个手执棍棒短刀，把刀子围在大街中央。刀子叹了口气，心想祸事找上门，躲也躲不过，一番打斗是免不了了，只是难免要暴露形迹，自己和赵凡又要挪个藏身的地方了。

正在此时，一个清朗的声音传来："洪顺堂历来以侠义立世，什么时候变得如此龌龊下流？还不给我滚开！"

众人回头看去，一个长衫青年站在路旁，正是怒目生威的秋国风。秋国风除夕之夜一刀斩杀高青岩，链子刀出手饮血，洪顺堂无人不晓，一群弟子个个面色大变，为首的弟子吓得口齿哆嗦，连鞠躬带作揖："佟少爷好，我们……我们给佟少爷请安！"

秋国风背负双手，仰面看天，道："这位是我的神交旧友，你们与他为难就是与我为敌！"

为首的洪顺堂弟子笑比哭还难看，连连作揖："是我们眼瞎，冒犯了佟少爷的朋友，该死该死！欠山货行的钱我马上让人送到府上，求佟少爷和这位朋友大人不记小人过……"一边行礼，一边暗示众弟子赶紧离开。

看着狼狈而逃的洪顺堂弟子，秋国风一脸萧索，叹息道："当年的满怀侠义，今日的蛇鼠一窝！这样的洪顺堂，有不如无！"

几乎被吓尿裤子的李老板一个劲儿地催促刀子赶紧离开，刀子难得地绽开一丝笑容，对秋国风道："秋兄弟，谢谢你！我又欠你一次人情。"

秋国风报以一笑，道："我只是不想让你的拳头被这群鼠辈玷污，你的拳头是我见过最快最硬的，不能浪费在他们身上。"

刀子道："全北平的人都知道你在做一件事，如有难处，可以找我帮忙。"

秋国风反问他："你做那样的事，需要别人帮忙吗？"

两人都微微一笑，就像一对喝了三天三夜酒依依不舍告别的朋友，分头而去。

北平，前门大街。庆祝日本天长节阅兵仪式。

每年的4月29日是日本的天长节——裕仁天皇的生日。北平的日本驻军为了显示忠心和宣示武功，精心准备了一次阅兵仪式，抽调了附近驻军一个步兵中队、一个骑兵中队和两个战车中队组成阅兵队伍，浩浩荡荡进入北平城，重演1937年7月占领北平的情景。华北方面军司令部为了这次入城阅兵活动，抽调了一批佐级军官组成一个骑兵方阵，香月青川由于骑术精湛被推举为领骑军官。原来那匹心爱的白马被炸死以后，香月青川足足费了半年工夫，才又给自己找到一匹中意的白马，此时骑行在方阵前面，显得尤为突出。

前门大街两侧的商户居民都被警察和维持会骨干驱赶到大街上，人人手里被塞进一个小膏药旗，被勒令挥舞着膏药旗向日本士兵行礼。香月青川骑在高头大马之上，冷冷地俯瞰两侧的民众，心里却一点儿也没有两年前那趾高气扬、叱咤风云的感觉，在这座古城里经历了近两年的纠缠厮杀，他已经没有了占领者的喜悦和兴奋，只剩下血淋淋的疲惫与麻木。

长蛇一般的行军队伍，在《君之代》歌声中缓慢向前蠕动着，前边的先头部队传来一声爆炸，香月青川皱皱眉头，他从声音就能听出这是一枚木柄手榴弹的爆炸声，这种手榴弹是中国军队的标配，声音不小，但是杀伤力很弱。原来是一个不明身份的中国人拉燃了腰间的手榴弹撞入行军队伍，炸倒了几个士兵，他的一个同伙跳出人群又准备向日本士兵队列投掷手榴弹，却被架在楼顶高处的机枪扫倒。

阅兵部队已经进行了多次演练，对这种骚扰袭击早有准备，行军阵容只是略微出现一阵骚乱，一群担任警戒的日本兵立即抬走死伤者，另一群士兵用早已准备好的清水冲刷路面上的血迹，垫上沙土，不到半分钟一切恢复如初。街路两侧围观的中国群众倒是被爆炸声吓跑了不少，一些胆大留下来的人看到日本兵如此镇定有序，每个人心中都感到一阵惧意。

等香月青川的方阵到达爆炸地点时，似乎一切都没有发生，香月青川闻着空气中的硝烟味，暗暗叹了一口气，这个城市虽然被占领，却远远没有被征服。

在路边执勤的吴岳远远看着这一切，他暗暗为那两个悍不畏死的勇士叫好，明知必死也愤然一击。他听着《君之代》歌声慢慢远去，站在那里陷入了沉思。有人在后面拽一下他的衣服，他如梦初醒地回头，是笑吟吟一双大眼睛看着他的萧静怡，萧静怡问他："师兄，日本人都走远了，你还傻站在这里发愣？"萧静怡最近和吴岳相处熟了，找过他多次，早就改口叫他"师兄"。

围观的人群渐渐散去，萧静怡看着刚才爆炸的硝烟，轻声道："这两个中国人真的勇敢，舍生忘死，真希望这一声爆炸能将四万万同胞炸醒。"

吴岳叹道："是啊，他们是真的勇士！如果四万万同胞都像他们这样，日本人就不敢欺辱我们了！"

两人远远望着爆炸地点，一阵沉默，吴岳轻声吟道：

伯先京口夸醇酒，
孟侠龙眠有老亲。
仗剑远游五岭外，
碎身直蹈虎狼秦。

这首诗是中国共产党的主要创始人陈独秀年轻时为纪念刺杀清廷五大臣遇难的义士吴樾所作。1905年吴樾在火车上刺杀出国考察的清廷载泽、端方等五大臣，携带的炸弹因火车震动而提前爆炸，五大臣仅二人受轻伤，吴樾当场牺牲。事后，吴樾的好友陈独秀写下这首纪念诗，诗中"孟侠"即是吴樾。

一群挥舞着小旗的北平汉奸文人簇拥着走过，去追赶前面的行进队伍，为首的一个清瘦中年人，是北平著名文化汉奸、伪《新民报》编辑局局长吴菊痴。跟在这群文化汉奸后面的一个年轻人，是端着相机扮成小报摄影记者的叶天笑，他路过时看见了萧静怡，对着萧静怡使劲儿眨一下眼睛。

吴岳似乎被触动了心事，呆呆站在那里不知想些什么。萧静怡拉起吴岳的手，拽着他向大街西侧走去，说："我们快离开这里，站久了会被人注意的。"

到了小巷深处那棵大树下，想到自己曾经因被日本兵羞辱而在这棵树下洒泪，吴岳一拳把自己的手打得鲜血迸流。萧静怡停住脚步，抬头问吴岳："他叫吴樾，你叫吴岳，他做的事青史留名、千古传唱，你却每天与狼狈为伍、与禽兽沆瀣一气，你是不是觉得羞愧？你为什么还不脱了这身耻辱的黑皮？"

吴岳第一次看见萧静怡对自己如此严肃发怒，一时也有些发愣，他呆了片刻，慢慢道："陈独秀当年与好友吴樾争论谁去刺杀清廷五大臣，两人互不相让，竟扭作一团，以至于疲惫无法站立。吴问陈，'舍弃生命与缔结革命，孰易孰难？'陈答道，'自然是前者易，后者难。'吴说，'好，我去做容易的，留你来做难事！'两人遂置酒做易水之别，吴樾走上暗杀之路，后被炸死于专列；陈独秀走上革命之路，为信仰艰难奔走奋斗。"

吴岳看着萧静怡的大眼睛，道："那时候，中国也有一群年轻人，像你们一样风华正茂，他们认为拯救中国有两条路，一条叫暗杀，一条叫革命。而今天的你们，正是重复吴樾的路，你们不怕流血牺牲，你们用生命换来正义，我衷心地钦佩你们，但是我不认为你们会成功，靠爆炸靠暗杀，并不能将日本人驱出国门。"

萧静怡眼睛眨也不眨地盯着吴岳，道："你有光明，中国便不会黑暗；你心中的颜色，就是中国的颜色；你站立的地方，就是中国。我们不去流血，这个国家就会一天天沉沦，无论暗杀还是革命，我总要行动起来，哪怕是一点点！"

"暗杀只能铲除一个、痛快一时，并不能救中国，要救中国，唯有革命，唯有让更多的中国人觉醒、战斗。"吴岳眼中泛起一丝痛苦，他避开萧静怡的眼睛，道："我相信日本人总有一天会被赶出中国，也许要很久很久，等到那一天，如果我们都还活着，就知道哪一条路是对的。"

萧静怡拉着他的衣袖，还想与他争论。吴岳似乎有千言万语却最终咽进肚里，终于下了最后的决心，说："静怡，我们不要再争论，以后你不要再来找我了……道不同不相为谋，我们努力好好活下去，也许等到打败日本的那一天，我们还会见面的。以后，各自珍重吧！"说完，拨开萧静怡的手，转身而去。

萧静怡泪水瞬间涌了出来，看着吴岳决然离去的背影，大声问他："师兄，你到底是什么人？你是共产党吗？"

吴岳回头一笑，又恢复了惯有的痞气，道："我只是一个中国人！'你有光明，中国便不会黑暗！'这句话我会永远记得。"

　　吴岳转头而去，他强忍住自己回身的冲动，心里默念着："对不起，原谅我，原谅我！"他脚下的步伐越来越快，因为他知道一旦慢下来，就可能再也迈不动。

　　望着吴岳越走越远的背影，萧静怡忍不住痛哭出声，她只想刺激吴岳，激发他心中的勇气，让他尽快离开警察这个黑窝，投身到抗日锄奸队伍中来，却不料吴岳竟决然和她分手。萧静怡心中刚刚涌起的少女初恋的朦胧之美，竟然这么快就被无情击碎……

五十一、以血相见！

北平，前门大街，夜。

> 天皇皇，地皇皇，
> 我家有个哭夜郎。
> 过往君子念三遍，
> 一觉睡到大天亮！

路边的告示栏上又出现了一张毛笔行书书写的"哭夜郎"字条，在夜风里轻轻摇曳着。佝偻着身体边走边咳的赵凡被这张字条吸引，凑过去借着亮光仔细看了好几遍，本来虚弱无神的眼睛里，突然像点燃了两朵火苗，明亮而又炽热。这是以前"道长"用的一种联络方式，如果用的是楷体书写，表明一切顺利；如果用的是行书，表明事情危急，速去联络地点会面。

赵凡看着这张字条，陷入沉思，心想："'道长'就死在我的眼前，这个字条怎么又出现了？莫非……"他警惕地四下望望，街路上并无异常，但是赵凡却感到后背上突然一凉，犹如深夜行走在草丛里，听见咝咝作响的毒蛇吐信的声音，茫然又恐怖。

赵凡低下头向十字路口走去，那里街路四通八达人流较多，他想在那里混进人群尽快脱身。远远地，有三条人影跟上了赵凡，在这三条人影后面，又隐隐出现了一个轻烟般的幽灵身影，面目隐藏在宽檐草帽之下，浑身散发着寒意。赵凡知道自己已经处在危险当中，他有些悔恨自己不够小心，一不注意就被这张字条从人群中给钓了出来。该来的总归会来，也许这个春风沉醉的夜晚就是自己的绝命之日。

"明珍，或许到了我去陪你的时候了……"想到这里，赵凡反而释然，他挺直了腰，淡定地向夜色中走去。

一身便装的芥川左兵卫心情愉快地跟在后面，他的眼睛犹如瞄准镜一般牢牢套住了前边的赵凡。芥川只带了两个部下，其中一个部下小声问他是不是需要增援，芥川冷冷地扫了他一眼，那个部下立刻噤若寒蝉，脖子上炸起一圈鸡皮疙瘩，因为芥川左兵卫看人时总是习惯看别人的脖子，那是他十字镖瞄准的位置。芥川左兵卫的意思很明显，如果连这么一个病夫都对付不了，实在是愧对帝国武士的称号。

芥川左兵卫若有所思地打量着前边这个人的身影，觉得有几分眼熟，他使劲儿想了又想，终于记起刘记米店前那个坐在黄包车上喋喋不休的人，那个利用小叫花子脱身的家伙，还有那张字条上让他备受羞辱的"以血相见"四个字。

"以血相见，不知道会是谁的血呢？"芥川左兵卫阴冷地咧开嘴笑起来。

赵凡突然拐个方向，加快了脚步，向雍和宫方向走去。"明珍，如果让我选择死去的地点，我一定选在你倒下的地方！"赵凡忽然觉得死亡也许并不可怕，甚至是他在痛苦煎熬中期待许久的事情，他胡子拉碴的脸上露出一丝笑容，如沐春风，脚步更加轻快。

雍和宫外。

春风沉醉，夜色深沉，雍和宫大门早已关闭，只剩下那棵大树孤零零地戳向夜空，还有一排排灌木丛仿佛蹲伏于夜色中的野兽。

一见到这棵枝繁叶茂的大树，树犹在人已逝，赵凡忍不住又剧烈地咳起来。在他咳得撕心裂肺的同时，三条人影呈扇形围了过来，左右两个人黑洞洞的枪口指向赵凡，为首的芥川左兵卫又模仿香月青川的习惯动作，拍拍手笑道："这位先生，你很警惕，是个称职的情报人员，本来我是想跟踪你，找到你的组织所在，看来你是不想我们如愿了，遗憾啊。"

赵凡慢慢转过身，面对着芥川左兵卫三个人，嘴角还挂着一缕咳出来的血丝，有些嘲弄地笑道："我的组织就在这里，你每天都面对着它，只是你不知道而已。"

"你说的是？"芥川左兵卫一脸疑惑地问赵凡。

赵凡用下巴指指夜色中巍峨耸立的雍和宫，说："我的组织庇佑天下，无所不在，就在那里看着你，你能奈它何？"

芥川左兵卫明白自己是受到了调侃，赵凡说的是雍和宫的佛像，他咬着牙道："即使是真的佛像，到了我的手里，他也会开口说话的！"

赵凡哈哈大笑，道："雍和宫里有一尊十八米高的檀香木弥勒佛像，我想说的话，都告诉了它，你要是去跪求个十年二十年，弥勒佛也许会被你的诚心感动，开口告诉你也未可知！"

赵凡手无寸铁，一路都在盘算自我了断的办法，他突然发觉自己内心里竟然如此盼望着死亡，似乎死亡才能让自己内心安静。他看着那棵大树，心想只要纵身一跃，奋力一头撞向那棵大树，即使弥勒佛真的现世，也阻止不了自己和齐明珍相会。在这棵树下，他向深爱自己的妻子扣动扳机，今天就在这棵树下，让自己的鲜血去验证那不知是对是错、永远折磨他内心的抉择。哪怕被乱枪打死，也是他心中渴求的归宿，他甚至看见系着紫色围巾的齐明珍站在远处向他招手，想起齐明珍把脸埋在他手掌中哭泣的泪水……

赵凡一脸嘲弄地看着芥川左兵卫，心中默念："明珍，等着我，我来了……"

他转身向那棵大树冲去，正要奋力跃起，却突然觉得右腿膝弯一麻，立刻身子一歪摔倒在地。原来芥川左兵卫的十字镖已经钉在他的膝弯上，让他突然浑身失力，那棵大树近在咫尺，他却无法撞碎自己的头颅了。

芥川左兵卫狞笑着走了过来，踩住赵凡的伤腿，说："你们总是喜欢以自杀对抗命运，我怎能不多加提防？你曾经对我说过'以血相见'，果然没有食言，我很佩服你的先见之明！这是你的血，也是你的命！"

赵凡伤处被踩得痛彻心扉，绝望地闭上了眼，这一刻，他想的不是自己，而是弱小无助的齐明珍，"明珍，我知道了，原来那时你也是这样绝望……"

大树背后的暗影里，突然响起两声枪响，那两个持枪的特工应声栽倒，芥川左兵卫反应极快，身形向后翻滚，一扬手四枚十字镖呼啸着飞向树后，与此同时，两颗子弹打在他刚才立足之地，溅起一团泥土，几乎盖住躺在地上的赵凡的双眼。

一个高大的身影从树后踉跄着冲出，又向芥川左兵卫隐没的方向开了两枪，然后一下子栽在赵凡的身上。赵凡抹去脸上的泥土，定睛一看，竟然是大武，胸口并排钉着两枚十字镖，已经被鲜血浸透。赵凡急忙抱住他，伸手去捂他伤口涌出的鲜血，大武摇摇头，喘息着说："老赵，原谅我，我本来是怀疑你，一直跟踪你，没想到……"

赵凡捂不住大武喷涌的鲜血，只觉得他的气息越来越弱，赵凡焦急地喊："大武同志，别说了，快振作起来！"

大武面色蜡黄，气若游丝，贴近赵凡的耳畔，用尽最后的力气说道："老赵，你是对的，赵记杂货铺那件事，有点不对头……我今天跟踪你时，好像又看见了他……"大武吐出一大口血沫，头一歪，滑倒在赵凡身侧。

赵凡抱住大武的尸身，一时弄不明白大武说的"他"是谁？想起为了救自己，最后却倒在他枪口下的妻子齐明珍，想起当日自己曾经怀疑的钟子奇，为了救他却死在假"客人"的枪下，而今天跟踪自己的大武，又为了救他倒在血泊里。赵凡一时悲从中来，向那棵大树喊道："为什么死的不是我，为什么？为了我，还要死多少人？！"

芥川左兵卫滚进黑暗中，左肋下一片殷红，大武那几枪还是打中了他。

芥川左兵卫和佐藤斋次一样，在被黑木亲庆网罗至"一夕会"之前，都是自幼练习日本忍术的武士。日本的忍术流传已久，在德川幕府时代，经过当时的忍术名家猿飞佐助和雾隐才藏二人发扬光大，成为称霸东瀛武林的功夫流派。忍术虽然被传说得神乎其神，其实也不过是提纵术、暗器、气功、易容、潜水等功夫的变形而已，善于利用天上地下的器物和地形进行遁形狙击刺杀，比较著名的有七个流派：伊贺、甲贺、芥川、根来、那黑、武田、秋叶。芥川左兵卫出身芥川世家，身兼芥川、伊贺两家之长；佐藤斋次师从武田世家；河野一郎师从秋叶世家。

大武这一枪打出了芥川左兵卫好勇斗狠的忍者血性，藏匿在黑暗中的芥川眼睛泛红，他想的已经不是擒获对手，而是要用他的十字镖把对手一一射杀，他要用对手的血来平息心中燃烧的杀意。

芥川左兵卫在黑暗中撕下衣袖缠住伤口，冷酷地盯着远处痛苦嘶喊的赵凡，他已经决定了，要杀一个回马枪，把身上所有的十字镖都射进这个男人的身体里。芥川左兵卫咬咬牙，正要探身跃出，突然感到自己左侧的黑暗里，似乎有一团比黑暗更黑的东西在看着他，他猛然转头，看见了两道像刀子一样的目光正狠狠地盯着他！

芥川左兵卫的心猛然一痛，就像被人用一根看不见的针扎了一下！他是一个极敏锐的人，这种疼痛只有在生死关头才会感觉到。芥川左兵卫双手暗暗攥满了十字镖，紧张地盯着那团黑影。

那团比黑暗还黑的黑影，丝毫不动，就像一张大网，牢牢罩住了芥川左兵卫，无论芥川左兵卫向左还是向右，都在黑影攻击的范围之内。僵持中的芥川左兵卫感觉到自己脑后的冷汗已经流进脖子里，这种密不透风的压力让他忍无可忍，他终于大喝一声，把身上的几十枚十字镖一股脑儿射向那团黑暗！直射、曲射、回射，还有几枚弹地而起的折射，所有的十字镖都呼啸着射进那团黑暗。

那一团黑影仿佛是一个无底黑洞，更像一个虚无的"空"，任由这一堆飞蝗般的十字镖穿体而过，依然像一团黑雾蔓延在黑暗中。芥川左兵卫吃惊地站直身体，即使是一尊铁铸的金刚立在那里，也消受不了这几十枚十字镖！他双掌立于胸前，小心地挪动着步子向那团黑影逼过去，靠近了才发现，那团黑影竟然是一件黑长衫罩在灌木丛上！

"卑鄙！"中计了的芥川左兵卫大叫一声纵身跳起欲逃，但是已然迟了，他后腰眼上挨了重重一拳，一个锋利如刀的声音从黑暗中传来："以！"这一拳极重，竟然打得芥川左兵卫在空中向前飘去。

"血！"又是一声大喝，芥川左兵卫在空中拼命想扭转身形，不想后心又挨一拳，像断了线的风筝一样继续向前飘去。

"相！"那个声音如影随形，又一拳轰在芥川左兵卫的肩胛骨上。

"见！"芥川左兵卫脊梁骨上又中一拳，飘在空中的他一口鲜血喷出来，身子一软，竟然挂在那棵大树上。芥川左兵卫在黑暗中被袭击者连击四拳，从藏身的灌木丛里又飘回赵凡身边的大树上，像一条被剥皮抽筋的死狗般挂在树枝上。

袭击他的人正是刀子，刀子用一件外衣成功骗过了芥川左兵卫，终于让这个喜欢暗中狙击别人的忍术高手体会到被人袭击的滋味。挂在树上的芥川左兵卫喉咙"咕"的一响，吐出一大口血，似乎挣扎着要说什么。刀子旋风般扑了过去，大吼道："刘老板！老板娘！'老醉猫'！小顺子！"

一个名字一拳，又是四拳！芥川左兵卫前胸塌陷，鲜血狂喷，终于像一摊烂泥一样摔了下来。这个残酷自负、从不用枪的伊贺武者，从来没有想到有一天他会倒在中国人的拳头下。

赵凡抱着大武的尸身，迟疑地问刀子："你……也是来跟踪我的？"

刀子不敢看他的眼睛，黯然点点头。

赵凡又问："是郑山让你来的？你就是上面派来北平监视我们的人吧？"

刀子迟疑一下，最后还是痛苦地点了点头。

五十二、人为刀俎，我为鱼肉

天津，英租界，工部局。

范懿贞看看没人注意她，拿起电话拨通自己家里的号码，轻声说："外面下雨了，把被褥收进来，关好窗户。"这是范懿贞与藏在她家里的祝正良、冯剑美等人约好的暗号，提醒他们工部局的警察又要下去搜查。范懿贞放下电话，神态自若地走回自己的办公桌处理公务。

透过玻璃，一个英国鬼佬狐疑的蓝眼睛在暗处闪闪发光，冷冷地盯着她。租界工部局迫于日方压力，已经数次在租界内部展开拉网式搜查，可是每次都无功而返，工部局高层已经怀疑巡警之中有内应。这次租界搜捕其实是一次诱饵行动，其目的就是查出谁是内应分子，范懿贞只是一个低级别警员，根本不知道这背后的阴谋，她已经一头撞进了网中。

窗外一道闪电划开阴森森的天空，传来一声惊天霹雳，这是今年第一声春雷，无边的雨幕吞没了古老的天津城……

英租界，范懿贞家中。

度日如年的冯剑美挑起一角窗帘，偷偷欣赏这第一场春雨。对面三楼窗台上几盆小花在雨中瑟瑟发抖，一个小女孩子冒雨出来爱怜地把它们搬进屋里，一个母亲样的女人追着她，给她抹去头上的雨水，冯剑美看着她就像看到小时候的自己。一对燕子飞过她的视线，相互召唤着，钻进躲雨的巢穴，冯剑美突然想起了自己的家人，不知道他们是不是搬到后方去找大伯父了。还有那个曾涉，不知道他又在忙什么，他看见那封信心里是怎么想的？……冯剑美心事重重，叹了口气，把窗帘放了下来。其实，如果她再多看几秒钟，也许就会看到一队荷枪实弹的工部局警察，正贴着墙根向这栋楼摸过来。

第一个发现被工部局警察包围的是袁俊，他到厨房烧水，突然发现楼下街上成群的警察，他惊恐地大喊一声，惊醒了正在睡觉的祝正良和刘汉琛，他们跳起来一看，整栋楼都被警察包围了。

四个人面色苍白，互相看着对方，不知道怎么办是好，刘汉琛急切地问祝正良："跑不掉了，怎么办？"

祝正良虽然平时鬼点子很多，此时也额头见汗，急得原地转圈不知所措。冯剑美面色苍白如雪，第一个冷静下来，从柜子底层拽出一个布包，打开来竟是一个"饭盒"，她声音出奇地平静："我们还有这个！"

三个男生眼神闪过一丝惊惧，冯剑美看着他们，大声道："我们都向曾书记保证过了，我们不会出叛徒的！"

祝正良咬住嘴唇，狠狠地道："没错！我们不能被他们活捉，他们一定会把我们交给日本人的！"刘汉琛恐惧地抱住了袁俊，两人都有些发抖。

"咣！咣！"工部局警察们已经开始砸门了。

"抗日杀奸，复仇雪耻，同心一德，克敌治国！"四个人的手相互握住，紧紧靠在一起，颤抖的声音绝望而坚定。

房门轰然倒下，一群警察冲了进来，冯剑美闭上眼睛，用尽全身力气大喊一声："曾书记，永别了！"

她拉燃了引信，一阵蓝烟弥漫……

北平，聚福阁茶楼。

曾涉在密室里，看着一张小字条发呆，字条上只有一行字："三木王"已投降76号，请速斩断原来的联络渠道。

落款还是那本小小的"书"。曾涉沉思良久，把那张字条在油灯上点燃了。这是这本"书"第三次向他发出警告了，看来这本"书"确实是友非敌。

王天牧投降76号一事，曾涉已经从重庆接到电报，据说戴老板知道消息后把自己锁在办公室一个多小时没有露面，至于最后决定采取什么制裁措施，外围的军统站并不知情，也不敢打探消息。翻脸无情的戴老板虽远在千里之外，但是他的威力却如一把抵在每个人喉咙上的尖刀，让人不寒而栗，战战兢兢不敢说话。

从知晓76号李士群实施的离间计开始，这个结果已经是曾涉意料之中的结局。曾涉苦笑一声，想起当日自己在车站化装送别王天牧的场景，言犹在耳，今日两人却已分属两个阵营，不知道是否还会有见面的一天。王天牧是否会为了邀功进阶，而将原来这班兄弟作为礼物送给新的东家？曾涉盯着如豆油灯，心乱如麻。

油灯一阵摇曳，恍惚间，似乎看见祝正良、冯剑美等人鱼贯而入，几个人浑身染血，面容惨淡。曾涉问他们原因，几个人都一言不发，冯剑美哀怨地看着他，拉着他的衣袖泪流满面。曾涉一惊起身，才发觉是一场梦，外面已经是东方欲晓，鸟鸣啾啾，又度过了一个难熬的夜晚。

王文和李儒鹏浑身是汗地走了进来，满脸紧张不安，李儒鹏一见曾涉就哽咽着说："曾书记，天津英租界的战友们被捕了！"

曾涉一阵头晕，摇晃着慢慢坐倒在椅子上。

原来冯剑美拉燃的那个"饭盒"并没有爆炸，四个人被蜂拥而上的工部局警察当场抓获，与此同时，范懿贞和两个外甥女也在办公室被捕，藏在她们家中的杨大森和孙海临等四个小队员也落入工部局警察手里。

曾涉面色铁青，坐在椅子上半天无语，王文和李儒鹏站在旁边紧张地看着他，不敢说话。曾涉过了半天，长叹一口气自言自语道："一次就损失十一名战友，这是我们'抗团'从未有过的重大损失，我们承受不起……"

他转头对李儒鹏道："准备车辆，我要立即赶回天津，抢在他们被交给日本人之前，救他们出来！"

王文拦住他："曾书记，这个时候你回天津，无疑自投火海，独入狼窝，请你为大局着想，不要意气用事。"

曾涉摇摇头，坚定地道："那里有我十一个兄弟姐妹，他们的生死就是大局，我不能见死不救！"

曾涉看一眼王文和李儒鹏，继续道："北平的事就交给你们了，如果我回不来，你们务必要坚持到最后，不要轻言放弃……我们永远不死，我们只是在地狱集合！"

王文低下头沉默不语，曾涉拍拍他的肩膀，在他耳边轻声说："注意裴级三，我不放心这条线。"说完，出门而去。

李儒鹏眼圈发红，追出门去，喊道："曾书记，二哥，他们也是我的兄弟姐妹，我和你一起回去！毕竟，天津我比你熟悉多了……"

1939年5月，英租界工部局经过多次搜捕，终于将祝正良、冯剑美等人捕获，拘押于租界工部局内。第二天，伪天津市政府及日本军方闻讯而至，多次函请英总领事将程锡庚案四人引渡给日方，英方均以种种借口予以拒绝。

31日，日本驻津领事赴英国总领事馆，正式向英方下达了最后通牒，限英方于6月7日正午以前，对程锡庚案引渡等问题做出正式答复，否则，日方将采取适当的武力行动。英方无计可施，只能以沉默态度应对日方咄咄逼人之势。

6月14日，天津日军封锁了通往英、法租界的七个路口，并将环绕英法租界的铁丝网通上高压电流。同时，为配合日本的举措，汉奸市长温世珍签署布告：天津全市居民不得轻率出入英法租界。

至此，天津英法租界遂成完全与世隔绝的孤岛。英国驻日本大使克莱奇向日本提出抗议，但是遭到日本强硬拒绝。

曾涉在天津不顾暴露危险多方奔走，动用一切资源开展营救行动。工部局内部开展大清洗，从下而上撤换了一批官员，致使原来同情"抗团"的人都被调离，无人敢应承此事。急怒攻心的曾涉在一个半月内形容枯槁，但是无计可施。

在日方刺刀和大炮的高压下，英方再一次妥协，以出卖中国人的性命换取日方放松压迫。7月中旬，英国驻日大使克莱奇与日本外务大臣有田八郎在日本东京展开谈判，7月24日就程锡庚案达成协议：英方同意将程锡庚案涉案人员祝正良、冯剑美、刘汉琛和袁俊四人引渡给日方。

"人为刀俎，我为鱼肉，我的中国！"悲愤之下的曾涉仰天长啸，一夜之间头发尽灰……

五十三、刺杀吴菊痴

北平，日本华北方面军司令部。

香月青川领着一个猥琐的中国男人走进楼来，楼门口的卫兵用雪亮的刺刀指住了那个男人，那个男人吓得面色惨白，香月青川挥挥马鞭制止了卫兵。楼里很多低级军官在忙碌着，那个中国男人看着这么多日本军官穿梭而行，有些胆怯，踟蹰不前。香月青川轻拍一下他的肩膀，脸含微笑以示鼓励，于是那个男人像一条哈巴狗一样跟在他后面，亦步亦趋。

香月青川敲响阿部几宽的办公室房门，示意那个男人在门外稍候。屋里的阿部几宽正和井上真雄在低声说着什么，见到香月青川进来，井上真雄微微露出几分尴尬。香月青川向阿部几宽敬个军礼，道："大佐阁下，请恕我打搅您，我领来一个非常重要的人物，他说只有你和我共同在场，共同答应保护他，他才能将他知道的一切全部告诉我们，所以我只好把他带来了。"

阿部几宽有些惊讶，说："能让香月君称为非常重要的人物，我也充满了好奇，快请进来吧。"

香月青川用汉语对门口那男人说道："阿部大佐请你进来，这就是你要见的人。"

那个男人满脸堆笑进到屋里，双手抱拳连连作揖，低声下气地说："鄙人姓裴，裴级三，曾是王天牧、曾涉的行动组长……"听到这两个人的名字，阿部几宽和井上真雄都吃惊地站了起来，满脸疑惑地看着这个像小商贩一样的男人。香月青川却慵懒地坐进沙发，伸了一个懒腰，芥川左兵卫死亡的消息，让他痛感如失臂膀，更加颓废，要不是部下捕获裴级三，他连办公室都不愿出。

原来王天牧叛变以后，对上海的军统组织产生了巨大的破坏作用，造成军统上海站瞬间分崩离析。他诱使原上海军统情报组长万里浪投敌，这个万里浪对上海军统组织门清路熟，整个上海的谍报网都在他心里装着，致使军统上海地区的隐藏电台和潜伏特工几乎被日本人和76号一网打尽。王天牧在华北地区深耕多年，对这一地区的军统组织和活动情况烂熟于胸，日本宪兵和特高课根据他提供的情报，诱降、抓捕了一大批军统骨干。山东、察哈尔、绥远，甚至东北的辽南地区都深受其害。军统青岛站头目赵刚义是王天牧故交，听闻王天牧投降，他也主动投靠日本人，带领日本宪兵在青岛大肆搜捕，致使军统青岛站站长被俘，并交出了青岛地区的特工名单、居住地址和电台。王天牧工作多年的平津地区更是如此，军统北平站大头目周世光被日本宪兵杀害，行动组长裴级三刚被日本情报课特工跟上，就立即屈膝投降。

阿部几宽心中明白这个商贩一样的男人的分量，他知道香月青川给他带来一个宝贝，这是一个能让他建立奇功的人。他客气地请裴级三坐下，却闭口不谈裴级三带来了什么情报，只是一副关心的样子问起裴级三的日常生活琐事，甚至聊到了两人最爱喝的茶叶，说得情投意合、眉飞色舞。

香月青川坐在旁边悠闲地喝着茶，似乎并不关心两人的谈话，井上真雄却有点按捺不住，一双凶恶的眼睛不时瞪向这个猥琐的中国男人。

终于，裴级三自己也沉不住气，抬起只坐了一半的屁股，满脸堆笑地说道："大佐先生，我此次前来，是给您带来了北平军统行动组的人员名单和潜伏地址，以及电台隐藏地点，请大佐先生笑纳……"

阿部几宽看着裴级三谦卑的脸，哈哈大笑，未置可否，井上真雄腾地站起来，杀气毕露地瞪着裴级三，道："快说，你这个磨磨叨叨的支那贩子，他们在哪里？"

裴级三被他的威势所慑，吓得后退几步，一时不敢说话。

"你说的这些，都不是我们想要的，"香月青川吹吹茶杯里的茶叶，头也不抬地说："我们想要的，只怕你给不了！"

"香月课长，不知道您要的是什么？"裴级三弓着腰转向香月青川，小心翼翼地问。

"曾——涉！"香月青川轻轻地吐出两个字。

裴级三脸上一阵抽搐，不敢看香月青川冷酷的表情。

三个人的眼睛齐齐盯向裴级三，裴级三面上汗如雨下，他不停地用袖口擦汗，连鞠躬带作揖，口齿混乱地说："南王北曾，他们是戴老板麾下得力干将，曾书记，不，曾涉狡兔三窟，从不在一个落脚点逗留超过一天，没有人能知道他确切的藏身处。不过，不过既然王天牧已经归降，曾涉嘛，也不是没有办法，我愿意助几位太君一臂之力，尽力而为，尽力而为……"

六三，甘临，无攸利，既忧之，无咎。吴菊痴。

北平，受壁胡同。冯云修家中。

冯云修看着镜子中自己由于熬夜而有些青白的面孔，眼睛布满血丝，却难掩兴奋。昨天他得知自己将担任刺杀吴菊痴的主攻手，激动得彻夜失眠。"抗团"战友们接二连三的刺杀喜讯，让北平小组倍感压力，经过叶天笑长期跟踪侦察，终于得知了被称为"北平一支笔"的伪《新民报》编辑局局长吴菊痴将在中山公园参加一个日伪汉奸们举行的大型集会，这个集会是由日伪政府为纪念"圣战胜利"组织的庆祝会，大会由吴菊痴主持筹办。

针对叶天笑带来的这个情报，北平"抗团"在北大未名湖的湖心岛里进行彻夜研究，湖心岛下面有一个地下室，是北平"抗团"的秘密集会地点。北平"抗团"决定借此机会刺杀吴菊痴等一众文化汉奸，以示惩戒，如果刺杀吴菊痴不成，就改为刺杀第二目标新民会副会长陈辋子。刺杀吴菊痴一组由冯云修为主攻手，季振英和叶天笑掩护；如果第一组无法得手，就由第二组刘邕康和叶于良刺杀陈辋子。整个行动外围由孟庆时、李时勉、萧静怡、纪采凤等负责联络和接应。刺杀行动把主要目标集中在吴菊痴身上，因为当时在北平吴菊痴的影响力要远远大于陈辋子。

冯云修用一把精致的牛角梳子仔细地梳好自己的头发，慢慢套上长衫，最后检查一遍那把被他擦拭无数回的"掌心雷"勃朗宁手枪。冯云修在镜子前闭上眼睛，熟练地拆卸这把手枪，然后仔细检查每个零件，最后又闭上眼睛组装零件。"掌心雷"枪长仅十一厘米，弹匣能装六发长度为一点六厘米的小子弹，声音小、射程短，不适合远距离交火，但是用于近距离狙杀却是难得的杀人利器。季振英本来交给冯云修一把威力更大的左轮手枪，但是冯云修拒绝了，这把"掌心雷"已经是他身体的一部分，他坚信他的"掌心雷"会不辱使命。

北平，中山公园社稷坛。

这个庆祝大会集聚了上千人参加，台下大都是被逼来的老百姓，台上群魔乱舞的都是一群文化汉奸。由于平津地区屡出暗杀事件，日本北平驻军高度重视此次庆祝大会，派出了两个小队的日军维持治安，五步一人，三八大盖上明晃晃的刺刀闪着令人惊恐的寒光。

看到日本人戒备如此森严，季振英向混在人群中的冯云修和叶天笑两人使个眼色，三人慢慢凑到一起，季振英低声道："足足有上百个鬼子，即使开枪成功，我们也很难脱身。"叶天笑也说："没想到这么多人，枪声一起，出口很快就会被堵死，根本跑不出去。"

冯云修看看周围，道："我们还是在场外等吴老贼吧，散场后跟着他，不信他回家睡觉还有这么多鬼子保护他。"

三人低语了几句，分头混出人群，在公园出口处暗暗等候。萧静怡领着比她还小的纪采凤，也混在人群当中，原计划是开枪以后趁乱抛撒传单，没料到计划有变。萧静怡本来想带着纪采凤退出会场，但是纪采凤第一次执行任务，有些激动，一不小心从书包里掉出几张传单，两人大惊失色，以为会引起骚乱，没想到几个身边的百姓弯腰捡起传单，看了一眼，都默默地揣进怀中。萧静怡和纪采凤对视一眼，互相一点头，干脆在人群中直接发起传单，在场的中国百姓没有一人拒绝这两个女学生递过来的传单，都默默地收起藏好，有的甚至主动用身体掩护两个女学生的大胆行为。远处警戒的日本兵和台上的一群小丑，根本不知道眼皮底下竟然藏着另一个世界。

叶天笑在外边看不到萧静怡和纪采凤，又挤进人群来找她俩，被这两个女学生的大胆行径吓了一跳，赶紧拽着她俩离开。到了僻静处，叶天笑责怪她俩："不要命了！被混在人群里的便衣特务发现怎么办？"

纪采凤童心未泯，对叶天笑吐一下舌头，说："我不怕，老百姓都掩护我们呢。"萧静怡也轻声道："我终于看到了民心可用，我们中国人是没有几个心甘情愿当顺民的。"叶天笑苦笑道："顺民和反贼的距离并不远，只隔着一颗人心，但是很多人一辈子也到达不了。"

冯云修在公园外边一个茶铺坐下，要了一壶茶却一口没喝，闭目养神调整自己的气息，把激动紧张的心情平复下来。季振英和叶天笑分别守住公园两个出口，静静地等候吴菊痴出来。

一个小时后，在台上口沫横飞鼓吹"大日本皇军丰功伟绩"的吴菊痴终于露面了，在公园门口与一群汉奸文人和日本军官拱手作别，上了一辆专门拉他的黄包车。黄包车并没有回新民报社，而是向北平同和轩饭店跑去。叶天笑跑进茶铺捅了捅闭目养神的冯云修，两人骑上早就准备好的自行车，一路跟了下来，季振英守在去新民报社的路口，没有第一时间赶过来会合。

吴菊痴急匆匆赶到同和轩饭店，是为了和以京城名角白玉霜为首的一群文艺圈朋友小聚。为了避免打草惊蛇，冯云修和叶天笑守在饭店门口，季振英和刘邕康等人也赶来会合。季振英见叶天笑衣着整齐，就让他进去打探情况，叶天笑进到饭店里查看了一圈，出来对季振英摇摇头，低声道："饭店里空间很小不利于撤退，人多眼杂又容易误伤，还有一桌客人瞅着来路不善，很可能是穿便衣的狗腿子。"于是众人分散开来，远远守在饭店门口的暗处。

吴菊痴这顿饭足足吃了两个小时左右，才酒足饭饱晃着脑袋出来，一群送行的人簇拥着他走出饭店，作揖告别乱成一团。冯云修伸手入怀攥住手枪，就要冲过去，季振英拉住他，低声道："别冲动，吴老贼马上就要落单了！"

不出所料，一群人告别完了，吴菊痴又上了那辆黄包车，独自向宣武门方向跑去。季振英一使眼色，与冯云修和叶天笑两人骑上自行车跟了过去。刘邕康、叶于良则调头去和另一组跟踪陈辄子的队员会合。

黄包车晃晃悠悠地跑过北平师大教员宿舍门前时，附近胡同中突然出来一长队大户人家的送殡队伍，吹吹打打，唢呐呜咽震耳欲聋，二踢脚爆炸惊天动地。送殡队伍一片嘈杂堵住了道路，吴菊痴的黄包车为了让路只好停下来。吴菊痴和车夫两人的注意力都被这气势宏大的送殡队伍吸引了过去，刺耳的唢呐和鞭炮声让吴菊痴直皱眉头，几乎要捂住耳朵。

机不可失，时不再来。季振英和叶天笑压低帽檐，示意冯云修上前动手，两人拔枪在后接应。冯云修猛蹬几下自行车冲到吴菊痴车侧，左腿撑地，右手持枪，对准吴菊痴左侧太阳穴连开两枪。由于"掌心雷"声音不大，再加上震天的唢呐声和鞭炮声，就连吴菊痴前方咫尺之遥的车夫都没分辨出枪声，直到冯云修三人安全撤离后，才发现吴菊痴满头鲜血歪倒在黄包车上。

得手后，叶天笑立刻向另一组发出讯号，刘邕康、叶于良等人立即中止刺杀陈辄子的行动，迅速转移。

吴菊痴的尸身立刻被送往北平市立医院检验，经该院外科主任、日本人宫下公平出具的尸检报告证实，吴菊痴尸身头部左侧太阳穴和左耳上部枪伤各一处，子弹均打入头部。

"冯神枪"枪法之精名不虚传！

五十四、是你利用狼，还是狼利用你？

天津，海龙帮码头。

赵大同在望海楼和几个江湖朋友喝酒，这群人正使劲儿吹捧他羞辱洪顺堂刘思过时的神武英姿，说他为天津卫的江湖同道们大大争了一口气，那刘思过欺师灭祖、弑兄害弟，虽然抢了洪顺堂堂主的位置，可是在赵爷面前，就是一条软了吧唧的鼻涕虫，听说当日在望海楼上被赵爷吓得尿了裤子，一个劲儿磕头求饶。赵大同被吹捧得心花怒放，瞪着牛蛋大的独眼，摸着大油脑袋哈哈大笑。正喝到热闹处，突然接到码头货场的电话，说是出大事了，让赵大同赶紧去码头。

一身酒气的赵大同不敢怠慢，赶紧坐上黄包车，十几个弟子跑步跟随，一溜烟赶到码头。一进码头货场，赵大同就觉得气氛不对，近百名海龙帮弟子和货场伙计被几十名日本兵持枪逼着蹲在地上，一个军官手拄指挥刀站在前面，身后是两挺吓人的歪把子机枪。

正当赵大同惊诧之时，一辆军用小汽车旋风般驶进来，几乎碾上赵大同的脚背才停下。赵大同刚要张嘴骂人，车上已经跳下来两个人，一个是目光阴冷的井上真雄，一个是跟屁虫般的刘思过。看见井上真雄，赵大同立刻把已经涌到舌尖的骂人话硬生生咽了下去，赶紧换上一副笑脸迎上去，对后面的刘思过理也未理，心下暗骂："刘瘸子，真是夜猫子进宅！"

刘思过嘴角噙着一丝冷笑，看着赵大同那颗晃来晃去的大油脑袋，心想："独眼龙，看你老贼今天怎么收场？"

原来，刘思过的侦缉队昨日捕获了一个共产党平西抗日游击队的联络员，这个联络员经不起严刑拷打，供称他是来天津接运一批军火和药品，供货的老板就是海龙帮帮主赵大同。刘思过得知这个消息，立刻越过香月青川，直接找到井上真雄汇报，井上真雄火冒三丈一拍桌子，立刻让一个日军小队把码头封了，他和刘思过随后赶来。

不等井上真雄说完事情缘由，赵大同就跳起来大叫："太君！太君，冤枉啊！

肯定是有人黑我啊，我和这事一点儿关系没有，我对皇军、对太君忠心耿耿哇！"

井上真雄冷冷地扫了赵大同一眼，说："你是冤枉还是忠心，就和他当面对质吧！"

"对质？对什么质？"赵大同晃着大油脑袋，一时反应不过来。

井上真雄挥挥手，两个日本兵从卡车上拖下来一个被打得血肉模糊的中年男人，浑身鞭痕交错，鲜血淋漓，胸口还有一大块被烙伤的痕迹，显然吃了不少苦头。

那人虽然五花大绑，但一见到赵大同，立刻义愤填膺，大骂道："赵大同，原来是你出卖我的！你枉为一帮之主，竟然干出这种卑鄙无耻之事！我做鬼也不会放过你，游击队的战友们会替我报仇的！"

赵大同莫名其妙，跳着脚叫道："哎，孙子！你是哪座山上的鬼，我几时认得你？"刘思过在背后嗤笑一声，道："赵帮主，您老贵人多忘事，过河拆桥的事，您老也不是没干过。"

赵大同是老江湖，立刻意识到自己被刘思过陷害了，转头指着刘思过对井上真雄道："太君，您明察秋毫，肯定知道我是被人冤枉的。这个刘瘸子与我有仇，我拿脑袋保证是他嫁祸于我，求太君您给我做主啊！"说完硬挤出两滴老泪。

刘思过满脸不屑，不与他对骂，向井上真雄鞠躬道："太君，我刘思过坦荡无私，既然敢把共党探子带来此处，就是提防赵帮主放泼赖账，真相如何，还请太君您定夺。"

井上真雄面无表情，摘下白手套，慢慢拔出军刀，刀鞘摩擦出一阵刺耳的声音。井上真雄提刀在手，凌厉的目光扫过赵大同、刘思过和那个中年男人，三人都不约而同地感到脖子上不寒而栗。井上真雄慢悠悠地道："既然你们都让我做主，我就替你们做一回主！今天我要看看这把刀会饱饮谁的鲜血！"

井上真雄拖着军刀，走到三人中间，慢慢把刀搁在刘思过的肩膀上，问他："刘队长，你确实是坦荡无私，不是借机报复？"

刘思过双腿一并，挺胸抬头，大声道："为皇军效劳，是我的本分！我只想为皇军捉住暴乱分子，没有一丝一毫私心，否则我宁愿让太君砍下我这个吃饭的家伙！"

井上真雄盯着他看了许久，突然放声大笑，刀锋慢慢滑过刘思过的脖子，架在赵大同肥厚的脖颈上，赵大同光头上油汗滚滚而落，滴在雪亮的刀刃上。

赵大同抹一把眼泪，又抹一把鼻涕，哭道："太君，我委实冤枉啊！我真的不认识这个人，又哪里能和他交易军火药品啊？肯定是刘瘸子上次抢地盘吃了亏，和共党探子串通好，栽赃陷害我。求太君明鉴啊！"赵大同声泪俱下，几乎要跪下去抱井上真雄。

井上真雄刀锋划过赵大同脖子上的肥肉，搁在中年男人的肩上，问他："你，有什么话说？"

中年男人低头看着刀锋上倒映的自己扭曲的脸，有些恐惧，额头见汗，突然大声道："赵大同，你这老贼！你对我不仁，莫怪我不义，我全说了！"

井上真雄大喝一声："快说！"手上使劲儿下压，刀锋已微微划破他的脖子，一股鲜血顺着刀刃流下。

中年男人脸色青白，双腿打晃，要不是身后的日本兵攮着他的胳膊，几欲摔倒。他惊恐地喊道："两天前的晚上，我与赵大同在天津丽春院秘密会面，我用三十根小黄鱼买了他三十支三八大盖和一箱药品，约定今天在码头船上交货……"

赵大同在后面大喊："冤枉啊！太君，他瞎说……"

井上真雄满脸冷峻，大喝一声："停！"他手上加劲，那个男人双腿一软，"扑通"跪了下去，血流更甚。"二十分钟，给我查实那天晚上赵大同是否去过丽春院。"井上真雄收回军刀，头也不回地吩咐道，一个特高课小头目立刻快步跑了出去。

刚到二十分钟，小头目带来一个黑衣服的密探，密探掏出一个小本子，念道："7月29日，赵帮主于晚8：40进入海龙帮下属妓院丽春院，11点一刻，赵帮主与四名保镖离开。"

赵大同腰膝酸软，几乎也要跪倒。他突然明白自己掉进了一个蓄谋已久的陷阱之中，于是慌忙喊道："太君！那天晚上我确实是去丽春院了，不过不是见这个人，是和我的相好小红玉……"

不只是赵大同，包括刘思过在内的很多人都突然觉得自己后脊梁发凉，原来自己的行踪早就在特高课的监视之下，很多人下意识地摸摸自己的脖子。

井上真雄挥手制止了赵大同的哭喊，刀光一闪，又架在中年男人的脖子上，喝问："你们约定在码头船上交货，货在哪里？"

中年男人似乎豁了出去，惧色稍减，说："赵大同收了我的金条后，让我今天到码头寻找一艘'海字13号'的渔船，货物都在船上，会有人带我从海上去塘沽。"

井上真雄不再说话，只一挥手，立刻有一个军曹带着几名士兵离开。不到一袋烟的工夫，几名士兵抬着四个长条箱子回来，当众撬开箱子，正是三十支步枪和一箱药品。

军曹对井上真雄耳语几句，井上真雄满脸煞气，转头对赵大同大喝一声："八嘎！你，监守自盗，欺骗皇军！"

赵大同一惊，双膝再也支撑不住肥大的身躯，一下子软倒在地，他没想到这个计谋竟然如此之深，不仅是陷害他，更是把他往死路上推！原来，这三十支步枪是大有来头的。一个月前海龙帮负责运输一批军火给保定的伪军，结果刚到保定附近就莫名其妙丢失了三十支步枪，赵大同为了推卸责任，就谎报说是遭到共产党游击队的袭击，虽略有损失，但是海龙帮拼死作战，保住了大部分军火。当时，香月青川和井上真雄还嘉勉了他几句。如今这三十支步枪在这里出现，不仅坐实了他与共产党游击队暗中联系，还将是他监守自盗、倒卖军火的铁证。

赵大同虽然百口莫辩，可他毕竟是天津卫的混星子出身，浑身都是困兽犹斗的血液，脑袋掉了碗大的疤，在痛哭流涕的同时，他早就想好了拼死一击的手段。几个日本兵刚要过来抓他，他肥大的身躯突然像一个皮球一般弹起，一扬手，使出成名绝技"五龙一梅花"，五枚飞龙镖呼啸而出，直奔刘思过而来。谁知刘思过心思谨慎，早就防备着赵大同临死咬他一口，一个旋身贴地滚出，躲到井上真雄身后。

赵大同还要追击，却被几把刺刀戳在胸前逼住，他独眼血红，指着刘思过大骂："刘瘸子！你好狠的心，害了洪顺堂又来害我，赵爷但凡有一口气在，一定活剥了你！"

军曹一枪托捣在赵大同的腿弯，把他打个趔趄，几个日本兵把他摁住五花大绑。外围的海龙帮弟子见帮主被抓，顿时大哗，要拥上来救人，一挺机枪嗒嗒叫了起来，子弹贴着他们的脑瓜皮飞过，所有人立刻又抱着脑袋蹲下。

赵大同嘴里被塞进土块，呜里哇啦地喊："快去报告香月课长，求他救我！我被刘瘸子陷害……"他后脑勺上又挨了一枪托，终于晕了过去。

刘思过看那个遍体鳞伤的中年汉子一眼，眼角掠过一丝难以察觉的喜色。

谁知井上真雄冷冷地说了一句："我最恨共产党的奸细，这种人一刻也不能留在世上！"长刀一闪，血光飞起，中年汉子人头落地，一直滚到刘思过脚前。

井上真雄用白手套慢慢擦拭刀上的血迹，别有深意地盯着刘思过看，刘思过眼角一阵抽搐……

汽车上，闭目养神的井上真雄突然对刘思过说了一句话："他若不死，便是你这个计谋最大的破绽！"

刘思过瞬间汗如雨下。

井上真雄睁开眼，看着车外风景，像是自语又像是说给刘思过听："无论是'宠物犬'还是'丧家犬'，能为我所用的才是最凶猛的'斗犬'！"

井上真雄拍拍刘思过的肩膀，亲昵地说："刘队长，恭喜你，天津的海运码头，终于可以有你的旗号了！不过，赵大同嘛，毕竟是温世珍市长委任的商会会长，还是我尊敬的前辈香月课长的属下，还是要给他们一些面子的，我只好先把他关起来。"

刘思过一副感激涕零的样子，连连点头："嗨，嗨！谢谢井上课长栽培！以后，太君您指哪儿，刘思过就给您打哪儿！"

井上真雄掏出一根香烟，刘思过赶紧凑过去给点着，井上真雄使劲儿喷一口烟雾，意味深长地看着刘思过道："就怕温市长和香月课长找我要人，我是不得不放啊。"

刘思过看着井上真雄隐在烟雾后面的眼睛，揣摩他话里的意思。"是你利用狼，还是狼利用你？"刘思过不知道自己脸上的表情是哭还是笑……

刘思过之所以越过香月青川直接找到井上真雄，就是认为井上真雄凶残暴躁，更容易蒙骗，可以帮自己对付赵大同。如果是香月青川，只怕当场就揭穿他的把戏。没想到井上真雄虽然看起来凶残易怒，其实更有不为人注意的狡猾，就像是黑夜中一只隐藏在暗处的狼，他不仅没有揭穿刘思过的狼子野心，反而帮助他实现了计划，因为这样就能利用香月青川的左手去攻击他的右手，香月青川的羽翼如今都在他井上真雄的掌控之中。

香月青川孤僻冷傲，不屑于策划尔虞我诈的内斗。

井上真雄冷酷残忍，喜欢用血腥激发自己的斗志。

无论是谁的血，井上真雄都喜欢。

井上真雄在等一个机会，一个取代香月青川的机会。

五十五、孤独的人

北平，贫民窟，赵凡秘密居所。

衣衫褴褛的赵凡坐在低矮的贫民窟窝棚里，从墙壁破败的缝隙里向外看去，几个衣不遮体的小孩子正在薄薄的夜色里玩骑马打仗的游戏，吵得不亦乐乎。赵凡不知想起了什么，又有些发呆。刀子饶有兴致地蹲在巷子口看着孩子们玩闹，其实是在警戒。"七号"照例坐在窝棚里的暗影处，忧心忡忡地看着赵凡，说："老赵，去医院看看你的肺病吧，总是这么咳嗽吐血不是个事儿。"

赵凡木然地摇摇头，收回目光，道："感谢郑山和刀子同志向上级反映，停止我们联络站工作的命令被取消了，我们又可以工作了。"

"工作？""七号"一声叹息，有些沮丧地道，"怎么工作？我的联络人消失了，已经整整一个月没有和我联系了。"

"这个人，现在是死是活？"赵凡问"七号"。

"七号"在黑暗中看着赵凡，说："我也不知道，我的联络人消失前曾给我留下四个字——'平安，珍重！'据此判断，应该是主动消失的，不会有生命危险。"

赵凡这一组一直围绕着"七号"开展工作，"七号"的情报都是出自这个神秘的联络人，如今这个联络人消失了，这一组无疑成了无源之水，难怪"七号"如此沮丧。赵凡沉默一会儿，问"七号"："你见过这个人吗？"

"七号"摇摇头，道："没有见过，我只是根据暗号提示去取这个人留下的情报，这个人是男是女我都不知道。"他顿了一顿，迟疑道："不过……"

赵凡问他："不过什么？"

"七号"迟疑了半天，终于说道："老赵，也许我又违反了组织纪律，我从这个人的字迹推测，这个人应该是一个……是一个女子……"

赵凡也吃了一惊："女子？""七号"低下头，把脸埋进手掌里使劲儿搓着，低声感叹道："是啊，一个战斗在敌人心脏、魔鬼堆里的女子！我每天只是观察她是否发出暗号，如果有暗号，我就到指定的地点取她留下的情报。我曾经有很多次想藏在那里偷看她的样子，可是我最后还是忍住了，因为我知道，我不认识她，才是对她最安全的保护……"

赵凡赶紧打断"七号"的话："不要再说了，包括你我在内，谁都没有权利知道她的存在。"

小屋子里一阵沉默，过了良久，赵凡叹口气道："为了我们的信仰和胜利，牺牲的、幸存的，从容赴死的、隐姓埋名的，谁知道还有多少人？我们不是一个人在战斗，我们也不是最孤独的，最孤独的是那种一直藏身虎穴的人，身边一个同志都没有，永远不知道会不会看见明天的太阳，永远一只脚踩在死亡的悬崖边缘，这些人才是真的勇士！"他说到激动处，又是一阵咳嗽。

"这次组织上给我们的工作任务是什么？""七号"等赵凡咳完平息下来，轻声问他。

赵凡盯着"七号"所在的黑暗处，目光中又似乎燃起两团小小的火苗，道："潜伏！"

"潜伏？""七号"有些疑惑，道："你是说我们悄悄隐藏起来，成为闲棋冷子？"

那两团小火苗重重地点一下头，道："对！潜伏，闲棋冷子，不知道期限的潜伏。你、我，还有刀子！"赵凡透过墙壁缝隙指了指远处蹲在巷子口的刀子，越来越凝重的夜色里，刀子的身影已经模糊不清。"我们从现在开始各自潜伏下去，掩护好自己的身份，随时待命，等候组织的召唤。"

"总得有一个时间吧？我的联络人之所以消失，也是这个原因？""七号"似乎有些不甘心。回答他的是一阵沉默，屋子里更加黑暗。

"老赵，还有一件事情，我必须要告诉你。""七号"看着赵凡眼中的小火苗慢慢平息下去，轻声说道，"上次联络站出事后，我曾经被一个'幽灵'般的人跟踪过几次，可是奇怪的是，最近这个'幽灵'也消失不见了，今天在来的路上我还特别留意身后，这个'幽灵'确实没有再现身。"

赵凡眉头拧成一团，陷入沉思，半天才说："你的话，让我想起大武同志牺牲前的遗言，他说——'老赵，你是对的，赵记杂货铺那件事，有点不对头……我今天跟踪你时，好像又看见了他……'这个'他'是谁呢？和你说的'幽灵'是不是同一个人？"

两个人都沉默无语，却都不约而同感到了一股寒意，即便是在这闷热的初夏季节。

天津，红木巷，"抗团"秘密联络点。

头发灰白的曾涉在昏暗的灯光下显得格外憔悴，他双腮瘦削，眼窝深陷，整个人瘦得脱相，左手用桌子遮挡，正暗暗按住剧痛难忍的胃部。李儒鹏站在他对面，对他汇报："根据我们的内线得到的消息，明天祝正良、冯剑美等人将被押送至北平，接受日本华北方面军司令部的审讯。"

"时间、路线，还有押送兵力？"曾涉使劲儿皱着眉头，忍着疼痛问他。

"日本人的保密工作做得很好，时间和路线我们都不清楚，只知道今天宪兵队后院开进去四辆军用卡车，很有可能就是押送他们的。"

"再去打探，通知所有人做好准备，只要他们一上路，我们就动手！"曾涉脸色冷峻得吓人，李儒鹏不敢多说话，赶紧出去。

为了救出祝正良、冯剑美、刘汉琛和袁俊以及几个"抗团"小队员，曾涉已经决定放手血拼一场，他发出命令，让北平的王文和老麻带领三十余名军统行动队员在平津之间要道埋伏，他自己带领天津的二十名军统队员和李儒鹏、孙大成等"抗团"骨干，监视跟踪押送车辆，前后截击，准备不惜代价硬劫囚车。

曾涉吹灭油灯走出屋外，突然发现门缝里别着一张小字条，曾涉赶紧摘下来，凑近亮光一看，上面写着八个字：裴已变节，请速离津！

落款还是那本"书"，看来这本"书"就是自己身边不远的人，曾涉一时心乱如麻，突然感到一种空前的孤独。裴级三受王天牧影响投降变节，早就在曾涉的意料之中，昨天王文还向他发出警报，说已经两三天联系不上裴级三，看来这个"商人"真的把自己卖给日本人了。"书"提醒曾涉离开天津，曾涉只报以一声冷笑，他已经在心里谋划好了，一回到北平就坚决铲除裴级三，可是当务之急是要救出身陷囹圄的几个战友。

远远传来报晓的鸡鸣，曾涉抬头望天，天青如水。曾涉突然想起冯剑美，那个大胆向他表白"我喜欢你"的女生，不知道她在敌人的严刑拷打下怎么样了，还能坚持多久。曾涉叹息道："如果情报准确，明天，不，已经是今天了，今天注定是一个流血的日子。"

但是流的是谁的血？曾涉知道自己聚集人手与日本人正面对决，已经犯了兵家大忌，但他还是决定冒险赌一次！他赌的是冯剑美一干人等的性命，甚至还有他自己的命！他想起当日与觉因大师在潭柘寺歇心亭告别时的话，如果真到了最后一日，是顺天应命还是逆天而为？曾涉慢慢攥紧拳头，他已下了决心，要逆天而为！"老天，让我赢这一局，我宁愿用半生寿命去换！"从不信命的曾涉闭目祈祷……

清晨，平津公路，曾涉和王文上次遇袭的路口。

王文和老麻带着行动队员隐藏在路边的树林里，眺望着远处，一条长蛇般的公路直伸进浓浓的雾霭中，没有人知道雾霭中能钻出什么样的野兽。这些军统行动队员虽然不怕杀人，可这种硬碰硬大阵仗却是第一次经历，有几个人握枪的手都在抖，老麻低声道："弟兄们，不用怕！小鬼子也是爹生娘养，一枪下去照样玩儿完！没有坦克车装甲车护驾，他们比我们还怕死！"

王文转头嘲笑他："老麻，你是被鬼子的坦克车吓破胆了吧？"

老麻嘴里嚼一根草，瞪了王文一眼，道："你这龟儿子没挨过打，当然不知道坦克车的厉害，那乌龟壳子打得你上天无路、下地无门，恨不得拿自己脑袋去撞它！"

王文笑道："老麻，你要是舍得用脑袋去撞乌龟壳，我输你三年酒……"

一个藏在远处的瞭望哨打个手势，所有人立刻闭上嘴，伏低身子，雾霭中一阵汽车轰鸣声传来……

四辆蒙着苫布的军用卡车乌龟一样钻出雾霭，轰鸣声撕碎了清晨的静谧，草绿色的苫布下不知道藏着什么东西，慢吞吞地向老麻他们埋伏的阵地爬来。

老麻用驳壳枪捅捅帽檐，如释重负地嘀咕道："还好，还好，没有装甲车保驾。小鬼子们，爷爷好久没开杀戒了，今天请你们吃枪子炖肉！"

曾涉领着天津的行动队员埋伏在车队的侧后方，准备前边老麻和王文他们一打响，就从侧后方截击车队。曾涉用望远镜仔细观察这四辆车，心里突然升起了一丝不祥的恐惧。

晨风吹拂，车辆上苫布随车辆颠簸起伏，隐隐露出车厢两侧有加固钢板的痕迹，这是经过改装的车辆！曾涉的心猛然沉了下去，他顾不得隐藏，大声喊道："车里有诈，大家小心！"

曾涉掏出枪，向天连开三枪，想提醒前边埋伏的人，但是已然迟了，三声枪响划破清晨的宁静。前边埋伏的人以为是曾涉他们发出攻击信号，一时枪声大作，集中火力向四辆汽车射击。

四辆绿乌龟喘息着停了下来，扯去苫布，绿乌龟眨眼变成狰狞的钢铁怪物，赫然露出了四挺黑洞洞的重机枪，简直就是四辆装甲车，且车上并没有曾涉他们期盼的祝正良、冯剑美等人。重机枪喷吐的火焰像死神巨大的镰刀轮番扫向军统行动队的阵地，四辆加固了钢板的车厢里至少藏了六十名日本兵，除了四个重机枪组，还有八具掷弹筒，强大的火力瞬间就覆盖了军统行动队员的阵地。军统行动队员都是盒子炮和左轮手枪，子弹打在钢板上"叮当"作响，却伤不到对方分毫，最前边的三四名队员在重机枪弹雨中疯狂抽搐，相继倒下，掷弹筒延伸射击，发出"咣咣"的令人恐惧的响声，把王文和老麻藏身的树林炸成一片火海。

侧后方的曾涉发出一声绝望的叹息，李儒鹏跳起来要带着队员掩杀过去支援他们，曾涉冷静地拉住他的胳膊，痛苦地摇摇头，说："以卵击石，来不及了，我们中了日本人的圈套！"

李儒鹏眼中几乎流出血，哭喊道："难道我们眼睁睁看着他们被屠杀？等着去收尸吗？"曾涉举起望远镜挡住自己的眼睛，掩藏住眼角的悲痛，声音出奇地冷静："李儒鹏，我命令你带领这队人以最快速度返回天津，分散隐蔽，这是命令，不得有误！"

望远镜里，日军重机枪和掷弹筒火力继续肆虐行动队的阵地，靠近路边的几名队员都已牺牲，树林里的人也被重机枪压得抬不起头。其余的日军纷纷跳下车，在一个军官的指挥下，从左右向树林扑过来。

老麻挥枪打倒两个日本兵，第一辆车上的重机枪立刻对准了他，一串火舌扫了过来，老麻的帽子不知被打到哪里去了，王文一个侧扑把老麻扑倒在地，自己的后背被子弹划开一道血槽。老麻刚要起身，又是一枚手雷在他俩身后爆炸，一个行动队员半边身子被炸飞了，血雨夹着肉块和泥土盖住了两人。日本兵配备的八九式掷弹筒，口径为五十毫米，使用的弹药是陆军标配的91式手雷，能在三百六十米射程内形成有效火力压制。这种武器没有瞄准器具，全凭士兵的经验进行射击，抗战初期一些有经验的日本兵能把掷弹筒使得很准，对中国军队的火力点构成致命威胁。

王文忍着伤痛，狼狈地爬行着，把这名牺牲的队员身上的两枚手榴弹摘了下来，咬着牙对老麻喊道："老哥，我们中计了，你快带人撤退吧！"

老麻又打倒一个日本兵，伏下身来换弹夹，对王文喊："你受伤了，你先撤，我掩护你们！"

"老麻，这个地方邪性，就是我的宿命之地，上次我和曾书记在这里几乎送命，这次我认命了！"

王文喘息着倚坐在树后，又从尸体上拽过两枚手榴弹，缠在自己身上。这次截击行动，军统行动队员只有短枪，自知火力不足，因此每人配发了两枚木柄手榴弹，没想到狡猾的日本人根本不给他们靠近攻击的机会，连手榴弹都无法扔过去。王文看见日本兵正合围过来，对老麻大骂道："老麻，你这个王八犊子，再不走我们谁都走不了！"王文后背血如泉涌，靠在树上仰天叹息道："妈的，疼死我了，要是有根烟顶一下，多好啊！……老麻，明年今日，记得给兄弟烧张纸点根烟，过来看看我，我怕孤单……"说完，他从树后滚身而出，头也不回地向公路上的汽车爬去。

树林里的行动队员的短枪稀疏地响着，只有老麻的双枪给鬼子步兵造成一些障碍，却仿佛一个小孩子在推阻一个巨汉。车上的重机枪和掷弹筒又暴雨般泼来，行动队员在弹雨中一个接一个倒下去，惨呼声不绝于耳。老麻两把盒子炮拼命射击，看见王文的举动，瞬间明白了他的意图，大喊道："快回来，你这个浑蛋！"

一辆车上的重机枪似乎也发现了匍匐前进的王文，调转枪口向他扫射，子弹在王文身边溅起一串泥土，王文浑身抽搐几下，趴在那里一动不动了。

"王文！"目眦欲裂的老麻大吼一声，"撤！跟我撤！"他疯了一样跳起来，双枪喷出火焰，车上的重机枪射手头一歪，栽下车去。藏身树林的行动队员伤亡惨重，残存的人已不足十个，丢盔弃甲跟着老麻向树林深处跑去。那个日本军官拔出指挥刀吼叫着，一队日本兵呀呀怪叫着冲了过来，刚刚踏过王文的身体，突然一声巨响，王文身上的六枚手榴弹一起炸响……

"王文，我的好兄弟……"远处曾涉的眼泪一下子涌出来，回头看李儒鹏还在踌躇不愿意离去，曾涉愤怒地大喊，"还不快滚回天津，等死吗？快撤！"

王文和日本兵的血肉在尘埃中落下，曾涉的泪水也落进脚下尘土……

五十六、一个人会痛，一个国家也会痛！

天津，红木巷，"抗团"秘密联络点。

半夜时分，李儒鹏眼睛通红地走进红木巷，神情恍惚，他的情报失误，给北平、天津两地军统行动队造成了巨大的损失。李儒鹏几乎痛不欲生，撤回天津的路上忍不住伏地大哭。曾涉并没有责备他，只是拍拍他的肩头，一言不发先走了。

李儒鹏木然地推开房门，屋子里一团漆黑。他有些诧异，轻声问道："毓臣，怎么不点灯？"李儒鹏问的是"抗团"在沈栋牺牲后增补的小队长丁毓臣，这次截击行动他没有参加，负责在红木巷联络点守护。

李儒鹏划燃火柴，想点亮油灯，心却突然沉了下去，一个黑影坐在曾涉常坐的椅子上，笑嘻嘻地看着他，说："五哥，你运气真好，今天这场枪林弹雨你竟然毫发无伤，将来一定会洪福齐天……"

李儒鹏咬住嘴唇，冷冷地吐出一个人的名字："裴级三！"

那个人脸上挤出深深的笑纹，话里却带着一股发酸的铜臭味："对不住了，五哥，兄弟要靠你发一笔财，不但发财，还要光宗耀祖！"

李儒鹏目光凝滞，注视着指尖的火柴亮光，那缕亮光正在灼烧他的手指，他却感受不到丝毫疼痛。亮光忽闪了一下，屋子里突然又陷入黑暗，李儒鹏伸手拔枪，却同时扑过来四五个黑影……

裴级三投降以后，除了供出他掌握的军统行动组成员之外，还向香月青川和井上真雄献上一计：利用曾涉等人急欲救出程锡庚案同伙的心理，故意散布假消息，诱使军统和"抗团"成员上钩，然后用四辆汽车满载日本兵和重武器予以剿杀。裴级三十分了解军统行动队的火力配备，特意嘱咐日军携带重机枪和掷弹筒，在远距离消灭行动队。同时，裴级三心知曾涉只要腾出手来必然要对付他，就抢先下手，釜底抽薪反客为主，亲自带人袭击了天津红木巷秘密联络站，擒获了留守的丁毓臣，又诱捕了恍惚大意的李儒鹏。

而饱受酷刑拷打的祝正良、冯剑美、刘汉琛和袁俊在汽车驶出天津城后，就被井上真雄指挥日本宪兵在宪兵队后院枪杀。杨大森、孙海临等四名小队员本来没被井上真雄放在眼里，但是却被裴级三指认出这两人就是火烧天津城的骨干，于是，杨大森和孙海临两个才十七岁的小孩子也惨遭枪杀，另两个和范毓贞等人被丢进黑牢。

天津，"抗团"临时联络站。

孙大成用颤抖的手递给曾涉一杯茶，声音充满痛苦："我已经打听过了，他们几个在我们截击车队的同时，就已经被井上真雄的宪兵队……"

咔嚓一声，茶杯碎裂，碎片扎进曾涉的手心，鲜血长流，曾涉却似浑然不觉，沉声问孙大成："他们，有没有什么话留下来？"

孙大成摇摇头，说："没有留下什么话，或者留下了我们也无法知道。宪兵队里扫地的老大爷对我说，行刑时，他躲在后院厨房里偷看，这几个人都被打得血肉模糊，有一个年轻女的，被打得尤其狠，站都站不稳，只能靠在同伴身上，枪响前，她大喊了一声……"

"她喊了什么？"曾涉抬起满是泪水的双眼，紧紧盯着孙大成。孙大成不敢看曾涉的眼睛，低下头看自己颤抖的手，轻声说："她喊的是你的名字。"

曾涉的眼神瞬间空洞无物，他痛苦地攥紧双拳，掌心里的瓷片深深扎进肉里，一滴血从指缝滴下……

"一个人会痛，一个国家也会痛！……他们都是中国的栋梁，她不该死，他们都不该死！难道这就是'方生方死，方死方生'？不，我们永远不死，我们只是在地狱集合……"

曾涉有些踉跄地走出去，消失在深深的夜色里。

北平，前门，陈宅。夜。

香月青川从来没想到他竟然在萧萱怡家门口遇袭。

短短数月之间，黑木亲庆、佐藤斋次和芥川左兵卫相继而殁，原来几个相互帮扶提携的"皇道派"军官只剩他一个人，这让香月青川感慨万千，心灰意冷。他躲在办公室里闲翻一本中国的线装书，里面记载了晋武帝司马炎征召西蜀故臣李密为太子洗马，李密不愿应诏，写了一篇著名的《陈情表》申诉自己不能应诏的苦衷，看到"茕茕孑立，形影相吊"一句，香月青川长叹一声，扔下书起身走了出去，他要夜探萧萱怡。想起萧萱怡久病不愈，香月青川特意让卫兵带上一盒高丽参。虽然上次被萧萱怡下了逐客令，香月青川在心里还是想见到那张瘦削清丽的脸庞，如果能再听到那空灵的琴声，他愿意为她做任何事。

到了陈宅门口，香月青川正要翻身下马，一只脚还在马镫里时，突然从街对面的水果摊子后面钻出一个灰衣人，手执两支盒子炮向他开火。香月青川动作敏捷，一伏身抱住马脖子，用马匹挡住自己的身体，饶是如此，右肩也中了一弹，白马脖子上瞬间多了两个血洞，受伤的白马长嘶一声，驮着香月青川闪电般蹿了出去，躲过刺客的子弹，沿着长街疯了一样飞奔。香月青川的卫兵们惊慌失措纷纷举枪还击，可灰衣刺客身手不凡，竟然在黑暗中利用水果摊掩护，腾挪身形，打着滚撞进一间临街商铺，从后面跳窗而逃，看来他早就谋划好了逃跑路线。

等卫兵在大街上找到负伤的香月青川时，白马已经躺在血泊里奄奄一息，香月青川也是半身浴血，他咬着牙用哆嗦的左手抽出手枪，轻轻抵在白马痛楚哀怨的双目之间，第二次亲手扣动扳机打死心爱的坐骑。

刚才的袭击快如电光石火，要不是这匹白马负痛狂奔，香月青川只怕就要被这个灰衣刺客打成筛子。香月青川在慌乱之中，虽然没有看清刺客的相貌，却觉得这个灰衣人的身影似曾见过，只是一时想不起来。

听说香月青川在自己家门口遇袭负伤，萧萱怡不敢怠慢，赶紧让梁妈请香月青川进到客厅处置伤口，并让人去仁安医院请陈寒松火速赶回来。

陈寒松吓得额头冒汗，拎着药箱子坐上黄包车一溜烟跑回来，一进门就看见萧萱怡正给赤裸着上身的香月青川包扎止血，陈寒松眉头微微一跳，有些尴尬，他抹一把脖子后的汗水，对香月青川涩涩一笑道："老同学，吓死我了，你没事就好！"

看见陈寒松回来，萧萱怡目光低垂，收拾桌子上的器械纱布，示意陈寒松接着给香月青川处置。看着表情怪异的夫妇二人，香月青川叹口气，说道："两位老同学，要是当年在日本，我不曾认识你们，该有多好……"

萧萱怡浑身一抖，一卷纱布掉在地上，她没有去捡，转身快步走进内堂。

陈寒松一脸汗珠，似乎疼痛的是他而非香月青川，他紧张地看着香月青川，说："老同学，你忍着疼，我给你取出弹头……"

北平，未名湖湖心岛地下室联络点。

听到祝正良、冯剑美等人牺牲的消息，"抗团"北平小组的所有成员立刻沉浸在巨大的悲痛之中。地下室一片沉寂，过了半天，一个低微的哭泣声从角落里传来，原来是萧静怡终于忍不住伏在桌子上失声哭泣。她与冯剑美多年闺密，情同手足，没想到在潭柘寺歇心亭一别，竟然天人两隔。巨大的悲痛像一只巨掌紧紧抓住了她的心，将她的心和她的人一撕两半。她突然感到死亡原来如此之近，就在她的眼前，就在黑暗的角落里觊觎着她，在这只死亡巨掌面前她无法反抗、无法躲避，只能等待着它的降临……

叶天笑呆了一样静静地站在黑暗中，没有人看见他脸上静静流淌的泪水，他转身慢慢走出去，茫然地走着，昏黄的灯光下，叶天笑像一个没有了魂魄的木偶，慢慢消失在黑夜中……

临近半夜，失魂落魄的叶天笑晃进一家酒馆，正要打烊的店老板被这个目光呆滞的年轻人吓了一跳，示意伙计赶紧给劝出去。叶天笑一把推开店伙计，哑着嗓子自语道："酒！我要喝酒！"

不敢近前的店伙计求助地看着老板，老板无奈地耷拉下眼皮。店伙计赶紧在叶天笑面前的桌子上摆下两个凉菜，叶天笑看也不看，又说道："酒！我要喝酒！"

店伙计打了一碗散白酒放在他面前，叶天笑直勾勾的眼睛转向店伙计："我要喝女儿红！"

店伙计赶紧跑到后面，端出一坛二斤装的女儿红，捧宝贝一样放在叶天笑面前，说："小哥儿，这是我们店里最好的女儿红，入口香醇、回味悠长，就是价钱有点贵……"

叶天笑不等他说完，一掌拍碎封皮，抓起坛子来口对口，犹如长鲸吸水般将酒倒进嘴里。店老板和伙计面面相觑，心想这样暴殄天物的喝法还是第一次遇见，看来这年轻人好酒量啊！

其实叶天笑平时沾酒即醉，每次喝酒都是被人扛着回去。"抗团"一群年轻人里酒量最好的是冯剑美，冯剑美就是这般一口气喝掉一坛女儿红，让所有男生瞠目结舌，无人敢向她挑战。叶天笑模仿冯剑美的喝法，才喝了一小半，就呛得喷了出去。

叶天笑涕泪横流："姐姐，姐姐！你说没有人能陪你喝酒，今天我陪你好好喝一回……"话未说完，人已抱着酒坛子慢慢滑倒在地。

店老板本以为遇见了千杯不醉的豪客，没想到竟然是一只软脚螃蟹，赶紧向伙计使个眼色，伙计心领神会，过来推推叶天笑的肩膀，说："小哥儿，本店店小利薄，劳烦你把酒钱结了。"

手脚已经不听使唤的叶天笑摸索了半天，才从怀里摸出一物，笑嘻嘻地递给伙计，舌头牙齿打架，说："好酒，再来，再来一坛！"

店伙计接过那东西，仔细一看，竟然是一本《周易》，不由勃然大怒，把书扔到叶天笑脑门上，骂道："好啊！原来你这小兔崽子是跑来喝霸王酒的，看我不打你一个满脸桃花开！"说完狠狠踢了叶天笑一脚。

叶天笑在地上翻滚着，浑然不知疼痛，笑嘻嘻地爬着去捡那本《周易》，嘴里咕哝着："别踩坏了我的书，这是姐姐送我的书，这是姐姐送我的书……"店伙计撸起衣袖，一阵拳打脚踢。

季振英骑着破自行车，在北平整整转了一天一夜，最后终于在天坛找到了叶天笑。叶天笑满脸污血，一只眼睛肿得只剩下一条细缝，正佝偻着腰木然地绕着天坛一圈又一圈地慢跑。

季振英点燃一根香烟，看着梦游一样从自己面前跑过去的叶天笑，叶天笑似乎没有看见他，嘴里咕哝着《周易》爻辞："……天地之道恒久而不已也，利有攸往，终则有始也。日月得天而能久照，四时变化而能久成。……"

等叶天笑第四次跑过季振英的面前，季振英叹了一口气，把烟蒂扔在地上，伸手揪住叶天笑的衣领，叶天笑还在痴痴地背爻辞："……观其所恒，而天地万物之情可见矣……"

季振英重重地打了他一记耳光，骂道："浑蛋，你疯了吗？大伙儿以为你也被抓了去，几乎找遍了北平城！"

叶天笑直直地看着季振英，过了半天，终于哭出声来："我的姐姐，我再也没有姐姐了……"

季振英也眼角含泪，他从没想到叶天笑竟然对冯剑美有如此深厚的感情。

五十七、无声处的惊雷

天津，李儒鹏家。

夜深人静，星月俱隐，暴雨欲来。巷子里一团漆黑，李儒鹏家门口的一棵老柳树犹如披头散发的怪物，伸出万千条细长的胳膊，似乎要缠住黑暗中走过来的那个人。

天上乌云惨淡，空气凝重湿热，没有一丝风，柳树枝条却发出微微的沙沙声响，轻手轻脚走过树下的那个人微微蹙了一下眉头，在李儒鹏家门口站住了。门就在那里，敲还是不敲？是进还是退？那个人陷入了沉思……

那个人静静地站了半盏茶时间，仔细聆听周围一草一木的声响，暴雨来临前的深夜一片寂静，巷子里针落可闻。那个人猛然转身，远处巷子入口黑影幢幢，似乎被一群人堵住。那个人又转身望向巷子另一侧，那里黑影更多，连墙头好像都有人据守。

那个人幽幽长叹一声，站在门前静止不动，柳树枝条仿佛被杀气吹拂，飞扬如风中须发。巷子两头的幢幢黑影慢慢挤压过来，小心翼翼，似乎颇为忌惮那个人。空气瞬间沉重凝滞，仿佛能拧出水来，于无声处藏着惊雷。

沉默。终于，一道闪电划过夜空，照亮漆黑的小巷，小巷两头竟然被五六十个黑衣短枪的日本特工和侦缉队员牢牢堵住。电光暗淡，一串滚雷炸响，那个人竟突然消失不见，围堵的人面面相觑，谁都没有看清那个人是怎么在黑暗中隐遁的。

李儒鹏家的窗户玻璃突然闪过几缕火光，传来密集而沉闷的枪声，原来被包围的那个人借助闪电看清形势，当机立断利用雷声掩护破门而入，冲进屋内。屋子里又传来一阵枪声和惊叫声，显然屋子里埋伏的人没有想到那个人竟然不退反进，单刀直入闯进埋伏圈的最核心位置。

枪声沉寂良久，有人划着火柴，一束微弱的亮光慢慢照亮屋子，屋中桌倒椅翻，四个特高课特工倒在血泊中，还有一个在地上挣扎着爬向门外，一行血迹触目惊心。贴着窗户的墙根处，倚坐着一个头发灰白看不出年纪的人，气喘吁吁，胸腹间中了一枪，鲜血已经染红了衣衫。在里面的屋子里，一个六十多岁的老太太被绑在椅子上，嘴里塞着一团抹布，满脸惊恐地看着这一切。

一群人冲进屋子，有人打亮手电，照在那个灰白头发人的脸上，一个熟悉的声音传来："对不起，曾书记，黑灯瞎火竟然把您给打伤了，实在是罪过啊！"

那个受伤的人正是曾涉，在手电光的照射下，他干脆闭上眼睛，淡淡地道："裴级三，要不是怕伤了李儒鹏的母亲，我是不会被你们捉住的。"

原来裴级三利用李儒鹏的母亲做诱饵和人质，在此守株待兔抓捕曾涉，曾涉却突行险招，直接冲入包围圈最核心位置。曾涉虽然双枪打倒数名特工，但是突然发现被绑起来的老太太，投鼠忌器，终于中弹倒地。

曾涉面色惨白靠在墙根，捂住腹部伤口，鲜血从指缝间汩汩而流，把两支打光了子弹的手枪扔在脚前，一个特工小心翼翼地过来捡起手枪，又赶紧退了回去。

裴级三摘下帽子，满脸堆笑地向曾涉鞠了一躬，说："曾书记，实在对不住您了，唯有出此下策才能请得动您的大驾。王大哥在上海都投诚了，很是想念您，我是帮你们兄弟团聚，这是天大的喜事，何苦要弄得这么不愉快呢？"

曾涉咳出一口血，眼中泛出寒光，盯着裴级三的笑脸，道："这么说，我还要对你感激涕零？"

裴级三一脸真诚地谦虚道："那是，那是……"

曾涉挣扎着想起身，却只能无力地抬起头，道："我只恨，没有先下手除了你！"

裴级三笑容更盛，挤得眼睛都剩一条缝了，说："曾书记，要不是您把心思都花在'抗团'那些人身上，我是轻易不敢算计您的。"

裴级三眯缝的眼睛里也闪过一丝寒光，盯着曾涉的伤口，说："实不相瞒，曾书记，自从王大哥赴沪之日开始，我便已经在琢磨这个计划了。栽在我的手里，您也别觉得憋屈，因为你们都一直把我看得太轻了。"

曾涉长叹一声，不再言语，伤口处又涌出大片鲜血，裴级三挥挥手，唤过一个头目，吩咐说："赶紧给曾书记止血治伤，他可是我们发财的宝贝，要是有个三长两短，我拧了你们的脑袋当夜壶！"

曾涉闭上眼睛，不再看裴级三得意的笑脸，任由对方的人给他止血包扎，裴级三尖锐的笑声却钻进所有人耳朵："哈哈，不仅你和王天牧看轻了我，就连香月青川课长安排我来天津时，还说'万一抓到了曾涉'……他也不相信我，哈哈，你们都小瞧我了！"

北平，华北方面军司令部。

香月青川拎着马鞭，锃亮的马靴在水泥地上踏得"咔咔"脆响，难掩心中的兴奋，急匆匆地走进大楼。捕获军统华北区书记曾涉，让香月青川喜出望外，一扫近期的颓废，他觉得只有战胜曾涉这样旗鼓相当的对手才能刺激出自己心中的斗志。早晨他在擦马靴时，终于想明白了一个问题：原来对付中国人最好的办法，就是让中国人去斗中国人！

抓住华北地区最重量级的对手曾涉，这个消息让阿部几宽和井上真雄也大喜过望，听完香月青川的报告，阿部几宽拍着他的肩膀，高兴地说："香月君，你立了一大功，多田骏司令官一定会亲自嘉奖你的！"

香月青川看了一眼面沉似水的井上真雄，知道这个人一定是妒心大起，不由得心中一凛，提醒自己不要过分喜形于色，赶紧谦虚几句，就向阿部几宽告辞："大佐阁下，曾涉现在正处于昏迷阶段，等他清醒过来，我就立刻赶回天津亲自提审他。"

阿部几宽点点头，一脸笑容地说："香月君，这几天你要有心理准备哟，也许多田骏司令官会亲自给你授勋的，我和井上君就提前给你道贺了！"

香月青川赶紧告辞出来，井上真雄面沉似水，阴鸷的目光一直追随着香月青川远去的身影。

天津，日军情报课监狱。

曾涉重伤被俘，为了防止出现意外，香月青川当时就命令将曾涉直接送进情报课下属监狱，把日军医生护士和医疗设备也搬进牢房，在牢房里给曾涉做的手术。曾涉手术过程中失血过多，日军医生带来的血浆不够，急切之间，香月青川撸起袖子，对医生说："我和他是一样的血型，抽我的吧！"

医生迟疑着，不敢动手，香月青川坚定地说："这个人虽然是我的敌人，却也是我尊重的对手，我希望他活着，更希望能和他成为朋友。来，抽吧！"

香月青川看着自己的血液慢慢流进曾涉的身体，他仔细审视曾涉苍白虚弱的脸，还有他未老先衰的灰发，仿佛看见站在另一个阵营的自己，在憔悴不堪的外表下隐藏着一颗不服输的心，儒雅、血腥、冷静、残酷。香月青川有些迷惘，他在想，如果不是这场战争，他和眼前这个对手说不定真的可以成为好朋友……

一片幽暗寂静的深海，苍白的太阳如同巨人的独眼，在沙滩上反射着刺目的光，阳光无法刺穿海水的凝重，海水将光亮一点一点吸进黑黑的海底。曾涉悬浮在深深的海水之下，身边没有声音，也没有生命，仿佛是一片死亡的世界。他感到一种窒息的孤独，只能伸开双臂徒劳地挣扎着。他抬头望去，太阳在海面上的投影只是一个小小的白点，遥远得无法触及。窒息让曾涉绝望，他拼尽全力向那个白点游去，却感觉手和脚被铁链锁住，一直伸向深不可测的海底。"啊！"曾涉发出一声绝望的大喊，海水灌进他的喉咙……

"他的，醒过来了！"一个日军医生用生硬的汉语对铁栅栏外面一群西装革履的人说道。

这群衣冠楚楚的人是以温世珍为首的伪天津市政府要员，听说情报课擒获了军统华北区书记，他们想知道这个将平津地区搅得风声鹤唳的曾涉到底是何样神圣，便前来一睹曾涉的庐山真面目。

从昏迷中醒来的曾涉，感到伤口一阵剧痛，他下意识地伸手去摸，却发出一阵哗啦声响，原来他的双手双脚都被铁链锁在床栏杆上。曾涉露出一丝嘲讽的笑容，慢慢打量着这间改成手术室的牢房。

铁栅栏外面的一群人看见曾涉醒了，立刻停止了叽叽喳喳的议论，像一群受惊的臭鼬一样，拿出千奇百怪的表情看着这个让他们寝食难安的军统煞星。曾涉虚弱的眼神掠过他们的身影，就像一把残剑扫过草丛，锈蚀残缺但仍有慑人的光芒，那群人不约而同惊惶退后。温世珍故作镇静地咳嗽一声，使劲儿用手杖拄地，说："时间不早了，老朽还要赶回去参加一个会议，诸位同僚，我先告辞了。"

一群人相互告别，曾涉闭上眼睛，不再看这些人的丑态，努力用舌尖舔舔干裂的嘴唇，轻轻说道："希望你们每天晚上……每天晚上都能做一个好梦！"

曾涉声音不大，还夹杂着虚弱的咳嗽，却如同一块巨石落入泥沼，那一群衣冠楚楚的人个个脸色大变，西装革履也不能掩盖他们脚步的凌乱，人人争先恐后向外走去。

　　一个人影故意落在最后，把脸靠近铁栅栏看着曾涉。闭着眼睛的曾涉似乎感受到了热切的目光，缓缓睁开眼睛，把头转向门口，他虚弱的眼睛突然闪过一丝亮光。那个人是李一程，作为温世珍的秘书陪同前来，李一程身边就站着持枪的日本兵，房间里还有医生和护士，他的眼里似乎有千言万语，却无法说出口。曾涉和李一程对视一眼，曾涉慢慢眨一下眼，李一程转身离去。两个无法成为朋友却又惺惺相惜的人，这一瞬间的对视是何等凄凉，两人都知道这应该是最后一眼，因为他们相信对方忠诚于自己的信仰，他们这样的人能选择的路只有一条——死！

五十八、土山之约，古城相会！

天津，特高课。

在温世珍那群人到监狱"参观"曾涉的同时，香月青川黯然叹了一口气，悄悄退了出去。他作为胜利者的喜悦，被这群人脸上观赏动物般的表情冲刷得一干二净。曾涉虽然是他的对手，但是像一只被关在笼子里奄奄一息的狮子被人羞辱，香月青川觉得自己似乎也受到了侮辱。他选择了愤然离开。

让香月青川愤怒的原因还有一个，他接到了赵大同在特高课牢房里暴毙的报告。香月青川瞬间就想通了赵大同死亡的前因后果，明白了井上真雄和刘思过正在沆瀣一气暗地里剪除他的羽翼，他愤怒地骂了一句："刘思过，你这条只会跟着臭屎跑的狗！"

不可一世的赵大同早就没了呼吸，一颗大油脑袋歪着，嘴角还残留着黄白相间的呕吐物，庞大的身躯扎在墙角的稻草里，双手把身边的泥土挖出数条深沟，十指都磨掉了指甲，看来死前挣扎了很长时间，一只独眼恨意未消，死死地盯着牢房的铁门。

香月青川叹息一声，看着这个自己降伏收留的家伙的下场，心中未免有些感慨。一个负责看押警卫的日军军官满脸惶恐地跟在香月青川身后，喋喋不休地解释："中佐阁下，赵大同，不，赵帮主真的就是喝了一碗菜汤就……我们真的不知道是谁投毒，井上课长已经严令排查凶手。请您谅解，我们真的不知道赵帮主是您的属下……"

香月青川回头冷冷地看了他一眼，心想："特高课竟然还有人不知道海龙帮是我豢养的打手，真是滑天下之大稽！"他突然想发火，想发泄出一口忍耐很久的怨气，他用马鞭敲敲铁栏杆，问那个军官："井上课长在哪里？我要去见他！"

军官脸色有些发白，双手肃立，支吾道："井上课长一早就去开会了，我也不知道他在哪里。"

香月青川转身而去，一脚把走廊里的桌子踢翻在地，几个持枪站岗的日本兵全都挺枪立正，大气不敢出。香月青川本想直奔井上真雄办公室而去，与他大吵一架，转念一想，这样只会让同僚耻笑，于是跳上车径直回到北平阿部几宽办公室。

北平，阿部几宽办公室。

一脸怒气的香月青川进门就遇见一脸笑容的阿部几宽，他看出香月青川面色不善，不等香月青川发作，主动迎过来拍着香月青川的肩膀，大笑着说："香月君，恭喜啊，恭喜啊！你指挥部下捕获了曾涉，经多田骏司令官签批，将你的战绩报告给大本营，大本营的嘉奖令刚刚到达！"

香月青川微微有些吃惊，没想到捉住曾涉竟然惊动了大本营。

阿部几宽笑容更盛，说："除了嘉奖令，还有一份来自陆军部人事局的调令，香月君，你马上就要荣升陆军中野学校教育总监之职，衣锦还乡荣归母校，可喜可贺啊！"

香月青川一阵迷茫，问道："您是说，我要被调回到日本？"

阿部几宽笑得身体后仰，道："香月君，这可是一个美差哟！据我所知，前几任陆军中野学校教育总监都是大佐军衔，你由中佐晋升大佐已是指日可待了。要知道，像你这样年轻就晋升大佐的，在整个军界可是少之又少啊。"

香月青川一阵木然，看着阿部几宽脸上笑得颤抖的肥肉，心中泛起一缕兔死狐悲的凄怆："明升暗贬，过河拆桥，原来他们一直在等我抓住了曾涉才对我下手，'统制派'这群卑鄙的小人！"

香月青川的恍惚，让阿部几宽笑声稍微收敛，他道："香月君，不日回国履新，就能看见富士山的雪景，还能和亲人团聚品尝家乡的美食，这大楼里的很多军官都对你嫉妒得发狂，你可要答谢大家哟！"

香月青川静静地看着阿部几宽的眼睛，慢慢抬手敬个军礼，一字一句道："感谢阿部大佐多年关照！"说完，就转身出门，香月青川就算用脚后跟思考，也能想到赵大同被毒死的事肯定与此有关。

"提审曾涉的事情就由井上真雄去做吧，香月君，你可以收拾行装，和你的朋友，还有你心爱的人告别了，哈哈！"阿部几宽不知道是祝贺还是嘲讽的笑声，如附骨之疽般追了出来。香月青川浑身哆嗦了一下，他知道"心爱的人"是什么意思，也知道是谁在背后捅了他这一刀："井上真雄，你这个卑鄙的家伙！"

香月青川神色恍惚地走出大楼，司令部里的低级军官纷纷向他敬礼，一些人目光异样地看着他，显然这些人都知道了香月青川明升暗降的遭遇，由情报课长的实权人物变成学校教育总监的闲职，其中的深意这些军官自然懂得。人走茶凉，兔死狗烹，一些人暗暗为香月青川不平，一些人却立刻见风使舵敬而远之。香月青川在心里自语："黑木前辈、芥川君、佐藤君，我担心的'头脑之患'终于发作了，你们看见了吗？有人的地方就有险恶，飞鸟尽，良弓藏；狡兔死，走狗烹，无论中国还是日本……"

天津，情报课监狱。

昏昏沉沉的曾涉又在噩梦中苦苦挣扎，突然感到嘴唇一阵冰凉，睁开眼一看，原来是一个日本军医带着两个女护士进来察看他的伤势。一个戴着白口罩的长发女护士正用棉签蘸水润湿曾涉的嘴唇，那个军医打开曾涉伤口处的绷带察看恢复情况，又量一下他的体温。趁着军医回身取东西的空当，那个长发女护士突然俯身在曾涉耳边说了一句话，曾涉因为发烧处于半昏迷状态，没有听清她的话，只是诧异地看着她。女护士又俯下身来，还没张口就被日本医生发现了，医生大喊一声："八嘎！你不能和他说话！"

外面的卫兵听声冲了进来，抓住女护士向外拖去，女护士拼命挣扎，口罩脱落长发凌乱，连脚上的鞋也被扯掉一只。被拖到门口的女护士拼命大喊："曾书记！老板转告你一句话：土山之约，古城相会！土山之约，古城……"

外面女护士的喊声突然止住，不知道是被塞住嘴还是被打昏过去，曾涉拼命想抬起身子，却只能牵动铁链"哗啦"作响。曾涉放声大笑，眼角却溢出了泪水……

"土山之约，古城相会！"井上真雄把这八个字念了几十遍，也不懂什么意思。他回头问一个特高课小头目："那个女护士招了吗？"

小头目惶恐地垂下眼睛，小声道："死了，她进来之前就服了药，算好了时间……"

井上真雄烦躁地一挥手，把一叠文件撇得满屋子乱飞，骂道："没用的废物，滚出去！再有人接近曾涉，你就剖腹谢罪吧！"

小头目一脸大汗，慌不择路地退了出去。井上真雄沉思片刻，拿起了电话。

听完井上真雄的叙述，电话那头传来阿部几宽的声音："如果这件案子还是香月青川来处理，他一定不会被这八个字难住。"

井上真雄双脚一碰，来个立正，道："学生愚钝，请老师明示。"

阿部几宽在那头慢悠悠地道："你要想了解中国人，战胜中国人，一定要多读中国人的书，我建议你从《三国演义》读起吧。"说完，阿部几宽就挂掉了电话。

十分钟后，一个特工把一摞厚厚的线装版《三国演义》放在井上真雄的案头，井上真雄看着这一厚摞书，嘴张得能塞进去一个馒头，一巴掌抡在特工脸上，骂道："浑蛋，我要找一个会说话的《三国演义》！"

很快，一个戴着深度近视镜的大学历史教授被带到井上真雄面前……

"土山之约，古城相会"其实是《三国演义》中第二十五回《屯土山关公约三事，救白马曹操解重围》里的典故：建安五年，曹操击败刘备，刘备投奔河北袁绍。关羽在土山被围，经张辽劝说，与曹操相约三事后投降曹营。"一者，吾与皇叔设誓共扶汉室，吾今只降汉帝，不降曹操；二者，二嫂处请给皇叔俸禄养赡，一应上下人等，皆不许到门；三者，但知刘皇叔去向，不管千里万里，便当辞去。"后来关羽为曹操斩颜良诛文丑，听到刘备消息后，便封金挂印而去，过五关斩六将与兄弟相会于古城。戴老板让人拼死转告曾涉这八个字，就是想让曾涉保全性命，假意投降，身在曹营心在汉，将来再寻找机会逃离。

听完大学历史教授的解释，井上真雄哈哈大笑，道："曾涉若能归顺，我便做一回曹操又如何？只不过我这曹操是断然不会让他逃跑的！"

曾涉躺在病床上，心里默念"土山之约，古城相会"这八个字，他熟读《三国演义》，自然知道戴老板转达的意思。短短八个字，曾涉能体会到戴老板对自己的义气和情谊，也能体会他的果敢与冷酷，为了传递一句话，不惜让一个如花似玉的年轻女孩子瞬间香消玉殒。在冷酷无情这一方面，曾涉自忖永远也比不上戴老板。

井上真雄悄悄来探望曾涉，虽然隔着铁栅栏，曾涉还是能感受到外面袭来的一阵杀气。曾涉依然紧闭双眼，只是眉角稍微跳了一下，他知道外面这人必然是一个劲敌。井上真雄看着面色苍白的曾涉，沉思良久。一个军曹凑过来，低声对井上真雄报告："井上少佐，他已经绝食一天了。"

井上真雄略微沉思，吩咐道："解开他的镣铐，只要他不试图离开这间屋子或者自寻了断，可以满足他的任何要求！关羽能和曹操约三事，他提三十条要求我也能答应！"井上真雄这话是故意说给曾涉听的，他知道，一个活着的曾涉的影响力要远远大于一个死人。

井上真雄向走廊尽头努努嘴，几个赤裸着上身、浑身黑毛的彪悍特工拖出两个血肉模糊的人来，两行血痕在走廊里延伸开来，其中一个几乎失去人形，看不出是死是活，如一具毫无知觉的尸体被日本兵拖着前行。另一个浑身滴血，却还气息残存，经过铁栅栏时，他努力抬起头，呻吟般地喊出一句："曾书记……"

曾涉睁开眼，把目光移向门口那两摊血肉，呻吟的那人面孔早已被摧残得变形，但是那双眼睛却如此熟悉，曾涉嘴角一阵抽搐，轻声道："儒鹏、毓臣，你们受苦了……"

原来这两个人就是被捕的李儒鹏和丁毓臣。丁毓臣受刑过重，已经气息奄奄、昏迷不醒。李儒鹏见曾涉也重伤被俘，不由得号啕大哭，拼命向铁栅栏爬来，却无法挣脱身后铁钳般的大手。

井上真雄在旁边饶有兴致地看着这一幕，铁栅栏内外这种生离死别，让他体会到了比军功嘉奖还要刺激的快感，这是一种征服者才有资格享受到的快感，现在即便是香月青川，也没有资格享受了。想到这里，井上真雄不禁哈哈狂笑，他需要狂笑来宣泄他的得意。

被拖着前行的李儒鹏，用沙哑的嘶喊声回击井上真雄的狂笑："我们永远不死，我们只是在地狱集合！……"声音渐渐远去。

曾涉闭上眼睛，忍住泪水，慢慢恢复了平静，轻声道："我……不会做关羽！"

他知道外面的井上真雄能够听见，也能够听懂！

这是曾涉与井上真雄说的唯一一句话。

五十九、人生如此残酷，容不下人间团聚

北平，前门，陈宅。

遭受重大打击的"抗日杀奸团"，一时陷入了混乱状态，干事会紧急决定，将"抗团"分成两部分，北平由季振英负责，天津由孙大成负责，立即组织平津地区的团员转移隐蔽，还抽调萧静怡、孟庆时等一些团员组成一个小组，连夜向南方城市转移，伺机在上海等地发展。

萧静怡接到转移命令，匆匆赶到陈宅和姐姐告别。萧萱怡早就知道妹妹的身份，听说妹妹要去上海，不由得与她抱头痛哭。萧萱怡摸着妹妹的长发，说："好妹妹，去吧！能做自己喜欢的事，姐姐羡慕你，也支持你！"

萧静怡边哭边赖在姐姐的脖子上，说："姐姐，我舍不得离开你，等风头过去了，我还会回来看你的。"

萧萱怡拭干泪水，拍拍妹妹的后背，强颜欢笑道："傻孩子，不要说傻话了，只要日本人还在北平，你就千万不要回来！"

萧静怡梨花带雨地看着姐姐说："大半个中国都被日本人占了，我还能躲到哪里？"

"人生如此残酷，容不下人间团聚。"萧萱怡替妹妹理了理头发，轻声说："父亲前几天来信，说东南亚也不安全，他已经把马来西亚的商号迁到澳大利亚，让你我过去和他团聚。等你到了上海，就在适当的时候寻机过去吧，父亲年纪大了，也需要有人照顾。"

萧静怡摇摇头，道："都躲走了，逃走了，就这样把我们的国家留给日本人？"她看着日见憔悴的姐姐，问："你怎么不去？就这样一直耗在这里，陪你的'鬼子太君'？"

萧萱怡被触到痛处，眼泪又涌了出来，想说什么却又忍住，看一眼身后的佛像，无力地摇摇头。

萧静怡刚到火车站，就听见人群深处几声枪响，行人一阵骚乱，纷纷逃

去，只见孟庆时和小队员李国材二人被一群便衣特工押着走来。萧静怡吃惊地退到商铺屋檐下，这两人是和萧静怡同去上海的伙伴，没想到一到火车站就被埋伏的日本情报课特工抓住了。

惊慌的萧静怡悄悄向后退去，想进到商铺里再伺机脱身，没想到却踩到一个人的脚。萧静怡猛然回头，只见一张商贩一样谦卑和气的脸映入眼帘，那人满面笑容："萧小姐，别来无恙！"

萧静怡像被毒蛇咬了一口一样，几乎跳了起来："你！裴级三！"那人摘下礼帽，笑得看不见眼睛，说："萧小姐，多日不见，你越来越漂亮了！"

萧静怡一阵晕眩，她意识到自己这次是真的被捕了。那边的孟庆时看见萧静怡遇险，突然大喊一声："快跑！"他奋不顾身地挣脱抓着他的两个人，猛地冲过来撞在裴级三身上，裴级三猝不及防，两个人一块变作滚地葫芦。

萧静怡被吓得失魂落魄，还没反应过来，倒是李国材趁乱挣开抓着他胳膊的人，转身向铁轨方向跑去。裴级三拼力推开孟庆时，掏出手枪，连开两枪打在孟庆时腿上。几个特工向李国材追了过去，李国材轻巧地翻过栏杆，里面站岗的日本兵端枪冲过来围堵，正好一列货车呼啸而过，李国材灵猫一样跳上货车。身后的特工们大呼小叫纷纷开枪，几个日本兵举起三八大盖采用半跪式射击，子弹打在车厢上叮当作响。李国材抓住车厢正向上奋力攀缘的身体突然一僵，慢慢滑落下去，疾驰的车轮下溅起一团血雾……

萧静怡惊恐地捂住双眼，不敢再看。裴级三捡起自己被压扁的礼帽，掸掸身上的尘土，看着正痛苦地向前爬去的孟庆时，脸上泛起恶毒的冷笑，他举起手枪，把剩余的子弹全打在孟庆时的背上，孟庆时在血泊里抽搐几下，终于不动了。

萧静怡双腿一软，几乎坐了下去，裴级三一把拽住她的胳膊，狞笑着说："萧小姐，请吧！"两个特工过来架着萧静怡向一辆蒙着苫布的汽车走去。裴级三掏出手绢，爱惜地擦着裤脚溅上的血迹，恨恨地骂道："这群不知死活的愣头青，可惜了老子这条新裤子！"

汽车里坐着被反绑双手的宋景先和纪采凤。干事会安排转移到上海的小组，一共两男三女，结果这五个人连火车都没看见就全军覆没。苫布放下，车厢里顿时一团漆黑，三个女生又惊又怕，只能在黑暗中默默饮泣。

过了一会儿，裴级三指挥部下清理完现场，也跳上汽车，在前边吆喝一声："弟兄们，回去邀功请赏，领钱喝酒去！"

汽车刚刚发动，还没调过车头，只见一辆挂着军牌的小轿车风驰电掣般驶来，逼住了汽车。裴级三等人吓了一跳，以为是对手前来劫车，纷纷掏枪对准小轿车。小轿车门慢慢打开，一身戎装的香月青川拎着马鞭从车里下来，后面跟着两个便衣军曹。

情报课特工们都是香月青川的部下，见到前任长官，赶紧放下枪争先恐后地过来敬礼，香月青川举起马鞭，回了一个漫不经心的军礼。裴级三不敢怠慢，从驾驶室里连滚带爬地出来，又是鞠躬又是作揖，一脸媚笑。

香月青川似乎不屑于看他，抬头望天，说道："恭贺裴队长又立新功，军统和'抗团'在你手下望风披靡，看来你真是中国人的克星啊！"

裴级三脸上丝毫不见羞愧，躬身答道："小的不敢，这一切全仰仗阿部大佐和井上少佐的指挥，当然了，还有您老打下的基础。"裴级三虽然鞠躬屈膝，说的话却是软中带硬，暗中提醒香月青川现在已经不是情报课长了。

香月青川哈哈一笑，道："裴队长，你这次捕获的嫌犯中，有一个我的至亲好友，请你赏个面子，把她交给我处置，如何？"

裴级三有些惶恐，道："香月课长，不，香月总监，这好像……好像有点不妥吧？"

香月青川目光如刀，盯向裴级三那张市侩的脸，语气咄咄逼人："怎么？裴队长觉得为难吗？"

裴级三腰弯得更低，支吾道："这些人……这些人都是井上课长名单上的人，小的实在不敢擅自做主啊。"井上真雄现在已经全面接管情报课，只等上级的正式任命文件。裴级三搬出井上真雄，就是想让香月青川知难而退。

"啪！"香月青川扬手一鞭打在裴级三的胖脸上，一道鞭痕殷红，几乎滴出血来，裴级三惊叫一声，捂着脸跟跄后退。香月青川厉声道："那你就回去告诉井上真雄，这个人是我心爱女人的妹妹，是我带走的！他要是有胆子，就亲自来找我要人吧！"

香月青川挥一下马鞭，两个军曹跳上汽车，解开绑索把萧静怡扶下车来。那些情报课特工自然不想和前任长官为难，纷纷后退让出一条路来。

裴级三捂着脸连连鞠躬，领着人狼狈而去。

车厢里的宋景先和纪采凤对视一眼，不约而同地想："为什么日本人会把萧静怡带走，她和这个日本人什么关系？"

等这群人走远了，小汽车门再次打开，一身素色旗袍的萧萱怡走下来，一见到姐姐，惊魂未定的萧静怡立刻扑进她的怀里，低声痛哭。原来火车站枪声一响，萧萱怡就敏锐地想到妹妹可能出事了，立刻给香月青川打电话求助。这是萧萱怡生平第一次求助于香月青川，香月青川就算赴汤蹈火也不会推辞的。

火车站发生枪击事件，一个小队的日本兵和警察局抽调的一大群警察紧急赶来加强警戒，一时间风声鹤唳，闹得鸡飞狗跳。香月青川对两个军曹吩咐道："这位萧小姐是我的亲人，你们拿我的通行证，立刻陪她坐火车去上海。等到了上海，上海'梅机关'的朋友会前来接应，安排剩下的事宜，你们一起护送她登上去澳大利亚的轮船！明白了吗？"

两个军曹一齐躬身"嗨"一声。

香月青川语气更加严厉："如果路上发生差池，这位小姐损伤了一根汗毛，或者这位小姐没有安全到达澳大利亚，那么你们两个，也不要回来了！"

"嗨！"两个军曹九十度鞠躬。

萧静怡流泪抱住姐姐不肯松手，萧萱怡泪如泉涌，在妹妹耳边低声说："好好活着，活着就有希望……"

两个军曹过来挽住萧静怡的胳膊，催促她赶紧登车，萧静怡回头看着姐姐，凄惨地叫一声："姐姐，你也保重！"

萧萱怡掩面奔回车里……

火车开动，萧静怡木然地看着外面站台上慢慢倒退的人群，一队警察五步一岗站在那里警戒。萧静怡突然看见一个熟悉的身影，是那个"二鬼子"吴岳！

萧静怡激动得站起来，拍打着车窗，拼命向吴岳挥手，希望引起他的注意。

吴岳的眼光终于被车窗里那个又蹦又跳的身影吸引，他看见了萧静怡。吴岳也激动难抑，手舞足蹈地向萧静怡比画一个手势，萧静怡却没有看懂。"你说的是什么？"萧静怡隔着玻璃声嘶力竭地喊，满车厢的人都吃惊地看着她。

火车渐渐加快速度，挥动帽子追赶火车的吴岳，在萧静怡的眼里渐渐缩成了一个黑点……

"我们还能活着见面吗？"萧静怡颓然坐了下来，"我们选的路，到底谁的对，谁的错？"

火车呼啸而去，撞进漫长而又孤独的黑夜。

六十、日本，你是回不去了！

1939年8月。北平，雍和宫。

半个月前，赵凡在雍和宫前面的街角摆了个修鞋摊，为行人修鞋挣几个小钱。赵凡的咯血症越发厉害了，经常咳得像一根风中的枯草，随时都能倒地不起。刀子劝赵凡好好静养一阵子，但是赵凡死活不答应，说自己不能待在家里吃闲饭，这修鞋的手艺是赵家祖传的活命本事，也能挣点钱补贴两人的日用，不能全靠刀子一个人拉黄包车。组织上让他们潜伏，却没有半点经费，两人只能像尘埃一样融入古老的北平城，每天为自己的一日三餐辛苦忙碌着。

其实，赵凡是想借助修鞋做掩护，在大街上发现那个假"客人"，哪怕是耗尽余生在大海里捞针，赵凡也要抓住那个脸上带伤疤的人，否则他会死不瞑目。"找不到他，我活着有什么意义？"赵凡不止一次地对刀子提起这句话，刀子知道赵凡的心意，劝了几次也只能由着他风里来雨里去。刀子对赵凡这种守株待兔的笨办法并没有抱多大希望，可刀子知道，只要赵凡认定的事，就算是九头牛也不能拉他回头。

刀子拉着黄包车慢慢跑过赵凡的修鞋摊，两人只能远远对视一眼，不敢言语交流。赵凡边咳边为一个中年男人补鞋，可能是这个男人被眼前这破衣烂衫、胡子拉碴的痨病鬼咳得心烦了，不待鞋补完就起身离去，赵凡直起腰来颤巍巍地叫一声："先生，您的鞋钱……"

那个人哼了一声，回头把零钱扔在泥土里。赵凡轻声咳着，捂住胸口慢慢弯下腰把钱捡起来，用袖口仔细地擦掉泥土，小心翼翼地装进衣兜。然后，赵凡就像一尊沾满灰尘的蜡像一样，委顿在那里，呆呆地看着雍和宫前那棵参天大树。刀子看着这一幕，心中一阵发酸，却只能低着头默默跑远……

北平，前门，陈宅。细雨。

萧萱怡门前那盆红白山茶花终于彻底枯萎，枯枝败叶被雨水浇得凄凉不堪，少了红白两色山茶花装点，连佛堂也死气沉沉。萧萱怡看着眼前淡淡的檀香烟雾，轻拂琴弦，弹一曲《渔樵问答》，琴音低柔悠远，似乎连雨滴都被琴音拖慢了下落的速度，天地一片迷蒙。

香月青川撑伞在佛堂外雨中聆听许久，琴音呜咽，他内心也一片迷惘。他这次不是主动前来，是接到萧萱怡电话相约才冒雨前来见面的。

琴音甫止，满天雨落，细雨变成疾雨。萧萱怡在佛堂内又曼声吟道：

抖落一身雾雨烟霞

我从遥远的山中走来

来如惊鸿，有山月相伴

那时路旁一株茶花

在月色下微笑

让我在最落魄的岁月

遇见最静美的它

三千唐诗交错于胸中

说不出，少年时一句

醇如春风的话

山中一次次春回

我已逝去了芳华

今日跋山涉水远去

明日沉睡萧萧白发

我抑住悲伤，挽起

月色拾级而下

在那条流浪的路上

我在眼前，谁在天涯

……

天地一片静默，唯有琴声绕梁，雨声萧瑟。

萧萱怡自幼才气过人，不但精研佛学古琴，对当下流行的白话新诗也有涉猎，这首诗就是她感叹那株红白山茶花而写的《茶花》。

　　静默良久，香月青川长叹一声，无限惆怅："好琴音！好诗文！好一句'我在眼前，谁在天涯？'只是可惜，这该是我最后一次听你弹琴吟诗了。"

　　萧萱怡推开佛堂木门，邀请香月青川进来。香月青川微微一愣，因为萧萱怡竟然披着一件白色貂皮大衣，正是上次被她扔进雪堆里的那件。眼下正处于夏秋之交，远远没到穿貂皮大衣的季节，这分明是故意穿来给他看的。

　　看着雨中的香月青川，萧萱怡第一次慢慢露出一丝笑容，香月青川心神一荡，想起一句宋朝词人王观写的词句："水是眼波横，山是眉峰聚。"想到以后再也见不到这个眉目如画的女人，香月青川一时千言万语哽在心头，不由得有些痴了。

　　萧萱怡轻轻召唤一声："梁妈，佛堂奉茶。"才把香月青川从惆怅中惊醒。

　　两人默默品了半天茶，终于萧萱怡轻声问："听说你这几天就要回国任职，日期确定了吗？"

　　香月青川心情复杂地点点头，道："没错，明天一早我就要去天津港口起程回国。我一直犹豫，是前来和你告别，还是给你留一封书信……"

　　萧萱怡放下茶杯，轻声叹息道："你能脱离修罗场、死斗坑，全身而退，总是好事。只怕……"

　　"只怕什么？"香月青川问道。

　　"只怕是你双手都沾染了中国人的鲜血，这笔债早晚都要还的。"萧萱怡眉目之间写满了苍凉，不知是憎恨还是无奈。

　　香月青川也是一脸萧索，黯然道："我到中国已经八年有余，死于我手或间接因我而死的中国人已难以计数。原来我一直信奉武力征服，但是时至今日，我的至交好友大都已经殒于这场战争，我终于明白，靠武力是征服不了一个国家和民族的。我这次明升暗降，其实也未尝不是因祸得福，至少可以平安回国。过几年，我便申请脱离军籍，回去照顾老母亲。"

　　他抬头看看窗外的雨，雨声潺潺，天地氤氲，他似是自言自语，又似是对萧萱怡说："家母手植的葡萄，现在一定是绿意盎然了。如果回到国内，我一定像家母一样，像你一样，投身佛门，研读佛学禅经，消弭我这一身血腥。"

　　萧萱怡幽幽一叹，道："想起当年，我们在日本留学读书时，我只专注于医学，对日本传统文化很少涉猎。"她伸手拂一下自己的头发，犹如一缕清风掠过五月的花海那般优雅，香月青川又看得痴了。她接着道："这一年来，因为你的缘故，我多看了不少日本的书。你们日本古时有一个武士叫熊谷直实，后来出家做了僧人，他曾说'人生五十年，与天地长久相较，如梦又似幻，一度得生者，岂有不灭者乎？'皈依佛门，恐怕是化解你戾气和血腥的唯一办法了。"

梁妈悄悄进来续上茶水，又悄无声息地退了出去。

香月青川长叹一声，道："我见中国人，他们舍生忘死、前仆后继，知道此次战争日本已深陷泥沼、难以取胜；我见到你，每次都意乱情迷，知道自己此生已身陷情网、难以自拔。这都是命数啊！我只希望今日一别后，我能解甲山野，孝养老母，安心品茶读书，不再有名利与情爱之扰。"

萧萱怡看他说得真诚，知他确实心灰意冷，一时也不知说什么好，心下更是纠结。

香月青川又闷头喝了几杯茶，终于下定决心，把茶杯轻轻一推，语气无限感伤："萱怡，我和你半生纠缠，终须慧剑一挥，我们今日就此别过吧。唉，只希望你能于乱世中平安幸福，希望下一世我还能听到你的琴声……"说罢，站起身来向外走去，身形似乎瞬间苍老了许多。

萧萱怡呆坐不动，似乎神游物外。

香月青川走出几步，突然一个踉跄，几乎摔倒，他慢慢转过身来，脸白如雪，指着萧萱怡惊诧道："你！竟然下毒？！"

萧萱怡听而未闻，既不吃惊也不否认，一副似悲似喜的表情看着香月青川。香月青川浑身哆嗦，掏出手枪，颤抖着对准萧萱怡，声音痛苦而绝望，道："萱怡，我对你一片真心，你竟然……竟然……"

萧萱怡静静地看着香月青川的枪口，眼中空洞无物。

香月青川瞬间面色数变，长叹一声："我若倒在此处，势必会连累你，萱怡，我……我走了！"他移开枪口，咬牙扣动扳机，一声枪响，萧萱怡身后的佛像应声碎裂，溅起一团尘雾。香月青川掷枪于地，踉跄着夺门而出。

萧萱怡一动未动坐在那里，看着香月青川离开，轻轻吟诵《无量寿经》："爱欲之中，独生独死，独去独来，苦乐自当，无有代者。善恶变化，追逐所生。道路不同，会见无期……"

香月青川挣扎着跨上白马，腹中剧痛袭来，他身体缩成一只虾米，只能紧紧揪住马鬃防止掉落。谁知伸手之间，香月青川竟然瞥见自己的手腕处出现了一块蓝色斑点，他嘶吼一声，扯开自己的衣服，军帽脱落纽扣崩飞，胸口处已是一片刺目的蓝斑，正是朱雀死时身上那种妖艳的蓝色！香月青川绝望地大喊一声，一鞭子抽在马股上，白马吃疼狂奔，把身后的卫兵远远甩开。

白马刚刚跑过两个街口，香月青川就坚持不住，从马背上滚落到泥水里，一只脚还套在马镫里，白马甚通人性，见主人落地赶紧停住脚步，用鼻子来拱香月青川。香月青川想再次起身上马，拼尽全力却无法站起来。白马一声悲嘶，似乎知道了主人遭遇不测。香月青川痛苦地在雨水里翻滚着，呻吟道："我终于想到了，原来是你……我最厉害的对手，原来是你啊！"

路边一个撑伞的灰衣人影踱了过来，蹲下身来仔细看着香月青川浸泡在雨水里的脸上的蓝斑，自言自语道："好厉害的毒药！"

香月青川全身力气散尽，灵台却是一片空明，他努力辨认着灰衣人的脸："你……你就是上次行刺我的人？"

灰衣人点点头："你的命很硬，我前后三次策划要杀你，都没有成功。不过这一次，不用我再出手了！"

香月青川的神志似乎也在逐渐涣散，他喘息着说："三次？原来你就是我……去年遇见的……"

香月青川的卫兵呼喊着追过街角，那个灰衣人阴恻恻一笑："香月青川，日本，你是回不去了！"他手腕一翻，一刀扎在马臀上，白马长嘶一声，拖着香月青川箭一般飞驰而去，一路泥水飞溅……

那个灰衣人说得没错，虽然香月青川心生悔悟，想遁入佛门消弭罪行，但是他满手的血腥，还有死在他手下的亡灵，又怎会答应他平安回国？

尘雾慢慢落下，萧萱怡静静地看着满地破碎的佛像残片，她的手腕处也慢慢爬上一块蓝色的斑点，她颤抖着举起双手端详着，喃喃自语："我明白了，你好狠啊……"

两行清泪慢慢流出，萧萱怡站起身来，蹒跚着向古琴走去，在生命的最后时刻她还想抚琴一曲。天地一阵旋转，萧萱怡摔倒在古琴上，发出一声凄然怆响，如同一声沉闷的惊雷，在佛堂中绕梁不绝，细雨中的陈宅老小惊慌得乱成一团……

六十一、贼不杀我，义不苟活！

北平，南苑。日本宪兵队。

这是曾涉被转移到北平南苑宪兵队关押的第一天，也是他绝食的第四天。曾涉形容枯槁，面无血色，双颊深陷，原来灰白的头发已经全部变白，白得触目惊心。

躺在病床上的曾涉听见外边下雨，慢慢起身挪下床来。井上真雄让人除掉了他的镣铐，以示优待。曾涉扶着墙挪到窗前，透过铁栅栏看着外面的雨。门口四名持枪日本兵目不转睛地盯着他，生怕他从那个小小的铁窗飞走了。

曾涉想起宋人蒋捷那首《虞美人·听雨》：

> 少年听雨歌楼上，红烛昏罗帐。壮年听雨客舟中，江阔云低，断雁叫西风。　　而今听雨僧庐下，鬓已星星也。悲欢离合总无情，一任阶前点滴到天明。

曾涉已经绝食四天，日本军医每天带人强行给他输液才维持住他的生命，曾涉懒得反抗，便任由他们摆布。他的身体虚弱不堪，声音也沙哑低沉，叹息道："僧庐不在，囚笼加身。鬓已星星，生死无情。我的战友，你们还好吗？"囚室中没有镜子或玻璃，曾涉并不知道自己的头发已经不是"星星也"，而是雪一样惨白。

曾涉把右手中指伸进嘴里用力一咬，一滴鲜血落了下来，他以指代笔，蘸血在墙上写下八个大字：贼不杀我，义不苟活！

人虽虚弱不堪，字却剑拔弩张，鲜血淋漓、气势逼人！曾涉微笑着，满意地看着自己写的八个字，他觉得自己的书法又进一个新的境界了。他知道这八个字很快就会传到井上真雄耳朵里，也会很快摆在重庆戴老板的案上，这是曾涉对他们二人的回答！

一阵眩晕，曾涉犹如一片树叶般倒了下去。

江苏，盐城。

萧静怡并没有像香月青川和萧萱怡希望的那样到达上海。

萧静怡一路上数次想逃离两个便衣军曹的看管，都被这两个尽职尽责的家伙拦住，萧静怡虽然心急如焚，却无计可施。她看着四只眨也不眨盯着自己的小眼睛，既恐惧又恶心，虽然知道他们不会对自己怎么样，可还是有一种坐在毒蛇身边的感觉。

火车行驶到江苏盐城时，突然车速缓缓减慢，有人在车头喊话："前头铁轨被弄断了！"火车喘息着，将停未停，就在此时，传来一声巨响，火车一阵剧烈的颠簸，彻底停了下来。车厢里的乘客挤到窗边向外望去，只见火车尾部三节的黑罐车已经倾覆在路旁，正冒出浓浓的黑烟。萧静怡记得这几节黑罐车是在经过淮安车站时，日本人临时加挂的，还派了一个小队的日本兵随车守护，没想到还是遭到了袭击。

众人正在疑惑时，黑罐车那边响起了日本九六式轻机枪的扫射声，子弹射向路旁齐人高的芦苇丛里，打得枝叶横飞。这是一片方圆几十里的芦苇沼泽，人藏在里面根本看不见半点踪迹。日军小队长把残存的十几个日本兵聚在一起，依托车厢组成一个临时阵地，那挺九六式轻机枪不停地叫着，向周围的芦苇丛倾泻子弹。

突然，芦苇深处响起一阵尖锐的号声，只见一望无际的芦苇丛里突然泛起无数道绿色波浪，像跃起数百只猛兽，呐喊声如天边滚雷，一起向火车扑了过来。日军小队长拔出指挥刀，声嘶力竭地喊："天皇万岁！"十几个日本兵背靠背围成一个圆圈，雪亮的刺刀直指芦苇荡。

芦苇丛瞬间炸裂，冲出上百个土黄色的人影，把十几个绿衣服的日本兵吞没其中。这些日本兵困兽犹斗，悍不畏死，"呀呀"叫着与冲上来的人展开白刃格斗，传来一阵刺刀枪托的撞击声，濒死的吼叫声。血肉飞溅，日本兵终于没有了生息，黄衣人也躺下十多个，虽然众寡悬殊，日本兵的凶悍依然让人吃惊。

车厢里的乘客都看得张口结舌，被这血腥的场面吓得悄无声息。萧静怡觉察到抓住自己胳膊的两双手明显在颤抖，她突然意识到这是自己脱离那两条毒蛇的最佳时机。

那些黄衣人行动迅速，一部分捡拾武器，抬走同伴尸体，一部分撬开黑罐车，从车厢里向外搬成箱的弹药。原来这临时加挂的三节黑罐车里面装的都是武器弹药，日本人虽然偷偷挂在客车后面，没想到还是走漏了消息，在这芦苇荡里遭到伏击。

这一群人大都衣衫褴褛，衣服上缀满了补丁，个个都扎绑腿穿草鞋，有的还在腰后挂着水壶和搪瓷碗，几个当官模样的黄衣人，胳膊上戴着"N4A"的臂章。萧静怡眼前一亮，原来这支叫花子一样的部队就是活跃于江南的共产党新四军。看着车下忙碌的新四军战士越走越近，萧静怡突然奋力扑向车窗，探出半个身子大喊："新四军长官，这里还有两个日本人！"

几个新四军战士闻声立刻奔了过来，那两个便衣军曹反应很快，一把推倒萧静怡，翻身从后边的车窗跳了出去，像两条蛇一样滑进芦苇荡。几个战士端枪欲追，被一个戴眼镜的当官模样的人拦住，说道："不要追了，那里都是沼泽地，不认识路的人进去了也出不来。"听这戴眼镜的口音，似乎是北平一带的人。

车头方向传来喊声："前面的铁轨断了，没法走了！"车上的六七百名乘客闹哄哄地挤下车来，站在铁轨两侧不知所措，有些人在小声咒骂新四军炸了火车和铁路，耽误了他们的行程。

戴眼镜的人跳上倾覆的车厢，向大家解释道："对不起，各位父老乡亲！不是我们故意要炸坏你们的列车，是小鬼子太狡猾，暗中把运送弹药的车厢挂在你们的客车后面，这是拿你们的血肉之躯当盾牌啊！"

一个商人模样的胖子躲在人群里喊："你们打日本人我们不管，可是把我们扔在这前不着村、后不着店的野地里，让我们喝西北风啊？"

眼镜并不生气，微微一笑道："沿着铁路向前走十五里地，就是盐城，麻烦乡亲们辛苦一下，也请各位乡亲谅解和理解，我们不能让日本人把这些武器弹药送到前线，去攻打国军的长沙守军，不能让日本人的枪膛再装满子弹，去屠杀我们的兄弟姐妹！"

当时，日军正秣马厉兵准备攻打长沙地区，国民党薛岳将军正率几十万大军严阵以待，新四军挺进纵队一部渡长江进入苏北、苏中，随后苏皖支队和挺进纵队进入六合、江都地区开展游击战争，袭扰日军运输线，有力地牵制了日军南下的脚步。

听眼镜这么解释，乘客们不再言语，一些人拎着行李沿着铁轨徒步前进。萧静怡挤到眼镜面前，试探着问："长官，您是不是燕京大学的郑翔之学长？"

眼镜的眼中闪过一丝精光，很诧异地道："你怎么认识我？"

萧静怡欢喜得几乎蹦起来，拍手说："1937年7月，我刚考完试时听过你的演讲，在学校的礼堂里，我记得你。可惜我还没入学，日本人就占领了北平……"萧静怡语气黯淡下来，无限感伤。

郑翔之也有些感慨："那是我毕业前在燕大的最后一次演讲，一晃两年多了……"一个小战士跑过来报告："报告郑主任，发现鬼子的飞机！"

郑翔之一挥手，命令道："一排，组织乡亲们分散隐蔽！其余的人，加快搬运弹药！"

转眼之间，天空中一阵厉啸，两架红鼻子零式战机背对着太阳俯冲下来，机身上的膏药旗殷红夺目。一颗炸弹在芦苇丛中炸响，掀起冲天的泥浪。萧静怡被巨大的气浪推倒在地，郑翔之迎着泥浪冲过去，大喊："老乡们！快，分散隐蔽！不要聚堆！"

人群像一瓢热水泼进蚂蚁群般乱成一团，有的人把箱子举在头上狂奔，有的人像鸵鸟一样钻进芦苇丛。一串机枪子弹扫来，几个挤成一堆的乘客被打得血雾弥漫。郑翔之拼命大喊："快离开铁路，分散到芦苇荡里！"

萧静怡趴在路基下面，把身子紧紧贴在地面上，生怕被机枪扫到。郑翔之跑过来一把抓住她的后衣领，把她拎起来，喊道："不要趴在这里，快躲起来！"话音未落，萧静怡觉得地皮陡然翻转，自己像一个皮球一样被扔了出去，天地瞬间一片暗哑。原来一颗炸弹近距离爆炸，两人都被爆炸气浪冲出去老远。郑翔之被一块弹片划伤了大腿，两个战士跑过来要给他包扎伤口，郑翔之扒拉开两人，大喝："命令部队快撤！剩下的弹药不要了！"一个战士应声跑了出去。郑翔之又命令："让一排带领乡亲们快离开，所有人都远离黑罐车！"

两架零式战机在空中兜了一圈，又杀了回来，几条狰狞的火蛇扑向三节黑罐车，又扔下几颗炸弹，终于引爆了黑罐车。一声惊天动地的巨响，大地猛地跳了起来，萧静怡只觉得泥土沙石和芦苇像一道墙一样迎面扑来，人一下子就晕了过去……

六十二、如此河山如此月

等萧静怡悠悠醒转时，她发现自己正躺在担架上，被两个新四军战士抬着行走，黑罐车爆炸的浓烟烈火就在身后不远处，飞机扫射轰炸过的地方，一片尸体狼藉，有新四军战士，更多的是那些乘客。萧静怡茫然四顾，看见旁边的担架上，郑翔之正在擦拭自己的眼镜，他使劲儿眯缝着眼睛朝萧静怡点点头。几个劫后余生的乘客也在旁边茫然地跟着部队行走，先前那个小声咒骂新四军的胖子也在其中，他脸色惨白，浑身没有一处伤痕却止不住地发抖，走了几步就一头栽倒在泥地里，大口地吐着血，一个新四军卫生员赶紧过去施救。

抬萧静怡的是一个四十多岁、胡子拉碴的老兵和一个二十岁左右的小伙子。老兵背着一支汉阳造，斜挂一条破烂的子弹袋，身上的军装补丁摞补丁，小伙子连步枪都没有，只背一把大砍刀。老兵扭头看着吐血的胖子，惋惜地摇摇头说："没救了，内脏被震碎了。"

萧静怡的大眼睛里写满了疑问，她问胡子老兵："大叔，他一点儿伤都没有，怎么会震碎了内脏？"

胡子老兵叹了口气，一口川音说道："小姑娘，你刚才就好悬啊！要不是郑主任把你拉起来，保不齐你也这样了，你不知道，好多战场上的新兵都是这么没的。遇到鬼子的飞机炸弹和重炮轰击时，不能紧贴地皮儿趴着，最安全的办法是蜷着身子蹲在地上，这样既能躲避弹片又能防止内脏被震伤。"

胡子老兵咳了两声，又接着道："去年我们连里有一个小兵，才十七八岁，比我老家峨眉山的猴子还机灵，鬼子飞机一颗炸弹扔在他身边，他拍拍泥土站起来，连汗毛都没缺一根，见人就吹自己福大命大，结果当天晚上人就不行了，肚子鼓得溜圆，全是血水……"

萧静怡吃惊地捂住了嘴，半天说不出话来。她自小锦衣玉食，哪里见过这样残酷的战争场面，在"抗团"训练时，曾经被逼无奈闭着眼睛开过几枪，可是从来也体会不到炸弹在身边爆炸时九死一生的感觉。她看见老兵的子弹袋里只有三发黄澄澄的步枪子弹，剩余插的都是铰得整整齐齐的芦苇秆，不由得疑惑地问道："大叔，日本鬼子这么凶残，武器装备又这么好，我们能打赢吗？"

胡子老兵满不在乎地笑笑说："打不赢就拿命换呗！一个换一个不行，就三个换一个，五个换一个，十个换一个，反正我们中国人多，就是不能让小鬼子们活着回去！……"

远处，残阳如血，芦苇如海，清风吹起层层绿色涟漪，队伍安静地穿行在芦苇深处，萧静怡觉得自己正行走在一幅水彩画中。如果不是看到远处黑罐车燃起的冲天烟柱，还有刚才亲眼见到的死亡，她几乎忘了自己正置身于硝烟战火之中。

晚上到了宿营的村子，郑翔之拄着拐过来，见萧静怡一身旗袍被爆炸气浪撕破了好几个口子，便让小战士给她找来一套干净的旧军装。萧静怡在内室换上军装，却觉得自己怎么都不像新四军战士，她对着一块碎了一半的镜子端详半天，才发现原来是自己的一头乌黑长发在作怪。萧静怡找来一把剪刀，一咬牙，把自己的如瀑长发剪成齐耳短发，看着头发簌簌而落，萧静怡大滴的眼泪也滚滚落下。

看着萧静怡瞬间变短的头发，郑翔之也愣住了。萧静怡学着小战士那样，扎手扎脚地给郑翔之敬个礼："长官，学长，我也要去打日本鬼子！"

郑翔之还没答话，旁边的小战士"嗤"地一笑，说："千金大小姐，我们这里不叫长官，只叫同志！你的学长是我们的团政治部主任。"

萧静怡满面羞红，连忙改口道："主任同志，学长同志，请您带我去打鬼子吧！"

郑翔之微笑着看向萧静怡道："就是因为这个事情，我才过来找你。"

萧静怡惊喜地叫道："学长同志，你答应留下我了！我和同学们经常谈论你们八路军和新四军，首战平型关，美名天下传！我们很多人都想投奔你们……"

郑翔之看着萧静怡激动的样子，微笑着摇摇头，说："我们这里每天东奔西走、枪林弹雨，生死须臾之间，不适合你们女孩子，况且我这里从上到下都是一群和尚，实在不方便……"

萧静怡以为郑翔之拒绝了她，顿时神色黯然，眼睛里噙满了泪水。

郑翔之笑一笑，掏出一封信来，说："我刚才写了封介绍信，介绍你去一个地方，那里有很多像你这样来自全国各地的年轻人，你和他们一样，担负着中国未来的希望，不能让你们轻易牺牲，要把你们组织起来培养教育，未来中国的路，要靠你们来走。"

听了郑翔之的话，萧静怡满眼的泪水里，又焕发出热切的光芒。"那是什么地方？还有比你们新四军抗日更积极的地方？"她有些好奇。

郑翔之笑道："你去的地方，没有贪官污吏和土豪劣绅，没有赌徒、娼妓、小老婆和叫花子，更没有结党营私之徒、萎靡不振之风，没有人吃摩擦饭、发国难财，是我们中国最干净的地方。"

萧静怡听得入迷，拽住郑翔之的胳膊，道："学长同志，快告诉我，这个地方在哪里？"

郑翔之似乎又回到了当年演讲的舞台，面对着一群学弟学妹，胸中的话不吐不快："你去了那里，就会有人替你解答中国和日本谁会最后胜利的问题。在那里，会有人向你解释'抗战公式'——'中国的团结+世界的援助+日本国内的困难=中国的胜利'，会有人给你们传授一个坚定的信念——'中国的前途大可不必悲观，应该非常乐观，最终中国必胜，日本必败，只能是这个结局，别的可能性不存在！'"

萧静怡听得热血澎湃，抑制不住激动，说："学长同志，这个地方我一定要去，无论千难万险！"

郑翔之看着她，轻轻地说："这个地方，就是延安！"

"延安，延安。"萧静怡咀嚼着这个词，心生向往，她和同学们虽然都知道陕北延安是共产党的心脏，却从来没听过有人这样描绘延安。过了良久，她问郑翔之："你为什么不去延安？"

郑翔之没有回答她，而是拄着拐慢慢向外走去，有些感伤地道："日寇已经占领了半个中国，总要有人去挡住他们的飞机大炮，给你们寻找一个安放书桌的地方……"

北平，南苑。日本宪兵队。

阿部几宽一脸沮丧地从曾涉的牢房里出来，这是他第三次无功而返。无论是井上真雄还是阿部几宽前来游说曾涉，曾涉都是一言不发，任他们磨破了嘴皮子，曾涉始终沉默似水，无悲无喜，犹如一具会呼吸的尸体。

暴躁的井上真雄看见老师又一次沮丧而出，气得暴跳如雷，喊来部下就要对曾涉用刑，阿部几宽摇摇手制止他，说："此人不畏死，只求死，奈何以刑侮之？"

井上真雄焦躁地说："老师，那怎么办？不打不杀，就这么耗下去？"

阿部几宽无可奈何地叹口气，说："司令官阁下昨日也过问此人，我这就去汇报，请他定夺吧。唉，此人不能为我所用，终是不甘……"

中秋之夜，北平南苑日本宪兵队。

两个宪兵用担架把虚弱不堪的曾涉抬到宪兵队后院，后院墙根立着一排木桩子，这是宪兵队秘密处决犯人的地方，木桩已经被鲜血浸成黑紫色，不知道有多少中国人在这里成为日本人的枪下冤魂。被连日刑讯折磨得奄奄一息的李儒鹏和丁毓臣已经被牢牢地绑在木桩上，两人看见曾涉被抬来，一阵激动，泪水滚滚而下，却无法开口说话，只能喉咙耸动，发出一串呜咽声音。原来两人为了防止自己熬不过日本人酷刑，泄露机密出卖伙伴，就在牢房里一起断舌自尽，结果舌头咬断了，人却被监狱医生救了过来。

曾涉看着自己的兄弟和战友如此惨状，苍白的脸上涌现一片激动的红晕。他忍住热泪，轻声道："抗日杀奸，复仇雪耻，同心一德，克敌治国！"李儒鹏和丁毓臣一起"啊啊"嘶鸣，却只能在心里奋力呐喊。

两个宪兵过来要把曾涉绑在木桩上，曾涉摇摇头，蹒跚着走到中间的木桩前，面向行刑队盘膝坐下。两个宪兵回头瞅瞅站在行刑队边上的井上真雄，井上真雄阴沉着脸不置可否，两个宪兵悻悻地退了回来。

天上乌云裂开一道口子，一轮圆月露了出来，月色清冷，洒在宪兵队后院这个人间魔窟，冷冽如刀。斑驳的树影，铁丝网、刺刀上的反光，令这里显得阴森恐怖；月色又如水，温暖如母亲盼儿归家的泪光，遥远而又亲切，让临刑的曾涉三人痛彻心扉。

曾涉抬头看一眼最后的圆月，深吸一口气，轻声吟道：

> 如此河山如此月，
> 生死勘破仗剑行。
> 神州杀气化天风，
> 我以我血漫东瀛！

井上真雄厉叫一声，长刀一挥，在月色中闪过一道凄冷的刀光，枪声如骤雨般响起……

乌云重合，圆月无迹，院外团聚，院内死别。世间又陷入亘古的黑暗，唯有那远去的枪声，犹如惊涛拍岸，一波又一波传向古老的北平城……

六十三、刺杀天皇特使

上六，迷复，凶，有灾眚。用行师，终有大败，以其国君，凶。王克敏、阿部几宽、井上真雄。

"抗团三杰"曾涉、李儒鹏、丁毓臣的牺牲，标志着"抗日杀奸团"遭受严重打击，这一段时间，不仅骨干牺牲严重，还有二三十位团员被俘，"抗日杀奸团"元气大伤，几近崩溃。

为了振奋"抗团"成员低迷的士气，季振英和孙大成两位临时负责人研究商议，要"以血还血"，刺杀日本情报特工核心人物，为曾涉等人复仇。不久，他们打探到消息，大汉奸王克敏将与阿部几宽、井上真雄一起出席一个会议。季振英和孙大成决定调集人手，在参会的必经之路上袭击这三人。叶天笑却认为时机不成熟，这几人在枪杀曾涉后都已变得如惊弓之鸟，出行都严加防范，在路上袭击很难成功。而且，根据他的跟踪经验来判断，日伪核心人物一般不会在一条路线或一辆车中出现。但是，当时"抗团"上下都被复仇的热血冲昏了头脑，对叶天笑这种观点嗤之以鼻，孙大成更是嘲讽他迷信卦象，贪生怕死犹豫不前，被日本人吓破了胆。两人吵得几乎翻脸，叶天笑一怒之下选择离开。

不出叶天笑所料，王克敏和阿部几宽两只老狐狸根本没有出席会议，只有井上真雄一人带了一汽车的警卫前去开会。六名"抗团"队员在路上用炸弹和手枪发起强攻，井上真雄左臂被炸伤，赵尔仁、范旭等四名"抗团"队员当场壮烈殉国，孙大成被一颗三八大盖子弹穿胸而过，却侥幸没死，季振英开车拉着他拼命逃离北平，躲到河北农村隐藏多日。这次莽撞的刺杀行动，取得的唯一成果就是井上真雄左臂伤重难愈，不得不截肢。

数月后，孙大成伤好痊愈，再次潜回北平，拉着季振英当面向叶天笑赔礼道歉，三人抱头痛哭一场，痛惜四条中华好男儿的生命，才换了井上真雄一只胳膊！

中国只有汉奸死绝才会有希望！不肯低头的季振英、孙大成和叶天笑、冯云修、刘邕康等人，于1940年7月，在北京前门劈柴胡同，联手暗杀了伪北平工务局局长舒壮怀。不久，伪教育总署署长方宗鳌也被这几个人乱枪打死在家门口。几人还试图行刺当时大名鼎鼎的女特务川岛芳子，可惜这个女人奸猾似鬼，在活动现场突然中途从后门溜走，逃过一劫。

针对不屈不挠的"抗日杀奸团"，阿部几宽和井上真雄指挥日伪特工疯狂反扑，在平津地区反复进行拉网搜查，又有十余名"抗团"队员英勇牺牲，季振英、刘邕康等多达五十余人被俘，"抗团"又遭受第二次重大打击。自此，曾经让日伪汉奸风声鹤唳、寝食难安的"抗日杀奸团"渐渐陷入低谷。

就在"抗团"逐渐销声匿迹、日伪汉奸弹冠相庆的时候，一起震惊中外的刺杀行动正在北平皇城根下酝酿……

上六，龙战于野，其血玄黄。高月保、乘兼悦郎。

北平，皇城根。清晨。

老麻躬身骑在一辆偷来的自行车上，车速不快不慢，他眯着眼睛盯着前边百米远处的一群警卫，那是十五个特高课便衣特工，每人都像老麻一样骑着一辆黑自行车。在这群特工前面几十米远处是两匹高头大马，一红一黑，彪悍神骏，马上是两个日军中佐，正叽里呱啦地互相调侃说笑，神态高傲、目中无人，与普通的日本军官明显不一样。警卫们只能跟在后边，不敢靠前打扰两人。路边一个"巡警阁子"门口站着几个巡警，冲着日本军官的马屁股又是敬礼又是哈腰。

老麻看着这一群人慢慢行远，心有不甘地停在一个小巷子口。街对面一辆运煤的骡车慢慢跟了上去，车老板和车上的苦力两人满脸黢黑，正是孙大成和叶天笑，他们两人接替了老麻的跟踪任务。巷子口还有一个人面对着大街坐在那里喝豆汁儿，同时用眼睛暗暗瞄着远去的一群人，这个人是秋国风。老麻和秋国风对视一眼，老麻骑车向巷子深处而去，秋国风也扶起一辆自行车，跟了上去。

这是四人第三次跟踪这群人了，暗中仔细观察他们的路线和警戒情况，寻找可以下手的漏洞。

这两个日本军官军衔虽然不高，但是连当时马上就要升任陆军大将的华北方面军司令官多田骏都不敢怠慢，不但亲自宴请两人，有时还到两人下榻的和敬公主府陪吃早餐。和敬公主府曾是孙中山先生在北平的行辕，多田骏将偌大一所宅邸安排给两位中佐居住，还指派了近百人的警卫，可见对两人的重视。

高月保和乘兼悦郎此次是以日本"天皇特使"身份前来安抚多田骏的，因为当时多田骏正和日本大本营闹一点儿小情绪，这一点儿小情绪是八路军引起的。1940年8月，八路军发动了"百团大战"，这场战役给华北日军造成了沉重打击。

被打痛了的日本朝野一片惊呼，他们无法理解已经占领多年的华北，竟然还存在如此强大的抗日力量。作为华北方面军司令官的多田骏饱受日本朝野指责，多田骏情急之下与大本营争辩起来，给天皇上奏为自己辩解，声称八路军的进攻只是暂时性的，并且遭到了遏制，华北局势已经稳定，驻屯军无可指摘等，并请天皇派员到华北视察。鉴于多田骏以往的战功，最终日本国内还是决定不对他加以追究，于是裕仁天皇通过日本议会，派出两名具有日本议会贵族院身份的特使前往北平"宣抚"，表示对多田骏的勉励，这两个人就是高月保和乘兼悦郎。

其实，高月保和乘兼悦郎来中国华北，"宣抚"只是表面工作，两人都另有秘密任务在身。高月保和乘兼悦郎到华北后，将不再返回日本，转任华北方面军参谋。在驻华日军中，叫嚣"北进"攻击苏联的将领不在少数，高月保是日本不多的苏联问题专家，他到华北身负说服北进派将领的任务，以增进驻华日军对大本营"南进"政策的理解和支持。乘兼悦郎被派到中国，则是因为他有丰富的对朝鲜进行殖民统治的经验，可以为华北方面军提供相当重要的参考借鉴作用，全面整肃华北，进而把华北变成第二个朝鲜。

华灯初上，北平的夜色一片朦胧。高月保和乘兼悦郎被一群日本军官簇拥着，走进樱花酒店，灯红酒绿觥筹交错，酒店外面一个小队的日本兵如临大敌，严加警戒。与此同时，一间阴暗的小屋子里，老麻、秋国风以及孙大成和叶天笑正凑在油灯下，精心画着高月保和乘兼悦郎每天遛马的路线……

与香月青川一样，高月保和乘兼悦郎也是当时日本贵族和军官阶层"爱马社"俱乐部的成员，人人爱马成痴。1932年，日本西竹一男爵在柏林奥运会夺得马术金牌，在日本掀起马术热潮，香月青川、高月保和乘兼悦郎都是"爱马社"俱乐部的佼佼者，他们除了每天骑马散步外，平常还要进行一些马术训练。高月保和乘兼悦郎来到北平后，第一件事就是去祭奠他们的好友香月青川。当时情报课和特高课的人把陈宅查了个底朝天，是高月保和乘兼悦郎出面制止了此事，高月保说："香月君有一个中国籍的知己爱人，这件事情我是知道的，他俩同日中毒身亡，我宁肯相信是殉情自杀。香月君在天之灵此时一定很幸福，他一定不想打扰女方家人的。"有了"天皇特使"的话，平津地区流传众多版本的香月青川中毒身亡之事，至此才慢慢平息下来。

孙大成和老麻的笔在一张北平地图上慢慢游走着，他俩画的是高月保和乘兼悦郎每天遛马的路线：从段祺瑞执政府门口出发，沿现在的平安大街向东，到达东四十条路口，再向南，沿东四北大街到达东四牌楼，然后折向西，经过隆福寺和皇城根到达北海，最后穿过北海向北到达今天平安大街返回住地。两人的遛马路线是经过情报课和特高课审查的，整条遛马路线设有多个军警机构——东四十条路口，是日军华北方面军司令部所在地；东四牌楼所在路西的什锦花园，是日本在华北地区的情报特工总部；随后经过的隆福寺和皇城根各有一个"巡警阁子"；北海的团城和红楼还各有一个中队的日本宪兵驻守。同时，特高课还派遣了骑自行车的警卫人员随行，在这条路线上很难进行狙击。

老麻的铅笔重重一顿，断成两截，说道："这条路上军警林立，简直就是你们读书人说的什么金汤来着？实在找不到下手的地点和时机！"孙大成和叶天笑也是一脸困惑，有些无计可施。

秋国风用布轻轻擦拭他的链子刀，头也不抬道："天下就没有固若金汤的城池，这是我大伯说的！再坚固的城池也会有漏洞，再森严的防线也会有缺陷！"他在灯下挽出一个刀花，说："我相信，只要进攻，他们的防线就会有破绽的！"

老麻搓着手，说："我的少爷，道理我懂，可是在哪儿下手呢？这可是人命关天的大事，稍有失误，我们就不能给曾书记报仇了！"

秋国风用亮晃晃的刀尖指着地图上皇城根的位置，说："这里就是他们的破绽！"三人的目光都被刀尖吸引，盯着地图上那个"巡警阁子"。

"那个巡警阁子里面有五六个'二鬼子'呢！"孙大成疑惑地对秋国风说，"他们也有枪，也会咬人的！"

秋国风一脸不屑，道："他们虽然也会咬人，但是白刃加颈的时候，他们不会像日本人一样拼命的！"

老麻眼睛一亮，问："你的意思是在这里动手？"

秋国风点点头，道："天下武功，唯快不破。以快打慢，以快打缓，就有可乘之机。皇城根处正好有一个拐弯，也就是说，与警卫拉开一定距离的高月保和乘兼悦郎，将会有半分钟时间在后面警卫视野中消失，两个日本军官在这半分钟里，只能依靠'巡警阁子'的警察保障他们的安全。"

"不错！"被一语点破天机的老麻大喜过望，说道："半分钟时间足够让我干掉那两个龟儿子了！"

"这半分钟时间里，我会保证'巡警阁子'里的警察不会向你开一枪！"秋国风凝重如山，但是胸有成竹，"而且那里临近锣鼓巷，小巷密布，易于脱身。"

叶天笑也赞赏道："对面路口的警戒和掩护，交给我和孙大圣，拼了命也给你争取到半分钟时间。"他对三人道："这两个日本军官来头很大，一定是身负特殊使命，尤其那个高月保，据说还指导过对中国的细菌作战，说什么也不能让他活着离开北平。"

"用他们的血祭奠曾书记！"老麻瞬间现出了"狼"的狰狞，一拳砸在地图上。

皇城根，巡警阁子。清晨。

"巡警阁子"是北平人的称呼，追溯历史是由袁世凯的爱将赵秉钧创办，他于1904年设立天津四乡巡警总局，当时富裕地区每五十户百姓派一名巡警，贫瘠地区每一百户派一名巡警。袁世凯遂决定以天津四乡为楷模，通饬直隶其他各府州县一律仿行。有了巡警，就必须为他们安排执勤的驻所，巡警阁子就这样出现了，巡警阁子一直到20世纪四五十年代后期才从北京街头消失。

阁子里五个警察正在手忙脚乱地吃早饭，弄得一片狼藉，值班警察是伪北平第五分局第十九段派出所岗警。一个小头目正在催促大家："赶紧吃，快点儿划拉完出去站岗！那两个日本大爷马上就过来了！"

一个年纪四五十岁的巡警嘀咕道："作威作福的小鬼子，遛个马也得让我们站岗……"

小头目眼珠子一瞪，吓唬老巡警说："你这孙子啊，小心你的话被日本人听见，你愿意掉脑袋我不管，别害大伙儿跟你吃瓜落儿，我们也得扒皮坐牢！"

巡警阁子的门突然被推开，一个人影闪了进来，阁子里本来就空间有限，这个挤进来的人戴大墨镜和口罩遮住了整张脸，几乎就站在小头目的鼻尖前。小头目吓了一跳，伸手就推这个人，嘴里骂骂咧咧："哪里冒出来的孙子啊，这地方是你随便进的吗？要报案在外面等着，等我们吃完……"

银光一闪，小头目伸出的五个手指头只缩回去三个，他还没来得及感到痛楚，就被这炫目的刀光吓得踉跄后退，身后饭碗盘子摔了一地。几个巡警惊慌之下扔下碗筷，伸手去拿戳在墙角的步枪，那道银光后发先至，伸手最快的巡警手上一凉，也少了两根手指，两个受伤的巡警不约而同发出一声惨叫。

戴墨镜、口罩的人正是秋国风，老麻还给他化了装，看不出他的本来面目。他收刀在手，拿染血的银刀轻轻拍一下小头目疼歪了的嘴，小头目立刻乖乖地咬住嘴唇，疼得浑身抽搐却不敢吭声。另一个巡警哆嗦着，干脆把冒血的手指伸进自己的嘴里。

一脸冷笑的秋国风左手食指在唇边做个嘘声的动作，阁子里立刻安静如坟墓，他又把手指向下做个"蹲"的手势，五个巡警面面相觑全都乖乖蹲了下来。秋国风拉过一把椅子坐在门口，一眼盯着巡警，一眼瞄着外面的街路。一个巡警蠢蠢欲动要去摸桌子上的警笛，银光一闪，他的帽子立刻飞了出去。秋国风又掏出一把驳壳枪指着他们，五个巡警面无人色、大汗淋漓，大气也不敢喘。

高月保和乘兼悦郎准时拐过皇城根墙角，一黑一红两匹马踏着整齐的小碎步，仿佛在跳着有韵律的舞蹈。两人不喜欢警卫特工跟得太近，曾经对警卫大发雷霆，所以那群警卫们都乖乖与他们保持着五六十米的距离。两人正调侃对方，高月保说昨夜樱花酒店那个女服务员一直黏在乘兼悦郎的怀里，让他很是嫉妒，乘兼悦郎嘲笑昨晚高月保房间里声音太大，虽然隔着一条走廊，也让他无法安睡。两人似乎很是享受这种调侃，都哈哈大笑，根本没有注意到路边竟然没有巡警站岗。

对面路口处，一辆运煤的骡车停在路上，占住了整条路，孙大成和叶天笑扮成两个苦力，手执铁锹在卸煤，其实是把路上的行人车辆堵在后边。煤堆里暗藏着两枚手榴弹，如果老麻失手，他们两人就扔手榴弹强攻。

一个和后面警卫衣着一样的黑衣人，骑着自行车斜刺里冲到两个日本军官前面，两人都以为是特高课警卫，丝毫没有在意。黑衣人正是化了装的老麻，他左脚支地，自行车唰地来个一百八十度转弯正对向两人，转身之间已经双枪在手，对着高月保和乘兼悦郎双枪齐发，左二右三，连开五枪，高月保和乘兼悦郎应声落马。听到枪声，后面的警卫们立刻炸了锅，乱叫着疯了一般冲过拐角。老麻已经跳上自行车，一手扶把，扭身又对地上的两人开了两枪，可惜由于人翻马跃，一枪打在马身上，一枪打在地上。

老麻打一声呼哨，秋国风立即从阁子里跃身而出，抓起自行车，两人一前一后箭一般向前冲去。孙大成和叶天笑也撇下骡车，撒腿就跑。巡警阁子里的五个巡警都明白发生了什么事，大呼小叫地追了出来，秋国风回身一梭子子弹打在阁子铁皮上，五个巡警立刻连滚带爬又缩了回去。惊慌失措的特高课警卫们冲到浑身是血的高月保和乘兼悦郎跟前，七手八脚地救治两人，没人顾得上追赶老麻和秋国风，只向两人远去的背影倾泻一堆子弹……

六十四、你在这里，我会走吗？

负责警卫的特高课特工急于救人，没有来得及追击，让老麻等人安然逃脱。身中三枪的高月保在送医后不治而死，身中两枪的乘兼悦郎重伤，侥幸活下来的乘兼悦郎后来因伤致残，不得不离开一线部队，改任日本陆军士官学校庶务课课长，从殖民统治专家变成吃喝拉撒睡专家。

在日军司令部附近，在日伪特工、宪兵、警察的严密保护下，堂堂天皇特使竟然被人当街刺杀，日伪当局暴跳如雷，刺杀发生后北平各城门立即戒严，城门全部关闭，城头拉起电网，不许任何人出城。城内的宪兵、特工，还有伪军、警察倾巢出动，四处盘查搜捕。事发第二天，警察局发布关于侦缉皇城根狙击日军人犯的密谕：

> 当经严饬检查城门等处，料此暴徒尚必隐匿市内，除已另案通饬严加侦查究办外，所有本局各官长警等无论服勤及勤休之时，应一律严行注意，一有线索务即侦查，破案者奖洋五万元，以励有功。此谕。

附后秘密文件一份，这样描绘老麻和秋国风：

> 主犯年龄三十岁至四十岁，身长五尺五寸左右，面貌细长，大眼尖颔，颧骨高，眉与眼之相隔稍宽，脸色苍白。穿中国黑色小上衣，黑裤子，帽子为黑色毛反制，上顶系有结，中国式黑布鞋，灰袜，并戴黄色口罩。另一协助凶犯戴墨镜，面目年纪不清，身高约七尺，身穿黑色长衫，执一长链短刀。犯人行凶后立即扶起自行车向西方驰去，形状颇为狼狈，自经过离现场西方约百米之石桥后，即不知去向矣。

看到密谕的警察们暗暗嘀咕，在几百万人口的北平城里，三四十岁穿黑衣，骑自行车的男子随处可见，另一个人面目年纪不清，更无着落，这样的搜捕显然是大海捞针。这些警察在日本主子的驱使下，表面上努力搜捕犯人，其实都是应付差事敷衍了事。

只有刘思过看到这份密谕时脑袋一炸，他隐约觉得那个带长链短刀的人应该是秋国风，一想到这里，他立刻觉得脑瓜皮发凉，赶紧喊来心腹小唐商议此事。小唐自从帮助刘思过暗害高青岩以后，已经成为刘思过的左膀右臂。小唐心思缜密，善于揣摩别人心意，深得刘思过倚重。

小唐听完刘思过的猜测，沉思半天，说："照堂主您的推测，这使长链短刀的高个黑衣人，十有八九是秋国风。"

刘思过道："我们这就报告给井上太君，说不定能换来一大笔银子！"小唐摇摇头，说："堂主，此事还要三思。"

刘思过瞪起眼珠子，问他："为什么？这个秋国风让我们寝食难安，借机让日本人除了他，岂不很好？"

小唐说道："听说被刺杀的日本军官不但是特使，还是日本天皇的表亲，多田骏司令官都气得暴跳如雷，严令捉拿凶手。我们此时上报消息说凶犯是秋国风，他一定会让我们去追查缉拿秋国风。您想，那秋国风犯下如此惊天大案，肯定早就逃到天涯海角，我们上哪里去找他？缉拿不成，多田骏肯定会因为秋国风也是洪顺堂中人，迁怒于您。"

刘思过眨巴了一会儿眼睛，不由得频频点头。

小唐又说："听说秋国风现在已经投靠军统，这次刺杀肯定也是军统所为。就算我们缉拿得手，除掉了秋国风，那也必然会招惹军统这个厉害对头，引火烧身。军统对付敌人的手段刘爷您是知道的……"

刘思过仿佛又看见了高青岩从墙上栽倒下来的惨状，再想想香月青川和井上真雄，不由得倒吸一口凉气。

小唐继续说道："日本人和秋国风那伙人斗个你死我活，对我们来说只有利没有害，秋国风被日本人干掉了，刘爷您少了块心病，秋国风就算逃脱了，也不敢再在北平混了，我们就静悄悄地在这里坐山观虎斗，开开心心赚钱！"

刘思过眯缝着眼，把手里的密谕慢慢撕成碎片。

其实，秋国风并没有离开北平。刺杀行动过后，孙大成与叶天笑分头离开北平，销声匿迹。老麻和秋国风躲在北平郊区农户里，接到新来的军统北平站领导刘文修的命令，让两人火速离开平津地区躲避风头。秋国风知道留在北平的危险，也劝说老麻赶紧离开，他说："老麻，我们把天给捅个窟窿，再留在这里肯定危险。你应该听从安排，出去躲躲。"

老麻摸摸化装后粘在嘴唇上的胡子，反问他："你会和我一起走吗？"

秋国风低头擦刀，半天才道："我曾经在大伯遇害的芦潭古道上发下重誓，大仇不报，我死也不会离开北平的！不杀刘思过，我怎么有脸离开？"

"我就知道你的犟脾气。"老麻叹口气，摸出一瓶酒和一把花生米，自斟自饮，道："你在这里，我会走吗？"

秋国风一阵哽咽，默然无语，低头使劲儿擦链子刀。

老麻又长叹一声，道："我还真怀念老家那两条黑狗白狗了，它们能合力撕下小偷的裤子，也能为了一根肉骨头打得鸡飞狗跳，但是最后它俩还是死在一起了。"

秋国风不禁好奇地问他："它们怎么死的？"

"黑狗得了重病，挣扎快半个月才死，白狗后来就不吃东西，慢慢就不行了。"老麻吞下一杯酒，道："我从来没想到，狗也会绝食啊。"

油灯一阵跳跃，屋里忽明忽暗。

秋国风突然问老麻："听说曾书记在牢房里咬破手指写下'贼不杀我，义不苟活！'是真的吗？"

老麻两行热泪滚滚而落，在明暗不定的灯光下晶莹发亮，闷声道："曾书记，愿您一路走好。只要俺老麻有一口气，还会有殉葬的鬼子汉奸给您送去……"

刺杀事件发生后，日本大人物被击毙的消息在北平城里传得沸沸扬扬。北平的老百姓暗地里欢欣鼓舞，相互转告，越传越神奇。"立地太岁"领着几个车夫，猫在墙根儿侃得唾沫横飞。有的说是西山八路军游击队进城了，手里有鬼子汉奸名册，挨个报销；有的说北平外围通州、保定一带全是抗日队伍，小鬼子都不敢出城了；有的说是重庆方面派武林高手刺杀了小鬼子，飞檐走壁，数丈高的城墙一跃而过……说到最后，"立地太岁"说不赢别人，又翻了脸，抡起蒲扇般的大巴掌，把陈黑子等人打得人仰马翻。

北平城一时间满城风雨，中国人暗自欢喜，日伪汉奸风声鹤唳、惴惴不安。日伪当局进行全城大搜捕，全面封锁北平城，当时的北平大街小巷所有路口，都有宪兵警察把守，所有的行人都要检查良民证。宪兵特工们随时随地都会闯进居民家中，翻箱倒柜搜查刺客，甚至连地板、土炕都要拆开搜索，许多无辜居民被逮捕，遭受酷刑拷问。一个礼拜之后，才允许居民进出城门，但是要预先领取出入证，并按上自己的手印。各城门都有由警察局派出的指纹技术人员检查出入证，看手印是否与执证者相符。稍有怀疑，不由分说，立即扣押审讯。偏偏在这一段时期，发生了一段小插曲：一个名叫马元凯的江洋大盗在持枪抢劫时被警察抓住，经审讯马元凯承认是他刺杀了日本特使。被日本人逼得团团乱转的警察们可算是松了一口气，马元凯的自首为他们解了燃眉之急，于是警察局迅速将审讯口供交给了日本当局。事情解决得如此顺利，以至于日本特高课和情报课都不相信，他们复核以后，认为马元凯的供词破绽太多，不光人数、相貌不符，交代的行刺手法也对不上，根据现场目击者的描述，刺客更像是训练有素的军统特工。原来，马元凯在被捕之后被关进了北平大名鼎鼎的炮局监狱，他自知一身血案、死罪难免，但他不甘就这样被处死，为了逞英雄，索性自称是刺杀日本特使的杀手。马元凯估计是受晚清时期名震北平城的江洋大盗康小八的影响，康小八被慈禧老佛爷下令凌迟处死，轰动一时，成为北平城多年街谈巷议的主角。

马元凯的自首，仿佛天上掉的大馅儿饼砸在脑袋上，警察局与他一拍即合，炮制了假口供。日本人识破真相以后，警察局被严责，日本特高课和情报课则将计就计，表面上高调宣扬抓住了行刺凶手，暗地里却派人继续调查搜捕。

就是这个小插曲，对刘文修和老麻等人造成了严重的误导，他们以为有了替罪羊，日本人就不会再继续搜查了。老麻和秋国风秘密接受了重庆的嘉奖令后，老麻就主动向刘文修请战，于是刘文修安排他俩去刺杀伪华北银行总裁汪时璟。

老麻和秋国风认为汪时璟不是军政要员，不过是一个银行总裁，肯定防卫松懈。岂不知汪时璟早就被平津地区接二连三的刺杀行动吓破了胆，他虽然地位不够显赫，但是手里有大把的银子，大撒金钱请了很多保镖护院，在院子里秘密设了两道围墙，每天都有十多个保镖护院轮流值班。老麻和秋国风翻过外墙，不料里面还有一道围墙。秋国风用链子刀缠住墙脊，跃身而上，然后骑在墙上回身去拉老麻。老麻没有秋国风那样轻灵，不小心碰到墙上一根绳子，顿时铃声大作，原来汪时璟这老贼不但建了两重围墙，还在墙上装了很多机关和暗铃。铃声一响，保镖护院都冲了出来，枪声响得像爆豆子一样。老麻知道事不可为，拽出双枪左右开弓，压住对方的火力，随后向秋国风做个手势，两人返身向第一道围墙冲去。秋国风手一扬，链子刀卷住外面的树杈，身子像一片树叶一样飘上墙头，他回身一伸手，准备顺势把老麻拽上去，这是两人配合多次的高来高去的法子，从未失手。谁知这次一伸手，竟然没拉住老麻，秋国风一激灵，以为老麻被流弹击中，不由得大声喊道："麻子！"

老麻从墙根暗影里站起来，原来墙下还暗藏着绊马索，老麻跑过来时被绊摔了一跟头。秋国风见老麻没事，大喜过望，伸手拽起老麻，两人像一对大鸟掠过围墙。追来的保镖护院看见两人越过围墙的身姿，一个个目瞪口呆。过了良久，一个护院在黑影里小声说："我听见有人喊'麻子'……"

"开枪刺杀天皇特使的凶犯是个'麻子'！"特高课技术人员将汪时璟院内的弹壳与皇城根下收集到的七枚弹壳反复作了比较，最终认定是一人所为。这下，北平城内三四十岁的麻脸人可遭了殃，宪兵、特工、警察到处抓麻子。无论是黑麻子、白麻子、大麻子、小麻子，全都一一抓起来进行甄别审查。被当作重点怀疑对象的麻子，至少有一二百人被关进监狱，每日都遭受酷刑拷打。那些幸运地逃脱酷刑、被甄别无罪的麻子，则被发给一个人称"麻子证"的特别证件，上面详细地记载着本人情况和麻子的位置、状况、颜色等，这些人只能执"麻子证"上街，以备随时遭受盘查。一时间全城人心惶惶，麻子们都不敢出门。

六十五、大丈夫有所不为，有所必为！

真正引爆"天皇特使"刺杀案的是军统北平站新任站长刘文修，年底时他在电车上被裴级三带着爪牙指认抓捕，刘文修不堪酷刑的折磨，交代出不少下属。刘文修的叛变使军统北平站在曾涉牺牲之后再遭灭顶之灾，军统在华北地区的力量几乎损失大半。刘文修为了活命，一直熬到最后才被日本人榨出皇城根刺杀案的真相，因为他也知道，这案子通天，牵扯到的人都活不了。刘文修把自己送到阎罗殿，也使老麻和秋国风陡然之间面临无底深渊。

北平，雪。

秋国风正在灯下擦他那链子刀，老麻踏雪而来，一身碎雪盖不住他的酒气。他坐在秋国风面前，满脸绝望地看着这个年轻人。秋国风半晌才抬头看他一眼，轻声道："出事了？"

老麻问他："你，怕死不？"

秋国风笑一笑，道："谁不怕死？我从没遇见一个不怕死的人。"

老麻咬着牙，恨恨地道："刘文修，这个该死的浑蛋，他叛变了！"

秋国风平静如水，道："那人獐头鼠目、脑后见腮，本来就不是忠贞之辈，意料之中！"

老麻长叹一声，道："现在各处城门紧闭，还有叛徒值守，我们此时已经出不了城了，只怕，只怕……"

"我们还能有多长时间？"秋国风面不改色，仿佛一切与己无关。

老麻沉痛地说："只怕一两天之内，日本人就会循迹查到这里。"

秋国风一阵沉默，老麻掏出小酒壶，使劲儿吞了一口白酒，说："其实，我们也不是没有逃脱的生机，只是……只是我们却不能想办法去逃……"

秋国风问他："为什么？"

"那个断胳膊的井上真雄心肠歹毒，让裴级三放话出来，你我要是逃跑，那些被羁押的'麻子'们就要统统被处死！好歹毒的计谋，我们要是逃了，就会连累许多无辜之人。"老麻语气凄惨，说："我终于明白了当时青龙为什么不逃命，日本人看准了我们中国人心里的一个'义'字，在他们眼里，这个字就是我们的弱点！"

秋国风一拍桌子道："只怕这个计谋就是裴级三那恶贼出的！为什么我们中国，会有这么多汉奸？"两人一阵沉默无语。

曾涉等"抗团三杰"牺牲后，军统曾对裴级三采取过制裁行动，然而裴级三深谙军统路数，只要心生警觉，立刻溜之乎也，数次刺杀都没有伤到他。

沉默一会儿，秋国风站起来朗声笑道："谁没有弱点，曾书记不也说过'义不苟活'？舍生取义，正是我们中国人本色。既然无处可逃，索性大杀一场！一两天时间足够了，足够我安排好后事！"

"你要去杀刘思过？"老麻知道秋国风心思所在，不杀刘思过他死不瞑目。但是自从高青岩被杀以后，刘思过简直就变成了缩头乌龟，出则成群结队，入则高墙深院。

秋国风长叹一口气，无限遗憾地道："如果那欺师灭祖的贼子此刻还在北平，我一定拼了性命打上门去，可惜，他随日本人去了外地……看来我是等不到他回来了！"

秋国风走到院子雪地里，抬头看天，大片雪花迎面扑来，更显凄凉。秋国风长啸一声，链子刀脱手飞出，院墙外一棵碗口粗的杨树树冠慢慢倾倒下来，一阵雪花飞扬，原来这一刀竟把杨树拦腰斩断！秋国风回头对老麻道："是英雄，总有末路。我要去见一个人，求他帮我做一件事！"

北平，雍和宫。

刀子拉着车慢慢跑过去，暗暗看着远处的赵凡，两人在街上从不交谈，只用眼神交流，这是赵凡与刀子的"规矩"。赵凡瑟缩在墙角，肩膀耸动，不停地咳着，漫天飞雪，压根儿没有人来修鞋。赵凡看着那棵大树发呆，自从他在这里修鞋，只要没有生意他就呆呆地看这棵树。刀子知道他在睹树思人，想念齐明珍，甚至怀疑他把那棵树的枝杈都数得清清楚楚。

一颗铁胆压碎薄雪滚到刀子脚前，刀子停下脚步，捡起铁胆，疑惑地左右看看，见秋国风躲在店铺后面向他招手。刀子看没人注意，就把黄包车停在路边走了过去。刀子刚把那颗铁胆递给秋国风，秋国风便撩起长衫，屈膝向刀子跪了下去。刀子吓了一跳，赶紧扶住秋国风，问他："秋兄弟，这是为何？"

秋国风推开刀子的手，执意磕一个头下去，站起来道："我自知命不久长，今天来见你，是想把我未了的事托付于你！"

刀子一愣，随即醒悟过来，轻声问他："皇城根儿那件事，真是你们做的？"

秋国风微微一笑，道："我只是尽了一个中国人的本分，先天下仇后一人仇。"

刀子神色肃穆，抱拳道："我就算没有欠你两次人情，单凭这一惊天义举，无论你托我何事，刀山火海我都会替你完成！"

秋国风眼角含泪，双手托着那枚铁胆递给刀子，道："这是我大伯父留下的唯一遗物，我曾发誓要将这枚铁胆打进刘思过那恶贼的嘴里，可惜我命在须臾，那恶贼却远赴外地，我只有求你帮我完成这一誓愿。"说罢，向刀子深施一礼。

刀子接过铁胆，道："北平城无人不知你这段血海深仇，我以命起誓，一定替你将这铁胆打进刘思过的嘴里！"说完将铁胆仔细地放进怀里。

秋国风一揖到地，转身离去。刀子看他背影，犹豫再三，终于开口道："秋兄弟，以你身手逃出北平城，也不是多难的事，何不留得青山在，亲自去报仇……"

秋国风并不回头，朗声笑道："生死之道，存乎一心，非我能抉择，但我知道'大丈夫有所不为，有所必为！'你我今日一别，来世再见！"

秋国风顶风逆雪，眼中热泪滚滚，向东疾步而去。刀子看着他消失在雪中的背影，不由豪气上冲，迎着风雪扯开衣襟，袒露出伤痕累累的胸膛，拉起黄包车向西箭一样跑进漫天飞雪……

北平，受壁胡同。

刘文修叛变后，日本人通过他抓获了负责北平军统人员通讯联络的军统特工任国伦，在裴级三的威逼利诱之下，任国伦也随即叛变。由于任国伦掌握很多成员的住址和联络方式，先后被捕的有军统新任华北区区长薄有凌、第二行动组组长周良辅、第一情报组组长张清江，以及众多骨干，北平地区的军统组织基本被破坏殆尽。

冯云修居住在北平受壁胡同，就是今天的西四北四条，位于西城区中部，明代称熟皮胡同、臭皮胡同，清代属正红旗地界，民国时期谐音叫作受壁胡同。冯云修在北平有一个很显赫的身份，华北绥靖军总司令的外甥。

舅舅的这层关系，给冯云修提供了很多"掩护"。所以冯云修在受壁胡同的家，不仅是"抗团"的联络点和落脚点，也负责保管"抗团"的文件、枪械。刘文修、任国伦等人的叛变，使冯云修这个刺杀吴菊痴的主攻手最先暴露出来。

凌晨时分，日本宪兵、特工和警察悄悄包围了冯云修在受壁胡同甲12号的住所。院外踩踏积雪的轻微声音传来，警觉的冯云修一跃而起，枪已在手，他平时睡觉都是枪不离手。冯云修光脚冲出卧室，他没有逃跑，而是抱起他保管的"抗团"文件箱子，躲进厨房点火焚毁。

一群日伪军警破门而入，将他的父亲等人在睡梦中抓获，随即发现了厨房里的火光，日伪军警堵住厨房的门，喊话叫他投降，冯云修不予理睬，继续焚烧文件。两个宪兵立功心切，撞开厨房的门冲进来，冯云修躲在厨房墙角，抬手两枪将这两个宪兵击倒。外面的日伪军警一阵喧哗，不敢轻易再进，一个特工在喊话声音掩护下，想从窗户爬进去，刚在窗棂露出脑袋，冯云修一抬手，"掌心雷"喷出火焰，那个特工脑门上多了一个黑洞，立刻栽了下去。"冯神枪"果然名不虚传，抬手就中，日伪军警一阵惊慌，不敢过分逼近。

这时，装级三将冯云修父亲推在前面挡子弹，凑近厨房门口，只露出半张脸，喊话让冯云修投降。冯云修抬手一枪，正中装级三探出的左脸，装级三应声倒下，这一枪虽没有致命，却令他伤愈之后成了一个嘴歪眼斜的疤面人。外面的人一见这枪法，谁都不敢上前。冯父溅了一脸血，吓得两腿发软，颤颤巍巍瘫坐在门边，冯云修贴墙靠近门口，将老父亲一把推出去，又一脚将门踢上，冯云修一边往火堆里扔文件，一边大喊："父亲大人，恕儿不孝！杀奸除恶，是我辈本分。我早知必有今日，已不做求生打算，让儿来世再尽孝吧……"

老泪纵横的冯父被宪兵架了出去，冯家的几个家人都泪流满面。

带队的宪兵队长阴沉着脸，一挥手，宪兵们纷纷爬上院墙，架起轻机枪，机枪步枪一起射击。冯云修利用厨房墙角掩护奋力还击，机枪射手竟然也被他一枪掀下墙来。宪兵队长夺过机枪亲自射击，把冯家的厨房打得支离破碎，在日伪军警密集的枪声中，冯云修渐渐停止了反击。几个军警和特工在队长的威逼下，战战兢兢地蹭进厨房，发现冯云修身中数弹，左手持枪，右手已断，人已奄奄一息。随后，日伪军警在冯家搜出手枪四支、子弹二十八发、电报机一台、短波真空管无线电收音机一台、无线电器材若干。

被送往医院不久，被誉为"神枪"的冯云修就停止了呼吸……

六十六、恨不杀贼三千人！

北平，雪后清晨。四海春酒楼。

老麻和秋国风踏雪而行。一轮冬阳，照在古老的北平城头，雪后初霁，长街肃寂，寒风凛冽，到处都是晶莹夺目的白。老麻虽是粗人，也见雪生情，抓起一把雪搓搓冻得通红的腮帮子，扯开嗓子唱一段《野猪林》：

> ……
>
> 望家乡，去路远，别妻千里音书断，关山阻隔两心悬。
>
> 讲什么雄心欲把星河挽，空怀雪刃未锄奸。
>
> 叹英雄生死离别遭危难！
>
> 满怀激愤问苍天：
>
> 问苍天万里关山何日返？
>
> 问苍天缺月儿何时再团圆？
>
> 问苍天何日里重挥三尺剑？
>
> 诛尽奸贼庙堂宽！壮怀得舒展，贼头祭龙泉。
>
> 却为何天颜遍堆愁和怨，
>
> 天啊，天！
>
> ……

老麻的破锣嗓子唱得实在难听，苍凉嘶哑，秋国风都想捂住耳朵，尤其最后一句，老麻号得尖利刺耳，连旁边屋檐上的积雪都被震落了。几家临街商铺的人被老麻的破锣嗓子吵醒，推开窗户想骂人，一个小老板刚骂了半截就生生咽了回去，因为他看见这两个人的身后远远跟了一大群日本兵，个个荷枪实弹。

走到那家挂着"四海春"幌子的酒楼门前，老麻抬腿踢开酒楼的大门，旁若无人地拉着秋国风直上二楼，衣衫不整的店老板和伙计过来阻拦，连声说："二位爷，没营业呢，厨房还没生火……"

老麻在二楼一个雅座大马金刀地坐下，掏出双枪重重拍在桌上，店老板和伙计立刻哑口无言。老麻道："来几坛上好的烧刀子！菜嘛，有什么上什么！"店老板和伙计不敢多嘴，立刻忙活去了。

老麻对秋国风道："上次你我喝得不痛快，今天我们就饮酒作别，碗中酒，生死情！"

秋国风豪气上涌，甩掉帽子，撸起衣袖，道："刀光剑影一碗酒，舍生取义兄弟情！好，今天你我一醉方休！"

店伙计抱上两坛酒，老麻迫不及待地倒满一大海碗，道："刀光剑影一碗酒，舍生取义兄弟情！这话好，还是你们读书人有文采！来，老哥先干为敬！"一仰头，一碗酒点滴不剩。

秋国风也举碗道："恨不杀贼三千人，奈何桥上我先行！我陪你一碗！"也是一口吞下一碗烈酒。

老麻摇摇头道："'恨不杀贼三千人'这句好，像我的性子，恨不能杀尽日本狗！'奈何桥上我先行'，这句不好，我们怎么也要先弄几个垫背的！"说罢，又干一碗酒，抬手一枪，街对面屋脊上刚刚露头的一个日本兵，应声滚落下来。

原来，老麻和秋国风已经知道被日伪军警包围了，两人豪气冲天，自知在劫难逃，故意大摇大摆地从隐蔽处出来，在长街上又唱又喊，把日伪军警引到这座酒楼。日伪军警接到的命令是活捉这二人，所以不敢莽撞开枪，从大街上慢慢跟随到这里，调集兵力将酒楼团团围住。

老麻抓起酒坛给秋国风倒满，笑道："兄弟，你的链子刀虽然出手迅疾杀人无形，但要是讲杀鬼子，还是不如老哥这两把盒子炮！"

"只怕未必！"秋国风左手端碗痛饮，右手一扬，银光如电，一个刚攀上二楼窗栏杆的宪兵头盖骨飞了出去，号叫着一路血雨摔了下去，这边秋国风刚刚喝完一碗酒，道："刀杀人，总比枪来得痛快！"

楼下的军警们一阵喧哗，人人都知道这两个煞星的厉害，不敢过分逼近。一个日军指挥官躲在酒楼边上用日语喊着："不要开枪，抓活的，抓活的！"

老麻懂几句日语，向秋国风咧嘴一笑，道："这群孙子要活捉我们，看来，我们还有喝酒的时间！"

街上出来一个翻译，躲在楼侧举着喇叭叽里呱啦地喊，劝说老麻和秋国风投降。喊得老麻心头火起，抓起空酒碗砸了出去，酒碗在青砖地上摔得粉碎，吓得那个翻译一跤坐倒在地。

老麻大喊："伙计，再拿酒碗来！"

店老板和伙计们早就被这阵仗吓得屁滚尿流，逃得无影无踪，哪有人应声？老麻见无人搭理，干脆抓起酒坛，长鲸吸水般痛饮一口，大叫："好酒，好酒！人是无胆鼠辈，酒是难得美味！"

木头楼梯上悄悄伸出两个脑袋，原来几个军警利用喊话掩护，偷偷从楼梯爬了上来，老麻抬手一枪，秋国风出手一刀，两个打头的特工立刻变作滚地葫芦，从楼梯上一路翻滚下去，下面的军警一阵惊呼。

秋国风一仰头干了一碗酒，将酒碗一摔，也扯开嗓子唱道："杀不尽的仇人头，流不尽的英雄血，喝不尽的断肠酒……"

他掏出曾涉送他的那把盒子枪，探身到窗户外，向楼下人群密集处一阵疾射，一梭子子弹转眼打完，楼下一片尖叫惨号。

秋国风施施然回来坐下，学着老麻的样子吹吹枪口蓝烟，爱惜地把枪放在桌子上。老麻冲他竖起大拇指，道："兄弟枪法进步神速，要是再练一年，老哥哥就要甘拜下风！"

两人抓起酒坛一碰，正要痛饮，对面屋脊上一排子弹射来，打得酒坛碎裂、桌椅乱跳，原来宪兵队见两人凶悍，攻不上去，就调集几个射手，爬上对面的屋脊，准备将两人打伤再俘虏。

秋国风肋下中弹，一片殷红，摔倒在地。老麻腿上中枪，他只是皱了皱眉，依然端坐在椅子上，看着流淌一地的酒，长叹一声："可惜，可惜啊！"

那个日本军官躲在角落里大喊，似是又要指挥组织一次突击。秋国风捂住伤口，惨笑着对老麻道："老哥，时候到了，我不能再陪你喝酒了，奈何桥上我先走一步！"

老麻长声大笑，笑得泪水滚满脸上的褶子，问秋国风："兄弟，你后悔认识我不？要是不认识我，你这个文武兼备的年轻人怎会到今天这地步，唉……"

秋国风指尖鲜血溢出，痛得脸都扭曲了，道："我虽然没加入你们的团伙，但是能和你一起杀鬼子诛汉奸，人生快事，从不后悔！"

楼梯吱嘎作响，似是一大群人正要爬上楼梯。二楼窗户栏杆上也同时搭上了好几双手，一群军警就要翻窗而入。

秋国风见状，长身而起，匹练般的刀光把正要翻窗进来的三个宪兵扫落楼下。对面屋脊处枪声又起，秋国风双腿上连中数枪，浑身一阵摇晃几乎跪倒，他奋力攥住栏杆支撑身体，回头对老麻道："老哥，恨不杀贼三千人！……"

链子刀刀化长虹，掠过秋国风颈间，又如一道银色闪电般射入酒楼外墙青砖之内，一团血雾从秋国风颈间喷洒开来……秋国风挥刀自刎后顺势将链子刀射入墙中，把自己吊在酒楼外墙上，他至死也不肯让自己跪下去！

链子刀吊着秋国风的尸身，在墙上慢慢摇晃，一道血水如小溪般从他的长衫滴落，洒在街上晶莹的白雪上……

老麻呆呆地看着秋国风摇晃的尸身，那些日伪军警也被这一幕吓住，都停住了脚步。老麻一口鲜血喷出来，大吼一声："好兄弟，我再替你杀几个！"他双枪在手，对着楼梯上的人群一阵怒射，顿时人仰马翻鬼哭连天。打光了子弹的老麻，将双枪扔下楼去，对冲上来的军警特工们道："我就是杀了你们天皇特使的老麻！带我去结案吧，不要为难那些'麻子'……"

秋国风的尸身在四海春酒楼外墙吊了两天两夜，宪兵和警察严令不准收尸。刀子听到消息后，义愤填膺，准备夜盗尸身，就算违反组织纪律也在所不惜。谁知刀子刚到四海春酒楼下面，就见一个山羊胡子老头正扛着秋国风的尸体从酒楼里出来。山羊胡子老头身体羸弱，扛着秋国风走得连滚带爬，不小心惊动了值守的"二鬼子"警察，几声枪响，老头栽倒在血泊里……

枪声引来大批围观的百姓，激起北平人同仇敌忾的愤怒，围堵怒骂为虎作伥的警察。几个离开洪顺堂的弟子挥拳痛殴警察，现场一片大乱，刀子趁乱将两人尸体抢出，连夜出城，将两人葬在潭柘寺附近的山里。那个山羊胡子老头，刀子并不认识，听百姓们说是老味道饭铺的掌勺师父，也有说是原来洪顺堂的孟师爷，义士之风，死得其所。

刀子在秋国风墓前洒泪祭拜，然后不声不响地回到北平城继续当他的黄包车夫。

老麻被捕后，与其他几名被捕的军统人员关在北平人俗称的炮局监狱，遭到日本宪兵的残酷拷问。在狱中，老麻等人宁死不屈，几人利用短暂的同审时间，联络被捕人员进行交流，暗中约定如果有人活下来要向上级汇报情况。同时，几人还谋划越狱，可惜由于日本宪兵看守森严没能成功。1941年2月15日，老麻等人被日寇枪杀于北平天桥刑场，壮烈殉国。

六十七、无论你做过什么，我都爱你！

1945年8月14日，北平。

刀子正拉着李老板去进货，忽然隐约听到城里一阵巨大的声浪传来，先是像闷雷滚滚，后来像惊涛拍岸，满城都炸了锅。刀子和李老板疑惑地站在路边，不知道发生了什么事。一个人像是被老虎撵着一样，疯了一样跑过来，声嘶力竭地喊着："日本鬼子投降了！日本鬼子投降了！他们再也不能欺负我们了……"

李老板满脸疑惑问刀子："不会吧？这小子是不是失心疯，刚才咱俩还看见日本兵在前门站岗呢？"

刀子虽然知道日本大势已去，却没有想到来得这么快，一时也有些发蒙，不知道怎么回答。

那巨大的声浪像洪水一般漫延过来，成百上千的北平老百姓拿着砖瓦石块还有木棍，甚至是擀面杖、顶门闩，还有的手里攥着酒瓶子，追打着一群日本兵和日本侨民。往日里称王称霸的日本兵此刻犹如过街老鼠，被打得抱头鼠窜，手里明明拿着上了刺刀的三八大盖，却一枪也不敢放，只顾着迈开小短腿玩命地跑。

李老板满面泪水，站在那里手足无措，突然使劲儿一拍刀子肩膀，语无伦次地说："是真的，是真的！今天不干活了，回家，喝酒去！"说完就挤进人群，跟着潮水般的人群去追打日本人。

刀子看着被追打得狼奔豕突的日本人，心花怒放，也想过去撂倒几个，出出多年的恶气，后来一想还是忍住了，他要去把这个惊天喜讯告诉赵凡。

北平，雍和宫。

雍和宫前面早已被挤得水泄不通，无数百姓拥到这里来，庆祝这扬眉吐气的喜讯。刀子费劲地挤过人群，来到赵凡的修鞋摊前面。赵凡身上落满了灰尘，像一尊木像一样靠坐在墙角，抄着手一动不动，眼前这震天的欢乐都不能吵醒他。刀子看着赵凡，心里突然生起一种不祥的感觉，他扔下黄包车，哽咽着说："老赵，日本投降了！我们中国赢了！"

赵凡依然一动不动地坐在那里，刀子伸手轻轻碰一下他那瘦得皮包骨的肩膀，赵凡随即倒下，嘴边溢出一丝殷红的鲜血……

疯狂的人群举着无数面小彩旗向前涌动、呼喊，像一片移动的欢乐海洋。刀子泪流满面，拉着奄奄一息的赵凡逆着人流而行，刀子不停地在说："老赵，你醒一醒，睁眼看一看，这就是你给我说的日本鬼子投降的那一天，老赵，你看一眼啊……"

北平，仁安医院。

当天晚上，知道消息的"七号"急匆匆地赶到仁安医院，看见刀子那双哭红的眼睛，他瞬间就懂了。刀子低声对他说："医生让我准备后事，已经油尽灯枯了……"

病房里只剩下他们三个人，看着弥留之际的赵凡，"七号"凑近他的耳边，低声说："老赵，组织上让我通知你，我们这个小组结束潜伏，正式接受新任务，与代号'喜鹊'的同志一起工作……"

赵凡的眼里隐约闪过一朵火苗，却瞬间熄灭，他费力地喘息着，指着自己的胸口，说："它，要歇歇了……"

赵凡努力做个手势，"七号"和刀子一起凑到他嘴边，仔细听着他气若游丝的话："别忘了，别忘了那个假'客人'，他的脸上有抓痕！抓痕！……"

"七号"和刀子忍住眼泪，一起点头，刀子攥住赵凡的手，说："老赵，这个任务交给我！我向你保证，坚决完成任务！"

赵凡欣慰地点点头，挣扎着从胸前掏出一张纸，说："把这个刻在我和明珍的墓碑上，将来胜利……胜利了，拜托你们把我俩葬在杭州，最忆是杭州……"

赵凡的呼吸慢慢停止，一只手无力地垂了下去。

刀子蹲在地上，拽着自己的头发，狠狠咬住自己的手背，不让自己哭出声来。"七号"默默打开那张纸，上边两行毛笔小楷：

无论我做过什么，我都爱你！

无论你做过什么，我还爱你！

"七号"的眼泪一下子涌出来……

1945年8月14日正午，日本裕仁天皇通过广播发表《停战诏书》，15日宣布无条件投降，第二次世界大战以爱好和平正义人民的胜利而告结束。那一夜，北平城彻夜不眠。几乎整个北平城的人都拥到大街上庆祝胜利，到处张灯结彩，敲锣打鼓，载歌载舞，夜空上开满各色礼花，鞭炮声此起彼伏，映亮了古老的北平城，全城所有的鞭炮一夜之间销售一空。而这胜利的焰火，赵凡却再也看不见了……

刀子和"七号"把赵凡的尸身暂存在仁安医院的太平间，刀子去安排后事，"七号"去和"喜鹊"接头。两人约好在北平日军正式投降之日给赵凡和齐明珍下葬，齐明珍的尸体早就不知下落，只能从赵凡收藏的遗物里找些她用过的衣物，建个衣冠冢。等将来稳定了，再把两人迁葬杭州。

北平，大兴法华寺。

法华寺里正是海棠花开的季节，这里的海棠花一年开两季，艳红若霞，蜚声京城，每逢花开季节总能吸引很多文人墨客，而这次盛开又正好赶上日本投降的喜事，所以花更盛，人更多。

"七号"坐在寺中的亭子里，看寺中游人如织，海棠花艳如朝霞，自己却心乱如麻，不知道那个来接头的"喜鹊"是何许人也。昨天多年的战友兼兄弟赵凡病逝，让他悲伤得彻夜未眠，若不是眼前这么多人，他真想在海棠花前放声恸哭一场。

几个小孩子在庭院中追逐打闹，绕着亭子转圈乱跑。一个轻柔的女声拦住他们，说："小朋友们，不要乱跑了，小心摔着，你们看，枝头上那只喜鹊多孤单啊！"

"七号"吃了一惊，"枝头上那只喜鹊多孤单啊！"这是组织上交代给他的接头暗号，但是这声音却如此熟悉，"七号"一时愣在那里。

几个小朋友随着那个女人的指点都去看喜鹊，却不小心把喜鹊惊飞了。"七号"偷偷转头看去，只看见一个身穿旗袍的婀娜背影，纤细的腰身乌黑的短发，正弯腰哄着那几个孩子出去嬉闹。

"七号"有些失魂落魄地站起来，轻声吟道："报国志难酬，碧血谁收？篓中遗稿自千秋。肠断招魂魂不到，云暗江头。……"

组织上给"七号"接头联络方式时，他很是诧异，这首沈鹊应的绝命词为何被选作接头暗语？

半阕吟罢，并没有人应和，连那个穿旗袍的背影都消失了。寺中游人如常，大概听见的人都把他当作疯子。"七号"失神地坐下来，看着海棠花发呆。

日光西斜，游人稀落，"七号"苦等不至，正要离去。忽然一阵细微的脚步声在身后响起，一个轻柔的声音传来："绣佛旧妆楼，我已君休。万千悔恨更何尤！拼得眼中无尽泪，共水长流。"

"七号"如遭雷击，忘了转身，那个声音继续说："'七号'同志，吴岳师兄，你还好吗？"

"七号"慢慢转过身，声音有些颤抖："静怡，真的是你？"

萧静怡看着吴岳，大眼睛里慢慢涌满泪水，轻声道："世界原来这般小，没想到你就是大名鼎鼎的'七号'。"

吴岳也激动得哽咽，想伸手抱住萧静怡，手伸了一半却又止住，道："世界真的很小，我从没想到这只飞来的'喜鹊'会是你。"

萧静怡大方地拉住吴岳的手，一起坐下，微笑着，泪水却止不住地滑落，道："不是我，又有谁会记得沈鹊应的绝命词？不是我，又有谁会以'喜鹊'做代号？"

两人相顾无言，只是使劲儿握住对方的手。

过了良久，吴岳对萧静怡说："快和我说说，你这五六年都经历了什么？"

萧静怡捋一下头发，淡淡地说："我姐姐当年本来想让香月青川把我送到澳大利亚和父亲团聚，但是，我却听了郑翔之学长推荐去了延安，在延安和很多青年一起在抗战学校学习，1942年，我被怀疑成国民党军统特务。"

吴岳吃了一惊，问："怎么会这样？"

萧静怡淡淡一笑："很正常，我参加的'抗日杀奸团'本来就是军统成立的，很难解释清楚。好在半年后，他们调查清楚了，就把我放了出来。这次我是以傅作义将军女儿傅冬菊的同学、《大公报》北平记者站记者的身份，跟随接收大员们一起回到北平的。"

萧静怡三言两语就把自己这些年的经历说完，看着她与当年不一样的神态和气质，吴岳知道她这些年一定还有很多不为人知的坎坷磨难。

萧静怡抬头看着海棠花，轻声道："这些年，我经常在想你当年说的'两条路'，一条暗杀、一条革命，现在看来，你是对的。师兄，以前的我不了解你，不知道你的处境险恶，误会了你，对不起。"

两人相顾无言，既有久别重逢的欣喜，也有恍如隔世的悲凉。萧静怡有些迟疑地问吴岳："师兄，我这些年一直被两个问题困扰，不知道是否该问你？"

吴岳又拿出痞劲儿，说："别说两个，就是二十个、二百个，师兄也向你坦白！"

萧静怡一脸正色地问他："当年，你为什么说道不同不相为谋，要不再与我相见？"

吴岳神色有些尴尬，轻声道："当时的我犹如人在刀俎、羊悬虎口，每一天早晨离家都不知道晚上是否还能回去，那时候的我不能拥有爱情，也没有资格拥有爱情。那天我狠心说出那些话，其实我内心也是矛盾痛苦的，但是我不能连累你，所以……"

萧静怡使劲儿攥着吴岳的手，眼泪又止不住流出来，她看着吴岳肩上的警衔，问他："这些年，你就一直披着这身皮？"

吴岳笑道："是啊，我那个警察所里，我已经是老大了！"笑声里充满苍凉落寞，"我最好的时光都耽误在这里了。"

"人生，本来就是用来耽误的。"萧静怡无限感慨地道，"当年我瞧不起你甘心做'二鬼子'，经常拿话刺激你，现在我懂了，你的工作、你的生存环境，其实每天都是一种折磨。"

吴岳叹口气，道："是啊，这些年来，我表面上做的工作是我不喜欢的，真正做的工作又是不能说的，每一天都像是生命中的最后一天。很多时候，我也想喝醉、想痛哭、想发泄，却只能克制住自己，告诉自己一根头发丝那样的懈怠，就会要了你的命，甚至还有别人的命！"

他掏出一根烟，刚想点着，看看萧静怡，又把烟慢慢揉碎，继续说道："这种一半人一半鬼的生活，让我也变得扭曲，有时候无赖痞气，有时候紧张恐惧，唉！"

萧静怡泪眼婆娑地看着他，知道这个男人的心里一定是塞满了孤独、凄凉，甚至绝望。她来北平之前，中央社会部的负责同志曾经专门向她介绍过"七号"，告诉她这是一个经验丰富，忠诚可靠，不计个人安危，多年战斗在敌人心脏里的传奇人物。

吴岳又摸摸自己的警衔，叹口气说："日本人投降了，我们这些'二鬼子'有个新名词，叫'伪职人员'，听说国民党政府要把我们甄别整训，不知道结果怎么样呢！"

他问萧静怡："你想问的第二个问题是什么？"

萧静怡收回思绪，道："你记得吗？那次在火车站，你在月台上站岗，我在车厢里，你给我做了个手势，乱七八糟的我没看懂，想了好多年也没想明白，你今天可以告诉我了吧？"

吴岳拍拍脑袋，使劲儿想了半天才记起来，笑道："那天我想说的是，等你回来时我带你看法华寺的海棠花，你再请我吃炸酱面。"吴岳看着满寺红若朝霞的海棠花，微笑道："谁会想到，世间真有这样的巧事？"

两人执手一起看着海棠花，静静聆听清风掠过花瓣的声音，还有远处喜鹊的叫声……

临别时，萧静怡严肃地对吴岳说："按照组织纪律要求，我们这种关系是被禁止的，以后我也不会再和你见面了。我的联络方式还和你的前任一样，不见面，只是定时接送情报。"

吴岳神色肃然地点点头，道："金风玉露一相逢，我已经很知足，更多的，我根本不敢奢望。我们知道彼此安好，就胜过千面万面。"看着萧静怡婀娜的背影走出月亮门，他突然喊了一句："静怡，等一等！"

萧静怡一惊回头，吴岳突然冲过去，勇敢地抱住她。吴岳紧紧拥抱着萧静怡，亲吻着她，几乎要把萧静怡融进自己的身体里，萧静怡也紧紧抱住他……

六十八、我是玄武！

北平，前门。

"立地太岁"带着几个车夫，人手一根短木棍，在前门堵日本人，不管是日本兵还是侨民，逮着就是一顿毒打，围观的百姓都跟着起哄喝彩，有的人顺便也送上拳脚和唾沫。日本投降以后，国民党政府定在10月10日于北平太和殿举行受降仪式，国民党正规军还没有到达，只有一些零星的先遣部队进城，一些治安秩序还靠日伪军警维持，当时的北平城里一片混乱。

"立地太岁"今天至少开了十几个日本人的瓢，自己都打累了，坐在城门边"呼哧呼哧"喘粗气。两个"樱花酒店"的日本女服务员低着头碎步走过来，两人都拎着买菜的篮子，生怕被中国人发现，特意贴着墙边走的。"立地太岁"小眼睛一亮，拍拍自己的大脑袋，跳了起来，一把抓住一个女人的发髻，伸过臭烘烘的大嘴，在那个女人抹得惨白的脸上啃了一口，那女人发出一声尖叫，周围几个流氓混混见状哄然大笑。"立地太岁"吧嗒吧嗒嘴，往地上吐了一口唾沫，骂道："妈的！我还以为日本娘们儿是什么味呢，原来都是白面糊糊的味道！"

两个女人吓得连声尖叫，不住后退，"立地太岁"和几个流氓混混步步紧逼，把两人堵在墙根底下。"立地太岁"一脸狞笑，问几个流氓混混："都说日本娘们儿身上很白，弟兄们，想不想看看啊？是她们的脸白还是身上白？"

几个流氓混混一起叫好，"立地太岁"抓住那个女人和服后面的包袱，使劲儿一扯，那个女人一声惨叫蹲在地上，同伴赶紧过来用衣服挡住她的身子。"立地太岁"抖抖手里的和服，炫耀地转一圈，喊道："原来日本女人把白面都糊在脸上了，身上还没我们中国人白呢！"

一只手从他身后伸出来，一把夺过和服，扔在那个女人身上。"立地太岁"大怒，回头一看，竟是陈黑子，不由破口大骂："你这孙子，皮紧了是不？爷爷在这里替中国人出气，你竟然敢坏爷爷的好事！"不由分说，一拳朝陈黑子面门轰来。

周围看热闹的百姓一阵惊呼，陈黑子这几年在这里没少挨"立地太岁"的毒打，每次都被打成滚地葫芦，几个拉车的赶紧起身试图劝架。

一声惨叫传来，发出惨叫的却是"立地太岁"，他那钵大的拳头，竟然被陈黑子一把攥住。陈黑子五指如钢，捏得"立地太岁"手臂欲碎，不住声地惨叫，疼得脸都变色了。陈黑子手一扬，"立地太岁"像面口袋一样摔出半丈远。周围的人全愣住了，这还是每次都被打得乌眼鸡似的陈黑子吗？

"立地太岁"在地上打个滚，翻身跳起来，骂道："你这孙子，敢暗算你爷爷！"把头一低，像头牤牛一样冲陈黑子撞来，这家伙想用他的摔跤功夫，一下子把陈黑子撞翻。

陈黑子毫不退缩，迎着这头牤牛冲过去，一记肘锤打在"立地太岁"的胸口上，这个二百多斤的大身板立刻又飞了出去，一直滚到墙根下。"立地太岁"想爬起来，却觉得胸口剧痛，似乎肋骨断了，一口鲜血呛了出来，像一堆烂肉一样瘫在那里。

周围的百姓一阵议论纷纷，谁都没想到经常被打得满地乱滚的陈黑子，竟然是一位深藏不露的武林高手！

陈黑子转身对那两个吓得瑟瑟发抖的日本女人道："你们快回去吧，不要轻易抛头露面，在家里等候政府通知。"两个日本女人一溜小碎步跑远了。

陈黑子对围观的人群抱拳施礼，道："日本人是投降了，可是我们也不能像畜生那样欺侮他们的家眷，那样做了，我们就不是中国人，而是禽兽不如的日本人！大伙儿说是不是这个理儿？"很多有正义感的百姓鼓掌喝彩，纷纷指责那些流氓混混败坏了中国人的脸面。

一辆美式吉普车疾驰而来，在陈黑子面前停住，车上跳下四个持美式卡宾枪的士兵，齐刷刷向陈黑子敬礼，为首一个班长道："报告陈副站长，您让查的那个人我们已经找到了，正在南苑的伪职人员整肃基地接受甄别审查！"

陈黑子坐进车里，脱下车夫的号服，换了一身佩戴中校军衔的美式军服出来，竟从猥琐的车夫变成煞气凌人的国军要员。周围的百姓都看傻了眼，谁能想到天天蹲在前门拉脚、经常被"立地太岁"打得死去活来的陈黑子竟然是国军的中校副站长。虽然这些人不知道副站长是什么来头，可是看着那一身晃眼的军装和吉普车，肯定是不小的官儿！

"立地太岁"趴在墙角，像一堆蠕动的肥肉，看着军装笔挺的陈黑子，又吓得小便失禁，像一条大蛆虫蠕动在尿水堆里。那个班长向陈黑子请示如何处理这个人，陈黑子从上衣兜里掏出一副墨镜戴上，一边发动吉普车，一边扔下一句话："打一顿吧！春节之前他如果能下炕，就算你没完成任务！"

班长脚跟儿一碰，大声道："是！"

吉普车风驰电掣般开走，只留下"立地太岁"鬼哭狼嚎的惨叫声，还有老百姓们惊诧的眼神在灰尘里凌乱……

北平，南苑，"伪职人员"整肃基地。

上千名日伪时期的警察和侦缉队员都被集中在这里，接受政治审查和身份甄别，不时有一些罪大恶极、沾染中国人鲜血的汉奸帮凶被处以极刑。这些"伪职人员"的第一课就是集体参观枪毙裴级三。裴级三这家伙自知罪孽深重，在日本投降前就消失隐匿起来，但是军统对这个深仇大敌早就盯得死死的，日本投降当天晚上裴级三就被军统擒获。军统的人当着上千名"伪职人员"的面崩了裴级三，杀鸡给猴儿看，一下子把这些"二鬼子"们震慑得服服帖帖。据说枪毙裴级三的时候，本来是阴云密布，枪声一响，立刻有万道阳光从云隙中射出，蔚为奇观。

刘思过本来也被收进来，但是这家伙只进来一天，就用两箱金条买通某位接收大员把自己赎了出去。刘思过这几年独掌洪顺堂产业，又把海龙帮的资产巧取豪夺了一半，已经成为京城的豪富。日本主子投降以后，刘思过思忖以后日子难熬，正准备偷摸变卖家产移居香港。

二三百名警察正被集中在操场上训话，陈黑子的吉普车卷起一条黄龙直接开到训话的讲台前边，训话的是一个上尉军官，本来想发火，可是一见来人军衔，立刻不敢吭声了。陈黑子低声交代两句，那个上尉抓起喇叭喊道："1427号，吴岳，出列！"

"到！"人群深处有人应了一声，丢盔弃甲的吴岳慢腾腾地跑出来，向上尉立正敬礼。

陈黑子扒拉开上尉，一个箭步冲到吴岳面前，深深鞠了一躬，把吴岳吓一跳，赶忙闪到一边。操场上的人一阵骚动，陈黑子不去理他们，开口道："我是玄武！姓陈名玄武，别人也叫我陈黑子，中统北平站副站长，今天来感谢恩人！当日要不是承蒙吴警长相救，我只怕稀里糊涂就被日本鬼子给毙了，所以我今天是特意来给您道谢的！"

吴岳终于记起来了，面前这个中校中统副站长就是自己当日救下的那个车夫陈黑子。明白了陈黑子的来意，吴岳的痞劲儿又上来了，指着陈玄武的肩章笑道："以你中统玄武的身手，我当日救的只怕是那两个日本兵吧？"

玄武哈哈大笑，拍着吴岳的肩膀说："至少你当时保护我，令我没有暴露，否则后面很多事情没法做了。不管怎么样，我是诚心来感谢你的，也想帮你脱离苦海。"玄武以车夫身份为掩护，跟踪监视黑木亲庆，数次谋刺香月青川，都没有引起日本人的注意。

两人勾肩搭背离去，剩下一操场的旧警察大眼瞪小眼，不少认得吴岳的人啧啧称奇："没想到老实巴交的吴岳，竟然是中统的卧底！"

在玄武的帮助下，吴岳立即被整肃基地释放，不但被证明没有历史污点，还成为中统的有功之臣，看着玄武手中的嘉奖令，吴岳哭笑不得。

玄武在回城的车上对吴岳说："老弟，实不相瞒，我暗中观察你很久了，你这人不喝酒、不赌钱、不逛妓院、不卡油水，除了每天抽两三根烟，我看不出你有什么毛病。你这样的警察，我都怀疑你是共产党！"

吴岳暗暗吃了一惊，凝神戒备。玄武却又哈哈大笑，似乎认为自己的分析很搞笑。

"要不，你脱了这身黑皮，跟我到中统北平站来干，比你那里有权有钱多了！"玄武一边开车，一边看着旁边的吴岳。

吴岳心里一阵紧张，心想："难道他们怀疑我了？是我这里有纰漏，还是静怡那里出问题了？"可他嘴上却说："我这个人，从小胸无大志，在这个泥坑里混久了，换个地方只怕水土不服，再说了你那里都是专业人士，危险性太高，我去了只能吃闲饭，是不是？"

玄武很惋惜地叹息一声，说："人各有志，我也不勉强你。这样吧，我托人给你说一句话，提你一级，当分局的副局长！你别嫌小啊，我知道你们那个分局的局长是拿一套大宅子和二百两黄金换来的，他买通的人就是我的顶头上司，所以你先委屈一下。"

吴岳坚辞不受，玄武霸道地一按喇叭，道："就这么定了，你等着上任吧！"

六十九、畴昔博徒酒侣，一半葬荒丘

北平，故宫太和殿。1945年10月10日。

10月10日，北平日本驻军向中国递交投降书的仪式，是在故宫博物院内太和殿前那一大片广场上进行的。两侧的文华殿和武英殿挤满了观看的人群，无数中国人都早早来到现场，都要亲眼看一看欺侮中国人民十四年之久的日本鬼子，向中国人民低头认罪、缴械投降的场面。无数老百姓手里都拿着各种颜色的小纸旗，上面写着"庆祝胜利""北平光复"等。在受降台的四周站着荷枪实弹的中国军人，个个都是挑选出来的二十多岁的年轻人，穿着崭新的军装，手里端着最新的美式冲锋枪，严肃威武。受降台上分别是中方代表——国民党第十一战区司令长官孙连仲，日本代表——日本华北方面军司令根本博。

当天上午十点整受降仪式正式开始，先奏中国国歌，然后根本博向孙连仲九十度鞠躬，递交投降书，孙连仲将军接受投降书，向根本博发布所有华北日军就地放下武器、无条件投降的命令，很多记者蜂拥到受降台照下了这一庄严时刻，同时拍下了缴枪仪式的照片。随后，日军缴枪仪式开始，日本军人排好队，双手托枪按顺序站好，按指定的缴枪地点把枪慢慢地放下，并向中国军人和围观的中国人民鞠躬。当时，全场一片沸腾，无数中国人在扬眉吐气的同时，也禁不住热泪长流……

天津，民园小剧场。

在北平太和殿举行受降仪式的同时，天津民园小剧场正在举行"抗团"最后一次集会。

屡次遭受重创的"抗日杀奸团"，到日本投降时，骨干成员已寥寥无几。原来"抗团"鼎盛时，平津两地参加人员将近两百人，几年来先后牺牲的有五十余人，被俘关进监狱的九十余人。日本投降后，奔走于平津两地的孙大成整天忙碌着搜救被日本人关押在各个监狱、看管所里的"抗团"成员，又组织寻找散失的"抗团"成员，忙得不可开交。

在孙大成的努力下，总算联络到四十多个幸存的"抗团"成员，把他们召集到民园小剧场开会。之所以选择日益破败的小剧场，是因为这里正是当年"抗团"成立的地方。

孙大成一身国军少校军装，坚毅中透露着精明，他是"抗团"中唯一一个正式加入军统编制的人，已经被委任为军统北平站行动组长。他站在残破的舞台中间，看着台下稀稀拉拉坐着的"抗团"成员，一时百感交集，说不出话来。

"抗日杀奸，复仇雪耻，同心一德，克敌治国！"台下有人带头背诵"抗团"的团训，应和的声音低沉苍凉，犹如一股阴郁沉重的风在剧场里慢慢盘旋，全然没有当年的锐劲和朝气。

"再相见时，不知多少人已经化为清风，归于尘土。我死国活，我活国死。从我开始，我们出生入死，向死而生，用我们的死，去解救国人的生命。我相信：我们永远不死，我们只是在地狱集合！……"想起曾涉当年的话，很多人饮泣不止。

孙大成手里拿着厚厚一叠委任状，这是孙大成在重庆和北平两地求了许多人，包括军统要人和北平接收大员，费尽无数心力才给这些战友们争取来的。

"同学们、战友们，我们九死一生在这里重新聚首，我们流血、牺牲，终于盼来了今天的胜利！"孙大成动情地说，"我提议，为所有牺牲的同学和战友默哀一分钟！"

所有人都摘下帽子，低头静默，几个幸存的女生忍不住哭出声来。

默哀完毕，孙大成扬扬手里的委任状，说："同学们、战友们，我今天给大家带来一个好消息，军统华北区北平站准备接收大家作为新成员，只要大家愿意，在这些委任状上签上自己的名字，我们以后就是一家人了！"

孙大成本以为大家会热烈响应，谁知道所有的人都站在那里木然不动，一时间把他晾在舞台上。

叶天笑走出人群，站在台前问孙大成："孙大圣，你拿的是委任状，还是卖身契？让我们把自己卖给军统，卖给那些'五子登科'的接收大员？"

人群中有人冷笑一声，说："打日本人，我们可以卖命，打内战，我们没有兴趣！"说话的是刘邕康，刚从日本人的监狱被放出来，骨瘦如柴，但是说话却斩钉截铁！

叶天笑这几年一直隐匿在一家小报社里，从事新闻报道工作，对国民党军警动态比较了解。他说："日本投降不到一个月，军统和中统就已经开始镇压北平民主运动和学生爱国运动，暗中调查、跟踪，甚至拘捕一些民主人士和进步学生，这样的军统，已经不是和'抗团'合作时的军统了！"

刘邕康道："听说，那些'五子登科'的接收大员们，捞得最狠的就是军统和中统，他们可以公然释放罪行累累的汉奸，因为汉奸们可以花钱赎命；他们可以公然卖官鬻爵，因为各级官职都是明码标价；他们可以公然勒索一些商人和伪职人员，因为这样可以压榨他们的油水！"

叶天笑接口道："没错！明末时李闯王进北京，满城酷刑拷打文武百官和商贾富户，搜刮敲诈金银财宝，恐怕也比不上现在的接收大员们！"

孙大成站在舞台上，脸上青一阵红一阵，说不出话来，因为他为了给这些同学战友谋个差事，也花了几十根金条用来打点，而这些金条又是他威逼敲诈一个汉奸商人的。

小剧场门口忽然传来一个沙哑苍凉的声音："老子半生事，慷慨喜交游。过江王谢子弟，填巷哄华驺。曾记兽肥草浅，正值风毛雨血，大猎北冈头。日暮不归去，霜色冷吴钩。今老大，嗟落拓，转沉浮。畴昔博徒酒侣，一半葬荒丘。……唉，一半葬荒丘，一半葬荒丘……"那个沙哑的声音，吟到此处，竟然哽咽住，转成抽泣声。

众人转头看去，原来是一瘸一拐的季振英。季振英被日本宪兵抓获，关在炮局监狱三年多，在监狱里受尽酷刑，被打断一条腿，由于没有及时医治，造成终身残疾，而且他还被活活折磨成精神分裂症，时而清醒时而疯癫。

季振英拖着一只跛脚走进来，手里还抓着一张纸，他慢慢穿过人群，把那张纸扔在孙大成面前，道："当年我们一起跟随曾书记杀汉奸走狗时，可会想到，有朝一日我们也会成为军统的勒索对象？曾书记泉下有知，他会作何感想？"

原来季振英家本是京城一富户，因为季振英被关押在日本人的监狱里三年多，家财几乎已经被勒索去十之八九。光复以后，刚把季振英解救出来，一个军统小头目就登门敲诈季父五十根金条，拿来一张通知，上面说是怀疑他儿子在监狱里屈膝变节，成为日本人的特务。季振英说到激愤处，拍着自己的瘸腿，泪水夺眶而出，道："一半葬荒丘！我们那么多战友都被埋在荒丘野地之中，连尸首都找不到，他们如果见到拿命换来的胜利是这样的胜利，他们一定会后悔的！"

孙大成看着那张通知，满面尴尬，说："季老大，这一定是误会，我会让人去过问此事。"

叶天笑摇头叹息，道："同心一德，克敌治国。在日本人的刺刀下，我们的信仰理想都没有动摇，现在光复了，我们却发现自己几乎是在助纣为虐！"

孙大成的一个随从军官指着叶天笑大声斥责道："你这是在诋毁中央政府，造谣生事！应该把你……"

叶天笑一脸不屑地也斜着他，道："怎么？要把我关进去，然后也勒索我五十根金条？"

孙大成赶紧打圆场，让那个随从闭嘴。

叶天笑转身对大家道："这些年，除了牺牲的战友们，幸存的我们或者身陷囹圄，或者隐姓埋名，或者漂泊在外，但是我们都有一双眼睛，都知道这些年军统、中统已经变成什么样的组织，加入他们，还对得起我们'同心一德，克敌治国'的誓言吗？"

人群一阵叹息，人人都在摇头。

季振英的疯癫又犯了，号啕大哭，颠来倒去地吟诵陈维崧那阕词："今老大，嗟落拓，转沉浮。畴昔博徒酒侣，一半葬荒丘。唉，一半葬荒丘……"

季振英哭一阵笑一阵，突然转身向外走去，也不向孙大成打招呼，这四十余人面面相觑一阵子，都叹息着跟了出去，没有一个留下来。

孙大成看着他们离开的背影，叹息着摇摇头，慢慢把那一叠委任状撕碎，任纸片像一片片冥币一样飘落在舞台上……

那个舞台上的残破幕布，看厌了戏剧中流水般的繁华，也目睹了多少谢幕的身影：曾涉、李儒鹏、王文、老麻、冯剑美、祝正良、冯云修、刘汉琛、袁俊……孙大成看着飞舞的纸片，也不禁黯然神伤……

北平，仁安医院。

刀子和吴岳将赵凡的尸身从太平间抬出，装入一口杨木棺材，刀子特意将一条齐明珍生前用过的围巾和两件旧衣物放在赵凡身边。刀子为赵凡在潭柘寺附近选了一块墓地，与秋国风的墓只隔几十米。在刀子心中，他们虽然信仰不一样，但都是铁骨铮铮的中国人，泉下有灵，一定会成为好朋友的。

刀子赶着马车慢慢前行，换了便装的吴岳戴一顶毡帽在后边扶着棺材。吴岳看天空湛蓝如洗，万里无尘，一派秋日风光，不禁长叹一声道："真是难得的好天气啊，配得上老赵的为人！老赵，希望你在那边再也不咳嗽了。"

故宫太和殿那边的受降仪式现场传来惊天动地的欢呼声，吴岳点燃一根香烟，放在棺材上，自言自语道："日本鬼子缴枪投降了，我们中国人终于可以扬眉吐气地活着了。老赵，你瞑目吧。"

刀子突然一勒缰绳，马车急停在路上。吴岳几乎被晃下来，问刀子："怎么了？"刀子一脸大汗，转头对吴岳道："那个假'客人'……那个脸上有抓痕的假'客人'！"

吴岳浑身一哆嗦，惊问："他在哪儿？你看见他了？"

刀子懊悔地抓住自己的短发，道："是我刚才没有注意，刚才医院太平间里，我们把老赵抬进棺材里的时候，他就在那里！"

吴岳惊出一身冷汗，拼命回忆当时的场景：一个医院工作人员领着刀子和吴岳，走进幽暗阴冷的太平间，吴岳填好登记单，二人将赵凡的尸体抬进棺材……昏黄的灯光下，一个看管太平间的老人在走廊尽头蹒跚着用拖布擦地，二人手忙脚乱地推着赵凡向外走去，老人慢慢侧过头看着他们远去的身影，脸上露出一丝阴冷得意的笑容。这笑容转瞬即逝，老人又恢复了老态龙钟的模样，蹒跚得如风中烛火。房门关上的一瞬间，刀子正好微微回头，眼角余光掠过老人的脸，那上面有五道伤疤，在幽暗的灯光下，犹如五条硕大的蚯蚓在爬行……

吴岳长吸一口气，双手攥紧了拳头，指节嘎嘎作响，手心里全是汗水。

刀子跳下车，在赵凡棺材前双膝跪地，双泪长流："老赵，是你英灵不灭！是你把我们带去，我们终于知道这个恶贼的下落了！"

七十、道长，我们终于见面了！

北平，仁安医院。

身穿白大褂的陈寒松正在低头看书，一个布鞋僧袍、颈戴佛珠的和尚，浑身尘土地走了进来，他双手抄在宽袖之中，直直地坐在陈寒松面前。和尚满脸都是吓人的烧伤疤痕，半个脑袋连着一只眼睛和脸皮烧得斑驳盘结，尤其那只眼睛，似乎上下眼皮都被烧得连在一起。陈寒松微微皱了下眉头，依然和颜悦色地问："大师，您是要看病？"

"是！"和尚的声音仿佛是十只猫爪挠过一面铜锣，难听至极，似乎声带也被烧伤，"我的心口每天都疼！"

陈寒松戴上听诊器，问和尚："大师，莫非您的心脏有什么问题？来，我给您听一下。"

和尚微闭独目，双手却一直抄在袖中，任陈寒松用听诊器检查自己的心脏。陈寒松仔细听了半天，放下听诊器，诧异道："大师，您的心脏稳健有力，没有任何毛病，您说的疼痛，是不是您思虑过度所致？"

和尚盯着陈寒松的眼睛，铜锣再次被猫爪挠响："是啊，我每天都在想一个人！"

"大师，您是方外高人，难道尘世还有放不下的人？"陈寒松推推眼镜，有点不敢直视和尚那张吓人的脸。

和尚慢慢伸出双手，放在陈寒松面前，这双手的手背上伤痕累累，犹如老树虬枝，左三右四只有七根手指。

陈寒松猛地站起来，撞翻椅子，指着和尚颤声道："你是七指？！"

七指双掌合十，宣一声佛号，道："白虎站长，别来无恙！"

陈寒松闪电般掏出一把小手枪，抵在和尚头上，低声道："我现在就可以毙了你！"原来陈寒松就是神秘莫测的白虎，自青龙殁后，白虎已经接任中统北平站站长。

七指冷笑一声道："那一夜，红袖添香阁的大火里，我早就死了，再死一次又何妨？青龙站长、红花五姐，还有那十几条屈死的人命，他们都在等我过去。"

陈寒松执枪的手有些哆嗦，七指又道："玄武与我已经将你出卖青龙站长、出卖红袖添香阁、毒死朱雀的罪行，联名上报，调查你的人已经在路上了。明人不做暗事，我今天就是特意来通报与你的！"

陈寒松冷汗涔涔，手枪无力地放下，七指又宣一声佛号，转身向外走去，陈寒松无力地坐倒在椅子上。

走到门口的七指又回头道："毒杀香月青川的时候，您竟然将自己的夫人也作为诱饵，一并毒杀，白虎站长，我实在佩服您！不知道您这么做，是真心替党国除害，还是心生嫉妒？听说那个日本情报精英香月青川，和你不但是同学，还是情敌，更是敌手，他从读书时就一直轻视你，甚至欺凌你，你却一直隐忍不发，终于公报私仇。对你自己的夫人，我想你是私仇公报，因为你不能忍受自己的妻子终于心向情敌。对不对，白虎站长？"

陈寒松一脸汗水，扯开自己的衣领喘着粗气。

"若不是红花五姐让我从火海逃生，这天底下谁会知道您白虎的恶行？阿弥陀佛，善哉善哉……"

看着七指离去，白虎一脸冷汗，举枪对准自己的太阳穴，又伸进嘴里，比画再三，终于慢慢放下手枪，像一具雕像一样坐在那里沉思。

北平，阜成门。凌晨。

阜成门位于北平西侧，出去直达门头沟，在北平九门之中，阜成门专司运煤，煤车炭车多从此门出入。过去的煤炭商人捐款在城门内刻一束梅花，取"梅"与"煤"谐音，有诗云："阜成梅花报暖春。"

阜成门站岗的士兵早就换成了国军士兵，一个班长正拎着一张通缉令，在耀武扬威地训斥士兵："他妈的都给我精神点，城里正搜捕逃犯一名，据说还是什么中统的站长，就长这通缉令上的人模狗样，我呸！听说这小子出卖了不少人，连自己的媳妇儿都给毒死了，心毒着呢，逮着了肯定要吃枪子儿！长官说了，抓住了有重赏，放跑了，都进号子里！你们都把眼睛给我瞪圆了！"

一辆骡车慢慢行了过来，赶车的是一个戴着毡帽的老头儿，车上放着一口棺材。班长一挥手，两个士兵过去用枪指住老头儿。班长用手电照着通缉令上下打量老头儿，老头儿脸上有几条伤疤，像是爬满了蚯蚓，浑身上下散发着一股阴冷之气。班长看了那张脸，吓得眼皮直跳，壮起胆子问："棺材里是什么？"

"棺材里当然是死人。"老头慢悠悠地答道，"一个伤寒病死的人，都快烂了，城里的长官让我拉到山里给烧了。"

班长用手电捅捅自己的后脖子，命令道："撬开看看！万一藏的是通缉犯呢？"

一个士兵拿来撬棍，"咔吧"一声将本就没有钉死的棺材盖撬开一道缝隙，一股臭气扑面而来，呛得几个人连连后退。班长捏住鼻子，壮胆用手电往里一照，一张溃烂流脓的青白色死人脸暴露在他眼前，吓得他一激灵，赶紧说道："快滚，快滚！别传染了我们！"

老头赶着骡车驶出阜成门，那个班长还在后边喊："老头儿，烧干净点，传染了人可不是小事！"

骡车迤逦而行，离北平城越来越远。天地一片静寂，只有骡子的脚步声。老头在前面佝偻着腰，突然冷冷地道："白虎站长，我把你带出了城，你答应我的条件该兑现了！"

棺材里传来一个声音："你把我送到门头沟，这一万美元就是你的了！"

远处传来鸡叫声，东方欲晓。骡车停在一处水塘边，老头对着棺材的缝隙说："白虎站长，你还是在这里把钱给我吧，贵人多忘事，一会儿我怕你给忘了。"

棺材里叹息一声，一阵窸窣响声，一沓子绿色的美钞从缝隙里递了出来，老头眼中闪着贪婪的光，接过美钞，却顺手捡起一块大石头，狠狠地把棺材上撬松的钉子又砸了下去！

棺材里一声惊叫："你这是干什么？"

老头阴恻恻地一笑，道："白虎站长，你跑路活命，身上至少能带着十个一万美元，只给我十分之一，你不觉得少了点吗？"

白虎在棺材里惨笑一声："你放我出去，我分你一半就是了！"

老头蹲在路边，摸出旱烟袋点着，吧嗒吧嗒抽了起来，慢悠悠地说："我为何只要一半？我在这里等着你死了，所有的钱都是我的！"

白虎在棺材里急得发疯，连挠带撞，拖着哭音喊："放我出去！我带的美元、黄金珠宝都给你，还有我北平的房子，统统给你！"

老头无动于衷，只顾蹲在那里抽烟，旱烟袋忽明忽灭，犹如鬼火一般可怖。

棺材里响起"砰砰"几声闷响，情急的白虎在棺材里胡乱开枪，可惜他的小手枪威力太小，连棺材板都打不透。

老头儿抽完一袋烟，把烟袋磕干净插进腰带，费劲地站了起来，长年生活在阴冷幽暗的太平间里，让他的关节不堪重负，蹲起之间有种钻心的酸疼。老头儿还没站直身，只觉眼前一暗，一个挺立如刀的身影如同从天而降，戳在他的面前。老头儿大吃一惊，却反应迅速，闪电般掏出手枪对准来人，谁知扳机竟扣不动，原来那人速度更快，抢先出手攥住老头儿握枪的手，将手指伸进了扳机里。

老头儿的身后，又冒出两个人影，举枪对准老头儿的后脑。老头儿慢慢松开握枪的手，举起双手。握住他枪的正是刀子，刀子将手枪在手上转了一圈，远远地抛进水塘里。

一个举枪的人影不放心，依然小心地瞄准老头的后脑，提醒刀子："这个老家伙异常狡猾，小心他身上还有武器！"说话的是戴眼镜的郑山。

刀子不敢怠慢，仔细地把老头儿搜了一遍，果然在他后腰和脚踝处还找到两把枪。另一个人影是化了装的吴岳，拽出一条绳子，和刀子把老头儿捆个结结实实。刀子恨老头儿阴毒，在捆他的时候下了狠手，直接捏断了他的两根脚踝大筋。老头儿一阵惨呼，在地上扭曲挣扎。

郑山收枪入怀，冷冷地说："道长，我们终于见面了！"

吴岳和刀子闻言都吃了一惊，"道长？道长不是已经在那晚被假'客人'杀了吗？"

郑山摇摇头道："我们都被他骗了！赵凡同志说得对，那天晚上在赵记杂货铺里发生的事确实大有蹊跷。组织上让我和大武同志暗中调查，大武和赵凡都先后发现了异常，可惜两人都……"郑山说到这里，连声叹息。

"后来，我根据赵凡同志的思路，这几年一直在秘密调查，为此我特意回了一趟解放区，见到你的老朋友，总算弄清了真相。"郑山对吴岳说道。

"我的老朋友？"吴岳一时有些发愣，不知道郑山说的是谁。

郑山微笑着，说："她让我给你带一句话，'谢谢你这些年的保护和照顾，等胜利了，她会在解放区等你！'"

吴岳一下子明白了，郑山口中的"她"就是那个神秘消失的女人，知道她平安的消息，吴岳心中一阵激动，还夹带着莫名的惆怅。

郑山继续说道："她之所以消失，就是因为这个'道长'叛变了，'道长'的目标就是她，所以在赵记杂货铺，'道长'放过了你，因为他要放长线钓大鱼！"

吴岳一阵释然，说："原来那个几次跟踪我的'幽灵'，就是他！"吴岳狠狠地踢了"道长"一脚，正踢在他的脚踝处，"道长"又惨叫一声，骂道："龟儿子，老子要是想要你的命，你十个脑袋也没了，老子是想要你身后的人，黑木亲庆答应给我五百两黄金买那个人的脑袋！可惜，这个老鬼子连自己的脑袋都没保住。"

"道长"因为疼痛，在地上翻滚着，脸上的"蚯蚓"扭曲得如同活了一样，他骂吴岳："你这龟儿子，那天晚上你要掏枪自杀，把我吓了一跳，你要是死了，我的五百两金子就赚不到了！"

郑山和刀子并不知道吴岳曾经因为痛苦和恐惧险些自杀的事，吴岳的脸上一阵赧然。

郑山继续说道："你的老朋友面临危险，组织上果断把她撤了出来，她回到解放区后，向组织汇报了北平地下党领导'道长'可能已经叛变的情况。所以，我把调查的重点对准了他。"他看着挣扎的"道长"，说："那天晚上在赵记杂货铺，你其实是演了一出'一箭双雕'，甚至是'一箭三雕'的戏，对吧？"

"道长"脸上的"蚯蚓"挤成一团，他哈哈大笑，声音凄厉，挑衅地说："你这个四眼狗，倒是很聪明，你说说看，老子是想射哪些雕？"

郑山扶一下眼镜，说道："第一，你是向你的日本主子邀功，把我们的几个联络点相继出卖给日本人。赵凡说得没错，你是在把我们的同志当成牙膏，一点点挤给日本人。"

"道长"得意地大笑，笑得喘不过来气，说："干我们这一行的，只有奸似鬼的才能活下来，那些笨如猪的只能被送进屠宰场，怨不了我，是他们太笨！"

"第二，是你蓄谋已久的，把你自己弄消失。本来你和你的助手要演一出双簧，他假冒'道长'，你扮演'客人'，这是你俩经常用的角色互换把戏，所以北平没有几个人知道你的本来面目。但是，那天晚上你却假戏真唱，一枪干掉了你的助手，杀人灭口，从此'道长'在世间消失，而你则成为一个'活死人'，除了黑木亲庆，没有人知道你还活着，你把自己弄死了，以为从此就能逃避组织上的追查。"郑山叹了口气，吴岳和刀子总算弄明白了，原来那天死的是"道长"的助手，那家伙一定死不瞑目。

　　"在这件事上，军统其实帮了我们一个忙，曾涉带人半夜突袭，一举做掉了黑木亲庆等人，让'道长'突然没有了金主，所以他的出卖计划暂时停止了，这也是他没有再继续出卖同志的原因。"郑山的话，让吴岳和刀子明白了他们没有遇害的原因。

　　郑山继续说道："第三，我猜测的是你之所以那晚放过'七号'同志，其实是要钓出他背后隐藏的那条线，那条线上的人都是我们党地下情报的精英，每一个人都可以让你卖个大价钱，这就是你要射的第三只雕，对吧？"

　　"道长"停止了挣扎扭动，哈哈大笑道："没想到你们这群笨猪里还有你这么一个聪明人，你要是早来北平，老子一定琢磨着第一个把你给干了！""道长"的眼睛如毒蛇一般阴冷，死死地盯着郑山。

　　郑山迎着他的目光，道："我要是没猜错，你这棺材里就是中统站长白虎吧。你投靠黑木亲庆，结果他被人做掉了；你又投靠中统白虎，结果白虎转眼成了通缉犯。你这人狡猾阴冷、毒性太强，靠山山倒、靠水水干，命中注定不会有好下场的！"

七十一、人间自有浩气长存！

北平，阜成门外，水塘。

"道长"狂笑，说："没错，天坛的算命先生就说我是天煞孤星的命，身边的人都不会善终。日本鬼子那几个玩意儿，只有黑木亲庆是个舍得出钱的主儿，阿部几宽太精明又小气，香月青川太清高和我不是一路人，井上真雄有勇无谋又不大方。现在的北平城里，只有这个白虎和我脾气接近，我本来想再和他做点买卖，没想到这家伙被自己人干翻在地，害得我也栽了。"

郑山和吴岳、刀子对视一眼，都暗暗觉得后背发凉，如果不是刀子及时发现他，这个阴险毒辣的"道长"肯定会把他们卖给中统。

吴岳问"道长"："你拿我们这么多同志的命换来的钱，花得安心吗？在那个太平间里花钱？"

"道长"打量着吴岳和刀子，说道："我像你们这般年纪时，也有信仰和理想，多难的痛苦和贫穷我都能熬过去，可是当我年近五十时，发现我竟然还是吃不起一顿全聚德烤鸭，那时候我感觉所有的信仰和理想，都没有一两金子来得亲切实惠……"

刀子一脚踢在他的伤处，恨恨地骂道："你这老贼，难道你能抱着金子睡觉？把金子当饭吃？"

"道长"咬牙忍住疼痛，嘶声笑道："没错！我现在的信仰和理想就是有朝一日能住在金屋里，睡在金床上，连饭碗和筷子都是金的！"

郑山叹息一声，对吴岳和刀子道："我受组织委派，现在正式宣布，对叛徒'道长'执行死刑，立即执行！"

刀子一把抓起"道长"向水塘边拖去，吴岳把枪递给他，刀子冷然拒绝："我发过誓，我要亲手砸扁他的脑袋！"

刀子看着那张"蚯蚓"扭动的脸，道："我一辈子最后悔的事，就是那天晚上没在现场，否则我一定会把你的脑袋砸进墙里！"

"道长"竟然毫不畏惧，怪笑着道："年轻人，你终有一天会懂得我今天说的话！"

"老赵、嫂子、老钟，你们三人瞑目吧！"刀子默念一声，出拳如风，一连三拳击在"道长"的太阳穴上，"道长"仰天栽倒在水塘里……

棺材里传来一阵呻吟喘息和指甲抠挠的声音，在黎明前的黑暗里，显得格外凄惨阴冷。吴岳问郑山："这个白虎，怎么处理？"

郑山正在思考，远处的黑暗里突然传来一声佛号："三位施主，这口棺材可否交给我这个方外之人处理？"

刀子挺身而出，大声问："你是何人？"郑山和吴岳迅速躲了起来。

来人僧袍飘飘，正是七指，七指向刀子双手合十，道："待贫僧了却此桩公案，自当归隐山林云游海外，请各位施主不必担心。"

刀子问他："大师莫非知道棺材里的人是谁？"

七指叹息道："刚才三位施主跟踪骡车时，贫僧也在跟踪你们，当然，如有恶意，也不会主动现身打扰。"他指着棺材道，"这人罪行累累，不逊于刚才那位，相信北平红袖添香阁那场大火，还有青龙之死，各位都知道吧？"

刀子点点头不再言语，退到车后面。七指深施一礼，捡起"道长"丢弃的那块大石头，砸一根棺材上的钉子，念一声"阿弥陀佛"，等所有的钉子都砸结实了，棺材里的呻吟声已经渐渐听不见，只剩下若有若无的抠挠声。

七指在棺材前盘膝而坐，诵起《永嘉证道歌》：

……

几回生，几回死，生死悠悠无定止。

自从顿悟了无生，于诸荣辱何忧喜？

入深山，住兰若，岑崟幽邃长松下，

优游静坐野僧家，闲寂安居实潇洒。

……

刀子打个手势，和郑山、吴岳借着黎明前最后的黑暗悄悄隐去。

北平，清晨。前门，面馆。

换了警察服装的吴岳走进面馆，像往常一样要了一碗牛肉面，他左右巡视一下，看见萧静怡正在靠窗的角落里安静地吃面，她轻轻捋一下头发，眉间带着一丝若有若无的笑意。吴岳没有走近她，却端起面条坐在背对着她的门口，笑眯眯地吃起来，似乎这碗牛肉面是无上的美味。他心里在想，要是告诉萧静怡害她姐姐的凶手已经被除掉了，她一定很开心。

在面馆里吃面是两人的秘密，每个月的15日早晨，两人约定在这家面馆偷偷见一面，不说话，只远远地看一眼。虽然这严重违反了组织纪律，可是热恋中的情侣自然有他们的小秘密——远远地看你一眼，知道你平安，就是人间最美好的事。

天津，码头，子夜。

暴雨欲来，海风劲吹。刘思过站在海风中，看着自己这些年辛苦搜刮来的钱财和宝贝被一箱一箱抬上船，足足有二十箱，他一五一十地查着数着，一遍又一遍，生怕有一点儿遗漏。

刘思过百感交集，这二十个箱子是他这些年用命换来的财富，为了这些箱子，他出卖了师父、害死了师兄弟、干掉了对头，还不知羞耻地认贼作父，被平津地区的江湖中人看不起，这一切，他都忍了，也挺了过来。秋国风死后，刘思过大喜过望，摆开流水宴大宴三天。他以为再也没有人能威胁到他，不承想他的主子日本人那么快就垮台了，让他还没体会兔死狐悲的滋味，就险些被扔进监狱。面对那些络绎登门的接收大员们贪婪的胃口，他明白了，再高的武功、再深的计谋，都不能和时代抗争。

他又想起香月青川生前那句话："多好的武功，也斗不过智谋；多老的武士，也逃不出江湖；多硬的骨头，也敌不过子弹！"他暗暗冷笑一声，没逃出江湖的只是你香月青川，断了胳膊的井上真雄逃了，在日本投降前就逃回本国，反倒是他的老师阿部几宽在日本投降时剖腹自尽。这个结局让刘思过很意外，凭他对这两人的了解，怎么看都应该是井上真雄自尽，阿部几宽逃跑回国，看来日本的武士道精神也和中国的江湖一样不怎么靠谱。如今，我刘思过也要逃了，逃去香港享受那里的灯红酒绿，再也不问江湖事了。

指挥洪顺堂弟子搬箱子的是刘思过的心腹小唐，小唐精明能干，计谋多端，现在已经是洪顺堂的二当家，刘思过把洪顺堂交给小唐很放心，相信他一定能有一番作为。也许哪一天风水倒转，我刘爷还会回来呢，刘思过那颗归隐的心，又被不安分的欲望扰乱。

箱子已经整齐码好，船上的马达开始轰鸣，刘思过回头看一眼漆黑的天津城，叹息一声，就要登船远去。

就在这时，小唐从身后转出来，恭敬地向刘思过作揖，说："刘爷，您老留步，我该上船了！"

刘思过吃了一惊，几乎怀疑自己听错了，他指着小唐问："你说什么？"

小唐又施一礼，一字一句地说："请刘爷留步，我该上船了！"

刘思过唰地拔枪在手，顶在小唐的脑门上，咬牙切齿地骂道："你小兔崽子说什么？你是说这船上的东西是你的？"他用枪狠狠地顶着小唐。

小唐微微一笑，后退一步，道："刘爷您辛苦了，已经过了子时，天又要下雨，请回去休息吧！"

那十多个洪顺堂弟子齐刷刷地拔枪在手，指的却不是小唐，而是刘思过。刘思过环视一圈，满脸惊愕，慢慢放下枪，刘思过原来的心腹、绰号"刀鱼"的弟子过来把他的枪下了。小唐依然一脸恭谨，说："谢谢刘爷为我们准备好这二十个箱子，否则我们清点变卖您的家产也要大费时日。"

刘思过如丧考妣，浑身颤抖地看着小唐和"刀鱼"，发出绝望的喊叫："你们，到底是什么人？"

小唐笑容满面，又作揖道："实在对不起刘爷，兄弟我在投到你身边之前就已经是军统的人了，这些兄弟也都是我这几年发展加入军统的。光复之后，上峰命令我把您的家产收归国有，刘爷一定是体谅兄弟们的辛苦，主动替我们做好了，兄弟们实在感激不尽！"

小唐带着那些人跳上甲板，回头对刘思过道："刘爷慷慨仗义，甘愿为我等作嫁，兄弟们告辞了！"

"刀鱼"等人一起高声喊："刘爷慷慨仗义，甘愿为我等作嫁，兄弟们告辞了！"声音高亢，却不似小唐那般真诚，充满戏谑。

刘思过怒火填胸，一口气倒不过来，咳了几声吐出一大口鲜血，瘸腿几乎支撑不住身体，摇摇欲倒。小唐在船头又作揖道："刘爷，您要小心啊！海龙帮和洪顺堂里有您不少仇家，我已经派人通知他们，说您今晚一个人在这里，您老多保重！"

船轰鸣着远去。刘思过腿一软，终于摔倒在地。

天空一声霹雳，大雨倾盆而下。刘思过在瓢泼般的雨水里发出一声狼嚎般的叫声，不知是哭还是笑。他打拼一生的所有，竟然被他最信任的手下，在他的眼皮底下大摇大摆地拿走。众叛亲离、一无所有的刘思过悔恨得无以复加。

闪电中，两个精悍的人影偷偷向刘思过靠近。刘思过跳起来，大喝道："哪里的鼠辈，敢来暗算刘爷？"一个黑影冷笑着答道："海龙帮赵帮主请你去阴曹地府叙旧，他等你很久了！"

电光一闪，几枚飞龙镖呼啸着向刘思过飞去，刘思过大喝一声，伏身贴地滚进，电光乍灭，码头上一片漆黑，只听得一阵拳脚相加之声。

电光再起，两个海龙帮弟子已经倒了下去，一脸狰狞的刘思过站在雨水中振臂大吼："还有谁？还有谁想杀刘爷？出来尝尝我的拳头！"

刘思过大吼的声音在雨幕里慢慢散去，越来越大的疾雨掩不住刘思过牛一般的喘息声。"叮当"一声，一枚铁胆慢慢滚到刘思过脚前，状若疯虎的刘思过见了那枚铁胆，竟然满面惊惧，踉跄后退，声音颤抖："师父……秋师弟？是你们吗？"凶狠的刘思过竟然被一枚铁胆吓得魂飞魄散。

一个如刀锋般的人，慢慢走出黑暗，正是刀子，他看着惊慌狼狈的刘思过，道："五年前，有一个人托我一件事，他让我将这枚铁胆打进你的嘴里！"

本来以为遇见鬼的刘思过心下稍安，又恢复了狰狞，吼道："既然你爱管闲事，我就成全你，送你去见他们吧！"说罢，一拳击出。

刀子如一把出鞘的钢刀，迎着这一拳冲了过去，两人近身肉搏，拳拳到肉，黑暗中已经听不到暴雨的声音，只有犹如野兽般的嘶吼声、喘息声、击打声……

电光又起，刀子单膝跪地，胸口起伏不定，嘴角一丝刺目的血痕，但是依然如一头黑暗中扑噬猎物的豹子。对面的刘思过胸膛凹陷，眼神涣散，他茫然转了一圈，摔倒在雨水里。

一串滚雷在码头上炸响，数道电光如火蛇一样扑向海面，将整个码头照得雪亮。刀子将那枚铁胆塞进刘思过大张的嘴里，一拳砸下！

倾盆大雨中，刀子单膝跪在雨水里，大喊："秋兄弟！人间自有浩气长存！……"

七十二、昨日的英雄血，今日的佐酒肴

北平，四海春酒楼。

光复后，修葺一新的四海春酒楼重新开张，还挖空心思推出了很多特色菜品，像"抗战胜利""轰炸东京""烹炸汉奸"等。店老板心思灵巧，又请来一班相声和评书艺人，将老麻和秋国风"刺杀天皇特使""血溅四海春"的故事编成小段子，每天登台说唱，一时高朋满座，生意大火。

孙大成今天在这里请客吃饭，一是邀请几个劫后余生的同学战友小聚，二是向季振英赔礼道歉，为此，孙大成亲自请来了叶天笑、刘邕康作陪。上次在天津民园小剧场不欢而散，这些人本来已经不再联系，但是孙大成不以为忤，主动邀请这几人把酒言欢。

季振英迟迟未到，孙大成怕冷了场，频频向叶天笑、刘邕康举杯，说："今天难得你我兄弟重聚，谈情义、谈风月，不谈其他，来，干一杯！"

叶天笑不胜酒力，只举杯浅尝，孙大成拍了他一巴掌，笑骂："瘦猴儿，你都老得满脸褶子了，怎么这酒量一点儿没长啊？"

叶天笑苦笑道："孙大圣，我现在一喝酒就胸口疼，看见酒就会想起我姐姐……"

气氛一下子沉寂下来，冯剑美抓起酒坛子长鲸吸水般的身影浮现在三人面前。叶天笑泪水盈眶，慢慢举起酒杯，一大滴泪水落进酒杯，他苦笑着，一饮而尽。

孙大成赶紧岔开话题，问叶天笑："瘦猴儿，你现在还研究易经卜卦吗？"

叶天笑点点头，眼睛却沉在酒杯里拔不出来。

孙大成忽悠他："干脆你给我和邕康卜一卦，看看我俩运势如何？"

刘邕康也跟着起哄，说："早就听说瘦猴儿卜卦极准，今天一定要见识一下。"

叶天笑苦笑着摇头，说："卜卦也需要平心静气，我今天心浮气躁，触景伤情，正是卜者大忌。那天自小剧场一别，我回去闲着无事，偷偷卜了几卦，你们几人都是中上之运，不说也罢，只有一人……"说到这里，叶天笑沉吟不语。孙大成伸手挠他痒痒，说："瘦猴儿，别卖关子了，到底是谁？怎么了？"

叶天笑被他挠得几乎钻到桌子下面，只好求饶，低声说："只有季老大，我看他卦象凶险，近期恐有血光之虞！"

孙大成和刘邑康都吃了一惊，不再嬉闹。

正在此时，楼梯上传来一阵脚步声，季振英瘸着腿走上来，后面还跟着一个黑黢黢像猴子一样的人，浑身衣服破烂不堪，脏得看不出颜色，脸上泥垢纵横，一只脚穿着露出脚趾的千层底布鞋，另一只脚竟然趿拉着草鞋。

季振英大马金刀地坐到三人中间，那个像猴子一样的人，神态更像一条狗，进门就瑟缩着蹲在门口，可怜巴巴地看着四人。季振英领着这么一个连乞丐都不如的人赴宴，一时让孙大成等三人有些惊愕。

孙大成尴尬地招呼："季老大，既然是你的朋友，何不请过来一起就座？"

季振英哼了一声，道："不用管他！"说罢，夹起一个肉丸子扔了过去，那人伸手去接却没有接住，肉丸子在地板上跳了几跳，带着汁水滚到墙角。那人飞快地爬着追了上去，一口把肉丸子吞了下去，然后蹲在那里像狗一样可怜兮兮地看着季振英。

三人都吃了一惊，面面相觑。叶天笑问季振英："季老大，这位是？"

季振英连吃带喝，忙活半天才抬头说："我们吃我们的，别去管他！"他夹起一块肥肉，对那人说："过来！"那人立刻四肢并用蹿了过去，伸嘴一口吞下肥肉，吧嗒几下嘴，含混不清地说道："饿！饿！"

一听他说话，孙大成三人更是大吃一惊，孙大成推桌子站起来："季老大，这是个日本人？！"

季振英神色自若，给自己倒满一杯酒，道："没错，是我前几天在街上捡的。"他伸手唤过那个日本人，说："来，告诉他们，你叫什么名字？"

那个日本人蹲在季振英脚下，像马戏团的猴子一样双手作个罗圈揖，用含混不清的汉语说："中村俊之，中村俊之，请多关照。"两人一唱一和，显然已经演练很多次了。

孙大成诧异地问："现在中央政府正在大规模遣返日本战俘和侨民，每天都有数万人登船回国，你为什么不回家呢？"

季振英精通日语，叽里呱啦翻译给中村俊之听，猴子一样的中村俊之听完连连摇头，用磕磕巴巴的汉语说："回家？没有家，广岛，广岛……"

原来中村俊之是个日本陆军炮兵的一等兵，脑子被炮弹震得有点不太灵光。他老家在日本广岛，被美国的原子弹付之一炬，亲人全都化为灰烬，所以就流落北平街头，乞讨为生，不想回国了。季振英前阵子收留了他，每天给他点吃喝，为此和家里人大闹一场，季振英一怒之下搬到西直门外一所小破房子里居住，和中村俊之相依为命。

叶天笑看着中村俊之可怜，递给他一个馒头，中村俊之感激地双手接过来，蹲在门边大口吞咽，噎得拼命干咳。刘邕康给他倒碗水送过去，中村俊之泪流满面，不知道是噎的还是感动，连连竖起大拇指，说："中国人，这个！"

孙大成低声对季振英说："季老大，日本人狼子野心，农夫和蛇的故事，你比我清楚，还是打发他坐船回国吧。"

季振英不置可否，举杯招呼道："来，喝酒！喝酒！今天一醉方休，不醉不归！……"

季振英几杯酒下肚，精神更加消沉，不停地抚弄左手腕的一串紫檀佛珠，叶天笑问他："季老大，信佛了？"

季振英笑笑不语，一边看着中村俊之，一边摩挲着佛珠。

孙大成低声对叶天笑、刘邕康说："季老大弄只日本宠物养在身边，总觉得不靠谱……"三人相视摇头。

孙大成喝得尽兴，脸色酡红，问中村俊之："你，日本猴子，来中国几年了？"

中村俊之蹲在门边，嘴里正塞满一块肘子肉，向孙大成伸出五根脏兮兮的手指。

孙大成又问："杀过中国人没？"

中村俊之伸出三根手指，想想不对，又变成两根手指。

叶天笑本来正要夹一块肉扔给他，看他的手势，慢慢放下了筷子，屋子里的气氛一下子沉闷起来。中村俊之不明所以，吞完了肘子肉，蹲在那里低声嘀咕："饿！饿！"

门外一阵嘈杂，原来是老板带着两个说相声的进来，又是鞠躬又是作揖，说是给几位贵宾说一段新编相声《血溅四海春》，给大家助助酒兴。四个人感谢老板盛情，鼓掌叫好，听不懂的中村俊之蹲在墙角，看见季振英鼓掌，他也跟着拼命拍巴掌。

两个相声演员站在门口，眉飞色舞，连捧带逗，滔滔不绝地说了起来。

几人听了半天，终于听明白了，原来《血溅四海春》说的竟是老麻和秋国风在四海春酒楼最后血战的情景。

季振英怒不可遏，一掀桌子站了起来，桌倒椅翻，杯碗齐碎，两个说相声的吓得噤若寒蝉。季振英站在那里摇摇晃晃，涕泪横流，破口大骂："日你们八辈子祖宗！这是杀敌流血的英雄烈士，不是让你们拿来喝酒逗乐的！"

两个说相声的刚要解释，就被季振英拿酒碗砸了出去，中村俊之也跟着捡起一块骨头扔在两人的后背上。

季振英双目尽赤，瞪着孙大成道："曾书记的仇，老麻和秋国风的仇，那么多战友的仇，你们忘了吗？你们军统能耐通天，为什么不去报仇？井上真雄那个畜生，正在日本享清福，你们忘了吗？"

孙大成满面羞愧，不敢接话。

季振英疯癫劲儿上来了，抓起碗碟将走廊里看热闹的人打得鸡飞狗跳，中村俊之也狐假虎威，不停地将残汤剩羹乱撒乱抛。闹了半天，季振英怒喝一声："走！"于是，一个瘸子一个"猴"，大摇大摆地下楼而去，无人敢拦。

叶天笑摇头叹息道："昨日的英雄血，今日的佐酒肴。唉，往事莫再提……"也和刘邕康下楼而去，只余下孙大成坐在一堆菜肴垃圾中发呆……

长街之上，正是老麻当年唱《野猪林》的地方，季振英疯疯癫癫的声音传过来："今老大，嗟落拓，转沉浮。畴昔博徒酒侣，一半葬荒丘。唉，一半葬荒丘……"

三天后的早晨，叶天笑刚上班，就在报社接到孙大成的电话："季老大出事了，你快过来！"

叶天笑急急忙忙赶到季振英西直门外的住所时，被眼前的惨状惊呆了，一片残垣断壁，余火刚熄，好好一间房子被火烧成瓦砾堆。几个警察在瓦砾堆里清理出一具烧焦的佝偻状尸体，孙大成和叶天笑凑过去仔细辨认，尸体已经被烧成焦炭，面目无法认出，只在左手腕处散落着几颗未被烧完的佛珠。叶天笑捡起一颗烧掉一半的佛珠，泪水一下子就涌了出来："季老大！"

孙大成问警察："还有其他的尸体吗？"

警察回答道："现场只发现一具尸体，据邻居称，火是子夜一点左右烧起来的，从着火点分析应该是人为纵火。巷子口卖馄饨的老汉称，着火后曾看见一人穿一只布鞋和一只草鞋，急匆匆地跑过他的馄饨摊……"

孙大成一拳砸在焦黑的土墙上，土墙应声而倒，他大骂道："小日本鬼子，真是一条毒蛇啊！"

塘沽码头，日军伤兵遣返船。

遣返船一声鸣笛，缓缓犁开波浪驶离中国。船上挤满了被遣返的日军伤残士兵，连甲板上都躺满了人。一个被摘掉军衔的日本军医，跨过一个头部缠满绷带的士兵，又低下头查看一番，让跟随的护士记下病志：

中村俊之，一等兵，头部烧伤30%。

七十三、谁是"书"?

1948年11月27日，北平。

刚刚改名为中国人民解放军的原东北野战军百万大军秘密入关，一举进入平津地区。百万大军兵临城下，北平城内犹如一锅煮沸的汤。尤其是被称作傅作义集团"主力中的主力、王牌中的王牌"的第三十五军被解放军紧紧咬住，第三十五军军长、傅作义麾下第一猛将郭景云身陷险境，引起傅作义等人极大恐慌，是战是退是和，整个北平城都陷入猜疑与惶惑之中。

军统（当时已改名保密局）北平站站长徐忠孝接到上峰密令，说是最近中共地下情报系统异常活跃，尤其是一个代号"书"、一个代号"喜鹊"的情报人员送出大量绝密情报，责令徐忠孝火速查办，否则军法从事。

徐忠孝不敢怠慢，赶紧调集心腹骨干，严令必须捕获"书"和"喜鹊"。一番惊心动魄的撒网抓人、严刑逼供、威逼利诱之后，终于从鲜血和尸体中得到一个秘密消息："书"将于今晚在北平城东茶馆与人接头！

为了防止走漏消息，狡猾的徐忠孝秘而不宣，将手下的组长和队长们集中关在会议室研究分析军情，一直挨到夜幕降临，徐忠孝一声令下，分成几组突袭城东茶馆。

北平，城东茶馆。

城外大战在即，城内人心不稳，往日热闹的茶馆显得有些冷清，只有八九个人在喝茶聊天。当年钟子奇把玩小茶杯的位置上坐着一个穿长衫的中年商人，一边独自喝茶，一边用算盘噼里啪啦地算着当天的进出账目。在商人身后也就是当年赵凡坐的位置上坐着一个年轻的教师，正给三个高中女学生解答数学题，不知道说到了什么趣事，把三个女生逗得直不起腰来。临窗的桌子坐着三个苦力，正用大碗喝一壶粗茶休息，话语间似乎说的是当年洪顺堂刘思过与高青岩除夕之夜争斗的旧事。刘思过死后，偌大的洪顺堂分崩离析，一些底层的弟子为了养家糊口都去做了贩夫走卒，遍布京城各个角落，这三个苦力当年就是洪顺堂的弟子。茶馆的老板胖墩墩的，本来坐在后边打瞌睡，此时正被一个小报记者缠着，非要他说说前几天发生在附近的凶杀案的情况。那个记者干枯瘦小，喋喋不休像苍蝇一样烦人，佛一样的胖老板乜斜着他，估计是心里无名火起，想一巴掌拍死这只"苍蝇"。风韵犹存的老板娘杏眼含春，对一个伙计微微一笑，那个伙计手一哆嗦，茶水倒在桌子上，洇湿了一个苦力的旱烟袋，苦力耍起流氓，张口就骂，一时间闹得店里人人侧目观看，无心喝茶……

正在此时，"哗啦"一声巨响，茶馆的前门后窗玻璃被同时砸碎，十几支黑洞洞的枪口伸了进来，同时，十多个黑衣短枪的保密局特工冲进前门。茶馆里的人惊慌失措，全都跳了起来，一时间桌翻椅倒，杯碎壶倾。中年商人惊慌之下伸手入怀，两个黑衣特工冲过来一前一后搂住他的胳膊，从商人的怀里搜出一把小手枪来，商人立刻被摁在凳子上铐住双手。一个头目模样的人下令："搜身！"在几个女学生的惊叫声中，所有的人都被搜了一遍，却并没有再发现武器。青年教师把三个女学生护在身后，紧张地看着这些黑衣人。

胖老板挪了过来，浑身哆嗦着作揖道："各位长官，快请坐下来喝杯茶，不知这是……"

"你是这里的老板？"头目的枪口指向胖老板的眉心。胖老板看着黑洞洞的枪口，汗如雨下，小心地点头，脸上的肥肉和汗水一起滚动着。

"铐了！"头目言语如冰。

胖老板立刻被摁倒，双手朝后铐了起来，两个黑衣特工想把他拉起来，发现使出吃奶的劲儿也无法搬动这摊肥肉，只好任他在地上喘息蠕动着。

老板娘唱戏一样发出一声干号，立刻被一个特工一巴掌拍在脸上，脸上的胭脂水粉被打得飞扬起来，老板娘的干号变成惊叫，捂着脸坐在地上，杏眼不再含春，泪水在脸上冲出几道沟壑却不敢吭声。

小报记者掏出记者证抗议："我是正常采访，你们这是……"

回答他的是一枪把子，记者证落进横流的茶水里，小报记者踉跄后退。

三个苦力低声咒骂，立刻也被打倒铐了起来。

一辆黑色小轿车停在茶馆门口，看上去和气儒雅的徐忠孝走了进来，看到茶馆里一片狼藉，徐忠孝连连道歉："实在对不起大家，是我管教部下不严，害得大家受惊了！"他做个手势，"赶紧都解开了！现在共产党闹得厉害，我们军民一家，要精诚团结一致对敌，没有抓到真正的敌人之前，不能让无辜的人受苦。"

于是，除了那个暗藏手枪的商人之外，所有的人都被解开手铐，靠墙站成一排，只有那个商人被牢牢按在凳子上。

此时华灯初上，茶馆外面人声鼎沸，一些好热闹的北平人听说这里有大事发生，都争先恐后地跑过来看热闹，在黑衣特工之外又聚集了数百人。吴岳奉命带领一队警察过来维持秩序，警察们见是保密局办案，没有人敢靠前，只能远远打起警戒带。

徐忠孝在茶馆里踱了两圈，逐一打量这些人，慢条斯理地说道："鄙人徐忠孝，相信大家听说过我的名字。我此次前来，是想认识一个代号'书'的共产党人，刚才部下行事鲁莽，得罪了大家，还请海涵。"

众人感到一阵寒意，彼此偷偷打量着，北平人都知道徐忠孝外号"笑面虎"，杀人无数，据说他办公室里挂着一副自己手书的对联：金樽空对月，长剑笑杀人。只是不知道这位军统大佬所说的"书"是何许人也，众人面面相觑。

徐忠孝见无人应声，叹了口气，显得很是失望，在一张酸枝官帽椅子上大马金刀地坐了下来。行动组长孙大成给他递上一支香烟，徐忠孝向棚顶吐了一个烟圈，说："我给你们五分钟时间，两个选择，一是那本'书'自己乖乖站出来，省得大家费时周折；二是我请大家去参观一下保密局的刑讯室，体验一下我们从美国顾问那里学习的全套审讯技术。"

孙大成在后边帮腔："保密局的刑讯室，就是铁打的金刚进去也得化成一摊泥水，十无一出，你们可是要三思啊！"

徐忠孝似乎对他的危言恫吓不太满意，轻轻瞄了他一眼，孙大成立刻退到一边，不再插话。

徐忠孝看着十三个人，摇头自语道："十三，不吉利，不吉利……"

他问青年教师："你是'书'？"

青年教师护住女学生，说："我只教书。"

他又转向小报记者："你是'书'？"

小报记者从地上捡起记者证递给他，战战兢兢地说："我现在负责在报纸上写凶杀案件，将来……将来也许会写本书……"

他又问老板、老板娘和伙计："你们嫌疑也不小，'书'难道藏在你们之中？"

　　老板娘拿出楚楚可怜的神态："长官，我们茶馆里什么都有，就是没有书，一本都没有。"

　　徐忠孝哈哈大笑，又问几个女学生："你们是'书'？"

　　三个女学生抱成一团，不敢回答。

　　"都说共党分子英雄出少年，你们几个女学生不是没有可能哟？"徐忠孝背手大笑，又转向苦力们，"不过，共产党擅长反其道而行之，你们这些泥腿子难道就不能用'书'为代号？"

　　"这个家伙带着手枪，你们为什么不问问他？"一个苦力指着那个商人粗声说道，"我们都是一些粗人，连自己的名字都认不全，哪里认识你说的'书'啊'笔'的？"另两个苦力也随声附和："就是就是，我们这些泥腿子一辈子都没有写过自己的名字，更别说读书了。"

　　所有的目光都集中在那个商人身上，包括徐忠孝，那个商人立刻拼命挣扎扭动起来。

　　徐忠孝打个哈哈，笑道："如果那本'书'如此轻而易举就被拿住了，倒是让我有些意外。"

　　商人挣扎着想站起来，却被按得喘不过气，虽然时值冬天，但是他额头上沁出了一层细密的汗珠，他喘着气对徐忠孝说："徐站长，能不能让我单独和你说一句话？"

　　徐忠孝面色阴晴不定，他沉吟了一会儿，挥挥手让人放开商人。商人小心翼翼地挪过来，在几支枪口下凑到徐忠孝耳边轻声说了一句话。

　　徐忠孝似乎对这句话颇感吃惊，扭头问商人："你有何凭证？"

　　商人弯腰从杯碗狼藉中捡起他那算盘，用戴着手铐的双手掰下来一粒算珠，使劲儿一捏，算珠碎裂，露出一张字条，他小心地把这张字条奉送给徐忠孝。

　　徐忠孝接过字条看了一眼，眉头一展，笑道："原来老兄真的是叶秀峰局长的干将，失敬失敬！"叶秀峰是当时党通局（1947年中统改名为"党通局"）的局长，中统的资深元老。

　　商人向徐忠孝鞠躬，说："大水冲了龙王庙，这本'书'我已经盯了一个多月的时间了，还请徐站长……"他故意欲言又止，暗暗向徐忠孝示意一下他的手铐。

　　徐忠孝大笑不绝，燃起打火机点着了那张字条，又用字条的火点燃一根香烟。商人看着那张证明他身份的字条化为灰烬，脸上的汗珠突然变成了冷汗，他瞬间明白了，这个人称"笑面虎"的徐忠孝肯定不会轻饶了他。

徐忠孝笑嘻嘻地问商人："既然你盯了一个多月，那么就劳烦老兄给我指出'书'是何人。"

商人面有难色，双手连摇，说："这个我真不知道，我只是探听到他们今晚要在这里接头，所以就过来看看。"

徐忠孝轻轻弹落烟灰，说："我们军统英烈祠里供奉的曾涉书记，有一句话我一直铭记在心——你我两家虽然吃一锅饭，但是筷子还是不要伸到别人的碗里为好。"

他转头吩咐部下："既然这位党通局的仁兄不愿意为我们指认共党分子，你们就替我好好招呼一下他吧。"说完，他将椅子转了半圈，在烟雾缭绕中欣赏起墙上一幅拙劣的山水画来。背后，那个商人杀猪般的惨叫声一直传到大街上看热闹的百姓耳朵中，胆小的都不忍听，胆大的踮起脚向茶馆里张望。

寒风里执勤的吴岳突然感到一阵心悸，后背冒汗，保密局弄出这么大动静，肯定是针对地下党来的，他不由得为萧静怡担心起来。趁人不注意，他慢慢挪到茶馆门口，偷偷打量里面的情形。

商人终于熬不过毒打，慢慢抬起手，用断了的手指哆嗦着指向一个人，是那个护住女学生的青年教师："是他，李一程……"

所有人的目光一下子集中在了青年教师的身上，青年教师瞬间面色苍白。他迎着徐忠孝笑眯眯的眼睛，慢慢镇静下来，跨前一步，道："我是李一程，我就是那本'书'！"

三个女学生惊呼上前，抓住李一程的胳膊想把他拉回去，李一程一笑，拂开她们的手，一直走到徐忠孝的面前。两个特工又过来把李一程彻底搜了一遍。李一程坦然地抬起双臂，配合他们的搜身。

李一程从刚开始的惊慌瞬间调整成面不改色，气度犹如一潭深水，徐忠孝赞许地看着他，说："果然是青年干才，我们就缺少你这样的青年栋梁啊！"

李一程站在徐忠孝面前，主动向他伸出双手，等着戴上手铐。

"慢着！"茶馆外面的人群中传来一声大喊，"他不是那本'书'，我才是！"

七十四、"书"是一个人，还是一个组织？

北平，城东茶馆。

所有的目光都被这声大喊吸引过去。

一个人从看热闹的人群中迈步而出，从吴岳身边轻快地走过，吴岳吃惊地看着他，简直不敢相信自己的眼睛。

那个人是郑山！

一瞬间，吴岳后背的衣服几乎被冷汗浸透，他下意识地伸手去摸腰间的枪，但是郑山越过他的背影是那样坚决、那样轻松，丝毫不像飞蛾扑火，简直就是进去欢迎一个久别重逢的老友。

郑山旁若无人地走进茶馆，几个特工围了过来上上下下搜了一遍，郑山也像李一程一样坦然地抬起双臂任他们搜身。特工头目向徐忠孝摇摇头，示意这人身上并无武器。徐忠孝又点燃一根烟，眯起眼睛打量着郑山。

郑山大马金刀地坐在徐忠孝的对面，道："我叫郑山，相信你也听说过我的名字。"

徐忠孝大吃一惊，郑山是中共地下党的骨干人物，这个名字要比"书"响亮得多，他既吃惊又兴奋，不知不觉竟然站了起来。他身后的特工们把手枪齐刷刷地指向郑山，郑山谈笑自若，端起桌上的茶壶，给徐忠孝面前的杯子倒满茶水，道："你我二人虽不相识，但是慕名久矣，没想到今日终于见面。我以茶代酒，敬徐站长一杯！"

徐忠孝意识到自己失态，在郑山面前落了下风，慢慢又坐了下来，故作深沉地问："我只准备了一本书的钱，买不起两本书，你俩谁是真的'书'呢？"

李一程依然伸着双手，笑道："当然是我，自投火坑的'书'，徐站长你觉得会是真的吗？"

"说得好，这也是我想问的。"徐忠孝挠挠头皮，又吐出一个烟圈，饶有兴趣地左右端详着两人。

郑山端起茶杯看看李一程，向徐忠孝道："这个年轻人只是我近来发展的一个进步青年，今晚我是前来与他商量事情的，他很有潜质，将来必成栋梁，徐站长和我，都是将要被时代淘汰的人物了，要给后辈留一个出人头地的机会哟。"

李一程听懂了郑山的话中之意，顿时百感交集。

"原来郑先生也有爱才之心，看来你我所见略同。"徐忠孝笑眯眯地替郑山倒满茶水，指指瘫软在地浑身血肉模糊的商人，继续说，"却不知道，郑先生如何像这位仁兄一样证明自己的身份？如何证明你是真'书'，而这位李一程是假'书'？"

郑山哈哈大笑，道："宋代围棋国手刘仲甫在《棋诀》中有一句名言，'取舍者，棋之大计。取舍不明，患将至矣。'如果徐站长连真'书'假'书'都分不清楚，我看这平津两座古城，你们也不要守了！"

徐忠孝面色微变，说："郑先生此话有些过分了。"

"哈哈，徐站长，我此番主动跳进你的包围圈，有两个原因，其一是为'义'而来，我不忍心见这些青年才俊、妙龄少女惨死于徐站长枪下。徐站长空手而归，一定不会放过这些无辜的人，一定会编造一个罪名把他们杀人灭口。李一程和我都猜到了，所以才先后承认自己就是'书'。"此言一出，靠墙站立的一群人顿时骚动起来，女学生暗暗饮泣，苦力高声怒骂，胖老板、老板娘和伙计连喊冤枉，那个小报记者哭丧着脸，有些茫然。

徐忠孝被揭破心思，却依然满面笑容，好奇地问郑山："郑先生说的其二是什么呢？"

"其二是为'公'而来，我人民解放军百万大军雄踞城下，平津朝不保夕，识时务者为俊杰，徐站长何不早日谋划退路？何苦为你摇摇欲坠的党国当殉葬品？你如果有此意，我可以为你指条明路。"郑山侃侃而谈。

"狂妄，狂妄！"徐忠孝满脸涨红拍案而起，指着李一程对郑山喊，"你巧舌如簧，只怕就是为了救他吧？他才是真的'书'！你休想蒙混过关！"

郑山微微一笑，撩起长衫翘起二郎腿，道："徐站长果然聪明过人，我如果想要点小花招儿确实骗不了你。你若是认为李一程是'书'，何不问问他最近发出的一封电报是什么内容？"

徐忠孝问询的目光转向李一程，李一程冷笑一声道："这是我们的秘密，怎能告诉你？"

郑山嘿嘿一笑，低头抿一口茶，道："所谓秘密，兵贵神速时当然是秘密，现在时过境迁，世人皆知，又算不得秘密。两日前，我发出了第三十五军由丰台增援张家口的情报；四日前，我发出了张家口兵力空虚的情报；五日前，我发出了傅作义爱将郭景云带病回到第三十五军指挥的情报。"他抬头问徐忠孝："我相信，你们打入我方的内线一定把这个情况报告给你了，你们就是根据这个消息才设计抓捕我的，对吧？"

仅仅一天前，傅作义的王牌第三十五军由于暴露行军目标，在解放军的围追堵截下已经全军覆没。郑山说的情报，此时分文不值，而在当时却是数万人的性命。徐忠孝双目紧盯着郑山，慢慢坐回椅子，长叹一声说："我相信你了，你就是'书'！"

一时间，满屋子寂静，所有人都盯着郑山看，郑山坦然自若，用杯盖拂去茶叶，轻饮细品。街上围观的嘈杂的人群也沉寂下来。

"谁能想到'书'和郑山竟然是一个人！"徐忠孝叹道。

"谁能想到'笑面虎'和徐站长是一个人！"郑山哈哈大笑，调侃徐忠孝。

依然站在那里的李一程，看着谈笑风生的郑山，突然有一种想哭的冲动，他想起那次在天津大光明电影院附近小树林里的谈话，郑山曾说过："最悲惨的事情不是战友牺牲在你面前，你却不能有任何表示，而是需要你亲手杀死你的战友，你依然要面不改色！"那次，郑山还说："每个人都是有秘密的。我见到过，我也经历过……"

而当时李一程回答郑山的是："我会是你的好搭档，但不会是你的好朋友。我不喜欢你！"但是这一次，当李一程身陷绝境时，是郑山从天而降跳到他的身边。有的人，未必是你喜欢的人，但是在你需要的时候他就会出现，送给你一份希望……

郑山和李一程默默对视一眼，沉闷又冷静。郑山的眼神如秋天湖面的风，不着痕迹；李一程的眼神如春天草原的阳光，温暖热切。两人眼神交错的瞬间，李一程又想起当年日本宪兵队里与曾涉诀别时，曾涉的眼神如冬天雪山的云，冷酷飘忽……李一程本来已经做好牺牲的准备，但是郑山的出现让他明白了，他的路还没有走完。

徐忠孝吩咐孙大成，将郑山、李一程二人带回局里好好审讯，决不能出一点儿差池。其他十二个人包括那个商人，用汽车拉到孙大成处进行甄别登记。

老奸巨猾的笑面虎徐忠孝半夜又给孙大成打个电话："郑山自投罗网，我总觉得事情可疑，他不是另有图谋，就是想掩护什么人或事。这些人，还是消失为好！至于那个商人嘛，说什么也不能让他回党通局，哈哈……"长剑笑杀人，徐忠孝果然狠毒！

"是，请站长放心，我会处理好的。"电话那端的孙大成小心地答道。

保密局的后院里，一阵枪声响过，包括三名女学生在内的十二个人全都倒在血泊中，一辆大卡车将尸体拉进深山老林里掩埋，十二条生命从此消失……

北平，前门，凌晨。

一辆小汽车悄悄停在路边，孙大成从驾驶席下来，打开后备厢，将一个瘦小的男子拉出来，说："瘦猴儿，算你命大，要不是遇见我，你现在已经躺在土里了。"

叶天笑目光凄然，看着孙大成欲言又止，喃喃自语："十二条人命啊……"

孙大成一脸苦笑，说："上命难违，我只能放你一个，要是被他们发觉，躺在土里的就该是我了。我孙大成虽然不是好人，但是我杀谁也不能杀我'抗团'的战友，你们都是我出生入死的兄弟姐妹，无论你们是什么人。"

原来城东茶馆里那个小报记者就是叶天笑，被孙大成用另外一个人偷梁换柱给替了下来。

孙大成在黑暗中盯着叶天笑，说："徐忠孝自以为聪明，但是他一点儿也不知道那本'书'的历史。我记得，当年那本'书'曾经给曾书记提过好几次醒，他要么是'抗团'里的人，要么是与'抗团'走得很近，这些人里只有你才可能是'书'，你就是那本'书'！"

叶天笑咬住嘴唇，沉默不语。

过了一会儿，叶天笑问孙大成："替我死的人是谁？"

孙大成嘿嘿一乐，并不回答。

叶天笑仰天悲叹，自言自语道："我现在终于彻底懂得了觉因大师当年赠我的那一卦'括囊，无咎无誉'，是何意思了！他是告诉我，要像扎紧的口袋一样不声不语，才能活下来。"

孙大成追问叶天笑："如果你不是'书'，那么你告诉我，'书'是一个人，还是一个组织？"

叶天笑摇摇头拒绝回答，转身而去。孙大成对着他的背影说道："叶天笑，瘦猴儿，你从此以后就改名换姓做一个'活死人'吧！……"

城墙根下的暗影里，跟踪孙大成而来的吴岳看到了这一切，他望着叶天笑远去的背影，心中一阵恍然："郑山原来是用自己的命与保密局赌一次，他心思费尽，可是还是比不过徐忠孝的心狠手辣，如果不是孙大成念及旧情私放叶天笑，这一场赌局郑山就要输光了。"

人生真的是一场赌局，可是谁能知道是输是赢？

七十五、红尘炼心

北平，1948年12月10日。

此时，平津战役已经打响，北平和天津都已经被中国人民解放军分割包围，张家口和新保安等外围城市纷纷被攻占，北平和天津成为两座孤城，尤其天津，已经在解放军数千门火炮的瞄准下。北平城里的国民党守军人心惶惶，只有一些保密局和党通局的人，以及少数顽固派还试图负隅顽抗。

此时，国民党保密局、党通局驻北平各单位的头目共十余人，联合召开了一次秘密会议，旨在针对傅作义系"战或和"摇摆不定的态度，并对城内日益活跃的中共情报网络进行第二次突击，前几天抓捕了"书"，下一步就要捕获神秘的"喜鹊"，全面破坏中共与傅作义嫡系的秘密接触，企图以血的手段震慑那些和谈派。

萧静怡在东直门外铁塔的砖缝里，给吴岳留下一封简短的情报：

太和殿已初步同意A计划。喜鹊。

这是萧静怡与中央社会部的秘密暗语，"太和殿"是傅作义，"A计划"就是"和平谈判"，这是萧静怡从傅冬菊那里得到的最新消息，傅作义已经暗暗同意与中共方面进行"和平谈判"，正在谨慎物色合适的谈判人选。

东直门外的铁塔位于一个高坡上，塔内供一尊头陀像，民间相传为建文太子像，也有说是战死的义和团首领像，附近居民称其为"肉胎佛"。铁塔其实是指塔尖即塔的上半部分而言，用铸铁浇注而成，高四米左右，形状与北海的白塔相同，但颜色因铁铸而呈黑色。塔顶华盖处有一圈铁风铃，铃随风动，叮当作响，浑厚悦耳。塔的下半部分是垂直的八棱柱体砖石结构，砖石与铸铁浑然一体，古朴庄严。

萧静怡与吴岳的情报交接地点本来在前门附近，自从玄武与吴岳对话后，吴岳对玄武有了很高的警惕性，他担心被玄武发觉，执意改到相对偏远的东直门铁塔，这里居高临下，易于发现是否有"尾巴"。

萧静怡正要离开，却警觉地发现自己被包围了，路上的行人中有五六双阴森森的眼睛紧紧地盯着自己。铁塔门口的萧静怡一瞬间有些慌乱，她来不及分析是在哪个环节出问题，但是很快就镇静下来，她略一迟疑就下定了决心，转身向铁塔内走去。一群化装的特工悄悄掩过来，包围了铁塔，铁塔周围突然多了几个心不在焉的商贩和游手好闲的行人。

萧静怡在五层的窗户前停住了脚步，静静地聆听塔顶风铃的声音，看着远处天边起伏的云朵。"这是我第三次身陷绝境，也许是我最后看到的风景了……"萧静怡的大眼睛里慢慢流下泪水。

三个保密局便衣特工走上塔来，为首一个正是孙大成。他看着萧静怡，百感交集地说："静怡，没想到你就是'喜鹊'，没想到我们会在这里见面。"

萧静怡拭去泪水，嘲笑孙大成道："孙大圣，你终于当了弼马温？"

孙大成脸上微微一红，说："静怡，跟我走吧，我会保证你的安全的！"

"我很累了，不想走了。"萧静怡慢慢摇摇头，眼泪又止不住流下来。

两个特工要上前抓人，萧静怡退后一步，紧靠着窗户站着，孙大成赶紧制止两人靠前。

"你们是怎么发现我的？"萧静怡镇静下来，问孙大成。

孙大成一脸苦笑，说："我们其实关注傅将军和他的女儿很久了，对他们接触过的陌生人都进行筛查，你最近和傅冬菊接触得太频繁了……"

萧静怡放下心来，她原本担心吴岳被他们发觉，看来是自己和傅冬菊接触频繁露了痕迹。吴岳没有事，她很欣慰。

萧静怡看着孙大成，突然露出一丝感伤，问他："还记得那年火烧天津南火车站吗？曾涉书记为了分散日本人守卫兵力，安排我们两路人马火烧国泰电影院和大丸商场。"

孙大成微微一愣，感慨道："那时候，我们还是一家人，那次执行任务的人，活着的只有你、我和叶天笑了。不，叶天笑，他也没了……静怡，不要做傻事，相信我，我会保证你的安全的。"

萧静怡摇摇头，道："你误会我了，我不是与你提及旧情，我是提醒你，我当时说过一句话——我们无权判定别人的生死。"

孙大成一时愣在那里……

吴岳今天特意提前了半个小时，出发去东直门铁塔，他又要违反一次纪律，赶到铁塔那里堵住萧静怡。因为刀子接到上级消息，让他们这一组今天晚上撤出北平。吴岳要亲自把这个天大的好消息告诉心爱的人，他要带着萧静怡一刻不停地离开北平，离开这座如地狱般让他煎熬的城市。

吴岳脚底生风地向铁塔走来，因为他预感到萧静怡今天一定会在那里等他……

萧静怡在铁塔的窗户里看见了远远走来的吴岳，她牵挂的人正兴高采烈地走来，丝毫没有发现铁塔下发生的变化，再往前走几十米，她爱的人也要羊入虎口了。萧静怡幽幽地叹了口气，眼泪又止不住地落下来。

萧静怡回头看着又要偷偷靠近的三个人，眼神温柔又坚定，仿佛有无形的磁场阻住了他们的脚步。萧静怡轻轻地道："我判定不了别人的生死，可是我能判定自己的生死！死，是勇气，也是我的武器！"

说完，她在孙大成的惊呼声中，纵身跃出窗户！

大地迎面扑来……

吴岳看见蝴蝶般从铁塔里飞出来的萧静怡，她在空中坠落的姿势那么缓慢、轻盈、优雅，就像她偷偷把雪团掷在吴岳脑袋上时的开心，就像她说"你有光明，中国便不会黑暗"时的纯洁，就像她背诵"我已君休，万千悔恨更何尤"时的凄凉……

吴岳脑袋里一片空白，一阵晕眩，几乎跌倒，他似乎站在万丈悬崖的边上，那悬崖正在快速崩塌，带着他滑向无底深渊。他明白了，萧静怡从铁塔上跳下来就是为了给他提醒，让他不要陷入敌人的埋伏圈。可是，那一瞬间吴岳被悲伤愤怒占据了大脑，他要不顾一切地冲过去，用手脚甚至用牙齿撕碎那些害死萧静怡的人，就算被他们杀死，他也要死在萧静怡的身边！

吴岳浑身颤抖，像一具行尸走肉向萧静怡走来，全然不顾四周的危险。一个人斜刺里拦住他，搂着他的脖子，大笑道："兄弟，说好了晚上喝酒，你怎么现在就来接我？想喝酒想疯了？"

失魂落魄的吴岳挣扎不出那人铁一般的胳膊，被他搂着走向远处一个小酒馆，几个隐藏的特工慢慢收回怀疑的眼光，因为那个人是中统副站长玄武。

小酒馆里，玄武把一碗粗茶递给吴岳，冷冷地说："兄弟，原来你真的是共产党！"

吴岳浑身颤抖，捧着茶碗努力想使自己冷静下来，可是泪水却一滴滴滚进茶碗。

玄武点起一根香烟，透过烟雾仔细打量着吴岳。

过了良久，停止颤抖的吴岳问玄武："你为什么不抓我去立功请赏？"

玄武微笑着摇头，说："你曾救我一命，今天我还给你了！将来不管我在天下哪个角落，我都不会再欠你人情了。"

吴岳端起茶碗，把那碗混着他泪水的粗茶一口干了，道："没错，我是共产党！你把我交出去吧，我想死！"他说得很慢，一字一顿，似乎已下了必死的决心。

正好这时酒馆的小伙计过来续茶，玄武一巴掌赶开他，骂道："滚开！老子在谈大事，别在这里碍手碍脚！"小伙计捂着脸赶紧逃开。

玄武看着吴岳说："你们共产党讲究信仰，把为信仰而死看得重如泰山，我很佩服你们。可是，今天这个姑娘，她一定是你最爱的人……"玄武又点着一根香烟，把火柴用手指慢慢捏熄，叹惜说："她的死，只是轻如鸿毛。"

吴岳盯着熄灭的火柴，神色凄凉："不论是重如泰山，还是轻如鸿毛，她都是我的唯一，是我的全部！她死了，我只想追随她而去……"

玄武一个烟圈喷在吴岳的脸上，嘲笑道："当年我几次刺杀一个日本人，他叫香月青川，杀了不少中国人，却也是一个情种，他为了不连累自己爱的女人，宁肯死在大街上，被马拖着乱跑。今天，我又遇见你这个傻瓜，要拿自己殉情！"

玄武摊开手掌，手心里一张小字条，正是萧静怡藏匿的那份情报："太和殿已初步同意A计划。喜鹊。"他把字条给吴岳看了一眼，立刻用火柴点着了，看着这张让萧静怡送命的字条化为灰烬，吴岳的泪水再次夺眶而出。

玄武说："我虽然不清楚你们的暗语，可是在这个局势下，我用脚后跟都能猜到这肯定是和傅作义将军有关，他要想办法、找渠道与你们和谈，不但我知道，蒋委员长也知道。"

玄武又轻声道："其实，这次抓捕是保密局、党通局联合行动，我们彼此都心照不宣。第一，都已经这个局势了，你们大军压境，四面合围，北平孤城一座指日可破，谁还真给蒋委员长卖命？上边逼得紧，我们无奈做做样子罢了。你以为我们都愿意做徐忠孝那样的冷血屠夫？第二，这个姑娘是傅将军女儿的同学，就算被抓了，关几天还不得乖乖给放出去，我们得罪老傅有什么好处？可是，没想到这姑娘柔柔弱弱的，性子还真烈……"

吴岳双手捂脸，却挡不住泪水从指间溢出。

玄武叹息道："她这么一跳，我在下边看明白了，她是要给你提醒，不让你自投罗网。她的死，唯一的用处就是让你好好活着，你要是再寻死，就真的辜负她了……"

吴岳回头，透过泪水看那铁塔，一阵风吟，铁风铃欢快地响起来，仿佛萧静怡在说"你有光明，中国便不会黑暗！"又仿佛在重复她最后的话："死，是勇气，也是我的武器！"

玄武站起身来，拍拍吴岳的肩膀，说："兄弟，我走了，你好好活着，红尘炼心……中国，是你们的了！"

七十六、最后的结局

刀子

刀子从北平撤出后，转入四野某部，后随军南下，一直打到海南岛，升为营长。后参加中国人民志愿军抗美援朝，任第二十兵团某部副团长，1953年7月17日，在朝鲜战场最后一战金城战役中，坚守白岩山阵地时牺牲。能倒在炮火纷飞的战场上，一定是刀子最喜欢的归宿。刀子牺牲十天后，《关于朝鲜军事停战的协定》签订。

郑山

郑山在狱中坚贞不屈，始终坚持自己就是"书"。北平解放前夕，被保密局深夜秘密枪杀于天桥刑场，那里曾是老麻等人在日本人枪口下就义的地方，数年后却变成他们的同僚枪杀同胞的场所，真是造化弄人。尤其讽刺的是，北平和平解放时，徐忠孝也摇身一变，成为拥护和平解放的一分子。

郑山之所以自投罗网，是因为他确实是想用自己掌握的情报，还有自己的命与"笑面虎"徐忠孝赌一场，我们不妨将这个赌局称为"郑山的赌局"。当时赌局的背景是保密局突袭城东茶馆，李一程被特务指认，叶天笑也身陷其中……

那天的真实情况是：郑山作为上级与叶天笑在城东茶馆接头，然后命叶天笑与李一程对接，搭建一条新的联络渠道，因为那时郑山已经接到组织让其撤出北平的命令。但是，郑山最终还是没有走出北平城。

那一瞬间，本来可以平安撤出的郑山面临三个选择：

一、郑山不去自投罗网。李一程承认自己是"书"，以他的性格，十有八九会求死。而"笑面虎"徐忠孝却未必相信李一程是真的"书"，夹杂其中的叶天笑依然在劫难逃。这一选择是郑山活、李一程死、叶天笑死。

二、郑山自投罗网。郑山使徐忠孝相信自己就是"书"，从而保住李一程性命，释放叶天笑等人。这一选择最好的结果是郑山死；李一程活或死，皆有可能；叶天笑继续完成"书"的使命。

三、郑山自投罗网。无论徐忠孝相信或不相信郑山是真的"书"，他既不放过郑山、李一程，也不放过叶天笑等人。这一选择最坏的结果是三人一起牺牲。

你如果是郑山，面对"郑山的赌局"时，在那一瞬间你会作何选择？

郑山其实是赌输了，但是冥冥之中他又赢了。

人生真的是一场赌局，可是谁能知道是输是赢？

李一程

李一程在北平解放后，被党组织从狱中解救出来，后返回天津，在天津市政府某局任职。后来，因为被人诬告为"叛徒"，服毒自杀，尸体被发现于某处拆迁工地，身边有遗书一封，上写："山一程，水一程，身向榆关那畔行，夜深千帐灯。"这是清代词人纳兰容若的名句，大概这就是"李一程"名字的由来。李一程自杀的拆迁工地，经街坊邻居回忆，在日伪时期叫"刘记米店"。他至死都不能忘怀那四个为了掩护他而慷慨赴死的战友。

北京，香山。1968年，清明节。

萧静怡牺牲后，她的闺密冯剑美的家人主动提出将两个要好的姑娘葬在一起，冯家人寻找到冯剑美的遗骨，在香山南麓为两人选了一块山明水秀的好墓址，春迎朝阳，夏赏烟霞，秋观红叶，冬听静雪。相信两个闺密生前就叽叽喳喳说个不休，相伴在这里一定也不会寂寞。

吴岳冒着细雨，把一棵海棠树苗移植在萧静怡坟前，看着枝叶上的尘土慢慢被雨水冲刷干净，吴岳在伞下点燃一根香烟，深吸一口，将烟使劲儿吐进满山缭绕的雨雾里，他相信，萧静怡的灵魂必定在这雨雾的深处，用她的大眼睛爱怜地看着他鬓边的白发。

几步之遥的冯剑美墓前传来一阵窸窣声响，吴岳回头看去，一个枯瘦沧桑的中年男子正在墓前烧一本书，纸灰如蝴蝶，在细雨中缓缓飞舞，那个男子低声说："姐姐，这是我最近出版的一本书，送来给你看看。"纸灰融进细雨，那个男子又捧起一坛女儿红，豪饮一口，呛得咳弯了腰。

　　吴岳隔着几株花树看他，他隔着几株花树看吴岳。两个人的眼神和容貌一样沧桑，似曾相识，却又不敢相认。

　　吴岳笑一笑，向那人打招呼："你好，我叫吴岳。"精瘦男子眼睛里闪过一丝惊诧："你就是当年放我逃走的警察？你就是北平城里的'七号'？"

　　吴岳一愣，这世间已经没有几个人知道他的历史。他使劲儿看着对方，终于想起了曾经从他腋下猴子一样钻过去的那个年轻学生，想起了1948年末前门城墙根下消失在夜色里悲怆凄凉的背影。

　　那个精瘦男子向吴岳伸出手："你好，'七号'同志！我叫叶自语，以前她们都叫我叶天笑，也叫瘦猴儿！"

　　吴岳手指着叶天笑，使劲儿搜索着自己的记忆碎片："你就是，那本神秘的'书'？"叶天笑微微一笑，没有否认也没有承认，落寞又沧桑。

　　两人一起站在海棠花树前，吴岳抽烟，叶天笑喝酒。

　　吴岳看着满山烟雨，天地空灵，不由慨叹道："夫天地者，万物之逆旅也，光阴者，百代之过客也。而浮生若梦，为欢几何？她们二人在这里清幽度日，总比我们沉浸俗世红尘炼心好过很多。"

　　叶天笑又举坛痛饮一口酒，对吴岳道："若是她们还在，静怡一定是忽闪着大眼睛，心里有话却未必说出来；姐姐就不同了，她一定会揪着我的耳朵骂我，'瘦猴儿，喝了两口猫尿，就敢信口雌黄！'哈哈！"

　　吴岳心里闪过第一次见到两个姑娘的情形，说："当年我见到她俩时，被你姐姐骂作'狗！流氓！邪恶！'……"

　　叶天笑和吴岳一起大笑，笑声震落树上的雨水，冲淡山谷的云雾，远处回声隐隐传来，仿佛是冯剑美和萧静怡在回应他们。

　　叶天笑沉默一会儿，若有所思，自言自语道："当年潭柘寺的觉因大师赠我一卦'括囊，无咎无誉'，意思是让我像扎紧的口袋一样，不说不动，这样才能消灾避祸，括囊避咎。也许那个老和尚从卦中已经觉察到我的身份了，却没有点破。'生之徒，十有三；死之徒，十有三；人之生，动之于死地，亦十有三。'从1938年以来，我做过的事、说过的话、写过的书，一直是在自寻死路，寻死却不死，与那些逝去的人相比，我已经很知足了……"

　　吴岳沉思一会儿，问叶天笑："你和我都是历尽劫波，从同一个血与火、生与死的时代中残存下来的人，你想过一个问题吗？"

"什么问题？"

"这些年，我一直在想，为什么活下来的人是我们？"吴岳对着烟雨长叹一口气，仿佛吐出了几十年的烦恼。

"为什么活下来的人是我们？"叶天笑喃喃自语，眼神更加迷惘。

"因为我们都是不起眼的人。'木秀于林，风必摧之'，我们一直躲在那些人的光芒之下，那些牺牲的同志们，他们都是优秀的，在敌人眼里他们是优秀的，在死神眼里他们也是优秀的……"

"我前几日读《道德经》中'故坚强者死之徒，柔弱者生之徒。是以兵强则灭，木强则折。强大处下，柔弱处上'，终于明白了这个道理，因为我们的不起眼，才让我们残存下来。"吴岳的声音在叶天笑耳中已经有些缥缈。

"因为我们都是不起眼的人，不起眼的人……前些日子，我写书时也想通一个道理——懂得死亡，才是我们生命的最大课题……"叶天笑醉眼迷离，喃喃自语。

烟雨空灵中，两人并肩而立，几乎已经忘了身在何处，今夕何夕……

两人告别，喝多了的叶天笑脚步踉跄向山下走去，大声吟诵宋代陈与义的《临江仙》："忆昔午桥桥上饮，坐中多是豪英。长沟流月去无声。杏花疏影里，吹笛到天明……"

叶天笑似乎又犯了老毛病，记不住下阕词，他醉酒哭喊的声音在雨雾中飘来："你们都是豪英！豪英们，你们还好吗？是不是忘了我这个不起眼的人？懂得死亡，才是我们活着的意义啊！……"

吴岳转过山坡，听了叶天笑的哭喊，想起几十年沧桑沉浮，想起那些逝去的人，不觉心中悲凉，张口接道："二十余年如一梦，此身虽在堪惊。闲登小阁看新晴。古今多少事，渔唱起三更……"

吴岳

吴岳作为北平地下党大名鼎鼎的"七号"，坚忍、机警，不惧生死，但是似乎还有些性格分裂。毫无疑问，他也是一个不起眼的人，这个不起眼的人书写了情报界一段传奇。

吴岳一生未娶，一生没有离开北平，也没有离开警察这个职业。20世纪60年代初任北京某区公安局政委，离休后苦练书法，1995年吴岳在参加一次书法大赛活动时，看见一位年轻女书法爱好者书写沈鹊应的绝命词，大受刺激，突发脑溢血倒地，当夜在先农坛医院离世。

他写的书法条屏"倦天涯宦旅，梦醒何处？名利几时休，人生似，蝼蚁行路。争与谋，千古秋风，不过一页书"，被大赛组委会授予特别奖，后被挚友玄武的家人收藏于美国。

叶天笑

叶天笑是那个群体中最不起眼的人之一，因为他的不起眼，所以他才有机会代表那个群体见证那个时代。

北平解放后，叶天笑加入解放军某部政治部，随部队一直打到成都，后来回到北京在某文化部门任职。20世纪70年代末主动要求到沈阳某大学任教，一心授课著书，终生未娶，却成为那一个群体中唯一一个跨进21世纪的人，长寿是最大的胜利，但是，也仅仅是阶段性的胜利。

"懂得死亡，才是我们活着的意义。"我相信长寿的叶天笑临终时，一定悟透了这个意义……

孙大成

孙大成是"抗日杀奸团"成员中唯一加入军统的人，后来随国民党撤退至台湾，以上校军衔退休。1960年，孙大成曾委托香港友人给叶天笑带来一封信，但是由于当时叶天笑正被隔离审查，并没有收到这封信。1980年，孙大成再次寄出这封信，时隔二十年后，这封信终于到达叶天笑手中。

叶天笑打开信封，里面只是半张1960年的日本京都报纸，在角落处用红笔画一个圈，上面的日文翻译过来大意是："退役陆军中佐井上真雄昨夜于家中被刺身亡，行凶者为前陆军一等兵中村俊之，凶手在警察追捕时汽油泼身自焚身亡。"

叶天笑一下子明白了，惊呼一声："季老大！"看案发时间，正是1960年中国农历中秋节……

原来，1945年北平西直门那具烧焦的尸体并不是季振英，而是他当作宠物豢养的中村俊之，季振英将自己烧得面目全非，混进日本伤兵遣返船，中村俊之在日本的亲戚邻居已经死于广岛原子弹，没有人在意一个头部烧伤30%的乞丐的真伪。季振英在日本冒名顶替流浪十五年，终于在1960年中秋节为曾涉等人报仇雪恨！

玄武

玄武虽然是一介武夫，却是一个懂得进退的聪明人。北平和平解放时，他与孙大成等人一样，被傅作义礼送出境，但是他并没有去台湾，而是找个机会直飞美国，在美国经商致富。20世纪80年代，曾回到北京与吴岳见过一面。他听说吴岳醉心书法，特意在美国高价拍回一幅某名家书法送给吴岳，"未曾相逢先一笑，初会便已许平生。"吴岳端详一番，大笑道："赝品！"随即扔进垃圾桶，挥毫为玄武再题一幅。两人大醉一场，在酒桌上义结金兰，依依惜别，后来一直保持书信往来。

当年的敌对阵营，今朝却成了结拜兄弟，历史有时候也会开个小玩笑。

刘邕康

刘邕康不是一个人，他代表了那个时代的一群年轻人。他这样的热血年轻人，为了杀鬼子汉奸可以抛头颅洒热血，但是在时代大潮里依然是一个不能自主沉浮的弱者。北平解放后，刘邕康始终沉在谷底，郁郁不得志，只能在街坊巷陌中孤单老去，如同沙滩上破灭的泡沫……

那一个时代的中国青年，有多少人这样默默无闻地为国流血牺牲，又默默无闻地消逝于人海。"一寸山河一寸血，十万青年十万军"，那一个时代的精英，义无反顾地选择了为了国家民族去流血、牺牲，只记初心，不问结局。

最后补充一点：

大师兄于浩对我在此书中，将老师叶自语写成那本神秘的"书"，一直心存疑虑，和我多次讨论争辩。他始终不相信当时年仅十七岁的叶天笑，会是曾涉身边的"卧底"，曾涉识破了顾长武、李一程、朱雀、河野一郎，却唯独没有识破最年轻瘦小的叶天笑。他也不信在老奸巨猾的徐忠孝面前，眼睁睁看着两个战友为他挺身而出慷慨赴死，叶天笑依然能做到不露痕迹。

大师兄问我："如果说老师是最成功的卧底，他为什么会在加入军统的大好时机故意搅局，放弃了这一机会？这个我觉得和党的地下工作者的作风大相径庭。"

我看着爱较真儿的大师兄，笑着说："也许老师那时候已经看透了，想开了，他推崇道家思想，也许那时候懂得了'顺其自然'的道理，他已经厌倦了卧底生涯，所以就放弃了那个机会……你没觉得老师这一生放弃了太多东西吗？"

2017年夏天，大师兄去河北出差，参加一个学术论坛，他借故跑到河北农村那个小山沟里，找到了叶自语老师临终时捐献一部分钱财的人家。于浩是一个极认真的人，他按图索骥找了过去，要看看这户人家是什么人。

几天后，风尘仆仆的于浩赶回沈阳，一见到我就说："师弟，你是对的！老师真的就是那本'书'！"

我吃了一惊，问他："你找到证据了？"于浩摇摇头，指着自己满是灰尘的头发说："我相信感觉！他就是那本'书'，千真万确！"

"为什么？"我从来没想到大师兄也会跟着感觉走。

"那户人家只有一个人，姓赵，七十多岁了，天生的小儿麻痹，不能干体力活，但是会修鞋，记忆力很好。他知道自己有一个伯父叫赵凡，伯母叫齐明珍，爷爷是修鞋的，外号叫'老醉猫'，他是遗腹子，自己的父亲是抗日游击队战士，1943年牺牲，后来母亲病死了，全家就剩奶奶把他拉扯大，奶奶去世后村子里按照烈属给他发放抚恤金。他始终相信那笔钱是他伯父赵凡给他寄来的，他相信他的伯父还活着……"

大师兄释然了，我却迷惑了，叶天笑什么时候和赵凡有过交集？难道他们之间还有不为人知的联系，难道他们之间还隐藏着一条秘密战线？那本神秘的"书"，到底是一个人还是一个组织？

于浩嘲笑我："你要想把什么事情都弄得一清二楚，干脆就穿越回去吧！你看，现在穿越剧不是很火吗？现在的人，喜欢的不是穿越就是玄幻，不是宫斗就是盗墓，反正越不正经越受欢迎，已经没有人在意历史的真实了……"

（全书完）